Grochola

Houston, mamy problem

Katarzyna Grochola

Houston, mamy problem

Wydawnictwo Literackie

Władkowi, mojemu bratu, z miłością

Trzeba mieć pecha

Trzeba mieć pecha.

To znaczy — nie trzeba w sensie musi — ale trzeba mieć pecha, żeby mieć tak jak ja. Kurde, panie ludzie, wiedziałem od rana, że dobrze nie będzie. Przeczuwałem to całym swoim jestestwem i dlatego nastawiłem dwa budziki, żeby wstać — na wszelki wypadek w telefonie i w pieprzonym ciężkim zegarku, który dostałem od matki, bo „twój ojciec bardzo go lubił". Argument to jest żaden, bo mój ojciec lubił bardzo wiele rzeczy, których ja nie znoszę i znosić nie muszę tylko dlatego, że, cytuję: „twój ojciec byłby zadowolony".

Od słuchania, jakim byłbym fantastycznym facetem, gdybym go choć trochę i w czymkolwiek przypominał, robi mi się niedobrze. Całe szczęście, że nim nie jestem, bo gryzłbym ziemię od dwudziestu lat.

Dzień mi się szykował ciężki: rano miałem pierwsze od kilku miesięcy spotkanie w sprawie roboty, a właściwie w sprawie powrotu do mojej prawdziwej roboty — o siódmej rano byłem umówiony w Magdalence w firmie produkcyjnej VicViva, która robi serial dokumentalny o nieletnich zabójczyniach.

Już o ósmej mieliśmy być w więzieniu, ale ich operator się rozsypał — był kobietą, zaszedł w ciążę i urodził dwa miesiące przed terminem. Na moje szczęście.

Z łapanki nie mogli znaleźć nikogo na już, a ja co prawda od dwóch lat kamery w rękach nie miałem, w sensie zarabiania na życie, od czasu tej pechowej nagrody na festiwalu, ale w ciąży nie jestem, co tym razem okazało się argumentem za, a nie przeciw.

Ale tęsknić do kamery to tęskniłem i kiedy zadzwonił Gruby, żeby mi powiedzieć, że coś dla mnie ma, pomyślałem: teraz albo nigdy. I że to może znak — bo akurat w moje urodziny komuś się gleba pod stopami zaczęła palić i nagle sobie o mnie przypomnieli.

Musiałem — musiałem! — wstać o piątej trzydzieści! A niełatwo to zrobić, jak się kładziesz o pierwszej po pieprzonym cholernie długim dniu zakończonym czteropakiem, bo z Grubym trzeba było się spotkać i obgadać co i jak, a o suchej gębie nie zwykliśmy.

Więc komórka — czwarta trzydzieści, na wszelki wypadek, i budzik po tatusiu nakręcić, na piątą nastawić. Dwie godziny to świat i, ludzie, o tej porze korków nie ma.

Komóreczkę nastawiłem zaraz po spotkaniu z Grubym, żeby potem nie zapomnieć i, jak się okazuje, błąd. Budziczkiem zająłem się natychmiast po przyjściu do domu — chodził od chwili, kiedy mamusia mi go wręczyła, a mianowicie, nie zgadłbym powodu, w rocznicę powstania warszawskiego, o godzinie szesnastej:

— Żebyś pamiętał, że istnieją różne ważne sprawy, nie tylko ty.

Nikt cię tak nie wesprze jak rodzona rodzicielka.

— Twój dziadek walczył o wolną Polskę — powiedziała matka z namaszczeniem — i powinieneś o tym pamiętać.

Różni dziadkowie walczyli o różne sprawy, co wiem z TV, jak robili lustrację naszych polityków, i nie uważałem, żeby to, o co mój akurat walczył, wiązało się bezpośrednio z dość ohydnym zegarkiem, który głośno tyka, więc stoi w kuchni na szafce, bo w pokoju przeszkadza, jak człowiek chce spać. Ale proszę bardzo — przeniosłem dziada do łóżka, nastawiłem jak trzeba, pokręciłem pokrętełkami, trafiłem małą wskazóweczką na mniej więcej środek między piątą a szóstą i walnąłem się jak długi spać.

Zerwałem się na równe nogi jak oparzony, zanim zdążyłem zamknąć oczy.

W pokoju huczało i dzwoniło, jakby córkę sąsiadów dopuścić do zepsutej perkusji. Zanim zajarzyłem, o co chodzi i skąd ten potworny hałas, usłyszałem walenie w podłogę.

Mam pod sobą sąsiadkę — wyjątkową zmorę. Głucha jak pień, kiedy do niej mówisz, i słuch absolutny, jeśli cokolwiek się dzieje nad jej mieszkaniem lub pod jej mieszkaniem, lub obok jej mieszkania. Wali szczotą na wszystko — Marta na obcasach raz przeszła do łazienki, to awantura była taka, że do dzisiaj buty od razu w przedpokoju zdejmuję, mimo że na obcasach nie chodzę.

Marcie wtedy mało rajstopy z nóg nie pospadały, przepraszała zołzę, ilekroć ją tamta zdybała gdzieś przy windzie. Piesek, mieszkający piętro nade mną, przeleci przez pokój — szczota w ruch i buch, buch, wszystko jedno, że przez moje mieszkanie ci sąsiedzi z góry są pouczani. O muzyce nie wspomnę, o gościach tym bardziej.

Nienawidzę cholery.

Sąsiadów ogólnie mam w porządku, ten z góry jest nawet sympatyczny, kable mi pożyczył w grudniu do akumulatora, jak nie mogłem ruszyć, ale psa ma, że niech go szlag. Mogliby mu choć pazury obcinać.

Budzik, którego mój dziadek świętej pamięci na oczy nie widział, ale który to dziadek był ojcem mojego ojca, on zaś zdaniem mojej matki był ojcem budzika — u sąsiadki z dołu też wzbudził szczotę. Ona chyba z nią śpi, bo walenie było jednoczesne z dzwonieniem. Kobiety jednak są zboczone!

Budzik namierzyłem do razu, ale nie od razu umiałem go wyłączyć. Bo kto by wpadł na pomysł, że to trzeba ręcznie, znaczy — rękami, czyli zatrzymać tego fiuta, co napieprzał w oba dzwonki, wsadzając między nie palec! Ale jak cofnąłem palec, dalej napieprzało! Wepchnąłem kuchenną ścierkę, ale nie pomogło, tyle że terkotało trochę ciszej.

Wpadłem do łazienki i o mało nie wyrżnąłem w kibel, bo potknąłem się o spodnie. Potem zacząłem myć zęby kremem do golenia, ja pierniczę, to dopiero szambo w gębie! Ktoś na głowę upadł, żeby w prawie takie same opakowania wsadzać jedno i drugie, za jaja bym powiesił! Lub za cokolwiek, bo jestem w stu procentach przekonany, że wpadła na to jakaś baba, bo tylko kobietom może przyjść do głowy wymyślenie tubek o takich samych rozmiarach, takich samych kolorach, z takiego samego plastiku. I co z tego, że jest napisane, co to jest? Malutkimi literkami, z drugiej strony?

Facet nie jest idiotą i nie czyta rano tubek, tylko ewentualnie zagląda do Internetu, czy jakaś wojna gdzieś w nocy nie wybuchła! Ale nie, zaprojektują identyczne, napisik mały i sprawdzaj, człowieku, jakbyś nie miał lepszych zajęć. Trudno opisać, co się z tobą dzieje, kiedy masz pełną mordę kremu do golenia, już nawet rozprowadzonego po siekaczach i trzonowych.

Dwadzieścia minut później próbowałem kawą zabić smak tego czegoś, co mi się jeszcze wałęsało po zębach, ale bez skutku.

Potem chwyciłem kluczyki do samochodu i zbiegłem z siódmego piętra na dół, bo winda od sześciu tygodni nie działa, ale lata mi to. Zdrowo i dla formy. Ludzie zamiast narzekać, powinni dygać po schodach na piechotę, toby mieli zdrowsze serca. A kobitki lepsze figury.

Na drugim piętrze przypomniałem sobie, że nie wziąłem komórki, mało tego, uświadomiłem sobie, że nie zadzwoniła, skubana, dygnąłem więc z powrotem na górę, po dwa stopnie, i to już nie było takie fajne.

Na szóstym teraz jednak otworzyły się drzwi — cholerna Zmora w szarym szlafroku krzyknęła:

— Donos na ciebie złożę! Ty chuliganie!

Pokazałem jej w geście przyjaźni międzynarodowej środkowy palec skierowany ku niebu, bo człowiekowi wolno biegać po schodach, jak chce i może, i wpadłem do domu.

Przewróciłem mieszkanie do góry nogami — nic. Ani w łazience, ani w sypialni, ani w — pożal się Boże — salonie, ani w kuchni, na całych czterdziestu ośmiu metrach odziedziczonych w kredycie, z którym się bujam od pięciu lat, absolutnie żadnej komórki.

Czas uciekał.

Chwila moment, pomyślałem sobie, siądź spokojnie i się zastanów, kiedy ostatni raz…

Mam! Ostatni raz to ja sobie budzenie nastawiałem! W knajpie, kurna, w Wiosennym Wieczorze, w mordę kopanej! Była godzina zero zero trzydzieści osiem. Nie, nie, w knajpie tylko pomyślałem, żeby nastawić, jak wybie-

11

rałem polecenie „budzik", byłem już w samochodzie. Na pewno w samochodzie. Ale dlaczego w samochodzie?

Czyli... czyli... skup się, człowieku, mogłem, mogłem, ale nie musiałem — zostawić ją w samochodzie. Tak, tak, bo skoro w samochodzie... W knajpie chciałem nastawić, ale nas kelner wywalił, bo było trzydzieści minut po zamknięciu... Więc na pewno w samochodzie nastawiałem ten cholerny alarm! Jak dziś pamiętam!

Bo to było dziś.

Ruszyłem w dół po dwa stopnie, czas uciekał, drzwi na szóstym się otworzyły, ale jak strzała przebiegłem, tym razem nie zwracając uwagi na koszmar w szarym i na ostrzegawcze:

— Jeszcze pożałujesz!

Wielkie mi rzeczy!

Tylu rzeczy żałuję, że jedna mniej, jedna więcej — bilans i tak jest na plus.

W sensie żałowania, czyli na minus w ogólnym rozrachunku, jak przez całe moje pieprzone życie. Ponieważ ja również, mimo że nie jestem prezydentem, mam plusy dodatnie i ujemne.

Nie muszę dodawać, że nigdy nie przechodziła owa Raszpla ze mną na ty.

Wychowanie!

Ci dzisiejsi starcy!

Wybiegłem przed dom, a dodam, że mieszkam w bloku, jakich na moim osiedlu jest szesnaście, i serce mi zamarło.

Bez wątpienia byłem przed swoim domem, widziałem swój parking, identyczny zresztą jak wszystkie parkingi na tym osiedlu, śmietnik stał po prawej jak zwykle, pryzmy śniegu od dwóch tygodni zalegały, tu i ówdzie upstrzone żółtawym moczem okolicznych psów, samochody stały jak cię mogę, gdzie było miejsce i gdzie go nie było — ale…

No właśnie.

Żaden z nich nie był mój.

Po moim samochodzie ani widu, ani słychu.

Zrobiło mi się niedobrze i gorąco, mimo że na pewno było z minus piętnaście. Pal licho samochód, dostałbym więcej z ubezpieczenia, niż gdybym go opchnął komukolwiek w realu, ale komórka!

Dwa lata temu dostałem to cudo na urodziny od Marty — pewno mi chciała wynagrodzić aferę z *Lipą* — nie dość, że kosztowała fortunę, to miałem tam wszystkie kontakty, z trudem zbierane przez lata numery Bardzo Ważnych Ludzi, całą listę aktualnych klientów, dostęp do poczty e-mailowej, szlag by to trafił, i zdjęcia z ostatnich trzech wyjazdów z Martą, których nie miałem czasu przegrać na komputer — całe moje życie!!! A także Ostatnie Zdjęcie, przesłane mi przez Życzliwego, które, jak wiele innych rzeczy w moim życiu, odmieniło bieg historii. Może nie światowej, ale mojej, co na jedno wychodzi, umówmy się.

Jak rany! To zdjęcie teraz jakiś koleś ogląda, bo ma dostęp do mojej komórki, mojego całego życia, i śmieje się w żywe oczy, a ja nie mogę nawet zadzwonić do Grubego, że się spóźnię!

Miałem tam Martę w kostiumie, Martę w wodzie, bociana czarnego nad Wisłą, drozdy budujące gniazdo, ale mało co było widać, Martę na skuterze, Martę wszędzie, Martę ubraną i Martę śpiącą… Martę z… Brrr…

O, jak dorwę skurwysyna, to będzie swoich kawałków szukał przez następny kwartał, żeby się poskładać!!!

Załam totalny!

I czas, cenny czas! Muszę być w tej cholernej Magdalence, jeśli chcę, żeby moje życie uległo radykalnej zmianie na lepsze! Dwa lata czekałem, żeby durny los przestał mi kłaść kłody pod nogi, całe dwa pieprzone lata! Jedyna szansa powrotu do zawodu — jedyna, która nagle spada z nieba dzięki przyjaźni Grubego i cudzej ciąży, i to ja daję ciała???

Niedoczekanie!

Rozglądam się po parkingu, mróz jak cholera, cisza, spokój, ranek, a noc jeszcze, choć ludzie wymykają się już chyłkiem z domów i zachrzaniają na Górczewską, która łączy ze światem, bo tam najbliższe przystanki do miasta, ale na razie to wszystko jakieś takie niemrawe. Co ja mam robić?

I nagle mnie olśniło! Przecież się napiłem z Grubym! Owszem, wszystko się zgadza, komórka w samochodzie, tyle że samochód pod Wiosennym Wieczorem!

Kurde, panie ludzie!

Swoją drogą, co to za nazwa dla knajpy, gdzie głównie dają piwo, baba musiała wymyślić, w życiu facet by tak knajpy nie nazwał. Facet by nazwał Pod Dzwonem albo Setka i Galaretka, albo ewentualnie U Tadka, bo właścicielowi Tadzio. Ale Wiosenny Wieczór? Może Tadzio ma sezonową kobitkę? Zromantyzowaną, jak cała reszta tego babskiego świata. Nad Modrym Jeziorem — tawerna i wiadomo, że to kobieta prowadzi interes. Po rozwodzie, rzecz jasna, z mężem, który musiał jej zostawić majątek. Karczma Zachodzącego Słońca — prowadzi facet pantoflarz, czuć na kilometr.

A my w Wiosennym Wieczorze zasiedliśmy wczoraj z Grubym w celu omówienia mojego powrotu na łono filmu po pierwszym piwie, po drugim — na łono braci operatorów, po trzecim — do grona najlepszych operatorów filmowych, a po czwartym — do grona przyszłych operatorów z Oscarami na półeczce.

I dlatego właśnie dzisiaj o piątej rano stałem jak kołek na Woli, samochód zaś stał w Śródmieściu, a Zygmunt III Waza stał na Starówce.

Wracałem taryfą, wziąłem tylko torbę, no tak, siedziałem z dziesięć minut w aucie i czekałem na taksówkę, bo zimno było jak pieron, a Gruby poszedł do domu, bo cwanie się ze mną umówił pod swoim, a nie moim domem, na moje nieszczęście!

Komóreczka została w samochodzie, z nastawioną opcją budzenia na piątą trzydzieści. Pobłogosławiłem w myśli zegarek i ojca i ruszyłem z powrotem na swoje chrzanione siódme piętro, żeby ze stacjonarnego zamówić taksówkę do Śródmieścia.

Po dwa stopnie, z zadyszką, wbiegałem na górę, cholerny świat, cholerna zepsuta winda, żeby ich wszystkich pokręciło! Co oni myślą! Że człowiek, kurna, ma motor w dupie, żeby zapierdzielać na piechotę przez sześć tygodni?

Na szóstym piętrze w drzwiach stała Szara Zmora.

Nie miałem szans — nie obronisz się, jeśli nie wiesz, jakie podstępne są kobiety, nawet te, które powinny leżeć w grobie od stu lat — prosto w twarz dostałem zjełczałą wodę po kwiatach — Zmora wykonała błyskawiczny cios wodą i zatrzasnęła drzwi!

Zostałem na klatce schodowej na szóstym piętrze w mokrej kurtce, śmierdzący, z gównianą wodą ciekną- cą mi z twarzy na sweter!

Wpadłem do domu, rzuciłem się do telefonu, zamówiłem taksówkę, całe szczęście, że będzie za chwilę, ranek, o tej porze nie ma wielu zleceń, ściągnąłem z siebie kurtkę, sweter, koszulę — zielone farfocle oblepiały to wszystko. I moją gębę.

Ja pierniczę, pierniczę, pierniczę!

Jak ludzie mogą być tacy podli! Bo co? Bo niektórzy muszą wstać do roboty o piątej trzydzieści? Bo muszą biegać po schodach, mimo że to nie oni zepsuli tę cholerną, pieprzoną, wypindrzoną w kosmos durną windę???

Zmyłem z siebie to lepkie szambiaste i wywaliłem pół szafy na podłogę, żeby znaleźć coś, w czym będę się prezentował równie dobrze jak w poprzednich, starannie dobranych ciuchach.

Ale wiele w tej szafie nie było, bo pranie wiozę do matki dopiero w przyszły czwartek, a to był mroźny początek piątku.

Jak rany, tylko się podpalić i ugasić sobie głowę ciężkim młotem! Piękny początek moich urodzin. I całej reszty mojego życia!

Zbiegłem na dół, z trudem powstrzymując się, by po drodze nie przykopać w drzwi Szarej Zmory.

Taksówkarz spojrzał na mnie przez lusterko i zapytał:

— Do domku o tej porze się wraca, co?

— Zupełnie pan nie trafił — powiedziałem, bo byłem lekko podkurzony.

— A co, humorek nie dopisuje? — ostro skręcił, że o mało nie wyrżnąłem głową w drzwiczki.

Postanowiłem nie wchodzić w konflikt, tylko w kontakt.

— Trochę wypiłem z kolegą, wóz zostawiłem na mieście.

— Aaaa — ucieszył się taksówkarz. — Rozsądnie, rozsądnie.

16

— Muszę być w Magdalence o siódmej — podtrzymywałem konwersację, nie wiedzieć po co.

— A to mogę pana od razu do Magdalenki, za kurs się umówimy poza licznikiem — ucieszył się. — Miałem kończyć na panu, ale mogę pojechać.

Kończyć na mnie? Też mi coś. Jeszcze się dzień nie zaczął na dobre, a ja już byłem wykończony.

— Dzięki, ale mam samochód.

— I będziesz pan wsiadał za kółko w takim stanie? — Aż lusterko wsteczne na mnie skierował i odbiły się w nim jego oczka, rozpalone nagłym błyskiem nadziei na dobry początek tego niedobrego dla mnie dnia.

— W jakim stanie?

— No coś pan — zachichotał — lustra pan nie masz? Widać na kilometr, żeś pan wczorajszy.

Owszem, głowę miałem mokrą, bo przecież musiałem spłukać z siebie to świństwo, którym mnie łaskawie uraczyła sąsiadka, ale żeby od razu wczorajszy?

— Nie, dziękuję — powiedziałem — nie piłem dużo.

— Panie, myśmy też kiedyś ze szwagrem niedużo wypili — zachichotał i przejechał na żółtym — a obudziliśmy się pod Wrocławiem, w pospiesznym, ja to, panie, znam, ja też się lubiłem zabawić, jak młodszy byłem, teraz to cukier mam podwyższony, człowiek uważać musi, ale ja swoje przeżyłem, to młodość rozumiem.

— Nie piłem dużo — powtórzyłem i poczułem się tak, jakby tę taksówkę prowadziła moja matka.

— Panie, wezmą na badanie krwi i prawko rok kibluje u nich, ja do Magdalenki mogę pojechać za stówkę, a pan będziesz spać spokojnie. Nie policzę panu nocnej. No?

— No nie — odpowiedziałem i zobaczyłem, jak mu twarz tężeje.

— Nie to nie. Zachęcał nie będę. Ale się pan zastanów. Dobrze się pan zastanów. Szwagrowi kiedyś zabrali prawko. Jedno to mu zabrali na rok, a tylko dwa piwa wypił, no, może trzy, a drugie od razu potem, jak obławę w Wołominie robili. Przypadkiem. To jest, panie, pech! Oba prawka w jednym roku!

— Fabryczkę miał?

— Panie, każdy orze, jak może! A pan co, z policji jesteś?

— A wyglądam? — powiedziałem ugodowo.

Zachichotał.

— No nie, pan w ogóle nie wyglądasz. Bardziej to już na strażaka, boś pan mokry jeszcze i taki niewyględny. Ja nie namawiam, ale za osiem dych pojadę.

— Dzięki, ale nie.

— A to już jak pan chcesz. Chciałem dobrze. — Odpowiedział i zamilkł, widać urażony, bo ponownie skierował lusterko na drogę.

Warszawa wcześnie rano jest jeszcze pusta, oparłem głowę o siedzenie i przyglądałem się światu. Był dziwny o tej porze, niby spał, a już się budził, w oknach zapalały się światła, nierównomiernie, jakby ktoś losowo wybierał przyciski, tramwaje przemierzały puste ulice, mróz skrzył się wokół latarni, przymknąłem oczy. Adrenalina powoli opadała, pięć minut spokoju mi się należało.

Otworzyłem oczy dopiero, kiedy taksówka stanęła.

— Jesteśmy na miejscu — usłyszałem — trzydzieści dwa.

Jęknąłem.

— Nocna taryfa — mruknął.

Podałem stówę, jedyne pieniądze, jakie miałem, i czekam.

— Drobnych pan nie masz?

Miałem, ale w tamtej kurtce, tej nie noszę, bo jej nie lubię, chyba że mi ktoś zajzajerem obleje tamtą. Ale znam dobrze te teksty, nie mam drobnych, zawsze liczą na to, że dasz się nabrać albo machniesz ręką.

— Nie mam.

Podał mi pięć dych i dychę, więc czekam.

— Nie wiem, czy ja będę miał — powiedział, ale już byłem wkurzony i postanowiłem mu przypomnieć, że przecież całą noc jeździł.

Spojrzał na mnie nienawistnie.

— To moment. — Już ani wesoły nie był, ani przyjazny.

Wyjął jakieś pudełko i zaczął w nim grzebać. Limit mojej wielkoduszności na dziś został wyczerpany. Czekałem cierpliwie, nikt mnie w konia od rana nie będzie robił.

— Jeden, jeden pięćdziesiąt, dwa pięćdziesiąt, trzy — odliczał głośno, powoli, starannie, drobiazgowo i marudnie. Mój ukochany stary samochodzik stał sobie spokojnie dziesięć metrów dalej, więc zacisnąłem zęby i czekałem.

— O cholera! Jeden, dwa, dwa pięćdziesiąt, trzy dwadzieścia, cztery, cztery pięćdziesiąt, pięć…

Jęknąłem.

— Pan mi pomyliłeś. — Taksówkarz zsypał z powrotem drobne do pudełka i ponownie zaczął je wybierać. A mnie powoli zaczęła zalewać krew, ale nic to, postanowiłem wytrzymać.

— Dwa pięćdziesiąt, trzy, cztery…

Czekałem.

— Pięć, sześć, sześć pięćdziesiąt…

Czekałem, a czas mijał.

19

— Siedem…

Czekałem.

— Osiem, proszę!

Wyciągnąłem rękę, wysypał mi drobne, jakby go parzyły, nawet na mnie nie spojrzał.

— Dziękuję — wycedziłem grzecznie przez zęby i wysiadłem.

Taksówkarz ruszył przed siebie, skręcił w lewo w bramę, przecinając ciągłą białą linię, i zaczął wycofywać, ale akurat nadjechała śmieciarka i go zatarasowała. Rzucił mi z daleka nienawistne spojrzenie, ale uśmiechnąłem się życzliwie, no cóż, tak bywa, takie życie, trzeba było sobie drogi przez ciągłą nie skracać, dwieście metrów dalej można było zawrócić, tak jak ja to zrobię za chwilę.

Otworzyłem samochód i ujrzałem moją komóreczkę. Można jednak w centrum Warszawy liczyć na uczciwość ludzką, leżała na siedzeniu pasażera i kusiła los przez całe pięć godzin! I nic! Świat jest dobry!

Wsiadłem.

A potem włożyłem kluczyk do stacyjki.

A potem usłyszałem ciszę.

A potem zobaczyłem, że światło jest włączone. I to nie znaczy, że się paliło.

Mój akumulator umarł.

No jasne. Siedziałem przecież tutaj wczoraj, a właściwie dzisiaj, przy zapalonym górnym światełeczku i czekałem grzecznie na taksówkę, albowiem byłem pod wpływem. I potem wysiadłem. I zamknąłem samochód. I nie sprawdziłem, czy światełeczko wyłączone.

Pieprzyć to!

W sekundę ogarnąłem sytuację.

Zdążę dobiec do taksówki, zanim śmieciara ją od-tarasuje, już za osiem dych nie pojadę, ale negocjować mogę. Porwałem telefon i wybiegłem na ulicę.

W tej samej chwili śmieciara ruszyła, ruszył mój tak-sówkarz, wyminął śmieciarę i przyspieszył, wypadłem na ulicę i zamachałem gwałtownie całym sobą — tak-sówkarz przyhamował, teraz już weźmie stówę. Stówy nie miałem, ale wyjścia też nie, trzeba będzie szukać bankomatu. Podbiegłem, uśmiechnąłem się tak, jak to robią mężczyźni, którzy rozumieją się w pół słowa, ba, w pół gestu, w pół grymasu, włożyłem w ten uśmiech i przeprosiny za tę cholerną resztę, której tak nie chciał mi wydać, przywołując na twarz całą odwieczną histo-rię atawistycznej męskiej wspólnoty marzeń i czynów.

Zrozumiał.

Przyhamował.

A kiedy próbowałem otworzyć tylne drzwi, odwrócił się i przez przednie siedzenie w międzynarodowym ge-ście życzliwości pokazał mi środkowy palec skierowany ku niebu.

I nacisnął gaz.

Pierwszy prezent

Była szósta dziesięć.

Miałem prawie rozładowany telefon komórkowy, sześćdziesiąt osiem złotych w kieszeni i byłem oddalony od Magdalenki o sto złotych i dwadzieścia kilometrów. Szare komórki wykonały szybką operację — stałem pod domem Grubego, na szczęście. Gruby ma samochód, Gruby jest moim dobrym kumplem, Gruby wie, ile zależy od tych zdjęć, ergo — Gruby mnie nie zabije, jeśli do niego zadzwonię. Całe szczęście, że się ze mną umówił pod swoim domem!

Po piętnastu minutach miałem kluczyki od samochodu Grubego w ręku. Wsiadłem. Prawie nówka. Ruszyłem.

Jak będę miał kasę, to też będę jeździł takim wozem.

Płynął, co ja mówię płynął, frunął przez miasto jak ptak, bez krztuszenia się, bez dociskania pedału ruszał z miejsca jak koń wyścigowy, setkę miałem w siedem sekund albo i lepiej, marzenie! Moje wysłużone autko wydało mi się nieporozumieniem, ale oto dostałem pierwszy prezent na dzisiejsze urodziny! Co prawda na chwilę, ale, kurde, co to była za przyjemność!

Na Puławskiej byłem w siedem minut i postanowiłem przybastować — nie mam pojęcia, czy tak rano łapią, a samochód Grubego aż się prosił, żeby wcisnąć gaz do dechy.

Za Piasecznem spełnię tę jego niewyartykułowaną prośbę — postanowiłem.

Płynąłem przez miasto i myślałem o filmie.

Jak je będę filmował, te dziewczyny, przez detal, paznokcie u rąk, pewno pomalowane, dziewczyny w więzieniu dbają o siebie, mają ustaloną hierarchię, inną niż faceci, bo rodzinną — przyjmują role ojców, matek, ciotek, wujów, mężów. Podobno są nawet gorsze niż faceci, twardsze, bardziej okrutne. Więc trzeba je będzie brać kamerą w sposób łagodny, wręcz przeciwnie do tego, co zrobiły i co robią w zamknięciu.

Pokazać jakiś nieśmiały uśmiech, jakiś kosmyk włosów opadający na policzek — jak u niewinnej pensjonarki — wtedy obraz nabierze wymowy.

Albo nogi. Na nogi na ogół nie zwraca się uwagi — nogi są pod stołem lub pod krzesłem, stopy zawinięte o róg fotela, nogi są gdzieś tam. Ludzie nie zdają sobie sprawy, że są widoczne dla innych, i nie wiedzą, jakie potrafią być niespokojne, jak ich palce się unoszą i opadają, jak w czasie trudnej rozmowy bezwiednie się je przekłada z jednej strony na drugą, raz tak, raz siak, toteż kołyszą stopami albo przytupują bezwiednie, czasem kiwają nimi rytmicznie.

Więc może właśnie nogi?

Ustalę to z reżyserem, rzecz jasna, ale dobrze jest mieć swój pomysł.

Ręce… Spokojne albo niespokojne, palce trą nos albo usta, szczególnie jeśli człowiek chce coś ukryć, jest zakłopotany albo kłamie. Może więc same ręce? A dopiero potem całość? I już na końcu kraty, szczęk zamków i zasuw? Odgłos głuchych kroków na więziennym korytarzu, już na zupełnym wyciemnieniu?

A potem niebo, szybką ulicę, mroźny śnieg, jakieś ptactwo szybujące po niebie, wolne i radosne?

Szkoda, że to nie mój film, wiedziałbym, jak go zrobić. O co pytać. Pierwsza miłość, pierwszy pocałunek, dziewczyny to pamiętają. Miękną, jak o tym mówią. Oczy mają takie od razu zasnute wspomnieniem, wilgotne, łagodnieją...

A potem trach! Nóż albo strzał. Jedna z tych więźniarek razem z kolegą zamęczyła chłopaka. Trzy dni go trzymali związanego, u niej w mieszkaniu. Torturowali go. Nie znała go wcześniej. Za co i do kogo miała pretensję, która przerodziła się w taką potworność? To właśnie wiedzieć byłoby ciekawe.

Ale zrobiłbym film! Wiem, że zdjęcia będą genialne. Dobry byłem, naprawdę dobry. *Lipa* dostała nagrodę na festiwalu filmowym. Miałem, cholera, przyszłość przed sobą.

I gdzie ona?

Za dwadzieścia siódma odetchnąłem z ulgą, wiedziałem, że zdążę. Dzień, który zaczął się tak pechowo, rozwijał się całkiem nieźle.

Jechałem dobrą bryką, w dobrym kierunku, bo w stronę Warszawy zaczął się formować korek, uaktywniały się klaksony, ale ja byłem panisko, więc patrzyłem na sznur samochodów z naprzeciwka z ciepłym współczuciem. Trzeba znać kierunek, panowie, wtedy się żyje łatwiej!

Byłem królem życia, mimo wszystko.

Mimo wszystkiego, co mnie w ostatnim miesiącu spotkało, nie mówiąc o trzydziestu dwóch poprzednich latach.

Telefon zawiadomił mnie, że przyszedł SMS.

Za dwadzieścia siódma nikt normalny nie wysyła do ciebie SMS-a — mogli więc to być tylko:

a) Gruby, którego obudziłem i który musiał mnie o czymś pilnie powiadomić, choć Gruby na pewno by zadzwonił;

b) matka, że coś się stało, ale matka nie pisałaby raczej SMS-a, bo ma z tym trudności, a poza tym gdyby to jej coś się stało, toby nie zdążyła nawet zadzwonić;

c) Dżery, mój prawdziwy przyjaciel, który może zadzwonić o każdej porze dnia i nocy, ale i tak tego nie robi, więc nie bawiłby się w durne pisanie SMS-ów przed siódmą rano;

d) Marta, która czasem, jak jeszcze nie mieszkaliśmy razem, pisała SMS-y: „śpisz?", które zresztą często mnie budziły.

Ale Marta już nie istniała.

Wziąłem więc telefon i odczytałem:

Rozmowy przez telefon i wysyłanie SMS mogą spowodować wypadek bądź ostrożny na drodze twój operator sieci wspólnie z Mazowieckim Zarządem Dróg i Policją.

I wtedy usłyszałem z tyłu syrenę.

Odruchowo zjechałem na pobocze, bo karetki trzeba przepuszczać. Ale karetka to nie była, tylko suka, i zatrzymała się przede mną, a ja jak ten idiota, zamiast rzucić cholerny telefon gdzieś, gdziekolwiek, pod fotel, pod kurtkę, na podłogę, czekałem.

Z suki wysiadł gliniarz i wali prosto na mnie:

— Sierżant Poniatowski — przedstawił się elegancko facet mundurowy. — Proszę zgasić silnik i dokumenty poproszę.

Ja pierniczę, pierniczę, pierniczę! To nie do uwierzenia!

— Czy ja coś zrobiłem, panie władzo? — zapytałem pokornie.

— Używał pan telefonu w czasie jazdy i proszę ze mną spojrzeć na odczyt radaru. Czy to jest teren zabudowany?

Spojrzałem na radar, nie było tam żadnych domów. Rozejrzałem się wokół. Teren zabudowany nie był, ale to na pewno teren Piaseczna.

— Jasne, panie władzo, ale...

— To będzie mandacik. Samochód nie pana?

— Kolegi, bo ja...

— Aaa... kolegi... — Władza pokiwała głową z politowaniem. No jasne. Nie wyglądałem na taki samochód. — Kolega też jeździ dziewięćdziesiąt po terenie zabudowanym?

— Rany! — wymknęło mi się. — Jak Boga kocham, ja mam dzisiaj taki dzień, że pan sobie nie wyobraża!

— To widzę — powiedział policjant i spojrzał na mnie z odrazą. Wzrok jego prześlizgnął się po mnie i oparł wyraźnie o moje uszy.

Była za dziesięć siódma.

Przesunąłem ręką po włosach, jeszcze wilgotnych, czułem, że głowa mi odpadnie z zimna przy tym uchylonym oknie, i przy uchu trafiłem na jakiegoś gluta. Spojrzałem na swoją dłoń i wstrząsnęło mną obrzydzenie, tak prawdziwe, że policjant przyjrzał mi się z ciekawością. Na palcach miałem marznącego zielonego smarka z wody po kwiatach Szarej Zmory. Jaka właścicielka, takie kwiaty.

— Się balowało wczoraj? — spytał, a w jego głosie nie było zrozumienia.

— Przysięgam na wszystko... — zacząłem, ale mi przerwał.

— Stop, będzie mandacik, będą punkciki...

26

— Kurwa mać — wyrwało mi się i dopiero teraz spojrzał na mnie życzliwiej. — Niech pan mnie od razu za-
pudłuje. — Wyszedłem z samochodu i podałem mu łapy
do skucia, jak na filmach amerykańskich. — Najpierw
się okazało, że telefon mam w samochodzie, budzik obudził sąsiadkę, która mnie oblała tym gównem. — Wytarłem rękę o spodnie, bo nie skorzystał z możliwości
natychmiastowego zakucia mnie w kajdanki. — Samochód zdechł, bo zostawiłem światło, kolega na gwałt pożyczył, bo mam zdjęcia w Magdalence, a na taksówkę
nie miałem, przez telefon nie gadałem, ale SMS-a jakiś
dureń mi przysłał, to się przestraszyłem, że coś z matką, a tu niech pan patrzy, ostrzega policja — odczytałem
wiadomość i podsunąłem mu pod nos komórkę — a ja
mam dzisiaj urodziny!

— Robert, chodź tu! — krzyknął uradowany sierżant
do kolegi. — Nie uwierzysz! To dopiero ubaw!

Pan Poniatowski i jego kolega Robert odczytali sobie
SMS-a raz jeszcze na głos i rozbawiło ich to tak bardzo,
że aż samochody zwalniały, nie tylko jak zwykle, ale
jeszcze bardziej, żeby się przyjrzeć radosnej od świtu
władzy. Mnie do śmiechu nie było w ogóle.

Stałem na poboczu jak palant.

Czas!

Właśnie minęła siódma!

Już jestem spóźniony.

— Wesoło nam się dzień zaczął — powiedział sierżant i oddał mi komórkę. — Odważnie pan sobie z wła-
dzą poczyna, co, Robert? — Robert kiwnął głową. — Nie
dureń przysłał panu tego SMS-a, tylko mazowiecka
policja!

Miałem przechlapane.

— Słowo honoru, wymknęło mi się — powiedziałem szczerze, pogrążając się nieodwołalnie. — Nie pana miałem na myśli, tylko policję.

— A to miło, miło — uśmiechał się sierżant, a ja przeklinałem własną głupotę. — Policję?

Nie odpowiedziałem.

Miałem wszystkiego powyżej uszu.

Dostanę z pięć punktów, ze trzysta złotych mandatu, a debet na koncie przekroczy limit.

Było mi już wszystko jedno.

Nie zamierzałem się dalej poniżać.

— Poucze pana tym razem — usłyszałem, nie wierząc własnym uszom — jedź pan w prezencie urodzinowym i nie obrażaj pan władzy.

Z radości o mało nie wyrżnąłem głową przy wsiadaniu.

Jednak nieźle mi się zaczynał dzień!

W życiu nie opowiem żadnego kawału o policjantach, a znam ich tysiące, obiecałem sobie w duchu i poczekałem, aż ktoś łaskawie wpuści mnie z powrotem na szosę.

W Magdalence byłem siedemnaście po siódmej.

Ekipa była zniecierpliwiona, dwa samochody na podjeździe, grupka mężczyzn palących papierosy, nie znałem żadnego, wypad z zawodu na dwa lata zrobił swoje. Wszyscy przyglądali mi się nieżyczliwie. Gdybym przyjechał swoim samochodem, pewno zrobiłbym lepsze wrażenie, ale bryka Grubego waliła po oczach.

— Jestem — wyciągnąłem rękę na powitanie do najstarszego. — Sorry za spóźnienie, to pan jest reżyserem?

Nie raczył odpowiedzieć, tylko kiwnął głową w stronę malutkiego pizdryczka, który siedział w drugim samochodzie.

Podszedłem tam i zastukałem w szybę.

— Dwadzieścia po siódmej — poinformował mnie Model Portable.

— Przepraszam, jestem facetem po przejściach — zacząłem dowcipnie, ale jego wzrok osadził mnie natychmiast. — Miałem spotkanie z policją.

— Bierz sprzęt i wskakuj, przepustkę mamy tylko na ten samochód.

Jaki sprzęt?

Sprzęt to ja zawsze mam przy sobie, jak każdy szanujący się facet, a właściwie każdy niezależnie od szacunku.

— Sprzęt? — powtórzyłem i ciemno mi się zrobiło przed oczami.

— Kamerę — powiedział i wiedziałem, że jestem pogrzebany.

U rodziny

Jestem człowiekiem nieszczęśliwym, z grubsza rzecz biorąc. Na przykład urodziny obchodzę raz na cztery lata. Trzeba mieć cholernego pecha, żeby się urodzić 29 lutego! Nic dziwnego, że tak długo dojrzewam. Jakby Marta miała urodziny co cztery lata, też byłaby lekko niedorozwinięta, taki człowiek nie może za sobą nadążyć. Dziś masz dwadzieścia osiem, a w następne urodziny okazujesz się grzybem po trzydziestce.

Tak właśnie jest ze mną.

Jakby nie dość tego było, rodzice na ojca chrzestnego wybrali brata matki, który mógł naprawić błąd, jaki popełnili, chcąc mnie nazwać tak właśnie, jak, niestety, mam na imię, i który mógł być moją ostatnią deską ratunku, ale nie tylko nią nie został, lecz wprost przeciwnie.

Bardzo przyjemny człowiek, tylko wypić lubił. Każdy lubi, ale on lubił specjalnie.

Miałem co prawda nosić imię Justynka lub Jadwisia, ale na szczęście dla mnie okazało się, że to nie wchodzi w grę, jak tylko zobaczyli, z jakimi atrybutami władzy wkroczyłem w ten świat. Podobno cały oddział szpitalny się zleciał, żeby popatrzeć, co mnie zresztą wcale nie dziwi.

Moja matka oczywiście natychmiast musiała to opowiedzieć najpierw w podstawówce mojej wychowawczyni, potem w szkole średniej mojemu profesorowi geografii, z którym, jak się okazało, ojciec chodził do szkoły w Łomży, a potem moim kolejnym narzeczonym.

Jakby same nie wiedziały!

W każdym razie do dzisiaj, jak matka zaczyna od tekstu: „Co prawda nigdy nie zdradzam szczegółów z życia mojego syna, ale pozwólcie, że opowiem..." — cierpną mi jaja.

Taki odruch. Ona zresztą każdą swoją wypowiedź zaczyna od słów: „Co prawda nigdy". Bywa to niekiedy zabawne, szczególnie jeśli się żali na świat, który według niej jest miejscem mocno przereklamowanym i niezbyt przyjaznym. Nie jest jednak zupełnie niezdolna do entuzjazmu.

Matka ma pieska.

Wstydzę się nawet powiedzieć jakiego, bo nienawidzę sukinsyna z wszystkich sił. Brzydzę się nawet tego słowa, które określa jego rasę. Powiem tylko, że jest mały i hałaśliwy. Bardzo mały i bardzo hałaśliwy. Zna mnie sukinsyn od czterech lat, ale zawsze, kiedy tylko wpadam do matki, zabiera się do moich łydek. Próbowałem już różnych rzeczy, żeby go przekupić, ale mowy nie ma. Zresztą czym go przekupywać, jak matka serwuje mu dziesięć deko polędwicy wołowej dziennie? On pluje na krakersiki, ciasteczka, kiełbaski i tym podobne bzdury, którymi każdy prawdziwy pies chętnie daje się oswoić.

Bestia wabi się Herakles (Chryste Panie!), po Heraklesie oczywiście, i to dlatego, że matka jest miłośniczką wszystkiego, co greckie.

— Ty wiesz, że ja nigdy nie byłam osobą, która szuka oryginalności, ale takie psiąteczko musi mieć przynajmniej oryginalne imię, nie sądzisz?

Nie sądziłem. Milczałem i tylko kiwałem potakująco głową, nauczony tego przez lata kontaktów z matką.

Przecież wiem, że ona pyta nie po to, żeby usłyszeć odpowiedź, ona pyta tak, jak pytają kobiety.

Mówi do siebie, udając oczywiście, że mówi do mnie, po to zaś mówi, żeby usłyszeć swój głos, a ponieważ nie dosyć jej pytania, więc i odpowiada sama sobie, żeby upewnić się, że wciąż jeszcze może mówić.

A jak może mówić, znaczy — że żyje.

Matka pod tym i wieloma innymi względami jest podobna do wszystkich innych kobiet.

Herakles to była ostatnia z wielu propozycji, jakie sobie w mojej obecności składała, następnie obalała, następnie wysuwała zupełnie nowe, następnie pytała, czy nie sądzę, ja kiwałem głową, a ona szukała jeszcze następnych.

Zeus, Bush, Generał, Arni, Dolar, Obłomow (matka kocha też literaturę rosyjską), Kmicic, Aureliusz, Kolumb (choć matka uważa, że Amerykę odkrył niepotrzebnie), Tadeusz (po Kościuszce) i tak dalej.

Ja optowałem za Larwą, ale w myślach, rzecz jasna.

Nauczyłem się mieć dobre stosunki z matką, odwiedzam ją często. Jak przywożę pranie i jak odbieram. Ostatnio, po wyprowadzce Marty, przynajmniej raz w tygodniu.

Stanęło w końcu na Heraklesie, bo:

— Ty wiesz, że ja nigdy nie jestem czułostkowa, ale ten pieseczek jest taki malusi, a taki dzielniusi, moje pieski, najdzielniejsze, mądrutkie, kochane! — I matka rzuciła się całować po pysku obrzydliwego Heraklesa, który oczywiście natychmiast się w niej zakochał.

W świetle tego, co matka opowiada znajomym o Heraklesie, mocno przesadzone mogą się wydać opowieści o mnie jako noworodku, ale wtedy była młodsza i bardziej spostrzegawcza, miejmy nadzieję.

Czasami nie ma kontaktu z rzeczywistością i świat na ogół postrzega nieprzyjaźnie.

— Otóż wyobraź sobie, kochanie — mówi, rozsiadając się wygodnie w fotelu i biorąc ten żywy dowód na poczucie humoru Pana Boga na kolana — że stałam w naszym sklepie, wiesz którym?

Kiwam głową.

— Ale nie tym, co myślisz…

Ciekawe, skąd matka wie, o którym sklepie myślę? Nie myślę o żadnym sklepie, kiwam głową z uprzejmości.

— …nie ten z panią Halinką, ona, biedaczka, nie żyje, zresztą nic dziwnego, jak się ma takiego męża, to lepiej umrzeć, nie to, co twój ojciec, który, Panie świeć nad jego duszą, był człowiekiem wielkiego formatu, całe szczęście, że nie doczekał tych czasów, kiedy młodzi się tak marnują, że nie widzi swojego syna, który miejsca sobie w życiu nie może znaleźć…

Tu wyłączam się już zupełnie, opanowałem tę sztukę w stopniu zadowalającym, patrzę na matkę uważnie, ale nie widzę, nie słyszę, zastanawiam się — jakby tak przesunąć fotel pod okno, to teraz słońce rozświetlałoby jej włosy, nosi kok, żadna ze znanych mi kobiet nie nosi już koka, jakbym ją tak wziął jak Sobociński, to wyszłaby niezła ikona przeszłości.

— …i stoję spokojnie, aż tu za mną jakaś starucha jak nie zaskrzeczy: pani szybciej kupuje, bo ludzie czekają! A wiesz przecież, że Herakles z żyłami nie zje, prawda, ciapuleczko moja? Udaję, że nie słyszałam, i proszę, żeby mi odkroiła z następnego kawałka, bo to dla psa, który tylko tym się żywi, więc nie można mu dawać czegoś niejadalnego, a ona jak z twarzą nie wyskoczy! Ludzie nie mają co jeść, a pani psa polędwicą karmi?! Czy ty mnie w ogóle słuchasz?

Nie udało się!

Nie przyłapała mnie, a miewa taki brzydki nawyk, mówi, mówi, a potem znienacka, kiedy już jesteś lekko uśpiony monotonią jej głosu, pada to pytanie.

Ale się nie udało tym razem!

Lata wprawy!

— Mamo! Ależ oczywiście, że cię słucham! Mam nadzieję, że coś jej jednak powiedziałaś!

— Ty wiesz, że ja nigdy… — zaczyna zupełnie nowe zdanie — nigdy nie jestem agresywna i nienawidzę chamstwa, ale już w progu odwróciłam się i powiedziałam: a pani z okazji weekendu niech w gardle ta kiełbasa toruńska stanie! Bo toruńską kupowała. I wyszłam! Wyobrażasz sobie, jak ludzie schamieli?

Wyobrażałem sobie. A nawet nie musiałem sobie wyobrażać.

Taka jest w dużym skrócie moja matka.

I ma brata. Ludzie miewają wujków i nie ma w tym nic złego, ale brat matki jest moim ojcem chrzestnym, w czym również nie ma nic dziwnego, tyle że ja przez niego mam do dzisiaj kłopoty.

Moi starzy zastanawiali się nad imieniem męskim dopiero po ujrzeniu mnie w całości, ale nawet to ich nie usprawiedliwia. Wiem, że brali pod uwagę takie imiona, jak Jowinian, Jozafat, Jonasz i Jokasta. Judasza sobie odpuścili, nie wiedzieć czemu.

Przy Jokaście się strasznie pokłócili, bo ojciec nie chciał uwierzyć, że to imię żeńskie, matki i żony Edypa w jednej osobie, a latał palcem po słowniku i wychwytywał imiona na J, bo matka twierdziła, że imię dziecka powinno zaczynać się wyłącznie od długiej litery, a J jest najdłuższą literą w alfabecie. Przedtem trafił na Jom Kippur i też mu się podobało, więc właściwie mogło się dla mnie skończyć jeszcze gorzej, gdyby to ojciec był decydentem. A ojciec był decydentem wyłącznie w zakresie techniki, ponieważ był inżynierem, a jego ogromną pasją (następną po radiach) były samoloty wojskowe, ze szczególnym uwzględnieniem spitfire'ów, które do dzisiaj (w liczbie czterech) latają, a mają po siedemdziesiąt lat, oraz ich kolegów meserszmitów.

Jokasta go strasznie zdenerwowała, bo po pierwsze, jego zdaniem, to imię typowo męskie, po drugie — cesarskie (dzisiaj myślę, że skojarzyła mu się z Bokassą), po trzecie, uważał, że moja matka robi go w konia, tłumacząc, że matka i żona Edypa to jedna osoba, a mojemu ojcu, człowiekowi porządnemu, takie rzeczy nie mieściły się w głowie.

— No cóż, spitfire'y są prostszymi urządzeniami niż kobiety — to mi powtarzał.

W każdym razie ojciec zaproponował Holofernesa i Henryka (przepadał za Henrykiem VIII, ciekawe z jakiego powodu?) i tu się jego inwencja wyczerpała.

Zawsze ulegał matce.

Aż umarł.

Co prawda na zawał, ale jednak.

*

Nazwano mnie Jeremiaszem.

*

Matka po latach walk, żeby przestała do mnie mówić: Baczku — ustąpiła. Wcześniej długie lata walczyłem, żeby przestała do mnie mówić: Robaczku. Teraz mówi do mnie: Jeremciu. Ale za każdym razem, kiedy słyszę: Jeremciu, cierpnę.

*

Gdyby nie ojciec chrzestny, mógłbym oczywiście używać drugiego imienia, bo i to na chrzcie świętym dostałem. Ale nie będę go używał, nigdy, tak mi dopomóż Bóg, ojczyzno i honorze.

Na drugie imię mam bowiem Maria.

Właśnie dlatego nie przepadam za bratem matki i uważam, że mi wyrządził dużą krzywdę.

Pić, owszem, można (ja też za kołnierz nie wylewam), a z okazji chrztu siostrzeńca szczególnie — ale po, a nie przed. On zaś zaczął rano, od dziesiątej. Jak niesie wieść rodzinna, jego ulubioną maksymą było: Setka? Rano? W niedzielę? Przed mszą? Na czczo? Czemu nie?

Jak mawiał Witkacy: pół litra do śniadania, pół do obiadu, pół do kolacji...

O pierwszej podobno ojciec chrzestny już mówił bardzo niewyraźnie.

Ojcu udało się przeforsować dla mnie drugie imię normalne. Brzmiało — Marian, po ojcu chrzestnym właśnie. Do trzynastej.

O trzynastej dziesięć, jak przypuszczam, kiedy ksiądz zapytał, czy wyrzekli się szatana, a oni potwierdzili ochoczo, i jakie imię nadać dziecku, wuj, trącony mocno w łokieć przez swoją siostrę, a moją matkę, wybełkotał:

— Jeremias Maria.

I tak zostało. Zamiast Jeremiasz Marian. Jeremiasa na Jeremiasza poprawili w akcie od razu, Maria został.

Nie mówię o tym nikomu, bo wstyd wielki, ale Jeremiasz też im się nie udał. Jan zaczyna się od J, tyle fajnych imion, Jerzy, Jacek, ale nie, musiało być oryginalnie.

Jak Boga kocham, widzę matkę, która nachyla się nade mną leżącym w kołysce i mówi do ojca:

— Ty wiesz, że ja nigdy nie nalegam, ale Jan to brzmi tak trywialnie, nigdy cię o nic nie proszę, ale sądzę, że tylko Jeremiasz będzie odpowiednim imieniem dla naszego robaczka...

Ojciec dawno temu, kiedy go zapytałem: dlaczego? dlaczego??? — rozłożył ręce i powiedział:

— Ty wiesz, że twojej matce trudno się oprzeć.

Tu nie miał racji, bo mojej matce oprzeć się w ogóle nie można.

Czego był żywym dowodem.

Do czasu.

I żeby na dodatek nie poczekać na pierwszego marca chociażby, tylko wybrać sobie na poród ostatni dzień lutego, w roku przestępnym, to już zakrawa na kpiny!

Więc dzisiaj są moje urodziny.

Trzydzieste drugie.

Lub, jak kto woli, ósme.

Zależy, jak liczyć.

*

Jest piątek. Na pewno wpadną Dżery, Alina, z którą się przyjaźnię, mimo że to kobieta, Bartek z Aśką. Gruby pewno nie, bo wszystko, co miał do powiedzenia, kiedy oddawałem mu samochód, brzmiało z grubsza:

— Ty pojebańcu, aleś mnie urządził, a skąd ja mogłem wiedzieć, że ty nawet kamery nie weźmiesz, kurwa, ja pierdolę, aleś mi, gnoju, narobił, pieprz się, teraz ja mam przez ciebie przesrane.

Więc nie liczę na niego specjalnie.

Wróciłem do domu o pierwszej, bo z Magdalenki jechałem w korku.

W tym samym, który obserwowałem tak radośnie, jadąc w tamtą stronę. A potem musiałem jeszcze naładować akumulator.

I dopiero teraz mam czas, żeby rozejrzeć się po chałupie.

*

Syf.

Jak kobieta, która się wyprowadza, może zostawić taki śmietnik, pozostanie jej słodką tajemnicą. Zlew pełen naczyń, na podłodze koty z kurzu, lustro w łazience białe od kremu do golenia.

Na pościeli plamy od keczupu, jadłem pizzę, owszem, ale nie przypominam sobie, żeby coś pokapało. A poza tym pizzę jadłem dawno, zaraz po zerwaniu z Martą.

Sześć tygodni temu mniej więcej.

Sam sobie będę musiał z tym wszystkim poradzić.

Jak zwykle.

Ciekawe, że przez cztery lata związku z Martą nie zauważyłem, że żyję z fleją! Sprytnie to ukrywała. Jak wiele innych rzeczy zresztą.

Postanowiłem posprzątać.

Zacząłem od łazienki. Ręczniki do prania, na cholerę ich tu tyle, spodnie do prania, sweterek po Szarej Zmorze do prania, z lustra się nie chciało zmyć, wziąłem płyn do kibla, puściło, umywalka czyściutka, kibel czysty, gości można wpuszczać, gazetę po Marcie zostawiłem, bo Angelina Jolie na okładce, chude toto co prawda jak chińska litera, ale sobie przeczytam. Jezu, jaka stara gazeta, nie szkodzi, ubawię się. Stare ploty mają to do siebie, że życie już dopisało ciąg dalszy, trochę wiem, bo czasami podczytywałem. O, na przykład najlepsze małżeństwo w Hollywood, Vanessa i Johnny Depp, związek znaczy, bo ślubu nie wzięli. A on zaczął chlać i ją zostawił.

Wezmę to sobie do kąpieli, nikt mnie z łazienki już nie będzie wyrzucał, bo „siedzisz tam już godzinę, a ja muszę wejść".

Olejek do kąpieli w spadku po niej też zostawiłem, bo mężczyźni mogą takich rzeczy używać, pod warunkiem że nikt o tym nie wie.

Krem do gęby wyrzuciłem, bo jak mnie tym raz posmarowała, to czymś mnie obrzuciło. Lepiej wyrzucić, niż dać się obrzucić.

Ściągnąłem pościel, upakowałem do torby z ręcznikami i innymi rzeczami do prania — w sobotę idę do matki prać. Dwa marne kwiatki stojące na parapecie wywaliłem, kwiatki — to dużo powiedziane, wspomnienie kwiatków, zeschłe badyle w doniczkach, Marta je przyniosła przed Bożym Narodzeniem, żeby ładnie wyglądało.

A to coś wystające z doniczek wcale nie wyglądało ładnie, wyglądało ohydnie i naśmieciło pod parapetem.

Wypad.

Wyjąłem odkurzacz i przejechałem mieszkanie w try miga, książki złożyłem na kupę, płyty też, zresztą się przydadzą, i wparowałem do kuchni.

Nie mam bladego pojęcia, dlaczego w domu, w którym nikogo nie ma całymi dniami, syf się mnoży, rozrasta i obejmuje coraz większe obszary.

Patelnia żeliwna do wyrzucenia, bo coś tak przywarło, że aż mnie zbrzydziło, umyłem wszystkie kubki, które były w zlewie, a wszystkie były w zlewie, i talerze, które również wszystkie były w zlewie.

W lodówce na serze, który chyba pamiętał Martę, rosła penicylina. A na cholerę mi penicylina.

Karton z mlekiem śmierdział, ale nic nie wyciekło, bo mleko stało sztywno.

Sok pomarańczowy miał szary szlaczek, wypisz wymaluj jak sąsiadka z dołu gębę.

Wypad, wypad, wypad.

Przetarłem puste półki papierowym ręcznikiem.

Z kuchnią jest taka sprawa, że jak cokolwiek ruszysz, to się okazuje, że pod spodem jest stajnia Augiasza.

Kosz na śmieci pełny, bierzesz kosz, a pod koszem syf, sprzątasz ten syf, a tu podłoga brudna, myjesz podłogę, a nagle szafki okazują się zapaćkane, przecierasz szafki, to blaty są do umycia.

Jak umyłem blaty, to widzę, że czajnik elektryczny wygląda jak wyjęty ze śmietnika, plamy ma takie z boku nie wiadomo po czym, bo przecież w czajniku nic prócz wody się nie gotuje i stoi sobie osobno, to nie ma prawa być brudny.

Nigdy przedtem nie był.

Jak umyłem czajnik i sięgnąłem po kosz, żeby wynieść śmieci, to sobie przypomniałem, że jeszcze dwa pełne worki są na balkonie, już dawno miałem je wyrzucić.

Dobrze, że są mrozy, więc nie śmierdzą.

Idę na balkon, za jednym zamachem wszystko zniosę, choć cholerna winda nie działa, ale i tak przecież jakieś piwo muszę kupić, bo do jedzenia zamówię wietnamskie, mam najbliżej, dogotuję ryżu i opędzę całe towarzystwo pięcioma porcjami wieprzowiny słodko--kwaśnej.

Marta była przeciwna tym wschodnim wynalazkom, bo jej zdaniem oni koty albo szczury przerabiają w tych punktach. Sanepid przyjeżdża, pyta: co tam gotujecie? A wiepsiowinke, wołowinke, kujciaka, cielencinke. Sanepid patrzy, a szczury biegają w tle. A to co? Kujciak, kujciak!

Ale Marty nie ma.

I nie ma problemu.

Wyszedłem na balkon i chwyciłem za worki.

I to był duży błąd.

Niechby sobie stały, dopóki mróz nie puści. Niestety przymarzły, i to samym spodem.

Reszta się oderwała dość lekko i rozsypała. Ja pierniczę, jak pech, to pech. Co mogłem, pozbierałem, ale reszta wyglądała ohydnie. Odłupać się nie da, chyba że wiertarką. Co mnie podkusiło, żeby to ruszać?

I co teraz? Chłopaki się napiją, ktoś wyjdzie na balkon, wtopa.

Sąsiedzi z góry o te śmieci pretensji mieć nie powinni, bo ich pies szcza na balkonie i wszystko do mnie leci. Co prawda tylko wieczorem, bo jak sąsiada nie ma, a czasem pracuje na nocną zmianę, to sąsiadka boi się wychodzić; tak psa nauczyli, że wieczorem na spacer idzie na balkon. Gówna też tam leżą, ale co to mnie obchodzi, skoro sąsiad z góry. W kwestii szczyn lepiej mieć sąsiada niżej, w kwestii zaś gówien wyżej, bo w lecie smród do góry leci.

Niżej jest Szara Raszpla, która wrzeszczy, ale przekonała się naocznie, że nie ode mnie czasem jej kapnie z psa jakiś sik, i jeszcze bardziej niż mnie nienawidzi tamtego sąsiada.

Pocieszające.

A gdyby spróbować młotkiem, może odejdzie? Wziąłem wybijak, wziąłem młotek — trzepnąłem tak, że

41

oderwałem kawał lodu razem z przymarzniętym kawałkiem czarnego wora, w którym było coś nie do rozpoznania, i to coś poleciało na dół. Jak rany! Wychyliłem się, ale szczęśliwie pod balkonem nikogo nie trafiło. I nie zaczepiło o balkon Raszpli.

Ja pierniczę, żebym zajmował się odrąbywaniem śmieci, i to tylko dlatego, że żyję w takim klimacie?

Wrzuciłem draństwo do podwójnego czarnego wora, zmarzłem jak pies, w domu z dziesięć stopni, zdążyło się dokładnie wywietrzyć, bo jednak trochę czasu mi zajęło to robienie porządku na balkonie.

Włączyłem piekarnik, żeby się nagrzało, dzwonek do drzwi.

Stoi Zbyszek, sąsiad z prawej, i podaje mi kawał lodu z kawałkiem czegoś zmarzniętego.

— Widziałem, że coś ci spadło, boś na balkonie robił, to przyniosłem — mówi i przygląda się temu ciekawie.

— Dzięki — mówię, bo nie wiem, co powiedzieć.

— A co to jest? — pyta.

Przecież mu nie powiem, że nie mam pojęcia. Też się temu ciekawie przyglądam, chyba to resztki jajecznicy przymarznięte do leniwych, które zrobiła matka, a o których zapomniałem. Pokryła je w lodówce żółtawa kleista masa i musiałem to wychrzanić kilka tygodni temu.

— A wiesz, takie tam…

— To, człowieku, masz szczęście, że zauważyłem, boby spadło i byś nawet nie wiedział. A ja sobie tak myślę: leci coś, a może to coś ważnego? — mówi. — To ci przyniosłem. A co u ciebie tak zimno jak w psiarni? — Wsadza głowę do mieszkania i węszy. — Nie grzeją? Remont robisz?

42

— Dzięki — mówię, jakby mi wiertarkę przyniósł,
a nie kawał zgnilizny. — Nie, żaden remont, sprzątam.
Kaloryfery gorące, tylko wietrzyłem.

— A bo zapach jakiś taki…

Tu się zagotowałem. Zapach mu się nie podoba. Mnie
też się nie podoba, jak jara na balkonie, bo dym wszędzie leci, do mnie do mieszkania też, a ja tego nie lubię.
Okna w dodatku muszę zamykać, bo on z żoną wymia-
ną poglądów na tym balkonie się zajmuje.

— Byś w cholerę to rzucił! — mówi jego żona, której
nie widzę, bo jest w mieszkaniu, ale przecież ją znam,
razem się tu wprowadzaliśmy. Nawet niebrzydka blondynka, chyba pielęgniarka. Chcieli się zaprzyjaźniać, ale
ja znowu nie jestem taki prędki do nowych znajomości.
Poza tym wtedy jeszcze dużo pracowałem i dorabiałem
trochę przy reklamach.

— A co ci to przeszkadza, jak wychodzę! — mówi
on, jakby stał przy mnie, a stoi na swoim balkonie, tuż
obok mojego zresztą.

— Ale leci!

— Nie leci, tu dmucham!

— A ja ci mówię, że czuć!

— Nic nie czuć!

— To sam sprawdź!

— Tu jestem, to jak mam sprawdzić w środku?

— Zresztą co ty czujesz, jak ty palisz i palisz, ty z tego
domu uciekasz!

— Jakbym uciekał, tobyś mnie nie widziała!

— Nie widzę, bo całe wieczory na balkonie siedzisz!

— Weź, nie zasłaniaj telewizora!

— Nie zasłaniam!

— Zasłaniasz!

— To skończ z tym paleniem!

— A co ci to przeszkadza, jak na balkonie palę!

— Bo czuć!

— Nie czuć!

— To chodź i sprawdź!

Znam to na pamięć, całe lato tak sobie gadają, mnie nad uchem, a i dym do mnie zasuwa. Nie zwracałem na to uwagi, bo sam jarałem jeszcze niedawno, więc nie chcę wyjść na nadgorliwego neofitę. Ale co on mi teraz będzie zwracał uwagę, że u mnie zapach nie taki?

— To, sąsiad, uważaj na drugi raz. Bo to ktoś znajdzie nieuczciwy i zginie. Miałeś szczęście, że akurat przechodziłem. To wbiegłem na trawnik, patrzę, myślę: może coś potrzebnego, to przyniosłem.

— Dzięki, naprawdę jestem wdzięczny.

— Ale coś ci śmierdzi w domu — upiera się on, jeszcze chwila, a mu przyłożę, ale grzecznie się uśmiecham i zamykam drzwi.

Śmierdzi! Coś podobnego!

Wchodzę do kuchni.

Smród nie do opisania.

Nie śmierdziało, póki nie wziąłem się do porządków.

Nie musiałem długo szukać — podgrzała się patelnia teflonowa z czarną plastikową czy cholera wie jaką rączką, razem z rękawicą do gorącego, kupioną przez Martę, która właśnie płonęła wesołym, rześkim płomieniem.

Włożyła to do piekarnika, nawet mnie o tym nie uprzedzając!

Weź, człowieku, i się odstrzel, bo nie przewidzisz, co zrobi kobieta z twoim własnym domem. A zrobi na pewno to, na co ty byś nigdy nie wpadł. Żeby kłaść w ogień łatwopalne rzeczy? To się w pale nie mieści.

Następną patelnię wyrzuciłem, rękawicę zgasiłem i wrzuciłem do worka, okno w kuchni otworzyłem, żeby się wywietrzyło jeszcze raz, i poszedłem po zakupy oraz wynieść śmieci.

Siedem pięter w dół, z trzema worami. Bankomat dopiero na Górczewskiej, zimno jak cholera, trzy stówy wyjąłem, debecik wzrósł, ale przynajmniej na szczytny cel poszło. Nakupiłem browaru, żona Bartka, Aśka, pije białe wino, to kupiłem białe wino, wódkę jakąś oraz pięć porcji wieprzowinki smakowitej po chińsku czy tam po wietnamsku, rozmnożę, jak ryżu dogotuję, jakieś napoje, jakieś orzeszki, o mało mi rąk nie pourywało, i po raz kolejny udałem się na siódme piętro, przeklinając nieczynną windę.

Szóste minąłem na paluszkach.

Byłem z zakupami, miałaby Raszpla nade mną przewagę.

Tym razem się wkurzyłem.

Dlaczego nikt nie zrobi porządku z tą cholerną niedziałającą windą? Przecież to nie do wytrzymania! Położyłem zakupy na wycieraczce i zacząłem szukać kluczy do mieszkania. W sąsiednich drzwiach stanęła żona Zbyszka. Uśmiechnąłem się grzecznie i przywitałem.

— Zakupy? — uśmiechnęła się, ale jakoś inaczej niż zwykle, kiwnąłem głową potakująco, bo w zębach miałem portfel, a klucze się, psiamać, gdzieś zapodziały.

A ona stanęła przy windzie, pokręciłem głową, że nie, nie działa, ale drzwi się otworzyły i ona sobie spokojnie weszła do cholernej działającej windy! Która zjechała na dół!

Kobiety cię potrafią wyrolować jak nikt!

Cisnąłem zakupy w kuchni i wziąłem się do wyładowywania siat. Alkohole do lodówki, chińskie do gara.

Nastawiłem wodę na ryż, nie miałem pojęcia, kto wpadnie, ale jak się mięso zmiesza z ryżem, to będzie na tyle osób, na ile ma być, dziesięć, dwadzieścia... Orzeszki otworzyłem, mogą być w puszce, nie muszę brudzić naczyń.

Byłem gotów na świętowanie.

Procenty w zamrażalniku nabierały mocy sprawczej, muzę puściłem i dopiero kiedy walnąłem się na kanapę — bo Marta mój ulubiony fotel wyrzuciła, a ja się na to zgodziłem w imię kompromisu — poczułem, jak potwornie jestem zmęczony.

Związki powinny być zakazane prawnie

Precz z kompromisami i precz ze związkami. Związki powinny być prawnie zakazane. Co czwarte małżeństwo się rozpada, a wszyscy trąbią, że tylko rodzina ma rację bytu.

Małżeństwa powinny być niezawierane pod karą administracyjną.

Jakie to szczęście, że się nie ożeniłem, chociaż takie głupie myśli, owszem, też mi chodziły po głowie. Kobieta ci zrobi z mózgu papkę i ani się obejrzysz, już nawet nie pamiętasz, że kiedyś miałeś mózg. Ale to minęło bezpowrotnie. Już nie dam się na to nabrać.

Życie samotnego mężczyzny może być piękne.

*

Spojrzałem na zegarek — tykał głośno i cały czas miał wetkniętą szmatę między dzwonkami; wyjąłem ją i rozdzwoniło się znowu, ale tym razem zobaczyłem już z prawej strony przycisk. Rano go nie było, tego byłem pewien. Nacisnąłem — dzwonki zamilkły, nacisnąłem raz jeszcze, zaczęły terkotać, nacisnąłem trzeci raz, zamilkły.

Jest!

Brawo!

Szczota na dole się uaktywniła!

Budzik działa i tam!

Zawlokłem się do łazienki, żeby wziąć szybki prysznic, po tym całym dniu, który zaczął się w nocy, byłem wykończony.

Woda leciała i leciała, a ja stałem pod prysznicem i marzyłem, żeby ten dzień się nareszcie skończył. A kiedy wyszedłem z kabiny, okazało się oczywiście, że w łazience ani śladu ręcznika, i w szafie również nie ma żadnego ręcznika, musiałem na golasa rozgrzebywać pranie przygotowane do wyniesienia do matki, żeby znaleźć coś do wytarcia.

Poszedłem do kuchni i nastawiłem do gotowania kilogram ryżu.

Kiedy zadzwonił telefon, pogłośniłem muzykę. Carlos Santana dawał czadu w sambie, stare, ale jare, niech wszyscy, którzy sobie o mnie dopiero w tej chwili przypomnieli i dzwonią, wiedzą, że nie siedzę sam jak kołek, trwa balanga.

To była moja matka.

— Jeremciu? — usłyszałem po swoim „halo".

Do dziś mnie nie rozpoznaje czy jak?

— Cześć, mamo.

— Kochanie, co tam u ciebie tak głośno? Ścisz trochę, bo nic nie słyszę! — Nic nie mówiłem, to co miała słyszeć? Ale posłusznie ściszyłem.

— Czy to nie *Samba Pa Ti*, zrób głośniej, moja młodość! — ucieszyła się matka.

No cóż, nawet na odległość moją ukochaną muzykę matka umie mi obrzydzić.

A z dołu stukało.

Mojej matce się samba podoba, to i Raszpla powinna ją lubić.

— Kochanie, wszystkiego naj, naj, naj! Żeby ci się dobrze układało z Martą, choć nie wiem, czy to możliwe,

48

żebyś nareszcie robił to, co chcesz, co lubisz, co przyniesie ci satysfakcję, ale nie tylko chwilową i zaspokajającą twoje ego; niech to będzie coś znaczącego, coś istotnego, żebyś był szczęśliwy, a nie ciągle skwaszony, żebyś wiedział, co jest w życiu ważne...

Słyszałem, co mówi, ale starałem się nie słuchać. Nie przerywałem, ostatecznie były moje urodziny i to ona mnie urodziła, więc miała prawo tego dnia jeździć mi po głowie.

Matka mówiła i mówiła, a ja przyglądałem się książkom na półce.

Marta ustawiła je kolorami, od białych okładek do czarnych, teraz się już trochę przemieszały, ostatecznie sześć tygodni wolności robi swoje. Nie rozumiem, jak kobieta może coś tak głupiego wymyślić. Książki się układa tematycznie — albumy z albumami, słowniki ze słownikami, a ja mam tutaj plecionkę, psiakrew, na półkach.

Biały jest *Przewodnik po Chicago*, a obok *Gułag* Anny Applebaum (ciekawe, czy się cieszy, że Ameryka po raz pierwszy tak blisko gułagu), plus *Słownik języka polskiego*, który wręczyła mi kiedyś matka, jako coś niezwykle cennego i spod lady, więc nie ośmielam się wyrzucić, mimo że to wszystko jest w Internecie, potem Baczyński i *Radość seksu*, prawie kompatybilne, a tuż-tuż *Cyfrowa twierdza* Browna.

Niebieskie są: De Mello *Modlitwa żaby* i Andrzejewskiego *Trzy opowieści*, *Słownik mitów i tradycji* Kopalińskiego i cholerne *Pięcioro dzieci i coś* — Nesbit (bo ty tak to lubiłeś, jak byłeś mały), dalej przycupnął podręcznik *Zaczynam żeglować*, który dostałem od Dżerego, nie ruszony dotychczas, bo jak się można z książki nauczyć żeglowania?

Z tym Marta miała problem, pamiętam, bo żółte litery na grzbiecie burzyły jej porządek.

— Czy to może powinno być w żółtych, jak sądzisz?

Nie sądziłem.

Choć osądzałem, rzecz jasna.

Uważałem, że to idiotyzm ten tak zwany porządek i że już nikt nigdy nie zorientuje się, gdzie co jest. Oprócz niej, oczywiście, ale kobieta rzecz nabyta. O którą nikt nie pyta.

W pomarańczowych siedziały słownik ortograficzny i jeden tom Kofty, bo drugi tkwił w zielonych, miał bowiem zielone litery. Weź, człowieku, i się orientuj.

A *Elementarz Jana Pawła* w towarzystwie *Baltazara i Blimundy* Joségo Saramago, bo czarny. Obaj panowie autorzy zadowoleni?

— ...jak myślisz?

A jednak.

— Przepraszam, mamo, zamyśliłem się, nie usłyszałem ostatniego zdania — skłamałem gładko, mówiąc częściowo prawdę, to świetny sposób rozmowy z kobietami.

— Pytałam cię, czy na pewno nie chcesz, żebym wpadła?

Jeśli ona wpadnie, ja wpadnę jeszcze bardziej.

— Nie, wiesz, to naprawdę taka męska imprezka, będą tylko kumple...

— A Marta? — czujnie zapytała matka.

— Marta... wyjechała — odpowiedziałem przytomnie.

— Na twoje urodziny??? — W głosie matki słychać było tak bezbrzeżne zdumienie, zmieszane z pogardą dla jakiejś kobiety, która śmie jej synka zostawiać w tak ważnym dniu, że aż mi się przyjemnie zrobiło.

Nie mówiłem dotąd matce o Marcie, jakoś nie było okazji, poza tym nie mogłem powiedzieć, dlaczego ją wyrzuciłem z domu.

Więc dla matki wersja, że to ona mnie rzuciła, wtedy będzie OK. I powiem jej natychmiast, jak się z nią zobaczę, bo miałem już dosyć pytań o Martę i głupich kłamstw, ale odsuwałem tę rozmowę jak mogłem, bo tłumaczenie matce czegokolwiek i tak zazwyczaj kończyło się tym, że wszystkiemu winien jestem ja.

A w tym przypadku akurat było zupełnie, kompletnie, całościowo i w szczególe odwrotnie.

— Musiała. Służbowo.

— I ty nie przełożyłeś przyjęcia na inny dzień?

— Mamo, to nie przyjęcie, po prostu wpadnie paru kolegów i tyle.

— Nie chcę ci przeszkadzać, kochanie — powiedziała moja matka.

— Mamo, nigdy mi nie przeszkadzasz — skłamałem gładko — ale dzisiaj będą tylko Dżery i Gruby, więc czuliby się skrępowani, rozumiesz.

— Chyba że tak. To ja w niedzielę zrobię jakiś obiadek, wpadnijcie, nie przychodź jutro, kochanie, tylko w niedzielę.

Wizja prania odsunęła się nieprzyjemnie, a naprawdę nie miałem już co na siebie włożyć. Ręcznie przecież nie będę zapierdzielał ręczników, pościeli oraz swetrów i koszul — niektóre zresztą wymagają prasowania, a w prasowaniu moja matka jest świetna. Z tym że w niedzielę na pewno nie będzie prasować, bo jest tradycjonalistką.

Choć naprawdę jej to sprawia przyjemność.

I tak jest wygodnie. Mnie też.

— Dobrze, cieszę się — powiedziałem — do zobaczenia.

— Całuję cię, kochanie, i Herakles też cię całuje — powiedziała matka i odłożyła słuchawkę.

Herakles.

Herakles mnie całuje na moje urodziny.

Na jakim ja świecie żyję?

Spojrzałem na komórkę. Nic dziwnego, że nikt nie zadzwonił — komórka była martwa. Rozładowana jak Gołota po walce, jak mój akumulator w grudniu, jak polityk po wyborach.

Wpakowałem ustrojstwo do kontaktu i ległem na kanapie.

*

Cztery lata temu matka była na moich urodzinach. Razem z wujem, czyli swoim bratem, a moim ojcem chrzestnym. I ze swoim ukochanym syneczkiem Heraklesem.

Mamusia i piesek Heraklesek.

Heraklesek wtedy, jak dziś pamiętam, miał trzy miesiące, mieścił się w dłoni i już był wredny, jakby miał z pięćdziesiąt lat. Piesiątko kochane, najmilsze mamusi — siedział w torbie, którą moja oszczędna matka nabyła specjalnie dla psa, różowej z futerkiem?!!!!! Ja pierniczę! Ludzie w życiu czegoś takiego nie widzieli. Z okienkiem, żeby piesek mógł na świat popatrzeć.

Jak widzę w albumiku mamusi siebie małego w wózku, to okienka tam żadnego nie było, tylko, kurna, ja wrzucony jak do pudła po mydle! A piesek okienko ma, żeby mu smutno nie było. Nie wiem, czy wszyscy ludzie na starość głupieją, czy tylko moja matka.

Którą zresztą kocham.

Więc Herakles przyjechał wtedy do mnie na urodziny ze swoją, to znaczy moją, matką i matka powiedziała:

— Mój Heraklunio musi sobie na świat popatrzeć, żeby się nie stresować!

Ja, kurna, dopiero wtedy się stresuję, jak patrzę na świat.

Nienawidzę sukinsyna. Wszystkie baby, włącznie z Baśką, z którą wtedy przez moment byłem, zachwycały się tym szczurem.

Mamusia oprócz pieska w torebeczce przywiozła mi w prezencie album, który pieczołowicie robiła w tajemnicy przede mną — mały Jeremcio na plaży, Jeremcio na tatusiu, Jeremcio w pieluchach, jaki rozkoszny, zobaczcie, Jeremcio w przedszkolu, Jeremcio na kolanach u Świętego Mikołaja, ze wzrokiem przerażonego królika, Jeremcio na pierwszym balu, w drugiej klasie, z trzecią miłością, z czwartym zębem, piątym kołem u wozu, szóstym zmysłem, siódmym cudem świata… i tak dalej.

I wszyscy oczywiście ten albumik oglądali i te idiotyczne podpisy również.

— Robaczek tuż po wyrznięciu się ząbków, zobaczcie, co za mina!

— A tu Robaczek się boi, że jest sam, oj, chyba zaraz potem się rozpłakałeś.

— A tu był taki upał, że jak zgubił czapeczkę, to musieliśmy mu majteczki na główkę założyć, żeby porażenia dziecko nie dostało!

— A tu Robaczek wystraszył się wielbłąda w zoo!

— A tu Robaczek myśli.

I ja na nocniku.

I ja zapłakany.

I ja z jajkami na wierzchu.

Śmiechu było co niemiara, matka wniebowzięta, wszyscy sobie album z rąk wyrywali, a ja marzyłem, żeby zapaść się pod ziemię.

I jak zobaczyłem swoje zdjęcie w wózku z budą, w której żadnego okienka nie było, to sobie pomyślałem, że ten pieprzony pies ma lepiej niż ja kiedykolwiek.

Po zabawnych doprawdy wspominkach, czego nie robiłem, co zrobiłem, kiedy zrobiłem, a kiedy przestałem robić i co, przeszliśmy na martyrologię — a tu twój ojciec, który cię kochał, tu na barana z tatusiem, tu w zoo z tatusiem, tu na pokazach lotniczych z tatusiem, a tu pogrzeb tatusia.

Bardzo urodzinowo. I wesoło.

Wuj urżnął się na balkonie razem z Dżerym, który naprawdę rzadko pije w nadmiarze, ale starszemu chyba nie śmiał odmówić, i matka dopiero wtedy zaczęła być zgorszona, bo na wyżej wspomnianym balkonie, na którym wszyscy palili papierosy, zaczął obłapiać Baśkę.

Baśka była fajną dziewczyną, ale miała pewną wadę, a mianowicie chciała się związać, a ja miałem związane ręce, jeśli chodzi o związek, i byłem do tej sytuacji szczerze przywiązany.

Pobyć ze sobą, tak, ale od razu to nazywać? Deklarować? Co to ja, Stany Zjednoczone jestem?

Poza tym Stany złożyły deklarację niepodległości, a Baśka wyraźnie myślała o podległości.

W każdym razie wuj ją tam ostro zaczął emablować, kazał do siebie mówić „wuju" — Baśce w to graj, bo wuj powiedział, że on to jakby jej rodzina. Zostałem na ten balkon wezwany, wuj zapytał, kiedy się oświadczę, Baśka w siódmym niebie, ja w trzecim kręgu piekła, powiedziałem zgodnie z prawdą, że nigdy.

Baśka w płacz, wuj obiecał, że się z nią natychmiast ożeni, matka odciągała wuja od Baśki i kazała sobie tłumaczyć, co się stało, więc za Baśką, która wybiegła w noc, wybiegł pewien Jurek, a nie ja, i nie zdążyłem się nawet wytłumaczyć, bo to on bardzo skutecznie ją pocieszył, tak że Baśka przestała odbierać moje telefony, a cztery miesiące później się z nią ożenił. A w dwa lata później Baśka się z nim rozwiodła.

Ale kobiety takie są, wolą być rozwódkami niż pannami.

*

Z Baśką widziałem się przed świętami Bożego Narodzenia, nawet mnie na jakąś kawę ciągnęła, ale byłem umówiony z Martą na zakupy świąteczne, więc zbyłem ją elegancko, niestety. Dała mi swój telefon, żebym się odezwał, ale na cholerę się miałem odzywać.

Teraz mogę.

Bo przecież nie będę siedział i płakał po Marcie.

Nie ma po kim.

Wielkie mi rzeczy, taka Marta!

Człowiek musi dojrzeć, żeby dojrzeć, co się wokół niego dzieje. A ja ślepy byłem jak kret.

*

Spojrzałem w telefon.

Mam siedem wiadomości, sześć SMS-ów, żaden od Marty. Nawet zdawkowych życzeń nie przysłała, hak jej w smak.

— Jeremiasz, nie możemy być dzisiaj u ciebie — słyszę nagranego Bartka, a głos ma jak dzwon — bo Asia jest w ciąży! W ciąży! Rozumiesz! Dzisiaj się dowiedzieliśmy! Jedziemy do jej rodziców! Stary! Musimy to opić!

Takie życzenia dostałem od przyjaciół.

Na urodziny.

Które mam co cztery lata.

— Sto lat, sto lat, sto bab, sto bab, miej długie życie i długiego małego. Kolejne cudowne życzenia, Maurycy.

— Kochanie, to ja, twoja mama — dlaczego nie odbierasz? Chciałam ci złożyć życzenia.

— Jeremiasz, postaramy się wpaść po teściach, ale gdyby nam się nie udało, to oczywiście wszystkiego najlepszego, stary, ode mnie, od Asi i od maleństwa dla kochanego wujka! — Znowu Bartek.

Zorientował się, że mam urodziny.

Zaraz, zaraz. Jakiego wujka? Jakiego maleństwa? Zygota mi życzenia składa??? Tego jeszcze nie było!

— Jeremiasz, wszystkiego najlepszego, wszystkiego, co sobie wymarzysz — głos Alina ma miły. I rozumie mnie w pół słowa, jak facet. — Niech ci się nareszcie wszystko ułoży tak, żeby było dla ciebie jak najlepiej. Może opijemy to razem, kiedy będziesz chciał czy mógł? Całuski.

*

Alina jest naprawdę moim przyjacielem. Coś tam kiedyś mieliśmy, nie wyszło, ale wiem, że mogę na nią zawsze liczyć i ona może liczyć na mnie. Traktuję ją jak naprawdę dobrego kumpla, nieraz miałem okazję się przekonać, że jest inna niż wszystkie dziewczyny. Ona po prostu wie, czego chce, nie obraża się, mogę się do niej zwrócić o pomoc — nigdy nie odmówi.

Od dobrych paru lat się znamy, byłem nawet kiedyś u niej na wsi pod Rzeszowem, poprosiła, żebym z nią pojechał, jeszcze studiowała.

Naprawdę dużo osiągnęła. A nie miała łatwo, zrozumiałem to dopiero po wizycie w jej rodzinnym domu. Ojciec szorstki i władczy, matka przy garach, bieda aż piszczy, ale oboje dumni z córki.

Poznałem ją na pierwszym planie filmowym, dorabiała jako makijażystka, wylądowaliśmy w łóżku po „połowinach".

Jak się skręci połowę scenariusza i połowa dni zdjęciowych minie — porządny producent robi przyjęcie. Ja co prawda w tym filmie byłem za szwenkiera tylko, film nawet nie ocierał się o sztukę, za to miał dobrą oglądalność, ale producent był w porzo, się postawił, kręciliśmy koło Szczytna, lato było piękne tego roku, knajpę nad samym jeziorem wynajął, wszyscy bawili się bosko na łonie, i jakoś tak z Aliną samo wyszło.

I niestety, zupełnie niespodziewanie okazała się dziewicą, co nie powiem, stanowiło dla mnie pewną niedogodność, bo po pierwsze, wcale się tego nie spodziewałem, a po drugie — wiadomo było, że chodzi tylko o seks. Tak bywa. I że nie myślimy o sobie w jakiś inny sposób.

Nawet potem z nią o tym rozmawiałem, bo trochę mi głupio było, ale Alina jest super, naprawdę, powiedziała, że nie ma sprawy, że dla niej to też była chwila zapomnienia i fajnie, że możemy się przyjaźnić.

Zresztą Alina szybko złapała kontakt z Baśką i to było też niezwykłe, bo baby są niezbyt chętne do dzielenia się facetem. A Alina jest jak facet, ani krzty zazdrości, po prostu jest kimś w rodzaju towarzysza podróży.

A poza tym muszę być uczciwy, Alina mi wspominała, że Baśka raczej myśli o ślubie, a nawet opowiadała jej, że jestem bliski oświadczyn, co uzmysłowiło mi, że muszę być bardziej ostrożny.

Tak też uważa mój najbliższy przyjaciel Dżery, który jest sceptycznie nastawiony do przyjaźni męsko-damskich i w ogóle jest nieco podejrzliwy wobec kobiet.

— One zawsze czegoś od człowieka chcą — mówi — nie daj się nabrać.

A czego ode mnie można chcieć?

Wglądu w mój debet?

Alina niczego ode mnie nie chce, po prostu jest, i trochę głupio mi się zrobiło, że jej nie zaprosiłem, choć ona dobrze wie, że dzisiaj mam urodziny.

Alina nigdy w życiu nie przyszłaby niezaproszona. Jest, a jakby jej nie było. Nigdy się nie narzuca, nigdy nie naciska, nigdy nic nie chce.

I to jest fajne.

— Dlaczego ty masz wyłączony telefon? — To znowu moja matka w szóstej odsłuchiwanej wiadomości.

— Stary, będę u ciebie po dziewiątej, bo wiem, że masz zdjęcia. — To Dżery. — Jakbyś nie skończył do dziewiątej, daj znać.

Do Aliny nie zadzwonię, nie wypada. Niech chociaż Dżery wpadnie.

Trzy SMS-y nie były tym razem od policji.

Jeden mnie informował, że mam jakieś dwieście punktów i wygrałem nie wiadomo co.

Kasacja.

Drugi oznajmiał, że rachunek za telefon w formie elektronicznej jest do odebrania na stronie www…

Kasacja.

Trzeci był od kolegi ze studiów, Wojtka — że mamy spotkanie dwudziestego piątego, my, koledzy z roku, i żebym dał znać, czy będę.

Nic o tym nie wiem, Gruby i Dżery też nie. Więc nie wiem, czy wpadniemy.

Tak oto wygląda moje szalone życie imprezowe.

To fakt, że nie zapraszałem wiele osób w tym roku, bo sobie pomyślałem, że będą tylko ci ludzie, dla których naprawdę jestem jakoś ważny. I tylko napomykałem, że będę czekał 29 lutego, że co prawda nic nie robię, ale będzie mi miło. I również potem powiedziałem, że mam zdjęcia!

Teraz do Aliny mi niezręcznie dzwonić, a zresztą po tym, co się stało z Martą, nie miałem ochoty na spotkania z kobietami.

Nawet z nią.

*

No, nareszcie!

Domofon huczy aż miło, zrywam się, o mały włos nie przysnąłem, rzucam się do sprzętu, robię głośniej, niech nikt nie myśli, że zabawy nie ma, biegnę do przedpokoju, po drodze zahaczyłem o kuchnię i otworzyłem w pędzie piwo, przekrzykuję muzę:

— Kto tam?

Ciekawe, może Gruby się jednak zorientował, że należało mi przypomnieć o kamerze? Przyjaźnimy się od pierwszego roku studiów, jedna głupia wpadka, i to, prawdę powiedziawszy, z jego winy, nie przekreśli przecież tych wspólnych lat. Na ciężarną Aśkę jest za wcześnie, bo mieli wpaść do teściów, na Dżerego również…

— Gruby? — pytam, bo nic nie słyszę w tym domofonie.

— To ja…

— Gruby? — ucieszyłem się.

— To ja, Ania spod siedemdziesiąt osiem, niech pan mi otworzy, bo rodzice nie otwierają… — cienki głosik córki Zbyszka brutalnie zderza mnie z realem.

Naciskam guzik domofonu, chrzanię takie urodziny! Trzeba było wyjechać. Piwo otwarte, a wcale nie chce mi się zgłuszać drugi dzień pod rząd, choć wczoraj była okazja, bo zaczynałem nowe życie.

Dzisiaj też jest — bo kończę nowe życie szybciej, niż zacząłem.

Kładę się na kanapie. Walnąłbym się do łóżka, bo naprawdę jestem padnięty. Ale muszę czekać na tych pieprzonych gości, których w ogóle nie przybywa.

I stuk, stuk, stuk.

Walenie w podłogę.

Głucha Zmora usłyszała Eminema. Dobrze, że nie rozumie, boby zwątpiła dziewczynina. Biorę rurę od odkurzacza i odstukuję. Niech wie, że nie jest sama na świecie, że ktoś też o niej myśli.

Postukaliśmy sobie przez chwilę i teraz mam spokój.

Wróciłem na kanapę.

W najśmielszych marzeniach nie podejrzewałem, że będę sam jak palec w dniu swoich trzydziestych drugich urodzin.

Świetny kadr

Martę poznałem ponad trzy lata temu, jakoś po swoich urodzinach, u Grubego. Siedziała taka bidulka pod oknem, nic nie mówiła, tylko patrzyła na wszystko tymi swoimi dużymi gałami. A słońce zachodziło i akurat uparło się oświetlać jej włosy.

Genialny obraz! Co za kadr! Żadnego brudu wokół. Gole okno, wycięta głowa i ramiona, parapet pusty, w oknach naprzeciwko lekko odbijały się promienie od okien domu Grubego.

Rozkosz!

Gruby zaprosił na parapetówę ze czterdzieści osób — sam bym się tym wszystkim chwalił, gdybym takie mieszkanie, jak on, od rodziców dostał. Na trzydziestkę zresztą. I na własność. Centrum Warszawy, ponad osiemdziesiąt metrów. Nawet nie chcę myśleć, ile czasu bym spłacał kredyt. Musiałbym żyć tak długo jak papuga.

Marta siedziała pod oknem, oświetlona z tyłu, i przyglądała się nam wszystkim z uwagą. To znaczy tak myślałem, zanim się okazało, że ona głównie przygląda się chłopakowi, beznadziejnemu zresztą, z którym przyszła, ale który jakby trochę o niej zapomniał.

Ale o tym dowiedziałem się, rzecz jasna, później.

Od razu zwróciłem na nią uwagę. Nie żeby się tak bardzo rzucała w oczy, nie. Jakoś wyróżniała się z tego tłumu, ale inaczej. Skojarzyła mi się z… synogarlicą.

Zrobiłem kiedyś czterominutówkę o synogarlicach. Siedziałem w ogrodzie u Jaśka, gapiłem się na świat, był maj, na trawniku leżał potężny bokser. I nagle na tym trawniku wylądowała synogarlica. Pies podniósł głowę i nic, a synogarlica też nic. Spojrzała na psa i dzióbnęła w ziemię. Przeszła dwa kroki, stanęła, spojrzała na psa. Za chwilę w odległości może dwóch metrów wylądowała druga, w pięknej kontrze, oświetlona od tyłu promieniami słońca, krzaczory zielone za nią, bomba! I udawała, że pies nie istnieje, a nikt nie ma lepszego wzroku niż ptaszyska. Obie pasły się na trawniku jak owce; od czasu do czasu zatrzymywały się i ta pierwsza patrzyła na psa, bez szczególnego napięcia, po prostu unosiła głowę, potem coś dzióbnęła, przyjrzała się trawce, przekrzywiła głowę, dzióbnęła raz jeszcze, potem znowu podniosła głowę, podchodziła w stronę psa, potem się oddalała spokojnie. Jakby świat należał do niej.

Synogarlice to nie są nasze rodzime ptaki, przybyły do nas z Turcji, są dość niepozorne, ale je lubię. Czekolada na mleku, tylko ta czarna koloratka… I mają w sobie jakąś delikatność. Są takie… dziewczęce. Cienki dzióbek, smukła budowa ciała. Jak zmontowałem ten kawałek do V symfonii Beethovena, to nawet matka uznała, że, cytuję: „A wiesz, że te gołębie to nawet ci nieźle wyszły?".

Gołębie!

W spojrzeniu Marty też nie było strachu, w jej ciele nie było napięcia.

Była jak tamta synogarlica.

Jolka wtedy tańczyła na stole w kuchni razem z Grubym — dobrze tańczyła, bo już jakiś czas uczyła się salsy, wszyscy im klaskali, śmiechu było co niemiara, a ta jedna się nie śmiała, tylko patrzyła. A oczyska miała jak spodki. Jak Judy Garland w swoich pierwszych filmach. I w późniejszych zresztą też.

Duże, ciemnoniebieskie, a do tego czarne rzęsy i czarne brwi. I trochę jaśniejsze od tych brwi włosy, ostrzyżone na pazia, błyszczące, niewysmarowane żadnym świństwem. Jak odwracała głowę, to te włosy, jakby były z cienkiego jedwabiu, lekko falowały, a słońce je prześwietlało. I na tle tego okna komponowała się tak, jakby to miejsce latami na nią czekało. Fajny profil, wyrazisty. Spuszczała głowę, unosiła, swobodnie, tak jakby tu nie było nikogo oprócz niej.

Kobitki to się prężą na imprezce, a to dekolt za kolana, obcas do nieba, cycki sobie poprawiają, majtają przy włosach łapami, że niby je muszą bez przerwy poprawiać, głową zarzucają, jakby, kurna, to wędka była, biodra do przodu, nogę wystawia jedna z drugą, choć ledwo się trzyma na tych obcasach, a ona wydała mi się jakaś taka... niedzisiejsza. Niczego nie udawała, tylko siedziała i patrzyła.

Była.

Myślałem, że jest sama, że głupio się czuje, może niewiele osób zna, to podszedłem i zagadałem.

Chwalić się nie lubię, ale kobiety ode mnie nie stronią. Nawet powiedziałbym, że na brak powodzenia raczej nie mogę narzekać. Laski na ogół, jak już je zaczepiałem, to za wiele nie miały do gadania, bo wpadały jak śliwka w kompot.

A ona uprzejmie odpowiedziała, że owszem, zna Grubego, ale nie za dobrze, i że owszem, nie nudzi się. I że owszem, dziękuje, ale się nie napije, bo prowadzi. I owszem, nie ma zwyczaju zostawiać samochodu. Oraz owszem, nie przyszła sama, tylko ze swoim chłopakiem.

Trochę mnie to zmroziło, rozejrzałem się po towarzystwie i jakoś nie mogłem wyczaić, który to.

Żaden z tych facetów naprawdę nie wydawał się nią zainteresowany.

Wszyscy byli wpatrzeni głównie w Jolkę, bo dalej odstawiała cyrk na stole, a poza tym nie było tajemnicą, że Jolka znowu tak bardzo się nie oszczędzała w kontaktach męsko-damskich, zgodnie z zasadą, że się nie wymydli; no ale wiadomo, że facet nie musi być przyklejony do swojej dziewczyny.

Jak Grubego przypiliło i poszedł po browar, dorwałem go w spiżarni i pytam, co to za dziewczyna, ta pod oknem.

— Za wysokie progi — powiedział — a poza tym ona jest z Jerzym.

Dziś jest, a jutro nie ma — nauczyło mnie życie, więc za bardzo się nie przejąłem, ale spod oka obserwowałem całe towarzystwo. Jerzy okazał się kichą straszną, podszedł do niej i zmierzwił jej włosy. Znam ten gest. Sam go czasami stosuję, to takie obszczanie terenu, informacja dla wszystkich — nie rusz, bo moje, informacja dla niej — bądź zadowolona, bo zwracam na ciebie uwagę.

Ona nie wydawała się zadowolona, odchyliła głowę i powiedziała coś, czego oczywiście nie mogłem usłyszeć.

Udawałem, że dobrze się bawię.

Siedziałem w kuchni z Grubym i Baśką, potem przyglądałem się palantowi, żeby nie zwracać na siebie uwagi Marty, kobiety są bardziej zainteresowane, jak ich nie zauważasz, ale tym razem nie zadziałało.

A jeszcze później palant zamknął się w łazience z Grażyną.

Która zresztą jeszcze wtedy była dziewczyną Grubego.

I kiedy spojrzałem pod okno, Marty nie było.

Zniknęła.

Rozpłynęła się.

Wyparowała.

Goście, goście

No, nareszcie ktoś był łaskaw przyjść. Dzwonek natarczywie mnie ponaglał, widocznie domofon wyłączony, sięgnąłem po piwo, pogłośniłem muzę i otwieram w pozie niedbałej.

W drzwiach stoi żona Zbyszka, sąsiadka. Tego się nie spodziewałem, że akurat ona będzie pamiętać o moich urodzinach. Już chcę się radośnie uśmiechnąć, choć będzie mnie to trochę kosztowało, bo aż tak nie jestem z nimi zaprzyjaźniony, ale widzę, bez kwiatka, czyli chyba chodzi o co innego niż moje wyjątkowe święto.

— Mogę na moment? — Minę ma jak moja matka po wywiadówce.

— Proszę — powiedziałem na głos, a w duchu jęknąłem.

— Jesteś sam?

— Taaaa — potwierdziłem — ale spodziewam się kogoś.

— Możesz ściszyć muzykę?

Ja pierniczę, déjà vu.

— Jasne. Wchodź dalej.

— Nie, ja na moment. — I stoi w przedpokoju.

Nie wiem, co zrobić z durnym piwem, idę, ściszam, wracam.

Krystyna stoi oparta o framugę.

— Nie chcę przeszkadzać, ale muszę ci coś powiedzieć.

I milknie.

Jak każda kobieta.

Każda chce ci coś powiedzieć i milknie. Jakby, kurna, to zdanie wymagało całkowitego dystansu, oddzielenia od całej reszty zdań, wprowadzenia specjalnego przygotowania, momentu wzmożonego napięcia, oczekiwania, suspensu.

Czekam cierpliwie.

Nic.

— Tak? — zachęcam po chwili wbrew sobie.

— Wiesz, nie wiem, od czego zacząć...

— Najlepiej od początku — staram się być zabawny, ale widzę, że to kiepski pomysł.

— Nie spodziewałam się tego po tobie — rzuca nagle.

I patrzy jak moja matka dzisiaj, Marta w przeszłości oraz, obawiam się, wszystkie kobiety razem wzięte w przyszłości.

— Czego? — pytam, ale czuję, że skóra mi cierpnie.

Ma pretensje, że ich nie zaprosiłem czy jak? Mogę chyba nie zapraszać sąsiadów na swoje urodziny? Jakby chcieli, toby sami przyszli.

Nic nie zrobiłem. Nic. Sumienie mam czyste jak łza. Z wyjątkiem głośnej muzyki, ale do dwudziestej drugiej jeszcze czas.

Nic.

— Ania wróciła do domu i od razu poszła do swojego pokoju... — zawiesza głos, a ja głupieję.

Przychodzi do mnie zwierzać się, co jej córka robi po powrocie do domu?

Ja chyba śnię.

— Poszłam do niej i pytam, co się stało. A ona jest w takim stanie, że trudno to sobie wyobrazić.

Ja też sobie nie wyobrażam, szczególnie stanu jedenastoletniej dziewczynki.

I też dodam od razu, że nie chcę sobie wyobrażać.

— Ale przepraszam, co ja mam z tym wspólnego? Otworzyłem jej drzwi na dole, bo...

— U nas domofon jest nieczynny, ale to nie usprawiedliwia takiego zachowania — mówi Krystyna, a ja mam mroczki przed oczami.

Mam dzieciakowi nie otwierać za karę, że u nich nie dzwoni?

— Otworzyłem jej, bo nie wiedziałem, że to czynność karalna.

— Nie udawaj, że nie wiesz, o co chodzi.

O nie!

Takich gierek ze mną cudza żona uprawiać nie będzie. Od tego ma własnego męża.

— Słuchaj, Krysia, mów, o co chodzi, bo nie jarzę.

— To dziecko teraz nie może się pozbierać. Czy ty nie rozumiesz, że u dziewczynki w wieku dojrzewania taki epitet może wywołać głęboką traumę?

Na pewno nie przeklinałem przy tym domofonie, dobrze pamiętam. Klnę na ogół w duchu, a już z pewnością nie przy nieopierzonych dziewczynkach. Na tyle rozumu mam.

— Słuchaj, nie wiem, co ci Ania powiedziała, ale ja z tym na pewno nie mam nic wspólnego.

— Wypierasz się? Sądzisz, że moja córka kłamie? — Drobna Krysia urosła odrobinę i uniosła ramiona. Znam ten objaw. U ptaków też występuje, w obronie gniazda puszą się, udają większe. Nawet rozkładają skrzydła, nadymają się.

— Nic takiego nie powiedziałem. Po prostu nie wiem, o co chodzi.

— Powiedziałeś jej, że jest gruba! Zdajesz sobie sprawę z tego, co zrobiłeś?

Oooo. Taki tekst może u kobiet wywołać myśli samobójcze, to wiem. Ale ja przecież tej małej nigdy nie powiedziałem, że jest gruba. W ogóle nigdy nie powiedziałem nikomu, że jest gruby, bo to nie mój interes. Do Grubego mówię Gruby, bo każdy tak mówi. Co mnie obchodzi jakaś dziewczynka? Ledwo ją kojarzę.

— Aaaa — rozjaśniło mi się we łbie. — To nie do niej powiedziałem, tylko do domofonu. Myślałem, że to mój kumpel Gruby.

— Jak tak, to bardzo proszę, żebyś to wyjaśnił — powiedziała zdecydowanie Krysia i otworzyła drzwi. — Nie chcę, żeby moja córka przez ciebie wpadła w anoreksję.

Na przyszłe rany psa mojej matki!

Ja mam się tłumaczyć jakiemuś gówniarzowi, na dodatek płci żeńskiej, że on wziął do siebie coś, co mówiłem do mojego kumpla, który okazał się nią, o czym przecież nie mogłem wcześniej wiedzieć? To jest paranoja jakaś.

— Proszę cię — powiedziała miękko Kryśka, i też zmiękłem, przeklinając się w duchu.

Poszedłem z nią.

Zapukała do pokoju małej i wpuściła mnie prosto do jaskini lwa.

Sama nie weszła.

Drobna blondyneczka siedziała wyprostowana na łóżku i patrzyła na mnie jak dorosła kobieta, która chce mnie zabić.

— Słuchaj, nie do ciebie mówiłem, tylko do kolegi. — Spojrzała na mnie jak na wariata. — Jak dzwoniłaś do mnie, żebym ci drzwi otworzył.

Nienawidzę dzieci.

A jedno z nich właśnie siedziało przede mną, z oczami wbitymi we mnie jak dwie lance.

— No i stąd ta pomyłka — wyjaśniłem i odwróciłem się z poczuciem dobrze spełnionego obowiązku.

— To znaczy, że mam taki gruby głos jak tata? — dobiegło mnie płaczliwe pytanie.

Chromolę, chromolę, chromolę.

Wszystko jedno, czy kobieta ma lat jedenaście, czy pięćdziesiąt. Zawsze cię czymś przyszpili. Wszystko, co powiesz, będzie skierowane przeciwko tobie. Ta bezbłędna formuła bywa błędnie wykorzystywana przez policję. Od niej każda kobieta powinna zaczynać rozmowę z facetem, bo my jesteśmy idioci i o tym zapominamy ze względu na nasz dobry charakter.

— Nie — powiedziałem — po prostu czekałem na kogoś. Na swojego kolegę. Ma ksywkę Gruby, bo jest chudy jak patyk.

— To dlaczego nazywasz go Gruby? — zainteresowało się dziecko.

— Właśnie dlatego.

— Nie rozumiem — drążyło dziecko.

— Na zasadzie przeciwieństwa. Przekory. Dla kontrastu. Gdyby naprawdę był gruby, to nikt by tak do niego nie mówił.

— Myślałam, że do mnie mówisz — westchnęła z ulgą, ale i ze smutkiem.

— No co ty — powiedziałem szczerze i naprawdę chciałem już iść.

— A dlaczego myślisz, że mam gruby głos? — wygięła usta w podkówkę i oczy jej się zaszkliły.

Zrobiło mi się słabo.

Usiadłem i rozejrzałem się.

Rakieta tenisowa nad łóżkiem, lampka w pomarańczowe kózki, lalki poustawiane porządnie na dużym koszu, pokoik mały, ale przytulny. I ona pod tą rakietą, wąska jak przecinek, tylko nogi długie i ręce długie, jeszcze taka nieopierzona kobietka, ale ładna będzie na pewno. Dobry kadr.

— Wiesz co, mała? — postanowiłem być szczery. Nie mam pojęcia, jak się gada z dziećmi i ta wiedza jest mi zbędna. Ale chciałem wrócić do domu, skończyć piwo i walnąć się spać, skoro wszyscy o mnie zapomnieli. — Coś ci powiem. Pewno nie usłyszałem, kto dzwoni. Wstałem o piątej, a wczoraj zabalowałem. Telefon zostawiłem w samochodzie, a samochód w Śródmieściu. Od rana miałem cholernego pecha. — Przypomniałem sobie, co mnie spotkało, i aż się wstrząsnąłem. — Złapały mnie gliny, bo używałem telefonu, jechałem na bardzo ważne spotkanie i, w mordę, nie wziąłem ze sobą kamery.

— W mordę?

— W torbę, chciałem powiedzieć, przejęzyczyłem się — sprostowałem błyskotliwie. — Zaprzepaściłem swoją szansę na powrót do zawodu, rozumiesz? A potem wróciłem do domu, mam urodziny i nikt nie przyszedł oprócz twojej matki, która mnie ochrzaniła, że ci nawymyślałem. A ja ledwo żyję i mam wszystkiego dosyć. — Dopiero teraz zorientowałem się, do kogo mówię, i o mało mnie ze wstydu krew nie zalała.

Dziecko patrzyło na mnie ze zrozumieniem.

— Ja też kiedyś nic nie dostałam na urodziny, to ja cię rozumiem. Chcesz słonika? — Zanim zdążyłem się wypowiedzieć na temat słoników i innych uroczych drobiazgów, jakimi obrzucają cię kobiety, jakbyś o niczym innym nie marzył, tylko o kolejnym misiaczku, pingwinku, pluszaczku chrzanionym — sięgnęła do szuflady biurka i wyjęła plastikowe ohydztwo przewiązane czerwoną wstążką. — Masz, na szczęście.

Nie wiedziałem, jak się zachować. Wziąłem ohydztwo do ręki i starałem się wyglądać na uszczęśliwionego.

— Dzięki, postawię sobie przy łóżku, fajny jest — wydusiłem z siebie wreszcie. I dodałem: — Ty nie jesteś ani gruba, ani nie masz grubego głosu. Jesteś bardzo ładna. Możesz mi wierzyć, ja się na tym znam, bo jestem operatorem filmowym.

— I myślisz, że nie muszę się odchudzać? Zrobisz mi zdjęcia? — zapytała Ania, zanim zdążyłem pożałować, że mi się wymknął tekst, na który każda kobieta niezależnie od wieku reaguje zawsze w taki sam sposób.

— Jasne — powiedziałem ochoczo — pod warunkiem że nie będziesz się odchudzać i że mama pozwoli, OK? Za jakiś czas, dobrze?

— Fajny jesteś — stwierdziło dziecko i uśmiechnęło się po raz pierwszy. — Mnie też mama ochrzania czasami.

— Nie mówi się tak brzydko.

— Tak powiedziałeś. Że moja mama cię ochrzaniła.

Miałem przechlapane. I bądź tu mądry.

— Tak powiedziałem, bo cię traktuję jak dorosłą osobę, która wie, że tak się nie mówi. OK? To będzie tajemnica — ratowałem się, jak mogłem. — A ty tak mówić nie będziesz, OK?

— OK, żółwik — powiedziała i wyciągnęła do mnie pięść, jakby chciała mi przyłożyć. Wyciągnąłem swoją i stuknęliśmy się jak równy z równym. Byłem spocony jak mysz.

Mała kobieta też potrafi wykończyć.

— Muszę iść — podniosłem się.

— Twój słonik! — Dogoniła mnie w drzwiach. — Mamo, dałam Jeremiaszowi słonika na szczęście! Nie jestem gruba!

— To dobrze, kochanie — powiedziała Krystyna i rzuciła mi uważne spojrzenie. Ania przytuliła się do niej i dopiero wtedy wzrok Krysi złagodniał, nawet było w nim coś w rodzaju „dziękuję".

Wróciłem do siebie i oparłem się o drzwi.

I przypomniałem sobie o ryżu.

Wpadłem do kuchni i... okazało się, że jest w sam raz! W życiu mi się tak nie ugotował! Sypki, mięciutki, władowałem do niego wieprzowinkę po chińsku — i oto moje danie rozmnożyło się do ilości niezliczonej.

I wtedy zadzwonił domofon.

Miałem pierwszego gościa.

*

To były bardzo udane urodziny, nie licząc życzeń od zygoty, prezentu od gliniarzy i słonika od młodej koleżanki.

Tym pierwszym gościem okazał się Gruby.

— Urodziny to urodziny, a robota to robota. — Wparował i ku mojemu zdumieniu wręczył mi najwspanialszy prezent, jaki mógłbym sobie wymarzyć: światłomierz najlepszej marki.

73

Bawiliśmy się z Grubym znakomicie. Przy chińsz-czyźnie wprawdzie wspomniał, że ma kumpla policjan-ta, który mu powiedział, że jedyne nacje, jakie w Polsce nie umierają, to Chińczycy i Wietnamczycy. Że o ile zda-rza się, że jakiegoś Anglika zawał dopadnie, jakiś Ame-rykanin w hotelu dostanie wylewu, jakiś Francuz zginie w wypadku, ba, nawet Rosjanin potrafi tu ducha wyzio-nąć, o tyle ci są po prostu nieśmiertelni. Nigdy żadnego zgłoszenia o zgonie. W żadnej kartotece.

Nie wiedziałem, o co mu chodzi, bo żarcie według mnie było świetne.

Spojrzał na mnie jak na idiotę.

— No jak to o co? Podobni są do siebie, prawda?

No, prawda. Tak jak dla nich my też jesteśmy do sie-bie podobni.

— Myśl, człowieku, myśl! Nie jarzysz? Oni umiera-ją tak samo jak inni, tylko nikt o tym nie wie, a na taki paszport pięciu innych przyjeżdża, nie kapujesz? A co z tamtymi robią, to tylko oni wiedzą…

O mało mi jedzenie nie stanęło w gardle, ale szczęś-ciem popitka była, tyle że niesłuszna. Sczyściliśmy pół litra i, niestety, dobiliśmy białym winem, zakupionym bardzo nierozsądnie dla Aśki, która co prawda wpadła z Bartkiem koło dziesiątej, ale nie piła, a ja wino od razu, jak ten idiota, otworzyłem.

Nie miało prawa się zmarnować.

Bartek wręczył mi płyty, specjalnie zamówione w Anglii — wszystkie nagrania Beatlesów — i to jak wy-dane! Dżery przyszedł z dwunastoletnią whisky, któ-rej koniecznie trzeba było spróbować, a którą starałem się ocalić; o ile pamiętam, to mi się udało, bo po jede-nastej wpadł Maurycy, który specjalnie zadzwonił z życzeniami, żebym pomyślał, że nie przyjdzie, i przyniósł butelkę koniaku.

*

Maurycy, Gruby, Dżery, ja i jeszcze trzech kumpli ze studiów założyliśmy kiedyś elitarne Bractwo Kurwkowe. Żeby zostać bratem, należało mieć, po pierwsze: sympatię moją i Dżerego, po drugie moją, Dżerego i Grubego, po trzecie moją, Dżerego, Grubego i Maurycego, i zrobić film, który będzie od nas wymagał czegoś więcej niż tylko obserwowania rzeczywistości.

Gruby na przykład, niemalże z narażeniem życia, jeszcze na studiach zrobił film o panienkach z Katowickiej, który mu grzecznie panowie od panienek wyłuskali z montażowni na Chełmskiej, a szkoda, bo to najlepszy dokument, jaki widzieliśmy, a materiały poznaliśmy jeszcze przed montażem!

Przyszedł facet z karkiem półtora metra w obwodzie, a właściwie kark, do którego doczepiony był facet, i powiedział:

— Kurwa, bracie. — Po czym wziął, co chciał, i tyle tego było.

Uznaliśmy wtedy, że to świetna nazwa dla naszej paczki. Bractwo Kurwkowe.

Dżery załapał się na dwa miesiące do pracy na posterunku policji tylko po to, żeby nakręcić dwuminutową etiudę, która, rzecz jasna, nie mogła być nigdzie puszczona, ale myśmy ocenili ją wysoko.

Maurycy zatrudnił się w domu opieki i zrobił najgenialniejszy film o starości, jaki widziałem, niestety, na pół taśmy, bo kręcił na szesnastomilimetrówce i wylał w montażowni sok. Potem ja zrobiłem sławetną *Lipę*.

Trzymaliśmy się razem, później na krótko dołączyli do nas Tadek, Michał i Zbynio, ale Tadek wyjechał do Stanów i tam załapał się w agencji modelek, Michał zapija się na śmierć; ostatnio doszły nas słuchy, że kosztowało go czterdzieści tysięcy, żeby wykupić się z Centralnego Rejestru Skazanych, bo jeździł po pijaku, ale już kontaktu z nim nie ma, tylko wóda, wóda i picie tak zwane kontrolowane.

Nabiera się na to tylko jego dziewczyna, ale widać gołym okiem, że on woli jej córkę, i to nie tak jak ojczym, nawet powiedziałem jego pannie coś na ten temat, ale ona nie chce tego wiedzieć. Wyrzuciliśmy go z Bractwa.

Zbynio pracuje co prawda w zawodzie, ale znać nas nie chce. Załapał się na telenowelę, tłucze kasę od pięciu lat i nie potrzebuje kolegów. Wystawił sobie dom w Konstancinie i rżnie mecenasa kultury — muzeum sztuki współczesnej założył na parterze i jest lepszy od całej reszty świata.

*

Siedzieliśmy do drugiej nad ranem, z tym że jak przyszli Bartek z Aśką, to już myślałem, że odpłynę.

Wyciągnęli jakieś zdjęcia i podsuwają mi pod nos.

Na pierwszym planie plama, na drugim planie plama, na trzecim planie plamki.

— Cudna jest, nie? — Aśka wpatruje się w to czarno-białe coś.

Ładna plama? Plama jak plama. Nie wiem, czy ładna. Normalna, plamiasta.

— To Zosia!

Aaa, znaczy dziecko. Zygota, która do mnie dzwoniła. Widać taka tradycja świecka, że na moje urodziny ktoś musi jakieś zdjęcia przynieść. Choćby i ultrasono-graficzne.

— To? — stukam w zdjęcie i próbuję być uprzejmy.

— No coś ty? To — Bartek puka w miejsce obok i roz-anielony patrzy na plamę obok tamtej. — Cudo! Tutaj, ta fasolka! Ma pięć tygodni, wyobrażasz sobie?

— Sześć — poprawia Aśka i składa ręce na brzuchu, jakby tam miała dziewięciomiesięczną ciążę.

— Lekarz powiedział, że... — Bartek próbuje pro-stować.

— Lekarze się mylą, matka wie najlepiej — mówi Aśka i Bartek się zamyka.

A więc to zaczyna się tak wcześnie? W piątym tygo-dniu?

*

Świat jest ciekawie urządzony. Panie ludzie, dajcie żyć. Przy tych ciapowatych wymazach albumik mojej matki wydał mi się całkiem rozsądnym przedsięwzię-ciem. Chociaż jak sobie przypomniałem: „a tu mój Roba-czek z majteczkami na głowie", tobym wolał być zygotą w albumie, przy ludziach w szczególności. A tu plamy, plamy i fasolki, fasolka z odrostami, plama z odnóżem, coś w rodzaju kleksa. Ciemny.

Może ojcem jest jednak George, z którym Aśka się przyjaźni, kiedyś Murzyn, dzisiaj Afroamerykanin? Faj-ny facet, profesor z Minnesoty. Oni tam są profesorami po trzydziestce, u nas trzeba sześćdziesiątkę skończyć, żeby się zdecydowali mianować. Bo to gwarancja, że fa-cet już nie podskoczy.

A tam nie, wiedza wystarcza. Taki kraj.

*

— Słodka, prawda?

— Słodka?

— Czuję, że to dziewczynka — mówi zupełnie poważnie Aśka i głaszcze się po całkiem wklęsłym brzuchu. — Matka to czuje.

Bartek wspomniał, że już od trzech lat marzyli o dziecku, pierwsze słyszę, i że to dla nich taki szczęśliwy dzień, więc odniosłem wrażenie, że w prezencie urodzinowym dostałem również ich ciążę.

A potem poszli i zostaliśmy sami we czwórkę.

I to są najlepsze balangi.

Człowiek nie musi udawać innego, niż jest, i wychodzić ze skóry. Czasem trudno jest potem do siebie wrócić.

To były bez wątpienia moje najlepsze urodziny.

Nie bardzo pamiętam, co było dalej.

Retrospekcja

Obudziłem się z niebotycznym kacem, kompletnie ubrany, przykryty kołdrą. Gruby spał na kanapie w większym pokoju, rozwalony, bez ubrania, lekko osłonięty kocem, którego długo szukałem nad ranem, a który w końcu, po przewróceniu domu do góry nogami, objawił nam się na moim łóżku.

Przemknąłem cicho do kuchni, żeby znaleźć pilnie coś zimnego do picia, a potem z litrową butelką mineralnej udałem się do łazienki.

Gorąca kąpiel uratuje mi życie.

Grubego zgoniłem z kanapy około pierwszej po południu, zamówił taksówkę i zniknął, a ja postanowiłem nic nie robić.

Nic.

Odpocząć. Jak człowiek zaczął trzydziesty trzeci rok, to czas na refleksję. Włączyłem sobie Eurosport, biegają chłopaki po murawie, ale nawet mi się śledzić tego nie chce.

Marta nie zadzwoniła. I tak bym nie odebrał od niej telefonu, ale w końcu pamiętać mogła. Ja zawsze pamiętałem o jej urodzinach.

Z tym że ona mi przypominała.

Faceci nie przywiązują wagi do takich pierdół.

*

Gdy zniknęła niespodziewanie z parapetówki Grubego, jeszcze nie wiedziałem, że będziemy razem.

Ze dwa tygodnie później byłem na pokazie filmów Mankiewicza, wpadłem w ostatniej chwili, seans się zaczął, jedno miejsce wolne na sali, przeprosiłem z tuzin osób, ciasnota, wszyscy musieli się podnieść, żebym mógł się dostać na to miejsce. Nienawidzę, jak ktoś przychodzi do kina na ostatnią chwilę, ale słowo, tym razem to nie była moja wina, klientka mi dała popalić, cały jestem w przeprosinach przy tych sykaniach „siadać proszę", docieram do wolnego miejsca, a ona siedzi obok.

Nie poznała mnie, ale ja jakbym obuchem dostał. W ogóle się skupić nie mogłem. Pachniała lekko jakąś wodą konwaliową, grudzień na zewnątrz, a koło mnie wiosna.

Przesiedziałem półtorej godziny, wdychając jej zapach. Nie mogłem się zorientować, czy jest sama, czy z kimś. Kobiety nie lubią same chodzić do kina. I jak światło się zapaliło, a tłuszcza rzuciła się do wyjścia — nie znoszę, jak się ludzie podnoszą z ostatnim ujęciem; film się kończy, jak przelecą napisy — i właściwie zostaliśmy na miejscach tylko ja, ona i jakaś mocno starsza pani, zrobiłem odpowiednio zdziwioną minę: — Ach to ty, co za spotkanie. — Ale nie bardzo kumała, kim jestem.

No i w sukurs mi przyszła starsza pani, która okazała się jej babcią.

— Przedstaw mi kolegę, Marciu — powiedziała, a ja zachowałem się szarmancko, zacząłem starszą panią wypytywać o film i okazało się, że mam do czynienia z miłośniczką kina. A ponieważ też krowie spod ogona nie wypadłem, o sroce nie wspominając, i kino to mój konik, mieliśmy o czym rozmawiać.

Babcia się we mnie zakochała między szesnastym rzędem a parkingiem, na którym Marta zostawiła samochód. Marta nie wyglądała na zakochaną, ale umówiłem się ze starszą panią, że załatwię bilety na przegląd filmów krótkometrażowych, upewniłem ją, że to będzie dla mnie zaszczyt, a jeśli Marta nie może iść, chętnie będę jej towarzyszył, bo i tak się wybieram.

Pani starsza wzięła ode mnie telefon, dała mi swój, a Marta nadal wydawała się niezainteresowana.

Miałem ją na haczyku, to było pewne. Przez babcię dotrę sobie spokojnie do wnuczki, nie takie rzeczy się w życiu robiło.

I tak zaprzyjaźniłem się ze starszą panią, miłośniczką filmu polskiego. Tyle co ona wiedziała na jego temat, nie wiedziałem nawet ja. Kochała miłością pierwszą Jerzego Duszyńskiego i przepadała za Danutą Szaflarską, która, co chętnie podkreślała, była od niej starsza, i podejrzewam, że to jeszcze zwiększało jej sympatię dla aktorki. Ja nie przepadałem za polskim filmem, moim konikiem było wczesne kino amerykańskie, ale takich historii, jakie opowiadała babcia Marty, nie usłyszałbym od nikogo.

— Najbardziej mi żal Bodo. To był aktor, a zginął w nie wyjaśnionych do dzisiaj okolicznościach w sowieckim łagrze. A ty wiesz, Jeremiaszu, że ja pamiętam pierwsze numery „Filmu"? Z Szaflarską na okładce, z Ritą Hayworth, Greer Garson, Adelą Jergens? Teraz nie ma już takich periodyków… Ale i filmy kiedyś były takie wzruszające… Miłość to była miłość, zwycięstwo miało inny smak, ludzie mieli prawdziwe problemy… Człowiek wychodził z kina z poczuciem, że świat jest lepszy. A dzisiaj, szkoda gadać. I nikt już nie docenia fenomenu *Zakazanych piosenek*.

Nietrudno się domyślić, na czym polega ten fenomen. Te wszystkie *Przygody na Mariensztacie*, *Skarby* i inne to była po prostu jej młodość i dlatego te filmy były dla niej czymś wyjątkowym.

Ale jednocześnie chodziła ze mną na wszystkie pokazy, nawet filmów niemych w Centrum Kultury — dostawałem na nie zaproszenia od Maurycego, który tam ostro działał.

Marta przyglądała się temu z rezerwą. Raz dała się namówić na *Kabaret*, który oczywiście znałem na pamięć, to jeden z moich ulubionych filmów.

I potem znowu nic.

No i wpadłem jak śliwka w kompot, zanim się obejrzałem, byłem ugotowany. Ale Marta była strasznie nieufna.

Owszem, możemy czasem iść razem do kina, ale nic więcej, bo nie chciałaby stwarzać pozorów, że możemy się zbliżyć, bo ona właściwie jest w związku, który przechodzi kryzys, ale nie chciałaby zaniedbać możliwości porozumienia się, więc żebym sobie nie wyobrażał.

Było już za późno.

Wyobraźnia mi się tak włączała, że straciłem nad nią wszelką kontrolę.

Marta była śliczna.

Była śliczna, kiedy milczała, była śliczna, kiedy mówiła, miała niepowtarzalny wdzięk i styl, a ja miałem nadzieję, że w końcu przejrzy na oczy i dostrzeże moje niewątpliwe zalety oraz jakim idiotą jest ten cały Jerzy.

Nie nękałem jej telefonami, rozmawiałem przez pierwsze tygodnie wyłącznie z jej babcią i czekałem cierpliwie, aż ten palant ujawni swoje palanctwo w całej okazałości.

I oswajałem ją powoli, bez pośpiechu. W taką dziewczynę, wiedziałem, warto inwestować.

Powiem szczerze: nawet mi się podobało, że coś próbuje ratować, bo ja bym się ratował od razu inną kobietą.

Ale kobiety są dziwne.

Wiadomo przecież — lecz się tym, co cię struło.

Z tym że jak dzisiaj pomyślę o alkoholu, to rzygać mi się chce już od samego myślenia.

Im lepiej ją poznawałem, tym bardziej mi zależało. Weź, człowieku, i wytrzymaj bez seksu tyle czasu, bo na seks z inną nie miałem ochoty, a na seks ze mną ona nie miała ochoty, zresztą o tym w ogóle mowy nie było.

Czasem mnie wzięła za rękę, jakby niechcący, i to wszystko.

Ale gdzieś w marcu dzwonię do niej, a ona płacze w telefon. Pytam, co się stało, a ona, że to koniec.

Serce mi zamarło, dopiero potem dotarło do mnie, że to koniec z tym palantem, i aż podskoczyłem z radości.

Oraz, jak mi się wydaje, raz jeden w życiu wykazałem maksimum mądrości. Nie rzuciłem się jej do stóp ani na nią, byłem przy niej, słuchałem jej, pozwoliłem się wyżalić i milczałem jak grób, choć cisnęły mi się na usta epitety na gnoja straszne.

Miałem mieszane uczucia, bo chciałem, żeby była szczęśliwa, bo to był czas, kiedy ona się w ogóle nie uśmiechała, czyli żeby on wrócił, pokajał się, zmienił, zrozumiał i kochał ją nad życie, gdyż tego właśnie chciała, a jednocześnie marzyłem, żeby zniknął z jej życia uczuciowego jak najszybciej oraz z mojego układu słonecznego na zawsze.

Marta spotykała się ze mną coraz częściej. Trzymałem swoje żądze na wodzy, bo wiedziałem, że ostatnią rzeczą, jakiej chce, jest następny palant, który ją wykorzysta, a wiosna rozkwitała w najlepsze.

W maju Marta wzięła mnie za rękę i powiedziała:

— Nie wiem, jak bym bez ciebie przetrwała. Jesteś moją najlepszą przyjaciółką.

Rozumiem, że być może dla kobiety to jest największy komplement, ale poczułem, jak mnie, faceta, od razu on kastruje.

Wróciłem do domu, zadzwoniłem do Aliny i zwierzyłem się jej z miłości do Marty.

Nie rozumiała, o co chodzi.

— Nie rozumiesz? Powiedziała mi, że jestem jej przyjaciółką! To tak jak ty jesteś moim kumplem. Wiadomo, że między nami nic nie będzie poza przyjaźnią, prawda?

— Nigdy nic nie wiadomo — stwierdziła Alina, a ja doznałem olśnienia.

Alina jest doprawdy najlepszym doradcą w tych sprawach! To ona uświadomiła mi, że Baśka jest dla mnie kompletnie niewłaściwą dziewczyną, a teraz nagle mi uprzytomniła, że wszystko jeszcze się może zdarzyć!

Ale musiałem to natychmiast wyjaśnić.

Nie będę żadną przyjaciółką Marty.

Chcę być jej facetem.

Zadzwoniłem do niej zaraz po rozmowie z Aliną.

Była zaniepokojona.

— Muszę się z tobą zobaczyć.

— Widzieliśmy się przed chwilą.

— Tak, ale coś się stało — powiedziałem odważnie.

Teraz albo nigdy!

— O Boże — zaniepokoiła się. — Dobrze, ale ja mam hiszpański do dziewiątej.

— Mogę potem do ciebie przyjechać?

— Jasne — powiedziała z przekonaniem, a ja miałem cztery godziny, żeby przygotować się do rozmowy.

Tylko bądź tu mądry.

Co ja mam jej powiedzieć?

Zależało mi na niej jak na żadnej dotychczas dziewczynie. Po raz pierwszy w życiu bałem się, że wszystko spieprzę, jak zwykle. Powiedzieć prawdę czy coś wymyślić? Jeśli powiem prawdę i ją spłoszę, będzie przechlapane. Jeśli nakłamię — co zwykle uchodziło mi płazem, bo kobiety lubią, jak się im kadzi — ona to bezbłędnie wyczuje, zresztą nie bardzo wiedziałem, co należałoby wymyślić, żeby chciała być ze mną.

No i nie miałem jej do zaoferowania nic oprócz siebie.

— Jeremi, mów, co się stało, coś z mamą? — powitała mnie na progu, wyglądała jak marzenie.

— Nie, z tobą — powiedziałem, zanim zrozumiałem, co mówię.

— Ze mną? Coś zrobiłam nie tak? To przepraszam, nie chciałam cię urazić…

Odmóżdżyło mnie zupełnie. Cały misternie przygotowany plan runął.

Zacząłem mówić, co czuję. Że mi zależy. Że chcę. Ale przyjaźń mam w dupie. Że zrozumiem, jeśli mnie odtrąci, ale żeby się zastanowiła. Jestem w sumie porządnym facetem i zakochałem się już wtedy u Grubego. I że nie chcę nic kombinować. Że zrozumiem, jeśli potrzebuje czasu, ale żeby się zastanowiła. Tylko zastanowiła. Pomyślała przynajmniej. Że poczekam. Że nie spałem z żadną kobietą od czasu, kiedy ją poznałem. Że nie mogę przestać o niej myśleć i wiem, że z tego nic nie będzie. I że przepraszam.

I zbiegłem na dół z jej drugiego piętra, nie czekając na wyrok śmierci.

*

W życiu się tak nie zbłaźniłem, wiedziałem znakomicie. Nic gorszego mi się nie mogło przytrafić. Objawy impotencji umysłowej były oczywiste. Zaprzepaścić taką dziewczynę!

Przyjechałem do domu, wyłączyłem telefon i puściłem *Blue Sky*.

Jakby mi coś takiego opowiedział Dżery albo Gruby, to ze śmiechu bym się nie pozbierał. Ale teraz wcale nie było mi do śmiechu.

Byłem skompromitowanym idiotą. Jak mogłem startować do takiej dziewczyny?

Trzeba było przynajmniej się z nią przyjaźnić, może by się coś wydarzyło, ale ja nie, musiałem posłuchać Aliny, wyrwać się jak filip z konopi i zaraz potem wyjść jak Zabłocki na mydle.

Co mnie podkusiło?

I kiedy tak słuchałem tej ulubionej płyty, ktoś zapukał.

I kiedy otworzyłem drzwi, stała w nich Marta.

Nie mogłem wykrztusić słowa, tylko patrzyłem i patrzyłem.

— Masz wyłączony telefon — powiedziała.

Pokiwałem twierdząco głową.

— Mogę wejść? — zapytała.

I weszła.

I została na prawie cztery lata.

I przez prawie cztery lata udawała osobę, którą nie była.

A to potrafi tylko kobieta.

Co słychać?

Z błogiej drzemki wyrwał mnie telefon.

— Czy może pan przyjechać, bo mi się telewizor zepsuł? Ja wiem, że jest sobota, ale bardzo proszę, bo jak wróci mąż...

— Jaki telewizor? — pytam spokojnie.

— Trzydzieści jeden cali, płaski ekran! — jęczy mi w telefon.

Biorę na wstrzymanie, bo przecież znam to na pamięć. Kobieta przecież do mnie mówi, a im zawsze chodzi o rozmiar.

— Nie chodzi mi o...

— Proszę pana, i ile by to kosztowało? — przerywa mi.

— Jaki telewizor? Marka? Rok produkcji? Może pani przeczytać, co jest napisane z boku?

Słyszę w słuchawce, że miota się po domu, w końcu przekazuje mi dane.

— Proszę pani, przez telefon trudno ocenić, muszę stwierdzić, co się stało...

— Ja wiem, co się stało! — krzyczy mi w słuchawkę, ale słyszę, że przez łzy.

Najbardziej lubię kobiety, które lepiej wiedzą, co się stało. Siedzą za hydraulikiem i pouczają, jak ma kolanko zrobić, śledzą elektryka — jak im światło siądzie, to owszem, wezwą, chyba że mąż pod ręką, wezwą i czujnie kontrolują każdy jego ruch, a jak podłączam sprzęt, to też stoją nade mną i rozkosznie pytają:

— A skąd pan wie, że ten czerwony kabelek tutaj? Bo wydawało mi się, że nie tutaj, tylko tam, o, gdzie ta dziurka.

One wiedzą, jakie kable gdzie.

Więc po co wzywają specjalistę? Słodka tajemnica. Ale spokojnie, takie rozmowy mam wliczone w ryzyko zawodowe.

— Więc co się stało? — pytam.

— Przed chwilą mi spadł, ale jest na gwarancji! A mąż zaraz wróci...

Głupota ludzka nie zna granic. Jak można zrzucić ze ściany płaski ekran 31 cali LG — pozostanie dla mnie zagadką. I to tylko dlatego, że jest na gwarancji!

— Wie pani, gwarancja nie obejmuje uszkodzeń, które nastąpiły w wyniku pani błędu po dostarczeniu sprzętu do domu...

— Błagam, niech pan przyjedzie, może mu się nic nie stało!

Zapisuję adres i jadę.

*

Albowiem właśnie tym się zajmuję, żeby przeżyć. I żeby moje mieszkanie przeżyło.

Podłączam anteny, naprawiam telewizory, rozprowadzam Wi-Fi po domach, zakładam Internet. Jestem w tym niezły i mam nienormowany czas pracy. Jadę, kiedy chcę. To znaczy zawsze, gdy ktoś zadzwoni. Finansowo daję radę, bo klienci wiedzą, że mogą dzwonić niezależnie od pory dnia i nocy.

*

Pakuję torbę, zjeżdżam windą na dół. Właśnie tak wygląda moje życie. Zawsze mnie do czegoś kobieta przymusi.

Nie mam swojej, to na jej miejsce od razu wskakują obce.

A ja nienawidzę być przymuszany do czegokolwiek.

Jak jesteś z kobietą, to ani się obejrzysz, a już chodzisz w kieraciku, robisz to, czego nigdy byś nie zrobił, gdybyś był wolnym, samotnym mężczyzną, mówisz to, czego byś nigdy nie powiedział, decydujesz się na coś, na co nigdy wcześniej byś się nie zdecydował, ba, na coś, co by ci nigdy nawet nie wpadło do głowy!

Wstać rano, bo ona wstała.

Zjeść śniadanie, bo ona zrobiła.

Zadzwonić z podziękowaniem za wczorajszy wieczór do matki, bo ona tak mówi.

Zjeść obiad w porze obiadowej, bo jest gotowy.

Pochwalić zupę z chwastów, która staje kością w gardle, choć niestety nawet koło kości nie leżała.

Oraz jechać natychmiast do jakiejś baby, która rzuca sobie bezkarnie nowym telewizorem.

Wbijam adres w GPS i jadę. Dzień mroźny, ładny. Na ulicach pusto, w taką sobotę siedzi się w domu. Albo, zwyczajem polskim, w centrach handlowych, do których czuję żywiołową niechęć.

Dzwoni Alina, pewno się dowiedziała od Bartka, że jednak gości przyjmowałem.

— Co słychać?

— Poczekaj chwilę.

Zjeżdżam na pobocze i staję posłusznie. Wczorajsza nauka nie poszła w las.

*

Jest tyle pytań na świecie, niezliczona ilość pytań, oto przykłady: kto wygrał w drugiej turze, ile osób liczy drużyna siatkarska, co nowego z tunerów cyfrowych marki Ferguson wypuściła firma Telstar i czy coaxialne wyjście audio digital jest po prawej czy po lewej stronie oraz który jest lepszy: AF-6080US czy AF-7018UCI. Która drużyna awansowała do ligi światowej, czy FC Barcelona wygrała ostatni mecz.

Ale nie.

Nie padnie oczywiście żadne z pytań zasadniczych, ważnych, tylko padnie najgłupsze pytanie świata. A najgłupszym, jakie można zadać, jest właśnie takie:

— Co słychać?

Nie wiem, co się wtedy odpowiada.

Nic. Nic nie słyszę. Tramwaj przejechał. Samolot przefrunął. Karetka przemknęła. W radiu, które przed chwilą ściszyłem, zachwalają nowe farby o nieograniczonej gamie kolorów i studio paznokcia, ulica Bednarkiewicza 118 łamane przez inny numer, którego nikt nie będzie pamiętał.

Oto, co słychać.

*

Ale tego przecież Alinie nie powiem. Jest moim przyjacielem. Ma mózg jak facet, choć nie wtedy, kiedy pyta, co słychać. Powinienem jej wczoraj powiedzieć, żeby wpadła. Jestem męską, szowinistyczną świnią.

Postanawiam być szczery.

— Słuchaj, stara, nic nie słychać. Jak chcesz pogadać, to powiedz normalnie, a nie podpytuj, bo wy zawsze coś z człowieka mimochodem wyciągniecie i zanim człowiek się obejrzy, to już powiedział za dużo.

— Ja cię nie podpytuję. Zostawiłeś mi wiadomość na sekretarce, więc oddzwaniam.

Ja? Ja zostawiłem wiadomość?

— Ja? — zdziwiłem się.

— Rany, nagrałeś mi się w nocy, że masz coś ważnego do powiedzenia. Taki dziwny miałeś głos.

Dzwoniłem w nocy do Aliny? W jakiej sprawie?

— No, ty, kochanie, ty. Musiałeś być lekko nawalony, bo mówiłeś bardzo wolno i wyraźnie.

— A bo z Grubym się napiłem.

— Coś się stało?

Musi się coś stać, żeby człowiek się nawalił?

Kobiety są dziwne.

Zalałem robaka o wdzięcznym imieniu Marta.

— Nie pamiętam — przyznałem się po chwili.

— Nie szkodzi, możesz dzwonić zawsze, kiedy chcesz. Całuję.

Alina jest super.

Marta nie znosiła, jak za dużo wypiłem, choć nie zdarzało się to często.

*

Zanim się zdążyłem rozłączyć, staje koło mnie straż miejska i pokazuje w niebo.

Niebo jest szare, nie mam pojęcia, dlaczego akurat straż chce koniecznie, żebym popatrzył na niebo, ale posłusznie się gapię. Całe szczęście, że nie gadałem przez telefon w czasie jazdy, byłbym udupiony. A tu niebo jak niebo. Uśmiecham się niezbyt jednoznacznie, niezdawkowo, bez specjalnego porozumiewawczego spojrzenia,

91

po prostu jestem miłym facetem nie budzącym żadnych podejrzeń. Ale straż dalej pokazuje. Przechylam się do przodu, o mało mi kierownica żołądka nie przebija, i teraz widzę.

Zakaz zatrzymywania się.

Psiakrew, teraz dostanę mandat nie za rozmawianie przez telefon, ale za zatrzymywanie się, i to tylko dlatego, że jakaś idiotka na Pradze rzuca telewizorem.

Straż jednak pokazuje, żebym jechał, więc grzecznie ruszam.

Przyjechałem umordowany, telewizor spadł, owszem, ale szczęśliwie dla babki na posłanie psa, puściły śruby na ramię wysięgnika, dałem się uprosić o ponowne powieszenie, ale musiałem pojechać do sklepu, kupić porządne wkręty do płyty gipsowej, zamontowałem jak należy, powiesiłem, babka wniebowzięta, zarobiłem stówę.

W drodze powrotnej wpadłem do klubu, nie chce mi się być samemu, ale w klubie tłok, wiadomo, sobota, wszyscy piją, ja nie, pokręciłem się chwilę, pogadałem z tym i owym, panienki przy barze do wyjęcia, ale jakoś mnie to nie bierze, przed klubem klub palaczy, widzę Ksawerego, producenta, z którym kiedyś współpracowałem przy jakiejś reklamówce, uśmiecha się na mój widok, łapie mnie za kurtkę.

Dwie panny leżą na nim, po każdej stronie jedna, jak przylepione kropelką, co kropelka sklei sklei, żadna siła nie rozklei.

— Stary! Kopę lat! Już wychodzisz?

— Wpadłem tylko na moment.

— Masz robotę? Jolu, poznaj, mój najlepszy operator, Jeremi, a to Jolcia.

Jola wyciąga rękę i odrobinę się odkleja od Ksawerego.

— A to… jak masz na imię?

— Michalina — mówi druga i kiwa głową.

Nie odkleja się tak łatwo.

— Michalina, cha, cha — śmieje się Ksawery. I do mnie: — Przyłączysz się do nas? Wieczór młody, kobiety piękne…

— Z chęcią, ale jestem umówiony — mówię i sam się sobie dziwię.

— No — rozkłada ręce Ksawery, ale dziewczyny przyklejone dalej — jak mus, to mus.

Obie dziewczyny też się śmieją, ja stoję, wzrok im się trochę na mnie wyostrzył, ale już się na to nie nabieram.

— Kręcisz coś?

— Chwilowo mam przerwę — mówię i powstrzymuję się, żeby go nie zaczepić, nie poprosić o jakąkolwiek robotę.

— Daj mi namiar na siebie, to zadzwonię, jakbym coś miał — mówi Ksawery i wyciąga z kieszeni wizytówkę. Wręcza mi ją, nie czekając na moje namiary.

Namiary na mnie ma jego kierownik produkcji — mówi tak, żeby pokazać dziewczynom, jaki jest ważny, protekcjonalnie, jakby chciał powiedzieć: Ach, ten reżyser? U mnie nie będzie pracował, za cienki jest. Ten operator? Mam lepszego. Ten muzyk? Zadzwonię do Morriconego, jak wróci z Francji, może już wrócił, ale o tej porze w Stanach południe…

— Dzięki, stary — mówię, bo producentom się nie podpada jeszcze bardziej, a ja już jestem podpadnięty wystarczająco.

— No, to biintacz — mówi Ksawery. — Zdzwonimy się.

Wiem, co to znaczy.

93

To znaczy: Nie zadzwonię, a ty nie masz po co dzwonić. Bądźmy w kontakcie, znaczy: Nie zawracaj mi głowy, jestem zajęty.

Nie jestem kobietą, żeby na tym budować cokolwiek i mieć jakąkolwiek nadzieję.

Odwracam się i idę Nowym Światem do ronda Palmy, tam pod Giełdą zostawiłem samochód. Wieczór jest naprawdę piękny. Warszawa tutaj tętni życiem, knajpy są pełne, na ulicy mnóstwo ludzi, jedni spacerują z pieskami, inni stoją przed kawiarniami zbici w grupki i gadają, para i dym z papierosów tworzą bliskość, oto jesteśmy razem, inni są poza nami, elita.

Mimo zimna.

Ostatnie tango w Paryżu

W lutym zeszłego roku byłem z Martą w Paryżu. Ona jest zdecydowaną frankofilką, kocha Paryż, uważa, że to najpiękniejsze miejsce w Europie. Mnie bardziej ciągnie do Stanów, Londynu, ale dostałem od niej w prezencie urodzinowym trzy dni w Paryżu.

Mieszkaliśmy w małym hoteliku niedaleko stacji metra École coś tam, na ostatnim piętrze. Marta zamówiła pokój jeszcze w październiku, dostała zniżkę, bo to Paryż poza sezonem.

Było rewelacyjnie.

Na tej samej uliczce, gdzie wtopiony w inne domy stał nasz mały hotelik, był również malutki targ, z takimi serami, że do dziś mi ślinka leci na samo wspomnienie. Bilety do Luwru też zamówiła przez Internet, nie czekaliśmy, jak inni, godzinami w kolejce, miała na te trzy dni dokładny plan, do którego się dostosowałem, zresztą Francuzi przecież nie mówią w żadnym innym języku, a Marta bardzo dobrze po francusku, więc wiele do gadania nie miałem. Jakoś życzliwie nas traktowali, a ja udawałem, że mi to nie przeszkadza, że nic nie kumam.

Trochę nie byłem sobą, po raz pierwszy w życiu kobieta decydowała o wszystkim i na dodatek rozumiała, o czym oni gadają, ale to był pobyt niezwykły.

Z Musée d'Orsay nie chciałem wyjść. Nie spodziewałem się, że tak mnie trafi. Impresjoniści to najgenialniejsi operatorzy — tak operują światłem i emocją, że stałem jak wryty. To trzeba zobaczyć na własne oczy, twarzą w twarz, to znaczy w obraz, żadna reprodukcja nie odda tego czegoś, co się dzieje między mną a obrazem. Morze jest mokre, płótno naprawdę ocieka wodą, te błyski przelotne jak mgła, kolory pobrudzone słońcem, czuć zapach trawy w upale i wilgotną bryzę od morza, nenufary, nie mam pojęcia, czy pachną, ale gdybym ich dotknął, na pewno poczułbym delikatność prawdziwego kwiatu.

Każdy obraz to skończony genialny kadr.

Jak mogłem przeżyć trzydzieści lat bez tego? Od roku kocham impresjonistów miłością najprawdziwszą.

W Paryżu było z siedem stopni, przed każdą knajpą rozłożone parasole, pod parasolami grzyby z ogrzewaniem gazowym. Siadaliśmy twarzą do ulicy, zamawialiśmy tamtejszy koniak o lekko pomarańczowym smaku, Marta opowiadała, a ja słuchałem.

Była moim cicerone.

Ale też, umówmy się, mówiła jak baba.

Rodin, owszem, jako twórca był genialny, ale fatalny jako ukochany. Żaden mężczyzna nie zniesie tego, że kobieta może go przewyższyć. A ona była przynajmniej równie genialna jak on.

— Ale ja, oczywiście, wolę Claudel — mówiła Marta. — Sam zobaczysz, była genialną rzeźbiarką, a Rodin był dla niej niesprawiedliwy. Nie kochał jej tak jak ona jego, romans, proszę bardzo, mistrz i uczennica, proszę bardzo, ale jak równy z równym? Nie! Szowinista! Ona przez niego popełniła samobójstwo! On kazał ją zamknąć w domu wariatów! I co z tego, że to geniusz, jak jednocześnie oprawca? I dzisiaj ich rzeźby stoją ramię przy ramieniu w Muzeum Rodina i malutkim parku, który je otacza, i mam nadzieję, że on się w grobie przewraca.

Nie sądziłem, żeby Rodin gdziekolwiek się przewracał, ale patrzyłem na Martę w zachwycie. Ileż w niej było pasji i namiętności!

Chociaż kompletnie się z nią nie zgadzałem.

Kobiety mają niezwykłą umiejętność doszukiwania się wszędzie tragedii i ubierania wszystkiego w romans. Claudel musiała być niezrównoważona psychicznie, a nie wykończona przez Rodina, bo żaden zdrowy na umyśle człowiek nie popełnia samobójstwa. Zresztą co to ma za znaczenie dla sztuki?

Ale nie, dla Marty zasadnicze. Rodin jest be, Claudel jest cacy.

Rzeźby rewelacyjne, na *Pocałunek* Rodina mógłbym się gapić i gapić, ale nie chciałem być posądzony o sentymentalizm.

*

Uchwycić w kamieniu całą delikatność, namiętność i poddanie w jednej bryle, twardym dłutem — co za ręka, co za faktura tych prac, co za modelunek światłocieniowy, ja pierniczę!

Paryż jest zajebisty.

W nocy pojechaliśmy metrem na Montmartre — łaziliśmy po pustych ulicach, aż trafiliśmy na Pigalak, i tu dopiero dosięgło mnie rozczarowanie.

Parę starszych pań w siatkowych rajstopach, grubawe uda, zniszczone twarze, zaczepiało nas bardziej z życzliwości niż chęci zarobku. Przygnębiające.

Zatrzymaliśmy się przy muzeum pornografii, wciśniętym między sklep z gadżetami erotycznymi a klub go-go. Lateksowe ubrania na wystawie i pejcze, a z klubu dochodziła jakaś, pożal się Boże, muzyka, od której cierpła dusza.

Chętnie bym zobaczył paryski taniec na rurze, ale Marta nie dała się namówić. Jednak do tego muzeum poszliśmy. Cztery piętra, zaczynało się niewinnie, od rzeźbionych trzy tysiące lat temu penisów, figurek grubych kobiet, bogiń płodności, przez ryciny chińskie, zabawne, wyglądały jak komiks orientalny, po współczesne rysunki, zabaweczki do zabawy dla dorosłych dzieci itd.

Na czwartym piętrze dopiero zrobiło się wesoło. Z telewizorów, pamiętających lata pięćdziesiąte albo tak wystylizowanych, leciało porno z początków kina. Marta była spłoszona jak pensjonarka, ale filmik był śmieszny, kobiety z rozpuszczonymi włosami do pasa i potężnymi fryzurami na wzgórkach łonowych, filmowane jak cię mogę, kamerzysty tam na pewno nie było, operatora tym bardziej, kamera na statywie, a aktorzy z brudnymi stopami zwróceni w jej kierunku. W dodatku rozpoznawałem kolejne klapsy, mogłem policzyć, z ilu składał się ten filmik, bo co prawda montaż dobrze zrobiony, ale stopy aktorów były coraz brudniejsze, potem znowu jaśniejsze, potem jeszcze brudniejsze niż na początku.

Miałem ubaw po pachy. Rozkoszne!

Obok nas stanęła para z Japonii, byli tak rozbawieni jak ja, więc Marta trochę się rozluźniła, pogadaliśmy z nimi, to znaczy bardziej ja, a potem razem wylądowaliśmy na kolacji. Śmieszni Japończycy, niezwykle uprzejmi, życzliwi, robili bez przerwy zdjęcia, zapraszali nas do siebie, do Japonii, wymieniliśmy się mejlami.

Ale gdy w parę dni po powrocie znalazłem w skrzynce zdjęcia, odpisałem, że dziękuję, i tyle tego było.

Po ostatnim trzęsieniu ziemi Marta poprosiła, żebym się pilnie z nimi skontaktował i zapytał, jak sobie radzą, jednak nie odpowiedzieli.

*

Cały następny dzień włóczyliśmy się po centrum, siadaliśmy w małych knajpkach, piliśmy, gadaliśmy, a ja sobie paliłem.

I nagle okazało się, właśnie w tym Paryżu, że palimy tylko ja, Ruscy i czarni.

Nie chciałem uchodzić za Ruskiego.

Nie chciałem uchodzić za czarnego.

Rzuciłem w cholerę te papierosy właśnie tam, drugiego dnia pobytu.

Muszę uczciwie przyznać, że Marta mnie nigdy nie zmuszała do rzucenia palenia. Żadne tam takie: rzuć, bo nie będziemy razem, rzuć, bo nie będę z tobą sypiać, rzuć, bo to ci szkodzi, rzuć, bo śmierdzisz. Raz tylko powiedziała, że martwi się, bo nie chciałaby zostać sama, a papierosy to śmierć. I że gdybym przestał, tobym odzyskał węch.

Tu się nie myliła.

Mówiła, że odzyskam powonienie, i, niestety, odzyskałem. Otóż świat śmierdzi. Śmierdzą toalety w knajpach, śmierdzą ludzie w autobusach, śmierdzą psy i koty, śmierdzą trawniki przy Górczewskiej, śmierdzą spaliny, śmierdzą owce i sery, śmierdzą sklepy spożywcze, śmierdzi mięso i śmierdzą perfumerie, śmierdzi durny Herakles.

Świat to jedno wielkie źródło smrodu. Owszem, od czasu do czasu coś zapachnie, jakiś bez na wiosnę, jakaś ziemia po deszczu, ale ogólnie śmieci muszę teraz wyrzucać dwa razy częściej niż przedtem.

Opłacało się?

Po trzech miesiącach abstynencji nikotynowej dostałem od Marty w prezencie najbardziej zajebiste bojówki świata. Za to, że nie palę. Jak Gruby je zobaczył, to oczy mu wyszły z orbit i miały trudności z powrotem na miejsce.

— Staaaary… — powiedział przeciągle — staaaaary…

A trzeba znać Grubego, jemu z byle powodu mowy nie odbiera.

*

Nowy Świat nie przypomina Paryża. Nie wiem, dlaczego nagle mi się przypomniał tamten pobyt, może z powodu papierosów? Też musiałem wyglądać jak palant z petem w gębie.

Paryż, wielkie mi rzeczy.

Było, minęło. Trzeba z żywymi naprzód iść.

Dotarłem do domu przed jedenastą. Nawet nie włączałem telewizora, tylko walnąłem się od razu spać.

Matka cierpi, ja cierpnę

W niedzielę w południe zapakowałem pranie do wora i zbiegłem do samochodu. Owszem, jestem samotnym facetem, ale radzę sobie znakomicie, i tak już zostanie.

Za to matka się ucieszy.

Nie lubiła Marty. Jak zresztą wszystkich kobiet, które miała okazję poznać. Zawsze te same teksty:

— Ty wiesz, że ja się nigdy nie wtrącam i wiem, że to nie jest moja sprawa, ale czy ona musi się tak ubierać?

— Ty wiesz, że ja nigdy nie mam nic przeciwko kobietom, ale czy ona na pewno mówi to, co myśli?

— Ty wiesz, że ja nie jestem złośliwa, ale czy ona w ogóle myśli?

— Ty wiesz, że ja nigdy nie oceniam, ale czy ona chce się podobać wszystkim mężczyznom czy tylko tobie?

— Ty wiesz, że ja jej nie mam nic do zarzucenia, ale czy ona tobie też wydaje się taka niewyraźna?

— Ty wiesz, że ja nigdy ludzi nie pytam o intencje, ale jakie ona ma intencje? Ty się tak łatwo dajesz nabierać, kochanie.

— Ty wiesz, że mnie by to nigdy nie przyszło do głowy, ale czy ona nie chce ciebie przypadkiem złapać?

— Ty wiesz, że nigdy nie wtrącam się w twoje sprawy, ale moim zdaniem masz jeszcze czas na zakładanie rodziny… I tak dalej.

Jakby mi się do tego paliło.

Przyjechałem do matki o pierwszej, razem z brudnymi ręcznikami i pościelą, jeszcze po Marcie.

— Ach, co to za kobieta, która nie umie zadbać o mężczyznę! — powiedziała jak zwykle matka i patrzyła, jak pakuję pranie do pralki. Jak zwykle.

Zawsze tak robi.

Stanie mi za plecami i kontroluje, czy przypadkiem nie mieszam kolorów, czy nastawiam na właściwą temperaturę, czy wiruję na osiemset czy na pięćset obrotów, jakbym był małym dzieckiem.

Herakles darł mordę w przedpokoju, ja starałem się nie dać wyprowadzić z równowagi, wpakowałem pod czujnym okiem mamusi pranie, nasypałem proszku, mamusia jak zwykle mnie odsunęła i sprawdziła ile, potem jak zwykle nalała płynu do płukania, czego nienawidzę, i wzięła na ręce Heraklesa, jak zwykle.

— Jeremcia piesek nie poznaje? To nasz synek kochany...

Być synem ratlerka jeszcze mi się nie zdarzyło.

Herakles, charcząc z wściekłości, wyrywał się matce i próbował rozszarpać mi nos, ponieważ mamusia mi pieska pod nos właśnie podtykała, żeby piesek mnie poznał.

Nie mogę matce wytłumaczyć, że on właśnie tak się zachowuje, bo mnie p o z n a j e!

— No, idź, idź — mamusia spuściła psa na podłogę, niestety, delikatnie, Herakles pognał na swoich kaprawych nóżkach do kuchni, stanął nad swoją pustą miską i zaczął na mnie warczeć.

— Na pewno głodny jesteś, zrobiłam twoją ulubioną pangę — powiedziała moja matka i poszła za Heraklesem do kuchni.

Ruszyłem posłusznie za nimi.

Bez względu na to, czy jestem głodny, czy chory z przejedzenia, i bez względu na godzinę matka mnie karmi.

O siódmej rano i o dwunastej w nocy.

Przed śniadaniem, po śniadaniu, przed obiadem, po obiedzie, po bankiecie, po prostu zawsze.

W chorobie i zdrowiu.

Uważa, że jedzenie pomaga na wszystko, więc dostaję jeszcze słoiki na wynos.

Owszem, czasem ratują mi życie.

— Ona ci nawet porządnie nie gotuje — mówi matka i stawia przede mną pyszną pomidorową.

Odkąd przestałem z nią walczyć i przychodzę głodny, stosunki między nami są lepsze niż kiedykolwiek.

— Rozstałem się z Martą — mówię teraz, żeby ją wprawić w dobry humor, nie czekam wrednie z tą wiadomością.

— O mój Boże drogi! — Matka siada ciężko na krześle i widzę, o mój Boże drogi, że się zaraz rozryczy!

— Bez przesady — mówię. — Świetna zupa — dodaję, żeby ją jakoś wyprowadzić z tego stuporu. — Przecież jej nie lubiłaś. — Chcę jej poprawić humor, bo rzeczywiście oczy zaszły jej łzami.

— Jak możesz tak mówić! — Matka podnosi się już bardziej wyniośle i zaczyna być zła.

Zawsze to lepsze niż płacz. Wtedy w ogóle nie wiem, co robić.

— Jak możesz! Ty wiesz, że ja nigdy złego słowa nie powiedziałam o Marcie! A wprost przeciwnie, miałam nadzieję, że w końcu się ustatkujesz, że doczekam chwili, w której w tym domu zatupią dziecięce nóżki moich wnucząt!

O mały włos nie zadławiłem się pomidorową.

Nóżki wnuczęce? Nóżki, a gdzie cała reszta? Nie mam zamiaru zostawać ojcem, ojcem nóżek w szczególności! Zresztą nie mam nawet kandydatki na żonę. Co tam na żonę, nie mam nawet kandydatki na małe dymanko. A matka mi wyjeżdża z nóżkami wnuczęcymi?

Postanawiam się nie dać.

— Mówiłaś, że nie umie się ubrać.

— Wprost przeciwnie, zawsze zauważałam, że jest elegancko ubrana i niczego jej nie brakuje! Gdyby tylko miała więcej…

No właśnie.

— Trochę więcej wyczucia, jeśli chodzi o kolory… ale poza tym bardzo ładnie się ubierała! No, nie była to elegancja, do jakiej ja byłam przyzwyczajona, ale nie możesz mi zarzucić, żebym kiedykolwiek źle się o niej wyrażała! Nie powinieneś był pochopnie rezygnować ze związku, który mógł się przerodzić w coś ważnego!

Tyle fajnych zdań ciśnie mi się na język. Na przykład takie:

A mówiłaś, że jest złą gospodynią.

A mówiłaś, że kiepsko gotuje.

A mówiłaś, że nie dba o mnie.

A mówiłaś, że koleżanki są dla niej ważniejsze niż ja.

A mówiłaś, żebym sobie dał spokój, bo to nieodpowiednia dziewczyna dla mnie.

Ale milczę.

Na cholerę mi kłótnia z matką? Przecież ona ma zawsze rację.

Zaraz, zaraz, pominąłem coś istotnego.

Nie powinieneś był pochopnie rezygnować ze związku, który mógł się przerodzić w coś ważnego? Czyli że mojej matce nawet przez myśl nie przejdzie, że to ja mogę być porzucony?

— Skaczesz z kwiatka na kwiatek jak motyl, a to się tak kończy!

Gwoli wyjaśnienia: motylek nie skacze. A jakby motylek tak z kwiatka na kwiatek jak ja, czyli raz na cztery lata, to ten gatunek dawno by wyginął i nawet jego nazwy byśmy nie znali! Co ja mówię, motylek? Ptak by z głodu padł każdy, z wyjątkiem jerzyka — bo on może trzy lata zapierdzielać w powietrzu, poluje tam, śpi, podziwia i na ziemi w ogóle nie musi siadać, chyba że na czas lęgów — a nawet aligator, który potrafi nie żreć miesiącami. Może tylko kleszcz by się ostał, bo to ścierwo potrafi nie żreć siedem lat.

Ale motylek?

Postanawiam jednak dać mojej matce pełną satysfakcję i powiedzieć, że tym razem to ja zostałem rzucony, bo o tym, jak mnie moja kobieta zrobiła w konia, zwierzał się na pewno nikomu nie będę. Po prostu powiem, że mnie rzuciła, podstępnie i za nic. Bez powodu i tłumaczenia. Po prostu.

— Marta mnie rzuciła — cedzę przez zęby, za marchewką gotowaną nie przepadam, a mama z uporem maniaka mi zawsze jedną do pomidorowej wrzuci, jakby się spodziewała, że czerwone w czerwonym nie zostanie zauważone.

Mało jej nie przyprawiłem o atak serca.

Blednie, chwyta się za pierś, ale tym razem jej głos ma siłę FC Barcelony.

— Ty wiesz, że ja zawsze staję w obronie kobiet, ale od początku wiedziałam, że to nie jest dziewczyna dla ciebie. Że nic dobrego z tego nie wyjdzie. Jak tylko ją tutaj przyprowadziłeś. Od razu widziałam, że jest jakaś taka… nie chciałam ci robić przykrości, więc otworzyłam

105

przed nią serce i przyjęłam ją z otwartymi ramionami, niesłusznie, jak się okazuje. Intuicja matki, instynkt macierzyński to jest coś, czego nie zrozumiesz nigdy. Od początku wiedziałam.

Matka zerwała się energicznie z miejsca, przełożyła Heraklesa na krzesło, przez moment miałem nadzieję, że piesek się z tego krzesła wypierniczy, ktoś mi mówił o jakimś ratlerku, który spadł z fotela i szlag go na miejscu trafił, ale niestety, Herakles otworzył oko i spadać nie zamierzał.

Matka nałożyła mi na talerz górę ziemniaków, trzy kawałki ryby pangi panierowanej, jakiś kilogram na oko, i surówkę z marchewki i jabłka, wzięła ponownie na kolana Heraklesa i przytuliła swoją twarz do jego wrednej mordy.

— No cóż, mam nadzieję, że odetchnąłeś z ulgą, bo ja i owszem. Tak. Właśnie tak.

Milczałem i jadłem.

Kobietom nie warto wchodzić w słowo. One się dopiero rozkręcają, wiedziałem przecież o tym doskonale.

— Ty wiesz, że nigdy nic przed tobą nie ukrywam, ale tym razem powiem prawdę. To nie była kobieta dla ciebie — powtarza.

Tupot dziecięcych nóżek chwilowo odpłynął w siną dal, skończyłem pomidorową i z przyzwyczajenia kiwałem głową potakująco. Podstawiłem sobie pod nos drugie danie i zacząłem skubać. Mowy nie ma, żebym to wszystko zjadł.

— Ale pozwól sobie powiedzieć — matka nie zamierzała tak szybko przejść do porządku dziennego nad tą sprawą — twoje życie musi ulec diametralnej zmianie. Ojciec, gdyby żył, pokierowałby właściwie...

106

Z łazienki dochodził uspokajający szum pralki. Program oszczędnościowy — czterdzieści minut, za chwilę będę mógł się podnieść, wypakować górę prania i zgrabnie się ewakuować. Niestety, z niewyprasowanymi koszulami.

Zjadłem połowę drugiego z najwyższym trudem, ani kęsa więcej nie mogłem, mimo dobrej woli.

— Mamo, mogę sobie to spakować do domu? — znalazłem wyjście z sytuacji.

— Boże drogi! — Mama wołała Pana Boga przy każdej sprzyjającej okazji. — Biedaku, ty nawet apetyt straciłeś! Nie wolno ci się tak przejmować! Ani to ładne było, ani warte ciebie! Poczekaj, znajdziemy ci odpowiednią kobietę, z którą będziesz szczęśliwy! Oczywiście, kochanie, zaraz zapakuję! Co ona z tobą zrobiła! Ty się wykończysz! Takie czasy, że osoby z talentem muszą sobie same radzić, są wykorzystywane, nic się na to nie poradzi, takie czasy…

Biadolenie mamy ma swoje dobre strony, przestaje mieć do mnie pretensję, a zaczyna mieć pretensję do świata, czy kogo tam ma pod ręką, że ten utrudnia jej synowi.

Utrudnia całościowo, w szczegółach i w ogóle.

Utrudnia znalezienie dobrej pracy, utrudnia pokazanie talentu itd., itp.

I to mi właśnie odpowiada.

Wolę, kiedy świat jest winny wszystkiemu, niż kiedy ja coś jestem winny światu.

Amen.

*

Przyglądam się kuchni mojej matki. Najbardziej ze wszystkiego w domu lubię kuchnię, nie tylko matki, ale w ogóle. Ludzie kiedyś mieli nieźle, żyli po prostu w kuchniach, wszyscy razem, na kupie, ciepło było, zapach jedzenia, wszystko jedno jakiego, obejmował całe pomieszczenie, gotowane żarcie ma zawsze kapitalny zapaszek, wszystko jest pod ręką.

Moja matka od lat nic nie zmieniła, z wyjątkiem szafek.

Pamiętam ojca, który siadał zawsze tyłem do okna, tak jakby musiał mieć oko na wszystko, co się dzieje w mieszkaniu, na krzątającą się matkę i na drzwi do przedpokoju, przez które zresztą widać było też drzwi wejściowe i kawałek pokoju rodziców.

Ja miałem swój od strony południowo-zachodniej, fajny, oddzielony łazienką od reszty mieszkania. I nawet jak słuchałem muzy po nocach, to starzy nic nie słyszeli, bo to mieszkanie jest na Żoliborzu, w klasycznej przedwojennej czteropiętrowej kamienicy.

Stare budownictwo ma to do siebie, że nawet jak jesteś głośniej, to nie masz Szarej Zmory pod spodem. Taki kraj, że zmory mieszkają, tak jak ja w tej chwili, w blokach.

A w tym domu u matki wszyscy się znają. Kolejni lokatorzy co prawda umierali, tak jak mój ojciec, ale życie trwa; sąsiedzi wiedzą o wszystkim, a jak ktoś kupuje tu mieszkanie, od razu wchodzi w tę kamienicę jak w elitarne środowisko.

Wiadomo, że się mówi „dzień dobry", że człowiek człowiekowi drzwi przytrzymuje, że się uprzedza, iż w niedzielę będą chrzciny, więc będzie trochę wrzawy, a w sobotę będą imieniny; matka robi zakupy dla pani Jadzi z tego samego piętra — znają się od zawsze, ale oczywiście nigdy nie przeszły na „ty", bo to „tylko sąsiadka i jak ty to sobie wyobrażasz?". Zresztą pani Jadzia jest nad grobem i o ile pamiętam, zawsze tam była.

Jeszcze ojciec tak mówił. Pani Jadzia ma ze sto dwadzieścia lat, wygląda jak zmęczony znak zapytania, jak postać z *Podwójnego życia Weroniki*. Szła tam taka kobiecina z butelkami, przecząca przyciąganiu ziemskiemu. Kieślowskiego kocham.

*

— Miałeś dostać coś innego, ale… — Matka podnosi się nagle, coś wyciąga z szuflady, nożyczki i skocza, i tak widzę, chociaż stara się zasłonić sobą te skądinąd nie kompromitujące przedmioty, i kieruje się w stronę drzwi, piesek też, rzecz jasna.

Nożyczki dostanę w prezencie urodzinowym?

— Poczekaj chwilę, kochanie, tak. Poczekaj.

Zdecydowanie mówi do mnie, a nie do psa, ale ja się przecież jeszcze nigdzie nie wybieram, wychodzą oboje.

*

Ojca pamiętam zawsze z gazetą, którą odkładał obok talerza i którą zawsze matka usuwała na parapet, a ojciec, niby ukradkiem, znów ją przenosił na stół, żeby rzucić okiem przynajmniej na część szpalty, i to rozmawiając z nami, co matkę zawsze wkurzało. Albo z książką, którą też odkładał otwartą, grzbietem do góry, a matka zawsze wkładała do niej zakładkę i mówiła, że książki się rozklejają i niszczą, gdy on tak je traktuje.

Mój ojciec był dużo starszy od matki, z piętnaście lat, siedemnaście? To tak jakby Marta miała piętnaście i była w gimnazjum. Ja chrzanię! Tylko że kiedy się poznali, matka miała dwadzieścia osiem, czyli była starą panną, a on był grzybem pod pięćdziesiątkę.

No, ale ja w tym nie brałem udziału. W każdym razie do pewnego momentu.

*

— No i co, nie zajrzysz?

Ocknąłem się.

Matka stała przede mną z małym pudełeczkiem w dłoni. Oczywiście nie jest możliwe, żebym dostał od matki cokolwiek, co nie będzie upakowane w kolorowy idiotyczny papier i co nie będzie miało jakiejś durnej wstążeczki, którą nie wiadomo jak rozplątać, a nie drę tego, gdyż mamusia składa z powrotem papier, bo się może przydać, a wstążeczkę nawija na starą szpulkę po niciach, albowiem „na pewno kiedyś jeszcze się przyda". Ale stoi zadowolona, nie zorientowała się, że byłem daleko stąd, chociaż właściwie tutaj, tylko w innym czasie.

— No, rozpakuj. Albo poczekaj. — Jest niezdecydowana, siada naprzeciwko mnie, kładzie paczuszkę na stole, Herakles zaczyna piszczeć, ale matka nie zamierza tym razem brać go na kolana. A piszczy rozpaczliwie.

— Zaraz, chłopaczku — mówi matka do psa, potem przysuwa pakiecik ponownie do siebie. — Chciałam ci to dać… — bierze oddech — to znaczy nie chciałam ci tego dawać właściwie. Ale myślę, że dojrzałeś. Ze mną nie wiadomo, co będzie — mówi matka do mnie, Herakles próbuje podskoczyć do jej kolan i kręci się w kółko, i znowu próbuje. Wkurza mnie to niemożebnie, ale ten tekst, którym do mnie leci matka, powoduje, że znowu cierpnę, to tekst z łoża śmierci, boleści albo Madejowego łoża, co na jedno wychodzi, a nie zza stołu w pogodny marcowy dzień, jednak słucham. — I pomyślałam sobie,

110

że teraz to jest tobie bardziej potrzebne. Miałeś to dostać dopiero po mojej śmierci, ale… To najważniejsza rzecz, jaką mamy. Proszę cię, żebyś to uszanował. Ja wiem, że wy, młodzi, macie teraz inne poglądy, ale dla mnie… — głos matki się łamie i oczy są pełne łez, ja pierniczę! — to najcenniejsze, co mam.

Kłamie, bo przecież nie dostaję Heraklesa na urodziny!

Popycha w moją stronę pudełeczko, trochę niechętnie, jakby nie mogła się z nim rozstać.

Przyglądam mu się z powagą.

Następnego budzika nie przeżyję.

A jeśli to są spinki po ojcu, to przysięgam przy świadkach, nawet Jehowy, że się pochlastam tępym drewnianym nożem przed sejmem.

— No, otwórz — matce łamie się głos.

Więc delikatnie łapię za wstążeczkę, złotawą. Rozwiązuję. Odkładam na bok. Na pudełeczku kolorowy papier, ten sam, w który owinięte były prezenty na Boże Narodzenie, złapany taśmą klejącą. Nie ma szans na ocalenie papieru, żeby służył przez następne pokolenia Bogu, ojczyźnie i honorowi.

Rozrywam.

W środku aksamitne czerwone pudełko.

Gdybym był kobietą, myślałbym, że to oświadczyny. Aż się boję otworzyć, ale staram się wytrzymać wbity we mnie wzrok matki i zachować powagę w tej doniosłej chwili.

Boże, proszę Cię, spraw, żeby to nie był zegarek mojego ojca. Ani spinki do krawatów, ani spinki do koszuli, ani jego nóż do cięcia papieru.

Otwieram pudełko.

W środku kawałek metalu w kształcie tarczy, rany boskie! Z Matką Boską! Łańcuszek do tego doczepiony.

Ryngraf.

Nie mam pojęcia, jak się zachować.

— Ryngraf — stwierdzam więc.

— Jest w naszej rodzinie od 1841 roku. — Matka mokrymi oczami wpatruje się w medalion jak w ósmy cud świata. — On nas chroni, uchronił twojego prapradziadka, widzisz? — Przechyla się przez stół i pokazuje mi palcem niewielkie wgłębienie z prawej strony. — Ocalił mu życie. Kiedyś żołnierze nosili takie na szyi. To ślad po kuli… — Tere-fere, gadaj zdrów. Kula by rozniosła ten kawałek blachy na strzępy. Nie ze mną takie numery. Ale wiara czyni cuda, nie mam zamiaru z nią dyskutować. Nauczyłem się nie kłócić z kobietami. Po co?

— Twój pradziadek w czasie wojny miał to cały czas przy sobie. Cały czas. I dlatego przeżył.

Trzeba było takie spuścić w czasie powstania warszawskiego ze spadochronu, tobyśmy wygrali. Chociaż niektórzy i tak uważają, że wygraliśmy.

— Dziadek przekazał go mnie, Matka Boska chroniła mnie przez te wszystkie lata i wspierała po śmierci twojego ojca, ale teraz… teraz czas na ciebie. Ty teraz bardziej tego potrzebujesz.

Potrzebowałem wielu rzeczy.

Nie wiedzieć, jaka jest Marta.

Dostać się do filmu.

Być operatorem, a nie usługowcem od anten.

Potrzebowałem forsy na spłatę kredytu, potrzebowałem nowego samochodu, a nawet lepszego komputera, bo mój się zawieszał przy byle okazji.

Potrzebowałem kobiety, przynajmniej raz na jakiś czas, potrzebowałem wielu rzeczy.

Ale na pewno nie potrzebowałem ryngrafu.

— Mamo, dziękuję, naprawdę dziękuję — wykrzesałem z siebie po chwili i zamilkłem.

Wpatrywałem się w kawałek blachy, bo mnie przytkało. Matka Boska z głową przechyloną na lewą stronę, swoją lewą, moją prawą, upstrzona krzyżykami, dwa na szyi, jeden w rękach, pod nią półksiężyc Turkom ukradziony, ułożony zgrabnie, spod półksiężyca pazury, od twarzy promienie, od promieni pióra, nie powiem, oddane wiernie. Nad głową ptak ma gębę orła, który ma wężowy język i wygląda jak lew w czapce błazeńskiej.

To nasz orzeł w koronie.

Dwie korony, jeden ptak, jedna kobieta z pazurami, trzy krzyże.

To było gorsze niż spinki.

Mam nadzieję, że nie każe mi tego nosić.

— Ja też jestem wzruszona, synku, może ci się zacznie lepiej wieść...

Zamknąłem pudełko. Najlepszym wyjściem wydało mi się podejść do matki i ją ucałować. Co też uczyniłem.

Niespecjalnie lubię to robić, bo czułostkowy nie jestem. Poza tym całować się z własną matką to jak kazirodztwo. A ona jeszcze na dodatek ma zwyczaj przytulania, jakbym miał siedem lat. A jestem facetem. Ale siedziała, więc zginąć w jej ramionach nie miałem okazji, przytuliłem ją trochę z boku i pocałowałem w policzek. Ona naprawdę płakała!

— Gdyby nie ten ryngraf, nie byłoby ani mnie na świecie, ani tym bardziej ciebie... — Matka otarła oczy. — Jest z prawdziwego srebra.

Usiadłem z powrotem przy stole. Teraz już nie wypadało mi się spieszyć.

— Ten ryngraf trzy razy uratował życie. Pierwszy właśnie wtedy. — Matka puka w Matkę Boską. — To wgłębienie od kuli, która nie zabiła twojego prapradziadka. Drugi raz, jak jeszcze moi dziadkowie, a twoi pradziadkowie ukrywali się pod Tarnowem, bo tam ich wojna zagnała… Był prawie koniec wojny, głód potworny. — Moja matka zanurzyła się w przeszłości, jednak z okazji moich urodzin, obchodzonych z nią dwa dni po czasie, byłem cierpliwy i postanowiłem słuchać. — Ale na wsi łatwiej było przeżyć, twój pradziadek wrócił cudem do domu, dzięki temu — wskazała znowu na pudełko — i ukrywał się również przed armią radziecką. Jeszcze w czasie wojny moja mama zachorowała. Dziadek z narażeniem życia przedostał się do Krakowa, tam był znajomy lekarz, to była jedyna szansa, żeby przeżyła, potrzebna była penicylina, to były dwa dni podróży, i przed samym Krakowem zatrzymała ich żandarmeria.

I jak Niemiec krzyknął o kenkartę, szarpnął dziadkiem, kiedy ten sięgał do kieszeni, i wtedy wypadła z niej Matka Boska. Dziadziuś myślał, że już po nim. Orzeł polski przecież. A Niemiec się schylił, podniósł, podał twojemu dziadkowi i powiedział:

— *Meine Heilige Maria. Fahr, wo du fahren willst.*

Moja matka w przeciwieństwie do mnie znała niemiecki. Ja osobiście bym wolał, żeby Niemcy mówili po angielsku.

— Czyli?

— Moja Święta Maryja. Jedź, gdzie masz jechać. Widać także był wierzący.

To już przytyk do mnie — drugi prezent na urodziny.

— I tylko jeden jedyny raz twój pradziadek musiał ten ryngraf razem ze zdjęciami zostawić, bo uciekali w popłochu z Warszawy. Herakles, leżeć — powiedziała matka, pies przestał piszczeć, a ja zrozumiałem, że sprawa jest poważna. Poza tym, jak żyję nie słyszałem, żeby moja matka na tak długo wypadła z roli — ani jednego wtrącenia w rodzaju „ty wiesz, że ja nigdy". — Wtedy zaginął brat mojej mamy... Co oni musieli przeżyć... i pomiędzy pokruszonymi kaflami, które dziadek uprzątał — tu stał piec, tam gdzie teraz mój tapczan — jest Matka Boska... Zawinięta w kawałek szmaty. Wszystko rozkradzione, a to nie! I wyobraź sobie, dwa dni później synek im się znalazł! Zaopiekowała się nim jakaś kobieta, która zresztą własne dzieci straciła, a mały umiał powiedzieć nazwę ulicy, i ona od domu do domu chodziła i pytała... Ten ryngraf to sprawił... Twój pradziadek w to wierzył... I ja w to wierzę...

O ile sobie przypominam, jak ojciec dostał zawału, to nic nie pomogło, a z powyższego wynika, że blacha z pazurami w domu była. Nie znoszę takich historii. To jest dorabianie ideologii do splotu przypadków. Dzieciak miał się znaleźć, to się znalazł.

Ale kobiety tak mają.

Marta też w tym celowała.

Niestety.

Teraz wiedziałem, że będę się musiał opiekować Matką Boską do śmierci.

— Teraz Ona się będzie tobą opiekować — powiedziała matka.

Dziewczyny do wzięcia

Gdy wracałem od matki, złapał mnie Maurycy. Czybym z nim do klubu nie poszedł i lasek jakichś nie wyrwał, bo narzekałem, że taki samotny się czuję, i prawdę powiedziawszy, on też samotny się poczuł. I że najwyższy czas zacząć nowe życie.

Postanowiłem zamiast się lenić, wyjść w miasto, choć słowo honoru, nie pamiętałem, żebym się komukolwiek żalił. Mam nadzieję, że nie doszło do poważniejszych zwierzeń z pokazywaniem zdjęć, bo tego bym nie przeżył. Kończę z chlaniem. Nie będę przez taką... taką... jak Marta się staczał.

Nie warto.

Wpadłem do chałupy, powiesiłem pranko, swetry rozłożyłem na czystych ręcznikach, żeby się nie wyciągnęły, tak robiła zawsze Marta, zmieniłem ubranko, ryngrafik położyłem na lodówce, żeby mamusia widziała, że na widoku, jeśliby przypadkowo wpadła bez zapowiedzi, co niestety czasami robi, samochód zostawiłem pod domem.

Zbiegłem na dół, bo to zdrowo, i na złość Szarej Nędzy potupałem na szóstym, a ma drzwi akurat przy schodach, i dwadzieścia minut później siedziałem razem z Maurycym w klubie Fioletowy Dysonans.

Było gwarno i wesoło, ale jeszcze stosunkowo pusto. Początek wieczoru jest obiecujący dla takich facetów jak my. Można się spokojnie rozejrzeć, samemu nie będąc pod obstrzałem, panienki powoli się schodzą, jak zwykle w grupkach, żadna przecież sama do klubu nie wpadnie, bo myśli, że wtedy byłoby wiadomo po co. Chodzą więc jak kury, we dwie albo trzy zbite w kupkę, i my przecież jeszcze lepiej wiemy po co.

Rozgdakane, że niby nigdy nic, że interesują się wyłącznie własnym towarzystwem, że mężczyźni nie istnieją w ogóle, ale oczka im biegają wte i wewte, a my z Maurycym, nie ma co kryć, jesteśmy dość przystojni.

Najwyższy czas odwalić się od Marty i od tego, co było lub mogło być. Na jednego faceta przypada jeden koma trzy kobiety, bardzo mnie interesuje szczególnie to koma trzy, bo może przynajmniej nie nawija bez przerwy. Gadania miałem po uszy.

*

Teraz takie czasy, że ty nie musisz zaczepiać bab, one same przypadkiem na ciebie wpadną; albo nie ma miejsca, to czy mogą się dosiąść, razem z koleżanką oczywiście; albo zagadną, czy widziałem taką czarną w białej sukience albo białą w czarnej sukience, nie, a szkoda, bo tu się umówiłyśmy... i zawiesza głos... i dalszy ciąg zależy już od ciebie.

Czasem są bardziej nachalne, natychmiast przechodzą do rzeczy, ale te od razu spuszczamy, bo taka panna, co wyraźnie szuka wrażeń, za łatwa jest i mocno musi być przechodzona.

W ogóle kobiety dzielą się na te, które ty wybierasz, i te, które wybierają ciebie. A ja wybierany być nie lubię, poza tym babka musi być jakoś interesująca. To po drugie. Bo po pierwsze, nie oszukujmy się, musi być ładna. Jakieś nogi do samej szyi czy cycuszki rzucające się w oczy, a najlepiej rzucające na kolana.

117

I nie uwierzę nikomu, kto mówi, że liczy się charakter. Charakter bowiem ma to do siebie, że liczy się potem, gdy cała reszta jest w porządku.

*

Ale oto czas zacząć nowe życie.

Nie będę wybredny, chodzi o miły numerek.

Jednak kobietom też trzeba ułatwić zbliżenie, więc rzut oka na salę, są dwuosobowe wolne i jeden sześcioosobowy, w rogu, kanapka z jednej strony, z trzech krzesła. Kanapka się może przydać, więc zajmujemy z Maurycym ten sześcioosobowy stolik, że niby na kogoś jeszcze czekamy. Jak wyrwiemy jakieś laski, będzie gdzie posiedzieć.

Zamówiłem sok pomidorowy, żeby wyglądało, że zgłuszam się Krwawą Mary, Maurycy piwko strzelił i zagaił o Martę.

— Szkoda gadać — wzruszyłem ramionami.

— Stary, ty się do niej koło trzeciej w nocy wybierałeś, jakby cię Gruby nie namówił na strzemiennego, po którym padłeś, to, stary, wtopa!

Ja się wybierałem do Marty? Panie ludzie, w życiu jedynym! Alkohol jednak z człowieka robi zwierzę.

— *In vino veritas* — powiedział Maurycy i trącił szklanką w mój sok pomidorowy.

— Marta to przeszłość. — Upiłem łyk.

— Ona sobie próbowała przez ciebie coś załatwić — rzucił pocieszająco Maurycy, ku mojemu bezbrzeżnemu zdumieniu.

Co załatwić, ciekaw jestem?

— Stary, leciała na ciebie, bo myślała, że dzięki tobie coś sobie załatwi — powtórzył Maurycy.

Patrzyłem na niego z niesłabnącym zainteresowaniem. Po pierwsze: żadnego pocieszenia nie potrzebuję, a po drugie — ciekawe, co niby jej miałem załatwić.

*

Wiele nie robiłem, bo nie miałem kiedy. Człowiek jest tak zaganiany szukaniem roboty, że niewiele może zrobić w tym czasie. Nie ma jak samemu sobie się przyjrzeć. Choć wiem skądinąd, że niczego mi nie brakuje, i bez fałszywej skromności mogę stwierdzić, że jestem dość przystojny. I niegłupi.

Ale załatwić? Akurat Marta przeze mnie nic sobie nie załatwiła.

A kiedy wynikła ta cała afera z *Lipą*, stała przy mnie jak mur. I w ogóle jej nie przeszkadzało, że z dobrze zapowiadającego się operatora nagle stałem się facetem od drobnych usług. Uważała, że to, co robię, jest fantastyczne, bo staram się utrzymać z RTV na powierzchni, zamiast siedzieć i wpadać w deprechę albo chlać, i że facet, który pracuje, a nie czeka na gwiazdkę z nieba, jest więcej wart niż taki, który boi się jakichkolwiek trudności i wyzwań.

Nawet jeśli te wyzwania — w moim przypadku — ograniczały się do wezwań. Wezwań do zepsutego telewizora, obsranej urwanej anteny czy do debili, którzy nie umieli uruchomić supernowego sprzętu, kupionego nie wiedzieć po co.

Tu akurat Maurycy w ogóle nie miał racji.

Przy Marcie mógłbym nawet w kanałach pracować.

*

— Pamiętasz taką rudą Wiolę z działu reklamy?

Wioli rudej i nierudej nie pamiętałem, ale pokiwałem głową, bo co to ma za znaczenie.

— Kobiety wszystkie są takie same. Dopóki widzą w tobie ogiera z grubym portfelem i możliwościami, to się palą.

*

Moje doświadczenia były inne.

Nie byłem ogierem, chociaż nigdy mnie wódz nie zawiódł, portfela w ogóle nie miałem, bo nienawidzę nosić czegokolwiek, co jest grubsze od karty i dowodu osobistego, a i tak zwane możliwości nigdy nie wydawały mi się najlepszym afrodyzjakiem.

Ale cóż, każdy ma inne doświadczenia.

*

Nie dowiedziałem się od Maurycego, co ta ruda Wiola z działu reklamy załatwiła sobie i przez kogo, bo w tej sekundzie przed naszym stolikiem pojawiły się dwie boginie. Aczkolwiek żadnej z nich nie chciałbym widzieć rano bez tapety.

— Czy te krzesła są wolne? Przepraszam? — zapytała jedna z nich i było to marzenie zarówno moje, jak i Maurycego, co od razu obydwaj skonstatowaliśmy pozazmysłowo. Zjawisko, które zadało nam pytanie, miało długie blond włosy, oczy zrobione pieczołowicie, zieloną sukienkę mini, odkryte ramiona, przerzucony przez ramię sweter w kolorze czerwonym i buty na niebotycznych obcasach. Udawało lato w samym środku cholernej, za długiej zimy!

A na świeżaku minus osiem!

Jej koleżanka, też niczego sobie, udawała, że akurat patrzy na wejście do knajpy, jakby tam zaraz miał się pojawić ktoś długo wyczekiwany.

— Siadamy? — zapytała koleżanka Zielona koleżankę Wypatrującą.

— No, możemy — powiedziała łaskawie Wypatrująca i dodała: — ale jesteśmy umówione.

Znamy te numery. Rzuciliśmy sobie z Maurycym porozumiewawcze, nie tyle mini-, ile raczej milispojrzenie.

Panny były do wzięcia.

— My też na kogoś czekamy — powiedział bystro Maurycy — ale pomieścimy się.

Panny usiadły, a ja poczułem napływ adrenaliny.

— Jeremiasz — przedstawiłem się i Zielona podała mi rękę. Jak flak. Nienawidzę tego. Ale oczy, włosy i nogi dalej miała niebiańskie.

— Aaaa — powiedziała.

Świetne imię. Niedługie.

— Maurycy. — Maurycy się podniósł. — Napijecie się czegoś?

Jasne, najpierw trzeba zainwestować.

— A co pijecie? Ja Ewka jestem, a to Iza. — Zielona uśmiechnęła się leciutko.

Maurycy wskazał na piwo, ale mnie nie skompromitował.

— Może jakiegoś drinka? — Wypatrująca postanowiła się odezwać, chociaż w dalszym ciągu jej wzrok był przykuty do drzwi wejściowych.

Robiło się coraz tłoczniej.

— Wolne te dwa krzeseleczka? — Przystojniak na czarno złapał za oparcie.

— Zajęte — powiedziałem — czekamy na kogoś.

Zielona obrzuciła mnie spojrzeniem, w którym nie było zachwytu. Dziwne, bo na pewno Przystojniak przy mnie wypadł słabo.

— Dżin z tonikiem, Krwawa Mary, wódka z colą? — Maurycy nachylał się nad stolikiem.

— Może tequila sunrise — westchnęła Zielona.

— A dla mnie dżin — powiedziała ta druga i wyciągnęła stówę.

— No chyba żartujesz, zapraszamy — Maurycy spojrzał na nią, jakby mu oferowała padalca, i odmaszerował, a ja wiedziałem, że są nasze.

Kwestia czasu.

Dziewczyny nachyliły się ku sobie i coś szeptały, a ja udawałem, że nie jestem zainteresowany. Po chwili wrócił Maurycy, postawił przed nimi drinki i rozsiadł się koło mnie.

— Jeremiasz, nie odpowiedziałeś mi, kiedy kończysz zdjęcia. — Uśmiechnął się przepraszająco do dziewczyn, jakby nam przerwały niezwykle interesującą rozmowę.

Skrzywiłem się. Rwanie na operatora, bo przecież nie wspomnimy, że bezrobotnego, wydało mi się płaskie i głupawe. Choć poza tym niezwykle ułatwiało sprawę.

— Jesteś fotografem? — zapytała obojętnie Wypatrująca.

— Kolega kończy film — ponaglał mnie Maurycy, a mnie krew zalała. Nie wyrwę laski bez tego? Za kogo on mnie ma?

— Robisz filmy? — zapytała Zielona i spojrzała szybko na koleżankę.

— Trochę się przy tym kręcę.

— Kręci. Jest operatorem — wyjaśnił Maurycy — tak jak ja.

— Aha — skomentowała Zielona.

Udawały, że nie chwyciło.

Kobiety bardzo często udają. Udają, że im się podoba, a potem mówią, że coś było beznadziejne, zachwycają się czymś, a potem mówią, że nie chciały ci robić przykrości, lub udają obojętność, a przebierają z niecierpliwości nogami.

To był właśnie ten przypadek. Nie chciały dać poznać po sobie, że zrobiliśmy na nich wrażenie. Jakiekolwiek. To też znamy.

Wypatrująca była jednak tak przekonywająca w swoim wypatrywaniu, że zacząłem podziwiać jej kunszt aktorski. Całe ciało miała sprężone i wygięte w nienaturalny sposób, tak żeby widzieć, co się dzieje w drzwiach, a te się nie zamykały, ciągle ktoś wchodził i wychodził, bo obowiązywał zakaz palenia, a palaczy, jak zwykle, było wielu.

Już nie chodzę do knajp, gdzie się pali, bo muszę wtedy siedzieć w jakiejś wydzielonej cuchnącej pakamerze, w której oczywiście jest siedemdziesiąt razy większy tłum niż w sali dla normalnych ludzi, ale Maurycy pali, Gruby pali, więc to jest moje naturalne środowisko.

W Fioletowym Dysonansie nie było sali dla palących.

— A wy co robicie?

— A my nie jesteśmy operatorami — powiedziała Wypatrująca.

Aha.

Przekaz był jasny. Nie myślcie, że nam zależy, nie jesteśmy łatwą zdobyczą, postarajcie się bardziej.

Może być i tak.

Bardzo proszę. Nie chciało mi się starać. Przyglądałem się, jak Maurycy powoli zaczyna się rozkręcać, bryluje, komplementuje: takie fajne dziewczyny jak wy na pewno mogą, mają, myślą, wiedzą, sądzą...

Zielona złapała tę konwencję: a skąd wiesz, że fajne; a może się nie przekonasz o tym; a może jednak nie takie fajne; na pewno nie wiesz, z kim masz do czynienia; na pewno tak siedzicie i czekacie na okazję, ale my nie...

Maurycy się podniósł, przyniósł znowu drinki, wszystko zaczęło zmierzać w dobrym kierunku.

Marta w życiu by się tak nie zachowywała.

W porę jednak sobie przypomniałem, że zachowała się znacznie gorzej.

Po trzeciej kolejce dziewczyny wyluzowały, Wypatrująca nawet roześmiała się serdecznie, kiedy Maurycy opowiedział swój naczelny i obowiązujący od czterech lat dowcip o latających heblach, a Zielona zaczęła zwracać na mnie uwagę.

Czasem najlepszym sposobem na uwodzenie kobiety jest nieodzywanie się, co też dość często stosowałem z niezłym skutkiem.

Wypatrująca już tylko od czasu do czasu popatrywała na drzwi wejściowe, bardziej pro forma, jakby realizowała zadanie — teraz spójrz, żeby sobie nie pomyśleli. Maurycy porwał Zieloną do *Mambo Five* i nawet nieźle wywijała na tych niebotycznych obcasach, a kiedy wrócili do stolika, trącił mnie w ramię.

— Teraz Jeremiasz wybierze drinki, siedźcie.

Podniosłem się niechętnie, wiedziałem, o co biega.

— Stary, laski napalone, ja bym się z Ewką już zerwał, ty coś niemrawo z tą Izą, bądź człowiekiem, nie psuj, kurna, wieczoru, fajne dziewczyny, mówię ci.

Jakbym miał wybierać, to wybrałbym Ewkę, ale OK, wyposzczony byłem, że aż się przyznać sam przed sobą

124

bałem, może być i ta druga, której imienia nie chciałem pamiętać.

— Łatwo poszło, a może z tego jakieś dzieci będą? — Trącił mnie w ramię Maurycy i moje niezaspokojone libido zwiędło błyskawicznie. Na hasło „dzieci" moje plemniki rozpoczynają natychmiastowy odwrót.

— Może jednak nie — powiedziałem i poszedłem zamówić cztery dżiny z tonikiem. Jednego mogę wypić, świat będzie przyjaźniejszy.

— Teraz ty inwestujesz, stary. — Maurycy był podekscytowany. — Mówię ci, jeden dobry numer i po Marcie nie będzie ani śladu. One wszystkie są takie same.

Jakbym jeszcze o niej pamiętał!

Podziękowałem w duchu przyjacielowi za tak zgrabne przywołanie już nieistniejącej kobiety mojego minionego życia i postanowiłem jednak rozwinąć skrzydła.

Dziewczyny były sympatyczne i nie wyglądały na takie, które szukają męża, żeby już nie wspomnieć o dzieciach. Chwila obopólnej przyjemności nie jest niczym złym ani grzechem, ani przyczynkiem do rozważań, co by było gdyby. Przez cztery lata naprawdę nie myślałem o innych kobietach. Owszem, na ulicy zawsze się obejrzę za zgrabną laską, to normalne, ale ani razu, ani przez moment nie miałem ochoty przelecieć innej panienki, a okazji było sporo.

Możesz to zrobić — powtarzałem sobie w duchu, niosąc drinki do stolika. — Możesz to zrobić.

Przy naszym stoliku siedziały teraz nasze dziewczyny. Oraz dwóch napakowanych facetów.

— To jest Tomek, a to Jeremiasz, a to Bodzio, a to Maurycy — zaszczebiotała Wypatrująca, wtulona w ramię wysokiego blondyna. Jasne, były już lekko podlane, to natychmiast znalazły chętnych. Trochę mnie przytkało.

125

Postawiłem swoje dwa drinki na stole.

— Panowie wam się narzucają? — Maurycy spojrzał z góry na tego, który radośnie obściskiwał jego dziewczynę.

— A skąd, spóźnili się — powiedziała rozkosznie Zielona i wtuliła się w brunecika, który przewyższał Maurycego o głowę.

— Jeremiasz i Maurycy pracują w filmie — powiedziała poważnie i wybuchnęła perlistym śmiechem.

Bodzio albo Tomek, nie zarejestrowałem, który jest który, spojrzał na nas taksująco i powiedział:

— Ale moja dziewczynka nie dała się nabrać, prawda?

— No co ty!

— Panowie, ile jestem dłużny? — Facet sięgnął do marynary, fajnej, sztruksowej, i wyjął czarny portfel. Potraktował nas niemal jak kelnerów. A ja poczułem się jak dupa wołowa.

— Na koszt firmy — powiedział Maurycy i postawił dwa drinki, które taszczył, przed brunetem, z lekkim przytupem. — Miłej zabawy.

*

Pożegnaliśmy się z Maurycym dość szybko. Wieczór był jeszcze młody, ale ani on, ani ja nie mieliśmy już ochoty na cokolwiek. Rozliczyłem się z nim przed knajpą, kosztami za drinki panienek podzieliliśmy się uczciwie. Znowu stówa do tyłu.

— Głupie cipy — skwitował krótko Maurycy. — Niech żałują.

Chwilowo to ja żałowałem, że dałem się Maurycemu wyciągnąć. Marzyłem, żeby się walnąć spać.

Jutro mam ciężki dzień, bo w poniedziałki zawsze jest dużo zleceń. Byłem umówiony z czterema klientami, a rozrzut był wyjątkowy, jedna naprawa na Pradze, montaż satelity na dalekim Ursynowie, coś się stało z pilotem — to Ursus, i potem podłączenie sprzętu na Mokotowie. W takiej kolejności, żeby człowiekowi utrudnić. Cały dzień jeżdżenia.

Ale nic to.

Do domu szedłem na piechotę, mróz zelżał, w połowie marca powinno być już ciepło, długa ta zima, całymi dniami wożę dupę w aucie, spacer mi dobrze zrobi. Minąłem sądy i przyglądałem się wystawom. Zoologiczny na sprzedaż, potem luksusowe futra, buty, jakaś telefonia, sklep hinduski, tu, gdybym był z Martą, tobym miał przestój, ale szczęśliwie byłem sam, sklep nocny całodobowy, sam jestem na tym świecie czy jak? Wszystkich wymiotło. Nie, z kina Femina wysypują się ludzie. Trzeba było iść do kina.

Cały wieczór zmarnowany.

Przyspieszyłem kroku, parę kilometrów dla zachowania dobrej formy to jest to, co będę robił codziennie. Na siłownię chodzę z Grubym sporadycznie, ale to nie jest mój ulubiony sposób spędzania czasu.

W domu byłem przed jedenastą, głodny jak wilk. Okazało się, że nawet kromki chleba nie mam. Zamówiłem pizzę, włączyłem telewizor.

Najbardziej cieszy mnie, że nareszcie mogę sobie zamówić pizzę, i to taką, jaką lubię, a nie taką, „którą lubimy oboje".

I nie słyszę:

— Dlaczego pizza?

— To już ci nie smakuje, jak ja gotuję?

— Nie masz pojęcia, co oni tam kładą, jakąś szynkę, która im nie zeszła, mięso nie wiadomo jakiego pochodzenia…

— Dobra, zamówmy, ale taką, którą możemy jeść oboje...

I kończyłem, kurna, na kanapie, z obrzydliwą wegetariańską pizzą, bez najmniejszego kawałeczka mięsa, ponieważ związek wymagał kompromisów. Moich kompromisów, oczywiście.

Pierniczę! Żadnych kompromisów! Nigdy więcej!

Zamówiłem dużą hawajską z podwójną szynką, z dodatkiem salami i kaparów, grzybów oraz z ostrym sosem. Nareszcie mogę jeść, co chcę! Z wielką ilością cudownych nienasyconych i nasyconych tłuszczów, z cholesterolem i bez zgryźliwych uwag jakiejś nieuczciwej kobiety, która cztery lata wodziła mnie za nos.

*

Obudziłem się o drugiej przed telewizorem. Brzuch mi nawalał, na ekranie przewalały się jakieś laski na tle morskiej fototapety i namawiały mnie, żebym z pięciu liter: k, o, r, w, a ułożył słowo i zadzwonił, to wygram tysiąc. Oczywiście jeśli zgadnę, co to za słowo. I oczywiście jeśli trafię na wolną linię. Z tym że każde połączenie, żeby usłyszeć, że, niestety, stary, miałeś pecha, spróbuj jeszcze raz, kosztuje cię parę złotych, wiem, bo kiedyś z Grubym sprawdziliśmy. Ciekawe, czy ktoś w tym kraju się na to nabiera i dzwoni? Panna gnie się do kamery smakowicie, głaszcze po bioderkach, rączki wdzięcznie zakłada, a to na udko, a to na ramionko, i kusi — dzwoń, dzwoń, zgadnij, postaraj się, na pewno ci się uda, to nie jest trudna zagadka, a mnie się rzygać chce.

Ciekawe, co mi zaszkodziło? Przecież popiłem podwójną pizzę wodą z kranu, a nie piwem, nie żarłem żadnych świństw. Jestem po prostu przemęczony.

Walę się do łóżka, całe szczęście, że jestem sam, to nikt mi nie powie:

— No chyba brudny się nie położysz?

A co to ja w kanałach pracuję?

Lśnienie

Tuż obok domu matki, na dużym trawniku, który oddzielał nasz dom od sąsiedniego — przed wojną była tam willa, ale nie przetrwała — rosła lipa, piękna, olbrzymia, wybujała, pamiętała na pewno i pierwszą wojnę światową, i wojnę z tysiąc dziewięćset dwudziestego, może nawet jako młodziutka lipka zahaczyła o powstanie listopadowe. Była naprawdę potężna. Gdzieś tam z boku na tej zapomnianej maleńkiej działce były jeszcze stary bez, dość duży jaśmin, były jakieś chaszcze, w których roiło się od ptactwa, ale najbardziej lubiłem się gapić na lipę. Ponieważ miałem pokój od strony południowo-zachodniej, słońce dawało mi popalić. Ale o ile zimą ten pokój był pełen słońca, o tyle w lecie dzięki lipie panował w nim prawdziwy chłód.

Lipa wpierw wypuszczała nieśmiałe listki, potem gęstniała, w pokoju był wtedy przyjemny półcień, później zakwitała jak szalona, a co się tam w konarach działo! Miliony pszczół, os, szerszeni, much, muchówek tańczyło dniem i nocą. Nocą uliczna latarnia oświetlała z jednej strony niskie gałęzie i po zapadnięciu zmroku to ruchliwe towarzystwo się wymieniało, skądś przylatywały ćmy i balowały w najlepsze.

Odkąd pamiętam, na pniu lipy był domek dla ptaków, poszarzały ze starości, w którym, mimo bliskości ulicy, zawsze gnieździły się ptaki. Raz sikorki, raz wróble, w oknie swojego pokoju miałem znakomite stanowisko obserwacyjne.

Poprzez gałęzie lipy widziałem ulicę, szczególnie jak podpalałem, a podpalałem już w liceum. Musiałem czuwać, żeby nie przegapić matki wracającej z pracy i nie dać się złapać na tym niecnym procederze.

Świat oglądany przez gałęzie i liście był jakiś inny, bardziej tajemniczy, bogatszy, barwniejszy. W liściach odbijało się światło latarni, krople deszczu mieniły się na nich wszystkimi kolorami.

Pamiętam taką zimę, która sprawiła, że osłupiałem, i wtedy właśnie odczepiłem się na dobre od starych odbiorników radiowych, które do dwunastego roku życia były moją pasją.

Obudziłem się rano i za oknem nie było mojej lipy. W miejscu, gdzie rosła, stało coś, co było nawet podobne do tego z poprzedniego dnia, ale było zupełnie inne — inne w sposób niezwykły i nie do opisania.

Za oknem stało białe drzewo.

Białe od pnia po koronę, przez każdą najmniejszą gałązkę. Biała była ptasia budka, kora drzewa, biały był nawet kawałek sznurka, który zwisał z grubej białej gałęzi, a który był tam od zarania dziejów, widoczny tylko zimą.

Słońce oświetlało górną część korony drzewa, która lśniła roziskrzoną, srebrzystą bielą, jakby ktoś potłukł tysiące srebrnych bombek, zmielił je i pieczołowicie powklejał w każde załamanie, wypełnił nimi każdą najmniejszą szczelinę kory i okleił każde najmniejsze zgrubienie każdego konara.

Stałem jak zaczarowany, nie mogłem oderwać oczu od tego widoku. Na białej gałęzi przysiadły dwie sikory, pokazały żółte brzuchy. Te dwie nieduże plamki były jakby z innego świata.

Białe drzewo lśniło i promieniało. Nawet cień naszego domu, który odpełzał powoli coraz niżej ku ziemi, wydawał mi się biały, a drzewo roziskrzało się milionem diamentów najczystszej próby.

Oprócz ptaków nie było śladu brązu ani czerni, ani szarości.

Był blask absolutu.

Stałem w tym oknie i stałem.

Ze cztery razy wchodziła matka i pytała, czy wszystko w porządku. Ale tego ranka nie można mnie było stąd oderwać.

Wiedziałem, że zostanę operatorem filmowym.

Nigdy więcej lipa nie zamieniła się dla mnie w taki cud.

Ten dzień, ten poranek zdecydował o moim przyszłym życiu.

Na czwartym roku studiów, kiedy wykluwało się nasze przyszłe Bractwo Kurwkowe, postanowiłem się jej odwdzięczyć i zrobić o niej film.

Fajny starszy operator, który miał z nami zajęcia, opowiadał o filmie Rybczyńskiego, a opowiadał niezwykle.

Że Zbyszek Rybczyński był genialny. Popchnął elektronikę w kinematografii, wymyślił High Definition, cały system. Po studiach pracował w Łódzkiej Wytwórni Filmów Oświatowych i na zamówienie Komitetu Wojewódzkiego PZPR zrobił film o Łodzi. Ale Zbysio, jak to Zbysio, obiecał, że zrobi, i zrobił. Po swojemu.

Wziął wózek, jakim mleczarze rozwozili wtedy po mieście butelkowane mleko, zamontował z przodu do tego wózka kamerę CINEFON, by robiła zdjęcia poklatkowe, wjeżdżał nim gdzie się dało i od czasu do czasu naciskał spust. Przebiegł tak przez całe miasto z włączoną kamerą. Klateczka, klateczka, klateczka i tak zaglądając w zakamarki, bramy, obskurne podwórka, slamsowate oficyny, komórki, przejechał całą Łódź. A zakończył film najazdem kamery na mur. I na tym murze wykwitła czerwona plama, wypełniając cały ekran.

Nikt jeszcze czegoś takiego nie zrobił.

Podsumował wszystko — tych smutnych, zgnębionych ludzi, podwórka, nędzę, beznadziejność.

Komitet partyjny szalał, film wywołał skandal, następnie spokojnie poszedł na póły.

Potem Zbyszek wyjechał, a jeszcze potem dostał Oscara.

I do dziś wszyscy powtarzają anegdotę o tym, że w czasie oscarowej gali wyszedł na papierosa i nie chcieli go wpuścić z powrotem na ten czerwony dywan, do tego blaszaka, bo Oscary rozdają w blaszaku. Nie wiem, ile w tym prawdy, ale ta cała opowieść wryła mi się w pamięć.

Chyba po prostu chciałem być jak Zbysio.

*

Kiedy byłem na trzecim roku, okazało się, że pustą działkę między domami ktoś kupił. Zawrzało na Żoliborzu, bo chętnych było wielu, a tu nagle ni stąd, ni zowąd jakiś obcy się napatoczył i miasto mu tę ziemię sprzedało.

Po paru miesiącach było wiadomo, że powstanie tu mały hotel, malutki, ale luksusowy, działka na Żoliborzu to grube miliony, a hotel — jeszcze grubsze. Starzy mieszkańcy byli wstrząśnięci, ale skądinąd taki hotel mógł jeszcze dodatkowo podnieść prestiż naszej ulicy.

To był wyrok śmierci na moje drzewo.

Wtedy postanowiłem zrobić *Lipę*.

Ustawiłem kamerę na parapecie, lekko skosem, żeby w kadrze mieć drzewo razem z tą obrzydliwą ptasią budką i kawałek ulicy.

Nie było to łatwe, bo okno haluje.

Włączałem i wyłączałem kamerę co jakiś czas. Jednym słowem, rano, we dnie, wieczór, w nocy, w południe, w samo południe. I 15.10 do Yumy.

Prawie przez rok filmowałem moją lipę i jej życie, bujne jak zawsze. Nastawiałem budzik. Pilnowałem lipy jak niczego dotąd. Kwitła jak zwykle, kompletnie nieświadoma losu, jaki ją czekał.

*

Pewnego dnia, a byłem wtedy z Baśką w Zakopanem, zadzwoniła matka, że co ma robić, bo przyjechali ścinać drzewo.

Naprawdę pomyślałem, że chyba umrę. Kamera nie była włączona, a śmierć drzewa musiałem mieć, na tym opierał się przecież mój cały film.

Spokojnie poinstruowałem przez telefon matkę, co ma nacisnąć, czego nie dotykać pod żadnym pozorem, jak to zrobić delikatnie, żeby nie poruszyć kamery, i wsiadłem w nocny do Warszawy, zostawiając w Zakopanem wkurzoną do imentu Baśkę, która uznała, że jestem idiotą.

Ze zdenerwowania przez całą tę cholerną podróż z Zakopanego do Warszawy nie zasnąłem w pociągu ani na minutę. Z dworca wziąłem taksówkę i poganiałem taksówkarza przez całą drogę, tak że w końcu się odwrócił i warknął, że trzeba było na poród nie wyjeżdżać. Tyle że tym razem raczej szło o śmierć.

Zdążyłem na dwa ostatnie dni życia mojej lipy.

Kamera chodziła bez przerwy.

Ścinali ją po kawałku. Najpierw najniższe gałęzie, potem najniższe konary. Podjechał ciężki sprzęt z wysięgnikiem, dwóch facetów z piłami spalinowymi. Stawała się coraz szczuplejsza, coraz mniejsza, coraz bardziej łysa, coraz krótsza. Gałęzie osypywały się na ziemię z trzaskiem, piękne zdrowe drzewo poddawało się morderstwu z niezwykłym dostojeństwem.

A kamera to wszystko zapisywała.

Stałem i patrzyłem. Od początku do końca. Chyba pierwszy i ostatni raz w życiu płakałem, stary chłop, jak dziecko. Matka weszła do pokoju, ale warknąłem na nią, nikt nie będzie mnie oglądał w takim stanie.

Jeszcze dwie gałęzie, jeszcze jedna, jeszcze tylko pień, niewysoki, coraz mniejszy, coraz mniejszy...

Pieniek...

Słońce zachodziło.

Potem podjechał ostrówek, podniósł wysoko łychę, opuścił i wyrwał korzenie.

Została tylko dziura.

Wszystko mnie bolało.

Podszedłem do kamery i wyłączyłem ją. Może zachowałem się nieprofesjonalnie, może powinienem jeszcze parę dni filmować — zrobić taki *the day atfer*, ale to nie byłoby w porządku wobec drzewa.

Lipa kończyła życie i moja *Lipa* też w tym momencie musiała się skończyć.

Zacząłem przeglądać materiały dopiero po paru tygodniach.

Panie ludzie, czego tam nie było!

Wiosna, lato, jesień, zima.

Sikający pod drzewem pies i sikający pod drzewem facet.

Całująca się para, poznałem Anetkę z pierwszego piętra, i podciągająca spódnicę nastolatka, kłócący się ludzie — sąsiadka matki, pani Jadzia z mężem.

Dzieciaki rzucające kamieniami w budkę i kobieta, która najpierw przewijała dziecko, potem rozejrzała się wokół, a następnie wyrzuciła pieluchę w krzaki.

Na ulicy i karetka, i straż pożarna, i trabant, i czerwone porsche.

Starzy ludzie i młodzi, dzieci spieszące się do szkoły i rozweseleni maturzyści wracający z egzaminów.

Dziecko, które upadło, i torujący sobie drogę laską ślepiec.

Przeprowadzka sąsiadów z trzeciego, pudła, meble, kwiaty doniczkowe.

Dziewczyna z chłopakiem i dwaj przytuleni do siebie mężczyźni, ledwo widoczni o szarym świcie.

Listonosz, który opiera się o drzewo i otwiera torbę, wyjmuje z niej jakieś listy, niektóre otwiera, niektóre wyrzuca.

Procesja Bożego Ciała, Matka Boska niesiona na ramionach, dziewczynki z kwiatkami.

Moja matka, która przystaje z zakupami i przekłada torbę z ręki do ręki. Jakiś facet, który jej oferuje pomoc. Ona oddająca siaty, nie mam pojęcia komu.

Jakaś para kłócąca się zaciekle, ona do niego z łapami, a za chwilę się obejmują i całują.

Chłopczyk, który przewraca się na chodniku, rozgląda wokół, po czym podnosi się i otrzepuje kolana, a zaczyna płakać dopiero, jak podbiega do niego matka.

Mały kotek z nastroszonym ogonkiem wczepiony pazurami w pień i oparty przednimi łapami o drzewo pies, który wściekle ujada.

Ja nie widziałem tego, co widziała lipa. Co zobaczyła kamera.

Na pierwszym planie budka — najpierw wróble, zaloty ptasie, znoszenie pierwszych gałązek, sierści psa, uwijanie się, ruch jak na Marszałkowskiej, potem podawanie w ciemny otwór jakichś robaków, odlot, przylot, odlot, przylot, miliony razy dziennie, a potem pięć młodych, ledwie opierzonych wróbelków startuje do swojego pierwszego i zarazem ostatniego lotu z lipy. Opuszczają gniazdo.

Za czas jakiś sikory penetrują, czy im się nada. Nadaje się. Wyrzucają z budki tak starannie uprzednio zbierane gałązki, jakieś chabazie, wszystko. Furkoczą pióra, ptaki czyszczą budkę.

Higieniczne są. Owszem, zamieszkać mogą, ale po poprzednich właścicielach nie może zostać ani śladu. Nie dlatego że źle urządzili mieszkanko, nie, ptaki nie są takie durne.

Każde gniazdo to jednorazówka.

Budkę można powtórnie wykorzystać, ale stare gniazdo jest nieświeże, mogą być w nim pasożyty. Więc trzeba wychrzanić wszystko po poprzednich lokatorach i przynieść swoje świeże, suchutkie, zdrowiutkie. I wtedy, bardzo proszę, możemy się rozmnażać. Ledwo wróbelki wyfrunęły, złożyły jaja sikorki.

Cała zabawa od początku, tylko brzuszki żółtawe. Rejwach znowu, kotłowanina. Przed wejściem do budki nie ma żadnego oparcia, ktoś mądrze pomyślał, bo gdyby było takie coś na zewnątrz, to inne ptaki mogłyby przysiąść i poczekać, aż mały łebek się wychyli, i wtedy ciach! Sroki i sójki są najgorsze. To są dwa ptaki, które w okresie lęgu tych mniejszych ptaszków właściwie niczym innym się nie żywią, tylko pisklakami i jajami.

Mam również sójkę, siedzi na niskiej gałęzi, a nad nią kotłowanina, liście się ruszają, coś się w środku dzieje. Czując zagrożenie, ptaki tak właśnie robią, w nadziei, że odwrócę uwagę agresora od gniazda. Tym razem to nie o budkę chodzi, prawdopodobnie gdzieś wyżej jest gniazdo jakiegoś kosa, bo słyszałem gwizdy. Sójka znika w gałęziach i — nie wierzę własnym oczom — za chwilę przysiada znowu, a w dziobie ma pisklaka. Część pisklaka. I z tą częścią za chwilę gdzieś startuje. Ona też ma dzieci. Karmi swoje cudzymi. Co za zdjęcia!

Lipa mokra i mroźna, przesuszona, prosząca o wodę, lipa w rozkwicie i dojrzewająca, lipa zrzucająca wylinkę, lipa naga i lipa odradzająca się. O, to musiał być początek przedwiośnia, bo jeszcze jest bez liści, widzę dwa grzywacze. Piękne ptaki. Duże, połyskliwe, z białym kołnierzem, to największe i najpiękniejsze gołębie. Nikną z kadru — nie obejmuje całej lipy, ale z pewnością budują gniazdo wyżej. Jeden trzyma w dziobie duże gałęzie, duże jak na ptaka, rzecz jasna. Grzywaczom obecność innych ptaków nie przeszkadza, mają w nosie sąsiedztwo, bo budują gniazdo prawie na szczycie drzewa. Wiem, jak to się odbywa, mimo że tego kamera nie uchwyciła.

Grzywaczowa robi za inspektora nadzoru, a on lata wokół i układa gałązki, i plecie, i uwija się jak oparzony. A ona mości się wygodnie, potem wstaje, nie jest dobrze, popraw, stary, on znowu zasuwa, ona znowu sprawdza, OK, teraz możesz mnie mieć, jak się postarałeś, proszę bardzo, doceniam to. Te grzywacze znikające gdzieś z kadru, tam w górze, też są symboliczne.

Wiedziałem, że jestem genialny.

Dzięki lipie.

I ostatni dzień, dzień śmierci. Nie zakonotowałem tego, co się stało, ale kamera czujnie wychwyciła moment, w którym nagle do pokoju wlało się światło.

Słońce po raz pierwszy zachodziło w moim pokoju, lipa już nie istniała i nie stanowiła żadnej przesłony dla promieni. Zdjęcia były prawie prześwietlone.

Montowałem *Lipę* chyba z rok. Wyszedł mi godzinny film, który zapiera dech w piersiach. Miałem przed sobą przyszłość.

Kosztem lipy.

To nie moje słowa, to cytat z recenzji po festiwalu.

Po-gwarki

Wracam w korku z Ursusa, od zepsutego pilota, ze stówą w kieszeni.

Ale wpierw pokręciłem się po jakimś nowym osiedlu, nikt nie wiedział, gdzie numer osiemnaście, znajduję osiemnaście, to nie mam gdzie zaparkować, wjazd za szlaban tylko dla mieszkańców. Muszę się wycofać i z torbą zapierniczać z pół kilometra.

Teraz takie obyczaje, że ludzie chcą mieszkać na strzeżonym osiedlu. Na którym jest więcej włamań, gdyż mieszkańcy czują się bezpieczniej, bo myślą, że są strzeżeni.

Wjeżdżam na dziesiąte, dzwonię.

Otwiera miła pani.

— Miał pan być wcześniej.

— Korki — mówię usprawiedliwiająco, mimo że miałem być między pierwszą a drugą, a jest za piętnaście druga. Ale doświadczenie mnie nauczyło, że z klientkami się nie dyskutuje.

Mają rację.

Zawsze.

Pani prowadzi mnie do pokoju i wskazuje stolik. Na stoliku leży pilot.

— To jest pilot, zepsuł się — mówi.

Zepsuł się. Sam postanowił dzisiaj rano, że się zepsuje. Jak to pilot.

Ludzie są dziwni, myślą, że jak nakłamią, to będzie łatwiej. Tu jest pilot, nie działa.

Biorę do ręki, lepi się.

— Wylało się coś?

— Ależ skąd! — Pani jest oburzona.

Otwieram obudowę. Plastikowa, gumowe przyciski połączone ze sobą w środku plasterkiem gumowym, dioda nadawcza, płytka drukowana, filozofii specjalnej nie ma.

Wszystko zalane jakimś lepkim świństwem. Słodką herbatą albo słodkim drinkiem. Wyjmuję, pokazuję.

— Na pewno, proszę pana, nikt nic nie wylał, daję słowo.

Nie, oczywiście. Pilot sam się w środku zeszczał coca-colą. Tak jak to zwykle robią piloty po robocie, w tajemnicy przed telewizorem. Żeby ten się nie wkurzył.

Gumę wyciągam, płytkę wystarczy spirytusem albo benzyną ekstrakcyjną przetrzeć, reszta pod kran, myję, suszę, jeszcze tylko podkleić gumki pod przyciski, trwa to kilka minut i pilot zdrów.

Cała robota gówno warta, ale dojazd.

Mógłbym równie dobrze zarabiać jako taksówkarz, bo jeżdżenia więcej niż roboty.

— Siedemdziesiąt — mówię, cena nie jest niska, ale jechałem godzinę, a będę wracał dwie, więc jak za darmo. Nowy pilot co prawda kosztuje pięćdziesiąt, ale po to nie idzie się jak do mięsnego, nie ma sklepów z pilotami pod blokiem.

Dostaję stówę, dziękuję grzecznie, do widzenia, do widzenia.

Torba na ramię, znowu spacer do samochodu, bardzo rozwijające zajęcie.

*

Wracam Alejami Jerozolimskimi, bo pół Ursusa roz-
kopane, wpieprzam się w jeszcze większe gówno. Nie
miałem pojęcia, że przed Łopuszańską wymyślili jakiś
wiadukt, był w planach od trzydziestu lat i teraz nagle,
ni stąd, ni zowąd, zaczęli budować. Na wszelki wypadek obie drogi jednocześnie, jak zwykle w tym kraju.
Porażka!

Przede mną jak okiem sięgnąć sznur samochodów
z włączonymi światłami stopu. Aż czerwono.

Ostatni raz jechałem tędy z Martą do Podkowy Leś-
nej i owszem, jak zwykle, na poboczu leżały jakieś beto-
nowe słupy, jakieś zwały ziemi przez lata porosłe krza-
czorami, ale żeby nagle wziąć się do roboty? A co to,
Euro mamy znowu?

*

Z Martą jeździliśmy do jej przyjaciół w każdą drugą
sobotę miesiąca, taka świecka tradycja, na prywatne pokazy filmowe. Adam z Zuzanną, jej przyjaciółką ze studiów, mają genialny dom, odziedziczony po dziadkach,
na rewelacyjnej działce, ze trzy tysiące metrów. Co miesiąc zapraszali nas, sąsiadów z Podkowy i jeszcze taką
parę z Milanówka pod pretekstem dzielenia się wrażeniami z filmów, co miesiąc każdy z nas przywoził inny
film, który jego zdaniem wart był obejrzenia.

A Adam spuszczał zza belki wielki ekran, przysła-
niający całą ścianę, dzieci, dwójkę maluchów — trzy
i sześć — zaganiał do łóżek, choć nie zawsze się udawało, gasił światła i z rzutnika leciał film. Dziewczyny
zawsze przygotowywały coś do żarcia.

142

Najpierw byłem trochę zły, bo takie to było oglądanie, że komentarzy było więcej niż dialogów z ekranu, ale potem załapałem, że te filmy to pretekst, żeby się spotkać, i już było rewelacyjnie.

Od maja po takich pokazach przenosiliśmy się do ogrodu i od razu człowiek zaczynał się czuć jak na wakacjach.

Adam z Zuzanną stanowili taki rodzaj związku, do jakiego się tęskni, nie mówię tu, rzecz jasna, o bachorach. Mieli trzy psy, i to porządne, nie jak Herakles, prawdziwe zwierzęta, które raczej ciebie nie zauważą i nadepną, i nie trzeba przy nich cały czas patrzeć pod nogi, żeby czubkiem buta nie zabić niedorozwiniętego szczura, jak Herakles, poza tym cztery koty, ślimaka afrykańskiego wielkości dłoni, którym się kobietki zachwycały, bo ma jakieś wydzieliny, które są lepsze od jakichś hialuronowych kwasów na gębę, gwarka w olbrzymiej klatce w kuchni — niesamowite!

Gwarek gadał od czasu do czasu i zagłuszał wszystko, co się działo na ekranie, nagle mówił bardzo wyraźnie „dzień dobry" i automatycznie wszyscy patrzyliśmy w stronę drzwi, a czasem zaczynał szczekać bez powodu i wszystkie psy również się przyłączały. Kaszlał jak Adam, głosem Marty mówił „dziękuję bardzo", a czasami wrzeszczał głosem Zuzanny: „Adam, Adam, nie widzisz, co się dzieje?".

Od czasu do czasu słyszeliśmy podszyte śmiechem, to niezwykłe ptaki, jak Boga kocham, ściszone „kurwa mać" — lekko zmienionym głosem Adama, który gwarek imitował. Słowo daję, to nieprawdopodobne, ale gwarkowe „kurwa mać" miało w sobie przytłumiony śmiech Adama, nieudolną próbę zmiany głosu.

Nietrudno było wyobrazić sobie Adama nachylonego nad klatką, jak uczył gwarka przeklinania. I za każdym razem, kiedy gwarek bluzgnął — Zuzanna patrzyła na męża, jakby chciała go rozszarpać.

Gwarek ma to do siebie, że nauczyć go można wszystkiego, ba, sam się nauczy, czego zechce, ale oduczyć — operacja niemożliwa.

I Zuzanna, jak typowa kobieta, zamiast się z tym pogodzić, będzie do końca życia się dziwować i mieć pretensje!

Gwarki kocham, ale mieć bym nie mógł, bo krótko żyją. To rodzaj szpaka, tyle że mieszka w Indiach, Indochinach, na południu Chin i na wyspie Hainan. Można go też spotkać na Filipinach. Taki trzydziestocentymetrowy gwarek potrafi naśladować nie tylko głosy ludzkie i powtarzać nawet całe zdania, ale i głosy wszystkich innych zwierząt, śpiew innych ptaków, a nawet gwizd czajnika — po mistrzowsku.

Jest wszystkożerny, w klatce grozi mu otyłość. Oswojony ptak powinien latać po domu i ku naszej uciesze Adam czasem go wypuszczał. Gwarek w ogóle wymaga specjalnego traktowania, musi mieć dużą klatkę, dobre żarcie, jak dla drozdów, ale i jajeczko trzeba mu ugotować, mięsko mielone podać, owady i ryż, szpinak i sałatę, nie mówiąc o owocach. W zimie powinien wcinać owoce z kompotów.

Nie dla normalnych ludzi taka zabawa, ale Adam z żoną normalni nie byli z tymi swoimi ptakami, psami, kotami, ślimakiem.

Ja zresztą żadnego ptaka mieć nie mogę, oprócz swojego, a i ten ostatnio zaniedbany, bo jak sobie pomyślę, że miałby u mnie więzienie, to odpadam.

Jak byłem mały, ojciec mi pokazał na pustej działce, nisko nad ziemią, tuż przy murze, gniazdo kosa.

Kos buduje misterne gniazdo, wylepione z jakiejś papki, gładziusieńkie, przemielona trawa czy inne świństwa, ale robótka to jest niesłychana. Te ptaki robią gniazda w najmniej spodziewanych miejscach, nerwy mają chyba z żelaza, bo do ostatniej chwili pani kosowa siedzi na jajkach i udaje, że jej nie ma. Chyba że sytuacja jest dramatyczna i nie pozostawia jej wyboru, wtedy odlatuje i porzuca jajka. To gniazdo w rogu działki, gdzie dzisiaj jest hotel, było dobrze ukryte, jednak nie tak dobrze, żeby nie znalazł się ambitny, silny młodzieniec, dla którego takie gniazdko, nie większe niż ludzka pięść, okazało się poważnym wyzwaniem. Trzasnął kijem przez środek, uwalił na miejscu panią kos i trzy pisklaki, widziałem to z okna. Kiedy odszedł, zbiegłem na dół i zobaczyłem ten pogrom, którego bohatersko dokonał. Jedno pisklę jeszcze żyło.

Przyniosłem je do domu, ojciec mnie ostudził w zapale bycia rodzicem zastępczym, powiedział, że takie pisklątko trzeba co pięć minut karmić i że ono nie ma szans, ale się uparłem i wykarmiłem. Mój wychowanek latał po całym domu, siadał mi na głowie i tamże srał, ale koszty jakieś musiały być.

A potem go wypuściłem.

Przylatywał rano na parapet przez jakiś czas, ale nawet go nie dokarmiałem, chciałem, żeby był wolny.

Odpłakałem jednak to pożegnanie i matka się zlitowała i na dziewiąte urodziny zafundowała mi papużkę falistą, niebieskawą, o ile pamiętam. Tak mi jej było żal, że kiedy rodziców nie było w domu, wypuszczałem ją z klatki i pozwalałem latać po mieszkaniu. Durny byłem, bo myślałem, że starzy się nie dowiedzą. Matka prosiła, żebym tego nie robił, miała już dość kłopotów z kosem. Ale zorientowała się, że nie przestrzegam tego zakazu, bo szafki w kuchni były obsrane, papugi nie nauczysz kuwety. Książki też były upstrzone, o czym nie miałem pojęcia, bo taki ptak robi, gdzie chce.

I pewnego dnia postanowiłem wypuścić ją na wolność, jak mojego kosa. Było lato, na świecie pojawiło się radosne ptactwo, pamiętam jak dziś, że pożegnałem się z nią i otworzyłem szeroko okno.

Myślałem, że nie zginie z głodu, nie zmarznie, zaraz zaprzyjaźni się z innymi ptakami, w które lipa obfitowała, jednym słowem — chciałem dać jej wszystko.

Nie miałem pojęcia, że w swoim świecie będzie odmieńcem, a tego świat nie toleruje.

Mam nadzieję, że zanim ją zadziobały wróble lub jakiekolwiek inne kawki, zdążyła choć przez moment być szczęśliwa.

Z tej papużki musiałem się długo leczyć. Ojciec wziął mnie na stronę, czyli do kuchni, siadł przede mną i wygłosił mi długi wykład na temat ptaków. Dlaczego te egzotyczne żyją w klatkach i dlaczego wypuszczenie ich na wolność równa się ich śmierci. Starał się uświadomić mi, że moja papuga być może w ogóle nie wiedziała, co to znaczy świat, bo prawdopodobnie wykluła się już w klatce. Próbował mi wytłumaczyć, że dla niej wolność była czymś całkiem innym, niż ja to sobie wyobrażałem, ale uparcie obstawałem przy swoim.

Z tym że zacząłem czytać o ptakach i to mi pozostało do dzisiaj.

Ptaki są absolutnie wolne i najbardziej niezwykłe ze wszystkich stworzeń na ziemi i wszystko, co robią, ma głęboki sens. Jeśli nam, ludziom, wydaje się okrutne, że na przykład bociany wyrzucają z gniazda jedno ze swoich młodych, to znaczy, że nic nie wiemy o ich życiu. Bociany nie krzywdzą swoich dzieci, one je w ten sposób chronią.

A bocian jest rozsądny i dlatego czasami pozbywa się jaj. Jeszcze zanim wyklują się małe, rodzice wiedzą, które z jaj jest nie takie jak trzeba. Ornitolodzy robili badania, zbierając te felerne jaja, żeby sztucznie wyhodować z nich pisklęta. Z każdego z nich wykluwało się pisklę chore. Bociany już na poziomie jaja, bez badań prenatalnych wiedzą, że dziecko nie da rady, będzie miało jakiś defekt, nie przeżyje ani podróży do ciepłych krajów, ani sobie nie poradzi w życiu.

Ptaki nie rządzą się naszymi prawami i ten, kto tego nie rozumie, jest po prostu głupi. Przykłada naszą miarę do czegoś, co jest nam kompletnie obce, naszą moralnością obciąża zupełnie inne światy, nie próbuje ich ani rozumieć, ani zaakceptować.

To, co najlepiej umiemy, to niszczyć przyrodę i naginać ją do naszych własnych potrzeb.

Generalnie lubię zwierzęta. Gdyby Herakles należał do tej kategorii, to może też bym go jakoś tolerował. Ale za kotami nie przepadam, choć koty Adama i Zuzanny nic sobie z tego nie robiły. Dwa puchate olbrzymy rudawoszare ze wspomnieniem pręg i jeden czarny, sprytny, szczuplutki łaziły po człowieku, jak gdyby w ogóle nie brały pod uwagę, że on nie jest do łażenia.

Nie przepadam, bo kto wie, co taki kot sobie myśli. Trochę się ich brzydzę, nigdy nie wiadomo, czy toto za chwilę oczu ci nie wydrapie, kompletnie nie mam do nich zaufania, robią, co chcą, udają przymilne, a potem

ni stąd, ni zowąd wbijają w człowieka pazury i nie dają
się zrzucić z kolan.

Podobne do kobiet.

Marta mówiła, że to objaw czułości, że kot tak prosi,
żebyś go pogłaskał, ale ciekaw jestem, czy ona byłaby
taka chętna do głaskania, jakbym w nią wbijał pazury.

Kiedy prowadziłem samochód, głaskała mnie po kar-
ku. Tak niby przypadkiem, niby niechcąco, a mnie się
robiło tak dobrze. Gadać nic nie gadałem, ale to było
fajne, droga przed tobą, muzyka z płyty i ta jej łapka
gdzieś tam z tyłu...

Tak jakbym do niej należał.

No, ale jak się okazało, miała ukryte hobby.

Kurna, i tak to będzie?

Wszystko mi ją musi przypominać?

Nie dam sobie zniszczyć życia.

Jak się robi happy end

Stałem w korku na Alejach i wszystko mi ją przypominało. Miałem tego dosyć. Zacznę się spotykać z jakimiś pannami, bo mi się będzie nią odbijać przez ruski miesiąc.

Zresztą wielkie mi rzeczy, takie pokazy. Gadania więcej niż filmu, a Zuzanna kiedyś nas przymusiła do najpiękniejszego filmu na świecie, jakim oczywiście dla kobiet jest *Pretty Woman*. Widziałem, rzecz jasna, w ramach zainteresowania zawodowego, ale żebyśmy musieli wszyscy to jeszcze raz przeżywać? One nawet nie miały pojęcia, że ten scenariusz był zupełnie inny, była to dość smutna opowieść o prostytutce, która źle kończy. Żadna tam bajka o Kopciuszku. Tylko że okazało się, że tego nikt nie będzie chciał oglądać, a wiadomo, że w filmach chodzi o kasę.

Pretty Woman w trakcie realizacji zmieniono na najbardziej niemoralny film, który pokazuje, że jak dobrze zrobisz laskę, a przedtem wyczyścisz zęby nitką dentystyczną, to spotkasz księcia z bajki, którego ze skurwysyna, co to za trzysta dolarów przelatuje panienkę, przerobisz na uczciwego, dobrego człowieka.

Ja kobiet nigdy nie zrozumiem. I powiem więcej, nawet nie będę się już starał.

Ale ten podkowiański wieczór z *Pretty Woman* właściwie należał do mnie. Rozwinąłem się towarzysko jak rzadko kiedy. Oni wszyscy nie mają pojęcia o filmie. Ani

149

się obejrzałem, jak zrobiłem wykład o happy endzie. I, słowo honoru, słuchali mnie! Nawijałem co najmniej pół godziny. Że happy end na żądanie pojawił się na początku dwudziestego wieku. Dziewczynki słuchały z otwartymi buźkami. Bez komentarza prawie. Było cichej niż w czasie filmu.

Na przykład słynna *Casablanca* Michaela Curtisa. Bogart, opuszczony, odarty z honoru i złudzeń, prowadzi knajpę, wszyscy pamiętamy. Nagle w drzwiach staje Ingrid ze swoim mężem, który jako patriota i bohater ruchu oporu musi przeżyć, by dalej walczyć z wrogiem. Ale Bogart powalczył chwilę ze sobą, wypalił sporo fajek, „ich melodia" leci z pianina, a Bogart walczy i walczy, aż w końcu zwycięża, bo postanawia skurwysyna, który w nim siedzi, zdusić w zarodku, a swą szlachetność wypuścić na wolność, czyli kochance i jej mężowi ułatwić start w lepszą przyszłość. Bo startują, o ile sobie przypominam, także w sensie dosłownym.

I to pamiętamy, to rozkminia każdą kobietę na obu półkulach od zeszłego wieku, nic nie szkodzi, że film skończy niedługo sto lat. Ale, o czym moje towarzystwo nie wiedziało, a o czym ja wiem, obok klasycznej wersji, tej, którą pamiętamy, istnieje druga wersja. Otóż w tej wersji mąż dzielnej ukochanej Bogarta ginie jednak od kul prześladowców, po to żeby kochankowie znowu mogli się spotkać i żyć długo i szczęśliwie na świeżym trupie męża bohatera. Czyli moim zdaniem, żeby Bogart mógł palić w nieskończoność faje przy pianinie, ale z nią na kolanach.

Te wszystkie opowieści to przecież historia. To, co się dzisiaj dzieje, nawet trudno opisać. Ale daleko nie trzeba szukać — Marta, Zuzanna i jeszcze dwie pary ich przyjaciół z Podkowy są najlepszym przykładem tego, że komercja zawsze wygra. Kobiety mają tak silne, wyssane z mlekiem matki pragnienie bajki, że nawet gdybyś stanął na głowie, temu nie sprostasz.

Ewentualnie w filmie, dlatego tak lubią wszystkich facetów związanych z kinem, nawet tych, którzy kable na planie noszą. Jakby myślały, że mogą się przenieść na ekran i tam zostać.

Baby są durne.

*

Stoję już ponad piętnaście minut i posunąłem się mniej niż piętnaście metrów. Muszę zadzwonić do klienta i powiedzieć, że korek.

Zadowolony nie jest, ale trudno.

Za chwilę matka.

— Gdzie jesteś, kochanie?

Matka jest jak dziennik, codziennie się ukazuje w ten czy w inny sposób.

— W samochodzie — odpowiadam zgodnie z prawdą.

— Ale gdzie?

— Koło Ursusa.

— Aha. A czy wszystko w porządku?

Co ma być nie w porządku?

Dróg nie ma, ale to jest w porządku.

Marty nie ma, ale to jest w porządku, stoję w korku i to jest normalne.

— Jasne.

— Bo, kochanie, jakbyś się czuł samotny… to pamiętaj, że masz jeszcze matkę. Może przyjedziesz dzisiaj na obiad?

O, jak cię mogę!

No, teraz będę zaopiekowany.

Jak mam matce wytłumaczyć, że nie czuję się samotny, stojąc w pięciokilometrowym korku, bo mam setki współtowarzyszy? Tak samo wkurwionych jak ja.

— Nie, mamo, jeszcze muszę jechać do roboty.

— A potem?

— Nie wiem, może… — daję matce nadzieję, chociaż wiem, że nie wpadnę, bo nie chcę, potem się jakoś wytłumaczę.

— Ale ja, kochanie, chciałabym wiedzieć teraz…

Masz babo placek. One zawsze chcą mieć wszystko natychmiast. Nawet wiedzę na temat tego, czy przyjdę.

— Raczej nie…

— Raczej? — Matka zawiesza głos i muszę się zdecydować, czy zrobić jej przykrość teraz, czy potem.

— Nie, nie zdążę, ale dziękuję.

— To może jutro? — Matka nie poddaje się nigdy.

— Może jutro — przytakuję, nie pamiętam, co mam jutro.

Wiem, naprawę koło siebie, na Jelonkach, ale czego, to już nie wiem, bo tego pani nie umiała odczytać, nie mogła znaleźć okularów.

— Ale kochanie — mówi matka — może czy na pewno? Bo muszę to wiedzieć. Ja, wiesz, też jakoś sobie muszę zaplanować dzień.

Ja pierniczę. Zaplanować. Wstać, ubrać się i pomyśleć, czy wyjąć dwa talerze, czy jeden. Z pieskiem szczuropodobnym wyjść na spacerek. Trzeba mieć do tego spisany plan, to przecież jasne jak słońce.

— A co ty robisz w Ursusie?

— Mamo, nie mogę gadać, jestem w samochodzie. Naprawę miałem.

— Boże, tak się marnujesz, tak się marnujesz — jęczy matka.

— Do jutra — mówię wobec tego i wyłączam się.

Po czym wybieram numer do Bartka.

— Słychać coś?

— Aśka jest w ciąży!

To wiem. To słychać od dobrych paru dni. Dziwię się, że w Wiadomościach jeszcze nie podawali, ale to kwestia czasu.

— Jak się czuje? — wtrącam uprzejmie, bo dobrze wychowany jestem.

Nic a nic mnie to nie obchodzi.

— Jak to w ciąży… No wiesz…

Nie wiem. Na szczęście.

— Aha — mówię odkrywczo. — Może wieczorem byśmy gdzieś wyskoczyli?

— Ale Aśka jest w ciąży! — upomina mnie Bartek.

Ciąża to jest coś takiego, co występuje u kobiety, a co przeszkadza facetowi wyjść z domu na godzinę, bo się może rozpuścić.

— A może ty byś do nas wpadł? — mówi Bartek.

O nie. Dziękuję, postoję.

— Nie… No, może w przyszłym tygodniu.

— A stało się coś?

— Nic.

— A to dobrze. To siema.

Nic. Poza tym że kobieta, którą kochałeś, zrobiła cię w konia, że straciłeś bezpowrotnie cztery lata życia. Najpiękniejsze cztery lata życia mężczyzny!

Których nikt mi nie zwróci.

W ile romansów się nie wdałem przez te cztery lata! Ile okazji do zrobienia dobrych uczynków przeszło

153

bokiem, ile dziewczyn mogło przy mnie zobaczyć, że świat jest piękny! Na dodatek straciłem mistrzostwa świata w piłce nożnej, pięćdziesięciodziewięciosekundowy mecz bokserski naszego ulubionego boksera i z całą pewnością liczne spotkania z kumplami.

Poświęciłem kawał swojego życia, żeby stać w korku i mieć do wyboru obiad u matki albo samotny wieczór. W życiu trudniej o happy end niż w kinie.

Kobiety są durne

Załatwią cię bez zapowiedzi, nagle, jak już oswojony jesteś; miękki brzuszek na wierzchu, a jednak nóż w plecy. Ale oczywiście nic nie jest jasne, jak się ma do czynienia z kobietą, nigdy nie wiadomo, o co jej chodzi lub o co jej nie chodzi — o wszystkim dowiesz się przypadkiem i ty będziesz podejmował decyzję, bo jej nie stać nawet na rozmowę.

I potem człowiek zostaje sam jak palec i ma wrażenie, że walec po nim przejechał, a przecież na ulicę jeszcze wyjść nie zdążył.

Oczywiście przejmował się nie będę. Nie mam najmniejszego zamiaru. Po prostu ulżyło mi.

Kłopot z głowy.

Baba z wozu...

*

Przejechałem następne dwadzieścia metrów. Co się tam dzieje, do cholery? Włączam awaryjne i wychodzę popatrzeć. W oddali błyskają niebieskie nieprzyjazne światełka i słyszę ryk syren, dwie albo może nawet trzy karetki. Wypadek. Postoję jeszcze z pół godziny najmarniej. Nie ma gdzie uciec, nie ma jak zawrócić.

Nie masz wyjścia, to się nie wkurzaj.

Wracam do wozu, opuszczam szybę, dzisiaj jest dużo cieplej, a na pojutrze zapowiadali odwilż. Jak to

155

wszystko stopnieje, to będzie niezła zabawa, przecież śnieg był tej zimy potężny.

Tęsknię do lata.

Chociaż każdy operator wie, że wiosna i jesień to najlepszy czas na zdjęcia, najlepsze światło. Ale ja lubię lato.

Żyję w niewłaściwym kraju.

*

Kiedyś po jakimś nieszkodliwym Almodovarze razem z Adamem, Wieśkiem, ich sąsiadem, i Markiem włączyliśmy telewizor, bo Puchar UEFA był na Eurosporcie. A nasze kobietki we czwórkę położyły spać dwójkę dzieci, wyszły na taras i się rozgdakały.

Śmiechu było co niemiara, a szeptów, stłumionych chichotów, trzy butelki wina wytrąbiły, bawiły się bez nas świetnie albo tak dobrze udawały.

Adam kiwnął na nas w przerwie meczu i zaprowadził na pierwsze piętro, na taras, z którego mieliśmy świetny widok na dziewczyny oraz znakomite nagłośnienie. Siedziały przy okrągłym drewnianym stoliku, oświetlone świeczkami, wokół ciemność, gwiazdy nad nami, dobry kadr, jakby brudy usunąć, kosiarka była niepotrzebna, bo jakieś samochodziki dziecięce, co z mroku wyłaziły, i płachty prania się komponowały, no i na stole burdel, i jedzenie, i picie, i czipsiki jakieś.

Stoimy we czwórkę na tym tarasie i podsłuchujemy, czego się nie robi, ale dla jaj można. O czymże to rozmawiają kobiety, wiadomo. O facetach. Bo przecież nie o fizyce kwantowej. Więc dowiemy się czegoś ciekawego. A w każdym razie czegoś, czego w oczy nam nie powiedzą.

156

Co prawda nieraz uczestniczyłem w męskiej rozmowie i wiem, że poważne tematy mogą się ześlizgnąć na jakieś takie... nieżyciowe, ale zdarza się to niezwykle rzadko. Faceci wymieniają poglądy albo informacje, a baby dywagują.

Zaczynają od tego, gdzie położyłeś zapalniczkę do gazu, a kończą na czymś, co im obiecałeś trzy lata temu.

...pamiętam jak dziś to był dziewiąty września kiedy padało i okazało się że parasol wyjąłeś z bagażnika a ja o tym nie wiedziałam i zmokłam i wyglądałam przy Kryśce jak idiotka a ona patrzyła na mnie z wyższością bo jej mąż który jak był w Stanach a Stany to są niesamowite chociaż zupełnie inne niż Mauritius tam jest pięknie i tam powinniśmy pojechać bo gdybyśmy postanowili toby okazja się nadarzyła jest last minute chociaż Bożena jak poleciała kiedyś to nie mogła wrócić co prawda do Egiptu bo wtedy wulkan wybuchł ten islandzki co ma nazwę nie do wymówienia ale właściwie jej się opłaciło bo biuro podróży im musiało załatwić miejsca w hotelu i byli tydzień dłużej a wiesz że jak wulkan pod Yellowstone wybuchnie to będzie koniec świata dwa lata bez słońca zresztą przeczytałam na portalu że jednak naprawdę coś się dzieje nie pamiętam jak ten portal się nazywał Krysia mi mówiła żebym sobie poczytała a wiesz że Krysia jest w ciąży ale nie z Maćkiem tylko przypadkowo spotkała się z jakimś facetem i od razu zaskoczyła jednak geny same sobie wybierają gniazdko podobno najzdolniejsze są dzieci z przypadkowych nieplanowanych... no wiesz seksu bo wtedy działa dobór naturalny z pełną odpowiedzialnością a Hela ma kalendarz chiński z którego można obliczyć czy urodzisz chłopca czy dziewczynkę można znaleźć w Internecie trzeba tylko znać datę urodzenia matki i wiesz datę seksu o ojcu nic nie trzeba wiedzieć cha cha wyobrażasz sobie a ten kalendarz urodzin ma trzy tysiące lat i możesz sobie zaplanować płeć dziecka ale czy to warto może nie warto bo takie dzieci zaplanowane są już inne kiedyś to było inaczej normalnie ludzie się kochali zachodzili w ciążę a teraz wszystko chcemy mieć obliczone nie sądzisz Chińczycy są niesamowici oni wcale nie muszą wywoływać wojny żeby rządzić światem wiesz że sześćdziesiąt trzy procent budynków w Nowym Jorku należy do chińskich korporacji i oni mają dług Ameryki w swoich rękach o tutaj położyłeś a ja cię pytam i pytam gdzie ta zapalniczka dlaczego nic nie mówisz dlaczego ty nigdy nie chcesz ze mną rozmawiać?

Tak mniej więcej wygląda sprawa zapalniczki do gazu.

I ty, durny, cieszysz się jak idiota, bo nie wiesz, co było w zeszłym tygodniu, a co dopiero mówić o jakiejś obietnicy danej trzy lata temu, a obietnica oddaliła się o lata świetlne, bo Chińczycy okazali się ważniejsi.

Tak rozmawiają kobiety.

A taka męska rozmowa tylko raz mnie zaskoczyła. O ile pamiętam, najpierw Gruby mówił o swoim wozie i przekonywał nas, że amerykańskie są lepsze, bo u nich są inne wymogi bezpieczeństwa, z czym się wszyscy zgodziliśmy, Maurycy powiedział, że może wymogi tak, ale drogi to mają proste, więc wszystkie systemy zabezpieczeń przeciwpoślizgowych gorsze, hamulce gorsze i serwis kijowy, z czym też wszyscy się zgodziliśmy, bo po co się kłócić, to są po prostu dwa różne poglądy, które nie muszą się zwalczać, a potem Jacho zapytał, jak myślimy, czy cipa ma dno.

I zapadła cisza.

Kobiety takich pytań nie zadają. Jacho to nasz kumpel, aktor, zdolny, rzecz jasna bez pracy. Wtedy mu się udało nas zaskoczyć. Ale wiem, o czym gadają kobiety, jak nas nie ma. O nas, o naszych ptakach, o seksie, o byłych facetach, przyszłych, o tym, co myśmy im zrobili, a czego nie zrobiliśmy, na co liczyły, a co dostały, i tak dalej. Wypłakują się sobie albo wyśmiewają się z nas.

Takie są ich możliwości.

*

Więc wtedy na tym tarasie, tej cudownej nocy, wszyscy byliśmy diabelnie ciekawi, co też one o nas mają do powiedzenia, przekonane, że utknęliśmy przed telewizorem, jakby mężczyźni nie mieli innych zainteresowań.

Byliśmy cicho jak zdechła mysz, nawet lód nie grzechotał w szklankach, i z uszami wyciągniętymi jak króliki patrzyliśmy na nasze laski z góry, w sensie dosłownym.

Żona Adama zsunęła ramiączko sukienki, Marta siedziała z podwiniętą spódnicą, nogi opierała o sąsiednie krzesło, sąsiadka wachlowała się liściem łopianu.

— Nie robiłaś tego, naprawdę?

— No nie — mówi Marta, a ja czuję, że robię się czerwony.

Taka kompromitacja, i na dodatek kłamliwa.

Rozmawiają o seksie, to jasne jak słońce.

— A ty?

— Nie przy ludziach — mówi sąsiadka, a sąsiad trąca mnie w ramię.

Wiadomo, że nie przy ludziach.

— Ale spróbuj, bo to przyjemne. Ma kompletnie inny smak.

Ja pierniczę. Przesada. Żałuję, że tu przyszedłem.

— Słowo honoru.

— Spróbuj — mówi żona Adama.

Chrzanić, chrzanić, chrzanić!

— Nie wypada — mówi któraś.

— Ojejku, jasne, że nie wypada. Ale każda z nas to robiła, choćby jako dziecko.

Jako dziecko?

Spoglądamy na siebie spode łba. Z kim my mamy do czynienia? To podsłuchiwanie to nie był dobry pomysł. Czasem lepiej niektórych rzeczy nie wiedzieć.

— Dobra, zrobimy to na trzy-cztery, wszystkie, OK? I zobaczysz, jakie to fajne uczucie!

Drętwieję. One TO sobie będą robić?

— Ale oni…

— Oni nie muszą o tym wiedzieć. Nie rozumieją takich rzeczy.

Oczywiście. Nie rozumiemy.

— Zamknijmy oczy, wtedy lepiej się czuje smak.

Teraz to Adam drgnął tak, jakby go podłączyli do prądu. Sąsiad był już przy drzwiach balkonowych z wrażenia. O mało nie pospadaliśmy z tego tarasu.

A one wyciągają ręce i zanurzają dłonie w salaterce z potrawką. Kawałeczki polędwicy w sosie śmietanowym, z pieczarkami i papryką, którą mieliśmy się raczyć po meczu, teraz z dodatkiem w postaci czterech kobiecych dłoni. Wydłubują z garści to mięso i zlizują sos z palców, mają przymknięte oczy i zachowują się tak jak ja kiedyś, kiedy paliłem z Grubym marychę. Raz to udatnie celebrowałem, ale żadnej przyjemności nie załapałem. W przeciwieństwie do nich, tych kobiet.

— Mmmmm…

— Ooooo…

160

— No!

— Aaaa…

To są odgłosy naszych kobiet, które palcami wyżerają naszą wspólną kolację i z orgiastyczną przyjemnością zlizują z paluchów sos śmietanowy.

Obrzydlistwo.

Ale i ulga niejaka.

— Mówiłam wam, jedzenie rękami naprawdę zmienia smak… — Żona Adama jest z siebie dumna, jakby wymyśliła proch.

— Dobre — stwierdza sąsiadka i pakuje drugą łapę do miski.

Ja już na pewno tego nie tknę!

— Ale wiecie co? Jagoda na przykład — odzywa się sąsiadka Adama, nie znaliśmy Jagody, ale zawsze to wstęp jest do być może jakiejś normalniejszej rozmowy, zostajemy więc na tym tarasie — to zorientowała się dopiero w czwartym miesiącu.

— Żartujesz? — śmieją się.

Jak o ciąży, to może któraś jest w ciąży… Powiało grozą między nami, tam na górze.

— Mówię ci. Myślała, że tyje, bo przestała biegać, a przestała biegać, bo cały czas czuła się senna, a czuła się senna, bo była już zapylona.

— Wiesz, może gdyby krzem jadła, toby się lepiej czuła.

— No przecież ci mówię, że to ciąża!

— Wiem, bo ja z Kazikiem to cały czas spałam — mówi żona Adama — a z Heleną to taki pałer miałam, że o mało w pracy nie urodziłam! I cały czas mi się chciało kochać!

— Akurat — szepcze Adam.

— Cicho — szepczemy my.

— Chłopak rozleniwia…

— Krzem jest świetny, bo bez krzemu organizm nie absorbuje ani potasu, ani magnezu, ja kupuję krzem w płynie i piję, i wam też to radzę. Chcecie telefon do tego krzemu?

— Piłam aloes i wcale nie schudłam.

— Aloes nie jest na schudnięcie, tylko na zdrowie.

— Na zdrowie to my się napijmy!

Chichot i stuk kieliszkami.

— A moja koleżanka Viki jeszcze później.

Co później jej koleżanka? Straciliśmy wątek? Patrzymy po sobie, żaden nie wie, o co chodzi, te na dole wiedzą, bo pytanie, o co chodzi, nie pada.

— Jak urodziła, to się dowiedziała?

— Myślała… rany, nie mogę w to uwierzyć, a przecież wiecie, że Viki skończyła ekonomię i prawo…

— Prawo? Przecież ona prowadzi księgarnię! — To moja Marta. — Wiem, ma na Mokotowie taką pakamerę z herbatą i ciastkami, a to jest księgarnia po prostu!

— No! Bo ona woli robić to, co lubi! A kiedy u niej byłaś? Bo ja też tam wpadam. Ty wiesz, że ona mi ściągnęła pierwsze wydanie…

— Viki ci załatwi wszystko, o co ją poprosisz. Całe szczęście, że ma fajnego męża, to może sobie pozwolić na tę księgarnię. On to utrzymuje.

— Przecież u niej zawsze pełno ludzi!

— Ty wiesz, ile kosztuje czynsz w takim miejscu? Ale się realizuje!

— No właśnie, a ona do szóstego miesiąca myślała, że ma robaki! I ganiała na badanie do sanepidu co trzy tygodnie, bo coś jej się w brzuchu ruszało!

162

Wybuchają śmiechem.

Patrzymy po sobie z niesmakiem.

Kobiety są durne.

— Wiecie co, dziewczyny? — Zuzanna bierze kieliszek do ręki — to ja wzniosę toast za nas, bo my jesteśmy…

— Niezwykłe!

— Po prostu nie-sa-mo-wi-te!

Ja pierniczę!

Schodzimy z tego tarasu w milczeniu.

Nie będę podsłuchiwać babskich rozmów.

Niesamowite?

Nienormalne — tak.

Ale niesamowite?

Siadamy na powrót przed telewizorem.

— Myślisz, że ona naprawdę myślała, że ma robaki? — Adam przerywa milczenie. — Ja znam Viki, teraz za każdym razem, kiedy…

— Daj spokój. — Macham ręką, na samą myśl się wzdrygam. Wpadałem tam czasami z Martą. Fajna ta Viki. Była. Bo teraz będę ją widział w robakach.

Przecież za nimi nie trafisz. Należy o tym jak najszybciej zapomnieć.

Takie to były te nasze wieczory w Podkowie.

Wątpię, żebym jeszcze kiedyś się z nimi zobaczył.

Dzwoniłem po rozstaniu z Martą, ale Zuzanna w ogóle nie chciała ze mną rozmawiać, jak tylko się przedstawiłem, usłyszałem:

— Adam, Adam, Jeremiasz do ciebie. — I w tle kaszel gwarka.

Adam był dość chłodny, kiedy powiedziałem, że nie przyjedziemy, bo już nie jesteśmy razem, oznajmił, że wie, bo Marta dzwoniła, i że jeśli ma być szczery, to woli, żebym do nich nie dzwonił, bo tego się po mnie nie spodziewali.

W życiu żaden facet tak nie powie, chyba że jest nakręcony, zaprogramowany.

Znaczy zmanipulowany przez kobietę.

Nie wiem, czemu o tym myślę.

Było, minęło.

*

Mija mnie karetka na sygnale, dlaczego jedzie w stronę Pruszkowa, przecież Warszawa bliżej? Zaraz gliny rozładują ten gigantyczny korek. A ja muszę odwołać wizytę na Mokotowie, zrobiła się czwarta, facet nie będzie zachwycony.

Mam w dupie Podkowę i okoliczne miejscowości.

Łącznie z ich mieszkańcami.

Randka z Maurycym

Minął kolejny tydzień. Samotność jest nielekka do zniesienia, aż bolą nadgarstki.

I wkurzają codzienne telefony od matki, która nagle zaczyna przejawiać o mnie jakąś niezdrową troskę.

A już nam się tak dobrze układało!

Ale od czasu kiedy wie, że jestem sam, nagle instynkt macierzyński znowu doszedł do głosu. Nie odpuszcza, musi mnie ratować. Niechby i ratowała, najlepiej przed samą sobą, ale na to nie wpadnie.

Stosunki z matką są dziwne. Jak nie wpadałem do niej, to miała pretensje, że nie wpadam. Jak z rok temu zacząłem wpadać bez zapowiedzi, ot tak, przy okazji, to zażądała kategorycznie, żebym ją uprzedzał, bo ona przecież może być zajęta, może jej nie być w domu i tak dalej. A jak zaproponowałem, żeby mi dała klucze, to poczekam, jakby akurat jej nie było, powiedziała, że na pewno zgubię. I że kulturalni ludzie w dobie telefonów komórkowych uprzedzają o wizytach.

Wizyty! U matki! Weź, człowieku, i bądź mądry.

Nie była aż taka upierdliwa, jak byłem z Martą.

Postanawiam nie nurzać się w przeszłości.

Oddzielić grubą krechą wszystko, co było, i zacząć normalnie żyć.

Tym bardziej że zadzwonił Maurycy i powiedział, że wpadł na znakomity pomysł, a mianowicie w pracy ma fajną dziewczynę, samotna, na pewno chętnie by kogoś poznała, tylko trzeba delikatnie. I on to załatwi, bo babka jest naprawdę w dechę, a fajne samotne babki nie chodzą zbyt długo luzem. Ma ładne oczy i jest nieśmiała. Tylko żebym ją dobrze potraktował, bo ona nie z tych... I żebym czekał po południu pod telefonem, to powie mi, co i jak. Bo jakoś, chłopie, musimy sobie radzić. I co ja na to. To ja na to jak na lato.

*

Wróciłem do domu po szóstej.

Włączyłem muzykę, natychmiast Szara Zmora uderzyła szczotą w swój sufit, czyli w moją podłogę, więc poczułem się jak u siebie w domu, wrzuciłem do gara flaki, które kupiłem na dole, i zacząłem rozmyślać, jak by moje samotne życie zmienić w życie rozrywanego przez kobiety faceta.

A może ta Ewka od Maurycego okaże się strzałem w dziesiątkę? Nie chciałem związku, ale brakowało mi kobiety. Klin klinem. Miałem dosyć nurzania się we wspomnieniach o Marcie. Nie była tego warta.

Może to właśnie dziś wydarzy się coś dobrego?

I wtedy coś zaskrobało w drzwi.

Otworzyłem.

Stała tam Ania, córka sąsiadów.

Houston, mamy problem.

Wpuścić, nie wpuścić? Ja się nie nadaję na powiernika nieopierzonych jedenastolatek. W ogóle się na powiernika nie nadaję. Nawet samemu sobie się nie zwierzam i samego siebie słuchać nie lubię, a co dopiero tej tutaj małolaty.

— Mogę wejść? Bo rodziców nie ma w domu.

Kurna, wpuszczę, będę posądzony o molestowanie, czyli świntuszenie, nie wpuszczę, będę zwykłą świnią.

166

— Wejdź, ale na chwilę, bo zaraz wychodzę.

— Coś przypalasz, bo śmierdzi — powiedziała panienka, bo one to mają we krwi, chociaż ta akurat miała to po tatusiu.

Flaki się nie przypalały, tylko już przyjemnie pachniały w całym domu.

— Jadłaś obiad? — zapytałem, bo nie wiedziałem, o czym się rozmawia z nieopierzonymi.

— Jadłam w szkole.

— Głodna jesteś?

— A co masz?

Człowiek jest głodny albo nie, prawda? Ale nie kobieta. Kobieta jest głodna na coś specjalnego, a nie na to, co akurat masz do jedzenia. Jeśli jest głodna na mielone, to nie ruszy twoich flaków, jeśli jest głodna na pomidorówkę, to nie zje kapuśniaku, to jasne. To wiedziałem nie od dziś.

— Flaki — odpowiedziałem. — Tylko flaki — dodałem przytomnie.

— A co to jest?

— Takie… — I powstrzymałem się w samą porę.

Bo jak tu powiedzieć Nieopierzonej, że to wnętrzności przerobione przez człowieka na paski i ugotowane z warzywami? Jeszcze zemdleje.

Marta na samą nazwę się wzdrygała. Golonki nie ruszyła, a nie znam nic lepszego od dobrze zrobionej golonki — bo włosy ma! Ja nie ruszę kurczaka, bo ma pióra. Pióra sobie możesz opalić nad ogniem — mówiła Marta, tak jakbym całe życie zajmował się opalaniem ptaków — a co zrobisz z włosami? Są obrzydliwe.

A przecież włosy można sobie spokojnie palcami powyciągać, bo szczecina ostra i ugotowana jak należy mięciutka jest, włosy wychodzą, a poza tym znowu nie ma ich tyle, żeby człowiekowi obrzydzać najlepsze danie.

— Flaki to taka potrawka, ostro przyprawiona, taki rodzaj rosołu dla faceta — dokończyłem lekko, a Nieopierzona spojrzała na mnie ze zdziwieniem.

— Jesteś mizogin? Mama tak mówi na tatę.

Zapomniałem, co to znaczy, ale na wszelki wypadek pokiwałem głową, co przy odrobinie dobrej woli można było wziąć za przeczenie. Albo też potwierdzenie. Muszę sprawdzić to słowo. Człowiek się uczy całe życie, nie będzie mnie czyjaś córka wprawiać w zakłopotanie.

— To mogę spróbować — powiedziała, więc poszliśmy do kuchni.

Wyjąłem dwa talerze i nałożyłem flaków do każdego. Grzebała łyżką, nie mając odwagi podnieść jej do ust.

— Jak nie jesz, to ja zjem — powiedziałem.

— Wyglądają jak jakieś flaki — odetchnęła z ulgą. — Przyszłam, bo odrobiłam już lekcje i się nudzę.

Ja pierniczę, jeszcze mi tego brakuje, żeby być jakimś pogotowiem ratunkowym w przypadku nudzenia się jakiegoś niedorozwiniętego damskiego twora.

— A gdzie Marta?

Zdziwiłem się. Z mojej dziewczyny sobie przyjaciółkę zrobiła? Nic o tym nie wiem.

Z byłej dziewczyny.

— No, twoja dziewczyna — wyjaśniło dziecko.

Świetnie, że mi przypomniała. Jakbym nie wiedział, kto to jest Marta.

Kto to była Marta.

— Wyprowadziła się.

— A co jej zrobiłeś?

O mało się nie zakrztusiłem tymi flakami.

Co ja jej zrobiłem? Nie padnie pytanie, co ona zrobiła mnie? I takie to małe, ledwie od ziemi odrosło, i już zadaje idiotyczne pytania?

— Nic — odpowiedziałem krótko.

— Pokłóciliście się?

— Można tak powiedzieć. — Jadłem flaki wolno, bo nie miałem pomysłu, co dalej robić z tym dzieciakiem.

— Gdzie masz mojego słonika? — zainteresowała się nagle.

No, teraz to będę załatwiony.

Budzik trzymać na wierzchu, bo patriotyzm i matka.

Ryngrafik na widoku, bo ochroni — też matka.

Słonika też na widoku, bo na szczęście — sąsiadka Nieopierzona.

— Mam w sypialni — powiedziałem, nie dodając, że na dnie szafy.

— Aha. Trochę tu teraz dziwnie u ciebie. Inaczej.

Rozejrzałem się po kuchni. Kuchnia jak kuchnia. Nie było inaczej, było jak zwykle. Chociaż mała ma rację, czegoś brakuje. Nagle sobie uświadomiłem, że od czterech lat na stole stały kwiaty. Zawsze. Codziennie. Niezależnie od pory roku. Jakaś róża. Albo trzy tulipany, albo gwiazda betlejemska. Bez. Konwalie.

Marta stale kupowała kwiaty, ja rzadko, jak sobie przypomniałem, że lubi. Gwiazdę szlag trafił, bo chyba nie lubiła być przesuszona, wylądowała na śmietniku, tak jak tamte dwa z sypialni.

— Inaczej jest teraz, jak jesteś sam — drążyła spostrzegawcza. — Co ci tak stuka?

Stukała Szara, już od dłuższego czasu.

— Sąsiadka, nie lubi muzyki.

— Mama by mi kazała ściszyć. Masz fajnie, że nie mieszkasz z mamą.

169

Muzyka grała dość głośno, a dziecko okazało się nie-głupie.

— Muszę się przebrać, wychodzę za chwilę — po-wiedziałem i zawiesiłem głos.

— Dobra, idę. Fajnie się z tobą gadało — powiedziała Nieopierzona i poszła. Odetchnąłem z ulgą.

Spod prysznica wyrwał mnie telefon Maurycego.

— Jestem z nią umówiony o wpół do ósmej, że niby coś potrzebowałem, a ona się nawet ucieszyła, więc ty, niby przypadkiem, wpadnij do tej knajpy, gdzie byliśmy ostatnio, tej na rogu, nie pamiętam, jak się nazywa, ja się nagle zmyję i zostawię ci pole do popisu. Wiesz, tyl-ko żeby nie wyglądało, że coś kombinujemy, tak? Wiesz, to jest naprawdę fajna dziewczyna, tak? Żebyś mi żad-nego numeru nie wykręcił, tak? — Maurycy nie kończył na ogół każdego zdania słowem „tak". Tylko wtedy, kie-dy był podekscytowany. — Może być?

Może być. Choć kobiety dysponują jakimś piętna-stym zmysłem, zawsze cię przyszpilą. Ona się może do-myślić, ale być może to jej tylko pochlebi? Co mi szkodzi spróbować?

Bardzo proszę, wielkie mi rzeczy, mogę pójść.

Niebieska koszula nie wyschła, zielony sweter ma plamę od soku pomidorowego, sztruksy mają dziurę od Heraklesa, wciągam dżinsy i biały sweter, którego nie znoszę. Wyglądam w nim jak pedał. Chociaż właściwie dość fajnie.

Biorę samochód, bo może panienkę będę przywo-ził. Robię szybki porządek w sypialni, chowam garnek po flakach pod zlew, talerze zmywam, stół przecieram. W łazience syf się znowu namnożył. Myję lustro, bo je-śli wszystko pójdzie zgodnie z planem, łazienka będzie

170

pierwszym pomieszczeniem, które zwiedzi. Brudne rzeczy chowam do torby, torbę chowam pod stołem w kuchni.

I jadę.

Wiosnę czuć w powietrzu, choć nic jej nie zapowiada. Śnieg stopniał, zimno, ze dwa stopnie, ale jeszcze parę dni temu było na minusie. Obrzydliwie wyglądają trawniki. Całe zasrane, szarobrunatne. Weszliśmy do Unii z gównami, to pewne.

Wchodzę do knajpy i nie muszę się rozglądać, Maurycy z jakąś blondynką siedzi tuż przy wejściu, macha do mnie gwałtownie.

— Jeremiasz!

Podchodzę, Maurycy wstaje.

— Kopę lat! — Wali mnie w plecy, czego nienawidzę, ale udaję, że świetnie mi z tym.

— Maurycy! Co za spotkanie!

— Umówiony z kimś jesteś? — Maurycy mruga do mnie.

Idiota.

— Nie, właściwie nie — plączę się, tego nie było w planie — wpadłem na kawę, bo zimno.

Idiota. Ja, idiota.

— Poznajcie się, sorki. — Maurycy wskazuje Ewę. — Moja koleżanka, Ewa, siadaj z nami, Nor... Jeremiasz.

Ewa odsuwa się trochę pod okno, jakbym parzył, siadam z nimi. Milczę.

— No mów, co u ciebie słychać...

Postanawiam przestać robić z siebie głąba. I co z tego, że Maurycy wie, co u mnie słychać? Ona nie wie. Więc mówię. Prawdę.

— Nie za dobrze. Jakoś nie mogę dojść do siebie.

— A coś się stało? — Ewa jest bystra i, jak każda kobieta w tym kraju, współczująca.

— No taaaak — mówię, ale nie wdaję się w szczegóły. Będzie bardziej zainteresowana.

Pojawia się kelner, przejmuję inicjatywę.

— No, to ja stawiam, dzięki wam nie muszę pić kawy samotnie.

— Kawa? O tej porze? — szepcze Ewa, a ja udaję, że nie bardzo się jej przyglądam.

Niebrzydka jest, zadbane dłonie, zawsze zwracam uwagę na dłonie u kobiet, one ci wszystko o nich powiedzą. Długie włosy. Lubię długie włosy. Blondynka, farbowana, naturalne wyginęły. Ale ładny kolor.

— Jemy coś? Pijemy?

— No nie wiem — patrzy pytająco na Maurycego.

— Mały drink nigdy jeszcze nikomu nie zaszkodził — wtrąca Maurycy. — Przekąsimy coś?

Jak zamówimy jedzenie, będziemy musieli posiedzieć, to niegłupie.

— No nie wiem — szemrze Ewa. — Jak ja wrócę? Maurycy, chciałeś porozmawiać o…

— Jestem samochodem, mogę was potem odwieźć — przerywam wyjaśniająco i zamawiam trzy sałatki z kurczakiem, choć wcale nie jestem głodny, herbatę, czarnego earl greya, dla siebie. Maurycy pije piwo, Ewa daje się namówić na drinka.

Chwilę gadamy we trójkę, sałatki wjeżdżają na stół, Ewa odsuwa na skraj talerza oliwki, Marta uwielbiała oliwki, ale Ewa, na szczęście, nie jest Martą.

Maurycy pożera swoją sałatkę, wypija piwo i podnosi telefon do ucha.

— Wyciszony — wyjaśnia i odchodzi trzy kroki.

172

Ewa patrzy na niego z napięciem. A on mówi odrobinę za głośno:

— Nie, nie mogę w tej chwili, mamo, jestem zajęty. Naprawdę musisz? Dobrze, będę za piętnaście minut.

Uśmiecha się do Ewy przepraszająco.

— Noris, dotrzymaj jej towarzystwa, muszę odwieźć matkę, źle się poczuła.

— Przecież piłeś. — Ewa wykazuje daleko posuniętą trzeźwość, mimo drinka.

— Nie mam samochodu. Wezmę taksówkę i za godzinę wrócę. Poczekajcie na mnie, przepraszam. — Już nie siada i widać tylko jego plecy.

Po chwili wraca, bierze od Ewy numerek, znów wraca, już w kurtce, oddaje jej numerek, rzuca mi porozumiewawcze spojrzenie, ale zachowuje się trochę niezbornie. Mam wolną rękę, jednak dziewczyna wydaje się rozczarowana.

— Dlaczego on mówi na ciebie Noris? — pyta.

Norisem zostałem od razu na pierwszym roku, teraz rzadko tak do mnie mówią. Po prostu nazywam się Chuckiewicz. Każdy wtedy miał jakąś ksywkę, chyba właśnie Maurycy powiedział: ty, Chuckiewicz, ty Chuck jesteś, a Chuck to Norris, a ty w ogóle niepodobny! Więc tłumaczę się po raz kolejny z tego nieszczęsnego Norisa, którego i tak wolę od Jeremiasza.

— Jeremiasz to ładne imię — Ewa komentuje krótko, ale tak, jakby mówiła nie o mnie.

*

Następne dwadzieścia minut spędzamy na wzajemnym badaniu się. To znaczy ona mnie bada, znam te wszystkie pytania, które prowadzą do obnażenia moich

173

słabości i otaksowania mnie, czy ewentualnie do czego-kolwiek się nadaję. I do czego się nie nadaję.

A skąd znam Maurycego.

A jak długo się znamy.

A czy dobrze się znamy.

A jaki był na studiach.

A jaki film zrobił.

A jaki jest.

Wiadomo, o kimś musimy rozmawiać. Ale nie daję się nabrać, o nie. Te wszystkie pytania tak naprawdę mają spowodować, żebym się odsłonił, powiedział za dużo, ukazał się jej prawdziwy. Ale pilnuję się.

A ona raz po raz wyciąga komórkę i sprawdza czas.

Jestem ujmująco uprzejmy.

Tak się cieszę, że spotkałem kogoś znajomego. Taki się czuję samotny. A dlaczego? A dlatego że przecież jestem smutnym, porzuconym facetem. Ale nie chcę o tym mówić, to jeszcze zbyt bolesne. Teraz na pewno zacznie się dopytywać o szczegóły, znam kobiety, a ja będę triumfował.

Patrzy na mnie ze współczuciem.

Jak się zorientuje, że popadłbym chętnie w jakąś przygodę, to mam przechlapane.

— To musi być dla ciebie przykre — mówi w końcu. I tyle. — Nie ma go już ponad godzinę.

— Zadzwonię do niego — proponuję, bo musi zobaczyć, jaki jestem przydatny.

— Nie, nie dzwoń — prosi, i widzę, że robi się smutna.

Zapada niezręczne milczenie.

— Napijesz się jeszcze?

— Późno już — mówi, ale widzę, że się napije.

174

— Nie martw się, odwiozę cię do domu. Przyjaciele naszych przyjaciół są naszymi przyjaciółmi — zapewniam, choć nie wierzę w to azjatyckie porzekadło. — Pewno zaraz przyjedzie — kłamię.

Ewa wypija prawie duszkiem drugiego drinka i zamawia trzeciego. A potem nagle nachyla się do mnie i bierze głęboki wdech. Kładzie dłoń na mojej ręce. Wiem, coś jej odpuściło, zdecydowała się powiedzieć coś ważnego. Że na przykład też czuje się samotna. I nie mylę się.

— Wiem, o czym mówisz. I cieszę się, że siedzisz tu ze mną, ale myślę, że on to zrobił specjalnie.

— Co? — pytam zaskoczony i zapijam herbatą.

Wiedziałem, że tak będzie.

— No wiesz, wykorzystał ciebie, żeby wyjść. A ja tak się ucieszyłam, że mnie zaprosił... Ale to przykre... Nie wierzę w żadną matkę i w wyciszony telefon. Czegoś się przestraszył, a miałam wrażenie... — Głos jej się łamie. — Bo mnie na nim zależy. A teraz już wiem, że nic z tego nie będzie.

Pierniczę. Jeszcze mi tego brakowało. Nie-na-wi-dzę zwierzeń!

— Wyciągasz niewłaściwe wnioski — mówię stanowczo. — Nie znasz facetów. A Maurycy to mój kumpel, nigdy by tego nie zrobił. Mówię ci, że wróci. Ty z nim pracujesz, prawda? Mówił mi o tobie.

Patrzę, a ona ma łzy w oczach. Na cholerę mi to było.

— Idę... poprawić fryzurę — mówię znacząco i udaję się do męskiej toalety. Żeby rzecz jasna zadzwonić do Maurycego.

— Przyjeżdżaj natychmiast — warczę w słuchawkę. — Ona jest w tobie normalnie zabujana. Teraz siedzi i płacze, że zrobiłeś ją w konia.

— Ja? — Tak zdziwionego Maurycego nigdy nie słyszałem. — Jej na mnie zależy? Nie gadaj! A co z wami?

— Nico! Bierz taryfę i jedź tu na cito... Chyba że olewasz... Ale dziewczyna jest spoko. Ja bym nie przepuścił takiej szansy.

— Ale myślałem, że ona mnie nie chce. — Maurycy jest lekko przerażony. — To co ja mam teraz zrobić?

— Masz dwadzieścia minut, bo potem będziesz miał przechlapane.

— Stary, jadę, weź ją zatrzymaj jakoś! — krzyczy Maurycy, a ja idę się wyszczać.

Kiedy wracam, ona siedzi ze spuszczoną głową. Aż żal serce ściska.

— Posiedzę z tobą, dopóki nie wróci — mówię przekonująco.

— Nie wróci, kobiety czują takie rzeczy. Coś od razu było nie w porządku. On się tak kręcił, chyba był niezadowolony, że przyszliśmy, i jeszcze ten głupi pretekst...

— Mylisz się — mówię z takim przekonaniem, że podnosi głowę i patrzy mi prosto w oczy. Ładne ma oczy, zielonkawe. Maurycy miał rację. — Zakładasz się?

— Nie — uśmiecha się — alebym się napiła jeszcze jednego. Wiesz, w razie czego... Jak wróci, to wolę być na rauszu, potem się można wszystkiego wyprzeć. A jak nie wróci, to tym bardziej wolę być na rauszu...

Oto logika kobieca.

Zamawiam jej jeszcze jednego drinka, wypijam mineralną, czego się nie robi dla przyjaciela, który będzie za moment. Fajna babka, Maurycy miał rację.

Kiedy staje w drzwiach, widzę, jak zmienia się jej twarz. Patrzy na mnie rozjaśniona, i słusznie, bo to moja zasługa, choć o niczym nie ma pojęcia. A Maurycy jest

jak tryknięty. Podchodzi w kurtce i zaczyna się jąkać, ja
pierniczę!

— Sorry, że tak długo, ale mama jeszcze nie była gotowa i musiałem ją odnieść na górę, to znaczy jej torbę,
to znaczy zakupy — poprawia się niedorzecznie, akurat
starsza pani robi zakupy po dziewiątej wieczór. — Nie
gniewaj się — to do Ewy — głupio wyszło — mówi ni to
do niej, ni do mnie.

Podrywam się.

— Na mnie już czas, dzięki za towarzystwo, oddaję
ci kobietę lekko wstawioną, ale dopilnowaną — rozła-
dowuję napięcie, które nagle się pojawia przy naszym
stole.

Ewa podnosi się i całuje mnie w policzek.

— Fajnie się z tobą gadało, dzięki.

Maurycy ściska mi rękę.

— Dzięki, stary, dzięki. — I wiem, że tym razem
mówi z najszczerszego serca.

Jutro do niego zadzwonię i go opierniczę.

*

Wracam do domu prawie pustymi ulicami. Pada
deszcz, chodniki odbijają światła latarni. Gołe konary
w chłodnym świetle latarni i noc w mieście to niezły
kadr.

Początek filmu o samotnym nieudaczniku.

Albo koniec.

Wchodzę do pustego mieszkania i jakoś mi się to
przestaje podobać.

Na człowieka powinien ktoś czekać.

Nie włączam nawet telewizora, tylko idę spać.

Muszę się sam zająć szukaniem jakiejś dziewczyny.

Sama nie przyjdzie, a na przyjaciół nie ma co liczyć.

Bzykanie jest zdrowe

— Nie wiem, czy nie za wcześnie dla mnie na spotkania, nawet z taką wyjątkową dziewczyną jak ty — mówię. — Niełatwo mi się dźwignąć po rozstaniu... Nie wiem, czy potrafię się zaangażować... — Zwieszam głowę, ale kątem oka widzę, jak twarz Malwiny rozjaśnia się, choć dotychczas w Internecie wykazywała dużo czujności i ostrożności w kontakcie.

Mam ją!

I mam rację.

Nic tak dobrze nie robi kobiecie jak chęć przekonania faceta, że nie wszystkie one są takie same!

A ponadto wydaje mi się, że ich sposób rozumowania jest dość prosty — skoro byłem tak zaangażowany, to jestem porządny facet. Zresztą jestem porządny, tylko inaczej. Poza tym bzykanie jest zdrowe i nie powinno się z tego robić problemu.

*

Siedziałem w knajpie ze świeżo poznaną dziewczyną. To znaczy poznałem ją wcześniej na portalu społecznościowym, ale przezornie nie angażowałem się w jakieś pierdoły, liściki, korespondencję przeciągającą się w nieskończoność. Owszem, trochę popisaliśmy przez Internet, ale ostrożnie, bez wymiany jakichś numerów telefonów, adresów i tak dalej, po mniej więcej dwóch tygodniach luźnej wymiany zdań, typu: a ty co lubisz? jakiej muzyki słuchasz? — zaproponowałem spotkanie.

Trochę marudziła, że właściwie ją zaskoczyłem, bo właściwie nie jest gotowa na spotkania w realu, bo właściwie nigdy się nie umawiała, bo właściwie to koleżanka ją namówiła, ale napisałem, że realność jest zawsze więcej warta niż iluzja i że przecież moglismy się poznać gdziekolwiek, tylko złośliwy los nam w tym nie pomógł.

Takie tam ble, ble, ble, za czym kobiety, jak wiadomo, przepadają.

— Czas leczy rany — mówi cicho Malwina i głaszcze mnie po dłoni.

Milczę i nie rzucam się na nią. Cierpliwości, cierpliwość jest nagradzana.

— Wątpię…

— Och, Jeremi — wzdycha Malwina, a robi to ładnie, pierś lekko się podnosi — nie myśl tak, myśl pozytywnie. Ja też w swoim życiu …

Pierwszy stopień wtajemniczenia — jak wyglądać, żeby wyglądało, że jest się zainteresowanym. Postanawiam robić to, co robię z matką. Kiwam lekko głową i przyglądam się dziewczynie. Ładne zęby, śliczne usta. Zabawnie marszczy brwi, przechyla wtedy głowę, jej ręka cały czas na mojej dłoni, paznokcie ma pomalowane na różowo, zadbana.

*

Marta też lubiła różowy, tylko bardziej zgaszony. Ta ma dłonie bez skazy, Marta na prawej miała bliznę, niewielką, od małego palca w głąb dłoni. Byliśmy na spływie kajakowym, na jeziorze koło Węgorzewa, tam jest zajebiście pięknie, a poza tym ptaki!

179

Jakie chcesz.

Czaple udające białe zniszczone konary brzóz, kormorany z rozpiętym jednym skrzydłem, suszące się na drzewach, orły bieliki, rybołowy i wszystkie te pływająco-nurkujące — ale my głównie przyjechaliśmy popodglądać żurawie.

Mieliśmy z Martą umowę: ja z nią do Włoch na wycieczkę z przewodnikiem, a jakże, czy tam na Cypr, czy Wyspy Kanaryjskie all-inclusive, gdzie zechce, a ona ze mną na kajak i pod namiot.

Fajne to było.

I właśnie tego lata skaleczyła się przy otwieraniu puszki konserwy turystycznej. Brzydko to wyglądało, krew się lała, ale szpitala pod ręką nie było.

Ja rozbijałem namiot w kompletnej głuszy, tam gdzie nie wolno, ale tam gdzie wolno, nas nie interesowało, a ona przygotowywała kolację. Podział ról był jasny — jak jesteś pod namiotem, to masz partnera, nie dyskutujesz, robisz swoje, bo inaczej wszystko się rozpierdziela. Nie miałem pojęcia, że coś się stało. Jak mnie zawołała i odwróciłem się do niej, o mało nie zemdlałem.

Patrzyła na mnie tymi swoimi sarnimi oczami i trzymała dłoń w górze — całe przedramię i bluzka były zalane krwią — bo ktoś jej powiedział, że jak się trzyma tę skaleczoną część ciała powyżej serca, to krew przestaje lecieć. Takie bzdury mogą wymyślać tylko kobiety, facet, jak oberwie w łuk brwiowy, który jest powyżej serca, to wie, że krew leci, i nikt go na takie głupie pomysły nie nabierze.

Chyba nigdy nie byłem bliżej zejścia niż wtedy. A ona nawet nie jęknęła, tylko zbladła. Wyglądała jak w *Blair Witch Project*. Ale liczyła na mnie, więc nie mogłem

180

okazać się złamasem. Oczyściłem ranę spirytusem, udałem, że w ogóle to na mnie żadnego wrażenia nie robi,
ale kolana mi się trzęsły. Owinąłem mocno bandażem
rękę, na moje oko to się kwalifikowało do szycia, więc
byłem przerażony. Krwi to ja nie lubię specjalnie.

Następnego dnia popłynęliśmy do Węgorzewa, znaleźliśmy lekarza, dał zastrzyk przeciwtężcowy, bałem
się, żeby jakiegoś świństwa nie załapała. No i nie mogła
wiosłować, więc mięśnie tego lata miałem jak polityk
Schwarzenegger.

A jej została blizna, na pamiątkę tych żurawi, które
wypatrzyliśmy pewnego dnia, a gęgoliły tak, że było je
słychać zewsząd. Zdybaliśmy je w tańcu godowym. Ze
dwie godziny siedzieliśmy w krzakach. Cóż to za widok!
Jak one pięknie się puszą, jak podskakują, jak wyciągają
i chowają szyje! Jakie odgłosy wydają!

Żurawie mają nader ciekawe obyczaje. Samica składa dwa jaja w sporym odstępie czasowym. Jajami opie-
kują się oboje przyszli rodzice: i żurawica, i żuraw.

Pewnego dnia z jednego jaja wykluwa się żurawi
pisklaczek, a na drugim jaju trzeba jeszcze posiedzieć.
I co się wtedy dzieje w takiej żurawiej rodzince? Rodzice dzielą się młodymi. Każde bierze jedno i samo je
wychowuje, i każde idzie w swoją stronę, matka z jednym, ojciec z drugim pisklakiem. Mogą się już w życiu nie spotkać. Dupy sobie sobą nie zawracają i mają
więcej czasu dla dziecka. Tak jest ten świat dla nich
urządzony.

Żuraw jest największym ptakiem w Polsce, mimo że
na kilo go wchodzi mniej niż łabędzia (!!!), łabędzie nieme ważą do dwudziestu paru kilogramów.

Żurawie są wysokie, smukłe, piękne. Odrodziły się,
a już były prawie na wyginięciu.

To było fajne lato.

Nasze ostatnie.

*

— O czym myślisz?

— Przepraszam, nie usłyszałem ostatniego zdania, przyglądałem się twoim paznokciom.

U matki działa, to może i u niej zadziała.

Jasne.

Uśmiecha się, podnosi rękę i macha tymi pazurkami.

Byle jej nie wystraszyć. Mogę się spotykać z innymi kobietami, skoro jestem porzuconym facetem. Przecież do końca życia nie będę żył w celibacie!

— Słuchasz mnie?

Jak brzmiało ostatnie zdanie? Chyba: „Myślałam, że mnie już też nic nie czeka".

— Nie wolno myśleć, że nic cię nie czeka, przed tobą całe życie — mówię i wysuwam swoją rękę spod jej dłoni, bo nie bardzo wiem, co z nią robić. Sięgam po szklankę, upijam łyk.

Przez lata życia z Martą wyszedłem z wprawy.

— Fajnie się z tobą gada.

No chyba. Wystarczy nie przerywać i się nie odzywać, i już zostajesz genialnym rozmówcą.

— Chyba muszę już iść. — Malwina patrzy na zegarek, a ja z jakiegoś powodu nagle też nie chcę przedłużać tego spotkania.

Miła dziewczyna i pora jeszcze dziecinna, ale coś się zmieniło i nie bardzo wiem co.

— Spotkamy się jeszcze?

Cały wieczór na nic.

— Jasne, daj mi swój telefon — wyjmuję komórkę i zapisuję numer, który mi dyktuje.

Akurat zadzwonię.

Niedoczekanie.

Chrzanię takie wieczory.

Mogłem obejrzeć mecz siatkówki.

— Zadzwonię w tygodniu — zapewniam skwapliwie, macham na kelnera, zapłacę, to facet jednak płaci w knajpie, jak go nie stać, to niech idzie do parku pokarmić kaczki z panienką. Dobrze, że mam czym.

Malwina uśmiecha się, wstajemy, całuje mnie w policzek.

— To do zobaczenia!

— Do zobaczenia! — mówię absolutnie nieszczerze aksamitnym głosem rozczarowanego faceta.

Wcale nie jestem rozczarowany, tak bardzo znowu mi się nie podobała. Pięć dych do tyłu.

*

Rzecz jasna nie zadzwoniłem.

Ty wiesz, że ja nigdy...

Budzi mnie telefon. Jest trzynasta dwanaście. Cholera by to wzięła! Dzwoni matka, żebym koniecznie przyszedł na obiad. Jest przekonana, że teraz, skoro jestem sam, umrę z niedożywienia.

Będą jej przyjaciółka z mężem i pan Straszewski, jej cotygodniowi partnerzy do brydża. Wszystko to w jednym zdaniu.

A ja nie chcę!

— Mamo — zaczynam zdecydowanie.

— Spałeś, kochanie? — mówi z wyrzutem matka.

— Ależ skąd! — kłamię w żywe oczy, choć prosto w słuchawkę.

— Boże, znowu się zaziębiłeś! Taki masz głos. Ty w ogóle jesteś taki dziwny, słaby chyba, kochanie, jak twój ojciec. Ty w ogóle o siebie nie dbasz, dziecko. Absolutnie. Ty wiesz, że nigdy nie naciskam, ale dzisiaj...

— Mamo, nie mogę — wchodzę między jej słowa.

— Ty wiesz, że ja nigdy nie naciskam, ale nie przyjmuję do wiadomości odmowy. O piętnastej i nie spóźnij się, bo nie wypada. Pa, kochanie!

Zwlekam się z posłania jak zbity pies. Tyle tej wolności, że człowiek może spędzić pół dnia w łóżku bez tłumaczenia się, dlaczego tak marnuje życie. Głowa mnie boli jak cholera. Zawsze tak jest, gdy za długo śpię.

Wszystko przez cholerną Martę!

184

Łykam aspirynę, która mi rozwala żołądek, ale nic innego w chałupie nie ma. Nie opłaca się jeść śniadania. Odszorowuję wannę (ciekawe, jak ona mogła się kąpać w takim syfie?) i nalewam do pełna wody. Należy mi się.

Na brzegu wanny stoi jej olejek. Ma trzy miesiące. Jej nie zaszkodził, to i mnie nie zaszkodzi, ale to świństwo ma przecież jakąś datę ważności. Z drugiej strony — nie jest do jedzenia. Chrzanię. Sypię jakichś soli, które odkryłem w zeszłym tygodniu, i wlewam ten olejek. Woda się robi różowa, całe szczęście, że nikt nie widzi.

I oczywiście telefon.

Alina.

— Co robisz, Jeremi?

Przecież nie powiem, że leżę w wannie w olejkach po Marcie, o trzynastej w niedzielę.

— Czytam — kłamię.

— Nie chciałbyś pojechać ze mną do Wilanowa? Prawie wiosna, pięknie jest. Chyba że masz w nogach jakąś kobietę...

W nogach mam odpływ, ale tego jej nie powiem.

— Matka mnie zaprosiła na brydża — mówię zgodnie z prawdą, choć ten Wilanów z Aliną byłby bez wątpienia przyjemniejszy. — Ty jesteś jedyną kobietą w moim życiu — mówię dowcipnie.

W słuchawce cisza.

Albo się posunąłem za daleko, albo nie zrozumiała.

— Alina?

— Jestem — odpowiada.

— Wiesz, co mam na myśli.

— Wiem.

Cisza.

— Może się wybierzemy w przyszłą niedzielę? — rzucam niedbale. — Matka uważa, że jestem na granicy samobójstwa, i postanowiła się mną zająć.

— A jesteś?

— Żartujesz?

— Ty chyba w dalszym ciągu o niej myślisz, Jeremi.

Tu się wkurzam.

— Kochana, wczoraj miałem randkę, nawet udaną. Marta to przeszłość.

— A powiesz mi, o co poszło? Dlaczego się rozstaliście?

— Mówiłem ci już. Po prostu tak wyszło. Coś się wypaliło. Myślałem, że jest kimś innym. Nie miałem z nią orgazmu. Właściwą odpowiedź zaznacz kółeczkiem.

— Jer, ty cały czas o niej mówisz, zdajesz sobie z tego sprawę?

— Bo pytasz.

— Chcę ci pomóc.

— Nie musisz mi pomagać. Chętnie z tobą pojadę gdziekolwiek, ale w przyszłą niedzielę. Ten tydzień mam wyjęty z życiorysu, bo ludzie zaczęli sadzić kwiatki i rozkopują sobie przyłącza anten satelitarnych.

— W dalszym ciągu nie masz pracy?

Wiem, o co pyta.

— Nie mam.

— Właśnie o tym chciałam z tobą pogadać. Wiesz… zdaje się, że przyjęli do produkcji mój projekt.

— Alina? I teraz mi to mówisz? To fantastycznie!

Alina od lat walczy w filmie. Mozolnie pnie się po kolejnych stopniach, Bóg jeden wie, ile wyrzeczeń ją to kosztuje. Była cztery lata kierownikiem produkcji, od dwóch lat coś pisze, każdy jej obiecywał pomoc i każdy wykorzystywał jej energię, dobrą wolę i znajomość warsztatu. Zajęła się też produkcją programu rozrywkowego, który przez rok cieszył się dużą popularnością. Niestety, nie dostałem się do niego jako operator, odrzucili mnie, że tak powiem, z pierwszego podejścia, mimo że mnie mocno protegowała. Był to zresztą jeden z bardziej upokarzających momentów w moim życiu.

Program nazywał się „Będę twoja" i był oparty na dość fajnym pomyśle, a mianowicie zgłaszały się do niego kobiety gotowe na wszystko, byleby tylko On był ich. Taki trochę Jerry Springer plus Big Brother plus „Wybaczanie na ekranie". Te kobiety robiły tam różne rzeczy, i kompromitujące, i wspaniałe. Zgłaszały się panienki i rozwódki, i mężatki, była nawet jedna osiemdziesięciolatka. Wyrażały gotowość poświęcenia, zrobienia, przeproszenia, dowalenia, załatwienia, ułatwienia, przeprogramowania, dostosowania, wywalczenia, odpuszczenia.

Teraz Alina pracuje w takiej specjalnej komórce, która zajmuje się czytaniem i ocenianiem scenariuszy — seriale, nowe projekty, filmy telewizyjne, propozycje programów publicystycznych. Ocenia, recenzuje, popiera lub odrzuca. To ważna funkcja, od roku liczą się z nią największe stacje w tym kraju.

Cieszę się, że jej się udało. Ona czasem wspomina ten nasz pierwszy i ostatni wspólny film; kobiety tak mają, że lubują się w przeszłości.

— Pamiętasz, jak malowałam wtedy Agnieszkę, a ty powiedziałeś, że...

Agnieszki nawet nie pamiętam — zagrała chyba tylko w tym filmie, potem rozpłynęła się w powietrzu jak większość sezonowych gwiazdeczek — a tym bardziej tego, co powiedziałem. Siebie mało z tego okresu pamiętam. Ale wiem, o co Alinie chodzi. Rozumiemy się. Na ogół.

Zrobiła kawał dobrej roboty, od pomagierki makijażystki do decydowania, kto i co będzie kręcił, i dlatego w miarę chętnie słucham tych wspomnień.

To był również mój początek w zawodzie. I prawie koniec. *Lipa*, dwa pełnometrażowe. I reklamówki.

— Może byśmy się zobaczyli?

— Mówiłem ci, że idę do matki.

— Aha. A może potem?

— Nie mam pojęcia, o której wrócę. Złapiemy się jakoś w tygodniu, OK?

— Dobrze. Tęsknię za tobą.

— Ja za tobą też — mówię uprzejmie i się rozłączamy.

*

Nawet przyjemnie pachnie ten olejek. Wyciągam zza kibla starą gazetę po Marcie. Czy Brad Pitt i Angelina stworzą szczęśliwy związek? Rany, który to rok? Przerzucam stronę za stroną. Aż nie wierzę, że ona kupowała takie gazety, bo chciała. Przecież nikt nie chce czytać takiej sieczki. A zdrada... a najseksowniejsi mężczyźni... a najbardziej gorąca para roku... A dzisiaj są po rozwodzie.

Listy do redakcji.

„Jeśli masz problemy w związku, nie wstydź się, odpowiemy na każde pytanie, pomożemy Ci nawiązać kontakt z samą sobą, poznasz najskrytsze marzenia i potrzeby.

Droga redakcjo, ile kalorii ma łyżeczka spermy?".

O mały włos, a byłbym się śmiertelnie zachłysnął we własnej wannie!

Ja cię pierniczę! Tego nie wymyśliłby żaden facet, jak Boga jedynego kocham! One są jednak nienormalne. Nic dziwnego, że Marcie się poprzestawiało pod dekielkiem. Kalorie??? To one to przeliczają na kalorie? Obrzydliwe. Nie mam na to słów.

Po prostu obrzydliwe.

Sięgam po następne, zbrzydzony do imentu. Chyba że redakcja wymyśliła ten list. Bo przecież żadna normalna kobieta by tego nie wymyśliła. Ale w redakcji też pracują kobiety. Cały świat trzymają w swoich łapkach, umiejętnie robiąc nam wodę z mózgu. I sobie, rzecz jasna. Z tym że taki list do redakcji jest dowodem na to, co zawsze podejrzewałem. Że nie mają mózgu.

I pomyśleć, że leżę w różowych pozostałościach po kobiecie swojego życia i czytam takie idiotyzmy. W dodatku przed obiadem u matki, w towarzystwie pana Straszewskiego oraz pani Julii i jej męża, za którymi, mówiąc oględnie, nie przepadam.

Pierniczę.

W ogóle nie można liczyć na uczucia w tym wyuzdanym świecie.

Szkoda.

Kiedy jeszcze wciąż leżę w wannie, dzwoni Baśka. To by znaczyło, że wystarczy się rozebrać, żeby kobiety intuicyjnie sobie o tobie przypominały. Coś podobnego! Właśnie się dowiedziała, że nie jestem z Martą.

Ciekawe, bo już trzeci miesiąc minął.

Pełna fałszywego współczucia. Co słychać, co robię. Przecież nie powiem jej, że leżę w olejkach Marty.

— Nic — powiedziałem.

— Musisz się czuć straszliwie samotny… — zawiesiła głos.

Znam ten ton.

189

Daj palec, a zanim się zorientujesz, to nie masz ręki. Nie ze mną takie numery, Bruner! Każda chce pocieszyć faceta. Na każdą bym poleciał, ale z Baśką już przez chwilę byliśmy razem, ponad cztery lata temu. Co prawda nie rozstaliśmy się zbyt przyjaźnie, ale rozmawiamy normalnie. Chyba w ogóle nie wierzę w przyjaźń między facetem a babką, wcześniej czy później skończy się to w łóżku i wtedy wszystko na nic. To, co było przyjemne, staje się obowiązkiem, miły dreszczyk zanika, patrzysz rano na kobietę i nie wiesz, co ze sobą zrobić. Zdawkowo mówisz: zadzwonię, a potem boisz się odbierać telefon.

W ogóle kobiety nie powinny zostawać na noc. Człowiek się wyspać nie może, a jak może, to mają do niego pretensje, że nie gada. O czym tu gadać, szczególnie jak jest po wszystkim?

A one właśnie wtedy: Misiu, a jak było, a mnie było tak i siak, a co ty na to, jesteś inny niż wszyscy, taka byłam skrzywdzona przez innych, ale przy tobie czuję się bezpiecznie, sraty taty dupa w kwiaty.

Nie chcesz uszkodzić żadnej z tych kobiet, ale wejść na głowę też sobie nie można pozwolić. I bądź tu, człowieku, mądry. A jeszcze, kurczę, niech ci się imię pomyli, jak w mózgowym stanie alfa, jesteś zmuszany do rozmów o poprzednim facecie, który cię kompletnie nie obchodzi, ale ona chce być uczciwa wobec ciebie i dlatego jej się zbiera na opowiadanie CV. I w dodatku każda z nich miała góra trzech facetów. Z pierwszym jej nic nie łączyło, z drugim to była okropna pomyłka, a z trzecim, rozumiesz… nie było jej dobrze w łóżku.

A ty właśnie jesteś ten czwarty.

I fantastyczny.

No i nieszczęście gotowe.

Zmieniłeś orientację?

Przydałyby się jakieś przepisy, których kobiety powinny przestrzegać, że OK, było nam fajnie, a teraz się rozchodzimy, każde do siebie. Ostatecznie kobiety mają te same prawa co mężczyźni i ich prawem powinno być opuszczenie domu, w którym się bzykały, jeśli ten dom do nich nie należy.

Z Baśką, owszem, było miło, ale bez przesady.

Od razu chciała zmieniać u mnie zasłony. A zasłony dobieram zawsze sam. Ostatnie z Kamilem, bo jego kolega ma sklep z lakierami samochodowymi. Wpadł z próbnikiem i dobraliśmy właściwy kolor, pod fotel, który Marta wyrzuciła pół roku temu. Szkoda, bo się ładnie komponowało.

No i te moje urodziny fatalne, ostatnie przed Martą, na których się szczęśliwie Baśce nie oświadczyłem!

Koniec końców zaprosiłem ją wieczorem na drinka.

*

Heraklesa kiedyś zabiję. Zrobię to mimochodem, niechcący, wezmę go na spacer, a wypuszczę z samochodu na rogu Marszałkowskiej i Jerozolimskich i niech się buja! Tym razem sukinsyn przesadził, zrobił mi dziurę w bojówkach, które najbardziej lubię. Nie wiem, co go tak rozdrażniło. Chciałem przyłożyć gnojowi, ale oczywiście mamusia stanęła w jego obronie.

Wszedłem, przywitałem się, cmoknąłem w rękę, czego nienawidzę.

Pani Julia zrobiła smutną minę i powiedziała:

— Słyszeliśmy, słyszeliśmy, panie Jeremiaszu, co za nieszczęście, wiemy, jak pan cierpi. Ale lepiej, że tak się stało, bo po tym wszystkim, co wiemy...

Na własną matkę zawsze mogę liczyć. Wystarczy do niej wpaść i dowiem się, co u mnie słychać. A na dodatek tak się polała jakimś świństwem, że aż trudno było oddychać.

Więc musiałem zrobić smutną minę do całkiem dobrej gry w brydża. Uścisnąłem dłoń profesora, który natychmiast zaczął węszyć jak pies gończy i zapytał:

— Czym tu tak pachnie? Justyno, to twoje nowe perfumy? Piękny zapach! Witam, młody człowieku, witam...

Mąż pani Julii, którego imienia nikt nie pamięta, bo ona zwraca się do niego Dzióbek (i to uważam za wystarczający powód, żeby się nigdy nie ożenić!), klepnął mnie w plecy, aż przysiadłem. Nie mógłby Julii z raz tak klepnąć? Dzióbek by jej wyleciał z głowy. Na pewno.

— Róże, róże, profesorze, to róże tak pachną. Gdzie piękne kobiety, tam piękny zapach. Jeremiasz, pamiętaj, kobiety nawet kwiatkiem, cha, cha, cha.

*

Wróciłem od matki jak wyżęty.

Oczywiście musiałem usiąść do pierwszego robra, bo matka sprzątała w kuchni. Nigdy nie zostawi brudnych naczyń w zlewie, nawet kosztem gości. A goście przecież wpadli jak co tydzień na roberka. O ósmej zdołałem się wyrwać. Byłem do tyłu dwadzieścia sześć złotych (złotówka od punktu), bo starsi państwo grają na pieniądze, żeby było poważnie.

— To ma być brydż, nie bryczka! — oświadcza profesor jak zwykle. Od tego zaczynają, wiem, bo jak któreś z nich choruje, to matka każe mi przychodzić na czwartego.

— Nigdy cię o nic nie proszę... Jeśli chcesz nam zepsuć niedzielę, to oczywiście nie przychodź, ale chyba mi tego nie zrobisz...

No i nie robię.

W brydża gram nieźle. Ojciec nauczył mnie Culbersona i jakoś leci. Ale pani Julia ma inny sposób gry — ona uwielbia grać bez atu i uważa, że skoro ja mam kartę na trzy karo (robiące!), to ona może powiedzieć trzy bez atu. Leżeliśmy bez czterech z kontrą po partii.

— Mógł pan zmienić kolor — powiedziała obrażona.

Zmieniałem dwa razy. Powiedziałem najpierw cztery karo, po jej bez atu, a potem pięć karo. Ale była najpierw uparta, a potem obrażona. Więc następnym razem ją zostawiłem na bez atu i leżała bez trzech samodzielnie.

— Nie szkodzi, nie szkodzi, widać, że Jeremi nie ma głowy do gry po tym wszystkim — mówiła jeszcze bezczelnie, fałszywie, podlizując się mojej matce.

A mama donosiła herbatkę, kawkę, ciasteczka.

Cierpiałem.

— Jestem umówiony z Dżerym — skłamałem w końcu. — Muszę lecieć. Szykuje nam się fucha.

— No wiesz, to czemu od razu nie mówiłeś — matka poczuła się urażona. — Nie chciałam, żebyś był sam, ale ty nigdy nie doceniasz moich starań. Idź, idź, straszny tu zapach, może wywietrzymy? Nareszcie mogę z wami zagrać, kochani.

*

Coś podobnego!

To mi się w głowie nie mieści, człowiek przygotowuje dom na spotkanie dawnej dziewczyny, odkurza całe mieszkanie, ścieli łóżko, dobrze, że wyprałem pościel, zdążyła wyschnąć, popada w koszty (Baśka lubi dżin z tonikiem), a potem takie jajco.

Przyszła punktualnie o dziewiątej, tak jak byliśmy umówieni. Rzuciła mi się na szyję od razu w drzwiach, ucałowała mnie serdecznie, potem się cofnęła.

— Strasznie capisz. Co ty, orientację zmieniłeś? Od kiedy używasz damskich perfum?

Pieprzony olejek Marty!

Dopiero teraz do mnie dotarło, że ten smród to ode mnie. Zrobiłem drinki i wpadłem do łazienki. Stałem pod prysznicem i zlewałem się wodą. Żeby zastawiać na mnie podstępne pułapki, tego się po Marcie nie spodziewałem. Wskoczyłem w ubranie i za chwilę już byłem z powrotem. Baśka oczywiście mój prysznic potraktowała nieadekwatnie do sytuacji.

— Nie za pewny siebie jesteś? — Zmrużyła po swojemu oczy, a to, o ile pamiętam, zapowiadało numerek.

A co mi tam. To się nie wymydli, jak mawia Dżery, potem się będę martwił. Wobec tego machnąłem ręką, jakby te sprawy w ogóle mnie nie dotyczyły. Niech wie, że jestem smutnym porzuconym facetem. To zawsze babkom dobrze robi.

Wtedy się potrzebne i kochane czują.

Po drugim drinku i wysłuchaniu mojej historii, z której wynikało, że kobiety mnie nie interesują, że jestem człowiekiem zranionym i zakochanym w innej, chłodnej

194

suce, która mnie porzuciła, i chyba zmienię orientację seksualną, Baśka podeszła do mnie i po prostu zaczęła mnie całować. Nie zamierzałem się opierać. Przypomniałem sobie, że genialnie robiła ruskie i była całkiem przyjemna w dotyku. Dobrze jest raz na jakiś czas spędzić trochę czasu z kobietą.

Całe szczęście, że mam co zrobić na śniadanie.

W łóżku było tak sobie, ale dobrze, że w ogóle było.

Baśka wstała i poszła do łazienki. Nie wiem, dlaczego kobiety zawsze muszą iść do łazienki, tak się przyjemnie leżało. Dla zdrowia i higieny osobistej człowiek powinien czasami pobrykać. Czułem, że kleją mi się oczy, chciałem, żeby wróciła, wtuliła się we mnie i zasnęła.

Wyszła z łazienki owinięta zielonym ręcznikiem, z gazetą, którą odziedziczyłem, w ręce.

— Ty to czytasz? — zapytała i zapaliła światło.

— Przeglądałem.

— O rany! — roześmiała się. — Coś podobnego! Jeremiasz uczący się życia z rubryki na listy! Ile kalorii ma łyżeczka spermy? Idiotyczne pytanie!

Zaczynałem ją coraz bardziej lubić.

— Też uważam, że idiotyczne.

— No jasne, przecież w diecie jest ważniejszy indeks glikemiczny — powiedziała Baśka, odrzuciła gazetę i ręcznik i zaczęła się ubierać.

— Wychodzisz? — zdumiałem się.

— Jeremiaszku, nie przeceniaj się. Było miło, ale się spieszę. Jutro, w przeciwieństwie do ciebie, wstaję do pracy, i to dość wcześnie. Zamów mi taksówkę, proszę.

Owinąłem się tym samym ręcznikiem i posłusznie sięgnąłem po telefon.

— Będzie za pięć minut — powiedziałem, a słowa z trudem przechodziły mi przez gardło. Byłem wściekły.

To ja miałem decydować, kiedy ona pójdzie!

— Zdzwonimy się? — zapytałem więc.

— Nie żartuj, nic się nie zmieniłeś, niestety, znowu aż tak dobrze nie było, żeby wpadać w nałóg, pa, Misiu — powiedziała, zdawkowo (tak właśnie!) ucałowała mnie w policzek i wyszła.

Jakby nic się nie stało!!!

*

Rzadki ze mnie idiota, muszę przyznać. Człowiek się stara okazać kobiecie odrobinę serca i co go spotyka?

Rozczarowanie.

Manipulacja.

Wykorzystanie.

Zostałem wykorzystany seksualnie przez byłą dziewczynę.

Potraktowała mnie jak przedmiot, jak nic nie znaczące Nic.

Krótki numerek i dziękuję za współpracę.

I to — w przeciwieństwie do ciebie — muszę wstać rano!

I ta złośliwość, niby niezamierzona!

Nawet nie miała ochoty na rozmowę! Nie tłumaczyła się, czemu wychodzi, tylko pokazała, kto tu rządzi! Teraz już sobie przypomniałem, dlaczego się rozstaliśmy!

Zawsze taka była!

Zimna suka.

Kobiety mają nadzwyczajną zdolność trafiania cię w jaja wtedy, kiedy jesteś nieszczęśliwy, potrzebujesz czułości i zrozumienia. To było nadużycie z jej strony, i to poważne.

Byłem tak zagotowany, że po jej wyjściu zrobiłem sobie jeszcze jednego drinka. Którego to drinka nienawidzę, bo dżin zawsze mi się następnego dnia sosną odbija.

Włączyłem telewizor i obejrzałem po kolei trzy dzienniki.

Życie jest wkurzające

Wróciłem ze spotkania z Dżerym, z którym trochę pomilczeliśmy, a trochę ponarzekaliśmy na kobiety. Dżery też nie ma szczęścia w życiu. Ale przynajmniej ma robotę, którą lubi.

Parking rozkopany, bo układają kostkę, nie wiadomo po co, i tak jest brzydko na świecie. A teraz będzie brzydko za moje podatki. Wcisnąłem się w wolne miejsce i odbyłem awanturę z sąsiadem z piątego, że on tu zawsze parkuje i że mu zastawiłem. To mu tłumaczę jak człowiekowi, że parking jest nasz, a ta część, gdzie parkowałem, właśnie wyleciała w powietrze. A on mi na to, że to nie jego sprawa. Jak nie jego, to nie jego. Odwróciłem się w cholerę i skierowałem do domu. Drzwi zamknięte, kartka z napisem: „Wejście wyjściem". I dygałem dookoła bloku, bo tutaj też zerwali płyty chodnikowe. Co za kraj.

Walnąłem się w pokoju, żeby nie robić nic. NIC. Nawet muzyki nie włączyłem, bo nie miałem ochoty na stukanie.

Telefon.

— Dzień dobry panu, moje nazwisko Teresa Babicz, czy ja rozmawiam z właścicielem numeru?

— Dziękuję, mam Internet i też kiepsko chodzi.

— Ja nie dzwonię z telekomunikacji, tylko z kancelarii prawniczej Woltar and Wlotar. Czy miał pan ostatnio wypadek?

Nogi się pode mną ugięły. Wypadek? Matka?

— Nie.

— A ktoś z pana rodziny jest poszkodowany?

Ja jestem poszkodowany.

— Nic mi o tym nie wiadomo, a o co chodzi?

— Jesteśmy kancelarią prawniczą Woltar and Wlotar, która świadczy usługi poszkodowanym w wypadkach komunikacyjnych i innych, odzyskujemy bardzo szybko ubezpieczenia, mamy głębokie doświadczenie w tym zakresie.

— Dziękuję, nie miałem i nie przewiduję w najbliższym czasie żadnego wypadku.

— A może ktoś z pana sąsiadów miał wypadek? — Głos był pełen nadziei.

— Nie. Nie mam sąsiadów — mówię złośliwie i wyłączam się.

Jedyny człowiek, który do ciebie zadzwoni, to obcy naganiacz niepotrzebnych usług.

Taki kraj.

I tak dzień za dniem.

Pierniczę.

*

Całą moją błyskotliwą inteligencję wkładam teraz w to, żeby mnie moja rodzona matka nie rzuciła na pożarcie sobie i Heraklesowi, i jakimś przypadkowym kobietom, które jej zdaniem zapewnią mi szczęśliwe życie. I czego kompletnie nie potrafię zrozumieć, raz zachowuje się tak, jakbym znowu miał ze czternaście lat, a innym razem, jakbym miał z pięćdziesiąt i życie przechodziło obok mnie.

A ono wychodzi mi bokiem.

— Jeremciu, ty tego nie widzisz, ty wiesz, że ja się nigdy nie wtrącałam, ale ty się ostatnio zmieniłeś.

Nie zmieniłem się.

Życie się zmieniło.

Jest coraz bardziej wkurwiające.

Dostałem polecony. Polecony! Zawiadomienie o poleconym. Idę na pocztę, stoi z pięćdziesiąt osób. Wbrew temu, co się czyta, że poczta w odwrocie, że ludzie listów nie piszą.

Same staruchy. Co tam robią? Nie wiadomo. Zabijają czas. Ustawiam się w kolejce. Awizo jest ważne do dzisiaj. A dzisiaj, jak się okazuje, ludzie płacą rachunki, bo nie zrozumieli jeszcze, że przez Internet taniej, szybciej i nie trzeba się nikomu na oczy pokazywać.

Chrzanię. Ja poleconego przez komputer nie odbiorę.

Stoję i nie myślę.

Stoję.

Nie będę się denerwował, bo wyjścia nie mam.

Przede mną Szare Zmory.

Podejdzie toto do okienka, okularów szuka, a długopisik weźmie, a jeszcze coś musi dopisać, a jeszcze poślinić, a jeszcze poszukać w przepastnej torbie, a jeszcze pogrzebać, a się zapodziało, a tu miała dwa złote, to znajdzie, nie znajduje, drobne wysypuje, liczy godzinę, a nie odchodzi od razu, a jeszcze się cofa, jeszcze sobie coś przypomni, jeszcze zagada, ludzie, dajcie żyć!

Ale stoję.

Takie marnowanie czasu na pierdoły potrafi człowieka dogłębnie zniszczyć. Więc stoję, ale się nie daję.

— Pan tu stoi, przepraszam?

Nie, kurwa, fruwam.

— Stoję.

— A to ja sobie zajmę kolejkę za panem, dobrze?

— Oczywiście.

Następna zmora.

— Pan jest ostatni?

Tylko nie ostatni!

— Nie, za mną jest jeszcze pani w zielonym, ale ona wyszła.

— To ja będę za tą panią, tylko sobie usiądę. — Stary Kapelusz idzie pod ścianę.

Kurwa, kurwa, kurwa.

A ty stój jak głąb, żeby gorzej nie powiedzieć.

— Pan tu stoi?

Leżę, widać przecież.

— Ja jestem za tym panem — prostuje Kapelusz — ale przede mną jest jeszcze jedna pani.

— To ja będę za panem.

*

Co za świat, co za życie.

I matka mówi, że ja się zmieniłem.

Wydoroślałem.

Widzę, że życie to jedno wielkie gówno.

Im człowiek starszy, tym mądrzejszy.

Ale przecież jej tego nie powiem, bo to matka. A matka, jak wiadomo, jest tylko jedna.

*

— Jesteś po prostu nie do poznania, prawda, Herakles?

Herakles nie potwierdza i nie zaprzecza. Nie znosi mnie po prostu. Wrzeszczy, kiedy przychodzę, a kiedy, rzecz jasna żeby zrobić przyjemność matce, próbuję go pogłaskać, ucieka i piszczy, jakbym go obdzierał ze skóry. Wiem, że ciułały są walnięte. Mamusia mi wszystko o tych najmilszych, kochanych maleństwach opowiedziała. Ich jedyną obroną jest ten potworny pisk. Jak po raz pierwszy usłyszałem dźwięk, jaki Herakles potrafi z siebie wydobyć, to byłem przekonany, że rozgniotłem go na miazgę drzwiami od kuchni. Ale nie, piesek tylko wyraził protest, że nie chce być w tej kuchni sam.

Owszem, podleci czasami — spodnie też mam zaszyte, bo szarpnął, jak nie widziałem, oprawca jeden — tylko w tym jednym celu, żeby mi coś rozerwać, coś rozedrzeć, coś wydziergać na łydce.

— Kochanie, on też czuje, że nie jesteś szczęśliwy. To jest jego sposób zwrócenia na siebie uwagi.

Jak rany!

Matka ostatnio zaczęła kombinować jak koń pod górę.

— Wpadnij, kochanie, jutro o siedemnastej.

Wiadomo, że przyjdę, bo na taki komunikat reaguję od razu.

Coś się dzieje.

*

I rzeczywiście.

Przyjeżdżam zmachany, prosto z kolejnej wyprawy do jakichś idiotów, co nie wiedzą, jak posługiwać się sprzętem, ale wywalić na telewizor sześć tysięcy umieją, wkraczam do matki, a ona rozjaśniona, podmalowana, stół nakryty, siedzą jacyś starsi państwo, nawet na luzie, siedzi jakaś panna, którą pierwszy raz na oczy widzę, wino na stole, święto lasu.

Wpadam w panikę, mózg mi się lasuje, wiosna wczesna, więc to nie urodziny, imieniny moja matka ma jakoś

202

na jesieni, bo na imię jej Justyna, o imieninach pamiętam, co się dzieje?

— A to jest właśnie Jeremiasz — mówi, jakby odkrywała trzecią półkulę.

Stoję w drzwiach, w stroju roboczym, pasuję tu jak wół do karety, krew mnie jasna zalewa.

— A to moi przyjaciele z Kanady, Krysia i Wacław. I ich córka, Inga. Przywitaj się, kochanie — pogrąża mnie matka.

Chciałem się przywitać, ale na takie zdanie mój organizm reaguje jak na marchewkę. Nie chcę się witać, chcę spierdalać, gdzie pieprz rośnie.

Oczywiście grzecznie kłaniam się państwu z Kanady i panience z Kanady, powstrzymuję się od kopnięcia Heraklesa, który biega wokół mnie i drze mordę, grzecznie łapkę podaję, ludzie się uśmiechają.

— Pamiętasz Ingę? — Matka obejmuje mnie w pasie, czego nienawidzę.

Uśmiecham się. Kiwam głową.

Nie pamiętam tej dziewczyny, nigdy jej nie widziałem. Szczupła, prawie mojego wzrostu, zęby zagraniczne, białe jak śnieg.

— Nie możesz jej pamiętać, bo przecież, zaraz, zaraz, ty jesteś starszy od Ingi o półtora roku, a…

— Inga miała sześć miesięcy, jak wyjechaliśmy — wchodzi w słowa mojej matki jej matka i promiennie się uśmiecha.

No, rzeczywiście, powinienem był zapamiętać. Miałem dwa lata. To czas, gdy każde sześciomiesięczne niemowlę jakichś obcych ludzi wryje się w pamięć.

— Mnie miło — mówi niezapamiętane byłe niemowlę. — Ja nie pamiętam.

— Siadaj, Jeremiasz, tu, koło Ingi, czekaliśmy tylko na ciebie — matka zaczyna się krzątać i podaje na stół wykwintności. Grzybową, schab pieczony z rodzynkami i śliwkami, ziemniaki purée, dwa rodzaje sałat.

Ale żeby mnie uprzedzić, to nie. Wyglądam przy nich jak ofiara żołdackiej swawoli, choć jestem facetem.

Pierniczę.

Dokładnie wiem, o co chodzi. Nie dam się w nic wmanipulować.

— Inga skończyła socjologię i zarządzanie. I wyobraź sobie, że będzie tutaj przez cały rok! — Matka uśmiecha się szeroko.

To jest właśnie ta wiadomość, która powinna mnie uszczęśliwić! Rok, Inga, socjologia! Bezprecedensowa historia!

— I wiesz, nikogo nie zna, pomyślałam sobie, że ty chętnie ją oprowadzisz po Warszawie, pokażesz jej różne ciekawe miejsca, Starówkę…

Jasne. Nie mam nic innego do roboty, tylko pokazywać jakiejś Kanadyjce piękną naszą Warszawę. Muzeum Powstania ją powinno zainteresować i Starówka. Łazienki. Marszałkowska. Bo czegoś takiego na pewno tam nie mają. Ich miasta przy naszych to kurniki. Nasze ogrody przy ich parkach narodowych to działki pracownicze.

Na pewno Inga marzy o najpiękniejszym mieście na ziemi, czyli koszmarnej Warszawie. Na Wolę ją zawiozę, żeby slamsy zobaczyła i zasrane trawniki. I brak miejsc do parkowania.

Kocham Warszawę, naprawdę. To jest prawdziwa miłość, bo nie mam żadnych złudzeń, jeśli o nią chodzi. Są piękne miejsca, jak człowiek wie, gdzie ich szukać. Ale

Starówka? Sztuczna od początku do końca? Odbudowany Zamek? Mogę ją wziąć na Pragę, tam jest klimat. Może się przejść po Żoliborzu, bo ładny. Ale, przepraszam, co jej zaimponuje, *blue city*, których w Kanadzie ma po kokardę? Schody ruchome na Centralnym, które w dodatku mogą nie działać?

Martyrologią nie polecę, bo co to ją obchodzi. A muzeum? Mogła przyjechać parę lat temu, jak mieliśmy wystawę impresjonistów.

— Chętnie dobrze skorzystam — mówi Inga i w ogóle nie przeszkadza jej dwuznaczność tej koszmarnej sytuacji.

— Wynajęliśmy Indze mieszkanie, twoja mama bardzo nam pomogła, dzięki, Isiu, raz jeszcze, w Śródmieściu. Inga mieszkała dwa lata w Londynie, to chyba da sobie radę w Warszawie, prawda?

— Ja uważam, że Jeremiasz będzie szczęśliwy, mogąc służyć jej pomocą, prawda, kochanie?

Nieprawda, kochanie.

— Oczywiście, jak tylko będę mógł, zawsze służę ci pomocą.

— Nie znam tutaj każdego — mówi Inga — ale przecież poznam.

— Nie znam tu nikogo — poprawia łagodnie jej matka.

Inga jest, w przeciwieństwie do mnie, kompletnie wyluzowana. I właściwie dobrze mówi po polsku, jeśli to polski, jestem pod wrażeniem.

Koniecznie muszę ją zaprowadzić do Narodowego. Po British Museum będzie oszołomiona ilością zbiorów i ogromem obiektu.

— A ty co robisz tu?

Zanim zdążę odpowiedzieć, matka odpowiada za mnie.

— Jest operatorem. Filmowym.

Inga patrzy na mnie, ale nie robi to na niej jakiegoś specjalnego wrażenia, i to mi się podoba.

— Naprawiam anteny i telewizory, jeżdżę po ludziach i umożliwiam im ich jedyną rozrywkę, czyli oglądanie programów, których nie odróżniają od rzeczywistości — nie wytrzymuję.

— On tylko tak żartuje — mówi matka. — Krysiu, jeszcze schabu, chociaż kawałeczek?

— To fantastyczne — zachwyca się Inga, a ja udaję, że nie widzę miny swojej matki — musisz każdego dnia poznawać każdych ciekawych ludzi!

Nie patrzę na to w taki sposób.

— Ludzie w Kanadzie też oglądają telewizję, cały czas. I wierzą w to, co widzą — mówi matka Ingi. — Taki jest teraz świat. — Uśmiecha się.

— Jeremiasz dostał nagrodę za najlepszy film, dwa lata temu, jest wyjątkowo uzdolniony. — Wzrusza mnie właściwie walka matki o to, żeby nie być matką rzemieślnika, tylko matką genialnego operatora. — Ale tu jest ciężko, nie zawsze jest praca w zawodzie… I dorabia sobie… Krysiu, sos, jeszcze sos, bez sosu to nie ma właściwego smaku!

— Bardzo dobre mięso — chwali ojciec byłego niemowlęcia.

— Tak, świetne — przytakuje jego żona — jak ty je robisz? Mnie zawsze wychodzi suche.

— Piekę w rękawie i w ogóle go nie nakłuwam. I wtedy cały sok zostaje. I potem tylko doprawiam leciutko. Jeremiasz, pomożesz mi w kuchni?

Jasne.

Ma mi coś do powiedzenia, pouczenia, wybicia z głowy, uświadomienia, naprostowania, zalecenia.

— Oczywiście, mamo. — Uśmiecham się zniewalająco.

Wchodzimy do kuchni, matka ścisza głos, znam ten sposób mówienia, panie ludzie, dajcie przeżyć ten dzień.

— Ty wiesz, że ja nigdy — zaczyna — nie proszę cię o nic. I ten jeden jedyny raz, kiedy zależy mi, żebyś się zaopiekował córką moich przyjaciół, których tak długo nie widziałam, a którzy zawsze byli mi życzliwi, to musisz odstawiać cyrk? Nie spodziewałam się tego po tobie. Czy to tak dużo? Proszę bardzo, powiedz, jeśli nawet tego nie możesz zrobić dla matki. — Głos jej się łamie, a ja czuję się wpędzany w poczucie winy zupełnie bez powodu. — Proszę bardzo, możemy tam wrócić i powiedzieć, że jak zwykle nie liczysz się z ludźmi, że nic nie możesz dla mnie zrobić, ja już nie mam siły…

Działa wytoczone, w oczach matki widzę zapowiedź łez.

Przecież gdyby mi normalnie powiedziała, żebym przyszedł jak człowiek, tobym się zdążył przebrać, psychicznie przygotować, a na zamachy reaguję tak, jak reaguję.

W dodatku matka ma mnie za idiotę. Przecież wiem, że to całe spotkanie służy wyłącznie jednemu — ona liczy na to, że zakocham się w Indze, spłodzę z nią dwójkę dzieci i namówię ją do powrotu do ojczyzny. To widać gołym okiem.

— Nie mogłaś mi powiedzieć?

— Jakbym ci powiedziała, tobyś w ogóle nie przyszedł — warczy. — A teraz wracaj do stołu i zachowuj się jak człowiek. Poczekaj, weź naleśniki, żeby się nie domyślili.

— A oto deser, naleśniki z ciemnej mąki i wasz syrop klonowy. Że też pamiętałaś, że go lubię… — Moja matka przeistoczyła się w ciągu dwóch metrów, jakie dzielą kuchnię od pokoju, w zupełnie inną osobę. Radosną, miłą, ciepłą. Życzliwą. Uśmiechniętą.

Przeżyłem drugie danie i naleśniki. Prawdę powiedziawszy, przepadam za syropem klonowym, znam ten smak z dzieciństwa, nie wiedziałem, że ci państwo przysyłali go matce w paczkach.

Herakles przy deserach zaczyna piszczeć.

— Muszę z nim wyjść. — Spojrzała na mnie, ale przecież wie, że ten szczur ze mną nie wyjdzie, nawet jakbym go podpiął do kabla antenowego pod napięciem, co jest niemożliwe zresztą.

— A mogę ja z nim wyjść? — Inga nachyliła się do psa, zanim zdążyłem ją uprzedzić, że to grozi śmiercią i kalectwem. Oraz hałasem.

Ale ta wyleniała przerośnięta mysz weszła jej w ręce jak nóż w masło i zaczęła się radośnie przymilać. Pierwszy raz w życiu widzi człowieka i tak się zachowuje!

Pierniczę.

— Pójdziesz? — Inga dotknęła mojego ramienia.

Nie mogłem nie zauważyć triumfalnego skrzyżowania dwóch spojrzeń dwóch matek.

— Idźcie, tymczasem zrobię kawę i pokroję ciasta. Jeśli oczywiście chcesz — matka dodała szybko.

— Jasne — powiedziałem.

Herakles posłusznie pozwolił sobie założyć szelki, Inga wzięła go na ręce. I wtedy zauważyłem, że nie ma stanika. O kurde, zgrabne ma te cyce! Herakles przytulił się do niej, sam bym się do tego cymesu przytulił, i wyszliśmy.

Superdziewczyna

Na świecie już było miło, czego przez cały dzień nie raczyłem zauważyć. Lubię wczesną wiosnę, wszystko buzuje w człowieku, jakby rzeczywiście był podłączony do tego, co się dzieje w przyrodzie.

Inga wzięła mnie za rękę i, ku mojemu zdumieniu, sprawiło mi to przyjemność. Była na kompletnym luzie, cienia spięcia czy jakiegokolwiek udawania. Więc wyluzowałem. Objąłem jej dłoń i to naprawdę było kapitalne.

Choć nie była to dłoń Marty.

Czyżby mojej matce raz w życiu niechcący coś się udało?

Dziewczyna była naprawdę super. Swobodna, otwarta, szczera i, co zauważyłem z przyjemnością dopiero teraz, całkiem niebrzydka. Blondynka z ciemną oprawą oczu, prawie nieumalowana, spodnie opinały zgrabny tyłek, no i te piersi, zdecydowanie nie skrępowane staniorem, a sutki normalnie sterczały i zgrabnie wypinały niebieski sweterek. A to wszystko bez jakiejkolwiek tabliczki — haj, popatrz, jaka jestem sexy!

Sto, co ja mówię, dwieście procent normalności. Śladu fałszu i pogrywania.

Herakles dreptał przy niej, od czasu do czasu posikując na trawniku. Spojrzałem na nią, nasze spojrzenia się spotkały, uśmiechnęła się ciepło.

— Dobrze, że ze mną wyszedłeś. Dobrze, żebyśmy byli sami. Dobrze powód — spojrzała na Heraklesa.

Jak rany, pierwszy raz w życiu poczułem do niego... no, nie przesadzajmy z sympatią, ale na pewno... brak antypatii.

Polka tak jasno nie powie, o co biega, ta dziewczyna zaczyna mi się coraz bardziej podobać.

— Ja też się cieszę — powiedziałem.

Jej dłoń leżała w mojej może nie jak ulał, ale... kompatybilnie. Chociaż chyba zacząłem się pocić. Wyobraźnia zaczęła mi pracować w przyspieszonym tempie.

— Ja chciałabym, żebyśmy byli przyjaciele, ja jestem fajna dziewczyna. Myślę, że jesteś mi pomocny.

— Możesz na mnie liczyć.

— Ja nie znam miasta, ja się nie boję miasta, ja się nie boję ludzi, ale moi rodzice chcą mnie zmienić.

Właściwie nie mówiła źle po polsku. Tylko to „ja" na początku każdego zdania. Ale co ja się czepiam, połowa dziennikarzy tak mówi, no nie?

— Moja matka też chce mnie zmieniać.

— Ale ty nie chcesz, prawda? Robisz swoje i ja też pragnę robić swoje. Daleko żyjesz?

O rany. Nie będę jej poprawiał. Gorąca fala przetoczyła się po moim gotowym do czynu ciele.

— Nie bardzo. Tak. Nie. Ale w gorszym miejscu niż to. Mam niewielkie mieszkanie.

— Możesz się ruszyć, jak ci tam źle.

— Nie, kupiłem je, jeszcze spłacam.

— Aha. Bo ja jak niedobrze, to się przeprowadzam. Po co ci własne?

— W Polsce jest inaczej. — Zrozumiałem, że nie ma sensu jej tłumaczyć, że własne to własne, jak ona podróżuje po świecie i nigdzie nie zagrzewa na dłużej miejsca. Wolny człowiek, nie to, co ja, przyspawany do kredytu. — Co będziesz tutaj robić?

— Ja mam stypendium naukowe i ja będę pisać pracę, i ja będę robić badania. Ale wiesz, rodzice chcieli, żebym ja pod opieką. Oni myślą, że ja cię poznam i ja pójdę z tobą do łóżka. I to zakończy wszystkie problemy. Rozumiesz, o czym mówię?

Jezu słodki!

Ale gorąco!

Pierniczę, pierniczę, pierniczę!

Co kraj, to obyczaj.

Tu rodzice myślą, że jak panna pójdzie do łóżka, to zacznie mieć problemy.

Dlaczego ja się nie urodziłem w Kanadzie? Nie mogli moi rodzice też wyjechać, jak miałem dwa lata?

Nie wiedziałem, co powiedzieć, normalnie odebrało mi mowę.

— Wiesz co? — Stanęła nagle, aż Herakles się zaniepokoił, już nie trzymała mnie za rękę, a szkoda. Odwróciła się do mnie. Oj, ładna była i seksowna jak cholera!

Jak to dobrze, że matka ma przyjaciół w Kanadzie i że wpadła na pomysł, żebym przyjechał! Jeślibym przegapił taką laskę, byłbym idiotą, naprawdę!

— Ja bym chciała, żebyś ty był przyjaciel.

— Ja też — powiedziałem, a mój wódz wiedział, że nie ma przyjaźni, która by się nie przerodziła w fantastyczny seks.

— OK — stwierdziła i uśmiechnęła się promiennie, tak jakbym jej obiecał parę gwiazdek i jeden ślub. — Umówimy się?

Starałem się patrzyć jej w oczy, chociaż wzrok mi się ześlizgiwał zupełnie bezwiednie w okolice wzniesionego sweterka. Odwróciłem się, wziąłem jej rękę jak swoją i powiedziałem:

— Jasne. To teraz możemy spokojnie wrócić.

— Jutro? Ja jestem ciekawa, co robisz, jak się tutaj żyje, opowiesz mi?

— Z przyjemnością. — I nagle poczułem, że rosną mi skrzydła.

Nie czułem się tak przy żadnej kobiecie, od czasu kiedy Marta opuściła mnie w ten wredny, bestialski sposób.

To mogła być dziewczyna dla mnie.

Kiedy wróciliśmy do domu, desery już czekały.

Matka była odprężona, a ja nareszcie mogłem być sobą. Nie przeszkadzały mi znaczące spojrzenia i pilna obserwacja, z Ingą rozmawialiśmy tak, jakbyśmy się znali od lat. A ona była tak słodka i tak bezpośrednia, że już zatęskniłem do jutra.

Po dziewiątej podnieśli się, wycałowali z matką i ze mną. Po raz pierwszy poczułem usta Ingi na policzku. Były miękkie i wilgotne, była w nich tajemnica przyszłych rozkoszy, a mnie rozpierała radość. Nawet się z tego rozkojarzenia rzuciłem pomóc matce.

— Idź, kochanie — powiedziała — wiem, że jesteś zmęczony po całym dniu. I przepraszam, że cię nie uprzedziłam, ale tak mi zależy, żebyś był szczęśliwy...

Ze zdziwienia o mało się nie potknąłem o cholernego kundla.

— Nawet mnie nie zapytasz, czy mi się podoba?

— Nie muszę, kochanie. — Matka wspięła się na palce i pocałowała mnie, czego tym razem nie przyjąłem z niechęcią. — Przecież to twoja sprawa.

*

Cały następny dzień byłem podniecony jak szczeniak. Oto z wiosną, która całkowicie obudziła świat z zimowego snu, budziłem się i ja. Życie zaczęło być odrobinę lepsze. Oto na moim horyzoncie naprawdę pojawiła się kobieta, która spokojnie mogła zająć miejsce Marty.

O której zresztą zupełnie nie pamiętałem.

Rano zbiegłem rączo ze schodów mimo działającej windy, na dole spotkałem Szarą Zmorę, której grzecznie przytrzymałem drzwi, a która nie była uprzejma odpowiedzieć na moje „dzień dobry", i wskoczyłem do auta.

Pojechałem na Mokotów zamontować kablówkę i cały czas jak głupi cieszyłem się, że wieczorem przyjdzie Inga.

Mój kolega po fachu wyjechał na dziesięć dni — biorę za niego zlecenia, żeby on mógł być pod telefonem, kiedy ja wyjadę. On pracuje w kablówce, ja jestem wolny strzelec, ale nie mogę sobie pozwolić, żeby na tydzień wypaść z roboty, a wybieram się z Dżerym na Kanary, bierzemy kamery i pofilmujemy sobie Lanzarote.

Muszę jechać, bo jak ten idiota wykupiłem już w styczniu wyjazd. To miała być niespodzianka urodzinowa dla Marty. Hiszpańskojęzyczna strefa, odpoczynek po ciężkiej zimie i dowód na moje uczucie, dobrą wolę, liczenie się z nią i tak dalej, bo ja i tak wolę błota biebrzańskie. I zostałem, durny, z wykupionymi wczasami, których nienawidzę! Całe szczęście, że namówiłem Dżerego, forsa by przepadła.

W niecałe dwadzieścia minut później — co za dzień, że nawet korki wymiotło! — stałem pod drzwiami klientki. Zadzwoniłem i czekam. Słyszałem szuranie w mieszkaniu, ale nikt nie otwierał.

Zadzwoniłem powtórnie.

— Kto tam? — usłyszałem zza drzwi.

— Kablówka.

— Jaka kablówka?

— Przyszedłem zamontować telewizję kablową.

— Nie widzę pana, niech pan stanie naprzeciwko wizjera!

Posłusznie stanąłem.

— Niech mi pan poda numer zlecenia.

— Nie mam numeru zlecenia, mam umowę i sprzęt. — Podniosłem wysoko tuner.

— To proszę pokazać dowód.

Uśmiechnąłem się w duchu i wyjąłem dokumenty.

— Wyżej, wyżej! Proszę się odsunąć! — Brzmiało to rozkazująco, a ja byłem już rozbawiony. Usłyszałem szczęk zamka i w szparze drzwi, zabezpieczonych łańcuchem, zobaczyłem staruszkę.

— Proszę mi to podać!

Bez mrugnięcia podałem dowód i drzwi się zatrzasnęły. Po chwili ponownie się otworzyły i staruszka gestem zaprosiła mnie do środka.

Na oko mogłaby być moją babcią, gdyby moja babcia żyła. Siwiuteńka jak gołąbek, ale włosy prosto od fryzjera, bluzka z żabotem, jakiś staromodny żakiet, spódnica i buty, co mnie zdziwiło, bo na ogół jednak w domu staruszki chodzą w kapciach. A ta nie, ta była jak z żurnala, na nogach miała brązowe czółenka, dość staromodne jak na nią i supermodne, gdyby miała dwadzieścia lat. Bez wątpienia gotowa do wyjścia.

Wyciągnąłem rękę po dowód.

— Jeszcze pan nie zaczął. Tutaj proszę.

Wskazała mi drzwi do dużego pokoju.

W starej scenografii

Wszedłem do początku zeszłego wieku. Jak Boga kocham, cofnąłem się w czasie. Żaden projektant wnętrz, żaden stylista, żadna scenografka nie urządziliby tak prawdziwie mieszkania, w którym czas stanął. Ściany miały rzucik malowany wałkiem, sufit łączył się ze ścianą łagodnym zaokrągleniem, lampy sufitowe w dużych gipsowych rozetach sztukaterii. Naprzeciwko mnie wisiał rewelacyjny zegar, tykał głośno, a wahadło przesuwało się z chrzęstem to w jedną, to w drugą stronę. Wszystko zwolniło. Nawet promienie słońca wpadające do pokoju przez uchylone drzwi od balkonu wydawały się nie tyle wpadać, ile wpełzać. Duża czereśniowa serwantka, owalny stół nakryty białym dzierganym na szydełku obrusem, na obrusie kryształowy wazon z jedną różą. Szezlong z wypłowiałym zielonym obiciem przyciągał wzrok, miał nieskazitelną linię, zachęcającą, żeby opaść nań i wyciągnąć nogi. Na parapecie stały paprotki, niezwykle bujne, przez chwilę miałem wrażenie, że sztuczne.

Matko, co za kadry!

Telewizora nie zauważyłem.

Odstawiłem torbę i tuner i rozejrzałem się raz jeszcze. Obrazy na ścianach, ładne, scena myśliwska i portret przepięknej kobiety w stylu Witkacego, ciekawe spojrzenie, bujne włosy, zasłaniające połowę twarzy, piękny nos i usta pięknie wykrojone. Dębowa szafka pod oknem, serwantka z równiutko ustawionymi kieliszkami, karafkami i porcelanowymi figurkami, co najmniej tak starymi jak ich właścicielka, każda sparowana, mężczyzna w meloniku nachylający się nad kobietą w krynolinie, mężczyzna rozkładający parasol nad towarzyszką, Amor i Psyche w odwiecznym miłosnym uścisku, chłopczyk i dziewczynka stojący naprzeciwko siebie, oboje z jedną dłonią wyciągniętą a drugą schowaną wstydliwie za plecami, dwa aniołki szykujące się do pocałunku, który ma nastąpić za sekundę, w milimetrowym oddaleniu.

Telewizora nie było nadal.

— Przepraszam, gdzie ma pani sprzęt?

— Telewizor, młody człowieku?

— Tak. Będę musiał poprowadzić kable z korytarza do telewizora i tunera.

Zbliżyła się do szafki i otworzyła dębowe, inkrustowane masą perłową drzwiczki. Byłem przekonany, że zobaczę tam jakiegoś neptuna z połowy dwudziestego wieku.

Tymczasem moim oczom ukazał się najświeższy, wypuszczony w zeszłym miesiącu na rynek, najnowszy japoński płaskoekranowiec.

Oniemiałem.

— Muszę go tu trzymać, bo nieładnie wygląda. Telewizor psuje wnętrze, nieprawdaż? — Starsza Pani stała za mną, lekko bokiem, coś trzymała w ręku, czego nie dostrzegłem, ale domyśliłem się laski, której pewno się wstydziła.

— Proszę, młody człowieku, zrobić to tak, żeby nie było widać kabla. Może nad drzwiami, spuści pan wzdłuż framugi, potem przy listwie przypodłogowej, i tego — wskazała ręką na tuner — też nie chcę widzieć. Tam jest przygotowana deseczka, to niech pan zrobi wspornik i to jakoś ulokuje obok. Tak jak trzeba.

Stolarzem nie jestem, chciałem zaprotestować, ale w jej sposobie mówienia było głębokie przekonanie, że tak się po prostu robi — najlepiej, najwygodniej dla niej, jak należy.

Byłem w wyśmienitym humorze. Przede mną wieczór, który tym razem nie będzie zmarnowany. Niechże ta kobieta, co przespała ostatnie pięćdziesiąt lat, ma satysfakcję, pomyślałem sobie. Musi przecież obejrzeć jakiś serialik polski, utożsamić się z jakimś doktorem, co jest dobry i czuły, z jakimś szpitalikiem, w którym nikt nie umiera, z jakąś rzeczywistością, gdzie wszystko jest, jak być powinno, skłócone małżeństwa w końcu do siebie wracają, bezpłodne zachodzą w ciążę, porzucone dzieci odnajdują w cudowny sposób rodziców, wnuki troszczą się o dziadków, a niespodziewany spadek załatwia każdy problem.

A ja spędzę wieczór z Ingą.

Ach, gdybym mógł jej pokazać takie mieszkanie! W Kanadzie tego nie znajdzie. Takiego przedwojennego klimatu, takiej postaci jak ze starego filmu, takiego ubrania, takiej godności.

Rozłożyłem swoje przybory, wiertarka, kabelek, Starsza Pani chodziła za mną krok w krok, czujna i milcząca. Gorzej się pracuje, jak ktoś ci patrzy na ręce, nie jestem złodziejem, bała się o te bibelociki, zgrabnie ustawione nawet w przedpokoju?

Starałem się nie nabrudzić, mam taką zasadę, że w domu, w którym jest burdel, nie bardzo dbam o to, czy posypią się jakieś drobiazgi, a to przy przebijaniu

217

ściany na kabelek zawsze się zdarza. Jak widzę wszędzie bajzel, to wydmuchuję kurz odkurzaczem — a tony tego po odkręceniu obudowy znajduję. W czystym — włączam odkurzacz normalnie, żeby ciągnął — takie skrzywionko zawodowe, sposobik na brudasów ku mojej własnej satysfakcji sobie wymyśliłem.

W domu Pani Starszej poruszałem się jak w świecie, którego nie można naruszyć, bo rozleci się od samego głębszego westchnienia. Starsza Pani, cały czas lekko bokiem, widać wsparta na swojej lasce, towarzyszyła mi bez słowa.

Podłączyłem sprzęt, zamontowałem deseczkę, ustawiłem tuner, wziąłem do ręki pilota.

— Tu trzeba nacisnąć, żeby działało, tu włączyć, ten guzik po prawej…

— Nie pytałam pana, młody człowieku, jak to się robi. Dziękuję. — Podeszła do szafki i zamknęła ją. — A Internet?

Osłupiałem.

— Podobno lepsze jest połączenie z kablówki. Nie jestem zadowolona z tego, co mam. Jakoś wolno chodzi i przerywa. Czy byłby pan tak uprzejmy i sprawdził, co się dzieje? I powiedział mi, jaką macie ofertę? Ile giga i z jaką szybkością działa? To może zrezygnuję w ogóle ze stacjonarnego.

— A gdzie pani ma podłączenie? — wydukałem.

— W kuchni, jeśli pan byłby tak uprzejmy.

Odwróciła się, żeby mnie przepuścić przodem, i wtedy zauważyłem kątem oka, że nie laskę trzyma w ręku, tylko siekierę. Prawdziwą, starą, dobrze naostrzoną siekierę. Ostrze błyszczało, jakby było świeżo zatemperowane.

Poczułem się nieswojo.

Nieswojo to mało powiedziane.

Poczułem, że zlewam się zimnym potem.

A jeśli Starsza Pani jest nienormalna i za chwilę mnie tym zdzieli przez łeb? Mało to wariatów na świecie?

Starałem się, żeby tego strachu Starsza Pani nie zobaczyła. Ostatecznie gdyby mnie chciała skrzywdzić, tobym pewno już przez plecy dostał, jak przy listwie montowałem kabel. Ale może wyczekuje lepszego momentu. Na pewno nie mogę wykonywać żadnych gwałtownych ruchów, żadnego nagłego schylenia się po cokolwiek, po prostu spokojnie i rozważnie muszę dawkować każdy gest.

Jak, kurna, przy Heraklesie, tylko że tamto małe gówno nie miało przy sobie żadnych narzędzi zbrodni, a Starsza Pani owszem.

Wolniutko wszedłem do kuchni, była tak piękna i tak niedzisiejsza jak reszta mieszkania. Na dębowym stole, z łapami lwa, stała kryształowa patera z truskawkami.

Usiadłem.

— Przepraszam, nie mam w zleceniu nic o Internecie, nie wziąłem ze sobą komputera.

— Proszę uprzejmie zaczekać, przyniosę laptop.

Odetchnąłem z ulgą, kiedy wyszła. Moja praca równa się stres.

Za chwilę pojawiła się w drzwiach i podała mi komputer, jedną ręką.

Najnowszy model genialnej firmy, moje marzenie, ten lekki jak piórko. Starsza Pani była zadziwiająca.

— Skoro macie również usługę internetową, to może wezmę? Ale czy macie łącze szerokopasmowe, czy złącze wdzwaniane? I jaki modem? Czy będzie możliwość łączności bezprzewodowej, czy tylko kable?

Dzień pełen niespodzianek, pierniczę.

— Proszę pani. — Ach, jak ja lubię takich klientów. — Mamy telewizję analogową, cyfrową i Internet, i VOD, telewizja na żądanie…

— Ja chcę tylko wiedzieć, czy naliczacie ilość danych, bo teraz płacę od ilości, czy będę miała ograniczenia w ściąganiu programów? I ile megabajtów na sekundę?

O mały włos nie spadam z krzesła.

— Dwadzieścia pięć. Na razie. Wkrótce będzie więcej. I ma pani nieograniczoną możliwość ściągania danych, łączność szerokopasmowa.

— To stosunkowo nieźle — mówi Starsza Pani, podchodzi do okna i opiera siekierę o żeliwny kaloryfer, który pamięta Piłsudskiego.

Staram się, żeby nie było widać ulgi, którą czuję niezmierzoną.

— Wie pan, człowiek nie wie, kogo wpuszcza do mieszkania. Tyle tych rzeczy się słyszy — mówi usprawiedliwiająco — że lepiej się pilnować. Kawy? Sąsiadkę na wnuczka okradli. Zadzwonił chłopak, że niby jest przyjacielem jej wnuczka, który ma jakąś niezwykłą sytuację, jakiś wypadek, płakał, i dała mu wszystkie pieniądze. A potem drugi raz przyszli przebrani za policjantów, niby że w tej sprawie, tego oszustwa, którego ofiarą padła, i wpuściła ich do domu. Proszę. — Kładzie przede mną dowód. — I na policję też ją nabrali. Ostrożności nigdy dosyć. Choć panu dobrze z oczu patrzy.

Ani się obejrzałem, jak siedziałem ze Starszą Panią przy ciastkach maślanych i znakomitej kawie, której zapach rozchodził się po całej kuchni.

— Wie pan, ja chcę mieć dobrą telewizję, bo teraz HBO świetne seriale robi. Niech pan sobie wyobrazi, jeden odcinek kosztuje sześć milionów dolarów! Jakie dialogi! Jaka fantastyczna fabuła! Jeszcze sporo życia przede mną, a ja bardzo lubię dobre kino. Nie mam czasu na czekanie, co przyniesie jutro, muszę się już dzisiaj zacząć tym cieszyć, bo nie wiadomo, ile człowiekowi czasu zostało. Dziesięć lat? Piętnaście? A może tylko dwa? A teraz świat jest bardzo ciekawy i bardzo szybki. Jeśli stanę w miejscu, to za miesiąc nic nie będę rozumiała. Mam przyjaciół w Stanach, to sobie rozmawiamy przez Skype'a. Za darmo. To jest niezwykłe, kto by pomyślał. Skończyłam osiemdziesiąt pięć lat, więc muszę się spieszyć, żeby nadążyć. Jakby pan mi załatwił router Wi-Fi, żeby w całym domu chodził ten Internet, to się zdecyduję.

Przesiedziałem u niej z godzinę jeszcze, nim się podniosłem i przeprosiłem.

— Wiem, że gdzieś się pani wybiera, a ja tu tak zaległem.

— Skąd ci to przyszło do głowy, młody człowieku? Mam dzisiaj w domu sporo pracy.

Chyba się domyśliła, dlaczego tak sądzę.

Uśmiechnęła się i wtedy zauważyłem niezwykłe podobieństwo do portretu, który wisiał w dużym pokoju.

To była ona.

— Przecież wiedziałam, że ma ktoś przyjść do tej kablówki, to jak sobie wyobrażasz, że bym cię w szlafroku przyjmowała? Człowiek, jeśli jest sam, musi w każdej chwili czuć się tak, jakby przebywał w towarzystwie dostojnego gościa. Na ten Internet się zdecyduję, tylko proszę, szybko. Życie trzeba brać za rogi, bo inaczej ono ciebie weźmie na rogi.

Wracałem od Starszej Pani i nie mogłem ochłonąć.

Taka byłaby Marta na starość, jestem pewien.

Pełna wdzięku, elegancji, siły i nadziei na przyszłość.

Ale szczęśliwie nie ja jej będę w tym towarzyszył.

Surprajz!

Inga przychodzi o dziewiątej, a ja zachowuję się jak sztubak, panie ludzie, trzecia liceum.

— Ale tu u ciebie pięknie! Ale fajowski pomysł z książkami! Ty masz przestrzenne myślenie, ty tak wymyśliłeś kolory ustawić, ile książek, ja czytam w iPadzie, jaki fajowski tapczan, ale tkanina!

I, ja pierniczę, naprawdę się zachwyca. Przecież nie powiem, że to dziewczyna urządzała.

Cokolwiek by mówić, Marta miała smykałkę do wnętrz, z niczego robiła coś, co nagle zaczynało być przytulne, ciepłe i miłe. Nie musiałem jej instruować, gdzie powinny być lampy, szóstym zmysłem wiedziała, jakie oświetlenie i kiedy jest najlepsze. Po przyjściu do domu zapalała te wszystkie boczne lampki, które kupowaliśmy u jej znajomego historyka sztuki w antykwariacie na Pradze, powinna je wziąć, ale wszystkie zostawiła. Może i lepiej, bo jest naprawdę miło.

Chociaż zupełnie inaczej bez niej.

A Inga mówi „fajowskie" — tak już nikt nie powie, chyba uczyła się przestarzałego polskiego. No i pewnie, bo uczyła się od rodziców, a rodzice wiekowi.

Patrzę na to swoje mieszkanie, jest nieźle. Marta jednego dnia przesunęła kanapę bliżej okna, na boczną ścianę, bo stała naprzeciwko balkonu, półki zsunęła na jedną ścianę, no i te kolory książek. Półka z czarnymi, półka z białymi, półka z niebieskimi, półka z żółtymi.

Ładnie to wygląda, telewizor zaginął gdzieś w tych książkach, płyty obok.

Powiedziałem: rób, co chcesz, mnie nic nie przeszkadza, ale nie będę w tym uczestniczył. O fotel trochę walczyłem, ale bez przekonania, bo czułem się, jakbym grał w komedii romantycznej, wyrzuć ten fotel, nie, bo w nim jest moja tożsamość, jak mnie kochasz, to wyrzucisz, jak mnie kochasz, to mnie kochasz z tym fotelem itd. Stary kontiki, u matki leżał na strychu, zawalał pół pokoju, ale co mi to przeszkadzało?

Poszedł mieszkać do śmietnika, ale i tak w pół godziny już go nie było.

Kanapa zniknęła na trzy tygodnie, wróciła w nowym ubranku — siedem kolorów, każda część inna, wyglądało to potwornie, mimo poduszek, dopóki się nie przyzwyczaiłem.

Ale ludziom było w niej do twarzy.

— Jaki materiał — zachwyciła się Inga — czy to plastyk ci opowiedział, jak zrobić? Jakie połączenie, *amazing*!

Rzuca się na kanapę, wygląda na niej jak bogini. Gapię się na nią z zachwytem, bo tyle swobody to ostatnio widziałem u Grubego, jak tu padł po moich urodzinach.

— Napijesz się czegoś?

— Ja nie piję. To niedobrze robi. Ja nie jem mięsa. Daj mi wody, proszę. Tylko wody.

— Jesz mięso, widziałem u mojej matki — prostuję swobodnie już z kuchni, Inga z nogami pod sufitem zostaje na kanapie.

— Ja jadłam, bo twoja mama z serca ugotowała, to wtedy się nie odmawia!

Kurde, nie kupiłem mineralnej, nalewam ukradkiem z kranu, dodaję cytrynę. Sobie biorę piwo.

— Ty wiesz, Jeremiasz, ja tak się cieszę. — Leciutko się krzywi, upijając łyk kranówy, może przesadziłem z tą cytryną? — Ale ja w tobie teraz będę miała oparcie. My sobie znajdziemy jakieś dziewczyny...

Krztuszę się piwem. My? Oboje? Obie?

— ...i będziemy chodzić razem. Ja lubię mieć przyjaciela mężczyznę, choć to nie jest łatwe. Kobiety są lepsze, one lepiej czują i są takie, że nie musisz przy nich kombinować.

Słucham?

Lepsze?

Bez kombinowania?

Przecież ona jest z Kanady, a Kanada jest na tej ziemi, nie w innej galaktyce?

Czy ja się przesłyszałem?

— Co ci się najbardziej podoba w dziewczynie?

No i co mam powiedzieć? Tyłek? Cycki? A potem reszta? Szczerze? I bądź tu mądry, człowieku, jak bez kombinowania się obejść? Czym ją urażę? A powiem, że charakter, to domyśli się, że kłamię.

— Całokształt — mówię dyplomatycznie.

Inga wygląda na tej kanapie tak seksownie, że aż muszę wyjść na balkon, żeby otrzeźwieć.

— Ja to najbardziej lubię pupę. Wiesz, ty jesteś taki normalny. Bo jak facet, *you know*, wie, że jestem *lesbian*, to mu się zmienia zachowanie. Znasz jakieś dziewczyny, które mogłabym poznać? Ja nie wiem, jak tutaj się robi. Są jakieś kluby?

Pierniczę, pierniczę, pierniczę.

No jasne, że wszystko teraz jasne. Jestem głąb do potęgi szóstej. Zatraciłem instynkt samozachowawczy.

Nie rozpoznaję, kto wróg, kto przyjaciel. Nie odróżniam lesbijki od kobiety hetero. To pomyłka na poziomie elementarnym.

Coś jest ze mną nie w porządku?

Odwracam się do Ingi.

— Możemy poznać, tylko nie wchodź mi w drogę — ostrzegam i udaję zadowolonego z siebie. Ratunku, ratunku, *help me*. — Wiesz co, zadzwonię po kumpla i wyskoczymy gdzieś razem, co ty na to?

*

Inga, ja i Dżery idziemy w miasto. To zabawne, że wszyscy troje oglądamy się za dziewczynami. Teraz rozumiem, co miała na myśli jej matka, mówiąc, że jak się prześpimy, to będzie koniec kłopotów.

Inga nie sypia z facetami, tylko tak jak my — z kobietami. I ja tego nie zauważyłem? Nie mogę sobie darować.

Dżery od razu załapał, że laska lubi laski.

— Konkurencję bierzemy? — spytał mnie już w przedpokoju, ledwo na nią spojrzał, a był u mnie w ciągu piętnastu minut od telefonu.

Paczka nam się sypie, Maurycy wsiąkł z kretesem z piękną Ewą i uważa, że tylko związek i praca dają prawdziwemu mężczyźnie szansę przygody. Przestał być dyspozycyjny, co zakonotowałem, i ciekaw jestem, jak długo to potrwa. Bartek przeszedł z ojcostwa w fazie zygoty do ojcostwa w fazie embriona, a może już nawet w bardziej zaawansowaną fazę, jesteśmy więc na bieżąco ze wszystkim. Teraz nas informuje, co one jedzą, embrion i żona, co piją, embrion i żona, i co im potem jest, embrionowi i żonie, po tym jedzeniu i piciu.

Gruby kręci na Słowacji, prawie sześćdziesiąt dni zdjęciowych, szczęściarz, koprodukcja czesko-polsko- -austriacka.

— Żeś ty, stary, odpuścił Martę, to nie mogę zrozumieć — zaczepił mnie ni stąd, ni zowąd Dżery, przyglądając się Indze. Co się dzieje, do cholery, że wszyscy nagle chcą znać szczegóły. Ja już prawie nie pamiętam, jak wyglądała.

— Kto to jest Marta? — Inga patrzy na mnie i nie wiem, co powiedzieć, to przecież potencjalna konkurencja.

— Jego dziewczyna.

— Była dziewczyna — prostuję po raz enty.

— A co się stało, że nie jesteście już razem?

— To nie była kobieta dla mnie — mówię.

— A dlaczego? — pyta Inga. Dżeremu taka odpowiedź by wystarczyła.

— Bo to zła kobieta była — mówi Dżery, ale Inga i tak nie rozumie.

— Bo tak czasami bywa — wchodzę mu w słowo.

— Nie gadaj, stary, byłeś zakochany — mówi Dżery. — Było widać, słychać i czuć.

— Nie czuć, że ktoś jest zakochany — mówi Inga.

— Jestem z miasta, to widać, słychać i czuć — nuci Dżery. — Jarzysz?

— Nie. Nie może być czuć, skąd jesteś.

Nagle różnice kulturowe wydają się nie do przebycia. Czego ona w tej Kanadzie słuchała?

— Kochałeś nią? — pyta Inga.

— Człowieku — mówi Dżery do Ingi, co wzbudza moją niekłamaną radość, bo tak można przecież powiedzieć tylko do mężczyzny, ergo on w Indze widzi faceta,

227

którego ja się nie domyśliłem — wpadł po uszy. I potem nagle mu się odwidziało.

— Nie mnie się odwidziało, tylko jej — prostuję.

— A co ty za bzdury opowiadasz, chyba chory jesteś. Maurycy ją widział na początku maja i jej nie poznał. Połowę jej spotkał na Pradze, w tym sklepie ze starymi lampami, wiesz, co jeździliście co miesiąc. Chuda jak szczapa. A jak coś wspomniał o tobie, to się rozpłakała.

— Co ty jej zrobiłeś? — Inga zatrzymuje się przed sklepem z sukniami ślubnymi.

Zatrzymujemy się i my.

— Ja nic jej nie zrobiłem.

— Nie dowiesz się. — Dżery odwraca się tyłem do wystawy.

— Ja chciałabym mieć ślub — mówi Inga — myślicie, że gdzieś tam ona na mnie czeka?

Pierniczę.

— Jasne. Ale tu ślubu nie weźmiecie — informuję łaskawie.

— Na każdego ktoś czeka — mówi Inga — to może na mnie też. No to mów, dlaczego ona tak ciężko to przeżyła, tak źle? CO jej postanowiłeś zrobić?

Postanowiłeś zrobić. Chrzanić kobiety.

Po prostu postanowiłem sobie obejrzeć jej zdjęcia.

Prawie pornograficzne.

Z nią i nie ze mną w roli głównej.

Pewnego pięknego dnia.

Nie miałem nic do roboty i oto, co postanowiłem j e j zrobić.

— Naprawdę nic. Okazało się, że ma kogoś.

Tu Dżery nie wytrzymał.

— Nie wciskaj kitu, stary, nikt w to nie uwierzy. Ona w ciebie tak wpatrzona była, że nie zrobisz przyjaciół w konia. Nie chciałeś z nią być, to nie, twoja sprawa, ale tak nie wygląda dziewczyna, która dla kogoś od ciebie odeszła.

— Jakiego konia? Powiesz mi, co jej zrobiłeś?

Inga jednak jest kobietą, facet wie, że jak się usłyszy zdawkową odpowiedź, to się dalej nie drąży. Kobiety by wpuścić pod ziemię zamiast górników, toby w miesiąc do Australii się przebiły, samymi pytaniami skały by ufedrowały.

— Inga, nie chcę o tym mówić.

— OK, nie chcesz, ja to rozumiem, ale ja chcę wiedzieć. Ja ciebie nie będę sądzić, tylko ja jestem ciekawa. To co jej zrobiłeś?

— Taaa, tobie powie, jak mnie nie powiedział, akurat. Idziemy tutaj?

— Czy to jest bar dla gejów? — pyta Inga i po kobiecemu nawraca na śliski zakończony temat. — Ty mi musisz wszystko opowiedzieć, ja ci opowiedziałam wszystko.

— Inga — mówi Dżery i po tonie głosu rozpoznaję, że zaraz wrzuci jakiegoś balasa — a ty nie spróbowałabyś z facetem?

— I am lesbian, nie rozumiesz? A ty byś nie spróbował? Dżery zatrzymuje się z wrażenia.

— Zwariowałaś?

— No to zostaw mnie w spokoju. Albo spróbuj z facetem, to porozmawiamy.

— A powiesz mi, jak to robicie? — Dżery nie daje za wygraną i mruga do mnie, zbok jeden.

— Tak samo jak ty — mówi Inga — ale jest jedna różnica.

— No, ciekaw jestem jaka. — Dżeremu błysnęło oko.

— Mamy zawsze orgazm — mówi Inga, patrząc mu prosto w oczy. — I nie musimy udawać.

Krótka piłka.

Zataczam się ze śmiechu, widząc przygłupiasty wyraz twarzy Dżerego.

I jak trzech muszkieterów wkraczamy do baru Elitka.

Czy one zawsze udają?

Moja matka jest przedziwna, czasem mi się wydaje, że zapomniała, że od pięciu lat już z nią nie mieszkam. I że od czternastu mam prawo do głosowania, a od jedenastu mógłbym się ożenić bez jej zgody. Ona naprawdę myśli, że bez kobiety moje życie nie ma sensu. Może tak być, bo przecież jest wdową, jest samotna. Może jej życie nie ma sensu bez ojca.

Fakt, że nie uzależniłem się natychmiast od jakiejś innej kobiety i znowu nie wpadłem w jakieś gówno, budzi tak wielki jej niepokój, że aż sam zaczynam się niepokoić.

— Powiedz mi, kochanie, dlaczego nie spotykasz się z Ingą?

— Spotykam się, mamo.

— Ale wiesz, o co mi chodzi. To przecież taka piękna dziewczyna.

— Piękna — przyznaję.

— Nie możesz zapomnieć o Marcie, prawda?

Przytakuję, bo przecież tajemnicy Ingi nie zdradzę. Ale nie myślę o niej wcale.

Co prawda zastanowiło mnie to, co powiedziała Inga o orgazmach. Czy to możliwe, że one zawsze udają? Nigdy im nie jest dobrze? Inga powiedziała, że mamy tak rozdęte ego, że ono ma cieniuteńką powłoczkę, którą byle co rozwala. I kobieta, jak cię kocha, to uważa cały czas, żeby tej powłoczki nie rozpierniczyć w drobiazgi, bo nie będzie co zbierać. I że nie znieślibyśmy myśli, że coś robimy nie tak. A co my możemy robić nie tak? I że my, mężczyźni, najbardziej jesteśmy wyczuleni na naszego wodza, który się musi sprawdzać w każdej sytuacji.

Mój nie musi, mój się sprawdza. To wiem na pewno. Ale zacząłem się z głupia frant zastanawiać, jak to było.

Prawdy się nie dowiem, ale niemożliwe, żeby kobiety zawsze były fałszywymi sukami.

Marta lubiła się ze mną kochać. Była rewelacyjna, miał człowiek do niej stuprocentowe zaufanie. Nic nie musiałem udawać, byłem bezpieczny jak niemowlę.

Oczywiście, że się kłóciliśmy, bywała upierdliwa, jak to baba, ale wiedziałem, że nigdy mnie nie zrobi w konia. I to zdarzyło mi się pierwszy raz w życiu. Prawdę powiedziawszy, przy niej w ogóle nie myślałem o innych kobietach, czego nie była w stanie długo pojąć. Aż pewnego dnia wydarzył się cud.

*

Byliśmy kiedyś na spacerze nad Wisłą, od strony Pragi, bo pięknie wygląda Starówka przez wodę, i akurat przechodziła superlaska. Wiadomo, że człowiek się obejrzy.

— A ty się obejrzałeś za tą brunetką. Dlaczego?

Ja nie wiem, jak mam to wytłumaczyć. To jest kompletnie bez znaczenia. Ja już nawet nie wiem, czy to była blondynka, czy brunetka.

— Nie wierzę ci, mało nie walnąłeś w latarnię.

Jak każda kobieta Marta przesadzała. Owszem, potknąłem się, bo chodniki takie, że nawet jak za staruszką się obejrzysz, to możesz w coś przywalić. Owszem, zarejestrowałem parę ładnych dziewczyn, i co z tego?

— Gdybyś mnie kochał, tobyś nie zwracał uwagi na inne kobiety.

— A co to ma do rzeczy? — Naprawdę nie mogłem tego zrozumieć. To był chyba początek naszego chodzenia.

— Ja się nie oglądam za facetami.

— Ty jesteś inaczej skonstruowana.

— A ty bez przerwy. Czy ja ci się już nie podobam?

Weź tu, człowieku, i wytłumacz babie, że to się nijak ma do rzeczywistości. Idzie piękna dupa, patrzysz i tyle. Nic więcej!

— Na pewno miałbyś na nią ochotę.

— Nie miałem na nią ochoty. To jak samochód. Porsche na przykład.

— Ale każdy facet chce mieć porsche! To kim ja dla ciebie jestem? Małym fiatem?

Matko moja, dopomóż.

Jak ja jej to mogę wytłumaczyć? Facet, jak ma swoją kobietę, którą kocha, to inne r e j e s t r u j e. A nie że mu się wódz podnosi na wszystko, co się rusza. Choć czasami i tak bywa. Wódz nie ma połączenia z mózgiem. I to nic złego.

— Marta, wyobraź sobie, że jesteś na alei Krakowskiej, na wysokości lotniska, OK?

— No i co?

— I nagle przelatuje bardzo nisko F-16. Co myślisz?

— No, że odrzutowiec.

— I nie dziwi cię, że tak nisko?

— Trochę może zdziwić.

— I co dalej myślisz?

— Nic. Dlaczego ty zbaczasz z tematu? Poleciał, idę dalej.

233

— No i tak samo jest z laską. Przeszła. Zobaczyłem. Zwróciłem uwagę. Będzie niedobrze, jak nie będę zwracał uwagi, wierz mi. Idę dalej. Czy ty myślisz cały dzień o tym odrzutowcu? Że przeleciał tak nisko? Cały dzień do ciebie puka ten odrzutowiec? Heloł, to ja, pamiętaj, leciałem nisko, prawie nad twoją głową? A ty mi każesz myśleć o jakiejś dziewczynie. Ta laska to jak ten odrzutowiec na Krakowskiej. Nie lubi się cudzych odrzutowców, tylko kocha się swój.

I, słowo honoru, załapała! Odwróciła się i chwyciła mnie za głowę tymi swoimi ciepłymi łapkami. Popatrzyła mi w oczy i mnie pocałowała. A nie lubiła okazywania czułości w miejscach publicznych.

Nigdy więcej nie zrobiła mi żadnej uwagi, a laski przecież przewalają się wte i wewte po świecie.

Teraz jestem na nie wyczulony, no ale to ona pierwsza dała ciała.

Ja byłem wierny jak idiota.

Niepotrzebnie.

*

Dużo pracuję, naprawdę. Biorę absolutnie każde zlecenie. I pomyśleć, że muszę lecieć na te cholerne Wyspy Kanaryjskie.

Ale zmienimy środowisko, zarwiemy na wyjeździe jakieś panny.

I znowu przez Martę, mimo że jej nie ma w moim życiu, coś mi przejdzie bokiem. Tym razem tokowanie batalionów na Biebrzańskich Błotach, myślałem, żeby tam skoczyć na parę dni, ale albo, albo.

— Na błotach panienki nie znajdziesz — powiedział Dżery. — Dobry wybór.

234

*

Prawda jest taka, że nawet nie zauważyłbym, że wiosna, gdyby nie to, że mam więcej zleceń na obrzeżach Warszawy. A dlaczego? Dlatego że tak.

Ostatnio dużo przebywam na świeżym powietrzu. A dlaczego? Bo ludzie kopią w ogródkach. Kopią, żeby wsadzić kwiatki. Wsadzają kwiatki, żeby było ładnie. Potem wchodzą do domu, chcą obejrzeć serialik ulubiony, a tu kicha.

A dlaczego kicha? Bo kopali w ogródku i sobie łopatką naruszyli wkopany tam uprzednio kabel antenowy. Bo nie myślą. Bo zapomnieli.

— To niemożliwe, proszę pana, żeby antena była w tym miejscu, na pewno była pod płotem.

Antena to nawet jest pod płotem, tylko jakiś idiota kable do domu skosem przez ogród puścił. I zamiast sobie jakoś zaznaczyć to miejsce — ja zawsze lecę po prostokącie i szukam jakichś charakterystycznych punktów, a poza tym na wszelki wypadek zostawiam rysunek, no ale ja jestem myślący — to oni nie zaznaczają.

Oni też są myślący, tylko myślący inaczej. I kopią, gdzie popadnie. Głównie po kabelkach, oczywiście.

Kiedy pierwszy raz się z tym spotkałem, to nabiedziłem się jak cholera, żeby znaleźć usterkę. Rozkręciłem antenę, kręciłem talerzem, a sygnał zgrubny jest? A cokolwiek jest? A teraz? A przedtem? A potem?

A tam ciemność była na ekranie, antena w porządku, telewizor w porządku, razem nie w porządku.

Tak jak w związku z kobietą. Niby ty jesteś OK, niby ona OK, a razem katastrofa.

No i wtedy wykopałem kabel, okazało się oczywiście, że jest mocno naruszony. I słyszę:

— To krety musiały zgryźć, bo ja tu nic nie kopałam.

A widać, że jakieś badyle świeżo wstawione w glebę.

— Widzi pan, ile tych śladów po kretach?

No widzę, pagóreczki ślicznie wykopane.

— One mi mój stawek przebiją, tam tylko folia leży, jak już pan kopiesz ten rów dla anteny, tobyś pan coś poradził.

I nie wierzą, jak mówię, że kret durny nie jest, że pod żaden stawek się nie podkopie, bo osiemnastym zmysłem wyczuwa, że tam woda, a jak jest woda, to on wie, że jak przedziurawi dno — woda go zaleje i utopi.

Trzeci raz w tym miesiącu muszę kopać, ale za to zarabiam dużo więcej. Przy takim kopaniu nawet mi się świat podoba, pod warunkiem że nikt mi nie przeszkadza i nie gada nad uchem.

Ale to się rzadko zdarza, bo ludzie czują się w obowiązku zabawiać mnie rozmową. Faceci rzadziej, ale też się zdarzają upierdliwcy.

Zadzwonił Jarek, że nie może się wyrwać, a to dobry klient, i czybym tam za niego nie pojechał, bo facetowi się pali.

— To niech wezwie straż pożarną — powiedziałem.

— Jedź, stary, proszę, tylko podpisz zlecenie moim nazwiskiem, bo inaczej mnie z roboty wyleją.

Jarek będzie moje zlecenia załatwiał za tydzień, więc oczywiście pojechałem, mimo że to za Podkową Leśną. I jak tylko podjechałem pod dom, to wiedziałem, że dziś łatwo nie będzie.

Właściciel, nawet miły, prowadzi mnie do ogrodu, a ja od razu widzę, że kwiatki świeżo posadzone. Jeden rzut oka na antenę, w końcu ogrodu, wejście do domu, kabel przebity jak nic.

Ale zaczynam dyplomatycznie:

— O, jakie ładne kwiatki, teraz posadzone?

— A tak, żona właśnie w piątek kupiła.

— No i pewno od razu się wzięła do roboty?

— A nie, Sasza był w poniedziałek, on się ogrodem zajmuje.

— Aha. No cóż, przejdźmy do telewizora. A od kiedy nie działa?

— A od poniedziałku.

Aha, zbieg okoliczności.

Znajduję kabel, zaczynam go wyciągać, delikatnie rozkopuję. Facet podbiega, jakbym mu własną matkę odkopywał.

— O Boże drogi, co pan robi?

— Szukam usterki, jest gdzieś na kablu przebicie.

— Ojej, proszę pana, ale co żona powie, to cały trawnik będzie na nic. Nie ma innego sposobu?

— Mogę nie rozkopywać, tylko puścić nowy kabel pod płotem. A tu z tyłu się przekopię, nie będzie widać. Tylko koszty wzrosną, bo na nowo trzeba robić. A metr kabla…

W ogóle go cena nie interesuje. Macha ręką.

— Oj, to niech pan tak zrobi, żona tak lubi ogród. I ona ma za chwilę sesję zdjęciową, to tam pod płotem nie będzie pan przeszkadzał.

Sesja zdjęciowa, no cóż, ludzie mają różne hobby. A ja pod płotem nie będę przeszkadzał. Ale za to szykuje mi się niezła fucha. Zarobię parę groszy. Muszę jechać po sześćdziesiąt metrów kabla, jakieś uchwyty, położę kabel na płocie, to go nie zniszczą przy wkopywaniu następnych roślinek. Dostaję kasę, kupuję co trzeba, po godzinie wracam.

W ogrodzie tłum ludzi, na trawniku kamera profesjonalna, aż mi serce żywiej zabiło, dwie lampy ustawione, pajęczyna kabli od domu, blendy leżą koło oczka wodnego, fotel jakiś ekstra z domu wyniesiony, uwija się z dziesięć osób, a przy stole ogrodowym wystawionym na środek trawnika siedzi Agata Kulebiak — fantastyczna aktorka — i jest poddawana zabiegom upiększającym.

I fryzjer, i makijażystka krążą wokół niej, a ona, śliczna zresztą, poddaje się z upodobaniem tej pielęgnacji.

Nie miałem pojęcia, do kogo przyjechałem. Cenę mogę wziąć z sufitu, zapłacą.

Chcę się przemknąć chyłkiem, ale mąż mnie do niej prowadzi i przedstawia:

— Kochanie, pan od anteny przyszedł.

— Och, dzień dobry — mówi Gwiazda i naprawdę czuję się wyróżniony, choć znam te sztuczki nie od dziś.

Aktorzy tak mają, ci mądrzejsi, że każdy człowiek w ich towarzystwie musi poczuć ich sympatię, musi poczuć się wyróżniony, na wszelki wypadek. Syndrom: gwiazda i maluczcy.

— Czy my nie będziemy panu przeszkadzali? Bo dzisiaj tu takie zamieszanie…

— Nie, skąd — mówię — mam nadzieję, że ja też nie narobię państwu kłopotu.

— Gdyby pan czegoś potrzebował, to, Kaziczku, dasz panu, dobrze? Jakieś picie czy jedzenie, cokolwiek… Pani Małgosiu, może pani malować do kącików oczu, mam i tak szeroko rozstawione, optycznie będzie lepiej — zwraca się do makijażystki.

— Oczywiście, kochanie — mówi Kaziczek i odprowadza mnie w róg ogrodu. — Przepraszam, że pana nie uprzedziłem, żona zaczyna kręcić nowy serial, jutro wyjeżdżamy, a nie chcę teściów zostawiać bez telewizora. A oni taki króciutki filmik reklamowy robią, żeby było do zwiastuna...

Gwiazda ma rację i wie, czego chce, uwaga o oczach była słuszna. Przyzwyczajona do rządzenia, bo też pozycję ma wyjątkową. I na dodatek jest dobrą aktorką.

Widziałem ją w teatrze, w zeszłym sezonie, w *Kalece z Inishmaan*, była genialna. Nie miałem pojęcia, że tu mieszka.

*

Słowo honoru, po raz pierwszy od czasu, kiedy się tym zajmuję, ta sytuacja sprawia mi przykrość.

Ta kamera za plecami uwiera. To ja powinienem tam stać, obok niej. Gołym okiem widzę, że wzięli nie te lampy, trzeba zmiękczyć światło, o tej porze jest za ostre i takie będzie jeszcze przynajmniej przez dwie godziny, Gwiazda wyjdzie starzej i brzydziej, niż wygląda w rzeczywistości. Kadr też mogliby lepszy znaleźć, te śmieci za fotelem nie będą się dobrze komponować, za dużo bałaganu. Rośliny niby ładne, ale zdominują ją zupełnie. Zresztą nikt o zdrowych zmysłach nie robi zdjęć w samo południe. Chyba że do *Samego południa*.

Odpinam kabel i zaczynam montowanie nowego. Muszę wiertarką przykręcać uchwyty, mozolna robota. Już nie patrzę w tamtą stronę.

Za chwilę podchodzi do mnie jeden z artystów pieprzonych. Wyraźnie mu się nudzi.

— Antena padła?

— Kabel.

— Nie za nisko robisz? Ja bym puścił tutaj.

— A ja nie.

239

— W połowie płotu byłoby lepiej. Bo tu podlewanie idzie, będzie moczyć.

— Nie szkodzi.

— Ja jednak myślę, że szkodzi, może być przebicie.

— Nie może, kabel jest zabezpieczony i nowy — mówię spokojnie.

I dalej robię swoje.

— Ty tą wiertarką tak będziesz szumiał? Bo wiesz, setkę robimy.

— To przerwę. Ale na razie nie robicie.

— Na razie nie. Ja bym chwycił to tak. — Pokazuje mi, a mnie krew nagła zalewa. — Wygodniej by ci było.

— Jest mi wygodnie — mówię i biorę na wstrzymanie.

— Oki, oki, ja się nie wtrącam, tylko radzę. Długo przy tym robisz?

Zaciskam zęby.

— Dwadzieścia minut.

Wzrusza ramionami.

— Trzeba się znać na każdej robocie, którą się wykonuje.

Spierdalaj! — krzyczy moja dusza.

Nie odzywam się.

— Powiem, kiedy ma być cisza. Setka to nie alkohol, tylko rodzaj zdjęć, gamoniu.

Stoi jeszcze przez chwilę, po czym spluwa i odchodzi.

Trzęsą mi się ręce.

Muszę się uspokoić, bo adrenalina mnie zabije.

Kończą ją malować, teraz fryzjer, a za pół godziny zrobią z niej brzydką, starą kobietę. Artysta ustawia kamerę, ktoś mu mówi, żeby zrobić próby ostrościowe.

— Jebać ostrość — słyszę. — Muszę być o trzeciej w Warszawie, umówiony jestem. Zróbmy to już, kurwa.

Pani Agata przeprasza fryzjera, rozmawia w tej chwili z reżyserem. On też nie widzi całej tej sytuacji we właściwym świetle.

Młodziutki chłopak, gnie się przed nią i zgadza na wszystko, kiedy ona pokazuje, żeby fotel przestawić pod kępę kwitnącego bzu. Bez jest świetny, ale nie w kadrze. Ona zniknie. Ale nie moja brocha.

— Przepraszam pana bardzo, ale właśnie usłyszałem, że być może kabel powinien być wyżej, nie sądzi pan?

Odwracam się.

Za mną stoi Kaziczek, w wyciągniętej ręce trzyma szklankę jakiegoś soku.

— Gorąco, pomyślałem, żeby się pan napił.

Opanowuję się. Mam dzisiaj dzień opanowania, tak jak Amerykanie mają Dzień Dziękczynienia. Będę co roku świętował to zwycięstwo. Dziesiąty maja. Muszę zapamiętać tę datę.

— Proszę pana, mogę przełożyć. Wtedy na poziomie oczu, przez cały ten śliczny drewniany płot, będzie pan miał czarny kabel, który pan znienawidzi, chociaż po jakimś czasie będzie się panu zdawało, że go pan nie zauważa. Ja go łapię tuż nad podmurówką, będzie niewidoczny. Łatwiej byłoby mi nie pełzać po ziemi, niech mi pan wierzy. Wiem, że tu jest podlewarnia, ale widzi pan tę osłonę? Nie jest uszkodzona, nic mu nie będzie, to są kable, które stosuje się na świeżym powietrzu. Muszą przetrwać burze, śniegi, mrozy. Mogą być wkopane w ziemię. Nic im nie będzie — powtarzam. — Ale jeśli pan chce, mogę przełożyć.

— Nie, nie, ja pana bardzo przepraszam, ja się na tym nie znam, wierzę panu — mówi Kaziczek, podaje mi sok i odchodzi.

Wypijam duszkiem. Skończę to, zanim oni zaczną. Mogłem przyjechać wcześniej, mogłem przyjechać później, ale nie, los mi wali kłody pod nogi, żebym nie miał za dobrze.

Naprawdę jej współczuję. Założę ten cholerny kabel, nastawię antenę i zmywam się. Nie policzę jak za zboże, wystarczy, że ich kto inny w konia robi, nie podłączam się pod to.

Prawie kończę, kiedy zaczynają zdjęcia.

I skręca mnie, jak słowo daję. Teraz widzę obiektyw — dwadzieścia cztery milimetry, na rany boskie! Co on robi?

Nie mają monitora, nie ma podglądu, nie będzie wiedziała, co się dzieje. Do zwiastuna? Na łeb upadli?

— Zapraszam państwa do nowego świata, do świata, w którym ludzie kochają się i nienawidzą, pragną się i odpychają, z bólu i niewiedzy. Czy miłość zabija? Nowy serial na antenie ósemki... Nie, przepraszam... Jeszcze raz, przepraszam państwa.

— Ja pierdolę. Trzy zdania i nie może się nauczyć na pamięć — mruczy mój Artysta Pouczyciel.

— Przepraszam, czy może mi pan podać poduszkę, zapadam się w ten fotel, czy nie za głęboko siedzę?

— Jest świetnie! — Artysta Pouczyciel krzyczy zza kamery i podnosi palec do góry. Kciuk.

— Jednak nie czuję się komfortowo, przepraszam.

— Dajcie poduszkę! — wrzask, leci makijażystka, podkłada poduszkę.

Pakuję wiertarkę, wszystko sprawdzone, wszystkie telewizory w domu działają jak należy.

Co ten facet robi?!

Kręcą.

Nogi mam jak z żelaza.

Nie mogę się ruszyć.

Stoję w linii prostej — ja, przerwa, kamera, przerwa, ona, bez.

Obrzydliwy kadr.

Ginie wśród natłoku kwiatów, znad głowy wyłazi jej jakieś zielsko, jakaś kruszyna z małymi białymi kiśćmi, śmietnik.

Ale żeby chociaż światło było inne, może dałoby się coś uratować. Nie można robić w konia takiej aktorki.

Przechodzę koło Artysty i mruczę:

— Zmiękcz światło, stary. Zmiękcz!

— Spierdalaj, chuju — słyszę.

Sprowokował mnie.

A jak się wkurzę, krótka piłka.

Pal licho tego gnoja, sam sobie ukręci wcześniej czy później powróz na szyję.

Ale teraz dosyć.

Dosyć.

Podchodzę szybko do pani Agaty.

— Zejść z kadru! — wrzask za mną.

Nie mam nic do stracenia.

— Przepraszam panią, nie powinienem się wtrącać, ale błagam, niech pani zobaczy te zdjęcia. To jest źle ustawiona ekspozycja, bez prób ostrościowych, muszą być zrobione, bo to filmowa sytuacja.

— Słucham? — Patrzy niepewnie na mnie, na operatora, przy mnie już jest reżyser.

— Prosimy, żeby pan opuścił plan, tu się pracuje.

Pani Agata patrzy na niego, potem na mnie. Zatrzymuje go dłonią i świat cały się zatrzymuje. Reżyser opuszcza rękę, którą miał już na moim przedramieniu. Mały, ale silny, bo poczułem żelazny uścisk.

243

— Źle dodana optyka. — Jestem jak karabin maszynowy, niech wie, a potem robi, co chce. — Pani potrzebuje innego obiektywu, nie szerokiego, a to jest dwudziestka czwórka, beczkuje, zrobią z pani kaczkę i ojca chrzestnego w jednym. Światło pada z góry, ma pani wory jak pięćdziesięciolatka. To, co za panią — odciąga uwagę, niedobry kadr, naprawdę niedobry.

— Jak pan śmie! — Artysta staje przy mnie, już na pan wali. — Jak pan śmie!

— Chwileczkę — mówi Gwiazda. — Proszę mi pokazać zdjęcia.

— Nie ma pani do mnie zaufania?

— Mam i dlatego chyba nie będzie problemu. — Podnosi się z fotela, ja robię dwa kroki do tyłu, patrzy mi prosto w oczy. — I pana też proszę ze mną.

Stajemy oboje za kamerą, on posłusznie odtwarza z pliku ujęcie.

Jest fatalnie.

Miałem rację, ja pierniczę, miałem rację!

Artysta jest siny z wściekłości, reżyser przestraszony, makijażystka uśmiecha się w moją stronę, leciuteńko, porozumiewawczo.

— Przepraszam i dziękuję. — Odwracam się i szybkim krokiem odchodzę w kierunku domu.

— Chwileczkę, proszę pana, proszę się zatrzymać! — Głos Aktorki brzmi tak rozkazująco, że staję jak wryty. — Proszę do nas!

Odwracam się, jakbym był na smyczy, i podchodzę.

— Czy może pan ustawić obraz tak, jak pan to widzi?

— Ja pierdolę! — Nie wytrzymuje Artysta i rzuca czymś o ziemię.

Patrzę na reżysera, rozkłada przyzwalająco ręce.

Ustawiam w sekundę krzesło pod żywopłotem. Zieleń i niebo. Spokojnie. Ona będzie ważna, nie to, co dzieje się obok.

Przestawiam kamerę.

Oboje podchodzą.

— Pani Małgosiu, niech pani tam siądzie i mnie zastąpi! — woła Aktorka i makijażystka siada na krześle.

— Fotel jest za ciężki, za dostojny, obicie za kolorowe, dlatego krzesło — tłumaczę.

Milczą.

— Stąd mam robić, to żarty? — Artysta zaczyna się śmiać.

— Na pani miejscu poczekałbym ze trzy godziny na dobre światło, ale jeśli rzeczywiście nie ma czasu, to blenda, koniecznie, musi być obraz zmiękczony, bo inaczej wygląda pani jak Marlon Brando w pomidorach tuż przed zejściem. Z tym że on mógł mieć takie cienie pod oczami, a nawet musiał.

— Tak zrobimy — mówi Aktorka. — Zgadzasz się ze mną?

Reżyser kiwa potakująco głową.

Artysta podchodzi do kamery, nienawidzi mnie całym sobą i nawet powietrze, które wypuszcza z ust, przesycone jest jadem. Nie dziwię mu się.

— Dzięki — mówię. — Przepraszam, ale widziałem panią w teatrze, była pani świetna... szkoda by było...

— O nie. — Aktorka przytrzymuje mnie za łokieć. — Skoro pan tu zrobił taki porządek, to proszę kręcić, wygląda na to, że pan potrafi. Damy panu szansę, prawda?

Reżyser głupieje, pani Małgosia zaczyna się śmiać, odwraca się na tym krześle tyłem do wszyskich, ale ramiona jej podskakują.

245

— Że jak? — mówi Artysta i rozwiera gębę.

— Właśnie tak. Bardzo proszę.

Staję za kamerą i proszę o obiektyw sto trzydzieści pięć milimetrów. Ustawiam blendy od spodu, przesuwam lampę bliżej kamery, przed lampą ustawiam ramę rozpraszającą, a ona pięknieje z każdym ruchem, jakby była sprzężona z moimi poczynaniami.

— To jeszcze konterkę ustawmy — mówię — żeby ją odciąć od tła.

Oświetleniowiec przenosi drugą lampę, z każdą sekundą obraz pięknieje, światło jest miękkie i przyjazne.

Nakręcam trzy duble.

Oboje z reżyserem podchodzą, żeby obejrzeć zdjęcia.

Robię w tył zwrot i mijając Artystę, rzucam przez zęby:

— Trzeba się znać na robocie, którą się wykonuje, palancie.

I wybiegam, nie czekając, aż mi przypierdoli.

Mam nadzieję, że nie będzie z tego afery.

W biegu biorę umiarkowane pieniądze za ten kabel i ustawienie anteny, wsiadam do samochodu i odjeżdżam.

Świat jest piękny!

Dzień Matki

Przed wyjazdem chcę wpaść do matki, nie widziałem się z nią od dwóch tygodni. Najpierw była dwa dni w szpitalu, nawet chciałem ją odwiedzić, ale zapytała mnie, czy nie mam co robić, ona jest tylko na badaniach i wychodzi w środę, a potem miałem urwanie głowy w robocie. Wyjazd parę ładnych paczek kosztuje i trzeba jeszcze wziąć ze sobą jakieś drobne, żeby poszaleć, a jutro jest Dzień Matki, więc załatwię przy jednej wizycie i pożegnanie, i święto.

Nie mam pojęcia, co kupić matce.

W zeszłym roku Marta wybierała prezenty, ja czuję się odmóżdżony, jeśli chodzi o te sprawy. Czego moja matka potrzebuje? Niczego. Nie wydawaj na mnie pieniędzy, ja wszystko mam. Stara śpiewka. Perfumy się kobiecie kupuje, a nie matce. Kwiaty. Proszę bardzo, kwiaty to one lubią. Ale tylko z badylami przyjdę? Książkę? Cholera wie, co ona czyta. To, co lubi, ma. Na nowościach się nie znam. Idę do perfumerii — zaczyna mi wszystko cuchnąć. Sole do kąpieli? A po co jej sole? Film jakiś? Raz obejrzy, a i tak woli iść do kina. W telewizji i w radiu zachwalają nowe witaminy, które mają matki zrewaloryzować, podnieść, usunąć im toksyny, i te matki po kolejnym biożyciu, biowzięciu, biomater, biofater mają być jak nowe.

Ale nawóz dla matki kupię?

Beznadziejne. Flaszki też nie. Odpada. Cokolwiek kupię, i tak usłyszę: o Boże, dlaczego ty na mnie wydajesz pieniądze? Jakbym miał ryngraf, tobym jej dał. Ale swojego oddać jej nie mogę.

Jasna cholera z tym Dniem Matki.

Dzwonię do Bartka.

— Bartek, co ty kupiłeś matce na Dzień Matki?

— Wózek! — krzyczy rozradowany. — Wydałem prawie pięć tysięcy, cudowny! Wszystko robi, wielofunkcyjny!

— Wózek inwalidzki? — pytam ze współczuciem, bo nic nie wiedziałem, że jego matka taka chora.

— Stuknij się w głowę, stary, wózek dla dziecka! Rozumiesz, taki model, który rośnie razem z dzieckiem!

— Dla matki! Pytam o matkę! — prostuję.

— Aśka jest matką! — zauważa i wiem, że fatalnie zadzwoniłem.

— A swojej?

— Moja w Olsztynie, zadzwoniłem i się ucieszyła. A w przyszłym roku o tej porze Zosieńka będzie składała mamie życzenia. Wyobrażasz sobie?

Nie wyobrażałem sobie, jak paromiesięczny niemowlak będzie składał życzenia jego żonie.

Dzwonię do Aliny.

— Alinka, ratuj, nie mogę się skupić, a jutro jest Dzień Matki.

— Gdzie jesteś? Przyjadę, coś wybierzemy.

Na Alinę człowiek może liczyć. Umawiam się z nią w jakimś okropnym centrum handlowym, które ona oczywiście zna na pamięć, więc na pewno coś dla matki wybierze.

Alina ściska mnie serdecznie — widziałem ją w kwietniu ostatni raz, ale prawie w przelocie — wchodzimy do kolejnych sklepów.

— Jaki mama ma rozmiar?

Matczyny. Nieduży. Z lekką nadwagą.

— Numer?

— Numer czego, przepraszam? Buta?

— Swój numer. Szesnaście, czternaście? Czy jest raczej szczupła? Nie pamiętam.

Raz widziała moją matkę, i to parę lat temu.

Czy moja matka jest szczupła? Nie wiem. Matka jak matka. Chuda nie jest. Ale nie jestem przekonany, czy ubranie to dobry pomysł.

— A jakich perfum używa?

Jakich perfum używa? Skąd mam wiedzieć? Wiedziałem, jakich używa Marta.

— A maluje się?

Moja matka?

Nie mam pojęcia, nie zwróciłem uwagi.

— A co lubi?

Gotować. Bo mnie karmi.

— Gotuje.

Alina ciągnie mnie od sklepu do sklepu, w głowie mi się kołuje od nadmiaru wrażeń, sweterków, bluzeczek, chusteczek, zapachów, tuszów do rzęs, mydełek.

— OK, może jej kupisz garnek dobry? Wiesz, taki, w którym można gotować bez tłuszczu? Kobiety zawsze dbają o linię, niezależnie od wieku.

Garnek na Dzień Matki?

— Na przykład ten szybkowar. Co ty na to? A jak ma kuchnię urządzoną? Nowocześnie? Zobacz, jakie fajne sita, składają się. Cudny amarant. A te łyżki do sałaty, ekstra, nic nie wypada, popatrz, ze zbiorniczkiem.

Patrzę, a nie widzę. Serce mi zaczyna łomotać. Wszystko błyszczy i świeci neonowym światłem.

— Weź ten garnek, ale musisz jeszcze coś kupić. Jakiś balsam do ciała czy coś takiego. Że wiesz, doceniasz to, że jest kobietą. Każda kobieta o siebie dba.

Czy moja matka dba o siebie?

Nie jestem pewien, czy zajmuje się wsmarowywaniem tych wszystkich idiotyzmów. Ale posłusznie wyciągam forsę. Garnek daje mi po kieszeni, jak słyszę cenę, to o mało nie padam.

Nic to, matka jest tylko jedna.

— No, to teraz idziemy do kosmetyków. Może coś z Morza Martwego? Na pewno się ucieszy, zobaczysz.

Idę za nią jak owca prowadzona na rzeź. Nienawidzę kupować prezentów. W ogóle nienawidzę kupować.

— A może coś z biżuterii? — Alina zatrzymuje się przed wystawą.

Patrzę na ceny i odciągam ją czym prędzej. Przebijamy się do stoiska umieszczonego między sklepami. Mam dosyć, jestem głodny, pozwalam Alinie wybrać masło do ciała. Podtyka mi pod nos jakieś specyfiki, wszystkie ładnie pachną, marzę o hamburgerze.

Wreszcie dokonuje wyboru, płacę kartą, bo forsy już nie mam. Pakują mi to ładnie, nie powiem, biorę torbę, biorę świstek i nie wierzę własnym oczom. Trzysta dwadzieścia złotych! Za masło???

Trzeba było kupić biżuterię.

A potem zapraszam Alinę na jakieś podłe hamburgery.

Marta by w życiu tego do ust nie wzięła, bo krowy się męczą, światła słonecznego nie widzą, przez całe życie stres w oborach sterowanych elektrycznie, mięso głęboko mrożone, pośpiech, stary tłuszcz i tak dalej. Zamawiam wobec tego dwa, Alina jakąś sałatkę i lody.

Alina jest miła, naprawdę miła. Nic się nie zmieniła, woda sodowa nie uderzyła jej do głowy, jest lepiej ubrana, co zauważam, nie znam się na ciuchach kobiecych, ale widać rękę stylistki.

Marta włóczyła się po second-handach, wygrzebywała coś ze stert starych szmatek, w czym wyglądała bosko. Ja bym z takiego sklepu nic nie włożył, brzydziłbym się. A ona wyglądała jak księżniczka.

Alina też wygląda wspaniale. Ma teraz dużo krótsze włosy, jest zgrabna i ma zalotne spojrzenie. Nie wiem, dlaczego od lat jest sama. Może też jest lesbijką? Może powinienem dziewczyny spiknąć ze sobą? W porę sobie przypominam, że chyba nie jest, sądząc po przeszłości. Teraz siedzi naprzeciwko mnie i nie komentuje moich dwóch buł z głęboko mrożonymi kawałkami krów. Co bez wątpienia uczyniłaby Marta.

— Dzięki ci wielkie za pomoc, sam bym nie dał rady. W zeszłym roku to Marta załatwiała zakupy — mówię szczerze, choć oczywiście niepotrzebnie.

— Myślisz jeszcze o niej, prawda? Skrzywdziła cię... to w człowieku zostaje czasem na całe życie...

— W ogóle o niej nie myślę! — oburzam się z pełną gębą.

— Jeremi, widzę przecież. Nie szkodzi, tak po prostu jest. Potrzeba czasu, żebyś się otrząsnął.

Dżery by tak nie powiedział. Ani Gruby. Ani Bartek. Bartek by mi zaproponował, żebym został ojcem, to wtedy świat się zmieni. Aliny nie muszę oszukiwać.

— Nie jest łatwo. Nawet nie myślałem, że mnie to tak rąbnie. Ale spoko.

— Widziałam cię z taką blondynką... To coś poważnego?

Uśmiecham się. Mogła mnie widzieć tylko z Ingą.

— To była jedyna dziewczyna od czasu rozstania z Martą, z którą, wiesz... mógłbym kręcić. Ale ma feler.

— Nie mów! Wyjątkowa piękność! Głupia?

No jasne, kobiety nie przepadają za innymi kobietami, to zauważyłem.

Marta tej niechęci nie miała. Tylko na Martę nabierałem się jak dziecko. Na jej zachwyt nad wszystkim i wszystkimi, doszukiwaniem się w każdym czegoś dobrego, ona nawet jak oglądała program o dzieciobójcach, to współczuła nie tylko dzieciom, ale i oprawcom. I strasznie ją drażniło, jak mówiłem, że bym powywieszał skurwysynów. Co ty możesz wiedzieć, co ich do tego pchnęło? Przecież oni muszą być chorzy, żaden normalny człowiek by tego nie zrobił! A chorych się leczy, izoluje, a nie zabija! Hitler miał taki pomysł, żeby kaleki eliminować. A to też są kalecy ludzie, zrozum!

— Nie, nie głupia, a nawet powiedziałbym, że wyjątkowo mądra. Drugi fakultet, stypendium naukowe, cztery języki perfekt.

— Piczka zasadniczka?

— O nie! — Roześmiałem się, tak bardzo to określenie nie pasowało do Ingi.

— Zajęta?

— Wolna jak ptak. I naprawdę mnie lubi.

— No to? Przestań się ze mną drażnić, zmieniłeś orientację? — Powstrzymuję uśmiech. — Ta idiotka tak na ciebie wpłynęła?

Wszystko można o Marcie powiedzieć, ale nie to, że była idiotką. Muszę być obiektywny.

— Marta nie była głupia — prostuję i aż mi się głupio robi.

Po co?

Głupia suka.

— Przepraszam, po prostu mi cię żal, Jeremi, zasługujesz na kogoś, kto ciebie doceni. A Marta była... przepraszam, nie powinnam tego mówić, ale kobiety więcej rzeczy zauważają niż mężczyźni. Szczególnie zakochani.

— Jaka była Marta? Ty coś wiesz? Hej, Alina, jesteś mój kumpel, między nami jak się zaczyna, to się i kończy. Niedomówienia sobie zostaw dla przyjaciółek.

— Nic nie wiem. Tylko ona nie budziła mojego zaufania. Taka idealna kobietka, rozumiesz, co mam na myśli.

Nie rozumiałem. Marta nie była idealna.

— Wiesz, jak ktoś jest taki nieskazitelny, tak pomaga, tak wszystko rozumie, wszystkim współczuje, tak biega raz w tygodniu do babuni, tak się afiszuje, że ma tyle ciepła, że jest taki wyrozumiały, to ja tracę zaufanie.

No i słusznie, pomyślałem w duchu. Ja straciłem dopiero po czterech latach. Prawie czterech.

— Ja, Jeremi, zawsze chciałam dla ciebie dobrze. A ona była taka upozowana moralnie. Nie gniewasz się, że mówię szczerze?

— Upozowana moralnie? — Takie zdanie chyba tylko kobiecie może przyjść do głowy.

— Ojej, skończmy ten temat. Powiedz, dlaczego ta dziewczyna, o której mówisz, że jest ładna i mądra, i fajna, się dla ciebie nie nadaje. Nie chce cię? Tu cię mamy?

— Oj, Alina. Zapewniam cię, że gdyby nie ten drobny feler, już by była ze mną.

— Jaki? Mów wreszcie!

— Lubi kobiety.

— Żartujesz! — Alina wydaje się tak rozbawiona tym wyznaniem, że spływa z niej napięcie wywołane głu-

253

pią rozmową o Marcie. — Jeremi, czy ty aby nie masz pecha?

Spędzamy ze sobą jeszcze dwadzieścia minut, odwożę ją do domu, ale nie wchodzę mimo zaproszenia na herbatę, muszę w końcu odpocząć, a po takich zakupach jestem jak wyżęty.

I jeszcze obiecałem Bartkowi, że przed wyjazdem do nich wpadnę.

Jutro matka, pojutrze samolot i nowe życie.

Przed wyjazdem nie zdążę.

Przecież to nic nie waży

Jestem zagotowany na kundla matki, tym razem całkiem serio. Nos mam spuchnięty i dwa czerwone ślady z obu stron, wyglądam, jakbym był w ostatnim stadium syfilisu. Gnój walnięty ugryzł mnie wczoraj, kiedy zbliżyłem się do matki, żeby ją ucałować z okazji. Trzeba się było trzymać z daleka i od mamusi, i od psiaczka.

— O Boże, kochanie, nic ci się nie stało? — krzyknęła matka i zajrzała w zęby... kundlowi! Tak! Właśnie tak! Tego by nikt nie wymyślił, a matka potrafi.

Jak Boga kocham, wyprowadzę kiedyś gnoja na jakąś łąkę i spuszczę z tych cholernych szeleczek. I może trafi się jakiś myszołów i nakarmi sukinsynem swoje dziatki. I taki będzie największy pożytek z tej imitacji psa, kiedy się go przerobi na ptaszki.

Mamusia pouczyła mnie, żebym uważał: w samolocie (mam uważać, żeby nie spadł?), na lotnisku — bo złodzieje, z nadbagażem — bo będziesz musiał dopłacać, w hotelu — bo bierzesz kamerę, w oceanie — mam nadzieję, że będziesz pływał w basenie i czy tam jest aby na pewno ratownik, na słońcu — bo porażenie słoneczne, ty masz taką wrażliwą skórę, w nocy — jak będzie zimno, to trzeba mieć jakąś kurtkę czy sweter, we dnie — uważaj na towarzystwo, ty jesteś taki łatwowierny, w barze — tylko nie pijcie za dużo, ja znam Dżerego, nie wiem, czy to jest dla ciebie najlepsze towarzystwo, z owocami — myj wszystko, bo jeszcze złapiesz jakąś chorobę, pod wodą — mam nadzieję, że nie będziesz na tyle głupi, żeby bawić się w nurkowanie, na wodzie — nie pływaj na skuterze, fale na oceanie bywają dużo większe niż na Zalewie Zegrzyńskim, po kąpieli — zmieniaj kąpielówki, bo się przeziębisz, i wreszcie — uważaj na dziewczyny, wiesz, jakie one są, nie zadawaj się z byle kim. Dopiero po tym wywodzie mogłem opuścić matkę i jej największego przyjaciela, zadowolonego ze zwycięstwa.

Mam godzinę na wrzucenie do walizki ciuchów, zamówienie taksówki na lotnisko, po drodze biorę Dżerego, krótki telefon do Jarka, żeby pamiętał o moich zleceniach, zamknięcie domu i postukanie w podłogę, bo od piętnastu minut Szara Zmora Podziemna daje znaki. Może ona morsem nadaje? Zmieniam grzecznie płytę na Morriconego, muszę ją do tego przyzwyczaić, jak tego nie polubi, to nic nie polubi, i odstukuję.

No i proszę, w dziesięć minut jestem spakowany, torba malutka, bo czego mi trzeba? Klimat umiarkowany, ciepełko, hotel luksusowy, kamera do podręcznego, dokumenty mam, pieniądze mam.

*

Z Martą każda podróż była wyzwaniem. A właściwie czas przed podróżą.

Nawet pociągiem.

— Mogę dopakować swoje rzeczy do twojej torby?

A ja właśnie dlatego, że pociągiem, ograniczałem się jeszcze bardziej niż zwykle, bo wiadomo było, że i tak będę tachał dwa bagaże, swój i jej, więc rozumnie nie pakowałem na maksa wszystkiego, co bym chciał, po co udawać mistrza wagi ciężkiej? Wiadomo, że siłę mam, nie muszę się popisywać.

A dlaczego? A dlatego że tak.

— Wszystko bierzesz? — zapytałem kiedyś nieopatrznie, jak zobaczyłem na łóżku stos rzeczy przygotowanych do spakowania. Cały materac — a ma metr
sześćdziesiąt szerokości, bo większy pod oknem się nie
mieścił — zasłany malowniczymi kolorowymi kupkami.

— Wszystko? Wszystko nie, tylko to, co tu leży —
Marta się zdziwiła.

— To wszystko? — powtórzyłem pytanie, ogarniając
ruchem ręki całą tę powierzchnię pod oknem.

Na parapecie oprócz kwiatków, tych, które niedawno wyrzuciłem, również stało coś — kuferek.

— Jak to wszystko? — powiedziała z naganą Marta. — Przecież swetra nie zostawię. — Podniosła do góry
coś, co mogło być swetrem. — Może się zmienić pogoda! Kurtkę od deszczu też wezmę, bo będziemy chodzić
na spacery!

Już ją widzę, jak maszeruje w deszczu.

— To gdyby było wietrznie, a nad morzem wieje, bo
to nie przepuszcza wiatru. — Biało-czarna bluza wylądowała na walizce. — Te spodnie są do tej bluzy, a dżinsy biorę, gdyby było ciepło; tu jest bielizna, tu trzy bluzki
na zmianę, czwarta, gdybyśmy chcieli gdzieś wieczorem
wyjść, bardziej wieczorowo. — Jęknąłem w myślach. —
Do tej bluzki mam spódnicę, tę, którą lubisz, w fiolecie,
ale wiesz co, masz rację, ta nie będzie pasować, wezmę
tę. — Wyciągnęła z szafy inną szmatę i przyłożyła do
siebie. — Co myślisz?

Nie myślałem, miałem dosyć.

— Jedziemy na dwa i pół dnia do Konrada i Ady —
odpowiedziałem.

— Wiem przecież. — W jednej ręce miała czerwony
T-shirt ze złotym czymś naszytym na przodzie, w prawej

257

niebieską tunikę. — Która? Albo wezmę obie, zdecyduję na miejscu. — I dorzuciła do stosu ubrań jeszcze dwie szmaty.

— Chyba za dużo bierzesz — powiedziałem odważnie.

— No chyba żartujesz? Co mam zostawić? Ręczniki? Bardzo proszę! Ale pamiętasz, jak byliśmy w Kazimierzu?

Pamiętałem. Owszem, nie było ręczników. Owszem, trzeba się było wycierać w poszewkę od poduszki, na co wpadła Marta. Poduszki były dwie i poszewki były dwie, i niech kto zgadnie, kto dostał poduszkę bez poszewki?

— A to? — Wskazałem na pokaźnych rozmiarów kuferek, w który przy odrobinie dobrej woli spakowałbym się sam: gacie na plażę, koszulka na zmianę.

— Zobacz, jaki fajny! Nareszcie mam gdzie trzymać kosmetyki — krzyknęła triumfalnie i na kolanach podpełzła po ułożonych przez siebie kupkach w kierunku kuferka, a muszę przyznać, że wyglądało to bardzo sexy.

Nie chciałem patrzeć w kufer. Co tu jest do oglądania? Ale pokazała.

— Cudo! Zobacz, tu są przegródki, tu mam kremy, balsam, kosmetyki, zobacz, jest nawet przegródka na kredki! Widzisz, gumki trzymają, nareszcie widzę, co mam.

Była naprawdę uradowana. Teraz spojrzałem — i jak Boga kocham, nie zrozumiałem. Kredki i gumkę nosi się w tornistrze, jak się ma lat siedem. A nie blisko trzydziestki. Nie zrozumiem nigdy, po co kobiecie, która wyjeżdża na dwa dni, dziesięć pojemników, dziesięć tubek i z piętnaście kredek. Nie wtrącam się w malowanie, bo to rozumiem, ale pół sklepu tu trzymać? Trzymać OK, ale zaraz brać ze sobą?

Pokiwałem więc głową z pełnym zrozumieniem.

— Aha — powiedziałem i włożyłem w to „aha" naprawdę dużo dobrej woli, żeby zabrzmiało entuzjastycznie.

— Ale ty jesteś — westchnęła Marta — nic nie rozumiesz. Zawsze masz pretensje. To co ja mam zostawić? Spodnie? I chodzić z gołą pupą? Czy może kostium, żeby nie móc się nawet wykąpać, jeśli będzie ładnie? Czy może pareo? Przecież będziemy na plaży?

— Jedną weź — podniosłem chustkę — bo ładna.

— Przecież to nic nie waży! — Marta rozpostarła dwie następne. — Proszę, proszę, to tyle co nic, dlaczego ty jesteś taki drobiazgowy? Mogę sama nieść walizkę, jeśli uważasz, że nie podołasz — ukąsiła mnie znienacka, więc przestałem się wtrącać.

Panie ludzie! Ciepłe, bo może być zimno, lekkie, bo może być gorąco, chustki, bo może plaża, spódnice, bo może pokazać nogi, spodnie, bo może zasłonić nogi. Kurtka, bo będzie chodzić w kurtce, i bluza, bo nie będzie chodzić w kurtce.

Dwa dni!!!

Kremy przed, po i w trakcie.

— Balsam to nie jest krem! — powiedziała mi kiedyś z oburzeniem. — Ty też powinieneś używać.

Piernicze. Stosuję, owszem, niveę — i wystarczy. Golę się również. Używam wody po goleniu. Dobrej. Starczy.

Już ją widzę, jak chodzi w deszczu albo na wietrze.

Zapakowałem swoją torbę i poszedłem do kuchni.

— Spakuj śmieci, to wyniesiemy, bo będzie śmierdzieć! — doleciało mnie z pokoju.

Wyniesiemy!

Ja wyniosę, wiadomo.

Ja pierniczę, człowiek we własnym domu musi się pilnować, to jest nie do wytrzymania, bo będą cię śledzić i dyktować ci, co masz robić.

I jak już spakowałem śmieci, stanęła w drzwiach kuchni.

— Spakujesz mi jeszcze to? Bo mi się nie mieści... — W rękach trzymała stos, stos!!! stos!!! swoich ciuchów.

I co zrobiłem? Przepakowałem się szybko do większej torby, zatachałem to wszystko na Centralny i do pociągu, władowałem na górną półkę, potem ściągnąłem z górnej półki, potem zaniosłem do taksówki, żeby ona przez dwa dni nie spojrzała nawet w stronę mojej torby, gdzie były jej najważniejsze, niezbędne, absolutnie i nieodwołalnie konieczne rzeczy.

*

Teraz mam lepiej.

Muzykę wyłączyć, śmieci wywalić, bo się nie pozbieram ze smrodu, jak wrócę za tydzień. Gorąco. Odstukać Raszpli raz jeszcze. Teraz wyjeżdżam sam, to znaczy z Dżerym. Mam malutką torbę i malutką torbę podręczną. Nie mam zapasowych ręczników, kredek do ust, kremów, balsamów, pierdół damskich. I wcale mi nie żal, że to nie ona ze mną jedzie. Jedziemy z Dżerym kręcić filmy, wyrywać laski i cieszyć się życiem, ot co.

Niepotrzebna mi żadna Marta, świętoszkowata ladacznica.

Wcale nie żałuję.

Are you ready?

Dolecieliśmy szczęśliwie, SMS do mamusi, że wylądowałem. Mogłaby dziennik oglądać, toby wiedziała, czy była katastrofa, czy nie, a ja bym zaoszczędził.

W samolocie rozglądaliśmy się trochę, ale na cały samolot może dwie dziewczyny mniej więcej w naszym wieku i jakoś do rzeczy, a cała reszta to starość oraz skapcaniali ludzie z małymi dziećmi.

Stewardesa owszem, jedna, że można oko zawiesić, ale Czeszka i nie dawała się poderwać, mimo że Dżery próbował kontakt międzynarodowy jakoś zacieśnić.

Miła pani na lotnisku podzieliła nas na grupy, autokary porozwoziły całe towarzystwo do hoteli. Nam się trafił niezły, z widokiem na ocean, bomba, wiedziałem, że taki wyjazd postawi mnie na nogi.

Padliśmy jak niemowlaczki od razu do wyra, niestety wyro jedno, którego nie można było rozdzielić, więc kicha straszna, ale szczęściem nikogo znajomego nie ma.

A jak coś wyrwiemy, to będziemy się dzielić sprawiedliwie tym jednym łóżkiem.

Powiedziałem Dżeremu, że jeśli mnie tknie w nocy, nawet przez sen, to mu urwę jaja, on mi pogroził tak samo, i obudziliśmy się skoro świt na brzegach olbrzymiego wyra, w środku pluton by się zmieścił.

Raźnie dokonaliśmy ablucji, w dziesięć minut byliśmy już przed hotelem, żeby się rozejrzeć, co i jak.

Basen fantastyczny, woda zimna jak piorun, ale genialnie zbudowany, jak w nim jesteś, to masz przed oczami ocean, woda przelewa się przez próg i ginie gdzieś na dole, a ty masz wrażenie, że pogrążasz się w bezkresności; hotel dobry, schody na dół do oceanu, korty tenisowe, roślinność bujna i zielona, w przeciwieństwie do tego, co po drugiej stronie szosy, albowiem po drugiej stronie, przed hotelem — pustynia.

No, ale czego chcieć, wyspa wulkaniczna to jest przecież. Wylądowaliśmy z Dżerym w wodzie, jaja mi się skurczyły do wielkości orzeszków ziemnych, że zacytuję tekst z ulubionego filmu Marty, ale po chwili poczułem się jak młody bóg. Zrobiłem dwadzieścia długości i wyskoczyłem z wody rozgrzany i gotów do nowego życia.

Pognaliśmy na śniadanie głodni jak wilki. Jadalnia jak hala do gry w ręczną i żarcie takie, że nie mogliśmy się oderwać. Po omlecie, kiełbaskach w boczku i świeżusieńkich bułkach, zagryzanych sześcioma rodzajami serów, przeszliśmy na owoce i dopiero przy świeżych ananasach i koktajlu z papai rozejrzeliśmy się po sali.

Nic, na czym by można oko zawiesić, jak rany. Co jakaś ładniejsza panna, to za chwilę ciągnie się za nią ogon dzieciaków. Kiedy ona to zdążyła zdziałać?

Przy stoliku obok piękna laska, włosy za tyłek, samotna, już nam się zmysły wyostrzyły, krew zaczęła żywiej krążyć — za pięć minut facet podchodzi, obejmuje, całuje w czółko, a wiadomo, że w tym samym łóżku leżeli, czuły taki, jesteśmy na spalonym.

Za to dużo Niemek w wieku naszych matek albo matek naszych matek. Popatrzyliśmy po sobie rozczarowani. Jeszcze kawka i opuszczamy jaskinię rozkoszy żołądkowych. Przed nami sześć dni rozpusty, więc wracamy do pokoju się przebrać, trzeba zająć jakieś dobre leżaczki przy basenie i włączyć testosteron. Laski będą się opalać, one nie znają przecież innych rozrywek.

Chociaż Marta to lubiła zwiedzać, gdy była w obcym kraju, i jak najmniej czasu spędzała w hotelu, raczej zapuszczała się gdzieś, gdzie nie było turystów.

No, ale ja nie jestem Marta.

Zajmujemy przednie miejsce, tuż przy zakolu basenu, przed nami i basen, i ocean, a za plecami barek. Białasy jesteśmy, niestety, widać, że świeżyzna, ale za dwa dni będziemy lekko śniadzi, a przystojne z nas chłopaki. Bacznie zza ciemnych okularów obserwujemy nasze tereny łowcze.

Obok nas usadawia się koło gospodyń wiejskich, za to niemieckich, wszystkie siwe, jakby je złożyć do kupy, to pamiętają narodzenie Chrystusa. Rzut oka wystarcza, żebyśmy jak na komendę przenieśli się nieco dalej. Przy trawniku animatorzy rozkładają sprzęt grający.

Mamy teraz dobry punkt obserwacyjny. Śniady Hiszpan przez megafon zapowiada naukę samby i aqua-aerobik, a wiadomo, że panie do tego ciągną jak muchy do miodu.

— *Come on, baby* — nawołuje Śniady i na cały regulator puszcza w niebo — *Ladies, come on.*

I nagle z całego plażowiska wysypują się laski i wskakują do basenu.

— *Are you ready?*

— *Yes!!!* — krzyczą.

— *Serting?*

— *Ja!!!* — krzyczą.

— *Estáis listos chicas?*

— *Si!*

263

A śmiechu, a chlapu, a plusku co niemiara. Patrzymy na siebie z takim zdziwieniem, że lepiej nie gadać. W wodzie się kotłuje, jakby kto piranie wpuścił.

Śniady podaje każdej kolorową wyginaną laseczkę ze styropianu i przekłada między nogami.

— Bara-bara — śmieje się i śmieją się panie w basenie.

— *Uno, dos, tres, one, two, three, eins, zwei, drei* — krzyczy Śniady i macha rękami raz w jedną, raz w drugą stronę, przy czym laseczka mu jeździ między udami lubieżnie.

Oczom własnym nie mogę uwierzyć. Laski robią to samo.

— *Jump, jump, uno, dos, tres!*

I laski dżampią. Średnia wieku siedemdziesiąt. Razem z prowadzącym zajęcia sześćdziesiąt dziewięć i dwa miesiące.

Panie ludzie!

One młode pozjadały, czy jak?

Siedzimy jak idioci tuż przy tym basenie i patrzymy na skaczące siedemdziesiątki. Owszem, parę to one mają, ale co my tu robimy? Gdzie te dziewczyny, które miały na nas czekać?

Wycofujemy się elegancko, jak okiem sięgnąć nikogo w naszym wieku. Niechby zbliżonym, nie. Oprócz kelnerek, które zasuwają jak małe parowoziki i w ogóle nie zwracają na nas uwagi.

Podejmujemy męską decyzję i zapisujemy się na wycieczkę na Lanzarote.

Brzmi najciekawiej, poza tym to będzie uczta dla naszych kamer. Jedyna wyspa, na której zabudowa nie przekracza jednego piętra, park narodowy Timanfaya, który ma pięćdziesiąt kilometrów kwadratowych,

a powstał, kiedy trzysta wulkanów rzygało czterdziesto-
ma ośmioma milionami ton lawy non stop przez sześć
lat, na początku osiemnastego wieku.

Zdjęcia będą niesamowite, to pewne.

Po dwóch dniach szlajania się wzdłuż brzegu oceanu
i pływania w zimnej wodzie jesteśmy prawie tak śniadzi
jak Hiszpan od wodnego bara-bara i dość zadowoleni.

Staruszki uśmiechają się na nasz widok, więc i my się
uśmiechamy. Nie wiem, czemu moja matka nie zafun-
duje sobie takiej wycieczki.

Rano po śniadaniu schodzimy nad ocean, wąskim
paskiem piachu można przejść parę ładnych kilometrów. Na skalistym wybrzeżu ścigają nas ichnie wie-
wiórki, śmieszne stworzonka, szare, stają na dwóch
łapkach i przyglądają się nam ciekawie. Marta byłaby
zachwycona. I pływamy w oceanie, choć woda zimna
jak skurczysyn.

*

Trzeciego ranka szykujemy się na wycieczkę. Zabieramy kamery i wodę, gotowi stawić czoło wyzwaniom,
jakie przyniesie los. Najpierw podróż do portu, potem
prom, z promu odbiera nas przewodniczka.

Pakujemy się do autokaru i wtedy widzę te dwie
dziewczyny z samolotu, siedzą na samym końcu, więc
manewrujemy tak, żeby być blisko. Znajomość się sama
nawiąże. Warto było zainwestować po siedemdziesiąt
euro.

Z przodu, tuż obok kierowcy, staje niczegowata
kobitka, na oko koło trzydziestki. Uśmiecha się ładnie,
mówi „dzień dobry" po naszemu, potem po hiszpań-
sku, potem każe nam zaklaskać na cześć kierowcy, który
nas będzie woził. Klaszczemy.

Jak ja tego nienawidzę.

I zaczyna opowiadać. Opowieść jest mniej więcej taka, że jeśli będziemy chcieli skorzystać z toalety, to na postojach, bo w autobusie toalety nie ma, a jeśli się będziemy spóźniać, to autokar nie będzie czekał, bo każde pięć minut spóźnienia pozbawiłoby nas czterdziestu, a kto wie, może nawet pięćdziesięciu minut cennego czasu, który nam po obejrzeniu wyspy zostanie odebrany w ostatnim miejscu, to jest w parku narodowym diabelskim, czyli Timanfaya.

Nie wiem, czy jestem w przedszkolu, czy w pierwszej gimnazjalnej. Rozglądam się po towarzystwie — słuchają jak dzieci. A przecież to są pogróżki jawne, niczym nie skrępowane! Dżery gapi się na mnie znacząco, panienki z tyłu chichoczą.

— Teraz państwa przeliczę i w tym samym składzie będziemy wracać, dla ułatwienia proszę zapamiętać, kto koło kogo siedzi, i w takim porządku siadamy z powrotem — mówi to wszystko na jednym tchu.

Powinna dodać, że wychodzimy z autobusu w parach, a potem dziewczynki na prawo, chłopcy na lewo.

Autokar rusza i wytacza się na wąską drogę.

Dżery odwraca się do lasek.

— Z jakiego hotelu jesteście?

Śmieją się, dwie blond piękności, a pan obok mówi do Dżerego:

— Ciiiii!

— Jeśli się będziecie spóźniać — mówi przewodniczka — to znajdziemy inne metody doprowadzenia was do autokaru, bardzo skuteczne. I problemy toalety, o czym przypominam, będziemy rozwiązywać na postoju, bo zatrzymać się nie ma jak. Miejsca mogą być zwiedzane — kontynuuje — bo są unikalne.

Dżery trąca mnie w nogę.

— Nieunikalnych nie zwiedzamy. — Odwraca się do dziewczyn. — Jestem Dżery, a to Jeremiasz. Mieszkamy w…

— Jolka i Anka. — Blondynka jaśniejsza wyciąga rękę. — My za wami sześć kilometrów.

— Szkoda, że nie w naszym — mówi Dżery.

— Proszę o ciszę! Pamiętając o autonomii, i prawo jest takie samo jak w Hiszpanii, bo bardzo ciekawe miejsca oferuje Lanzarote do zwiedzania.

Nie wiem, czy śnię, czy drzemię i w jakiej rzeczywistości jestem.

— Przepraszam, chciałem zapytać, czy… — Jakiś emeryt z przodu próbuje się przebić przez słowotok Przewodniczki.

— Na pytania będę odpowiadać potem, po jakimś czasie, a na razie przybliżę państwu krótką historię wyspy. Jest ona stara i wulkaniczna. Główną różnicą między latem a zimą jest szansa opadów. Tu trwa tak zwana wieczna wiosna. Proszę spojrzeć na prawo, widzimy rośliny sukulenty, ale o tym później. Przed nami najwyższy punkt wyspy. Najwyższy punkt wyspy to teren wojskowy.

Nie mogę opanować rozradowania, chowam się za wysokim fotelem i prawie kwiczę z radości. Przecież nikt nie uwierzy, jak powtórzę. Nikt.

— Wybuchy wulkanów, które były bardzo liczne — ciągnie niezrażona Przewodniczka, a głos ma wyćwiczony w mówieniu, jeszcze gdyby mówiła jakąś polszczyzną, byłaby doprawdy niezła — spowodowały, że ta wyspa jest z lawy. W tej części, gdzie jesteśmy, historycznych wybuchów wulkanów nie było, ale o tym później.

Jakby człowiek nie wiedział, toby się nie zorientował, gdzie jest. Jedziemy. Autokar przesuwa się przez białawy krajobraz, przestrzeń, ocean został daleko, w dali bieluteńkie miasteczko jak ze starego sztychu, okiennice niebieskie lub białe, malutkie drzwi wejściowe, dobrze byłoby się tu zatrzymać, pobłądzić trochę tymi miniuliczkami, autokar zwalnia, bo droga między budyneczkami jest tak wąska, że pojazd prawie zaczepia lusterkami o ściany. Bajka.

— Przepraszam, czy możemy tu choć na chwilę się zatrzymać? — pytam, bo tak genialnych kadrów jeszcze nie widziałem. — Na moment, żeby zdjęcia zrobić.

Autokar odwraca się do mnie, ludzie patrzą ze zdziwieniem, że się ośmieliłem.

— Ja już powiedziałam, gdzie mamy miejsca postojowe. Jeśli chcecie do toalety, to tam właśnie one będą. I tam będzie można wykonać zdjęcia. Jeśli chodzi o zdjęcia, to na tym rondzie, które minęliśmy niedawno, Almodovar nakręcił scenę z *Drżącego ciała*.

Zagotowałem się. W takim miasteczku ona nas nie wypuszcza z autokaru?

— Proszę spojrzeć na prawo, tutaj, w tym białym naziemnym budynku, jest muzeum. — Autokar zwalnia i wolno wjeżdża na duży parking. — Proszę państwa, przypominam, wchodzimy szybko i zwarcie, nie rozłączamy się, mamy mało czasu, ale o tym później. Po wyjściu po prawej stronie będziecie mieli państwo toalety, w których nie przedłużamy czasu postoju ani o pięć minut, bo jak już wspominałam, tu pięć minut, tam pięć minut i nie zobaczycie państwo fenomenu naturalnego, jakim jest park ognia i punkt widokowy *diablos*. Tam na miejscu zobaczycie państwo gorącą ziemię i doświadczenie, które na pewno was poruszy. Tam też będą toalety, więc proszę się nie martwić. Teraz wychodzimy i grupujemy się tuż obok, zapamiętujemy, gdzie stoi autokar, i wychodząc, wchodzimy prosto do niego. W jaskini zobaczycie państwo symbol tej wyspy — malutkiego białego ślepego raczka, to jest gatunek endemiczny tutaj. Proszę za mną!

Ja pierniczę!

Wychodzimy z autokaru, Dżery elegancko podaje po kolei rękę dwóm naszym nowym koleżankom. Stajemy obok siebie, dziewczyny coś do siebie szepczą, z bliska nie są takie ładne, pomalowane jak na wieczór, a nie na wycieczkę, pewno w ich hotelu też cała masa staruchów.

— Możemy wam towarzyszyć? — pyta szarmancko Dżery, a ja się głupio uśmiecham.

— Proszę jednak o chwilę uwagi — napomina Przewodniczka. — Mimo że jaskinia jest niewielka, my będziemy mieli godzinkę czasu.

Przy wejściu robi się tłoczno, niemiecka wycieczka żwawych staruszków stara się dogonić swojego przewodnika. Przepuszczamy ich elegancko i zostajemy lekko w tyle z Anką i Jolą.

— Los moheros, bitte — mówi, kłaniając się starszym paniom, Dżery, a one uśmiechają się radośnie.

Nasze dziewczyny chichoczą.

— Jola, Anka, proszę. — Dżery wskazuje drogę w dół, po stromych schodach.

— Nie jesteśmy per wu — mówi Jaśniejsza. — Wcale was nie znamy.

Miała na myśli „per ty", ale chciała być wytworna.

— Ależ znamy się. W samolocie siedziałyście na samym przodzie, więc jesteśmy per wu. — A potem odwraca się do mnie i szepcze: — Cokolwiek to znaczy.

Podróże kształcą.

Wrażenia, które mam wzrokowe

Jaskinia kończy się basenem. Woda niebieska jak ultramaryna w białej niecce o nieregularnych kształtach, pomalowane również na biało nadbrzeże podchodzi pod ostre skały. Czarne kamienie rzucone w wodę zdają się zaburzać tę sielskość; większe w wodzie też są pomalowane na biało, czarne rzucone jakby przypadkiem, ale to nie przypadek, tylko słynny projekt architekta, który, jak powiedziała Przewodniczka, jest najsłynniejszą postacią wyspy — i widok zapiera mi dech w piersiach.

Słońce wypala białość, skały, którymi basen jest otoczony, pną się stromo w górę, ku niebu, które przy tej wodzie wygląda jak spłowiała koszula. Facet miał wyobraźnię! Wyciągam kamerę i kręcę, będzie przepalone, ale nie szkodzi, klimat jest. Kicz bezwzględny, jestem zafascynowany.

— Proszę jeszcze pobiec do sali koncertowej, ma wyjątkowe możliwości akustyczne, i wracamy, wracamy! — słyszę nawoływania naszej Przewodniczki.

— Heloł, zrób nam zdjęcie! — Jaśniejsza podtyka mi pod nos telefon i ustawia się z koleżanką w pozie turystycznej — jedna noga wysunięta, pierś do przodu, uśmiech szeroki.

Pstrykam grzecznie, jest pamiątka, i z kamerą przy oczach posuwam się białym traktem. Ludzi tłum, szkoda, taka ingerencja człowieka w niezwykle dziką naturę byłaby na filmie ciekawsza bez ludzi. Ale jak się nie ma, co się lubi, to się lubi, co się ma.

Marta byłaby zachwycona.

Spóźniam się do autokaru cztery minuty i widzę, jak skubany odjeżdża. No to staję i czekam, co będzie. Autokar po chwili zatrzymuje się, podbiegam i stoję dobrą chwilę przed przednimi drzwiami, zanim Przewodniczka daje znać kierowcy, żeby mi otworzył.

Ludzie patrzą złowrogo, a ja, słowo honoru, czuję się jak idiota. Wszyscy się na mnie gapią. Przechodzę szybkim krokiem na swoje miejsce.

— Ostatni raz zatrzymaliśmy się, żeby wziąć spóźnialskiego — informuje przez megafon Przewodniczka. — Nie lekceważymy innych, nie lubimy spóźnialskich, prawda? Teraz wiemy, do kogo mieć pretensje o krótszy nasz pobyt w niezwykłym parku ognia.

— Zostajesz skazany na dożywocie — mówi Dżery, a mężczyzna siedzący przed nami odwraca się z fuknięciem.

— Sorry — poprawia bezczelnie Dżery — na śmierć.

Kiedy wjeżdżamy w środek parku narodowego, jestem pod wrażeniem. Ktoś rozgarnia kamienie, są ciepłe, ktoś leje wodę w otwory specjalnie wykopane dla turystów, tryskają małe gejzery, ktoś do dziury wrzuca gałązki, palą się żywym ogniem. Kurczaki pieką się na grillu zbudowanym nad dziurą w ziemi, bucha gorąco, a one skwierczą i pachną smakowicie, naprawdę piekło, widać gołym okiem i czuć, jak tylko człowiek głowę zbliży do otworu.

Ale to, co dzieje się poza, jest marzeniem każdego fotografa. Jak okiem sięgnąć nie ma nic żywego — jednej rośliny, jednego ptaka, jednej rachitycznej trawki, aż po horyzont są tylko góry i góry, czerwone, zielonkawe, przyszarzałe, czarne, krwiste i szare o ostrych krawędziach, jak olbrzymim pługiem zorana ziemia, którą Bóg postanowił zakląć w kamień.

— Toalety są na prawo, bardzo proszę korzystać i wsiadamy z powrotem do autokaru! — krzyczy Przewodniczka, jedyny ślad życia na tej pustyni. — Nie otwieramy okien, jest to ścisły teren parku narodowego, jeśli każdy turysta by wyrzucił gumę do żucia czy papier, to ten piękny okaz przyrody przestałby istnieć.

Nici z filmowania, przez okno nic się nie da zrobić, będzie halować jak cholera, a poza tym szyby są tak brudne, że nawet zdjęcie nie wyjdzie. Jestem rozczarowany, bo przecież nie przyjechałem zwiedzać!

I wsiadamy z powrotem, Dżery tokuje z kobietami, ja przylepiam się do okna.

Przewodniczka włącza jakąś płytę z muzyką.

— Oto niespodzianka dla państwa, ta muzyka podbije wrażenia, które macie wzrokowe.

Wrażenie, które mam wzrokowe, jest niesamowite, nawet ona nie może go zepsuć. Autokar klaszcze. Klaszczę i ja. Marta cieszyłaby się każdym jej słowem, nie wspominając o składni.

Krajobraz zmienia się z każdym zakrętem, raz wydaje się, że górki są łagodne i oblane kisielem, który stężał z niewiadomych powodów, potem widać miał wulkaniczny, jasny jak krem, z niewiadomych powodów, a już za chwilę góry wydają się usypane z odłamków, nieregularnych, ostrych jak brzytwy, zielonkawych, mimo słońca głębokie szczeliny ciemnieją, żeby nagle przejść w granat i czerwień. A potem czarne bomby — z głębokimi otworami, poszarpane, nierówne, kaleczące wzrok.

Ani zwierzę, ani człowiek nie ma prawa postawić tutaj nogi. To prawda, że nie byłoby nawet jak wysprzątać po nas tej ziemi. Zgrulone skały i kamienie aż po horyzont, tak musi wyglądać piekło.

Wąska droga, którą jedziemy, to jedyny ślad cywilizacji.

Podoba mi się taki rząd, który ocala świadectwo historii. Już nie jestem wściekły o te okna, których nie można otworzyć, ani o to, że nie możemy nawet na chwilę wysiąść.

Poza tym gdyby u nas ktoś postawił hotele za miliony dolarów, przyszedłby nadzór, dał dziesięć tysięcy złotych kary i tyle by tego było. A tu buldożery przyjechały i zrównały z ziemią samowolę budowlaną, nie bacząc na przyszłe zarobki.

Biorę aparat i pstrykam parę zdjęć na pamiątkę, bo wartości w sensie sztuki nie będzie to miało żadnej.

— Tutaj już zaczynają się porosty, te kępy, co widzicie, zbliżamy się do opuszczenia niezwykłego parku narodowego Timanfaya. — Przewodniczka, niestety, znów wzięła mikrofon do ręki. — I tu się rozglądajcie na boki. Te małe rowerki, które za chwilę miniemy, to osoby niepełnosprawne, którzy w taki sposób podróżują przez swą piękną wysepkę. Wyraźnie proszę podnieść ręce do góry tych, którzy chcą zatrzymać się jeszcze przy pięknej zatoce. Dziękuję, dzięki wam mamy trochę czasu i szybko możemy spojrzeć na piękną zatokę, która pomniejsza się z każdym rokiem i być może jej tu nie będzie. Jeśli chodzi o owoce na Lanzarote, to jest banan jako najliczniejszy owoc wyspy.

Co ja się tak napiąłem?

273

Przecież taki przewodnik to sam w sobie ósmy cud świata. Marta śmiałaby się całą drogę, nie wyśmiewała. Uważała, że każdy człowiek jest inny, i jeśli tylko ma pasję, to wszystko jedno, w jaki sposób ją wyraża — trzeba mieć szacunek.

*

Dwa lata temu mniej więcej o tej porze byliśmy na Sycylii.

Chłonęła wszystko jak gąbka, była radosna jak dziecko, a przewodniczka też była niezwykła, jak ta. Trochę inaczej. Może to cecha osobowościowa przewodników?

Tamta była drobną blondyneczką, podskakującą na kamieniach, na trawie, w autokarze, na ruinach. Mówiła cienkim, zabawnym głosikiem o wszystkim, ale wszystko traktowała z takim entuzjazmem, jakby to widziała pierwszy raz w życiu.

— Spójrzcie! Jaka żółciutka bądź co bądź w swoim kolorze pszenica durum! A ludzie kiedyś jechali sobie najzwyczajniej w świecie do kościoła tudzież sobie popróbować łakoci! A spójrzcie tutaj! To niejako wielka atrakcja turystyczna, swoistego rodzaju drogowskazy, tudzież te skałki, które Polifem rzucił na króla Itaki. I tak na dobrą sprawę jest niejako budulcem tej pięknej architektury. Najzwyczajniej w świecie!

Marta kręciła się przy mnie jak fryga. Słyszałeś? To boskie, co ona mówi, posłuchaj, jak ona kocha ten kraj.

— A śnieg wykorzystywany jest bezpośrednio zimą na Etnie. Do swoistego rodzaju wyciągów narciarskich — mówiła przewodniczka. — Spróbujcie tych owocków, one są podobne w sensie swojego wyglądu do jeżyn, chociaż jasne w swoim kolorze!

Próbowaliśmy tych owoców, jasnych w swoim kolorze, których nazw nie pamiętam, Marta trzymała mnie za rękę, było gorąco i parno, a my błądziliśmy po ruinach willi jakiegoś Aureliusza.

— Jeremiasz, ty strasznie oceniająco patrzysz na nią, a ona jest rewelacyjna, mówię ci! — Marta szarpała mnie za włosy, uchylałem się, bo co to za zwyczaj, ale byliśmy parą, i to było rewelacyjne.

— Jutro spotykamy się na wysokości sobotniego śniadania, po nim, przy autokarze!

Tamta każde zdanie kończyła wykrzyknikiem i mimo niezwykłego języka, upstrzonego „tu" i „tudzież", „swoistego rodzaju", „najzwyczajniej w świecie", „namacalnie", „na dobrą sprawę", była urocza.

Zapamiętałem dobrze tę dziewczynę i wszystko, co mówiła, bo Marta zapisywała niektóre zdania, zachwycona sposobem jej mówienia i miłością do Sycylii, gdyż bez wątpienia tamta kochała Sycylię całym sercem i chciała, żebyśmy też widzieli i czuli to, co ona. A Marta po powrocie przez długi czas mówiła jej zdaniami, zabawnie naśladując intonację głosu, więc niechcący też przejąłem ten zwyczaj.

— Idziemy wieczorem do Grubego, tudzież swoistego rodzaju piwo musisz kupić.

Albo nagle ni stąd, ni zowąd, jak siedziałem przy telewizorze, pytała:

— Namacalnie oglądasz na dobrą sprawę, czy mogę przełączyć?

A w przerwie na reklamy mówiła:

— Najzwyczajniej w świecie możesz teraz iść i wyczarować swoistego rodzaju herbatę tudzież orzeszki.

Zupełnie o tym zapomniałem. Bawiliśmy się swoistego rodzaju świetnie i tudzież.

Nie miałem wszystkim wszystkiego za złe.

*

Co się stało?

Dżery trąca mnie w ramię i podaje mi lornetkę.

No, trafił, burzyki żółtodziobe harcują w najlepsze. Jest ich tyle, że na pewno gdzieś niedaleko mają gniazda, ale lubią klify i skaliste wysepki, więc nie ma co się dziwić. Jedno tylko jajo chowają, nieduży ptak, lecz rozpiętość skrzydeł prawie do półtora metra. Przyglądam się, jak latają tuż nad powierzchnią oceanu — żywią się skorupiakami i rybami, no i wiadomo, odpadkami z powierzchni wody. Tańczą nad taflą i połyskują w słońcu. Fajne ptaszki, białe od dołu, brązowe od góry i ten żółty dziób.

Oddaję Dżeremu lornetkę i oddycham pełną piersią. Ładny jest świat, chociaż niewłaściwie urządzony.

— Stary, no co ty? Ja mam załatwiać całą robotę? Wydurniasz się czy co? One by się jutro wieczorem spotkały z nami. Tylko musimy dygać na piechotę albo pożyczyć jakieś auto. Ale czterdzieści euro piechotą nie chodzi.

— A jak ono nie chodzi, to my możemy pójść. — Chichocze i widzę, że jest napalony.

Ja nie jestem, nie wiem dlaczego. Chociaż możemy skoczyć na parę godzin, coś zjeść, napić się i wrócić.

— Możemy — zgadzam się, jakkolwiek sam sobie mam za złe brak entuzjazmu. Ale przecież dziewczyny fajne. A właściwie nie wiem, czy fajne, bo nie ja z nimi gadałem, tylko Dżery.

Słońce zachodzi, kiedy się ładujemy na prom. Dżery tokuje, ja milczę, ładne są, uśmiecham się tajemniczo, kiedy zagadują do mnie.

Próbuję wykrzesać z siebie entuzjazm na jutrzejsze spotkanie, ale kiepsko mi idzie.

Chciałem zrobić Marcie przyjemność i co z tego wyszło?

Spanie z Dżerym.

A trójkącik pamiętasz?

Dżery szczęśliwie przez cały wieczór nie zarywał na operatora. Zjedliśmy mule w czosnku, wypiliśmy po parę piw, dziewczyny chciały iść zatańczyć, to im towarzyszyliśmy. Znaleźliśmy na słuch miejsce, gdzie grają, i ruszyliśmy na azymut. W barze było pełno ludzi, Anglików i Niemców. Trzech facetów w wieku naszych ojców skupiło się na wolnym kawałku parkietu koło kibli i dawało czadu. Jak rozległo się *Satisfaction*, cała publiczność poszła w tan, oprócz nas rzecz jasna. Dziewczyny kołowały biodrami i rzucały włosami, a myśmy z przyjemnością na to patrzyli. Ale nie wiem, po co tu przyjechałem.

Panny były chętne, ja byłem niechętny.

Dżery trącał mnie co chwila i tylko kręcił głową.

— Ty w ogóle nie jesteś gotowy na bzykanie.

— Na co nie jest kolega gotowy? — Jaśniejsza, Anka, pochyliła się nad Dżerym.

— Na łykanie — zareagował natychmiast. — Miał przejścia, namawiam, żeby się napił.

— Na frasunek dobry trunek. — Anka odlała do mojej szklanki trochę swojego drinka.

Nienawidzę tego. Nie będę pił po jakiejś obcej babie, ale wylać tak ostentacyjnie nie mogę.

— Nie, dzięki, ja coś mocniejszego — postanawiam i odlewam jej z powrotem.

Idę do baru i zamawiam whisky *on the rocks*.

Anka macha ręką na koleżankę, siadają, spocone, szczęśliwe.

— Jeden Anglik mi się oświadczył tam na parkiecie — mówi Jolka i łypie okiem na opasłego Angola. — Ale wróciłam do was, chłopaki.

— Co ci powiedział?

— Wpadłam na niego niechcący, to mnie przytrzymał, to się uśmiechnęłam, heloł, dont tacz mi if ju dont lov me, bo to była taka piosenka: co mnie tak trzymasz, a on: I wish I wasn't married.

— Nie znam angielskiego.

— Chcę być z tobą w mariażu.

Krztuszę się, Dżery jest lepszy, bo ma kamienny wyraz twarzy.

— Powiedział: żałuję, jestem żonaty — mówię.

— No, to na jedno wychodzi, tak? — wtrąca Dżery.

Dżeremu wybaczam, że w chwilach szczególnego zaćmienia umysłu kończy zdania słowem „tak". Nikomu innemu nie wybaczam. Przywędrowało to „tak" ze szkoleń spierania mózgów, żeby ludzie przytakiwali: Jesteście najlepsi, tak? Podwyższycie sprzedaż łóżeczek, pieluch, past do protez, tak? Zrobicie to, tak?

Wymuszanie twierdzenia. Pieprzę „tak". Dziennikarze też tak zasuwają. Premier spotkał się z prezydentem, tak?

Co on, sam siebie pyta? Nie mógł sprawdzić?

— Nie. Niezupełnie — mówię.

— Ojej, się czepiasz. Ty, Jolka, patrz, jakie nogi!

Odwracamy karnie głowy. Teraz takie czasy, że to kobiety zwracają nam uwagę na inne kobiety.

— No i co? Płaska jak deska. Nogi...

— ...i tak idą na bok — kończy Dżery, nim go szturchnę.

279

— Ale ty chyba tego nie pamiętasz? — Jola jest bystra i Dżery robi przepraszającą minę.

— Przejrzałaś mnie. — Podnosi szklankę i dopija czwarte piwo.

Wietrzę kłopoty.

— Idziemy na plażę? — Dziewczyny zrywają się z miejsc. — Nudno tu.

— Jasne, młoda godzina. — Dżery wyciąga komórkę, jest po dwunastej, podnosimy się, ja płacę.

Do naszego hotelu mamy ponad dwie godziny, taka właśnie czasoprzestrzeń nas dzieli od wygodnego wyra, nie jestem zachwycony łażeniem po plaży z lekko napitymi laskami.

— A może chodźcie do nas? — rzuca Anka.

— A gdzie mieszkacie?

— Tam. — Pokazuje duży budynek, wypindrzony, nasz hotel w porównaniu z nim jest po prostu nadzwyczajny.

— My jesteśmy nad samym oceanem — bełkocze Dżery. — Chodźmy do nas. Chodźmy zwyciężać!

Dziewczyny się śmieją, ja martwieję.

Nie jestem przygotowany psychicznie na spędzanie nocy we czwórkę w naszym pokoju hotelowym. Nie jestem przygotowany nawet fizycznie na spędzanie nocy z kimkolwiek oprócz Dżerego, choć taki związek frazeologiczny też budzi mój głęboki, acz wewnętrzny sprzeciw.

— Odprowadzimy was — mówię pojednawczo, a Dżery uwiesza się na Jolce.

Nie wygląda na przybitą. Druga bierze mnie pod rękę. Pierniczę. Chcę się z tego wymiksować jak najszybciej. Po drodze mijamy otwarte tawerny, Dżery zatrzymuje się i krzyczy:

— *Los mohitos* dla wsiech! — budząc radość panienek.

Ale za którymś razem dobrze trafił, bo w tej akurat knajpie byli koledzy Rosjanie. Po półgodzinie Dżery śpiewał z nimi, ku radości naszych nowych koleżanek: za rodinu, za Stalinu, na boj, na boj, na boj.

Po godzinie i trzech przystankach jest już tak naprany, że ledwo trzyma się na nogach, na moje szczęście.

Panienki zostają odprowadzone, Dżery co prawda bełkocze, że kocha jak nikt na świecie i gdzie jest kaplica, bo on się będzie żenił, ale gołym okiem widać, że nic z Dżerego nie będzie oprócz ewentualnego pawia dzisiaj i pewnego kaca jutro.

Panienki żegnają się grzecznie, mówią, żebyśmy przyszli wieczorem, to sobie zieloną noc zrobimy, i znikają w holu, a ja rozglądam się za taksówką.

Dwadzieścia pięć euro, piętnaście minut później wtaszczam Dżerego do pokoju. Próbuje mi mówić: Joluniu, słońce ty moje, ale odpycham go na lewą stronę łóżka i padam.

*

Ranek zastaje mnie w oparach alkoholu.

Dżery siedzi na tarasie i wypija wszystko z lodówki, co ma taką wadę, że każdy płyn w małej buteleczce kosztuje pięć euro, a przed nim buteleczek sześć, już w dodatku pustych.

— Ty — mówi — mnie się film urwał w tej knajpie, gdzie tańce były. Nie mogę mieszać.

— Nie mieszałeś — mówię. — Tam tylko piwsko chlałeś.

— Rozpiłem z nimi małą buteleczkę przedtem, przy kiblu, jak zamawiałeś sobie drugą whisky — przyznaje się. — Nie mogę mieszać. Bzyknąłem którąś?

281

Mózg mi pracuje na wysokich obrotach.

— Obie — informuję.

— Żartujesz?

— Nie.

— Jaja sobie robisz. — Dżery jest niepewny, ja mam kamienną twarz.

— Jak mówię, że obie, to obie. One chciały trójkącik, po kolei, byłeś pierwszy, losowaliśmy, nie pamiętasz?

Dżery patrzy na mnie, jakby mnie widział po raz pierwszy w życiu.

— Losowaliśmy?

— No. Kto szybciej wypije mohito. Mohito pamiętasz?

— Jezu słodki, coś mi się majaczy… — Dżery jest wstrząśnięty, ja zadowolony. — I co potem?

— Potem zrezygnowaliśmy z plaży, bo panienkom się paliło. Jolka cię obejmowała wpół…

— Pamiętam!

— No, a potem… za rodinu, za Stalinu pamiętasz?

Wydłubuję z pamięci co mocniejsze momenty, żeby cokolwiek sobie skojarzył.

— Coś takiego było… — Dżery się kurczy na leżaku. — Jak rany, i ja tego nie pamiętam?

— Musisz pamiętać. — Jestem spokojny, głos mam normalny. — Poszliśmy do ich hotelu, duży hol, jarzysz?

— No coś tam… jakby… z drzewem na środku?

— Drzewo na środku — potakuję.

Dżery odchyla głowę i przymyka oczy. Milczy.

— A pokój panienek pamiętasz? — próbuję dalej.

— Ni cholery…

— Wyglądałeś, jakbyś wiedział, co robisz.

Dżery patrzy na mnie i we wzroku ma coś, czego nie rozpoznaję.

— Ty, przepraszam, byłeś tam?

— Przez chwilę. Jak się rozebraliście, wygoniły mnie do kibla. Niezła jazda, stary.

Dżery zrywa się z leżaka i niknie w łazience. Słyszę szum prysznica, a moje serce rośnie z dumy. Warto było zainwestować dwadzieścia pięć euro, żeby zobaczyć takiego Dżerego.

Wychodzi po piętnastu minutach, ma minę zbitego psa.

Schodzimy na śniadanie, ja jem, on mi się przygląda badawczo.

Machiavelli to przy mnie mały pikuś.

— A ty czemu nie... tego?

— Boś padł, stary, po wszystkim jak neptek i kazały się nam wynosić. Ledwo cię ubraliśmy, zamówiłem taksówkę i tyle. Dzisiaj też na nas czekają. — Patrzę na niego jak gdyby nigdy nic.

Milczy. Skubie omlet i milczy.

— To straszne — odzywa się w końcu.

— Bez przesady — mówię.

— To straszne, bo ja nic nie pamiętam... Pierwszy w życiu trójkącik, a ja nic nie jarzę, ale ty nie masz pretensji? — Jest naprawdę smutny.

— Byłeś szybszy, zakład był uczciwy, trudno. — Odchodzę po kawę i w duszy ryczę ze śmiechu.

Wracam z dwiema kawami, Dżery ma spuszczoną głowę, przez sekundę mam chęć powiedzieć mu prawdę, ale zduszam w zarodku tę ochotę.

Takie żarty są w cenie, a sam się wystawił. Będę dawkował informacje.

— Ale chyba dzisiaj nie pójdziemy? Bo wiesz — mówi cicho — jak one... no... nie chcę się bardziej skompromitować.

— Nie chcesz, to nie pójdziemy. — Klepię go w plecy. — I tak się z nimi zobaczymy na lotnisku. Wracamy przecież tym samym lotem.

— O kurwa — szepcze Dżery. — O kurwa. Muszę się przejść. — I odchodzi, zostawiając niewypitą kawę.

Jeszcze tylko wspomnę jakoś w porze obiadowej o braku gumek, a wieczorem powiem mu prawdę. Nie wcześniej.

Mamy przed sobą fantastyczny dzień!

Niezły był pomysł z tym wyjazdem, okazuje się.

My lecimy, one lecą

Dżery się do mnie nie odzywa.

Jest śmiertelnie obrażony, ale nie zwracam na to uwagi, minie. Tak musi być, to jest jakaś część konwencji. Honorowo płaci całość za lodóweczkę w pokoju i oddaje mi dwanaście euro za taksówkę, bez słowa.

Pakujemy się i jedziemy na lotnisko. W autokarze machamy do naszych koleżanek, siedzą z tyłu po lewej, my z przodu po prawej, uśmiechają się przyjaźnie. Na lotnisku od razu podchodzą, Dżery jest cały w nerwach.

— Czekałyśmy — mówią — do siódmej.

— To dlatego się minęliśmy — rozkładam ręce. — Myśmy dopiero o ósmej dotarli.

— Żałujcie — śmieją się.

— I nie wiedzieliśmy, gdzie was szukać — brnę dalej, choć to chamskie.

— Trzeba było się wymienić telefonami — mówi — trudno.

— Nam jest bardziej przykro — odzywa się Dżery i w ogóle na mnie nie patrzy.

— Bierzcie koło nas miejsca w samolocie, zabalujemy — mówi Anka.

I ten dureń, mój przyjaciel, znowu się do nich przykleja. Dostajemy miejsca tuż za nimi, przez cztery godziny lotu będą jazgotać.

Za agresywne jak dla mnie te panny.

Startujemy — to lubię najbardziej.

Wbrew prawom fizyki, niezależnie od tego, co wymyślają specjaliści — setki ton wznoszą się w powietrze. Smakuję ten moment, przymykam oczy i wszystkimi nerwami czuję ten początek pędu, przyspieszenia, drżenia coraz mocniejszego kół, tarcia o płytę lotniska, wycie silników coraz głośniejsze, a potem spokój...

Koła odrywają się od ziemi, a ty już szybujesz, wolno się podnosisz, czasem trafi się na prąd, który nagle parę albo parenaście metrów uniesie cię w górę, czasem samolot zadrży lekko, przebijając się przez chmury, lecisz!

To graniczy z największą przyjemnością, jaką mogę sobie wyobrazić. Marta przy starcie i lądowaniu zawsze szukała mojej ręki, miała wilgotną dłoń, bała się. A ja rozkoszowałem się każdą chwilą, to jedyny moment w życiu, kiedy czuję się jak ptak. I jak pomyślę, że one to mają na co dzień, żałuję, że nie jestem ptakiem.

Rozumiem podziw mojego ojca dla spitfire'ów. Uwielbiam latać. Powinienem być lotnikiem.

Kiedy mam gorszy dzień, to w Internecie oglądam lądowanie na rzece Hudson i lądowanie kapitana Wrony na Okęciu. Bajka. Obaj dokonali cudu, namacalnego, wspaniałego cudu. Posadzić takie żelastwo w tak pięknym stylu, nie stracić zimnej krwi, nie poddać się do końca, podjąć właściwą decyzję!

Wszystko jednak przebija misja Apollo 13. W pięćdziesiątej trzeciej godzinie lotu ze statku kosmicznego poszedł komunikat, który zelektryzował świat: Houston mamy problem

Trzech astronautów zostało uwięzionych w przestrzeni kosmicznej. Świat wstrzymał oddech. Mieli sporą szansę krążyć po nieskończoności, w kawałku żelastwa, w towarzystwie innego badziewia kosmicznego, które nigdy nawet się nie otrze o naszą planetę.

Mówią, że lądowanie na Księżycu to wielki krok dla ludzkości. Krok dla ludzkości to to, że ci trzej faceci z taką awarią prądu, tlenu, łączności wrócili. Bo komuś na nich zależało jak cholera i oni cały czas o tym wiedzieli. Komuś zależało, żeby ich sprowadzić do domu, na ziemię i na Ziemię.

*

— Napijesz się?

Spomiędzy foteli wyłania się głowa Jolki i szyjka butelki, litrowy johnnie walker ze sklepu bezcłowego.

Kręcę przecząco głową, południe przecież, a poza tym nie chcę się ogłuszać w czasie lotu.

— A ty? Dżery!

Dżery patrzy na mnie i też odmawia.

— Ojejku, nie to nie!

Głowa znika. Coś sobie opowiadają, śmieją się, jakby były w samolocie same. Dżery twardo się do mnie nie odzywa. Opieram głowę o okienko.

— Lecimy na wysokości dziewięciu tysięcy dwustu metrów, temperatura na zewnątrz minus 51 stopni Celsjusza — powiadamia nas pilot.

*

Zabawne, lecimy niżej niż sęp płowy.

Ten potrafi wzbić się nawet do jedenastu tysięcy metrów. Piękne ptaszysko, dziób i nogi ma sinoniebieskie, żyje czterdzieści lat, wybiera sobie towarzyszkę raz w życiu i jest jej wierny do śmierci. I większy jest niż nasz orzeł przedni, prawie trzy metry rozpiętości skrzydeł. Oczywiście pod ścisłą ochroną, w 2011 widziano jednego w Polsce, w Dąbrownicy, ale przyleciał

287

z Bułgarii. Gdzie one się mają podziać, jak zabieramy im po kawałku całe terytorium? Nawet tu, w górze.

*

— Napij się, jest wesoło. — Towarzyszki podróży przed nami klęknęły na fotelach i przechylają się do nas. Kubki, w których rozdawane były przed chwilą napoje, są napełnione do połowy whisky.

— Będę jechał samochodem — tłumaczę.

— Dżery, no, napij się!

— Ja też — mówi Dżery, choć obaj wiemy, że to kłamstwo. I moje, i jego.

— Ale niekumaci jesteście — stwierdzają obie.

— Bardzo proszę usiąść na swoich miejscach. — Stewardesa podchodzi do nas i do nich.

— Jesteśmy na swoich miejscach — mówi Anka.

— Proszę usiąść w fotelu, było polecenie „zapiąć pasy", wchodzimy w strefę turbulencji.

— Jak będę chciała, to usiądę — mówi Anka i obie znikają.

Wstyd, bo stewardesa obrzuca nas nieprzyjaznym spojrzeniem, mimo że my siedzimy zgodnie z zaleceniem.

— A w ojczyźnie przemówisz? — zwracam się do Dżerego.

Milczy.

OK.

*

Panienki przed nami zaczynają gdakać. O jakimś facecie, o jakiejś dziewczynie, co weszła którejś z nich w drogę, chyba sobie nie zdają sprawy, że je słychać w połowie samolotu.

288

Ale jak babki zaczną jazgotać, to przestają się słyszeć.

Przymykam oczy.

Marta gadała w samolocie, bez względu na to, co widzieliśmy przed chwilą, przypominała mi na nowo, co ją zachwyciło albo poruszyło, stukała mnie w ramię: pamiętasz, jak ona śmiesznie o tej… A widziałeś, jak on…

Lubiłem, jak tokowała.

Mój krogulec

Siedzę w kuchni, Marta w pokoju, wpadła do niej z maszynopisem koleżanka z pracy. Słyszę głos Marty, podniecony, pełen entuzjazmu:

— Bo wiesz, samiec zawsze ma zrobić dobre wrażenie, prawda? No i robi. Ty nawet nie wiesz, jakie nieprzebrane możliwości ma takie stworzenie! Jakie to cudne potrafi być! Jakie niezwykłe! Patrzysz, nic, normalne toto, szare. Ale jak tylko poczuje wolę bożą, matko jedyna! Głowę odwróci, błyśnie w słońcu jak platyną oblany, jak w złocie unurzany, kolory tęczy wszystkie w powietrzu wiszą, że oczu oderwać nie możesz! Z normalnej szarości, normalności, można powiedzieć, dnia powszedniego, nagle taki żarogłowy, proszę ja ciebie, się staje.

— Znam to — mówi ta druga.

— A ja pierwszy raz widziałam. Nagle książę z bajki się z niego robi, w okamgnieniu się zmienia, w życiu byś nie powiedziała! A wszystko, byleby tylko samicę oczarować. Udowodnić, że on to lepsza partia niż ten drugi. A co tam drugi! I trzeci, i dziesiąty! On to po prostu najlepsza partia na świecie!

— Skąd ja to znam? — wtrąca koleżanka ze zrozumieniem.

— Każdy z nich demonstruje, że jest najlepszą partią, każdy. Wiesz co, ja myślę, że oni wszyscy w to w dodatku wierzą. I cały dzień się taki jeden z drugim zajmuje swoimi sprawami, lata z jednego kwiatka na drugi, nektar spija, udaje, że pracuje, ale niech no tylko ochota, proszę ciebie, na seks przyjdzie! Niech no w powietrzu poczuje, że gdzieś jakaś pięknotka przysiadła! Wszystko rzuca. Ani już głodny, ani spragniony, już nic nie musi robić, tylko popis daje jak w cyrku.

— Oni to potrafią wtedy cyrk odstawić — przytakuje tamta.

— A puszy się taki jeden z drugim, a piórka stroszy, a oczkiem łypnie, wypatrzy ofiarę, proszę ja ciebie, z daleka i posunie się do wszystkiego, byleby tylko na niego spojrzała i, za przeproszeniem, ciała dała. — Marta jest podniecona, zabawnie mówi, jak ją coś rozgrzeje.

— Samo życie, mówię ci! — próbuje się przebić koleżanka.

— I w dążeniu do celu niezrównany, niezmordowany, niesamowity! Jakby motorek miał w sobie! A popisuje się jak idiota, wdzięki roztacza, a lata wkoło i udaje, że rześki taki, nie zmęczony w ogóle! Wiadomo, jeśli chodzi o seks, zmęczenie szlag trafia natychmiast. A temu serce wali dziesięć razy szybciej niż zwykle, a on przyspiesza, to się wznosi, to opada, proszę ja ciebie, z taką szybkością, z takim przyspieszeniem, że pilot odrzutowca przytomność by stracił. A on nie, on, rozumiesz, czuje, że będzie nagroda, jak ta jedna jedyna mu w końcu ulegnie. I co robi ta durnota? Oddaje mu się oczywiście w pięknych okolicznościach przyrody, bo uwiedziona jest wyglądem i możliwościami takiego samca.

— No, my rzeczywiście jesteśmy idiotki — przytakuje koleżanka.

— Ale co się dzieje? Jak myślisz? Oczywiście ona zostaje z dwoma młodymi, kurczę, w gnieździe, które i tak musi sobie sama wybudować. Tak, sama, sama. Nie zrobi sobie mieszkanka, to potomstwo zmarnuje się, bo po ojcu dzieci śladu nie ma. I biedna się męczy, niebezpieczeństwa czyhają, więc co kombinuje taka matka? Że komuś w opiekę się musi oddać. Mieszkanko sobie kleci z tego, co ma pod ręką, koło krogulca jakiegoś, licząc, że tam będzie bezpieczna. Bo krogulec silny jest, drapieżny i byle kto mu nie podskoczy. Rozumiesz, rewir swój ma, więc ona po cichutku blisko tego krogulca się urządza, w nadziei, że takiemu drapieżnikowi nikt w drogę nie wejdzie i ona te swoje biedne dwa małe odchowa. I oczywiście tak się dzieje, niestety.

— A kochanek już gdzie indziej, nie?

— Jasne. Już niezainteresowany, bo spełniony. Już nie musi harować, już w oddali w stan letargu zapada, nabiedził się, narobił, to mu teraz energia gaśnie. I serduszko zwalnia, i energię musi biedaczek oszczędzać, więc siedzi sobie, główkę schowa, odpoczywa. A ledwo słoneczko muśnie rano pióreczka, jesteśmy znowu gotowi na podbój świata! Na nowe zwycięstwa! Jeść, pić, latać znowu od rana do wieczora, pobłyszczeć troszkę, zapierniczać dzień cały, pouwijać się, bo może jakaś znowu w oczka spojrzy! Puls sześćset na minutę. Ja ci powiem, fascynujące! Fascynujące! A szczególnie ta zmiana, ta kompletna odmiana wyglądu! To jest niewyobrażalne!

Marta łapie oddech, wiem, bo ze mną ten film oglądała, Attenborough jest znakomity, słuch wyostrzam, bo koleżance też się podniecenie udziela.

— Jakie niewyobrażalne, co ty, kobieto, mówisz do mnie? Co to ja Edka nie znam? Co to ja nie wiem, jak on żyje? Jaki to kameleon z niego? Co ty gadasz zachwycona, szczebioczesz o nim, jakbyś sama się w nim za-

292

durzyła? Nie pamiętasz, co zrobił Elce? A jego pierwsza żona do dziś spłaca jego długi, a taka wielka miłość była! Bielmo ci na pamięć padło? Ale wiesz co? Ja to tak ciebie słucham i słucham, i cały czas, poczekaj, niech skończę, ty gadałaś, ja milczałam, tak? To i ty pomilcz chwilkę. Ja to cały czas myślę sobie, o jakim ty krogulcu mówisz? Ja myślałam, że ona sama sobie radzi przez cały czas. Że niby dzielna taka. A tu patrz, podłączyła się do prądu. To Wojtek? Wojtek jest dyrektorem, ale to chyba nie Wojtek, przecież akurat Wojtek to porządny facet. Wyjątek taki. Znam tego krogulca? Przestań do mnie przenośniami mówić, co to ja życia nie znam? Co to ja się wczoraj urodziłam? A ona, patrz, że cały czas sama, że ciągnie ten wózek, może to tak tylko, żeby współczucie wzbudzić? Chociaż ten Edek, ładnie go scharakteryzowałaś, co on, startuje do ciebie czy co? Edek to normalnie skurczysyn jest. Ja ci to mówię. Ja się na facetach znam. Czy ty się z nim spotykasz? To kto to jest ten w kuchni?

— Ale… — Marta chce przerwać, a ja nie posiadam się z radości. Zwykle jest w tym świetna, ale tym razem trafiła kosa na kamień.

— Ty lepiej się z nim nie spotykaj. Ty na niego uwagi nie zwracaj. Ty, Marta, na kogo mówisz krogulec? Na Jaśka? Jasiek jest — jak powiedziałaś? Żarogłowy! Ja cię! Normalnie takiego określenia to jeszcze nie słyszałam! Gęste!

Marta zaczyna się śmiać.

— Poczekaj, przecież pytałaś, co robiłam. To ci mówię, że oglądaliśmy film o kolibrach. Niesamowity! Niezwykły! Na National Geografic.

— Ty o kolibrach mówisz? O prawdziwych kolibrach, ptaszkach takich malutkich? Żarogłowych i pustelnikach? To nazwy gatunku? Tętno naprawdę mają sześćset na minutę? Ale czad, nie mogę! To te ptaszki normalnie się jak faceci zachowują! A krogulce są naprawdę? Ja myślałam, że to przezwisko! Te ptaszynki takie sprytne są w przyrodzie? No, jak Boga jedynego! Skąd ja mogłam wiedzieć, że ty o ptakach mówisz, no zastanów się! Co ja jasnowidz jestem jaki czy co???

I koleżanka, zaśmiewając się, wychodzi, a Marta przychodzi do mnie, opiera się o moje plecy, śmiejemy się, mówię, że wszystko słyszałem.

— Widzisz? Mówiłam ci, że jak ludzie są nastawieni na swoje sprawy i swój odbiór świata, to się z nimi niczym nie podzielisz.

A wieczorem Marta przytula się do mnie, jak już mówimy sobie dobranoc, i szepcze:

— Jesteś moim krogulcem.

To chyba był największy komplement, jaki od niej w życiu usłyszałem.

*

— Bardzo proszę, żeby panie oddały ten alkohol.

Otwieram oczy, wzdrygam się na podniesiony ton stewardesy.

Wcale nie jest miła.

— Kupiłam i jest mój.

Nie rozpoznaję, czy to głos Anki czy Jolki. Obie są wstawione.

— Na pokładzie zabronione jest picie alkoholu, który nie został kupiony u nas. A panie już chyba macie dosyć — mówi ostro stewardesa, nachylona przed nami do dziewczyn.

Ciekawe, co będzie dalej, bo w samolocie cisza się zrobiła i jakoś nieprzyjemnie.

I w tej ciszy rozlega się głos Jolki:

— Spierdalaj, lala, bo jak z tobą potańcuję, to się nie pozbierasz!

Patrzę na Dżerego, Dżery na mnie.

Nie mamy pojęcia, co się teraz będzie działo, ale żenada pełna.

Zapada cisza, a potem stewardesa odchodzi.

Czekamy chwilę, może przyjdzie pilot, ale nie.

Taki tekst walnąć, jak się jest dziewczyną?

Po usłyszeniu czegoś takiego można się zabić własną pięścią.

Milczymy obaj, ale widzę, że na Dżerym panny zrobiły spore wrażenie. Nie ukrywam, na mnie też.

Marta nigdy nie mówiła takich tekstów, nawet jak była wściekła.

Tuż przed lądowaniem Dżeremu wreszcie odpuszcza.

— Dobrze, że to wszystko wymyśliłeś. Gorzej byłoby… — Macha ręką.

— Sorry, stary, nie mogłem przepuścić takiej okazji — mówię.

— Nauczka nie pójdzie w las — skwitował moje przeprosiny. — Ale chłopakom ja o tym będę opowiadał, nie ty.

Na lotnisku manewrowaliśmy tak, żeby panienek nie spotkać. Ale przy wyjściu z hali zobaczyliśmy je po raz ostatni, stały przy krawężniku, tuż przy pasach, i pakowały bagaże do superbryki, za ćwierć miliona lekko, za kierownicą siedział napakowany koleś, minimum trzy godziny na siłowni dziennie, a w foteliku z tyłu małe dziecko.

Nawet nie mrugnęły, że się znamy, po prostu minęliśmy je, a ich wóz ruszył z mocnym wyciem silnika.

Czy leci z nami pilot?

Wróciłem może nie wypoczęty, ale w każdym razie opalony, i natychmiast wpadłem w rzeczywistość nieprzyjemną.

Po pierwsze, matka — zajrzałem do niej od razu nazajutrz, z winem, a jakże, kupionym na Lanzarote, i zastałem pana profesora.

Matka napięta, że powinienem ją uprzedzić, że się nie spodziewała, że nie jest przygotowana.

Piesek najdroższy za to był przygotowany, bo piszczał i szczekał, i nie dawał dojść do słowa.

Nie mam pojęcia, o co jej chodziło, zmyłem się szybko, wielkie mi rzeczy, zamiast wdzięczności krótki opieprz.

Owszem, nie zadzwoniłem, bo i tak byłem na Żoliborzu, żeby pouczyć jedną panią, że jak baterii w pilocie, który ma dwa lata, nie wymieni, to pilot działał nie będzie. Pięćdziesiąt złotych. Za dojazd. Nauka bezpłatnie.

Po drugie, odebrałem od razu wiadomość od Jarka, żebym się pilnie z nim skontaktował. Więc się pilnie skontaktowałem. I stek wyzwisk. Jakie to on ma przeze mnie kłopoty. Że ludzie z Opacza, patrz mąż Aktorki, wydzwaniają, żeby się pilnie skontaktował z nimi człowiek, który im w ogrodzie antenę zakładał. Chryja się zrobiła, on mnie kryje, ale czy słusznie, nie wie, powinienem być mu wdzięczny, on nie ma pojęcia, co narozrabiałem, bo on tam był, ale oni tylko ze mną chcieli się widzieć, właściciel był zagotowany, on dla mnie dupy nie będzie nadstawiał, ostatni raz żeby mu to było, kabel od anteny przecięty czymś ostrym, od razu po moim wyjściu, i tak się roboty nie robi, on musiał łatać, co ja sobie myślę. Próbowałem mu powiedzieć, że kiedy wychodziłem, kabel był w porządku, odbiór był w porządku, telewizory działały, mąż Aktorki sprawdzał, ale był wkurzony i powiedział, że niepotrzebnie się bronię, a gdybym widział desperację tamtego faceta, tobym inaczej śpiewał, bo cały czas domagał się mojego telefonu.

Alina ma dużo pracy, bo jakiś serial, co miał być odrzucony, poszedł dwa miesiące temu do produkcji, musi być pierwsza seria skręcona do sierpnia, a czasu mało, ale koniecznie chciałaby się spotkać ze mną w bardzo ważnej sprawie.

Bartek z Aśką kazali mi się niezwłocznie stawić na swoją piątą rocznicę ślubu, kicha straszna, bo nie wiem, co im kupić, a w dodatku mam naprawdę zaległości w robocie.

Zadzwoniłem do Maurycego, który też będzie u nich w sobotę, ale Maurycy mówi, że ma już butelkę, która jest taka sama jak cycek, i oni się nie posiądą z radości.

Gdzie on butelkę o takim kształcie znalazł?

Potem oddzwonił do mnie, że jedzie na ten tydzień z Bożym Ciałem do siebie pod granicę i jeśli chcę, to mogę z nim jechać, ale żebym się szybko decydował, bo on tam sam siedzieć nie będzie, więc jak nie ja, to kogoś innego weźmie. Propozycja jest nęcąca, bo nareszcie bym odpoczął.

Żadnych lasek.

Las lepszy.

Inga uczyniła sobie ze mnie najlepszego przyjaciela i zapowiedziała, że przyjdzie pojutrze, bo się stęskniła, i chce wiedzieć, jak było na Kanarach.

Małolata sąsiadów przybiegła natychmiast po moim powrocie, że gdzie ja byłem, że obiecałem jej zdjęcia zrobić i kiedy mam zamiar wywiązać się z obietnicy. Powiedziałem małolacie, że jak tylko będę miał trochę czasu, a to w praktyce znaczy nigdy.

Człowiek coś rzuci z dobrego serca i się do niego przyczepią jak rzep.

Przez ostatnie cztery dni wracam do domu na ostatnich nogach.

Tylko patrzę w okno Raszpli, rzadko jej nie ma w domu, ale wtedy lufcik jest zamknięty, a jak jest w domu, zawsze, nawet jak było minus trzydzieści, małe okienko w kuchni — ma takie samo mieszkanie jak moje — jest uchylone.

Kiedy widzę zamknięte okno, to oddycham z ulgą, bo mogę sobie muzę pogłośnić, a kupiłem dobry sprzęt, gdyż życiem należy się cieszyć już, a nie za chwilę.

Wrzuciłem do matki pranie po uprzednim zameldowaniu, czy mogę, to była obrażona, że ją tak traktuję i że nawet nie usiądę, i ona myślała, że spędzę z nią trochę czasu, i inaczej by sobie dzień zaplanowała, gdyby wiedziała, że wpadnę i wypadnę jak po ogień.

Nie dogodzisz, nawet jakbyś się napiął jak łuk. To znaczy cięciwa.

Za wszelką cenę chcę wykombinować zastępstwo na przyszły wtorek, bo mam cztery zlecenia; jak je odłożę, to znajdą kogoś innego, a to stali moi klienci.

Nie wiem, czy Jarek się zgodzi, bo jest tak na mnie zagotowany o ten Opacz, że aż przykro.

*

Inga przegląda mój album z ptakami. Drukuję zdjęcia ptaków, bo w komputerze jakby nie istniały. Mam ze sześć porządnych albumów, z których jestem dumny jak paw. Od czasu do czasu jęknie w zachwycie, ale udaję, że tego nie słyszę. Choć przyjemnie się robi.

— Jedziesz znowu na urlop? Co to?

— Dudki. Należy mi się.

— Byłeś na Wyspach Kanaryjskich. Małe ptaszki! Nie wolno tak blisko podchodzić, bo one rzucają gniazdem.

— Porzucają gniazdo — poprawiam — jak poczują, że człowiek tam łapy pakował. Ale to z daleka robione, zoomem. Jadę, bo na Kanarach się umęczyłem. Jest długi weekend, Boże Ciało, więc z Maurycym jadę popodglądać ptaki.

— Ja nie rozumiem. To kiedy pracujecie, jak weekend jest od środy? — Podnosi oczy znad moich zdjęć, które przecież są ważniejsze niż rozmowa o głupim weekendzie.

— Czwartek święto, piątek wezmę wolny, sobota wolna, niedziela święto, na poniedziałek wezmę wolne, we wtorek mnie zastąpi kolega i mogę na tydzień jechać.

— Będziecie mieli kryzys.

— Jaki kryzys? Kryzys był światowy. Kryzys był w Grecji! Niezależny od moich wolnych dni! Poza tym ja nie mam szefa, pracuję, kiedy chcę.

— To chcesz niewiele. To nie możesz potem narzekać.

— Potem nie narzekam.

— Tak robisz, Jer. Polacy tak robią. Halo, jak się masz? Strasznie. Jaka pogoda. Niedobrze, gorąco! Niedobrze, zimno! Niedobrze, nie ma deszczu! Niedobrze, jest deszcz! Niedobrze, przegrała Wisła! Niedobrze, wygrała

Wisła! Niedobry rząd! Będzie jeszcze gorszy! Był fatalny! Droga niedobra, bo mieli budować. Droga niedobra, bo się buduje. A jak u was weekend ma tydzień, to kto pracuje?

Jaka Wisła?

Co mnie Wisła obchodzi, jak jestem z Warszawy?

Legia ma wygrywać!

Co to w ogóle za rozmowa? Jadę z Maurycym na tydzień i muszę się Indze tłumaczyć? Weszła w rolę mamusi?

Matka też nie jest zachwycona, że znowu wyjeżdżam. A jej kto broni gdzieś pojechać?

— No, kto pracuje?

— Nie ja. Coś mi się od życia należy.

Inga rozłożyła się na tapczanie, czuje się jak u siebie w domu, powyciągała albumy, zrobiła sobie herbatę w moim kubku i zadowolona.

— Tylko należy i należy. Dziwny kraj. U nas jak nie pracujesz, to nie masz. U nas nie ma tygodnia na weekend. Nie ma czasu na taki długi weekend. A u was tylko święto i święto. I ludzie boją się podatki płacić. A u nas dobrze, jak płacisz duże podatki. To znaczy, że dużo zarabiasz.

Na rozmowę o różnicach między Kanadą a swoją ojczyzną nie miałem ochoty. Przecież jej nie wytłumaczę, że to są inne planety. Sama zrozumie, jak dłużej posiedzi. Milczę wymownie.

— A to?

— Największy ptak latający — łabędź niemy.

— W Europie chyba. Bo kondor jest większy.

— Nie jest większy.

— To dlaczego ja wiem, że kondor?

I masz, babo, placek.

300

Ona wie, że kondor, i kondor od tej jej wiedzy rośnie natychmiast i zrobi się większy od łabędzia. Nie wiem, skąd ona ma te informacje. Może w Kanadzie tak uczą.

— *Cygnus olor*, czyli łabędź niemy, to najcięższy ptak zdolny do lotu. Zawsze startuje pod wiatr i musi brać rozbieg kilkadziesiąt metrów, najczęściej z powierzchni wody. Dwadzieścia pięć tysięcy piór, długość ciała do metra siedemdziesięciu.

Patrzy na mnie. Kobietom ptakiem łatwo zaimponować.

— Jak ja? Naprawdę?

— Rozpiętość skrzydeł do dwóch metrów trzydziestu pięciu centymetrów. Każde dziecko to wie.

— Więcej niż to łóżko?

— Ten tapczan i jeszcze tyle. — Pokazuję Indze, a ona patrzy na mnie, jakbym jej obwieścił dziewiąty cud świata. I co z tego, skoro to lesbijka.

— Czasem pogwizduje i żałośnie zawodzi — dodaję.

— Niemy to nie mówi?

— Rzadko się odzywa, w przeciwieństwie do ciebie.

Inga zamachuje się na mnie i chce mnie trzepnąć, ale zgrabnie się uchylam.

— A kondor, czyli *Vultur gryphus*, długość ciała do stu trzydziestu centymetrów, trzy metry i dziesięć centymetrów rozpiętość skrzydeł, a waga do piętnastu kilogramów.

— To dlaczego kondor…

Kiedyś się nad tym zastanawiałem, a dzisiaj już wiem.

— Ma lepszy PR niż łabędzie. No i agresor, drapieżnik, wystarczy. Jakiś rysuneczek albo Verne, który opisywał, jak kondor porwał chłopca, i ludzie myślą tak jak ty.

Siadam koło niej i patrzę na zdjęcia, dawno ich nie oglądałem.

Mam całą serię, trafiłem na gody, pięknie się przytulają piersiami na znak, że oto będą razem całe życie. Bo łabędzie nieme łączą się na całe życie.

Siedzieliśmy z Martą w krzakach ze trzy godziny, ręce nam drętwiały od trzymania lornetek przy oczach, bez słowa przyglądaliśmy się temu, co na świecie najpiękniejsze — ptakom. Dwa zdjęcia zrobiła Marta, zrywały się do lotu i biegły po falach — udało jej się uchwycić moment, kiedy z wyciągniętą szyją pracowały, żeby wzbić się mozolnie w górę.

Przez chwilę myślałem o tym, żeby je wyjąć i wypierniczyć, ale przy dociekliwej Indze nie szło tego zrobić. Poza tym co komu winne ptaki?

Marta i tak, jak się okazało, była zainteresowana innym rodzajem...

— Ty, Jer, jak mówisz „ptak", to od razu ci się głos robi inny.

Lubię ptaki, może ze względu na swojego.

— Jak mówisz o Marcie, to też masz czasami taki głos.

— Marta nie żyje. Rozumiesz? Umarła! Dla mnie umarła! Powiadom mnie, jeśli jej stan ulegnie zmianie!

— Dopóki się złościsz, jak o niej mówię, to masz problem. Chcę wiedzieć, co ci zrobiła.

Z kobietami właśnie tak jest.

Czujesz się bezpiecznie, nawet odrobinę serca okazujesz, mimo że na profity żadne nie możesz liczyć, a one będą dziabać kilofem w twoim sercu. Na koniec się dodziabią do środka, wyciągną z ciebie flaki, położą przed sobą, kilofem pogmerają w środku, a potem zdziwią się, że już nie oddychasz.

— Kiedyś ci powiem — mówię ugodowo.

— *Promise*?

— *Promise* — mówię na wszelki wypadek.

Tyle ile ja nikt jej nie naobiecuje. Ale przyjmuje to za dobrą monetę i przytula się do mnie. Jak do koleżanki. Tylko że moje ciało nie jest ciałem obojętnym ani ciekłym, tylko bardzo stałym, czego nie jestem w stanie jej wytłumaczyć. A ona jeszcze radośnie podskakuje, więc Szara Zmora znowu wali swoją szczotą w moją podłogę.

Pierniczę, co za życie.

Krótkie spodenki

Rocznica ślubu Bartka i Aśki była bardzo zabawna. Siedzieliśmy wokół stołu, Aśka pyszne rzeczy robi, i obżeraliśmy się na całego. Kupiłem im w końcu „Mój pierwszy album" dla dziecka i byli wniebowzięci. Butelka, którą przyniósł Maurycy, też zrobiła furorę. Nie była, niestety, w kształcie piersi, ale okazuje się, że smok jest tak skonstruowany, że dziecko może pić i myśleć, że to pierś, bo z trudnością ciągnie.

Bartek się trochę napił, z tym że z kieliszka i niewiele, bo jak wiadomo, jest ojcem przednoworodka, i gadał z małą, mieliśmy ubaw po pachy.

Przyłożył ucho do brzucha Aśki, trochę przytyła, już widać, że coś się tam dzieje, i mówi:

— Nie. Nie, kochanie, nie.

I patrzy na nas.

— Aha. Rozumiem, ale wydaje mi się to niemożliwe. Więc patrzymy na niego.

— Zosia, zrób to rączkami. Masz już rączki. Paluszkami. — Puka w brzuch. — Nie sądzę, naprawdę, nawet nie chcę jej o to prosić. No dobrze, tylko nie płacz. Zaraz jej powiem.

— O co Zosia prosi? — mówi całkiem serio Aśka.

— Zosia, mamusia jest w ciąży i nie można jej denerwować. Ciąża to znaczy, że ma ciebie w środku. Nie, kochanie, nie ty masz w środku mamusię, tylko mamusia

304

ma ciebie w środku. A skoro mamusia jest w ciąży, to może to ciężko znieść.

— Co zniosę ciężko? — Aśka w ogóle, w przeciwieństwie do nas, nie wydaje się zdziwiona.

— Czego nie powtórzysz mamusi? — Wpatrujemy się trochę jak zahipnotyzowani.

— Zosia prosi, żebyś połknęła grzebień, bo chciałaby się uczesać. Ale wytłumaczyłem jej, że to niemożliwe, sama słyszałaś.

— Powiedz jej, żeby się pogłaskała po główce, to się uczesze samo, bo jej włoski jeszcze nie potrzebują grzebienia. I że jest śliczną dziewczynką.

— Jesteś śliczną i grzeczną dziewczynką tatusia — powtarza Bartek do brzucha. — Uczesz się paluszkami, tak jak mówiłem.

— I co powiedziała? — pyta Aśka.

— Że tak właśnie zrobi.

Dla nas to był cyrk, ale Bartek był zupełnie serio.

— Zosia mnie woła! — krzyczał nagle i nurkował na brzuch Aśki.

— No i co? — pytała Aśka.

A spod stołu dochodziło:

— Nie, kochanie, nie. Bo to po prostu niemożliwe. Zaszkodziłyby ci na żołądek.

— Co Zosia chciała?

— Jagódek jej się zachciało.

— Skąd ja jej jagódek wezmę w czerwcu? Zapytaj, dlaczego akurat jagódki, one są dla starszych dzieci.

— Jagódki są dla starszych dzieci — mówi pod stołem stłumionym głosem Bartek — ty jesteś za malutka. Aaaa! — krzyczy odkrywczo. — Poczekaj chwilkę, to jej powiem.

Wyczołguje się spod stołu i poważnym tonem mówi:

— Ona nie chce ich jeść, ona wie, że jest jeszcze za mała, ale tylko w paluszkach chciała sobie pomemłać...

I tak przez cały wieczór z małymi przerwami.

Śmiechu było co niemiara, choć długo nie siedzieliśmy, bo wiadomo, są w ciąży.

— Całe szczęście, że to nie chłopiec, miałby przechlapane — wyrywa mi się, już mi nie odpuszczają, dopóki nie wyjaśnię.

A jak ja mam wyjaśnić, że chłopcy mają stulejki?

— Ty miałeś i cię skrzywdzili — mówi Aśka i się zaśmiewa — no to teraz powiedz, co twoi niedobrzy rodzice ci zrobili, żebyśmy mogli tego uniknąć.

Houston, mamy problem!

Mam się im zwierzyć, że moczyli mi ptaka w nadmanganianie potasu, bo myśleli, że to na stulejkę pomoże?

— Miałem problem ze stulejką — mówię więc.

— Mi matka owinęła ptaka papierkiem i gumką recepturką — powiedział smętnie Maurycy. — I nosiłem to tak do wieczora. Muszę ją właściwie zapytać dlaczego.

— Dzieci nie rosną, jeśli śpią przy świetle — oznajmia nagle Aśka. — Tylu rzeczy jeszcze nie wiemy. Jak to wychować, żeby nie skrzywdzić? A jak się będzie bała ciemności?

— Przy jakim świetle dzieci nie rosną, zwariowałaś?

— Hormon wzrostu potrzebuje ciemności. Właśnie przeczytaliśmy. Naprawdę. Te dzieci, którym się zostawia nocną lampkę, są niskie.

Śmieszne, że ludzie nagle zaczynają inaczej myśleć o świecie, jak zachodzą.

Pożegnaliśmy się o dziesiątej.

Przedtem obaj z Maurycym pożegnaliśmy się z Zosią.

— Tylko łagodnie do niej mówcie, jest bardzo malutka — ostrzegał zupełnie serio Bartek.

Położyłem dłoń na brzuchu Aśki i poczułem delikat-
ny kop. Odskoczyłem jak oparzony.

— Widziałeś? Kopnęła cię, na szczęście. — Aśka
uśmiechnęła się i zauważyłem, że coś się w niej zmieniło. Nie chodziło o tych parę kilo. Ona naprawdę świeci-
ła. — Zaprosiliśmy też Martę, ale zapytała, czy będziesz,
i uprzejmie odmówiła. Szkoda, że nawet nie możecie
być razem u przyjaciół, wiesz, jako starzy znajomi. Bardzo ją lubiłam.

*

Wracałem do domu na piechotę. Wieczór był piękny,
od dwóch dni w Warszawie jest cieplej niż na Kanarach,
w dzień to nie do wytrzymania, ale w nocy — ekstra.

Wracałem sam, do pustego mieszkania, i jakoś mi się
zrobiło nieswojo. Ludzie żyją razem, cieszą się razem
z zygoty, gadają do siebie, rozumieją się w pół słowa,
śmieją się razem, razem śpią, razem wstają, razem przyjmują gości i razem się cieszą z głupiego albumu.

Tylko ja jestem jakiś felerny.

*

No i trochę byłem rozmiękczony po tej rocznicy Bartka i Aśki, bo dałem się Indze podejść jak dziecko.

— To nie robi sensu — powiedziała i wyłożyła nogi
na stolik.

Wpada do mnie bez zapowiedzi, kiedy tylko ma
ochotę, ale nie czuję się skrępowany, robię swoje i się
nie przejmuję, a ona dziamoli.

Właśnie spawałem druty do sprzętu — wymieniam
na miedziane, okazało się, że lepiej przenoszą dźwięk.

Lutuję od trzech popołudni, burdel w domu nieziemski, bo musiałem odsunąć szafki, żeby mieć dostęp, i narzędzia leżą na podłodze, nie będę przecież codziennie tego na nowo rozkładał. Lutownica daje przyjemny ogień.

— To nie ma sensu — poprawiam.

— To nie robi sensu. Na razie, na dziś, nie wiadomo, czy ma, czy nie ma. Na razie dzieje się.

— Nic się nie dzieje, bo wszystko skończone, rozumiesz?

Nie przypuszczałem, że kiedykolwiek opowiem o tym, co zastałem w swojej skrzynce mejlowej parę miesięcy temu. A jednak ona ze mnie szczegóły wyciągnęła.

— Straszne to. Ale ja o tym wiem.

— Bo ci powiedziałem.

— Nie. Kto obcy mi mówił.

— Ja ci powiedziałem! — Denerwuję się, bo robota jest precyzyjna, jak źle zlutuję, to mi się wtyczki będą chybotać.

— Ty mi powiedziałeś, że penisa miała w ręku. A ja słyszałam, że oni się kochali, robili seks.

— Można się domyślić, że jeśli twoja dziewczyna uśmiechnięta pozuje do zdjęcia z cudzym... w dłoniach, to nie dlatego że robi zakupy.

— Nie robi sensu. W ogóle, przecież ci mówię, ja to znam. Ona dostała zdjęcia, na których on robi seks z inną.

— Jak rany, co znasz? Co ty o tym możesz wiedzieć? — Złoszczę się na nią, jakby naprawdę nie była kobietą.

Zdejmuje nogi ze stołu i podchodzi. Nachyla się nade mną, opiera cyckami o moje plecy.

— Kończysz zabawę?

— To nie zabawa — oburzam się.

— Dla ciebie *fun*, dlaczego nie kupisz gotowych?

— Bo mam te i sam sobie wymienię. Jutro, pojutrze skończę.

Warczę, bo mnie ta rozmowa o Marcie i owym zdjęciu, które przekreśliło niezwykły, jak myślałem, związek, irytuje.

A poza tym mieć na plecach takie cycki i wiedzieć, że nic z tego nie będzie, to weź i wytłumacz wodzowi, żeby się uspokoił. Ale wódz połączenia z mojego mózgu nie odbiera, a mnie się robi niewygodnie.

— Wymyśliłeś to, bo cię dręczę. Powiedz mi prawdę, Jeremiasz, to będzie ci wolniej.

— „Wolniej" to *opposite* „szybciej".

— *Freedom is* „wolno"?

— Wolność. Czuć się wolnym. Aczkolwiek powoli. Czyli wolno, czyli nie tak szybko, jak myślisz, poczujesz się wolnym.

— Poczujesz się powolnym, kiedy opowiesz. *I am your friend*. Ty nie możesz z chłopcem mówić. Ty możesz ze mną prawdę. A ja to znam wcześniej.

Teraz się naprawdę wkurzam. Odkładam lutownicę, dziewczynie każę usiąść. Otwieram komputer — wchodzę na swoją pocztę. Datę, niestety, znam na pamięć, otwieram plik, na ekranie Marta. Moja śliczna Marta z obcym... w rękach.

— Proszę. Oto ona.

Inga przygląda się temu zdjęciu, a potem patrzy na mnie, znowu na zdjęcie i znowu na mnie. Ja za to w ogóle nie patrzę w komputer. Jeden rzut oka kiedyś, w przeszłości, wyjaśnił mi wszystko.

— Ja to znam… Ktoś mi mówił…

— Nikt o tym nie wie.

— A co ona zrobiła po tym, jak jej pokazałeś? Co powiedziała?

— Nic. Kazałem się jej wynosić i tyle. Spałem u Grubego.

— Nie wyjaśniłeś?

— Co, cholera, miałem wyjaśniać? Inga! Tu nie ma nic do wyjaśniania! Była moją dziewczyną. I to nie jest zdjęcie z przeszłości, choć pewno tego bym też nie przełknął. Obcięła włosy w sierpniu. Tu już ma nową fryzurę. Nie ma o czym gadać.

Zatrzasnąłem pokrywę komputera. Żałowałem, że pokazałem jej to zdjęcie. Jak się kobieta uprze, to facet nie ma wyjścia. W życiu nie czułem się tak dociśnięty do ściany, no, może u matki na ostatnim obiedzie.

— Dojrzały *man* pyta. Nawet jak związek jest *out of order*. To pyta i słucha. To jak z książki… Z filmu…

— Ale to nie jest film. To było moje życie. I powiem ci, że miałem głębokie przekonanie, że to jest właśnie ta dziewczyna. Że spotykasz kogoś takiego i jakbyś został obdarowany przez los. Że ludziom się przydarzają takie rzeczy wyjątkowo, raz na ileś…

— Kochałeś nią?

— Kochałem nią — powtórzyłem bezwiednie.

Taka jest prawda.

*

A najgorsze było to, że ona zachowywała się przez telefon tak, jakby nie wiedziała, o co chodzi. Do końca pogrywała. Gdyby chociaż próbowała coś wytłumaczyć, jakoś się usprawiedliwić. Nie wiem, co mogłaby

310

powiedzieć, ale przynajmniej nie kłamać, może bym to jakoś lepiej zniósł. Różne rzeczy znosiłem.

Kiedyś po powrocie od matki powiedziała mi, że ciężko jej patrzeć, jak przed drzwiami z faceta w długich spodniach zamieniam się w chłopca w krótkich porciętach.

Pokłóciliśmy się wtedy porządnie, bo z jednej strony masz matkę, która też ma coś do powiedzenia, a z drugiej swoją kobitę, która ci robi uwagi. I weź, człowieku, wybieraj, młot czy kowadło. Marta była naprawdę zdumiona, że nie rozumiem, o co jej chodzi, i stwierdziła, że sam fakt, iż przyjmuję jej słowa z wściekłością, świadczy o tym, że ma rację.

— Nie traktujesz swojej matki z szacunkiem, tylko albo się jej boisz, albo się denerwujesz jak dziecko — powiedziała wtedy ze smutkiem.

Ale się pogodziliśmy, choć pewno miała rację, bo matka mnie albo wkurza, albo muszę jej być wdzięczny za wszystko, czego się dla mnie wyrzekła.

*

— Ja bym porozmawiała. Ty się tniesz od tego.

— Rozdział zamknięty — zakończyłem stanowczo rozmowę.

— Nie, bo ciebie boli. A jak boli, to ranisz sobie innych.

Nikogo sobie nie ranię, tu Inga nie miała racji. Staram się nie wchodzić ludziom w drogę. Krótka piłka, tak to tak, nie to nie. Prosił się nie będę.

Ale kobieta rozwałkuje takie „tak" na milion kawałków, z trzech liter zrobi cały alfabet, potem dołoży inne litery i ma przemówienie gotowe. Odwróci kota ogonem sześćset razy.

A ze mną rozmowa jest prosta. Nic mnie nie boli, po prostu widzę świat we właściwym świetle. Lepsze to niż złudzenia.

Postanowiłem nie wdawać się w dyskusję. Lepiej od niej wiem, co mnie boli, a co mnie drażni. Drażni mnie taka rozmowa. Duszno mi, więc niech ze mnie złazi.

— Dajmy temu spokój — powiedziałem.

— Dać pokój?

— Daj pokój.

— Śmieszny język. *Freedom and room* znaczy to samo. Ja jem, ty jesz, ale tyjesz, to gruby jesteś. Jedno słowo ma dwa znaczenia. Różne. Trudny język. Nielogiczny. A ty się obrażasz jak dziecko. Zabierasz zabawki i idziesz do swojego podwórka.

— Na swoje podwórko. — Sam ją nauczyłem tego zwrotu.

— Masz piwo? — zapytała pojednawczo i na tym skończyliśmy tę głupią dyskusję.

Długi męski weekend

— Najpierw na Żoliborz do matki, zapomniałem swetra. — Wpakowałem do bagażnika samochodu Maurycego swoją torbę i sprzęt. — Wskoczę tylko na górę i wezmę raz-dwa.

— Dobra. — Maurycy ruszył z kopyta, to właśnie lubię, że bez zbędnych pytań rozumiemy się w pół słowa.

U matki nie chciałem siadać na chwilkę ani zaprosić Maurycego na chwilkę, ani przekąsić czegokolwiek, ani brać słoików z leczo, które ma na wszelki wypadek, ale chwyciłem sweter, torbę z pościelą też, przeleży w samochodzie, nic się temu przez parę dni nie stanie. Była zła, że tak ją traktuję, że Maurycy nawet nie wszedł, że przecież ona ma kotleciki gotowe, co ja sobie wyobrażam, obraza na całego. Minie jej.

Wrzuciłem torbę na tylne siedzenie.

— Pranie — wyjaśniłem. — Zobaczy kawałek świata.

Przedzieraliśmy się przez most Siekierkowski i Marki dość mozolnie. Cała Warszawa postanowiła opuścić stolicę. Dopiero przed Wyszkowem zrobiło się trochę luźniej, Maurycy przyspieszył, obaj poczuliśmy wiatr w żaglach.

— Znałem kolesia, co naczynia woził do matki — powiedział Maurycy filozoficznie, wpatrując się w drogę przed nami.

— Zbierała?

— Nie, myła.

— Naczynia? — upewniłem się.

— No — potaknął Maurycy.

— Naczynia? — Nie mogłem wyjść ze zdumienia.

— Mówię. Ty wiesz, ile trzeba mieć pary, żeby taki chłam załadować do jakichś toreb? Przecież to się klei, bo brudne, tak?

— No — potwierdziłem; nie bardzo sobie wyobrażałem, jak można upakować brudne naczynia, znosić to cholerstwo, szczególnie jeśli winda nieczynna, do samochodu, jechać z tym barachłem, i to na dodatek ostrożnie, żeby nie potłuc, potem wnieść do matki na piechotę, bo windy nie ma, potem rozładować, potem czekać, potem czyste załadować. Czysty absurd, choć brudne naczynia. Przecież to nie pranie.

— I dygał z tymi naczyniami, i do dzisiaj dyga.

— A co matka na to?

Maurycy wzruszył ramionami.

— Widać lubi, tak?

Moja matka cały czas się krząta, a to coś zmyje, a to coś zaleje, a to coś wyciera, a to po coś pójdzie. Jakby sobie nie mogła miejsca znaleźć. Zamiast się odprężyć.

*

Na tokowanie batalionów nie zdążyliśmy w tym roku, przez te Marty Kanary, ale parę dni w okolicach Puszczy Knyszyńskiej dobrze nam zrobi. Rodzice Maurycego mają koło Krynek maleńki domek, ze sto lat ma, drewniana chałupka w szczerym polu, za chałupką las, na obrzeżach umierającej wsi — cztery tylko chałupy zamieszkane, w jednej trzymają krowę i nie ma ani jednego psa w żadnym obejściu, co ma swoje zalety, bo nikt ci łydek nie obrabia i nie wrzeszczy przez płot, i nie biega za tobą jak głupi, płosząc ewentualną szlachetną zwierzynę.

*

Pierwszy raz Maurycy zaprosił nas parę lat temu — Grubego, Bartka, Jasia, który teraz mieszka na stałe w Danii, Roberta, przyjaciela Maurycego, i mnie, rzecz jasna. Wzięliśmy rowery i spędziliśmy siedem dni, jeżdżąc po osiemdziesiąt kilometrów dziennie. Wtedy narodziła się świecka tradycja, którą do dzisiaj kultywujemy, z tym że ja trochę odstaję, szczególnie w tym roku, bo roweru jeszcze nie zdążyłem wyjąć z piwnicy, a zwykle o tej porze miałem paręset kilometrów w pedałach.

Założyliśmy przy piwie i skromnym ognisku, w którym próbowaliśmy upiec kaszankę, ale ona tego nie zrozumiała i spaliła się na węgiel — związek Sextpeleton.

Było nas sześciu, rowery były, a też z rowerów świat jest piękniejszy niż zza szyb samochodu. Zwierzynę łatwiej wypatrzyć, a w mieście można laski pooglądać.

Jasiu z Danii wprowadza nasze osiągi do Excela, pierwszego listopada ogłasza wyniki — ile kto przejechał w sezonie, uczciwie podajemy mu trasę w pięciu kategoriach: starszyzna — czyli znane drogi, pierwszyzna — czyli pierwszy raz tą trasą, nowizna — znany cel, ale za każdym razem trzeba się dostać inną drogą, ekstrema — wiadomo — niezwykła droga, tak jak na przykład tory kolejowe, ale długo jechać się nią nie daje, i premium, czyli drogi za granicą.

Są jeszcze podkategorie, takie jak: drużyna, femina, LW, czyli Lonely Wolf, i podkategorie podkategorii, czyli subkategorie: świeżyzna, czyli z kimś po raz pierwszy.

Femina zawsze opóźnia drogę, wiadomo, kobiety takiej pary nie mają, a to siusiu, a to zdjęcie tutaj byłoby świetne, a to pić, a to jeść, a to odpocznijmy, usiądź-my, zajrzyjmy, buzi, dupci, pierdolety śląskie. Druży-nowo jedzie się szybciej, bo ci adrenalina podpowiada, żeby ciała nie dać. LW jest najprzyjemniejsze, nadajesz własne tempo, jesteś szefem tego świata, masz ochotę na piwo, to staniesz, a jak nie, to i trzy godziny posu-wasz i nikt ci problemów nie robi.

Byłem naprawdę niezły, w tym roku pewno będę ostatni, bo już nie nadrobię tych zaległości, chyba że-bym się przesiadł na rower w pracy, ale za dużo sprzę-tu muszę ze sobą wozić. Chociaż jakbym sobie sakwy większe kupił, to kto wie? W korkach nie stoisz, popy-lasz przez zapchane miasto, tężyzna spływa na ciebie jak woda, nie przymierzając, na kaczkę.

Trzy lata temu zrobiłem trzy tysiące dwieście kilome-trów i zdystansowałem wszystkich, choć nie we wszyst-kich kategoriach.

Chałupka Maurycego jest tuż przy granicy białoru-skiej, jak okiem sięgnąć ani jednego światła, ani żywego ducha, hektary łąk, podmokłych, raj dla derkaczy, jedy-ne takie miejsce w Polsce. Zobaczyć gnoja nie jest łatwo, bo tylko terkocze jak stara kołatka, ale próbować można. Połazimy z lornetkami, porobimy zdjęcia.

Jechało nam się nieźle, za Zambrowem zrobiliśmy po drodze zakupy, wódeczka, popitka, kiełbasa, chleb, fla-ki, same niezbędności, po Białymstoku mieliśmy mały przestój, bo przebudowują to, co zbudowali dwa lata temu, ale przed nocą byliśmy na miejscu.

Panie ludzie, to jest bajka! Już jak się zjeżdża z głów-nej szosy w szutrówkę, świat zaczyna być inny.

Sarny śmigają, tylko dupska bieleją wśród drzew, ptaki gaworzą przednocnie, słowiki wydzierają się na potęgę, pliszki bawią się z samochodem — zdążę uciec, czy nie zdążę? — bociany siedzą w gniazdach, spokój, żywego ducha, oprócz nas i przyrody.

Ja to kocham.

Wyspy Kanaryjskie powinny się od nas uczyć, jak można wyglądać.

Dojechaliśmy do jego chatynki i byłem szczęśliwy jak dziecko.

W progu trzeba się schylić, żeby łba sobie nie rozbić, ale za to jesteśmy zupełnie sami i zapowiadają się rewelacyjne dni.

Chwytam torbę, wrzucam do maleńkiego pokoju, w którym będę spał, wyciągam tylko śpiwór i idę pomagać Maurycemu.

Maurycy charakteryzuje się tym, że w aucie ma wszystko. Przez wszystko rozumiemy — wszystko. Najpierw wynosi wór — land rover experience oryginalny, co Maurycy z dumą od lat podkreśla, w nim poduszka, śpiwór, prześcieradło. Potem wynosi torbę, a mnie wskazuje oczami skrzynkę, pełną rupieci, więc biorę i niosę za nim.

Ustawiam w kuchni. Kuchnia cała w drewnie, belki nad głową, stół okrągły na środku, piec z boku, kaflowy. Wracamy do samochodu — dwa kolejne pudełka, w tym jedno plastikowe, duże, bierzemy. Torba z zakupami do wzięcia. W bagażniku jest jeszcze mnóstwo rzeczy, porządnie popakowanych, pytająco patrzę na Maurycego.

— Weź tylko kuchenkę i butlę gazową, nie tę, ta jest zapasowa, jakby się ta duża skończyła. Tego nie ruszaj, to flaga.

— Flaga?… — zawieszam głos.

— Nasza flaga. Każdy powinien mieć przy sobie flagę. Na wszelki wypadek. Jak trzeba będzie zaznaczyć swoją tożsamość narodową. Zobacz. — Rozwija kawał

317

płótna. — Z godłem. Nie wygląda to dobrze, może ktoś w końcu wymyśli, jak to ładnie skomponować. Fuzja barw narodowych z godłem jest ładna, mimo że nie ma poparcia w heraldyce. Każdy powinien mieć flagę.

— Po co ci podkreślanie tożsamości narodowej w lesie? — Głośno przełknąłem ślinę.

— A wiadomo, co się zdarzy? Mogliśmy tu być trzeciego maja, tobym wywiesił. — Zwija porządnie flagę i chowa do drugiej skrzynki. — Siekierę też wożę, na wszelki wypadek. Jakby trzeba było się przebić, coś zrąbać, no w ogóle, rozumiesz. Nie wiadomo, w jakie okoliczności przyrody się wpierdzielisz.

Trochę rozumiałem, a trochę nie rozumiałem. Ja nie wożę siekiery. Ani flagi. Ani ryngrafu. Maurycy by woził, jakby pannę z pazurami dostał.

— Prostownik, kabelki do akumulatora, generator prądu, takie tam. — Machnął ręką w stronę dużego pakunku owiniętego brezentem. — To, co ty pewnie też masz.

Generator prądu to noszę przy sobie w tylnej kieszeni spodni, na wszelki wypadek, wiadomo. Ale worek wodoszczelny na śpiwór jest niezły, też by mi się przydał.

Siadamy w chacie, flaszka się mrozi, Maurycy się rozpakowuje, szykujemy posiłek.

Otwiera skrzynkę, wyjmuje nóż, wyjmuje chleb, porządnie zawinięty, który przywiózł z domu, mimo że kupiliśmy świeży przed chwilą — ten zaczyna kroić, żeby się nie zmarnował.

— Nóż kuchenny Gerlach, świetna stal.

No to mimochodem wyjmuję swój scyzoryk i zaczynam kroić pomidory. Rzuca okiem, kroić nie przestaje.

318

— Scyzoryk Victorinox, *Swiss made* — mówię wobec tego niedbale.

— Kuchenka gazowa Predom, na propan butan, rok produkcji 1968, dzieło polskich inżynierów. Dostałem od ojca jednej dziewczyny, co się ku niej miałem. Dziewczyna zniknęła, a kuchenka została. Nie doceniamy tego, co nasze. Patek był Polakiem, a kto o tym wie? Kudelski jest Polakiem, a tutaj nikt nie zna jego nazwiska. A jest na szwajcarskiej liście stu najważniejszych osób. Weź jeszcze trójnik z samochodu, to podłączymy lampę gazową.

Wyjmuję ze swojego bagażu latarkę, biorę kluczyki.

— Latarka amerykańska Maglite, precyzja i prostota eksploatacji — mówię ot, tak sobie i wychodzę.

Wracam z trójnikiem, Maurycy trzyma w ręku lampkę.

— Lampka nocna diodowa — rzuca niedbale.

— Przy której każda kobieta wygląda jak zombi — dodaję, bo akurat na oświetleniu się znam.

— Po to ją mam! — śmieje się Maurycy. — Żeby nie dać się otumanić!

Zapalam pod kuchenką, wrzucamy kiełbasę do wody. Otwieramy flaszkę, po jednym nam się należy.

— Nasze! — wznosimy toast i wychylamy.

— Sztućce stalowe Solingen — Maurycy kładzie na stole noże i widelce.

Pokazuję palcem na swoje buty.

— Island. Treakingowe. Kultowe. Szturmowe. Najlepsze. — Jestem dumny z tych butów jak z mało czego. Maurycy powinien je zauważyć od razu, bez przypominania.

Maurycy podnosi sweter.

— Koszula ze sklepu myśliwskiego plus zapasowa w torbie, z wentylacją z tyłu, długa, żeby nie wyłaziła ze spodni. A zegarek obowiązkowo mechaniczny z wahnikiem, budzik w środku, *dual time*.

Wyjmuję z torby okulary i podtykam mu pod nos.

— Okulary słoneczne, oprawa tytanowa Eschenbach. Lekka, po rozdeptaniu łatwo odtworzyć.

Maurycy wyjmuje ze swojego szczelnego pudła majonez, musztardę i keczup, stawia na stole, ręką wskazuje drugi kosz.

— A sięgnij tam — mówi — widzisz ten termos?

Widzę okrągłą, znakomity patent, brezentową torbę izolacyjną.

— Termos — mówi z dumą Maurycy. — Obudowa stalowa, wnętrze stalowe, przepiękny, *made in China*, bo Amerykanie przenieśli fabrykę do Chin, gwarancja dożywotnia pod warunkiem nienaprawiania młotkiem lub biaksą. To Stanley — Since 1913. Do ośmiu godzin masz gorącą herbatę nawet w polskiej zimie. Termos akceptuje obecność kobiety, bo ma dwa kubki. — Maurycy jest podniecony i tak opowiada o tym termosie, jakby chciał się z nim ożenić. — Pokrowiec firmy Tatonka.

— Jak będziesz szczytował, wyjdź przed ganek — radzę wobec tego.

Nalewam po drugim kieliszku. Ładnie się rozchodzi ciepełko. Co teraz? Maurycy przechyla kielona, wyjmuje z torby kurtkę i podtyka mi pod nos.

— Kurta szturmowa ultraodporna na podarcie, wodoszczelna, *full water resistance*, zobacz, wewnętrzne kieszenie zakamarki, w chwili strachu jaja możesz chować, każdy mężczyzna może mieć słabszy dzień.

Podnoszę koszulę i pokazuję mu pasek. Sam go zrobiłem.

— Pasek skórzany szturmowy. Jak się szturmuje, żeby gacie ci z dupy nie poleciały.

Kiełbaski się gotują, zaczyna smakowicie pachnieć. Maurycy nalewa, wypijamy. Po czym podnosi swoją koszulę.

— Spodnie Levi's, lekko zużyte, w kolorze czarnym, żeby dupę wyszczuplały.

Wobec tego wyciągam kompas.

— Prawdziwy mężczyzna chce w łóżku wiedzieć, w którą stronę ma łeb skierowany.

— Długopis Carandache, model nie zmieniony od dwudziestu lat, *Swiss made*.

— Ale optyka tylko...

— ...Carl Zeiss — kończę i nalewamy.

— Albo Leica. Zdrówko! — Podnosi do ust kieliszek i wskazuje na plecak. — Plecak musi być nieobrośnięty w niepotrzebne gadżety, pas biodrowy prosty. Zgadza się?

Być nieobrośnięty?

Tu się wkurzyłem i poszedłem po swoją torbę. Przyniosłem, wskazałem palcem.

— Widzisz?

— Co?

— Moja torba. Nie stoi w jednym szeregu z tymi przedmiotami, była awaryjnie kupiona w Siedlcach, nie w tym kolorze, nie w tym miejscu, z nieodpowiedniego materiału, ale pozostała na stanie przez miłość do bliźniego, bo się spisała, nie wyrzucę, pomogłem małemu polskiemu biznesowi. Straszny szmelc.

Maurycy wybucha śmiechem, a jak jest lekko podpity, to śmieje się serdecznie i bez opanowania. Podnosi moją rękę, jak sędzia na ringu. Zwycięstwo przyznane, snob jeden, można coś wrzucać na ruszt.

Kiełbasy lądują na talerzach, zanim Maurycy nałoży, podnoszę nakrycie i sprawdzam, na czym jem.

— Włocławek, po babci. Polska!

Za oknami słowiki urządzają prawdziwy koncert. Parę melodii się niesie, las żyje własnym rytmem, derkacz jeszcze uparcie gdzieś terkocze, jesteśmy sami, a przed nami przygoda. Oraz kiełbasa, chleb, pomidory i butelka.

To jest życie!

Opróżniamy do czysta talerze, Maurycy je od razu myje, ja chowam majonez, keczup i musztardę do jego skrzyneczki na wypadek głodu, ja pierniczę, nawet dwie główki czosnku tam ma, bierzemy butelkę i wychodzimy na ganek.

Noc jest upojna, chłodno, ale gwiazdy świecą srebrzyście, ptaki trzepią się po gałęziach, od czasu do czasu niesie się kwilenie, jakby miały zły sen i ktoś obok je uspokajał. A poza tym cisza. Miękka, wilgotna, wspaniała cisza.

Cisza i ciemność.

Nie gadamy, bo i po co. Komórki powiadamiają nas, że ambasada na Białorusi ma numer 375172882114. Wyłączamy cholery, bo będą nam naliczać w roamingu rozmowy. Sieć nie może się zorientować, gdzie jest granica, a przemytnicy mają wiedzieć? A potem udowadniaj, człowieku, że nawet wizy nie miałeś. Ba, wizy, nawet paszportu nie miałeś pod tą granicą.

Siedzimy tak sobie i gapimy się w noc. To jest najlepsze, że nie trzeba po próżnicy strzępić ozora. Wlewamy w siebie jeszcze po kielonku i idziemy spać.

Rano trzeba się podnieść skoro świt i ruszyć na polowanie.

*

Budzi mnie leciutkie dzwonienie. Podnoszę się natychmiast, przed świtem być w lesie to rozkosz, mijam się z Maurycym w drzwiach malutkiej łazienki.

— Robię kawę i idziemy — zapowiada, musiał wstać przed budzikiem.

Kiedy wychodzę przed domek, mgły powoli wstają z okolicznych łąk. Maurycy trzyma w rękach termometr.

— Włocławek. Spółdzielnia Termometry, polskie profesjonalne. Ten jest mleczarski, w obudowie z drzewa liściastego, nie stłucze się tak łatwo. Odporny na uderzenia. Z rtęcią. Dwanaście stopni, zimno — powiadamia mnie tonem sprawozdawcy sportowego.

— *Over* — mówię i wyruszamy.

*

Pierwszym zwierzęciem, które się na nas napatoczyło, był piękny łoś. Staliśmy na brzegu lasu, musiał iść z wiatrem, usłyszeliśmy za sobą głębokie, mlaskające westchnienie, coś w rodzaju sapnięcia, i jak na komendę odwróciliśmy głowy. Stał jakieś piętnaście, dwadzieścia metrów dalej. Przyglądał nam się przez chwilę, nawet aparatu nie podniosłem do oczu, po czym odwrócił się i podreptał w gęstwinę. Jak ja to kocham! Ten moment, kiedy takie zwierzę patrzy ci w oczy, albo i nie patrzy, tylko robi swoje, jakby cały świat do niego należał.

Słońce wschodziło i świat się budził do życia. Ruszyliśmy ku najwyższemu wzniesieniu w okolicy, żeby się tam zadekować. Tym razem nie było ono terenem wojskowym, a nawet nie miało nazwy. Z góry widać nieprzebrane połacie przestrzeni. Mogą się trafić sarny,

323

kozły, ptactwo różnorakie, a także wopiści. Po półgodzinie rozsiedliśmy się wygodnie w wysokiej trawie. Maurycy wyjął z plecaka poddupniki i termos.

Poddupnikami zaimponował nam już parę lat temu. Znalazł mianowicie deskę do pływania dla dzieci i kupił ją, jak powiedział, ze względów kolorystycznych. Nie miał co z nią robić i leżała w tapczanie. Aż któregoś dnia, jak wrócił z Puszczy Węgrowskiej, a udał się tam nieopatrznie w zimie, oświeciło go. Wyjął deskę, przeciął na pół i okazało się, że ona znakomicie izoluje, jest lekka i nadaje się do odgarnięcia śniegu z przydrożnych ławek w razie zimy. Od tego czasu poddupniki, tak zwane tęczowe, Maurycy wozi ze sobą, razem z flagą, ale nie miałem pojęcia, że rankiem zdążył je spakować. Ultralekkie, oddające ciepło, genialne. Siedliśmy wygodnie, rosa nie moczyła portek. Otworzył termos Since 1913 i nalał kawy. Co za smak o świcie ma taka kawa!

Milczeliśmy, lornetując okolicę.

W wysokiej skarpie tuż za nami, gdzie wybierano piasek, utworzył się ptasi raj. Setki jerzyków wydłubało tam sobie dziury i zrobiło gniazda.

Z lornetką przy oczach napawałem się widokiem uwijających się jak w ukropie maleństw. Te zwinne ptaszki wręcz dwoją się i troją. Ludzie często myślą, że to jaskółki, ale mylą się. Jerzyki nigdy w życiu nie usiądą na drutach. Mogą cztery lata spędzić w powietrzu, tam śpią, kopulują, jedzą. Jedynie na okres lęgu na moment przysiadają. Widzę teraz, że robią to niezdarnie, na chwilę zatrzymują się koło dziur, podają smakołyk, jakąś muszkę czy inne świństwo, i odlot. Jerzyki są niezwykłe.

Maurycy trącił mnie w ramię. Powędrowałem za jego wzrokiem.

W niebo wzbijał się orzeł bielik. Piękne skrzydła trwały nieporuszone, wykorzystywał sprzyjające ciągi, opadał i wznosił się, wolno kołował nad łąką. I nagle skądś pojawiły się dwa błotniaki, parka — ona brązowa, duża, on prawie cały biały, nie licząc drobnych muśnięć brązu na skrzydłach, z kremowym brzuchem — i zaczęły kołować nad bielikiem. Błotniaki rozłożyły jak zwykle skrzydła w kształt litery V, latały chwilę nad orłem, potem jeden z nich nagle obniżył lot i prawie wskoczył mu na plecy!

Musiał bielik naruszyć ich terytorium, bo jak niepyszny zmył się nad las, a błotniaki poszybowały w słońcu w drugą stronę. Złapać coś takiego w obiektyw to jest kunszt!

Siedzieliśmy prawie do dziewiątej, aż nam zaczęło burczeć w brzuchach. To jest odpoczynek prawdziwy. To jest świat wyraźnie określonych praw i chociaż łańcuch pokarmowy jest nieubłagany, żadna przykra niespodzianka cię nie czeka. Tak po prostu jest. I to jest w porządku.

Wracaliśmy również w milczeniu, bo o czym tu gadać?

Wieczorem byliśmy tak zmachani, że od razu po flakach rąbnęliśmy się do wyra.

Jutro też jest dzień.

*

Maurycy raz dziennie wsiada w samochód i jedzie do Krynek, bo tam jest zasięg. Nie może przeżyć dnia bez rozmowy z Ewką, ale na ten temat rzecz jasna nie rozmawiamy. On wie, po co jedzie, ja wiem, po co jedzie, razem wiemy, po co jedzie. To jest w porządku.

Udajemy, że mojego spotkania z Ewką nigdy nie było, choć wiem, że jest mi wdzięczny za tamtą cholerną nieudaną randkę w kawiarni...

*

Dzisiaj, kiedy wrócił, rozpaliliśmy ognisko, nabiliśmy kiełbaski na patyki leszczynowe i siedliśmy za domem. Ściana lasu ciemniała i rozjaśniała się od opierających się o nią płomieni.

— Nie za blisko drzew?

— A skąd. Nie ma wiatru, zawsze tu palimy.

Kiełbasy się smażą, tłuszcz spływa i skwierczy w płomieniach.

— Tak sobie myślę, że może byś wrócił...

— Gdzie?

— Do nas. Alina robi ten serial, rozmawiałeś z nią? Ona dużo może... Może by cię już wzięli... Tyle czasu minęło od tego festiwalu...

Milczałem. Bo co mogłem powiedzieć?

Pamiętałem tamten wieczór jak dziś.

Święto *Lipy*

Pamiętam dokładnie, ze szczegółami ten wieczór. Dotarły do mnie przecieki, że muszę być na gali i mam się przyzwoicie ubrać, bo może się „przypadkiem" zdarzyć, że komisji spodobała się moja *Lipa*. Zadzwonił kierownik artystyczny *Lipy*, zresztą znany reżyser, który jak zobaczył zdjęcia, to się zachwycił i naprawdę udzielił mi takiego wsparcia, że myślałem, iż będę mu do końca życia wdzięczny.

Pożyczyłem od Grubego skórę, dla mnie w sam raz, bo na nim wisiała, od Marty chciałem pożyczyć kolczyk, ale tak zapytała, czy na pewno chcę przekłuć ucho, że już na pewno nie chciałem.

Za to zarzuciła mi swój szal na szyję, wyglądałem OK. Naturalność wymagała jednak olbrzymich starań.

Cały światek filmowy zgromadzony w foyer szumiał *Lipą*. Koledzy, którzy jeszcze wczoraj mnie nie poznawali, podchodzili i ściskali mi dłoń albo klepali po ramieniu i mówili:

— No, stary.

Zrozumiałem, że to jest nasz dzień. Mój i *Lipy*.

Najpierw odebrał nagrodę film *Mój jeden pantofelek* — za debiut, Januarego Kuźmy. Zgrabny, z dobrym pomysłem — Kopciuszek, bucik, wielki świat, dziewczyna z marketu dostaje się do reklamy i to jest jej koniec.

Potem odebrał nagrodę Reżyser Wielki, wiadomo było, że ją musi dostać. A potem prezenter telewizyjny zapowiedział:

— A oto największa sensacja dzisiejszego wieczoru. Eksperymentalny film reżysera, którego odkrywamy na nowo.

Trochę się zdziwiłem, ale od kiedy minister kultury powiedział, że chętnie porozmawia z Czapskim, który od lat już nie żył, nie powinienem się dziwić niczemu. Marta ściskała mnie za rękę, oczy jej błyszczały, jakby to ona miała dostać nagrodę.

— Niebanalne spojrzenie na codzienność, wydawałoby się, powszednią, tak jak dzień nasz powszedni, powszedni chleb, powszedni wysiłek, a jednak nietrywialne. Sięgające w głąb samej istoty rzeczy, odkrywające nieprzenikalne dotąd pokłady wrażliwości, żeby nie rzec — egzystencjalizmu. Esencjonalne zdjęcia, w skrótowym błysku ukazujące niezmierzoną otchłań ludzkiego jestestwa natury, jedności naszego gatunku z przyrodą, duchową więź, którą tak bezpretensjonalnie niszczymy — twórca wbrew wszystkiemu ocalił. Jestem osobiście zaszczycony, mogąc zaprosić tu obok mnie na podium laureata najważniejszej nagrody naszego festiwalu...

Marta ściskała mnie tak, że o mało mi nie rozgniotła ręki. Podniosłem się, prawie nieprzytomny z wrażenia.

— Oto nasz laureat, Jan Kolasiński!

Usiadłem.

— Cooo? — Marta spojrzała na mnie.

— Gówno — odpowiedziałem.

— Uspokój się, to nieporozumienie, przecież to opiekun twojego projektu, pomylili się.

Strząsnąłem jej dłoń.

— Zaraz się wszystko wyjaśni, Jeremiasz, spokojnie.

Mój opiekun, a znany reżyser, Jan Kolasiński, z uroczym uśmiechem, sprężyście wbiegł na scenę, wyjął mikrofon z ręki prezentera, oklaski zagłuszyły jego pierwsze słowa.

— Proszę państwa, dziękuję, dziękuję.

Ukłon.

Niewiele widziałem. Przed oczyma miałem mroczki. Ciemność, widzę ciemność.

— Chciałbym tu, korzystając z okazji, serdecznie podziękować Akademii Filmoteki Polskiej za tak zaszczytne wyróżnienie; świat idzie w dobrym kierunku, jeśli naszą wrażliwość kierujemy ku naszej matce ziemi i propagujemy pewne, umówmy się, niepopularne i niepopulistyczne idee. Jestem niezwykle szczęśliwy, bo taka nagroda to przepustka do lepszego świata, w którym nie ma miejsca na wzajemne animozje, tylko na troskę o połączenie sił i pogłębienie więzi z wszystkim, co nas otacza, albowiem tylko w tym jest, miejmy nadzieję, szczęśliwsza, słoneczna przyszłość zbiorowa.

Straciłem oddech.

Poczułem, że coś się dzieje w moim brzuchu. Jakby mi ktoś przypierdolił prosto w splot słoneczny.

Byłem wykastrowany.

— Ale, ale, proszę państwa. To nagroda nie tylko dla mnie. Muszę wspomnieć, że współautorem pomysłu jest Jeremiasz Chuckiewicz. Bardzo proszę, drogi Jeremiaszu, proszę do nas, młody człowieku, zapraszam do nas.

Marta trąciła mnie w ramię. Byłem rzeźbą Rodina, byłem głazem granitowym, byłem powietrzem, nie byłem w stanie się ruszyć.

Więc siedziałem.

Marta całą sobą zwróciła się ku mnie, jakbym był jej własną matką, co nagle zasłabła.

— Wychodzimy? Jeremiasz!

I wstała.

Wstałem również. Skierowaliśmy się do wyjścia.

Wydawało mi się, że ludzie dziwnie patrzą, rozległy się jakieś oklaski, ktoś krzyknął: „brawo, Noris", ktoś: „skandal", to chyba głos Grubego, ale nie przysięgnę, Marta wyprowadziła mnie jak owcę na rzeź. Jak barana.

W foyer oprócz nas byli tylko pani od chipsów i dwaj ochroniarze. Zatrzymałem się i szarpnąłem Martą.

— Nigdzie nie idę.

Stanęła obok mnie i tak staliśmy, nie wiem jak długo, bez słowa.

Kiedy zaczęła się wylewać fala ludzi, wypatrywałem mojego opiekuna artystycznego i najznakomitszego twórcy mojej *Lipy*.

Stał z prawej strony i udzielał wywiadu telewizji. Dziennikarze rzucili się na niego, jak tylko pojawił się w drzwiach, dostrzegli go wcześniej niż ja, otoczyli szczelnym pierścieniem.

Odepchnąłem Martę i ruszyłem w jego stronę. Zauważył mnie i uśmiechnął się szeroko.

— Jeremiaszu, tutaj, tutaj, prosimy!

Już na „simy" dostał w ryja.

Natychmiast znalazłem się na glebie, niemal równocześnie z nim. Ochroniarze też byli szybcy.

— Ależ proszę pana, to jakieś nieporozumienie. Dziękuję, dziękuję — zwracał się do dziennikarzy, którzy pomagali mu się podnieść — tak to jest, jak emocje biorą górę… Cóż, młodość jest nieokiełznana, Jeremiaszu, to twoja przyszłość, otworzyliśmy przed tobą możliwości, przecież ja nie wykluczam wspólnej współpracy mimo tego incydentu — już znowu mówił do kamer.

Ochroniarze trzymali mnie za ramiona, ale jednak zrobiłem krok w jego kierunku i natychmiast wszystkie kamery miałem na sobie.

— Wolę psie gówna zbierać, niż z tobą kiedykolwiek pracować — rzuciłem. I dodałem: — Ty wyleniały fiucie.

*

Nie chciałem nikogo widzieć. Wróciliśmy do domu i otworzyłem pół litra. Nalałem sobie pół szklanki i wypiłem duszkiem. Marta nie powiedziała nic. Po raz pierwszy w życiu.

Matka zadzwoniła do mnie późnym wieczorem.

— Robaczku, co się stało? Ty wiesz, że ja ci nigdy nie zwracam uwagi, ale to przekraczało wszystkie granice…

— Kobieto, ty w ogóle nie wiesz, o co chodzi!

— Jak możesz tak do mnie mówić, ty nie jesteś sobą…

— Mamo, nic nie rozumiesz! — krzyknąłem, jakbym miał siedem lat. Rozpaczliwie.

— Rozumiem, kochanie, przecież oglądałam galę… — chlipała moja matka w słuchawkę.

— To MÓJ film!

— Widziałam w dzienniku, że pobiłeś tego znakomitego reżysera, przecież on ci tak ułatwiał, tak się starał!

— Mamo, to jest kawał… — zreflektowałem się — on mi ukradł film!

— Ależ przecież to jest znakomity reżyser, on chciał ci pomóc, ty nie umiesz współżyć z ludźmi, o mało zawału nie dostałam, Jeremiasz, przecież ja się nie będę mogła pokazać znajomym! Ty zawsze myślisz tylko o sobie!

Jasne.

Myślałem tylko o sobie, zamiast oczywiście pomyśleć o niej. O jej sąsiadach. O jej znajomych od brydża. Taki niedobry chłopiec byłem. Miałem ochotę pierdolnąć słuchawką, ale nie zrobiłem tego.

— ...ty w ogóle nie pomyślałeś o sobie, ty przekreśliłeś swoją karierę, Boże mój, Boże... Taką przykrość mi sprawić.

Cała matka.

Teraz się wyłączyłem.

Marta podała mi drinka, muszę przyznać, że zachowywała się wtedy jak nigdy. Schlałem się szybko i nie musiałem myśleć. Spałem jak zabity do dziesiątej rano.

A po dziesiątej zadzwonili ze studia numer pięć.

— Panie Jeremiaszu, postawił nas pan w trudnej sytuacji. Musimy to jakoś rozwiązać. Dyrektor prosi, żeby pan był do dyspozycji.

Do jakiej dyspozycji?

— Jestem do dyspozycji — odpowiedziałem.

— Proszę, żeby pan był u nas o pierwszej — sekretarka Dyrektora była władcza.

Będzie opierdol, ale ja też miałem im coś do powiedzenia.

— Wszystko można wyjaśnić — powiedziała Marta, do której natychmiast zadzwoniłem. — Zrozum, to może szansa, nie wszystko stracone, musisz z nimi porozmawiać, nikt nie może ci zabrać twojego filmu. Tylko proszę, nie denerwuj się.

Byłem spokojny jak, kurwa, ocean.

Jak mężczyzna z mężczyzną

Punktualnie o pierwszej stawiłem się w gabinecie Dyrektora.

Niewielu ten gabinet widziało, wielu chciało się tu dostać. Właściwie powinienem to potraktować jak wyróżnienie. Skórzane wygodne fotele, kanapa, stolik modern, kwiaty, przestrzeń, obrazy.

— Panie kolego, proszę bardzo — powiedział Dyrektor, wskazując fotel. Usiadłem.

Usiadł obok mnie. Stary, taki bliżej pięćdziesiątki, marynara, golf, dżinsy ledwo mu jaja oplatają. Robi się na młodego. Ale kiedyś musiał być przystojny.

— Panie Jeremiaszu, a w ogóle to może będziemy na ty, Ludwik jestem. — Podniósł się, wyciągnął do mnie powtórnie dłoń.

Było gorzej, niż myślałem. Skracał dystans, chciał mnie udupić. Znam to. Ton przyjacielski, życzliwy, współczujący. Ciekawe, w które ramię mnie poklepie i w którym momencie. Boi się afery. A afera już jest.

— Panie Jeremiaszu, drogi Jeremiaszu — poprawił się natychmiast, poczekał, aż sekretarka postawi przed nami te dwie kawy, sięgnął do filiżanki, upił, poczekał, aż kobieta wyjdzie, spojrzał na mnie przeciągle, dalej czekał, ale ja milczałem. — Przecież pan doskonale rozumie, że środowisko filmowe w ogromnym stopniu opiera się na współpracy. Przecież to jest praca zespołowa. Niech pan spojrzy na strukturę produkcji, sam reżyser jest nikim, sam kamerzysta, sam scenarzysta, sam operator nic nie zrobi.

Wiedziałem o tym, ale akurat *Lipę* wyreżyserowałem, nakręciłem, zmontowałem sam.

— Jesteśmy od siebie wzajemnie zależni. Oczywiście, wprawdzie indywidualność ma tu kolosalne znaczenie, ale samodzielnie nikt z nas niczego nie osiągnie.

O tym też wiedziałem, ale akurat nie dotyczyło to *Lipy*. *Lipa* była moja. Kolasiński był opiekunem artystycznym, nikim więcej.

Byłem spokojny jak dziecko. Naprawdę słuchałem go tak, jakbym słuchał radia. Byłem wyzbyty wszelkich uczuć, nic mnie nie dotykało, nic mnie nie drażniło, nic mnie nie wkurwiało.

Dyrektor podniósł się i zaczął krążyć po pokoju.

— W naszej dziedzinie niezbędne jest zrozumienie, że wszyscy służymy sztuce, przez duże S, i że nierzadko musimy powściągnąć osobiste ambicje na rzecz wspólnego celu, jakim jest dzieło filmowe. Jeremiasz, ja ciebie rozumie — tak, tak właśnie powiedział, rozumie, nie: rozumiem. — Twoje doświadczenie nie jest jednostkowe. Nikt cię nie zrozumie tak jak ja, ponieważ nierzadko w życiu stawałem przed tego rodzaju dylematem.

Kurwa, jakim dylematem? Nie stałem przed żadnym dylematem, tylko siedziałem przed stolikiem. Na którym stała kawa. Posłodziłem i wypiłem.

— Bywają sytuacje, kiedy należy poświęcić własną ambicję jednostkową, nawet użyłbym tu słowa — zawiesił głos, byłem ciekaw, jakiego słowa użyje — ambicyjkę, na rzecz wspólnych wartości. Egoizm nie jest najlepszym doradcą. A wartością w naszym zawodzie jest co? — zawiesił głos.

334

Byłem ciekaw. W jakim „naszym", też byłem ciekaw, bo o ile mi było wiadomo, jego zawód to dyrektor. Mój — operator.

— Misja! Przez duże M! Nie bójmy się tego słowa. W końcu służymy kulturze, przez duże K.

Misja miała dobrą ścieżkę dźwiękową. Wszyscy ginęli, o ile pamiętam, ale słuchałem dalej.

— Jeremiasz, bądźmy dorośli — westchnął i ponownie usiadł.

Bardzo pożyteczna uwaga.

Bądźmy.

Też bym mu doradzał dorośnięcie, i to w szybkim tempie. Długo się jako Dorian Gray nie utrzyma. Chyba że botoks. Spodnie bym zmienił na jego miejscu. Na sztruksy. Jaja by mu się nie odparzały. Młodzież na razie takich nie nosi, tylko starcy, co chcą się podszywać pod trzydziestolatków.

— Rozumiem, że spotkała pana, ciebie — uśmiechnął się fałszywie — przykrość, subiektywna. Z pańskiego, twojego punktu widzenia to może tak wyglądać. Ale spójrzmy na to obiektywnie. Pan jest młodym, zdolnym człowiekiem, my sobie takich ludzi bardzo cenimy, naprawdę bardzo. Ale po tym przykrym incydencie musi pan znaleźć sposób nawiązania kontaktu z człowiekiem, którego pan w tak brutalny sposób potraktował. Na oczach milionów widzów. Był pana opiekunem, mentorem, nie bójmy się tego słowa, mentorem przez duże M. On, mówiąc między nami, i mam nadzieję, że to nie wyjdzie poza nas obu, bardzo pana forował, a tego ja nie lubię. On bardzo wspierał pański projekt.

Zawiesił głos, jakby dając mi szansę na pokajanie się, zdziwienie: Ach, to on? Nie wiedziałem... Doprawdy, to zmienia postać rzeczy...

Ale rzeczy miały dla mnie postać niezmienną.

Milczałem.

Ton jego głosu prawie niezauważalnie uległ zmianie.

— To zresztą kosztowało spore pieniądze i nie może pan zamykać oczu na to, że bez niego ta *Lipa* by nie wykiełkowała. W sensie filmu, rzecz jasna. Moja osoba przyglądała się temu z, nie ukrywam, niejakim dystansem i gdyby nie Jan, ten projekt by nie powstał. Młody człowieku, Jeremiaszu, niech pan się nie łudzi, gdyby nie nasza wytwórnia, nie zostałby pan zauważony, a takiego talentu byłoby szkoda. Daliśmy ci szansę i niech pan tej szansy nie zaprzepaści. Dobrze wykorzysta. Mówmy jak mężczyźni — wytoczył ciężki argument, chociaż niewłaściwy, bo mężczyzną w tym pokoju bez wątpienia nie był on. — Wywołał pan skandal, próbował pan skompromitować nasz festiwal, nasze najmłodsze dziecko wygenerowane przez naszą wytwórnię, z ogromnym oddźwiękiem w ministerstwie, a fakty są takie.

Przerwał i wziął głębszy oddech. Patrzyłem, jak się wierci, wstaje, siada, pije, nachyla się do mnie. Dobra scena do filmu. Jeden nieruchomy, drugi krąży. Trzeba by mieć steandicam, chodzić razem z nim lub tuż za nim, żeby pokój się kołysał w takt słów.

— Dostał pan od nas pieniądze na projekt. — Teraz jego głos był silny, władczy. — Korzystał pan z naszej montażowni i naszego studia, udostępniliśmy panu nasze doświadczenie, myśmy w pana zainwestowali. Wie pan, jakie są koszty promocji? Nie chcielibyśmy pana tym obciążać. Ciebie — szeroki uśmiech znowu wpełzł mu na twarz — ale takie są reguły gry. Przez duże R.

Jego kawa stygła.

— Jeremiaszu drogi, jesteś człowiekiem z ogromnym potencjałem, nie warto kłaść na szali swojej przyszłości. Ale pańska energia może być zarówno konstruktywna, jak i destruktywna. Spotkaliśmy się z jej negatywnym obliczem. Jednak chcę ci dać kolejną szansę. Oto moja propozycja. Myśmy bardzo poważnie brali pod uwagę twoją kandydaturę przy projekcie *Dwa dni w Berlinie*. Bardzo.

Dwa dni w Berlinie były największą koprodukcją ostatnich lat. O pracę przy niej ubiegali się najlepsi, najbardziej znani. To będzie bez wątpienia film, który pojedzie na wszystkie festiwale. Największa kooperacja europejskiej kinematografii, taka wizytówka nowoczesnej Europy, a scenariusz polski, bardzo dobry zresztą (Gruby mi go przesłał do przeczytania, sam starał się chociażby o szwenkowanie przy tym projekcie), i to był nasz rdzennie polski pomysł. Gdyby to się udało, byłby to najlepszy film polski od zarania dziejów. Rzecz jasna, Grubego odrzucili. Mieli swoje ulubione nazwiska.

A skądinąd było wiadomo, że Bartkowicz, gdyby nie wcześniejsze zobowiązania, toby zza oceanu na skrzydłach przyleciał to kręcić.

— Wszystko w pańskich rękach. Choć nie ukrywam, że w tej sytuacji pojawiło się mnóstwo wątpliwości, ale też nie będę tail, że rozmawiałem z panem Janem. — Zawiesił teatralnie głos i pochylił się ku mnie, a ton miał jakby lekko zdziwiony. — I on również wstawił się za panem, mimo że poczuł się dotknięty. Moja propozycja jest taka...

Houston, mamy problem.

Będzie propozycja.

Wielkie mi rzeczy, propozycja!

Proszę bardzo, możesz mówić, możesz nie mówić. Wisi mi to.

— Tak? — zawiesiłem głos.

Po *Dwóch dniach w Berlinie* byłbym królem świata. Mieszkanie bym spłacił w ciągu roku. Od kamery nie mogliby mnie odspawać przez najbliższe lata. Propozycje by się rzuciły na mnie jak zgłodniałe wilki.

To byłby początek wielkiej kariery.

— Nie chcielibyśmy, żeby ten incydent przekreślił twoją przyszłość. Powiesz w mediach, że byłeś w złym stanie nerwów, przemęczony, że ten nagły zaszczyt, czy coś w tym rodzaju, może wpływ alkoholu?… Media to lubią, zresztą ten skandal pomoże filmowi — uśmiechnął się tym razem szczerze. — Że nie był pan sobą, nie zrozumiał sytuacji. Będzie okazja, twórcy *Lipy*, do których pan się przecież również zalicza, są zaproszeni do Pegaza i Jednorożca, a jutro do telewizji podwieczorkowej, do programu „Kredka i Wuzetka".

Idziemy na słodko.

Bo przecież jestem również, r ó w n i e ż twórcą *Lipy*.

— I tam pan wyjaśni całą te niemiłą sytuację.

Te, powiedział: te.

Czułem, że mi się ulewa. Marta byłaby ze mnie dumna. Nie odezwałem się ani słowem i nie porzygałem w połowie. Byłem niesamowity, nie-sa-mo-wi-ty. Śniadanko zostało w środku.

— Oczywiście, możesz szukać innych rozwiązań, ale umówmy się, będą bardzo nieopłacalne. Po tym incydencie będzie to dla ciebie bardzo trudne, nie bójmy się tego słowa, wręcz niemożliwe. A gdyby panu ktoś doradzał wejście na drogę sądową, powiem szczerze — będziesz skończony. Oczywiście można zbierać psie gówna, ale to będzie już twoja decyzja. Decyzja o gównach może się urzeczywistnić.

Moja gastryka wytrzymała.

— *Dwa dni w Berlinie* czekają. Program publicystyczny „Kredka i Wuzetka" jest pojutrze. Na żywo. Na decyzję masz czas do szesnastej. I mam nadzieję, że się zrozumieliśmy — stanął przede mną.

To był koniec audiencji.

Podniosłem się i ja.

Wyciągnął rękę.

— Na takich ludziach jak ty nam zależy — powiedział i poklepał mnie po prawym ramieniu, odprowadzając do drzwi.

— Dziękuję — powiedziałem wobec tego. — Jutro, szesnasta.

„Kredka i Wuzetka" czy tam „Bajadera i Fajera" pojutrze. Pokajam się i przyszłość przede mną. Będę złamasem, ale z karierą.

Jak rany, pamiętam każde słowo, każdy gest. A to przecież już dwa lata.

Przyjaciele

— Masz — Maurycy podał mi kiełbasę, upiekła się apetycznie, w czasie kiedy byłem daleko stąd.

— Alina, gdyby mogła, na pewno by mi to załatwiła. Nie musiałbym jej prosić — powiedziałem. — A ja się nie będę kajał. *Lipa* była moja.

— To wiadomo. — Maurycy nachylił się i podał mi musztardę.

*

Słowiki zachrzaniały, aż miło było słuchać.

Każda rodzina ma inną linię melodyczną, to niezwykłe, że pisklęta przejmują od ojca nutki.

Słowikowa porzuca gniazdo, jak słowik przestaje jej śpiewać. A słowik przestaje śpiewać przez przypadek losowy, na przykład coś go zeżarło. Rzadziej dlatego, że ma odpał. Ale słowikowa słyszy ciszę i fru… leci sobie szukać następnego śpiewaka.

Jego śpiew ją przytrzymuje przy rodzinie. Nie robi nic innego, tylko śpiewa. Ona do podłogi, do garów, do małych, do wszystkiego. A on tylko śpiewa. Ale dopóki śpiewa, ona nie narzeka. Jego śpiew trzyma ją przy życiu, ona po prostu musi go słyszeć, żeby zajmować się gniazdem.

I ona go słucha, i zasuwa. Dom czysty, dzieciaki nakarmione… A kiedy słowik przestaje śpiewać — ona skazuje dzieci na śmierć. Bez jego piosenki traci do wszystkiego serce.

Marta mówiła, że on śpiewa o tym, jak bardzo ją kocha. I dopóki ona wie, że jest kochana, żyje dla niego. Kiedy on milknie, ona wpada w depresję. Sądzę, że ptaki nie są aż tak romantyczne, on po prostu tym kląskaniem znaczy swój rewir. To jej zapewnia poczucie bezpieczeństwa, nic poza tym.

*

Od początku byłem na pozycji spalonej, jeśli chodzi o *Lipę*, bez obrońcy za plecami.

A nawet jeśli otrzymasz dobre podanie na polu karnym, a nie ma nikogo między tobą a bramkarzem, i nawet jak strzelisz, bramka nieważna.

Gruby wtedy mi powiedział: Noris, zastanów się, to jest jednak zamknięte środowisko, smród się poniesie tak czy tak. Pomyśl, jeśli chcesz funkcjonować w tym otoczeniu.

A Maurycy dodał, że jeśli będziesz onkologiem w jakiejś pieprzonej katedrze onkologii i napiszesz genialną pracę, to ci się dopisze lub wręcz podpisze kierownik katedry, promotor, profesor Piprztycki, dyrektor Iksiński, docent Ygrekowski, bo takie jest życie.

I że mogę się na to godzić, jak każdy w tym kraju, albo mogę w Beskidach jeść łopian i udawać, że to szparagi.

Tylko Marta powiedziała, że to wspaniale, że walczę o siebie, choć sposoby pozostawiają sporo do życzenia, i że dobrze zrobię, nie godząc się na takie draństwo.

Rozgorzała wtedy dyskusja. Spotkaliśmy się u nas, w sobotę, przyszli nie zapowiedziani, siedzieliśmy do nocy i gadaliśmy.

Że oni się karmią naszą energią, ci wszyscy, co już mają te swoje nazwiska, te tytuły, te układy, te pierdolone obcykane ścieżki dostępu, a jednak to oni nam zazdroszczą. Bo są wprawdzie urządzeni, ale za to nie mają jaj. A my i tak jesteśmy zachowawczy, bo tkwimy w śmieciowych umowach, trzy miesiące, trzy miesiące, trzy miesiące, i sprawdzamy kurs franka, bo nabraliśmy kredytów, nie możemy się z tego wymiksować, i powoli zapadamy się w tę ich rzeczywistość. I dopiero wtedy stajemy się dla nich partnerami, bo już też nie mamy jaj, już nie zagrażamy ich gatunkowi. Oni wiedzą, że jeszcze mielibyśmy szansę, ale sami ją sobie odbieramy. Dwudziestolatki mogą być zbuntowane, nie my.

Ale ja mimo kredytu, niestety, właśnie we frankach wziętego, nie dałem się.

Marta krzyknęła:

— Zaraz, zaraz, do czego wy go namawiacie, żeby się sprzedawał za tego franka? Kompromis jest dobry, ale w związku!

— W jakim związku, w radzieckim?

— Co ty pierdolisz, chcesz go utrzymywać, jaj pozbawić?

— Właśnie chcę, żeby miał jaja, nie wszyscy się muszą kastrować, żeby pracować przy filmie! A on, choć niewykastrowany, i tak sobie poradzi!

— Fizyk kwantowy też ma pod swoimi artykułami współautorów, o czym my mówimy!

— Jebać fizykę kwantową, chodzi o Norisa!

— Grzebiesz się za życia!

— Nie da się kurwić bez przystanku! Jedną dupą na dwóch weselach nie będziesz!

Wszyscy się nagle poczuli Jeremiaszem.

Oprócz Marty.

— To będzie tylko twoja decyzja, Jeremiasz, tylko twoja, bo to twoje życie. Poradzisz sobie bez względu na to, jaką decyzję podejmiesz. Sam. A ja i tak jestem przy tobie.

I podjąłem wtedy parę decyzji.

Że nie, nie przeproszę, dopóki on tego nie sprostuje, nie odda mi *Lipy*.

Że poczekam.

A on nie sprostował.

Umiem wiele innych rzeczy, z głodu nie zginę, kredyt spłacę.

Sprawy nie wniosę, bo po co mi szarpanina, koszty, udowadnianie, wszyscy zainteresowani wiedzą, jak było.

No i co z tego, że szoruję po domach i naprawiam ludziom sprzęty? Korona mi z głowy spadnie? Wielkie mi rzeczy, jeszcze przyjdzie mój czas.

A Marta trwała przy mnie przez te dwa lata murem.

Kiedyś ją zapytałem, czy jej to nie przeszkadza, że z człowieka światowego zmieniłem się nagle w robola. Ale się wściekła! Powiedziała, że widać było mi to potrzebne, żebym uzyskał dystans do tego środowiska i nabrał szacunku dla innych ludzi, i że cieszy się z tego bardzo.

Nie za dobrze w pierwszym momencie załapałem, o co jej chodzi, ale potem sobie pomyślałem, że gdybym kible mył, też by ze mną była, i że jeszcze wiele muszę się nauczyć.

— Nie zniosłabym tylko, jakbyś teraz usiadł na kanapie i czekał, aż ci się niebo jakąś gwiazdką zesra. To by znaczyło, że bardzo się pomyliłam. Tylko to.

Niebo się zesra gwiazdką. Tak powiedziała, słowo. Byłem w szoku, bo Marta nigdy, ale to przenigdy nie

powiedziała żadnego dosadnego słowa i prawdę mówiąc, nie bardzo lubiła, jak nam się coś wyrywało.

Ale wtedy, w mojej obronie, nikt nie liczył się ze
słowami.

*

— Tak sobie myślę, że miałbyś szansę... sporo czasu minęło, teraz od ciebie zależy. Większej zadymy
nie zrobiłeś, byli przygotowani na proces, moim zdaniem. — Maurycy otworzył piwo, ale pokręciłem przecząco głową.

— Muszę tu kiedyś Ewkę zabrać — dodał po chwili. — Myślisz, że by jej się podobało?

Nie miałem pojęcia.

Kobiety nie lubią, jak u ciebie woda ciecze z małej
rurki zamiast z wygodnego prysznica. I jak jest zimno.
I że musisz grzać coś na kuchence. Boją się butli gazo-
wej, że wybuchnie, komarów, że potną, szerszeni, że
na pewno zaatakują, że spotkasz dzika, że nie spotkasz
dzika, że będzie zimno, mokro, deszcz, upał, nudno, za
wesoło, za smutno, że sami, że z kimś, właściwe skreślić.

Nie wiedzą, czego chcą, ogólnie rzecz biorąc.

Marta wiedziała, czego chce.

— Pewnie — powiedziałem więc z pełnym przekonaniem.

Nie będę go pozbawiał złudzeń.

Jest moim kumplem.

*

W dzień wyjazdu spakowaliśmy się zgrabnie i szybko, bo chcieliśmy jeszcze tutaj poprzerzucać zdjęcia do
komputerów i posiedzieć spokojnie przed chatą.

Po sześciu dniach nareszcie ogoliliśmy gęby, podstawiłem pod nos Maurycemu maszynkę Braun, ma trzydzieści lat, odziedziczyłem po ojcu, ekstrasprawa. Maurycy docenił, bo aż cmoknął z uznaniem, a potem wyjął niewielki urzącho, wygięty maleńki przedmiocik.

— Czyścik do uszu Dovo Solingen, łyżeczka bez wypełnienia z żółtą rączką długości około pięciu centymetrów, która nie kaleczy uszu. Ale Braunem to mi zaimponowałeś — powiedział.

— Jasne, snob jesteś — stwierdziłem i zrobiłem herbatę.

Usiedliśmy na ganku.

— Wiesz co? — Maurycy spojrzał na mnie. — Ja mam w domu sztućce ręcznie kute firmy Gude, z rączką z drzewa oliwnego. Do cukru mam łyżeczkę srebrną jeszcze z Zakładu Czapickiego, przedwojenną. Nie mam dużo przedmiotów, przeprowadzam selekcję — to moja zasada, nie obrastam w nie. Rower musi być dobry i rzeczy, których dotykam najczęściej, muszą być dobre. Wiesz dlaczego? — Jak Boga kocham, nie wygłupiał się. — Każdy dzień używania tych rzeczy godzien jest i szacunku dla ludzi, którzy je tworzyli, i dla ich wysiłku.

Przytkało mnie.

Nigdy tak nie pomyślałem.

Z kobietą się nie dogadasz

Kiedy wkładam klucz do zamka w drzwiach do mojej chaty, sąsiednie drzwi uchylają się, wygląda Ania.

— Gdzie byłeś? Czekałam na ciebie, kiedy zdjęcia mi zrobisz? Ja się naprawdę interesuję fotografią.

Nieopierzone toto, ale wzrok we mnie wbity taki ma proszalny, że odstawiam torbę, którą już prawie wnosiłem za próg.

— Wiesz co, zrobimy inaczej. Ja cię po prostu nauczę, jak się robi zdjęcia. Przecież nie chcesz być modelką. Możemy, oczywiście przy okazji, robić sobie wzajemnie, ja tobie, ty mnie. Ale na przykład ptaki są ciekawsze.

— Ciekawsze ode mnie czy od ciebie? — pyta i uśmiecha się.

Małe to, a bystre. One się z tym rodzą czy jak?

— Superciekawe. Trudniejsze. Nie wiedzą, że je fotografujesz, i są lepszym obiektem, rozumiesz, co mam na myśli?

— Mam niedobry aparat.

— Ja mam dobry. A poza tym jak się nauczysz na niedobrym, to od razu będziesz genialna, jak dostaniesz lepszy sprzęt, OK?

— No to żółwik — mówi i podchodzi z wyciągniętą piąstką.

Nadstawiam swoją, a ona nagle robi unik w dół i nasze ręce się mijają.

— Żółwik, ale podwodny! — Śmieje się i zatrzaskuje drzwi.

Pierniczę.

Właśnie znowu się zobowiązałem do czegoś, na co w ogóle nie mam ochoty. Jeszcze mi tylko tego brakuje, żebym z dzieckiem chodził na spacer i uczył je czego-kolwiek. Nie jestem pedofilem, jak rany!

*

Domofon buczy, ktoś nie zdejmuje ręki z dzwonka, wygrzebuję się spod koca, odsypiałem noc spędzoną w towarzystwie kumpli — Gruby wpadł na weekend, mają przerwę w zdjęciach — jestem wściekły, że kogoś diabli niosą.

— Otwieraj szybko! — głos Ingi słychać na całą klat-kę schodową.

Podniecona jak diabli, może wyrwała jakąś laskę, w przeciwieństwie do mnie. No to odpoczynek z głowy. Uchylam drzwi i włażę z powrotem pod koc. W nocy spałem dwie godziny, a rano zachrzaniałem po ludziach.

Inga wpada cała w skowronkach, objuczona torbami z jakichś sklepów.

— Mówiłam ci, że przypomnę jaki film?

Nie mam pojęcia, o czym mówi. Nie wspominałem o żadnym filmie. O niczym nie wspominałem. Nie wi-działem się z nią od dwóch tygodni.

— Film, jak usłyszałam, jak robią seks!

Rzuca torby na stolik i siada obok mnie. Jeśli chcia-ła się ze mną podzielić wrażeniami z jakiegoś porno, mogła zadzwonić i uprzedzić. Poza tym czy ja muszę tego słuchać? Pilnie potrzebna dziewczyna dla mojej przyjaciółki!

— Ja teraz oglądam telewizję, bo się chcę nauczyć dobrze po polsku. I ja sobie przypomniałam, gdzie ja to wysłuchałam.

— Co? Inga, mów po kolei! Błagam! — We łbie mi huczy i jestem mało przytomny. Nienawidzę, jak mnie budzą dzwonki. Wszystko jedno, czy to jest alarm przeciwpożarowy, budzik tatusia czy domofon.

— Jest odcinek serialu. Powtarzali taką zapowiedź. I ja to widziałam jeden miesiąc temu. Będą puszczać od września. I w tym odcinku jest taka rzecz jak u ciebie.

Jak rany. Nie mogę. Nie mam siły. Taka rzecz jak u mnie, czyli co? Lesbijka na kanapie, która wpycha mi łokieć w udo, bo się musi nade mną nachylać?

— Ona właśnie dostała jego zdjęcie, jak on robi seks z inną kobietą. I ona go rzuca. A to nie on, zupełnie. On chce jej coś powiedzieć, coś *explain*, ale ona mówi: wszystko skończone. *It's over, over. I don't wonna see you again, never and ever!* I odwraca się. To było bardzo poruszające. I on został sam, smutny, a ona szła w deszczu i łzy jej leciały, ale nie odwróciła się do niego, tylko on stał i wołał za nią, a ona odchodziła i odchodziła, i wreszcie zniknęła!

Do pełni szczęścia brakuje mi jeszcze tego, żeby wpadały do mnie niezapowiedziane kobiety, które wolą kobiety, i opowiadały mi seriale polskie. Tego nie zniósłby nawet Bond.

Podnoszę się z tapczanu. Inga patrzy na mnie z takim wyczekiwaniem, że nie wiem, co powinienem zrobić. Mostek? Gwiazdę?

— No i co?

— Jak to co? To jest twoja historia! To jest Marta! Tylko odwrotnie, rozumiesz?

Marta, tylko że odwrotnie. Proste i nieskomplikowane. Marta stojąca na głowie w filmie, który obejrzała
Inga. Mam się przejąć.

— Och — mówię więc.

— Jer, nie żartuj, jestem *serious*! — krzyczy Inga i szar-
pie mną.

Ja też jestem *serious*.

— Daj mi spokój, kobieto! — Podnoszę na nią głos.

I oczywiście natychmiast słyszę stukot szczotki.

Czego te baby ode mnie chcą, na litość boską! Do
kompletu brakuje mi telefonu od matki. Tupię wściekły
w podłogę. Odstukuje raz jeszcze.

Mijam Ingę, idę do łazienki i jak gdyby nigdy nic
zaczynam napuszczać wody do wanny. Kąpiel to to,
o czym marzę. Inga pakuje się za mną.

— Co robisz?

— Kąpiel.

— W takim momencie? — Skręca kurki, a mnie skręca ze złości.

— Inga, daj mi spokój! Czego ty ode mnie chcesz?

— Nie rozumiesz?! To było w filmie! Ta twoja sytuacja! Fatum? A film był teraz, nie trzy miesiące temu.

— Bo to się zdarza. Ludzie robią sobie świństwa,
a Internet tylko pomaga zachować anonimowość. Posy-
łają sobie zdjęcia nagminnie. I jakiś scenarzysta to wykorzystał. Wszystko na ten temat. — I odkręcam ponownie wodę.

A co robi Inga? Nie może przecież dać się zagłuszyć
szumem wody. Nachyla się nad wanną i woda przestaje
lecieć.

— Inga, ja rozumiem, że ty jak każda kobieta chcesz
się doszukiwać sensu tam, gdzie go nie ma. Ale ja jestem

inaczej skonstruowany. Przeszłość to przeszłość i nie ma się czym zajmować. Koniec. Kropka. *Show must go on.*

— Jeremiasz, ty jesteś idiot! Ty udajesz, że nie rozumiesz. Ja ci mówię, to widziałam, to słyszałam, ja nie wierzę w taki przypadek jeden.

— Bo to nie ma z moją historią nic wspólnego. Inga, daj mi spokój, naprawdę daj mi spokój, jeśli chcesz się ze mną kolegować. — I odkręcam wodę.

— Kąpiel? — pyta Inga i widzę, że jest wściekła. — To ja poczekam. Przymierzę sobie bluzkę. Zrobię herbatę. Masz herbatę?

Nie chcę żadnej herbaty i żadnej Ingi, czekającej, aż się wyleżę w wannie. Po prostu nie chcę. Zaczynam się rozbierać, nie zwracając na nią uwagi. W końcu jest jak facet.

Inga odwraca się i wychodzi, trzaskając drzwiami. Włażę do wanny, mimo że jest jeszcze mało wody, i zamykam oczy. Chcę tylko spokoju. Ale oczywiście, co słyszę zamiast ciszy? Stukanie w rury w łazience. Miarowe stuk, stuk, stuk. I przerwa. I stuk, stuk, stuk. I przerwa. Ta szara stara kobieta kiedyś spowoduje, że stanę się mordercą. Zgniotę staruchę, a zgniję w więzieniu jak za człowieka. Jak Raskolnikow. Stuk, stuk, stuk. Nie zwracam uwagi, skupiam się na wodzie, przyjemnie pluszcze.

Nie mogę myśleć o niczym. Muszę odpocząć.

Puk, puk, puk. Krew jasna mnie zalewa. Ale to Inga uchyla drzwi do łazienki.

— Mogę?

Zasłaniam rękami insygnia władzy i kurczę się. Wchodzi ubrana tym razem w kusą czerwoną sukienkę. Z boku wisi metka.

— Dobra w tym?

— Dobra w tym — potwierdzam.

— Za krótka, prawda?

Potwierdzę, wyjdzie na to, że kłamałem, mówiąc, że dobra. Powiem, że nie, to skłamię teraz, bo wygląda rewelacyjnie, mimo że sukienka jest za krótka. A może dlatego. Wybieram wyjście trzecie. Lata z Martą nie poszły na marne.

— Co jeszcze kupiłaś?

Jaśnieje jak bocian na wiosnę. Znika i pojawia się z torbą. Ściąga sukienkę przez głowę, zostaje w samych stringach, fioletowych, i fioletowym staniku. Matko moja najświętsza! I ona tak się marnuje!

Odwracam głowę, przez rozum to robię, bo czuję, że zaraz nie wyrobię.

— A to?

Kusa bluzeczka do pępka. I koronka niżej fioletowa, od majtek. Cudo!

— Bluzka OK.

— Poczekaj, jeszcze mam drugą i mogę wymienić. Bo nie wiedziałam, jaki kolor wziąć.

Weź obie i ubierz się natychmiast! — krzyczy mój rozum.

Nie bierz żadnej, tylko rozbierz się natychmiast! — krzyczy moje serce.

Zdejmuje z siebie jedną bluzkę, zakłada drugą, widzę kątem oka, choć jak Boga kocham, nie chcę patrzeć. Co za piersi! Jaka linia bioder! Od razu chciałoby się pomyśleć o dziecku, oczywiście kiedyś, w przyszłości.

— Weź obie — mówię i przymykam oczy, starając się nie widzieć kształtnych pośladków, kiedy odwraca się uradowana i wymyka z łazienki.

Za chwilę znowu wchodzi i podaje mi telefon.

Mamusia.

351

Działa na mnie jak środek antykoncepcyjny.

Tym razem jestem zadowolony.

— Kochanie, to ty?

— Tak, to ja.

Twój syn, nie Dalajlama, nie Herakles, nie prezydent zaprzyjaźnionego kraju, po prostu ja.

— A co u ciebie tak woda leci?

Zakręcam szybko wodę.

— Prałem — kłamię w żywe oczy swojej komórki.

— Kochanie, przecież jakbyś przyniósł, tobyś nie miał kłopotu. Tobie i tak jest ciężko.

Milczę.

— To przyjedziesz w piątek? Nie wiem, jak sobie sam z wszystkim radzisz... Bo w czwartek mam badania, ale szybko wrócę...

— Może wpadnę w niedzielę, dobrze? Ale nic nie rób, przyjadę po ciebie i pójdziemy gdzieś do miasta na obiad.

— Nie, po co wydawać pieniądze, ja przygotuję coś dobrego...

— To nie przyjadę — postanawiam nagle, zanim pomyślę.

Dlaczego zawsze ma być tak, jak ona chce?

— Ty wiesz, że ja nigdy... — zaczyna matka, a ja nagle zdaję sobie sprawę, że naprawdę się podporządkowuję. Zawsze. Niezmiennie.

— Mamo, jeśli masz ochotę przyjąć zaproszenie od syna, to w porządku. Jeśli nie, to też w porządku, ale wolałbym spędzić z tobą miłe niedzielne popołudnie. — Sam siebie nie poznaję.

Pytanie mojej matki, czy ja to ja, okazuje się w pełni uzasadnione.

— Ojejku, ale musimy wziąć Heraklesa, on się tak boi zostawać w domu sam... — wytacza argument armatę.

— W porządku. Jeśli będzie siedział w torbie, to nic się nie stanie. Przyjadę po was o trzeciej. Nie mogę gadać, bo muszę tu skończyć pranie — mówię kłamliwie.

— Czy to znaczy, że teraz s a m s o b i e będziesz prał? Przecież ona ci nawet pralkę zabrała...

— Pralka była jej — przypominam matce. — I kazałem jej zabrać.

— Ale, kochanie...

— To jesteśmy umówieni — stwierdzam i wyłączam się.

Ja pierniczę, zaprosiłem swoją matkę na obiad!

Sięgnąłem dna.

Wyrzucam Ingę, to znaczy mówię jej, że się nad wszystkim zastanowię, i skłaniam ją do wyjścia. Zabiera swoje śliczne bluzeczki, a ja włażę z powrotem do wanny.

Teraz dopiero sobie przypominam, jaka jest najlepsza odpowiedź, kiedy kobieta pyta, czy dobrze w czymś wygląda.

Ona nie oczekuje odpowiedzi, że świetnie. Czy znakomicie. Czy rewelacyjnie. Bo i tak nie uwierzy, one mają wmontowane poczucie, że wyglądają nie tak. I myślą, że kadzisz. Ale jest jedna odpowiedź, która zadowala je wszystkie. A mianowicie na pytanie: jak wyglądam? — odpowiada się: szczupło.

I w ogóle się z nimi nie wchodzi w dyskusję.

*

Dyskusje dla faceta kończą się fatalnie.

Nie mogą pojąć, że jak mówisz: czarne, to myślisz o czarnym kolorze. Nie. One wykonają zaraz sześćdziesiąt pięć operacji myślowych i skonsultują twoją uprzejmą odpowiedź na pytanie: jaki to kolor, z sześćdziesięcioma pięcioma najbliższymi przyjaciółkami, z którymi się zresztą natychmiast pokłócą, i potem weź, człowieku, i pocieszaj!

— Czy na pewno myślałeś czarny?

— Może wydawało ci się, nie sądzisz, że to raczej jest ciemnoszary?

— A może myślałeś, że cię pytam o księży?

— Czy raczej chodzi o rozpacz, która potrafi być czarna?

— A może to raczej biały, tylko taki bardzo ciemnobiały, że aż ci się wydaje, że czarny?

— Ela mówi, że każdy inaczej widzi kolory, a w szczególności mężczyźni mają inną percepcję!

— Maksymiliana twierdzi, że mężczyźni nie odróżniają kolorów.

— Brygida mi powiedziała, że jak zapytała swoją koleżankę, tę, o której ci mówiłam, że jej brat na drugim roku studiów poznał dziewczynę, a ta okazała się... zaraz, zaraz, co on studiował, nieważne, zaraz sobie przypomnę, tylko nie można o tym myśleć zbyt intensywnie, to wtedy sama podświadomość ci podrzuci, to ta dziewczyna miała przyjaciółkę... Och, już mnie wybiłeś... nie wiem, co chciałam powiedzieć...

Olewam podświadomość.

— Czy to na pewno nie był twoim zdaniem czerwony? Lub żółty?

— Nie, czarny!

— Nieczarny! Widzisz? Nie widzisz dobrze.

— Krysia jest okulistką, powiedziała, że cię może przyjąć, daltonizm można leczyć! Nie obrażaj się, troszczę się o ciebie! Po prostu się martwię, że masz kłopoty ze wzrokiem!

Postanawiam iść na ugodę.

— A twoim zdaniem jaki to kolor?

— No właśnie, jakiś taki niewyraźny, idący w kierunku czerni, ale z dodatkiem fioletu i oranżu, sama nie wiem.

— Może i ciemny fiolet. — Postanawiam się nie kłócić.

— Jezu, widzisz? Ty nie odróżniasz kolorów! Joasia powiedziała, że jak ktoś nie odróżnia kolorów, to w ogóle może mieć kłopoty z odróżnianiem...

— Czego? — pytam cierpliwie.

— W ogóle! Dobrego i złego! Ciepłego i zimnego! I tak dalej!

— O czym my rozmawiamy?

— Że ty mnie w ogóle nie rozumiesz... z każdym mogę porozmawiać, a ty po prostu nie chcesz się komunikować... Choćbym nie wiem ile pracy włożyła w nasz związek... Jesteś po prostu oziębły...

No, co za dużo, to niezdrowo.

Milczę, żeby nie zaogniać sytuacji.

— Widzisz? Nawet nie chcesz ze mną rozmawiać!

O dobry Panie Jezu!

Tak niedawno to było, a tak szybko człowiek zapomina.

*

Nie ma co, trzeba wypakować rower z piwnicy i przestać zajmować się głupotami. A rower mam niezły, wymieniłem wszystkie śruby na kobaltowe, szukałem tego z tydzień, Marta patrzyła na mnie trochę jak na idiotę, ale wiedziałem, co robię, kobaltowe śruby są lżejsze, na całym rowerze oszczędziłem co najmniej kilogram.

Urlop mam za sobą, muszę się teraz porządnie wziąć do roboty, bo Kanary lekko mnie nadwerężyły. W przyszłą niedzielę robię ślub, dobrze zapłacą, więc wziąłem tę fuchę, mam nadzieję, że mnie tam nikt ze znajomych nie zobaczy.

Trzeba było pomyśleć o rowerze, zanim wszedłem do wanny, bo się upaprzę, muszę go rozkręcić, sprawdzić, nasmarować, no ale jedyną obroną przed Ingą była ucieczka w higienę.

*

Alina się dawno nie odzywała, dziwne, bo nie było tygodnia, żeby mnie nie ścigała. Ona jednak jest typową kobietą, albo esemesika prześle, albo zdjęcie, albo całuski, albo kiedy się zobaczymy, a od dobrych paru tygodni nic. No, ale każdy orze jak może.

*

Wychodzę i przy windzie natykam się na małolatę.

— Gdzie idziesz?

— Do piwnicy po rower. A ty?

— To pojadę z tobą. Chleb mam kupić.

— Ale ja się nigdzie nie wybieram.

— To po co ci rower?

O, z małą nie jest tak łatwo.

Milczy, widzę, że jest jakaś niezadowolona, to po kobiecie widać, nawet jak ma jedenaście.

— Stało się coś? — pytam uprzejmie, już w windzie.

— A bo miała do mnie przyjść koleżanka. — Stoi wbita w kąt, łatwo zauważyć, że jest wściekła.

— I nie przyszła — podpowiadam.

— Bo jej matka, rozumiesz, ma doła. Ma depresję i uważa, że świat jest bez sensu. Nie wychodzi z domu.

Ani do kina, ani nigdzie. I chce, żeby Martyna tak samo nie miała żadnej radości. I jej zabroniła.

— No, ale nic na to nie poradzisz.

— Ja też mam strasznie. Tak samo jak ona.

— Ty? — zdziwiłem się, bo przecież Krysia jest rzutką, energiczną i całkiem niedepresyjną osobą.

— Właśnie o tym rozmawiałyśmy z Martyną. Moja matka ma pracę, którą lubi, ona pracuje w szpitalu, chodzi do teatru, nawet czasami ojca wyciągnie, ma przyjaciół, jest zadowolona z życia… — Mała zawiesza głos i kończy smutno: — Ty wiesz, jakie to jest dla mnie dołujące?

Powstrzymałem się całą siłą woli, żeby nie parsknąć śmiechem. Miałbym przechlapane.

Zacisnąłem usta i pokiwałem ze zrozumieniem głową.

Winda zatrzymała się.

— Pójdę po ten głupi chleb — powiedziała małolata i powlokła się w kierunku wyjścia. — Nie jest łatwo.

Ma się te wejścia, stary

Włażę dzisiaj na sekundę do klubu Zero Osiem Dziesiątych Promila, taki dzień miałem, że aż przykro mówić, chciałem się odprężyć, pobyć sam z sobą w tłumie. Śmieszny jest ten klubik, w samym centrum, tuż obok galerii handlowej, ukryty za schodami do przejścia podziemnego, kultowe miejsce, miejsce dla tych, którzy nie mają czasu, ciasno, ludzie wpadają na jednego drinka, umawiają się na pół godziny i biegną dalej. Czasem czekają też na podmiejskie pociągi.

Muza z lat osiemdziesiątych wali z wszystkich stron. Znak firmowy 0,8, duży napis nad barem: „WOLNOŚĆ DLA 0,8 PROMILA". Pewno dlatego, że w naszej ojczyźnie dopuszcza się wyłącznie 0,2.

No i oczywiście na kogo się natykam? Na Producenta Ksawerego.

Diabli nadali, staram się zanurkować w głąb knajpy. Jak zwykle przyczepiona do niego panienka tuż po maturze, lub też dwa lata przed, nie mam ochoty wysłuchiwać o jego niezwykłych osiągnięciach, o filmie, który robi, o forsie, którą zarabia, o nawale pracy, która go przytłacza.

Nie chcę być traktowany protekcjonalnie, nie chcę być klepany po plecach, nie jestem ciekaw świata, w którym się kręci.

Miałem piwo bezalkoholowe w ręku i z tym kuflem zapadłem w tłum, żeby znaleźć się przy końcówce baru, gdzie było mniej tłoczno.

Niestety, zauważył mnie, kątem oka zarejestrowałem uśmiech szeroki, pannę odtrącił, macha ręką:

— Jeremiasz, Jeremiasz!

Zatrzymuję się w pół kroku, lekko się odwracam, udaję, że nie wiem, kto woła, wzrokiem przeszukuję ten tłum ludzi, a potem, niby przypadkiem, trafiam na niego, przywołuję na gębę grymas, odmachuję.

— Jeremiasz, na słówko! Kopę lat!

O kopie ani o latach mowy być nie może, bo przecież jakoś zimą widzieliśmy się, wizytówkę mi wręczył, żeby popisać się przed poprzednią zwierzyną.

Sadowię się na stołku, poczekam, aż podejdzie, nie polecę jak idiota. Ot, normalne spotkanie w barze.

— Cześć, nie zauważyłem cię, jak leci?

— Nieźle, nieźle. — Rozgląda się za stołkiem, ale wszystkie zajęte, wpycha się koło mnie, rzucając przepraszające „sorki" do faceta obok.

— Myślałem o tobie. Dużo.

— Pozostaję przy swojej orientacji — mówię i upijam łyk.

— I ja, i ja! — Śmieje się głośno i macha na barmana. — No, stary, tak żałuję, że ty już nie w zawodzie.

Z grubej rury mi przywalił.

Chwilę się zastanawiam.

Zareagować?

Olać?

Chce mnie sprowokować?

Jeszcze bardziej upokorzyć?

Wybieram brak reakcji. Noga mi podryguje w takt piosenki Deep Purple.

— Tak? — mówię wobec tego.

— Koniarska mi powiedziała. No, szkoda, chłopie, szkoda.

Gówno prawda. Akurat jemu szkoda! Nie dam gnojowi satysfakcji.

— Nie żałuję — mówię zdecydowanie i wypijam duszkiem piwo.

— To i dobrze. Ale Koniarską znasz? Mogę pana prosić? — To do barmana, który uwija się jak w ukropie, żeby nadążyć z kolejnymi zamówieniami. Na Ksawerego nie zwraca uwagi, nie wie, z kim ma do czynienia.

Nie myślę o niej: Koniarska. Myślę o niej: Alina.

Kiwam głową bez emocji.

— Robię dla niej serial *Dziel i rządź*. Jest opiekunem literackim tego przedsięwziątka.

— Wiem, mówiła mi. — Trochę lekceważę tę wiadomość i udaję, że mnie to nie rusza. A wcale nie mówiła, że ma opiekę nad serialem.

— No patrz, to miało nie iść, odrzucony w pierwszym podejściu, a potem góra się puknęła w głowę, poszła do niej po rozum i zaskoczyło. Zaangażowałem się w to i wygrałem!

Szczerze żałuję. Ale na układy nie ma rady.

— Gratuluję — mówię wobec tego i wkładam dużo wysiłku, żeby zabrzmiało to szczerze.

— Ma się te wejścia, stary…

On na pewno. Jak wejście zamurowane, pod podłogą się przeryje, w to nie wątpię. Wszystko zrobi, żeby dostać dobrą fuchę.

Jak każdy.

— Koniarska była w stresie, bo najpierw odrzucili, a potem nagle bach! Wpadła w panikę jak rzadko kiedy, wszystko stanęło na głowie, chcieli mieć pierwszą serię na wrzesień, preprodukcję ograniczyli do minimum, połowę ekipy wzięli z *Ludzi doskonałych*, bo to spada, tam afera, tu się coś szykuje, nie wiadomo, czy wypali, ludzi szukali na gwałt, szkoda cię, stary.

Ach, ty gnoju nieocynkowany! Nie dam ci przewagi, niedoczekanie.

Facet obok podnosi się, Ksawery wskakuje na jego miejsce. No i dobrze, bo stał zbyt blisko. Prawie wisiał nade mną. Kiwa na barmana.

— Co pijesz?

— Piwo. Bezalkoholowe. Wypiłem.

— Dwa piwa proszę! Ja stawiam — zaznacza.

Cała ta sytuacja zaczyna mnie bawić, piwo mi stawia, dobre sobie, kumpla sobie znalazł, ma się przy kim poczuć lepszy, silniejszy, a proszę cię bardzo! Nie protestuję.

Opieram się o bar niedbale, wisi mi to, ani mnie grzeje ta rozmowa, ani ziębi, ani parzy. Mogę w spokoju wysłuchiwać głupich przechwałek, niech nie myśli, że mnie zbije z pantałyku, że się pokajam, że o coś poproszę, że przypomnę, jak mi dał wizytówkę, jak mieliśmy być intacz, jak zacznę żebrać, jak bez wazeliny się wsunę, żeby mu podnieść samopoczucie.

Niedoczekanie.

— Alina zna się na robocie — mówię obojętnie.

— Jak góra zmieniła decyzję, to, stary! Szkoda gadać! Trzeba było ją widzieć! Aleśmy zrobili zwiastunik, pięć koma pięć miliona oglądalność, druga seria będzie kręcona od sierpnia, cito się zrobiło, szkoda, wielka szkoda. A ja na dodatek film dostałem pełnometrażowy.

— Mam kupę roboty — mówię.

— Wiem, wiem. — Stuka się ze mną.

Drwi w żywe oczy, ale nie dam się sprowokować.

Przyglądam się obojętnie wiszącym kieliszkom, czyściusieńkie, deska nad barem przemyślnie wykrojona, kufelki wiszą na gwoździach, dobrych, żeliwnych, parocalowych, szklanki stoją, a ku ozdobie służą odwrócone do góry dnem kielichy, złapane w pułapkę za nóżki. Czyste, odbijają światła, dobre oświetlenie im ktoś zrobił, biały dzień, ale tutaj światło mikodowe, przymglone, głównie boczne, jakby zaraz wieczór miał zapaść.

Zero Osiem Dziesiątych Promila to piwnica, jedyne okna są tuż nad ziemią, w samo południe trochę światła się przedostaje, widok na betonowy mur, rozglądam się dookoła, jakbym jeszcze kogoś szukał, niech wie, że to nie jest dla mnie rozmowa ani bolesna, ani ważna.

Nie wiedziałem, że Alina dostała akurat ten projekt, wiedziałem, że coś zaczyna robić, ale jak pytałem o szczegóły, zbyła to jakąś niewyraźną odpowiedzią, teraz sobie przypomniałem.

Pytałem, czy nie przydałbym się chociaż jako szwenkier, powiedziała, że już sprawdzała, że próbowała coś mi załatwić, ale przecież wiem, że nie od niej to zależy. Producent się zaparł. Nie i nie. Nic nie może zrobić, ale trzyma rękę na pulsie. A ten mi wali, że Koniarska rządzi.

Przykre.

Widzę, jak przez tłum ludzi, bo koło baru zrobiło się tłoczno, przepycha się pozostawiona w drugim kącie sali nieletnia towarzyszka Producenta.

— No, Ksawery, a ja na ciebie czekam i czekam, mówiłeś, że chwila. — Patrzy na mnie, jakbym był przezroczysty.

— Jeremiasz, koleżanka moja, Wanesa — rzuca przez ramię Ksawery i macha do barmana. — Wanesa, Jeremiasz, kolega z pracy.

W burdelu nie robię, ale nie prostuję.

— Wanesa. — Podaje mi rękę, ale cała jest w Ksawerym. — Mówiłeś, żebym chwilkę zaczekała, a chwilka minęła! — mówi trochę rozkapryszonym tonem, jak mała obrażona dziewczynka. Jak Ania o rodzicach. Tylko że jest bardzo duża. I ma bardzo duży biust.

— Mam z kolegą do pogadania — odpowiada Ksawery dość chłodno. — Jeszcze raz to samo!

— Dla mnie nie — mówię zdecydowanie — mam dosyć.

— Przecież bezalkoholowe — dziwi się. — Jedno proszę!

— Ksawery, a długo tu będziesz? Bo jak masz z kolegą do pogadania — zawiesza głos i patrzy na mnie jak na nikogo — to ja wyskoczę tu obok do galerii, bo fajne buty obczaiłam. Będziesz tu jeszcze z pół godzinki?

— Idź, idź — mówi Ksawery.

I ona odchodzi, rozpromieniona, kołysze biodrami wśród tego tłumu, nogi stawia prawie na krzyż przed sobą, na pewno modelka albo aspirująca do tego opiekunka do dzieci.

Odprowadzamy ją obaj wzrokiem do drzwi, smukła, ładna dziewczyna, przyjemnie popatrzeć. Ksawery kładzie na barze pieniądze, wypija duszkiem piwo.

— Będę się zmywał — mówi.

Jasne. Przecież nie powiedział pannie, że będzie tu jeszcze za pół godziny, powiedział: idź, idź, a oczywiście ta bidula zrozumiała, że przytaknął.

Kobiety nie nauczą się nigdy niczego. Nie ma szans.

Ciekawe, czy ja też tak odpowiadałem Marcie? Nie pamiętam. Ale mogło tak być, bo czasem człowiek chce się wymiksować, móc powiedzieć: źle mnie zrozumiałaś. Dla własnego bezpieczeństwa nie warto składać daleko idących deklaracji, tu go rozumiałem.

— Ty, ale Dżerego znasz? Wyście razem kończyli. Pamiętam ten jego film o panienkach. Dobrze to zrobił. On też jest niezły. Może ma trochę czasu? No, to trzymaj się.

— Poczekaj — wyjmuję telefon i szukam w kontaktach Dżerego.

— Poślij wizytówkę — mówi.

— Gdzie? Nie mam twojego numeru.

— Oj, stary — wyjmuje wizytówkę i kładzie przede mną. — Wpisz sobie do stałych kontaktów, choć pewnie teraz ci się nie przyda. No to nara.

Zostaję jak idiota z wizytówką przed sobą. Zaciskam zęby, chciał mnie upokorzyć, udało się. Chce mnie sprawdzić, Dżeremu też nie będzie miał nic do zaproponowania, ale prztyczek w nos to taka miła zabawa, takie małe dźganie tygrysa w klatce.

Ale nic to, wstukuję numer i wysyłam wizytówkę Dżerego.

Dopijam piwo i wychodzę.

Przedmiot wymaga miłości

W środę rano dzwoni jakaś starsza pani, że bardzo prosi, bo one z siostrą są same, że mają telefon od kogoś, i tu wymieniają nazwisko, które kompletnie nic mi nie mówi, i powołują się na tego nieznajomego, który poręczył za mnie i tak mnie zachwalał, a one nie mają śmiałości, ale będą przygotowane finansowo na pewno i czybym nie... Bo one mają stary sprzęt, ale on jest ich oknem na świat i jeślibym nie odmówił ich uprzejmej prośbie, bo dzwoniły już tu i tam i mają świadomość, że nie są aż tak atrakcyjne dla firm, które im po kolei odmówiły, a ja podobno się specjalizuję w starym sprzęcie...

Ni cholery nie pamiętam nazwiska, ale rzeczywiście lubię czasami pogmerać w czymś, czego nikt inny już nie umie nawet otworzyć.

Ojciec mi po raz pierwszy pokazał szarotkę, o której nawet za jego czasów nikt już nie pamiętał, z pewną dumą, miałem z dziesięć lat, a on mi tłumaczył, co to są radia lampowe, gdzie są diody, jak odkręcić pokrywę, dlaczego radio Beethoven ma głęboki, basowy dźwięk — że to zasługa drewnianej skrzyni, która znakomicie rezonuje, żebym pamiętał o tym; a jednocześnie śmigał na komputerze, którego nazwy nie pomnę, jakby się z nim urodził. Nie zrozumiesz nowoczesności, jak nie poznasz historii.

*

Jechałem nowymi Alejami Jerozolimskimi, skręciłem w prawo i zauważyłem, że GPS prowadzi mnie w znane mi okolice. Nim zdążyłem się zorientować, że to właśnie gdzieś tu naprawiałem ten cholerny kabel przerżnięty przez Saszkę od Aktorki i jej kwiatków, zajechał mi drogę elegancki czerwony suv, trąbiąc i zmuszając mnie do hamowania.

Z wozu wyskoczył facet — poznałem go, mąż Aktorki — i bardzo podekscytowany coś do mnie krzyczał.

Uciekać nie było gdzie, a poza tym uznałem, że już najwyższy czas wyjaśnić do końca tamtą nieprzyjemną sprawę. Nie będę się zachowywał jak dziecko ani chował głowy w piasek.

Uchyliłem szybę i czekałem jak na policję. I kiedy był wystarczająco blisko, uprzedzając jego pretensje, powiedziałem stanowczo:

— Proszę pana, wykonałem swoją robotę należycie i pan o tym wie. Sprawa kabla, o której usłyszałem, mnie nie dotyczy, a kolega, który mnie poprosił o uprzejmość, ma do mnie nieuzasadnione pretensje. Może ktoś złośliwie panu coś przeciął, może debil ogrodnik znowu coś przekopał, ale i pan, i ja wiemy, że robota została wykonana. Cała reszta to już nie moja sprawa.

Facet chciał coś powiedzieć, ale nie dopuściłem go do głosu.

— Uważam, że takie zachowanie nie jest fair. Nie poczuwam się do żadnej winy, a państwo ścigacie mnie, jakbym wam Bóg wie co zrobił.

— Ale proszę pana… — wykrztusił i zrobił się czerwony jak burak.

— Przykro mi, ale nie do mnie powinien pan adresować swoje pretensje. — Nacisnąłem gaz i minąłem go, widziałem w tylnym lusterku, jak gwałtownie zamachał rękami i wskoczył do swojego czerwonego wozu.

Idiota.

Miałem jakieś dwieście metrów przewagi, ale przyspieszył, przyspieszyłem więc i ja. Powiedziałem, co było do powiedzenia. Co za tupet!

GPS poinformował mnie sucho, że za dwieście metrów mam skręcić w prawo, potem w lewo i za następne trzysta osiągnę cel podróży.

Na poboczu stała dzieciarnia, na drogę wszedł facet w żółtym ubranku, z długim kijem do zatrzymywania ruchu, więc przyspieszyłem, żeby zdążyć przed tą gromadką. W tylnym lusterku zobaczyłem, jak szeroką strugą wylewała się na drogę. Za nią zamajaczył czerwony suv, który musiał się zatrzymać.

Byłem uratowany. Na wszelki wypadek zaparkowałem kilkadziesiąt metrów od domu klienta, porwałem torbę i ostro wystartowałem w kierunku domku numer szesnaście.

No, chyba nie będzie łaził od chałupy do chałupy, na litość boską?

Wszedłem na nierówną ścieżkę ze starej kostki brukowej, malowniczo przerośniętą trawą. Dróżka obsadzona była kwiatami kwitnącymi na żółto, czerwono i różowo oraz krzewami, których dolne gałęzie kładły się na niej nieśmiało. Na ganku starego dworkowatego domku czekała bardzo starsza pani, owinięta czarną chustką.

Kadr jak z *Ziemi obiecanej*.

Powietrze stało, zapowiadał się upalny dzień.

— Witam pana — powiedziała staruszka. W ręku nie miała siekiery. — Proszę za mną, tutaj.

Wprowadziła mnie do środka. Przy stole z rozłożonymi kartami i rozstawionymi filiżankami siedziała druga staruszka, ksero pierwszej, jedyna różnica była taka, że ta druga miała na chustce ślad kolorów.

— To moja siostra. Walentyno, to pan, który przywróci życie twojemu telewizorowi.

Powiedziała „twojemu", nie „naszemu", co mnie trochę zdziwiło. Staruszka przy stole, w przeciwieństwie do gankowej, wyciągnęła do mnie rękę — jak słowo honoru, miała białe mitenki! Nie uwierzyłbym, gdybym tego nie widział na własne oczy.

Południe, dzień powszedni, a panie bawią się w pasjanse. W rękawiczkach.

Starsza pani numer jeden natychmiast zauważyła moje nie dające się ukryć zdziwienie.

— Ja to prawie nie oglądam, czytam. Ale siostra ma słabsze oczy, nawet myślałyśmy, że to zaćma, a się okazało, że obraz jest nieostry, niech pan sam sprawdzi.

Spojrzałem na telewizor. Stary neptun, pamiętający czasy prehistoryczne. Odkręciłem pokrywę, kurzu w środku na centymetr, nikt tu od wieków nie zaglądał. To był szmelc, może jakieś muzeum ucieszyłoby się z takiego eksponatu, chociaż może jeszcze bardziej knajpa koleżanki Marty, ta księgarenka z kawą, oni wśród książek mieli ustawione stare radia i puste skrzynie po telewizorach. Retro.

— Bardzo stary — powiedziałem.

— No tak, ale my sobie nie możemy pozwolić na nowszy. Przy tej emeryturze... Już będzie z nami do końca.

— Straciłam nadzieję — przemówiła Staruszka Stołowa i powiedziała to tak, jakby chodziło o ciężko chorą osobę, w najgorszym wypadku o ukochane zwierzątko, a nie kawał śmiecia.

— Zobaczę, co da się zrobić — powiedziałem poważnie, jak chirurg przed operacją.

No cóż, kacie, czyń swoją powinność!

Poprosiłem o odkurzacz, oczyściłem wnętrze, starając się robić jak najmniej bałaganu. Sprawdziłem wtyczki, ku mojemu zdumieniu były w porządku. A potem rzut oka na kabelek od powielacza upewnił mnie, że być może jest to jedyny mankament, w dodatku do usunięcia. Przylutowałem obluzowany kabelek, odpowiedzialny za to, że neptun stracił ostrość.

Włączyłem, poczekałem, aż się rozgrzeje, i ku radości obu pań na ekranie pojawił się obraz całkiem, całkiem. Jak na takiego rzęcha, rzecz jasna.

— O Boże, nie wiem, jak panu dziękować. — Starsza pani spojrzała na mnie z wdzięcznością.

— Wilhelmino, zrób panu herbaty, mamy bardzo dobre różane konfitury, tegoroczne. — Uśmiechnęła się tak, że jakoś nie mogłem powiedzieć, że się spieszę.

Mój telefon rozdzwonił się jak głupi, spojrzałem przepraszająco na panie, ale w porę zorientowałem się, że to znowu Jarek mnie ściga.

Ściszyłem dzwonek. Mąż Artystki pewno już doniósł na moje karygodne zachowanie, a nie czułem się tak, jakbym popełnił przestępstwo, wyjaśniłem wszystko i sprawa była załatwiona. Zakończona. Zamknięta. Czy to tak trudno zrozumieć?

Pierwsza pani starsza przesunęła na bok karty, dokładnie tak jak leżały, przełożyła osiem kupek odsłoniętych i dwie zasłonięte równiutko i porządnie, zachowując należyte odstępy między nimi i sprawdzając, czy wyglądają tak samo estetycznie jak poprzednio.

Potem rozłożyła trzy haftowane serwetki, wyjęła cukiernicę, srebrną tackę i maleńki kryształowy pojemniczek ze srebrną łyżeczką.

Maurycy byłby usatysfakcjonowany pieczołowitością, z jaką obchodziła się z tymi przedmiotami.

Druga pani starsza wniosła imbryk, z filiżaneczkami ze złotym rantem. Zanim pomyślałem, odwróciłem spodek, żeby przeczytać nazwę firmy, która i tak nic mi nie mówiła.

Wzrok obu pań, wbity we mnie trzymającego do góry nogami podstawkę, był tak pełen napięcia, że chciałem spalić się ze wstydu. Odłożyłem spodek i głupio się uśmiechnąłem.

— Wałbrzych — powiedziałem, bo tak tam było napisane.

Obie panie jak na komendę też się uśmiechnęły.

— Wałbrzych! Lubimy porcelanę śląską z końca dziewiętnastego wieku. Jak to miło mieć do czynienia z człowiekiem, który rozpoznaje dzieło sztuki!

Milczałem. Czasem wystarczy nic nie mówić, żeby wyjść na mądrego. W moim przypadku to działa. Prawie zawsze.

Starsza pani podniosła z czcią swoją filiżankę.

— Prawdziwa porcelana przepuszcza światło, jest delikatna. Fajans nie przepuszcza… Taka porcelana szła do malarzy, nikt nic nie robił ze sztancy, to malatura dużej klasy, dzieło prawdziwych artystów. A pan jednym rzutem oka docenił owe przepiękne złocenia. Niech pan spojrzy na ten kobaltowy odcień! Mamy też Sorau. — Odwróciła się i wyjęła inną filiżankę.

Wziąłem ją do ręki bez słowa. Obejrzałem pod światło, oddałem. Nic mi to nie mówiło.

— Dzisiejsze Żary. Właścicielami byli państwo Carstens. Ale w czterdziestym piątym Ruscy zbombardowali fabrykę, maszyny wywieźli, koniec. Herbata z tych filiżanek ma inny smak. Wilhelmino, nalej. To porcelana z serwisu Kavalier ze zdobieniami, niebieska mimoza. — Wskazała na kredensik.

— Piękna — powiedziałem i podstawiłem swoją filiżankę. Była cienka i lekka. Złotawy płyn spływał wolno do wnętrza. Dłoń z powyginanymi w stawach zgrubiałymi palcami, zniekształcona, mimo mitenek mocno obejmowała uszko. Piękny obraz. Jakby śmieci wyczyścić, tylko mieć w kadrze tę filiżankę z tą dłonią — niezwykły obraz.

— Tiefenfurt. Też lubimy.

— Miśnia — bąknąłem, bo to było jedyne, co mi się kojarzyło z porcelaną.

— No tak, ale Miśnia to zupełnie co innego. Kochanie, podaj panu konfitury, niech pan nie słodzi, niech pan spróbuje z tym. Wie pan, porcelana, jeszcze matowa, szła do malarzy, oni malowali, potem znowu do pieca i już wychodziła z połyskiem. Każdy przedmiot wymagał miłości. Dzisiaj wszystko jest powielane w nieskończoność, spod sztancy. A tu nie ma dwóch jednakowych, różnica w pociągnięciach pędzla jest prawie niewidoczna, ale jest.

Ostrożnie upiłem łyk.

— Ile się panu należy?

— Czterdzieści złotych — odpowiedziałem, choć taka cena nie miała nic wspólnego z rzeczywistością.

Być może siostry miały majątek w porcelanie, ale na pewno nie w kieszeni, to było widać na pierwszy rzut oka.

— Chwileczkę. — Wilhelmina podniosła się, otworzyła podwójne drzwi do sąsiedniego pokoju i zamknęła je za sobą starannie. Starzy ludzie tak mają, nie chcą, żeby im wszędzie zaglądać.

Dość długo nie wracała, zacząłem się nawet niepokoić, bo słychać było za ścianą szuranie, jakieś przesuwanie, oddalające się w głąb mieszkania kroki. Po chwili starsza pani weszła blada jak kreda, z torebką w ręku.

— Okradli mnie! Nie ma, nie ma ani grosza!

Całe szczęście, że nie byłem ani na moment sam w tym pokoju, zrobiło mi się gorąco z wrażenia, bo rozpacz w jej głosie była taka, że nawet neptun by sam sobie teraz obraz wyostrzył.

— Kochanie, to niemożliwe!

— Możliwe, nie ma nic, cała emerytura przepadła! Nie mamy czym zapłacić, Jezusie Nazareński!

Spojrzałem na starsze panie.

— Jeśli chodzi o mnie, to nie ma problemu. Odbiorę pieniądze przy okazji.

— Absolutnie wykluczone — powiedziała pierwsza starsza pani. — Daj, sprawdzę. — Zajrzała do torebki, wyjęła pugilares, pamiętający ostatni, a nie jestem pewien, czy nie pierwszy rozbiór Polski.

— Nie ma.

— Spokojnie — wtrąciłem się — czy pani wychodziła dzisiaj z domu?

— Tak! Od razu z rana byłam na poczcie odebrać emeryturę!

— A potem co robiłaś, przypomnij sobie, co robiłaś, gdzie byłaś? — Siostra nachylała się nad nią troskliwie. Starsza pani zaczęła płakać.

Chciałem spierniczać jak najdalej.

— Rano byłam na poczcie po emeryturę, kolejka była, potem poszłam na targ, kupiłam marchewkę, bo chciałaś marchewkę na obiad, i pół piersi kurczaka, wracałam Bławatków, weszłam do spożywczego, bo sobie przypomniałam, że jeszcze trzeba kupić mleko, o Boże, mój Boże. — Starsza pani usiadła, trzymając kurczowo torbę i portfel przy piersiach.

— I płaciłaś wszędzie? Przecież masz portfel... Na targu kupowałaś od pani Janiny?

— Tak jak zawsze...

— No to ona by zauważyła, jakby ci wypadły. A na poczcie gdzie schowałaś pieniądze?

Podniosłem się.

— Bardzo dziękuję za gościnę. Naprawdę muszę już lecieć. Proszę się nie martwić, naprawdę. Cieszę się, że mogłem pomóc. — I skierowałem się do wyjścia.

— O Boże! Proszę poczekać! — dobiegł mnie rozradowany głos pani, której przed chwilą kapało z oczu. — Ja byłam na poczcie, ale nie było emerytury! Nie było jej jeszcze! Proszę pana. — Zerwała się, jakby jej ubyło dziewięćdziesiąt lat. — Proszę łaskawie poczekać. To takie nieprzyjemne dla nas, pan się fatygował... Może pan przyjmie w dowód wdzięczności konfitury?

Nie wiedziałem, co odpowiedzieć. Odmówić byłoby nieuprzejmością, chciały mi zapłacić za fatygę przynajmniej tak, bardzo proszę.

Wyszedłem obdarowany renklodami z zeszłego roku, wiśniami z zeszłego roku, konfiturami z róży i maleńkim szklanym pojemniczkiem w srebrnym nosidełku na sól, z maluteńką srebrną łyżeczką, którą starsza pani zapakowała starannie do jakiegoś puzdereczka.

— W dowód wdzięczności, na pamiątkę, o nas nikt już nie będzie niedługo pamiętał, bardzo proszę, niech pan nie odmawia. Solniczka jest może wygodniejsza, ale warto czasem postawić coś ładnego na stole... Inaczej się siedzi z ukochaną kobietą, jeśli przed wami jest również coś szlachetnego...

Warto, pod warunkiem że się tego niechcący nie połknie.

Byłem zmieszany, ale dwóm kobietom naraz, które ci coś wtykają, nie można odmówić.

Pożegnałem się ładnie, tym razem obie panie podały mi dłoń, wyszedłem w ciepłe południe i pomyślałem, że ten świat jest dziwnie skonstruowany. Ludzie nie mają telewizora, a piją z wyjątkowych naczyń. Nie mają pieniędzy, ale nie chcą zostać z długiem. I obdarowują z wyjątkową klasą. Pomyślałem, że mógłbym im skombinować telewizor, bardzo często jest tak, że jak nowy pojawia się w domu, to bogatsi nawet proszą, żeby zabrać staroć. Nie robię tego, bo nie mam składowiska, a nie handluję sprzętem, ale jakby się tak rozejrzeć, to choćby ktoś ze znajomych może dać za niewielkie pieniądze jakieś urządzo.

Coś szlachetnego oprócz mnie i kobiety... Solniczka... To może wymyślić tylko człowiek, który ma pięćset lat.

Spojrzałem na telefon. Nieodebranych połączeń sześć. Trzy od Jarka, trzy od matki. Do Jarka nie oddzwonię, bo wiadomo, złamas naskarżył, a mnie się nie chciało po próżnicy po raz setny rozważać, kto ma rację, do matki oddzwonię wieczorem.

Homo sapie

Teraz gatunek ludzki, który przebywa u mnie w domu, czyli homo sapiens, dzieli się na część homo, która wywija nogami przed drzwiami balkonowymi, i na część drugą, młodszą, która sapie i próbuje ją naśladować. Oto skończyłem jako najlepsza przyjaciółka lesbijki oraz ledwo wykluwającej się panienki.

Inga leży i z łatwością robi nożyce, swobodnie trzymając ręce wzdłuż ciała, a mała robi pięć ruchów nogami i opada na klepkę, wydając przy tym takie dźwięki, że gdyby nie to, że Krysia zna Ingę, to nie pokazywałbym się sąsiadom na oczy.

— Załącz do nas, przyda się! — mówi Inga.

Nie mam domu, nie mam spokojnego miejsca, mała wali piętami w podłogę, nie może utrzymać nóg w górze.

No i co?

Jest odpowiedź, a jakże.

Na jedno opuszczenie nóg — trzy potężne stuknięcia z dołu.

Może to jedyna rozrywka Szarej Zmory? W sensie, że ja i to, co się u mnie dzieje. W zeszłym roku kobietka wyjechała gdzieś na miesiąc — to był jedyny czas w moim życiu, kiedy nie czułem się śledzony.

*

Oddzwaniam do matki.

— Kochanie, ty wiesz, że ja nigdy — zaczyna, a mnie się robi gorąco, potrzebuję innego towarzystwa — nie

375

chcę cię martwić, ale być może zostanę dłużej w tym szpitalu, to czy nie mógłbyś się zająć Heraklesem?

— Ja? — pytam z niebotycznym zdumieniem, bo chyba matka rzeczywiście nie rozumie, co mi proponuje. No i jemu, rzecz jasna.

— Wiesz, na te pierwsze dwa dni to poprosiłam pana Zygmunta, on tu mieszka niedaleko, ale nie chcę go obciążać, jakby okazało się, że jednak będę musiała zostać na dłużej. Oczywiście tak na pewno nie będzie, ale na wszelki wypadek chcę cię zapytać. Bo dałabym panu Zygmuntowi twój telefon i on by ewentualnie do ciebie zadzwonił…

— Mamo, a po co ty idziesz do tego szpitala?

— Kochanie, takie tam drobne kobiece sprawy. Nie chcę o tym rozmawiać z synem, chyba rozumiesz…

Od razu jak spytałem, to pożałowałem, że pytam. Jakby chciała, toby mi przecież powiedziała.

— Jasne — mówię wobec tego — ale Herakles mnie nie znosi.

— Ważne, żebyś ty go znosił, to jest mały piesek, on nie rozumie, co się dzieje, on jest do mnie wyjątkowo przywiązany, ja nawet chciałam już wcześniej cię o to prosić, ale wiem, że nie masz lekko, a profesor się zaoferował… Być może wrócę przed sobotą, to nie będzie problemu.

— Mam nadzieję, że wrócisz, bo w niedzielę zaprosiłem was na obiad — przypominam matce.

— Was? — W jej głosie wyczuwam zaniepokojenie.

— Ciebie i Heraklesa.

— Ach… oczywiście, oczywiście. A co u ciebie tak głośno?

— Inga jest — mówię, jakby to miało tłumaczyć śmiechy i chichoty oraz walenie szczotą.

— Aaa, to ci, kochanie, nie przeszkadzam. Bawcie się dobrze. — Matka jest wyraźnie ucieszona. — I nie przychodź przypadkiem mnie odwiedzić, bo to nie ma sensu. Żadnego. Daję twój telefon Zygmuntowi. W razie czego bądź dobry dla Heraklesa.

— Mam nadzieję, że jemu powiesz to samo, bo ja go dotąd jeszcze nie ugryzłem.

— Nie żartuj, kochanie, całuję.

— Całuję, mamo.

Do pełni szczęścia, czyli Szczoty, Lesbijki, Małolaty niezbędnie potrzebny mi jest Herakles. Mam nadzieję, że matka histeryzuje i wróci za półtora dnia do domu. Nie przeżyję ani godziny z tym gnojem.

*

— Noris! — Małolata nauczyła się od Ingi, której moje przezwisko wydaje się bardzo zabawne i czasem tak na mnie mówi. — Noris, chodź tutaj!

Już nie robią żadnych ćwiczeń, tylko otworzyły albumy z moim ptactwem.

— Nie wiedziałam, że jesteś ornitologiem — mówi Małolata z powagą.

— Nie jestem, po prostu lubię ptaki.

— Ale czadowe zdjęcia! — cieszy się Ania i z przyjemnością raz jeszcze konstatuję, że dziecko jest inteligentne i dość rozwinięte intelektualnie jak na swój wiek. Oraz bardzo spostrzegawcze.

— A tu co to?

— Jaskółka brzegówka.

— Co ona robi?

— Żyje! Lata… Robi gniazda w piachu, na przykład w ścianie urwiska nad rzeką, wtedy widać tam dziury.

377

Tak samo zresztą jak jerzyki, które podglądałem z Maurycym.

Przyglądam się razem z dziewczynami tym brzegówkom, fajne zdjęcia, a też niełatwo je zrobić, bo ptaszki śmigają jak małe meserszmity.

— Zostałem kiedyś za nie ukarany — zanim zdążyłem się zastanowić, co mówię, było już za późno.

— Opowiedz, opowiedz! — Małolata podskakuje, a miałem nadzieję, że sobie zaraz pójdzie, bo przecież z Ingą się umówiłem, a z nią nie.

— Jak byłem w wojsku na terenie ćwiczeń, była transzeja, ale z braku wojny nikt w niej nie przebywał, więc jaskółki zrobiły tam sobie gniazda i miały święty spokój. Ale jakiś wojskowy głąb, niezwykłej inteligencji kapitan, wymyślił, żeby tę transzeję poszerzyć i podłużyć.

— Transzeja, co to jest? I po co przedłużyć? — pyta dociekliwie mała.

— ...żeby była szersza i dłuższa oraz jak należy. Pora była jakaś majowa, właśnie taka pisklakowa, więc poszedłem do niego i zadeklarowałem, że zrobię to wszystko sam, ale za dwa tygodnie, bo mniej więcej dwóch tygodni brakowało, żeby małe jaskółki wyfrunęły.

— A skąd wiedziałeś?

— Bo wiedziałem.

Nienawidzę, jak mi ktoś przerywa.

— Nie ma wojny, nikt do nas nie strzela, dwa tygodnie nie zrobią różnicy. Ale kapitanowi głąbowi robiło, bo jak rozkaz, to rozkaz, wiadomo. Odmówiłem wykonania rozkazu, zostałem postawiony do raportu i dostałem karę dość poważną, trzy dni w pudle.

— Wielka mi kara! — wtrąca przyszła kobieta.

— Niewielka, i nie przerywaj.

— Umarły jaskółki?

— Namówiłem jeszcze paru kolegów, żeby zrobić z kamieni dom dziecka dla tych jaskółek. Zaczęliśmy te jaskółki wyciągać z gniazd, wszystkie pisklaki miały kleszcze, i to nie tak, że jeden na głowę, tylko dziesiątki tego syfu powbijane... Więc najpierw te kleszcze wyskubaliśmy.

— Nie brzydziłeś się?

— ...obraliśmy je z tych kleszczy — zignorowałem pytania pomocnicze — i między kamienie wtykaliśmy, bez wiary w powodzenie całego interesu, bo jaskółkę wystarczy wziąć w ręce i rodzice ją zostawią, gdyż śmierdzi człowiekiem.

— No i umarły?

— Wyjścia nie było, ale ku mojemu zaskoczeniu tym razem dorosłe zajmowały się tymi pisklakami. Te, co były opierzone, wyszły na ludzi, choć to nie brzmi optymistycznie, w każdym razie ocalały, dojrzały, odleciały.

— O rany — mówi mała — jak się trafi na głąba, to tak jest.

— Nie mówi się tak o ludziach.

— Sam mówiłeś!

— Mówiłem, ale jestem dorosły!

Inga się zaśmiewa, nienawidzę bab.

— Czyli, reasumując, trochę im pomogłeś?

*

— Anka, zasuwaj do domu, bo mam do pogadania z Ingą.

— Ale obiecałeś, że mnie nauczysz robić zdjęcia.

— Nauczę, ale nie dzisiaj.

— A kiedy?

Zauważyłem, że jeśli odpowiesz kobiecie na jedno pytanie, to ono zaraz pączkuje, rozmnaża się w postępie geometrycznym. A kiedy, a dlaczego nie dzisiaj, a po co jutro, a nie możemy wtedy i wtedy? I tak dalej, i tak dalej. To jest zupełnie niespotykane w naszym gatunku. Jutro jest jutro. Kiedyś jest kiedyś. A tu nawet jeśli powiedziałbyś nieopatrznie, że jutro, to od razu następne pytanie, a o której, a przedtem zadzwonisz, a po obiedzie, a po jedzeniu, a czy nie będziesz głodny, a może pojutrze, a czy nie lepiej byłoby... Tak to właśnie wygląda.

— Jutro ci powiem.

— A o której?

Nie mówiłem? Przeczucie? Przeznaczenie? Przypadek? Fatum?

— Zjeżdżaj, mała — powiedziałem zdecydowanie.

— No to żółwik — wyciągnęła piąstkę.

Wyciągnąłem swoją w dobrej wierze. Tym razem też nagle cofnęła rękę i uderzyłem w powietrze.

— Ale złośliwy — powiedziała i tyle ją widziałem.

*

Inga nachyla się nad otwartą lodówką. Wygląda ponętnie, ale i tak nic tam nie znajdzie.

— Głodna jestem. Co ty sobie jesz?

Ja sobie jem to, co sobie kupię.

A dzisiaj nie kupiłem nic. Mam konfitury od starszych pań, różane, i słoik pulpetów w sosie pomidorowym na czarną godzinę. Może właśnie wybiła. Sięgam na górną półkę.

— Na czarną godzinę — mówię.

— Masz czarną godzinę? Która to?

380

— Przenośnia. — Nie chce mi się tłumaczyć, wrzucam do gara i odgrzewam. Mam dobry charakter, nakarmię głodnego.

Inga opiera się o lodówkę.

— Jaka godzina jest czarna? Północ?

— Nie, ostatnia. Taka zapasowa godzina. Że już myślisz, że nic nie masz, a właśnie się okazuje, że masz.

— Zapasową godzinę?

— Nie, zapasy na czarną godzinę, daj spokój, Inga.

Inga sięga po talerze i nagle macha mi przed oczami ryngrafem.

— Co to?

— Matka Boska.

— Ty wierzysz w Boga?

Jak rany, pierniczę. Głodny jestem, a tej się zebrało na rozmowy.

— W jakim sensie?

— Normalnie. Wierzysz albo nie wierzysz. Jak wierzysz, to Matka Boska nie powinna lodówki pilnować. Jak nie wierzysz, to po co to masz?

Wyjmuję talerze, nakładam pulpety i zaznaczam, że nie mam chleba, może same pulpety ją zatkają.

— Wierzysz czy nie?

Pulpety nie pomogą, jak widać.

— Nie wiem. Może. Ale jak księża mają dzieci, to trudno ci przyjąć wiarę, prawda?

— A dlaczego w Polsce myślicie, że Pan Bóg chodzi ubrany w czarną sukienkę? Ksiądz to jest człowiek. Pan Bóg jest Bogiem.

— Nie ma dowodów na istnienie Boga, za to są dowody na istnienie księży.

— Ale ty głupi jesteś, Noris! Wiara wyklucza dowody! Wierzysz w te mięsa? — Trąca widelcem pulpet, który pewno nawet koło mięsa nie leżał.

— Wierzę, że może tam jest odrobina mięsa — droczę się z nią, chociaż wiem, że ma rację.

— Ja chodzę do kościoła, bo wierzę w Boga. Moja wiara nie zlega na ludziach, ludzie są niedoskonali.

— Nie polega — poprawiam automatycznie.

— A wy tutaj, w tym kraju, tylko patrzycie na drugiego, co on robi. I od razu jesteście Bogiem. Ten zły, tamten niedobry, ten w porządku, ten nie OK, ja się pytam ciebie: dlaczego? To nie jest zadanie dla człowieka.

— Ciekawe, co jest zadaniem dla człowieka wobec tego.

— Wobec tego zadaniem jest, jaki ja jestem. Czy ja robię dobrze. Czy ja myślę dobrze. Czy ja pracuję dobrze. Czy ja robię komuś niedobrze. I naprawiać to, co robię niedobre. Proste, *isn't it*? A nie zajmować się księdzem. Jeden będzie taki, drugi będzie nie taki. I co? Boga to nie zmienia, tylko nich.

— Ich — poprawiam machinalnie.

*

Nie znałem jednak Ingi, choć wydawało mi się, że znam. Nie miałem pojęcia, że wierzy. Ale kto teraz o to pyta.

Jeden do radia należy, drugi do telewizora, wstyd się przyznać, nawet jakby człowiek chciał, z kolei inni sobie sztandar robią z wiary, a wiadomo, jakie to sukinsyny.

Chciałem jej to wszystko wytłumaczyć, ale sobie pomyślałem, że nie jestem gotowy na dyskusję teologiczną, osłabiającą jej wiarę w człowieka, a szczególnie osłabiającą jej wiarę w ojczyznę przodków.

Może w Kanadzie wszystko jest proste, w Polsce na pewno nie. My jesteśmy narodem skomplikowanym. Nie da się tego wyjaśnić. Komplikujemy wszystko i to jest nasza cecha narodowa. U nas nawet jedna prosta się parę razy krzyżuje.

Z sobą samą.

*

— Inga, nie mam z kim pogadać, bo rzecz dotyczy kobiety… — zaczynam i już czuję się głupio.

Poprosiłem, żeby wpadła, bo w drodze powrotnej dorwał mnie Dżery i strasznie dziękował, gdyż Ksawery producent poprosił go o zdjęcia próbne — robi serial i robi film, i się nie wyrobi.

To akurat wiedziałem.

I Dżery po rozmowie z nim nie był pewien, ale miał wrażenie, że Ksawery mnie też chciał zatrudnić, tylko — tak zrozumiał Dżery — Alina mu powiedziała, że ja nie mam czasu.

— I trochę się zdziwiłem — powiedział Dżery — bo ty mówiłeś, że prosiłeś Alinę o jakąś fuchę. Ale to wszystko może źle zrozumiałem, bo przecież wy się przyjaźnicie. Najlepiej jakbyś zadzwonił do Producenta i sam to wyjaśnił, choć on mówi, że potwierdziłeś to, co mówiła Alina, że już nie pracujesz w zawodzie.

Nie powiem, ale na taki telefon zareagowałem jak rój os na intruza. Dżery nie jest kobietą, nie domyśla się, nie knuje, nie sądzi, nie podejrzewa, jeśli coś mu się nie spodobało, to mówi. Musiało mu się coś nie spodobać, boby z tym nie zadzwonił.

Wszystko to mówię Indze, a Inga odkłada talerz do zlewu, nie myje go, a przecież jak się od razu zmyje, to potem nie ma kłopotu i on się nie namnaża, ale nie komentuję.

— Jeremiasz, a gdzie jest problem?

— Co ja mam zrobić? To moja przyjaciółka, jak ty to sobie wyobrażasz, że pójdę do niej i zapytam, czy to prawda?

— Tak sobie ja wyobrażam. Dokładnie. *Exactly*.

— Inga! To przecież właśnie jest brak zaufania!

— To może być prawda?

— Może być prawda i może nie być prawda.

— To zapytaj. Po co masz pytać kolegów? Jesteś dziwny, Jeremiasz, ty jesteś naprawdę dziwny. Ty wolisz złościć, niż zapytać. Nie rozumiem.

Chłopcy to u szewca

Robota się wali na mnie ze wszystkich stron. Odebrałem matkę ze szpitala, wziąłem grzecznie na obiad, próbowała mnie wypytywać o moje życie osobiste, co mi zawsze źle robi, nie wiem, o czym się normalnie rozmawia z matką, pies był spokojny pod stołem, co było miłą niespodzianką, jeżdżę po ludziach, bo okres urlopowy, a sprzęty im wysiadają, no i muszę koniecznie kupić pralkę, ale tym się matce nie pochwalę.

Nie wiem, co takiego się z matką dzieje, że w jej obecności zawsze muszę być dzieckiem.

— A czy ty sobie gotujesz? — pyta na przykład.

— Przecież jem — odpowiadam.

— A nie myślisz, żeby coś zrobić ze swoim życiem?

Co mam myśleć? Co mam zrobić? Zakończyć? Za wcześnie. Żyję. Pracuję. Zarabiam. A nawet porozmawiam z Aliną, dojrzałem do tego. Tylko jeśli ta rozmowa będzie wyglądała tak jak z matką, to się pochlastam braunem po tętnicy udowej.

— Wiesz, bo życie jest takie krótkie. Każdemu się wydaje, że trwa wiecznie…

— Mamo… błagam cię.

— Chłopcy w twoim wieku…

Chłopcy to u szewca. Chłopcy nie są w moim wieku. Chopin umarł, jak był o siedem lat starszy ode mnie. Dwa swoje jedyne i rewelacyjne koncerty napisał, jak miał dziewiętnaście lat. Wojaczek miał dwadzieścia pięć.

Bursa też coś koło tego. Słowacki trzydzieści dziewięć. Chrystus trzydzieści trzy i już był Bogiem. Einstein był już sławny. Rockefeller bogaty. Facet od Apple miał na koncie miliony i dawno wyszedł z garażu. Himmler miał trzydzieści dziewięć i trząsł światem, Goebbels trzydzieści cztery.

Owszem, mordercy, ale dorośli. Ja też już nie jestem chłopcem, jestem facetem. Dorosłym.

— Ty, kochanie, sobie nie dajesz rady, ja to widzę...

Jakby Jobs miał taką matkę, toby siedział w garażu do dzisiaj. Chopin by dalej ćwiczył gamy, a Einstein po oblanej maturze z fizyki zapiłby się na śmierć. Z tym że Goebbels i Himmler mogliby prowadzić jakiś skromny interesik, warzywniak czy coś, ze znacznym pożytkiem dla przeszłości.

Ja tego nie rozumiem, własna matka cię sprowadza do parteru, zamiast dać ci pożyć.

— Mamo, jak widzisz, radzę sobie.

— To nie chodzi o radzenie sobie, tylko o życie! Ja ci chciałam już dawno powiedzieć... — Przerywa, sięga pod stół, bierze Heraklesa na kolana, zaraz będzie awantura, że z psem siedzimy przy stole. — Ty wiesz, że ja nigdy nie narzekam, ale po prostu się martwię. Człowiek nie jest stworzony do tego, żeby żył sam. Taka Inga, piękna dziewczyna, zainteresowana tobą, a ty nie możesz odżałować Marty.

Co za dużo, to niezdrowo. Uczepiła się Marty kompletnie bezpodstawnie. Czy kobiety nie mają innych tematów?

— Ja ci już dawno chciałam powiedzieć, że ja... Mnie również niełatwo było samej, i już od paru lat...

Mam powyżej uszu wpędzania mnie w poczucie winy. Czy ja odpowiadam za to, że jest sama? Nie. Że jest wdową? Nie. Że nie mieszkam z nią? Tak. Miałem na tyle rozumu, żeby się usamodzielnić.

Dzikie gęsi wykopują małe z gniazda, żeby przeżyły. Moja matka, gdyby była dziką gęsią, nie dochowałaby się potomstwa. Zastawiłaby gniazdo, kurna, drutem kolczastym, żeby pisklaki się nie nauczyły latać, tylko z nią były cały czas. A gęś domowa jest mądra, czujna, gęsi Rzym uratowały, a dzika jest wspaniałą matką. Rodzi się ze zmysłem macierzyństwa — jeśli małe nie nauczy się latać, nie przetrwa. Dlaczego moja matka nie jest gęsią?

— Mamo, skończmy tę rozmowę. Jest ładna niedziela, po co to sobie psuć?

— Ja bym chciała, żebyś ty czasami przyjechał do mnie normalnie... Bo gdyby...

A co, ja nienormalnie przyjeżdżam? Tyłem?

Ciężko z tą moją matką.

Rozumiem, że jest rozdrażniona, znaleźli jej jakiś guzek, tyle zdołałem z niej wydobyć, ale żeby od razu świat stawiać do góry nogami? Ludzie nie takie rzeczy mają i dobrze jest. Kobiety są histeryczne, one widzą na czarno cały świat i snują od razu teorie, które od samego myślenia o tym, co mogłoby być, powodują, że mdli mnie ze strachu.

A przecież jak będzie jakiś problem, to się go rozwiąże, krótka piłka. Wtedy i tylko wtedy. Bo wymyślonych problemów rozwiązywać nie można. Co tu gdybać na przyszłość. Ja naprawdę tego nie rozumiem.

*

Wszedłem dzisiaj do sklepu po zakupy, jak człowiek. Nie znoszę robić zakupów, ale muszę, się okazuje. Chodzę między tymi półami, ser tu, ale masło oczywiście

387

w następnej alejce, muszę minąć puszki, wrócić po papier toaletowy na drugi koniec, przejść obok piwa, żeby kupić mineralną, nie będę Ingi poił wodą z kranu, czterdzieści minut samej wędrówki, żeby najniezbędniejsze rzeczy włożyć do koszyka. Jestem jak podminowany, każda minuta w takim sklepie podnosi u mnie poziom agresji, nie mam pojęcia, na czym to polega. Panny mnie zaczepiają, poprzebierane w jakieś kimonka, że tu serek do spróbowania, tu czekoladka, nienawidzę tego, matko moja! I wszędzie promocja, rzeczy w koszach upchane też promocja, bo to datę ważności ma na dzisiaj, nie daję się nabierać.

Ale widzę orzeszki, postanawiam dorzucić do koszyka i zmyć się stąd jak najszybciej. Podchodzę i co widzę?

Cena normalna dwadzieścia osiem dziewięćdziesiąt, a w promocji dwadzieścia dziewięć dziewięćdziesiąt.

Ja pierniczę! To już przesada.

Biorę obie puszki i szukam jakiegoś człowieka, który nie wygląda na klienta. Oprócz kasjerek nie ma nikogo. Wreszcie w rogu, przy cukrze, dostrzegam kobitkę, która układa paczki na półkach. Podchodzę i grzecznie pytam:

— Czy może mi pani wyjaśnić, dlaczego orzeszki bez promocji kosztują dwadzieścia osiem dziewięćdziesiąt, a w promocji dwadzieścia dziewięć dziewięćdziesiąt?

Odwraca się do mnie i skrzeczy:

— Co mi pan głowę zawracasz, ja tu nie pracuję, ja tu tylko towar wykładam!

Zmywam się jak niepyszny, nie poznając tajemnicy tego fenomenu.

Pracuje, a nie pracuje.

W jakim ja kraju żyję?

*

Jestem dzisiaj umówiony z Aliną. Jeszcze tak nie było, żebym ją prosił kilkakrotnie o spotkanie, a ona nie miała czasu. Ale w końcu ją dorwałem, łaskawie zgodziła się, na mieście, na chwilę, bo ma sporo pracy, skoro mi tak bardzo zależy.

Muszę wyjaśnić z nią parę rzeczy, bo nie chcę, żeby smród się ciągnął po naszej znajomości.

Rozpakowuję zakupy, kiedy dorywa mnie telefon.

— Bardzo przepraszam, ale czy może pan przyjechać natychmiast? Pan u nas już był, dzwonię z Olbrachta, bardzo proszę, jeśli to możliwe...

— Mogę się umówić na jutro.

— Proszę pana, to sprawa życia i śmierci, błagam.

Takie czasy, że sprawa życia i śmierci to telewizor.

Patrzę na zegarek, jak się sprężę, to zdążę.

Zostawiam zakupy na stole i jadę.

Na Olbrachta montowałem sprzęt, pamiętam właścicielkę, męża głównie nie ma w domu, bo gdzieś coś buduje w Polsce, a ona sobie nie radzi.

Dzwonię, za drzwiami hałasy i krzyki. Na pierwszy dzwonek nikt nie reaguje, dzwonię raz jeszcze, krzyki milkną, otwiera mi pani domu w wypiekach. Za nią głowy trzech chłopców.

— I koniec awantury! — podniesionym głosem mówi matka. — Proszę bardzo, nie wiem, jak się panu odwdzięczę.

Chłopcy przyglądają mi się ciekawie.

— Marsz do swoich pokojów — krzyczy na nich kobieta, rozpierzchają się.

— Z nieba mi pan spadł. — Wprowadza mnie do pokoju, przez który na pewno przeszedł tajfun.

Porozrzucane zabawki, dżojstiki, płyty, poduszki na podłodze, telewizor włączony, na telewizorze zatrzymana gra. Widzę tuner od kablówki, odtwarzacz CD i playstation.

— Problem z…

— Dziećmi. — Kobieta siada na tapczanie, widać na pierwszy rzut oka, że jest wykończona.

Nie jestem najlepszą pomocą w sprawie dzieci. One nie są na pilota, niestety.

— Mamo, a Robert mnie uderzył! — W drzwiach pojawia się piegowaty chłopiec i podbiega do nas. Za nim drugi piegowaty i krzyczy:

— Nieprawda! Sam zacząłeś! Ja cię tylko tak, a ty mnie kopnąłeś!

— A Bartek kłamie! Sam widziałem! On zawsze kłamie! — krzyczy spod drzwi trzeci.

— Ja mam tak cały czas, proszę pana. — Kobieta pochyla głowę. — Jeśli się natychmiast nie uspokoicie, to oddam panu playstation! W tej chwili! — Podbiega do telewizora i zaczyna wyszarpywać na oślep jakieś kable.

— Mamo, nie!!! — krzyczą wszyscy trzej. — Będziemy grzeczni!

Ja taki nie byłem w ich wieku, to pewne.

Kobieta zatrzymuje się w pół gestu.

— Proszę iść do siebie! — krzyczy zdesperowana.

— Nie, bo to nasze! Tata nam kupił! Tobie nie wolno tak zrobić!

O konsekwencjo kobieca.

Podchodzę do telewizora i odłączam playstation.

Biorę do ręki konsolę.

— Mamo, nie pozwól temu panu wziąć naszego playstation!

Kobieta patrzy na mnie zdezorientowana, potem na chłopców, potem znowu na mnie.

— Jeśli pójdziecie do swojego pokoju, porozmawiam z panem. — Kuma, o co chodzi.

Dwaj starsi wyciągają najmłodszego, którego usta wyginają się w podkówkę.

Odstawiam playstation.

— O co chodzi?

— Ojciec im kupił playstation na koniec roku. W nagrodę. Nie wiem za co, bo z Bartkiem są kłopoty. Co miesiąc byłam wzywana do szkoły. Ale trudno. On im w ten sposób chciał wynagrodzić, że go w domu nie ma. Niech pan siada. I ja, proszę pana, nie mam już chwili spokoju. Oni krzyczą na siebie, krzyczą na mnie, są tylko dwa dżojstiki, oni się kłócą, ja nie umiem z powrotem przełączyć tego cholerstwa na telewizję, tylko oni wiedzą, jak to się robi, tak nie może być! A poza tym bez przerwy grożą, że zadzwonią do ojca. Ja sobie z tym po prostu nie radzę!

— To w czym ja mogę pomóc? — Zgłupiałem kompletnie.

— No właśnie. Bo gdybym umiała to odłączyć, tobym im zabierała kabel, może to by coś dało. Ale jak raz rozłączyłam, to nie mogłam potem nawet dziennika obejrzeć… To nie do zniesienia. Ja już naprawdę nie mogę.

Postanowiłem usystematyzować informacje.

— Chłopcy grają…

— Ale się kłócą, bo ich jest trzech i nie umieją się dogadać…

— A pani nie umie…

— Tylko Bartek umie to przełączyć z powrotem na telewizję, ale nie chce.

— Czyli ja powinienem…

— No właśnie… — przerywa mi po raz trzeci. — Nie wiem, ale w panu moja ostatnia nadzieja. Gdyby ich było dwóch albo czterech, to mogłabym jakieś dyżury zrobić… czy co…

Chłopcy szurali za drzwiami, które uchyliły się lekko, byli już całkowicie ze sobą pogodzeni, mieli teraz wspólnego wroga, mnie i matkę — a chciała im jakieś dyżury wprowadzać?

— Myślę, że powinna pani zobaczyć, jak to działa. Proszę za mną — odsunąłem sprzęt. — Jeśli weźmie pani ten kabelek, który wchodzi tutaj — playstation jest odłączone i nie działa. Jeśli schowa pani kabel gdzieś, gdzie go chłopcy nie znajdą, ma pani nad nimi przewagę. Żeby był odbiór telewizji, antena, to znaczy to — pokazałem — musi być włożone tutaj.

— No to ja wiem, ale i tak nie ma obrazu…

— Jak pani to wszystko zrobi, podchodzi pani do pilota. — Biorę do ręki pilota i naciskam pierwszy górny przycisk z prawej. — Pokazuje się pani ikona, HDMI, VHS, V1, złącze jeden, TV itd. Kursorem najeżdża pani na HDMI. To jest pani telewizja. I może pani do woli oglądać.

— Niech pan poczeka, ja to wszystko sobie zapiszę. O Boże, wiedziałam, że ktoś mi to musi pokazać. Bartek nie chciał. Cały czas tylko się kłócą.

— A może by pani im wydzieliła godziny grania? Jak się nie dogadają, to dla wszystkich szlaban — podpowiadam.

— To niemożliwe! Oni robią, co chcą! — wzdycha ciężko.

— No właśnie. Ale teraz pani ma władzę. — Odłączam kabelek i podaję jej. — Niech pani schowa i zobaczy, co będzie.

— Ja już nie mogę znieść tego krzyku. Ja naprawdę nie mogę. Ja się tak staram, ale nic mi nie wychodzi. Ja już im obiecałam, że jak będą grzeczni...

Kobiety są nienauczalne. One naprawdę myślą, że jak obiecają coś fajnego na przyszłość, to facet sobie tego czegoś fajnego nie weźmie teraz. Po co czekać, jak wszystko jest w zasięgu ręki? Trzeba coś stracić, żeby zdać sobie sprawę, jak było dobrze, to jasne.

— Niech pani nic nie obiecuje, tylko się z nimi umówi. I jak się coś przyrzeka, to trzeba dotrzymywać słowa. Wiem — łagodzę swój wywód — bo sam byłem chłopcem.

— I myśli pan, że to wystarczy?

— W zupełności — potwierdzam.

Mężczyźni naprawdę są skonstruowani w prosty sposób. Kobiety oczywiście zaburzają, jak mogą, ten porządek rzeczy, ale wystarczy raz pokazać, co można, a czego nie można, żeby facet pojął. Kobiety będą krążyć wokół tego, próbować z różnych stron, podważać, negocjować — a facet wie, że tak to tak, a nie to nie.

Dzieci co prawda nie zaliczają się jeszcze do facetów, mają takie trochę kobiece podejście do sprawy, ale jak raz się natkną na mur, to zrozumieją.

— Chłopcy, możecie wejść — mówi matka.

Wsypują się do pokoju, trzech, a jakby trzydziestu.

— Dawaj dżojstik, ty już grałeś, nie grałem wcale, to był tylko drugi poziom i mi zabrałeś, oddaj, mamo, niech on mi odda.

Patrzę na kobietę, siedzi nieporuszona.

393

— Musicie to załatwić między sobą.

Włączają telewizor. Dziennik. Młody dorywa dżojstik, jednym ruchem przechodzi na V3, ale nic, bo kabelek u mamusi w kieszeni. Dziecko bystre, natychmiast zagląda sprzętowi w dupsko. Kabelka niet.

— Mamo! Nie ma kabla! Nie możemy grać! — Wszyscy trzej są znowu zgodni. — Mamusiu, oddaj nam kabel. Mamusiu kochana!

— Nie — mówi po raz pierwszy kategorycznie kobieta.

Chłopcy milkną. Patrzą jeden na drugiego, potem wilkiem na mnie. Rozkładam ręce. — Ja też jestem bezbronny wobec kobiet.

— Dam wam pograć godzinę wieczorem, jeśli będzie zrobiony porządek w pokojach — mówi matka.

— O nie! Żaaal! — Bartek ze złością trzaska drzwiami i wychodzi. Pozostali patrzą po sobie niepewnie.

— Pogadajcie z Bartkiem. Wszędzie ma być porządek, u was i u niego. Wtedy ponegocjujemy.

Chłopcy patrzą na mnie z nienawiścią i wychodzą.

— Bardzo panu dziękuję, bardzo — rozjaśnia się matka — to takie proste! Że też ja na to nie wpadłam!

— Jest was czworo — mówię — razem z panią. Zróbcie sobie dwie drużyny, będzie łatwiej.

— Ja mam strzelać? — Kobieta jest tak zdumiona, jakbym jej obwieścił, że właśnie jest ze mną w ciąży. — Przecież ja nie umiem!

— Mogę panią nauczyć, raz-dwa. Problem dżojstików będzie rozwiązany i parę innych też.

Następne dwadzieścia minut spędzamy przy konsoli. Jest w tym naprawdę niezła!

Wychodzę ze stówą w kieszeni, choć prawdę powiedziawszy, w życiu tak lekko i przyjemnie nie zarobiłem pieniędzy.

Życie jest takie proste, po co je komplikować?

Cujo

Alina jest jakaś dziwna, witam się z nią normalnie, a ona kręci się na krześle, rozgląda po knajpie, łapie kelnera, zamawia wodę mineralną — po raz pierwszy od kiedy się znamy, ma coś ważniejszego niż spotkanie ze mną.

— No mów, bo wiesz, naprawdę nie mam czasu.

— Alina, sprawa jest delikatna, więc chciałem z tobą szczerze — zaczynam dyplomatycznie, bo wiem, że z babą inaczej się nie da. Trzeba najpierw wprowadzenia, gry wstępnej, kurna, bo inaczej uważa, że chcesz załatwić sprawę, a im nie chodzi o załatwienie sprawy, tylko o bycie z kimś. Więc pobędę z nią.

— Jaka sprawa?

— Spotkałem producenta twojego serialu i on mi powiedział, że ...

— Co ty, jemu wierzysz czy mnie? — Alina obrusza się, choć jeszcze nie zdążyłem powiedzieć, o co mi chodzi.

— Jasne, że tobie, ale on podobno mnie szukał...

— Szukał, ale przecież nie jako operatora.

— Dżery mi powiedział... — próbuję wejść jej w słowo.

— Jeremiasz, nie poznaję cię. Producent ci powiedział, Dżery ci powiedział, co takiego ci powiedzieli? — Z pozycji obronnej przechodzi do ataku. — Ty mi nie ufasz, co się z tobą dzieje?

— No, że wiesz, mógłbym się załapać...

Kelner przynosi dwie wody mineralne. Żaby mi się zalęgną w brzuchu.

— Jakbyś mógł, byłabym pierwsza, która by ci o tym powiedziała. Trzymam rękę na pulsie. Wspomniałam o tobie, owszem, ale Ksawery od razu mi przypomniał *Lipę*. Którą zresztą byłam zachwycona, pamiętasz. No, ale to, co się stało później... Jednak emocje trzeba trzymać na wodzy. Jer — dotknęła mojej ręki i spojrzała mi głęboko w oczy. — Czy ty myślisz, że ja o ciebie nie walczę? Pamiętasz projekt „Przeproś Mnie"? Gdyby przeszedł, miałbyś pracę. Ja ciebie zaprotegowałam.

Pamiętałem, od razu po *Lipie* Alina do mnie wydzwaniała, żebym przeszedł do telewizji niepublicznej, bo jej koleżanka właśnie robi nowy program. Byłem, głupia robota, studio, dwie kamery, ale i tak projekt upadł. I nie było powiedziane, czybym dostał tę robotę.

— Pamiętasz „Wojnę tysiącleci"? Chodziłam i prosiłam jak idiotka. Nie chcieli ciebie. Nie dlatego, że jesteś zły, bo jesteś ge-nial-ny. Wiem o tym. Ale od razu poszła szeptanka, że będą z tobą na planie kłopoty, że jak się wkurzysz, to przywalisz, a nie muszę ci mówić, ile kosztuje dzień zdjęciowy. Nie przeszło. A wiesz, że to robił mój kumpel, Waldek. I nie ma przebacz. A ty mi teraz insynuujesz i tylko dlatego się spotykasz, że doszły cię jakieś plotki? — Alina jest naprawdę wzburzona. — Ksawery jest szczur, on zawsze judzi, żeby popsuć stosunki między ludźmi. Wie, że jesteśmy zaprzyjaźnieni, a wierz mi, że mnie nie znosi. Normalna zawiść. To jest straszne środowisko. Straszne.

Nie jestem genialny, może wtedy byłem. Udało się coś, co właściwie nie wymagało ode mnie wysiłku.

Dobry pomysł, reszta działa się sama. Ale fajnie, że Alina tak mówi. Zawsze mnie podtrzymywała na duchu.

— Pamiętasz, jak kręciliśmy *Imadło*? Mieliśmy tyle planów... Przecież mnie naprawdę serce boli, że to wszystko się nie spełniło...

— Tobie się akurat spełniło — mówię i naprawdę się cieszę.

— Też nie tak, jak bym chciała — oświadcza dość smutno. — I jeszcze ty mnie podejrzewasz, że ja mogłabym nie chcieć ci pomóc.

— Alina, to nie tak. Ale zrozum, jeśli Dżery mi mówi, że oni mnie chcieli, to muszę zapytać u źródła! Przecież ja cię o nic nie oskarżam, mogłaś nawet nie wiedzieć...

Twarz Aliny tężeje.

— Wiem o wszystkim, co się dzieje! Co ty myślisz, że cokolwiek się wydarza beze mnie? Jak możesz, Jeremiasz! Ty masz nasrane w głowie. Jesteś nie do poznania! Jedno zdjęcie i ty się kompletnie zmieniłeś? Tracisz kontrolę nad sobą? Zaczynasz widzieć koło siebie samych wrogów? Martę sobie tak traktuj, zasługuje na to, a nie mnie. — Alina wstaje od stolika. — Mam parę rzeczy do załatwienia. Bardzo się na tobie zawiodłam!

Zaraz, zaraz, moment, o jakim zdjęciu ona mówi?

Co ma z tym wspólnego Marta?

Jestem jak ogłuszony, nie mogę pozbierać myśli.

Na pewno z nią o tym nie rozmawiałem, wie tylko Inga, Ingę może raz widziała, nie przypadły sobie panny do gustu, nic dziwnego, kobiety się nie lubią, zauważyłem to już dawno.

— Chwila. — Łapię Alinę za rękę. — O jakim ty zdjęciu mówisz?

Alina się wyrywa, widzę, że robi się purpurowa.

398

— No, o tym, o którym mi mówiłeś.

— Nie mówiłem ci o niczym.

— Nagrałeś się, naprany, na sekretarkę, żeby mi się pożalić, co ona ci zrobiła. Nie pamiętasz? Daj mi spokój.

— Alina! — Nie mogę pozbierać myśli. — Nic ci nie mówiłem o żadnym zdjęciu Marty.

— Owszem, mówiłeś. W swoje urodziny. Jak zadzwoniłam następnego dnia, nic nie pamiętałeś. Więc nie ruszałam tego tematu. I już czas, żebyś zaczął odróżniać przyjaciół od wrogów, tego ci życzę.

Nie żegna się ze mną, tylko odchodzi.

Zostaję przy stoliku jak palant, pewnie wyglądaliśmy na pokłóconych kochanków, parę osób obrzuca mnie nieprzyjaznym spojrzeniem. Ciekawe dlaczego na nią nikt nie patrzy. Ja nie podniosłem głosu ani przez moment. I jestem rzeczywiście idiotą.

Zwierzyć się z takiej kichy Alinie, to trzeba nie mieć rozumu.

I na dodatek tego nie pamiętać.

Zostawiam niedopitą wodę i wychodzę.

*

Dzwoni do mnie matka z wiadomością, że muszę się zająć Heraklesem, bo ona wraca do szpitala, ponieważ badania, jak się okazuje, są niekompletne; nie ma z kim zostawić pieska, ale ma nadzieję, że ja się nim zajmę. Najlepiej jakbym przyjechał wieczorem, trochę z nim pobył, ona mi powie, jak się z nim obchodzić, oraz że nie mam innego wyjścia.

Pierniczę, pierniczę, pierniczę.

Teraz do życia jest mi niezbędny Herakles.

Przecież ten pies zagryzie mnie w czasie snu.

Morderczy Cujo Stephana Kinga to przy nim pikuś. Mały pikuś.

Próbuję mojej matce perswadować, że to nie będzie proste, ale tym razem słyszę zdecydowane:

— Ty wiesz, że ja nigdy o nic cię nie proszę, jednak to jest sytuacja podbramkowa.

— Ale jak byłaś w czerwcu w szpitalu, to ktoś się zajmował Heraklesem — przypominam. Ja nie miałem wtedy z gnojem do czynienia.

— Wtedy to było wiadomo, że idę na dwa dni. Teraz być może mój pobyt się przedłuży. Nie mogę obarczać nikogo pieskiem. Dogadacie się, jestem pewna.

Dogadamy się. Spuszczę gnoja z wodą w klozecie, jak mi raz podskoczy.

Ale tego matce nie mówię, tylko karnie do niej jadę.

Ma spakowaną torbę, dość pokaźnych rozmiarów, jest przygotowana jak na dwutygodniowy wyjazd do Argentyny.

— Wszystko bierzesz? — zadaję nieopatrznie pytanie i już żałuję.

— Nie wszystko — mówi matka, jak każda kobieta na świecie — tylko najniezbędniejsze rzeczy, piżama, szlafrok, koc, bo może być zimno, książki, bo jeśli poleżę dłużej, to przecież nie będę patrzyć bezrozumnie w sufit, kapcie, kosmetyczkę, ręcznik do twarzy, ręcznik do ciała...

Bo twarz to nie ciało. Jasne, zrozumiałe.

— Tu są klucze, na wszelki wypadek. Odwiezie mnie pan Zygmunt, Herakles nie może zostawać długo sam, pamiętasz o tym?

Pies drze mordę i w ogóle do mnie nie podchodzi na wszelki wypadek.

— Jedzenie z puszki, tu masz, zapakowałam. I polędwicę też tam masz. Zrobiłam małe porcje, włóż do zamrażalnika i wyjmuj codziennie świeżą, bo on śmierdzącego mięsa nie je. Tu masz torbę, on się boi jeździć bez torby, w samochodzie go trzymaj w środku, bo nie wiadomo, jak na ciebie zareaguje. Tu masz szelki, nie spuszczaj go pod żadnym pozorem, bo się zgubi. I przestań się go bać i go prowokować, on czuje, że ty jesteś mu nieżyczliwy. Herakles, chodź do mamy! Chodź, szybciutko! Hop — klepie się po kolanach, ale Herakles nie jest całkowitym idiotą, jest zresztą na to zbyt mały, żeby w ogóle był całkowity — chowa się pod krzesłem. I ujada.

— Pamiętaj, żeby zawsze miał świeżą wodę. I nie przekarmiaj go, on jest łakomy. I musi być wyprowadzany przynajmniej pięć razy dziennie.

Pięć razy? Pierwsze słyszę. Psu wystarczy trzy. A psu sąsiada dwa plus jedno wyjście na balkon.

— Mamo, poradzę sobie — mówię, bo jest chyba tak zdenerwowana faktem, że pies będzie u mnie, że aż jej współczuję. — Chciałam cię nawet prosić, żebyś się tu wprowadził, on by się czuł bezpieczniej, ale…

— O nie! — wyrywa mi się. — Nic mu nie będzie, zwiedzi kawałek świata. Ja muszę być u siebie — kończę łagodniej — po prostu wolę. Tam mam wszystko, a ty przecież niedługo wrócisz.

— Tak, tak — powtarza zgodnie matka. — Wszystko dla niego spakowane jest w kuchni. Kochanie, pan Zygmunt mnie odwiezie, więc tym się nie przejmuj, zadzwonię, jak tylko będę wiedziała, co się dzieje.

— Przyjdę do ciebie w piątek.

— W piątek albo w sobotę, zobaczymy. Tu zostawiam papiery, tu rachunki. — Matka prowadzi mnie do kuchni, na kupkach leżą jakieś papierzyska, tu masz klucze, drugie zostawię panu Zygmuntowi, jakby coś się działo, on ma bliżej; wiesz, gdzie są korki?

Rany boskie. Tego już za wiele. Rachunki, klucze, korki, klucz od piwnicy, testament. Cała moja matka, na trzy dni wychodzi z domu, więc powiadamia mnie o sprawach ostatecznych.

— Mieszkałem tutaj, jeśli pamiętasz.

— Tak, ale chcę ci powiedzieć, żebyś nie dotykał tego kontaktu. — Matka schyla się i pokazuje mi kontakt za biurkiem, tuż nad listwą, niziutko, nigdy nie używany. — Tu coś się dzieje, wysadza korki, jak włączysz, więc nic z nim nie rób.

W czasie trzydniowej nieobecności mojej matki przyjdę tu specjalnie i odsunę biurko, podłączę się do tego kontaktu, na co bym oczywiście nie wpadł, gdyby mi nie podpowiedziała.

— I nie włączaj czajnika, bo on potrafi gotować wodę w nieskończoność. Powinnam kupić nowy, ale na razie go pilnuję, dopóki woda nie zacznie wrzeć. Lepiej nie dotykaj. Ja go zresztą wyjęłam z kontaktu. Tu obok kładę klucz od skrzynki, tam trzeba zajrzeć raz na jakiś czas, ale o to poproszę Zygmunta. — Rozgląda się po mieszkaniu, jakby dostała dwuletni kontrakt za granicą.

— Mamo, czy ty nie zamierzasz wracać? — pytam wobec tego swobodnie.

— Co ty za bzdury mówisz! — denerwuje się. — Po prostu trzeba się jakoś zabezpieczyć w razie czego.

— Okej — mówię i przestaję ją denerwować.

I tak powie swoje, będę dobrym synkiem.

— No i najważniejsze — matka podnosi psa — Herakles. Kochany synek mamusi, nie boi się Jeremcia, nie boi się. Weź go na ręce.

Posłusznie wstaję i wyciągam ręce.

Pies zaczyna wiosłować wszystkimi czterema łapami w powietrzu z taką szybkością, że aż dziw, iż nie odfrunie. Wydaje z siebie piski takie jak mewa. O właśnie, mewa. Wiedziałem, że przypomina mi jakiegoś ptaka.

— Kochane psiąteczko, moje malutkie, no już, już. — Matka wtula głowę w sztywne i naprężone ciało Heraklesa. — Jeremcio nie zrobi krzywdy, nie, nie. No, kochanie — znowu do mnie — weź go!

Pierwszy raz mam gnoja w rękach. Zamarł. Jest jak z żelaza. Przestał się drzeć, wyprężył się jak struna, matka mu zakłada szelki.

Jak ja się z czymś takim pokażę u siebie na osiedlu?

— Otwórz torbę — mówi rozkazująco matka — i delikatnie go włóż. Tylko go jeszcze ucałuję.

Piesek znowu zaczyna wiosłować w powietrzu, w jej stronę. I jak Boga kocham, widzę, że matka ma łzy w oczach.

Flashback

Nie znoszę, jak stawia się mnie pod ścianą.

Przyniosłem gnoja do domu, w różowej torbie z okienkiem. Torbę postawiłem w pokoju na podłodze. Otworzyłem.

Pies skulony w samym końcu torby, wyjść nie zamierza. Pieprzę to. Niech nie wyłazi.

Zająłem się swoimi sprawami, obejrzałem film, który pożyczyłem już parę tygodni temu od Bartka, pies siedzi w środku różowego, pieprzę. Zaglądam do niego parę razy, jak tylko mnie widzi, robi się jeszcze mniejszy. Nie ma zamiaru wyjść, nie szczeka, nie udaje mewy, chrzanię. Nalewam mu wody do miski, nasypuję żarcia w kulkach.

Dzwoni mamusia, jak Herakles.

— Świetnie — mówię, bo ma się znakomicie.

Normalny pies wyszedłby sprawdzić, gdzie jest. Ale to ani normalne, ani pies. Idę wziąć prysznic, postanawiam się nie przejmować. Wracam z łazienki, zaglądam do torby. Pies zniknął. Idę do kuchni, psa nie ma. Sprawdzam w łazience, psa nie ma. Sprawdzam w sypialni, psa nie ma. Balkon uchylony, robi mi się gorąco. Wychodzę, patrzę na trawnik, nic nie widać, bo ciemno. Na balkonie psa nie ma. Zamykam balkon, ubieram się, zbiegam na dół. Chodzę jak idiota po cudzych gównach, nic podobnego do imitacji psa pod moim balkonem nie leży. Ulga.

— Zejdź pan z tego trawnika, szanuj zieleń, nie widzisz pan tabliczki! — słyszę z okna na parterze. Głos faceta od jamnika.

Wracam jak torpeda na górę. Był i się zmył.

Zaczynam przeszukiwać metr po metrze całe mieszkanie, metodycznie — kuchnia, drzwi zamknąć, szafki otworzyć, sprawdzić nawet te górne, lodówkę sprawdzić, może wszedł, jak po coś sięgałem, nie ma. Piecyk otworzyć, nie ma. W kuchni czysto. Zamknąć kuchnię, przejść do przedpokoju, zamknąć wszystkie drzwi, sprawdzić każdy kawałek podłogi.

Kładę się na brzuchu, zaglądam pod szafę — robiona u stolarza przez poprzednich właścicieli, porządna, głęboka, na nóżkach — „żeby łatwiej było podłogę umyć". W ogóle nie jest łatwiej, bo trzeba się położyć, żeby tam sięgnąć.

Macam na oślep, wygrzebuję koty kurzu.

Marta tu w życiu nie sprzątała? Nie sięgam do samej ściany.

Nic nie widzę, bo światło nie dochodzi, a latarkę mam w samochodzie, nie będę zapierniczał drugi raz. Biorę aparat, walę zdjęcia z fleszem, sprawdzam. Jest gnój chrzaniony, w samym rogu, oczy czerwone od lampy.

— Herakles — mówię spokojnie — chodź tutaj.

Zwinięty kłębek kurzu i czerwonych oczu ani drgnie.

— Chodź tutaj, pieseczku — staram się nadać głosowi jak najprzyjemniejszy ton, jak wyjdzie, to go zabiję.

Pies nie reaguje. Wyjmuję z torby jego ulubioną zabaweczkę, która nazywa się: „pamiętaj, że on jest do tego najbardziej przywiązany, ten dźwięk go uspokaja". Obrzydliwe coś o nieokreślonym kształcie, co przy naciśnięciu czegoś wydaje koszmarny pisk.

Naciskam parę razy, może uszy się trochę ruszyły, ale nie jestem pewien.

Raszpla stuka w podłogę.

Naciskam jeszcze raz i jeszcze raz.

Raszpla słyszy, Herakles nie.

— Piesek, chodź — cmokam tuż przy podłodze.

Nic.

Wyciągam jakiś cukierek, szeleszczę papierkiem.

Nic.

No to niech cholera siedzi pod szafą. Wyjdzie, jak zgłodnieje.

*

Z psem stosunki mam napięte. Pierwszej nocy na pewno wyszedł spod szafy, bo rano miska była pusta.

Muszę go wyprowadzić przed wyjściem, rurą od elektroluksu przyciągnąłem go do siebie, nie ugryzł. Szeleczki nałożyłem, zesztywniał.

Inga wpadła, zachwyciła się gnojem, nie zauważył zachwytu, głowę tylko odwracał, głównie pakuje się do torby, pilnuję, żeby drzwi do przedpokoju były zamknięte.

Inga oczywiście przyszła wyłącznie po to, żeby zapytać, co z Aliną, czy wszystko wyjaśniłem, i powiadomić mnie, że ten serial, o którym mi mówiła, to *Dziel i rządź...* Ta wiadomość rzeczywiście nie mogła mi zostać przekazana telefonicznie. Satelita by nie wytrzymał. Co jej mam powiedzieć?

Nic z Aliną. Wyjaśniłem, sprawa załatwiona.

— Nie sądzę — stwierdziła — ale rób, jak chcesz. Ty zostawiasz wszystko na potem, że potem ci się rozwiąże samo. A ono się zawiąże.

Zawsze robię, jak chcę, do tego akurat nie potrzebuję żadnych rad.

— Ty unikasz konfrontacji, Noris. Zadzwoniłeś do Jarka?

A po co mam do niego dzwonić?

Wyjaśniłem z Aliną, wyjaśniłem z mężem Aktorki. Jak się przyczepił do mnie jak rzep do psiego ogona, to co mogę zrobić?

Nic. Proste.

Myślałem, że poproszę Anię o wyprowadzanie kurdupla w ramach pomocy sąsiedzkiej, ale pojechała na zieloną szkołę.

Ja to mam pecha, pierniczę.

Ludzie na mnie patrzą, jak z nim wychodzę, udaję, że w ogóle nie mam smyczy w ręce.

Matka będzie miała zabieg prawdopodobnie w przyszłym tygodniu. Byłem u niej w niedzielę. Nienawidzę szpitali. Po prostu nienawidzę. Wyszedłem z ulgą, niech już będzie po wszystkim.

W niedzielę wieczorem odmroziłem polędwiczkę na następny dzień, pies zamknięty w dużym pokoju, wziąłem się do prania. Chciałem kupić pralkę w zeszłym tygodniu, ale kompletnie nie miałem głowy. Mógłbym jechać do matki, ale pies się zestresuje. Poza tym świetnie mi się pierze w zlewie w kuchni. Zalałem wodą czarny sweter, dodałem płynu do prania, niech się moczy.

Herakles siedzi w torbie, niby wszystko w porządku, jakoś jestem ogarnięty, ale coś mi nie daje spokoju.

Nie wiem, o co chodzi. Matka, wiadomo. Pies, wiadomo.

Ale przecież ja nie mówiłem Alinie o zdjęciu. Nie mogłem. Gruby powiedział, że chciałem dzwonić do

Marty w te moje cholerne urodziny, ale że mnie pilnował. Maurycy potwierdził. Z tym że Maurycy, moim zdaniem, zgłuszył się wcześniej. Gdybym się nagrywał Alinie...

Jeśli zadzwonię do Grubego, będzie mnie miał za idiotę, trudno, nie pierwszy raz.

Nie rozumiem. Gdybym powiedział Alinie, na pewno bym pamiętał. Nie powiedziałem nawet Grubemu. Zaraz, zaraz, Gruby musi pamiętać, co robiłem tamtej nocy, bo przecież wiedział, że do Marty chciałem dzwonić, czego nawet ja sam nie wiedziałem. A potem padłem. Wystukuję numer Grubego. Abonent jest poza zasięgiem. Wrócił na Słowację? — Nie wiem, czy w ogóle ma tam zasięg. Piszę SMS: Skontaktuj się pilnie.

Oddzwoni, jak odczyta wiadomość.

Jeśli nie mówiłem Alinie, to skąd ona wie?

Sweter się wyprał, teraz muszę go tylko wypłukać. Mam znakomitą metodę na płukanie. Wyjmuję korek, cienką strużką puszczam ciepłą wodę, samo się zrobi.

Nie będę sobie pierdoletami głowy zawracał. Puszczam muzę, żeby zagłuszyć wodę w zlewie.

A jeśli Alina wiedziała o Marcie coś więcej? Od zawsze? Tylko nie chciała mi powiedzieć, żeby się nie wtrącać? Czy to możliwe? Baby czasami ze sobą trzymają, ale Alina nie byłaby wobec mnie taką świnią, tego jestem pewien.

Zgłaśniam muzę, nie jest jeszcze tak późno.

Zrobię to.

Siadam przy kompie i otwieram pocztę. Wchodzę na wiadomość, która zrujnowała mi życie. Bez słowa, bez komentarza. Na ekranie Marta. Uśmiechnięta. Moja Marta. Prawa dłoń na... Patrzę i patrzę, po raz pierwszy

408

oczu nie mogę oderwać od tego zdjęcia, które zmieniło wszystko. Od niego wszystko się zaczęło. Trzeba po prostu zamknąć ten rozdział. Mam ważniejsze sprawy na głowie. Nie mogę się trzymać przeszłości.

To jest Marta, nie mam wątpliwości, nie mogę udawać, że to Herakles.

To jest moja dziewczyna. Którą uważałem za miłość swego życia.

To nie moja matka, to nie jej pies, to nie Marlon Brando.

To jest ona.

Jej prawa dłoń obejmuje cudzego…

Zamykam oczy. Fajnie grają. Koncert Jarreta. Co zrobiłem wtedy? Wiedziałem, że to koniec. Poczułem się jak po *Lipie*? Gorzej. Okazałem się skończonym idiotą, ślepym dupkiem, który dał się robić w konia przez prawie cztery lata. Chciałem ją zabić. Pierwszy telefon wykonałem do „Przyjemnego. Przeprowadzimy Cię" i zamówiłem samochód. To był koniec.

Miała przecież u mnie swoje rzeczy, ze swojego domu, trzeba było je usunąć razem z nią, jednocześnie, żeby nie dać jej szans, żeby nie kwiliła, nie tłumaczyła, że to błąd, że nie chciała, że nie wiedziała, co się dzieje, że nie ma pojęcia, że źle ją zrozumiałem. Nie miałem jej nic do powiedzenia i prawdę mówiąc, bałem się, że zrobię coś, czego będę żałował.

Zadzwoniłem i oznajmiłem, że z nami koniec. Że samochód po jej rzeczy przyjedzie jutro o dziewiątej, że ma się wynosić, a klucze odesłać. Że nie chcę z nią być, rozmawiać, mieć do czynienia nigdy więcej.

To było jedyne wyjście.

Spojrzałem na zdjęcie. Trzeba to wykasować, zniszczyć i nie wracać nigdy do tej sprawy.

Uświadomiłem sobie nagle, że muza idzie naprawdę głośno i że czegoś mi brakuje. No jasne, Raszpla nie zastukała. Doprawdy, muzyka bez podkładu z dołu nie była ta sama. Ściszyłem, a potem nagle zgłośniłem. Nic. Może wyjechała.

No, czas się wymiksować z tego wszystkiego. Najwyższy czas. Nie znam nadawcy. Jak go namierzyć? Kto to mógł być? Z kim ona kręciła? Może gdybym go namierzył, ulżyłoby mi trochę. Skułbym mu mordę. Zrobiłbym mu z dupy jesień średniowiecza.

Patrzę w to zdjęcie jak zauroczony. Coś jest nie w porządku. Coś tu jest nie w porządku. Marta. Z krótszymi włosami, zauważyłem rzecz jasna, że ścięła, ładnie jej było w tej nowej fryzurze.

Oczywiście powiedziała, że nigdy nie zauważam takich rzeczy, co było najprawdziwszą nieprawdą, bo ślicznie wyglądała, przecież wie, nie muszę jej tego codziennie od rana do wieczora powtarzać.

Kobiety są naprawdę niezrozumiałe. Nawet jeśli im powiesz, że kochasz, to i tak muszą się bez przerwy upewniać.

Przecież z nią byłem! Gdybym jej nie kochał, tobym nie był, proste. A one w koło Macieju — czy mnie kochasz, jak wyglądam; one myślą, że się zmieniają codziennie?

Patrzyłem i nie wiedziałem, o co mi chodzi, a o coś mi chodziło…

Ręce.

Jej ręce.

Jej ręka.

Jej prawa ręka.

Była bez zarzutu. Gładka. Czysta.

Jej dłoń. Część jej dłoni. Kostki zaciśnięte. Nie było widać paznokci, tylko kostki. Normalne. I fragmenty czterech palców. Niczym nie tknięte. Młoda dłoń. Prawa.

Odskoczyłem od komputera, krzesło upadło z hukiem na podłogę, Herakles zapiszczał krótko i rozpaczliwie. Nie wierzyłem własnym oczom. Teraz dopiero dotarło do mnie, na co patrzę. *Flashback*!

Jak rany…

Rzuciłem się do telefonu, został w kuchni. Jak tylko otworzyłem drzwi, wdepnąłem w sam środek rozległego czarniawego jeziora.

Woda zalała podłogę.

Leciała od nie wiadomo kiedy. Rękaw swetra zatrzymał odpływ. Za sekundę będę miał awanturę, musiała przeciec do Raszpli. Zakręciłem kurek, rzuciłem na podłogę wszystkie dwie ściery, pobiegłem po ręcznik, na gwałt próbowałem zgarniać hektolitry czarnego płynu.

Nie myśl teraz, człowieku, trzeba sprzątnąć to jezioro.

Pomyślisz o tym później.

Po dziesięciu minutach byłem spocony jak mysz, a sytuacja wydała mi się opanowana — woda podeszła pod szafki, wyłączyłem na wszelki wypadek lodówkę, odsunąłem meble, wytarłem podłogę.

Raszpla była zalana. Na sto procent.

Muszę zejść, może jest w pokoju, jeszcze nie widzi, zejdę, przeproszę, powiem, że odmaluję. Mam zresztą ubezpieczone mieszkanie, na co nalegała Marta, a czemu byłem przeciwny. Muszę ją uprzedzić, bo będzie za moment taki bajzel, że się nie pozbieram.

Mój komputer?

Moje zdjęcie?

Później.

Zamykam drzwi, schodzę piętro niżej.

Muszę się zająć czym innym. Muszę się teraz zająć powodzią, którą zrobiłem. Muszę pomyśleć, co jej powiedzieć. Dobry wieczór, przepraszam. Dobry wieczór, jestem sąsiadem z góry. Wie, kim jestem.

O tamtych sprawach pomyślę potem.

Staję przed drzwiami Raszpli. Pukam.

Nic.

Nasłuchuję człapiących kroków. Cisza. Naciskam dzwonek. Cisza. Naciskam raz jeszcze. Drzwi obok otwierają się, udaję, że nie zauważam. Sąsiadka Raszpli. Zamykają się. Naciskam jeszcze raz dzwonek. Nic.

Wracam na górę.

To niemożliwe, żeby jej nie było w domu. Ale nie stukała! Dzisiaj nie zastukała ani raz. Krzesło walnęło, nie zastukała. Muzyka grała, nie zastukała.

Mam inne sprawy na głowie. Nie mogę zajmować się Raszplą. Może jest w sanatorium.

Przekraczam porzucone ręczniki, w kuchni pobojowisko. Sięgam po komórkę, dzwonię do Jarka.

Muszę wiedzieć, co to za adres, a on zna się na komputerach jak mało kto, potrafi się włamać do cudzej skrzynki e-mailowej, hasła to dla niego mały pikuś. Wszystkie serwery oraz wiedzę, jak się dostać do nich, ma w małym palcu, jest mistrzem komputerowym.

— Jarek? — pytam idiotycznie, bo przecież to on.

— Stary, ja nie będę za twoimi sprawami latał, ty jesteś idiota, zapisz sobie numer telefonu tego faceta, bo pilnie chce się z tobą skontaktować jego żona. Ja nie będę żadnym pośrednikiem w twoich interesach, rozumiesz?

— Zaraz, zaraz zapiszę — obiecuję — ale ja nie w tej sprawie. Pomóż mi.

412

— Pieluchę ci mam zmienić? Stary, ta żona to aktorka, ty tam podobno narozrabiałeś, ona cię szuka, ja nawet nie chcę wiedzieć, co narozrabiałeś, i ja się od tego odpierdalam, jarzysz? Nie rób mi kichy!

— Przysięgam ci, że zadzwonię, ale musisz mi pomóc, stary, to sprawa życia i śmierci.

— Numer dyktuję! — warczy. — Po kolei!

Zapisuję na jakimś świstku numer Aktorki.

— Ty możesz namierzyć adres, z jakiego ja parę miesięcy temu dostałem wiadomość?

— Mogę, i co?

— Zrób to dla mnie, jak najszybciej. Muszę znać ten adres.

— Muszę, muszę, podaj namiary. Ostatni raz, kurwa mać, ostatni raz.

Pierwszy i ostatni, bo nigdy dotąd go o to nie prosiłem. Dyktuję mu te namiary.

Nic nie zrobię. Jedyne, co mogę w tej chwili zrobić, to nie myśleć.

I muszę wyjść z Heraklesem na spacer.

Wyciągam go z torby. Nie odzywa się do mnie, jakby mu głos odebrało. Próbuję nałożyć szelki, ucieka.

Muszę odetchnąć świeżym powietrzem, zanim to wszystko zacznie się walić.

Jakie wszystko?

Wszystko już się zawaliło.

Muszę o niczym nie myśleć, pies musi się wyszczać, to jest wszystko.

Wyciągam Heraklesa spod łóżka, zakładam mu uprząż, zapinam, zjeżdżam na dół.

W drzwiach stoi grupka młodocianych tutejszych. Na nasz widok parskają śmiechem.

Wychodzę, skompromitowany, z gnojem przed blok. Noc jest jasna, czerwcowa, ciepła. Idę z Heraklesem na tyły, tam jest spokojniej i nie ma młodzieńców ani berberysów, kłują, czego pieseczek mamusi nie toleruje.

Co mam teraz zrobić z tym wszystkim?

Herakles idzie obok, zrezygnowany. Matka go spuszczała ze smyczy, ja tego nie zrobię, niech sika albo niech nie sika, nie mam na to wpływu.

Na inne rzeczy też nie.

*

Dlaczego tym razem Raszpla nie otwiera drzwi?

Patrzę w górę. U mnie pali się światło, zostawiam, nie lubię wracać do ciemnego domu.

Ale w mieszkaniu pode mną również się pali. I lufcik kuchennego okna otwarty.

Raszpla jest w domu. Już pewno dobija się do mnie, już robi awanturę na cały blok. Albo wzywa policję. Jest po dziesiątej, teraz dopiero będzie chryja. Pociągam lekko psa, posłusznie drepcze koło mnie.

Wracam do domu, odpinam psu szelki. Trzeba znów zejść na dół i próbować się porozumieć ze staruchą.

Nie otwiera.

Wracam do domu.

Nic nie mogę zrobić z tym, co zobaczyłem na ekranie.

Nic.

Jeszcze nic.

Pomyślę o tym.

Za dużo tego wszystkiego.

Spuścić się w balkon

Biorę rurę od elektroluksu i delikatnie stukam.

Cisza.

Stukam mocniej.

Cisza.

Walę.

Nic.

Dzwonię do sąsiadów. Otwiera Krysia, w szlafroku, uchyla lekko drzwi, ale widzę, że jest przygotowana do łózia.

— Jeremiasz? Ania dawno śpi — mówi z pretensją.

Zamurowuje mnie na moment. Jeśli dorosła kobieta myśli, że ja do dziecka przed północą, to co się dziwić, że biali Amerykanie wybrali czarnego prezydenta?

— Jaka Ania? Ja mam problem... Do ciebie... Przepraszam za porę, ale ty pracujesz w szpitalu...

— Teraz nie pracuję... Co się stało? — Otwiera drzwi i wpuszcza mnie do przedpokoju. Kątem oka widzę sąsiada na balkonie. Pali w piżamie.

— Znasz tę sąsiadkę z dołu? Z mojego dołu? — Uświadamiam sobie, że nie mam pojęcia, jak się nazywa. — Tę taką... szarą na twarzy, starszą... Która wali szczotką w sufit...

Krysia patrzy na mnie, a oczy ma okrągłe ze zdziwienia.

— No, kojarzę...

— Ona jest w domu, ale nie otwiera. Zalałem jej kuchnię. Zawsze robiła potężne awantury... Chciałem jej powiedzieć, że... Ale nie otwiera. Może coś się stało?

— Pewno wyjechała.

— Nie wyjechała, światło się pali, sprawdzałem.

— Ludzie czasami zostawiają światło. Szczególnie samotni. — Patrzy na mnie inaczej niż zwykle. Jakby mnie nie znała.

— Nie, ona jak wyjeżdża, to zamyka okna. A lufcik jest otwarty. Myślę, że coś się stało... No i przyszedłem...

— A co ja mogę zrobić?

Nie mam pojęcia, co ona może zrobić. Tak mi przyszło do głowy, żeby kto inny zdecydował, co robić.

— Trzeba do niej zajrzeć. — Mąż Krysi pojawił się w drzwiach.

— Dobrze byłoby — mówię. — Na pewno jest w domu.

— No, ale co my na to poradzimy? — Krysia odwraca się do męża. — Nikt się do niej przecież nie będzie włamywał tylko dlatego, że Jeremiasz jej zalał mieszkanie.

— Ja bym mógł zajrzeć z twojego balkonu.

Ale to proste! Że też ja na to nie wpadłem. Przechylić się, wysunąć głowę te trzy metry w dół i spojrzeć.

— Wielkie dzięki — mówię wobec tego i wiem, że noc mam z głowy.

— Nie, poczekaj, Zbynio się wspina, mógłby się od ciebie spuścić, rzucić okiem, może coś zobaczy... — Krysia przytrzymuje mnie za ramię. — Może rzeczywiście coś się stało?

— Spuścić? Spuścić się z mojego balkonu? — Upewniam się, że dobrze zrozumiałem.

— No. Wezmę linę, sąsiad, dopnę się do czegoś, będziesz mnie ubezpieczał, minuta pięć całej roboty i po krzyku. Poczekaj, ubiorę się.

Nie wiem, czy dobrze rozumiem. On się wspina, w związku z tym się spuści. Jeśli Raszpla ogłuchła, będziemy wszyscy mieli sprawę za włamanie. Jeśli on spadnie, bo ja go mam ubezpieczać, będę siedział do końca życia, w dodatku z wyrzutami sumienia.

Może niepotrzebnie robię aferę? Przecież wcale mi nie chodzi o Raszplę, wiem, że w gruncie rzeczy chodzi o Martę. Ale coś trzeba zrobić.

— Idź, zaczekaj na nas, zaraz u ciebie będziemy. — Krysia mnie wypycha.

Heraklesa zanoszę do łazienki i zamykam drzwi.

Przecież wiem, że ten pies tylko czeka, żeby mnie zrobić w konia.

Przyszli do mnie po chwili, oboje ubrani, Zbyszek z liną taterniczą i z karabińczykiem w ręku.

Otworzyłem drzwi balkonowe. Przechylił się przez barierkę, spojrzał w dół, chwycił poręcz i mocno nią potrząsnął.

— Wytrzyma. — Wyjął papierosy.

— Przed chwilą paliłeś. — Krysia zjawia się przy nas jak duch.

— Mogę bez zabezpieczenia, mam oparcie dla nóg, barierka wytrzyma. — Schował paczkę do kieszeni.

— Ani się waż — powiedziała Krysia takim tonem, że aż mnie ciarki przeszły. Zbyszka też, bo przymocował linę do ramy balkonu i pokazał mi, jak mam trzymać, na wszelki wypadek, przez ramię, dopiero potem w łapach.

— Desant gotów. — Przełożył nogi przez poręcz i zgrabnie, o co nigdy bym go nie podejrzewał, zsunął się niżej, widziałem tylko jego dłonie, mocno zaciskające się najpierw na poręczy, potem niżej, i za chwilę usłyszeliśmy lekki stuk.

Wychyliłem się ostrożnie.

— Sąsiad, powiedz Krysi, niech wzywa pogotowie. Kobita leży twarzą do ziemi. Nie wiem, czy oddycha.

— Zbyniu, mocno zastukaj, rusza się? Mocno!

Usłyszeliśmy, jak stuka w szybę.

— Nie rusza się. Głowę ma na bok! — krzyknął.

Krysia wykręciła numer pogotowia, a potem spojrzała na mnie.

— Leć, budź gospodarza domu, trzeba jakoś się do niej dostać.

Wyobraziłem sobie siebie szukającego gospodarza domu o dwunastej w nocy i przekonywanie go, że trzeba się do sąsiadki włamać. Gospodarz albo otworzy, albo nie, jak otworzy, to i tak zaproponuje dzwonienie po policję.

I co powiemy, że przypadkowo się spuściliśmy na balkon sąsiadki i zobaczyliśmy, że kobieta leży? Bo dla rozrywki robimy to codziennie przed pójściem spać?

— Zbyszek! Dostaniesz się do mieszkania? Lufcik w kuchni jest otwarty. Jakbyś sięgnął do parapetu, to otworzysz okno. Dasz radę? — zapytałem w ciemność.

— Jasne. Widzę. Daj mi minutkę. Zejdźcie na dół, to wam otworzę. Krysia wezwała pogotowie?

— Tak, ale nie wiadomo, kiedy przyjadą.

— Trzymaj linę, tylko nie ściągaj, bo się będę chybotał i wszystkich sąsiadów wystraszę.

Chwyciłem linę, jak kazał, mocno się zaparłem.

— Już, zwolnij!

— Popuść jeszcze trochę — powiedziała Krysia. — Jak tam?

— Schodźcie!

Zamknąłem drzwi i pobiegliśmy schodami w dół.

Stał w otwartych drzwiach Raszpli. Wpadliśmy do mieszkania, ja zatrzymałem się w przedpokoju, Krysia nachyliła się nad Raszplą, Zbyszek minął je i otworzył drzwi na balkon. Krystyna obróciła na bok Raszplę i badała puls.

— Żyje — powiedziała — ale jest kiepska. Zbyszek, szukaj kluczy do mieszkania, trzeba będzie zamknąć, gdzie jest jej torebka? Muszę mieć jej dokumenty, jakiś dowód ubezpieczenia czy coś. Nie mam pojęcia, jak się nazywa.

Torebka, stara, z krótkim uszkiem, wisiała na staromodnym wieszaku. Podałem Krysi przez drzwi, majstrowała przy chorej.

— Zbyszek, gdzie jesteś? Jeremiasz, ty mi pomóż tutaj, daj tę poduszkę, tu połóż, w ten sposób… — Rozpięła bluzkę Raszpli, nie chciałem na to patrzyć. — Chodź tutaj, będziesz tak naciskał, jak ci powiem… Trzeba jej zrobić sztuczne oddychanie.

O, na pewno nie będę nic robił. Mam inne rzeczy do załatwienia. Nie będę jej dotykał.

— Rusz się! — krzyknęła Krysia i otworzyła usta Zmory, a ja posłusznie nacisnąłem piersi staruszki, tak jak mi pokazała. — Raz, dwa, trzy, cztery, stop, raz, dwa, trzy, cztery, stop. Tylko nie za mocno, z wyczuciem, żebyś jej żeber nie połamał, ale zdecydowanie.

Naciskałem rytmicznie dwiema dłońmi, a ona raz na jakiś czas nachylała się i wdmuchiwała powietrze w usta starej kobiety. Starałem się nie myśleć, że dotykam człowieka, po prostu ćwiczę od niechcenia na jakimś materacu, to nie jest ani kobieta, ani mężczyzna, tylko bezpłciowa, całkiem niematerialna konieczność.

— Jak wytłumaczymy, skąd się tu wzięliśmy? — Zbyszek z papierosem w ustach wsadził głowę do pokoju.

— Nie pal w domu! Powiemy, że drzwi były otwarte, głupku — powiedziała w przerwie między wdmuchiwaniem powietrza Krysia. — I ty w ogóle stąd idź na górę. Mała jest sama. Poradzimy sobie! Tylko wyjmij mi z torebki jej dokumenty. I klucze!

Patrzyłem na nią z podziwem. Nie miałbym pojęcia, co robić, a ona ogarnęła w jednej sekundzie wszystko. I umierającą, i męża, i drobiazgi, o których bym nawet nie pomyślał.

— I okna pozamykaj — wydawała komendy. To do męża.

— Nie przestawaj — do mnie.

— Nie wiem, jak długo będziemy czekać — do mnie.

— Zostaw uchylone drzwi — do męża.

Pogotowie było w ciągu piętnastu minut.

*

Krysia poprosiła, żeby ją zawieźli do Bielańskiego.

— Nie możemy, mamy rejonizację.

— Ja tam pracuję, a to moja matka — spojrzała na ratowników.

— Jak będziemy mieli zgodę izby przyjęć. — Ratunkowi zakładali tlen i coś wstrzykiwali. Zrobiło mi się nijako.

— Pan rodzina?

— A skąd — obruszyłem się.

420

— Sąsiad, on pierwszy zauważył, że coś z mamą nie w porządku — powiedziała Krysia.

Nie wiem, kto by uwierzył w taką bzdurę, ale właśnie miałem takich przed oczami. Dwóch.

— Poczekajcie, panowie, zadzwonię do szpitala.

Rzuciła okiem na mieszkanie — nie wiedzieć, gdzie w domu matki jest telefon? — wskazałem jej wzrokiem czarny ebonitowy aparat stojący na okrągłym stoliku przy tapczanie.

— To ja już pójdę, dziękuję — skierowałem się do drzwi.

— Jeremiasz, poczekaj, masz samochód, trzeba będzie pojechać do szpitala, jeśli panowie będą tak mili i jednak... Halo? Krystyna Wierzba z chirurgii, czy mogę rozmawiać z izbą przyjęć? Moja matka ma prawdopodobnie zawał, czy możemy ją przywieźć do nas? Docent Orłowski... Dziękuję bardzo... Tak, już oddaję słuchawkę... — Podała ją jednemu z ratowników.

— No nie wiem, bo mamy rejonizację... Jak załatwicie na centrali, to pojedziemy...

Stałem w przedpokoju i patrzyłem na sufit w obcej kuchni. Nieregularna ciemna plama na suficie żyła, wybrzuszała się lekko, pomału, jakby zastanawiała się, co dalej, puchła, zmieniała się na moich oczach, wyduszała z siebie podłużną kroplę, która wisiała, wisiała, wydłużała się... a potem się odrywała od macierzy i wolno leciała ku podłodze, żeby rozbryznąć się tuż koło stołka. W dość dużej, ciemnej kałuży.

Przeciekło.

I ciekło.

Jak kobieta przeżyje, to mam przechlapane. Ciemna plama zajmowała prawie pół sufitu. I trochę podłogi. I co gorsza, nadal kapało.

Ciekawe — z punktu widzenia fizyki. W stropie się zebrało?

Wszedłem do kuchni, ładniej urządzona niż moja, dużo pierdół nastawianych. Schyliłem się do szafek, ale nie znalazłem wystarczająco dużego garnka. W łazience stała duża żółta miednica. Podstawiłem pod kapiące krople. Muszę wziąć klucze. Co ja gadam, przecież nie będę do obcego mieszkania wchodził pod nieobecność właścicielki. Może nie przeżyje? Kłopot z głowy. Jakby Krysia tu ze mną weszła jutro, pojutrze, tobym jej odmalował przed powrotem ze szpitala. Może przeżyje.

— Jakie ma szanse? — Krysia stała obok noszy.

— Marne — odrzekł ratownik — ale wygląda na to, że pani zdążyła w ostatnim momencie. Dobrze mieć córkę pielęgniarkę. Nie możemy pani wziąć do karetki...

— Wiem, wiem, oczywiście. Pojedziemy za wami. — Spojrzała na mnie. — Zawieziesz mnie?

— Jasne — odpowiedziałem wbrew sobie.

Na cholerę gdziekolwiek jechać? Ma już opiekę, będzie w szpitalu, po co się tłuc po nocy na koniec miasta?

— Dokumenty chorej poproszę. — Jeden z ratowników wyciągnął rękę, w którą Krysia włożyła jakieś papiery. — Jedziemy!

I wyszli. Dosyć spokojnie nawet, jak na nieprzytomną niewiadomą zdrowotną, którą mieli ze sobą.

Ledwo zamknęły się za nimi drzwi, Krysia rzuciła się do szafy.

Osłupiałem.

— Muszę jej znaleźć jakąś piżamę czy koszulę nocną... Albo zawiozę swoją, masz rację. — Zamknęła szafę. — Nie stójmy tak, chodźmy.

Pognałem za nią na górę. Zniknęła w swoim mieszkaniu, po chwili wyszła z torbą, jakby wyjeżdżała na miesiąc. Spojrzałem pytająco, ale przecież podświadomie, bo wiedziałem, że kobieta musi mieć przy sobie dużo rzeczy zawsze i wszędzie.

Ja przy sobie miałem kluczyki i dokumenty, czekałem już przy windzie.

— Bielizna, ręcznik, szlafrok, woda... Nie mam pojęcia... Ona ma jakąś rodzinę? — Jak Boga kocham, mnie zapytała.

A co ja, prawny opiekun jestem niezrównoważonej kobiety, która nie tak dawno temu mnie jakimś zajzajerem oblała?

Wzruszyłem ramionami.

Zeszliśmy do samochodu, ruszyłem do szpitala Bielańskiego. Było to lepsze niż myślenie o Marcie i zastanawianie się nad tym, co kiedyś zrobiłem.

Kadr wieloplanowy

Naprawdę nie mogłem wyjść z podziwu dla Kryśki.

Dopilnowała, żeby zajęto się Zmorą, rozmawiała z koleżankami na OIOM-ie, przekazała własną torbę z własnymi rzeczami, wytłumaczyła lekarzowi dyżurnemu, co się stało, nie powiem, popatrzył na mnie z uznaniem, jakbym to ja się spuścił na jej balkon, a nie mąż Kryśki, biegała po szpitalu, cichym i ciemnym, o coś prosiła, podawała swój numer telefonu, obiecywała, że skontaktuje się z rodziną. W jaki sposób, tego nie zdradziła. Towarzyszyłem jej, bo zawsze to było lepsze niż myślenie o tym, co zobaczyłem po raz pierwszy w swoim komputerze.

A potem zostawiła mnie na OIOM-ie i gdzieś zniknęła.

Szpital w nocy robi przygnębiające wrażenie.

Zmora leżała pod jakimiś urządzeniami, aż mi się jej żal zrobiło.

Pomyślałem o matce, ona też leży w takim molochu, może nie tak przestraszona, nie w takim stanie, ale w obcym miejscu, wśród obcych ludzi. Nie może jej być przyjemnie. Pojadę do niej jutro.

Patrzyłem na ekran, jasna kreska wędrowała nierówno, monitory pulsowały niebieskawym światłem, dobry kadr, z oknem odbijającym cienką linię życia, drobny wykres podnoszący się i opadający, niemiarowo, nierówno, bez ładu i składu, trochę wyżej, niżej, trochę wyżej i znowu niżej. W przeciwległym skrzydle szpitala w dużych oknach odbijało się światło latarni, niewidocznej stąd, i w tym odbiciu latarni pojawiały się odbite w oknie liczby 89, 92, 88, zmieniający się puls, odliczający pchnięcia krwi w sercu. Niezwykle trudne do złapania w obiektyw. Podwójne odbicie. Świetny kadr, wieloplanowy.

Zmora nie wyglądała na zmorę, była małą, skurczoną kobietą, rozciągniętą na łóżku w pozycji poziomej; nigdy jej tak nie widziałem, zawsze przypominała znak zapytania, a teraz była wykrzyknikiem, ginącym wśród kabli podłączeń elektrycznych, kroplówek i drucików. Jej szara twarz już nie była szara, tylko bardzo blada. I to ta kobieta tak zażarcie ze mną walczyła? Ja z nią walczyłem?

Podczas gdy prawdziwego, nieznanego jeszcze wroga miałem na wyciągnięcie ręki? Na ekranie własnego komputera?

— Niech pan się nie martwi, jest nadzieja — powiedziała do mnie, przechodząc, jakaś pielęgniarka.

Głupio mi się zrobiło.

Niech wyzdrowieje, będę zakładał słuchawki. W końcu mam świetne słuchawki.

— Możemy jechać — powiedziała Krysia, która nagle się objawiła. — Zbyszek zrobił kolację, dzwoniłam do niego, chodźmy, zgłodniałam.

— Kolację? — zdumiałem się.

Było dobrze po północy.

— Jestem głodna jak wilk, ty pewno też. Organizm tak reaguje na stres. A mamy za sobą włamanie, oszustwa, kradzież. — Potrząsnęła torbą, w której, jak się domyśliłem, były klucze od mieszkania Zmory, a po chwili dodała: — Uratowałeś jej życie, Jeremiasz. Nie przeżyłaby następnych dwóch godzin.

425

O pierwszej w nocy byliśmy w domu.

Zbyszek czekał w kuchni, parujący garnek z parówkami stał na stole, chleb pokrojony, nie miałem sumienia odmówić, nie byłem głodny, ale nie chciałem być sam.

Zdecydowanie nie chciałem być sam.

Poszedłem tylko po Heraklesa, żeby się nie bał tak sam po nocy, i kurdupel wylazł z torby natychmiast, jak ją tylko postawiłem w ich kuchni. Wylazł, jakby był u siebie, i przeszedł się, sprawdzając, gdzie jest.

Piernczę gnoja.

Siedliśmy przy stole, a ja patrzyłem na nich, jakby spadli z księżyca.

Od pięciu lat mieszkamy obok siebie, oni wiedzieli, co ja robię, a ja nie miałem pojęcia, kim są. Okazało się, że Zbyszek ma małą drukarnię, jest po fizyce, ale nie chciał być nauczycielem, założył własny interes, bo kocha góry i musi wyjeżdżać parę razy do roku. Wspina się od piętnastego roku życia.

— Jak miał osiemnaście, zrobił południową ścianę Zamarłej Turni — powiedziała z dumą Kryśka.

Nie bardzo kojarzyłem, o co chodzi, ale zrozumiałem, że jest dobry w tym, co robi.

— Teraz szykujemy wyprawę w Alpy. Ja i jeszcze trzech kumpli, ale, sąsiad, wiesz, jak jest, kasa potrzebna... Chcieliśmy zrobić Aiguille du Midi, trzy osiemset, pierwsze wejście Antoni Malczewski w 1818 roku...

— Kolejka tam nie chodzi? — Chciałem być dowcipny.

— Chodzi — załapał. — Nawet jest winda wewnątrz iglicy... Na sam szczyt. Ale myśmy chcieli normalnie, a to trudna góra, niebezpieczna, szczególnie zimą... Wyzwanie.

— Przecież lubisz wyzwania, Zbyniu — powiedziała Krysia — więc pewno pojedziecie. Jak nie w tym roku, to w następnym.

*

Widać taki musiał być ten dzień, pełen zdziwień.

Kobiety na ogół nie lubią, jak faceci się narażają.

Jak wykręcasz żarówkę, to biegnie korki wyłączyć, bo cię szlag trafi. Grama zaufania nie mają. Poparzysz się lutownicą, wiertarką sobie przewiercisz dłoń, młotkiem sobie rozwalisz palec, rozkręcasz kolanko w umywalce, to zalejesz sąsiadów, nożem się pokaleczysz, na motorze się zabijesz, samochodem zabijesz kogoś — zawsze musisz uważać. A jak jesteś pilotem, to masz latać nisko i powoli.

Uważaj — to ich ulubione słowo w stosunku do faceta.

Uważaj w domu, w zagrodzie, w pojazdach, na pasach, w knajpie przy trzecim piwie, na prostej, na zakręcie, jak bierzesz na ręce dziecko i jak otwierasz szampana.

Wszystko jedno, co robisz, masz uważać.

A Kryśka nie, mąż zapiernicza po jakichś skałach, gdzie alpiniści się spierdzielają nagminnie, a ona zadowolona, że on pasję ma. Że lubi wyzwania.

— Nie wiedziałam, że jesteś taki… — Krysia robiła herbatę, była odwrócona tyłem, więc nie widziałem wyrazu jej twarzy, nie brzmiało to jak komplement, ale na pewno było skierowane do mnie.

— Jaki? — zapytałem wobec tego.

— No wiesz, myśmy właściwie znali tylko Martę, ty się jakoś zawsze separowałeś… Nawet byłam trochę zdziwiona, że tak nagle jesteś taki dobry dla Anki, no

427

a teraz... Niesprawiedliwie cię osądzaliśmy, przepraszam — powiedziała, postawiła przed nami herbatę i uśmiechnęła się do mnie, chyba po raz pierwszy w życiu jakoś inaczej.

Zobaczyłem, że nie jest wcale stara, na pewno starsza ode mnie o jakieś parę lat, ale nie więcej. I ładna. Naprawdę ładna, z klasą, nie Barbie, tylko kobieta dojrzała, niegłupia.

Za Zbyszka bym dwóch groszy nie dał, tymczasem facet przytrzymał się na tym balkonie końcówkami palców, a waży przynajmniej z osiemdziesiąt pięć kilo, i nic mu ekspozycja z siódmego piętra nie robiła. Ja kręciłem kiedyś z helikoptera, miałem kamerę na pasach, sam byłem przyczepiony do helikoptera, a mało się nie zesrałem ze strachu. Tylko fakt, że patrzyłem przez obiektyw, trzymał mnie przy życiu. Jak tylko rzucałem gołym okiem, nie chroniła mnie kamera, to strach mnie oblatywał nieziemski. Powiedziałem o tym, zanim się zorientowałem, że to przecież czysta autokompromitacja.

— Ja to rozumiem — powiedział Zbyszek — przez obiektyw czy co tam, oko aparatu, już nabierasz dystansu. Ja nie wiem, czybym tak w helikopterze wytrzymał. Góra przynajmniej jest stała, chociaż czasami może coś zlecieć na łeb... Kolega tak zginął na Słowacji... w Tatrach... — zasmucił się. — Cały żleb pojechał w dół, myśmy w trójkę przeszli, on nie zdążył... Kamulce leciały takie jak ten stół... Nie było ratunku... Idę zapalić.

— O tej porze? Dałbyś sobie spokój, tylko palisz i palisz, żeby w domu nie siedzieć — powiedziała Krystyna i teraz dopiero moi sąsiedzi wydali mi się znajomi. — Zamknij drzwi, bo leci do mieszkania!

— Nie leci — powiedział Zbyszek, ale przymknął drzwi.

— À propos leci, myśmy myśleli, że się na nas obraziłeś, jak ci Zbynio zwrócił uwagę...

Uwagę? Jaką uwagę? Kiedy?

— Jak rzucałeś śmieciami z balkonu, sąsiad... — Zbyszek się wychylił i uśmiechnął szeroko. — Przyniosłem ci ten zajzajer, bo tak się nie robi...

Piernliczę!

Ten kawał śmiecia, co mi przyniósł jako rzekomo potrzebną rzecz, to był żarcik młodzieżowy? Jaja sobie ze mnie robił? A ja go tak poważnie potraktowałem?

— Przymarzły mi na balkonie, próbowałem odrąbać... — powiedziałem usprawiedliwiająco.

— Gaś już papierosa i do łóżka — Krysia napomniała męża.

Pożegnałem się, wziąłem torbę i Heraklesa pod pachę i poszedłem do siebie.

Na ekranie cały czas widniała Marta.

Wyłączyłem komputer, pomyślę logicznie jutro.

Jutro zrobię z tą wiadomością porządek.

Przyjrzę się zdjęciu, na którym częściowo była Marta.

Dzisiaj naprawdę nie miałem siły.

I namierzę tego, kto mi to zrobił.

Jak w amerykańskim filmie

— Po co, kochanie, przychodziłeś? — Matka się rozjaśniła na mój widok, chociaż była bez wątpienia zaskoczona. Wpadłem do szpitala, ale nie znalazłem jej w pokoju, siedziała na końcu korytarza, w przytulnym zakątku, razem z profesorem Zygmuntem, który podniósł się na mój widok i nerwowo zaczął się z nią żegnać.

— Zygmunt wszedł po drodze do kancelarii, żeby mi przynieść owoce. Piękne czereśnie, już umyte, częstuj się.

Podałem profesorowi rękę na powitanie i pożegnanie, wycofał się rakiem, a matka uśmiechała się do jego pleców.

— To miłe, że pomyślał o owocach. Po operacji pewno mi nie będzie wolno tego jeść. — A mnie się zrobiło nijako, bo nic nie przyniosłem.

— No właśnie, wpadłem zapytać, czy czegoś nie potrzebujesz, ale widzę, że jesteś zaopiekowana. Może wyskoczę i coś kupię? Wodę? Soki? Coś do jedzenia? Bo tu pewno obrzydliwa kuchnia… Orientalna. Wschodnia… Czyli jak u Ruskich — żartowałem głupio, bo tak właśnie się czułem.

— Kochanie, opowiadaj przede wszystkim, jak Herakles. Jeśli jesteś głodny, możemy zejść do bufetu, tam mają dobre rzeczy. Kogo stać, to się dożywia. — Matka była w niezłej formie, ale ja nie wiedziałem, co mam opowiadać o Heraklesie. Jak wygląda? To chyba jeszcze pamięta.

— Pies jak pies — mówię wobec tego.

— Jak się czuje? Mów! Tęskni za mamą?

— Zapytam, jak wrócę do domu.

— To ty go samego zostawiłeś? — W głosie matki brzmi wyrzut. — Myślałam, że go zabierasz ze sobą. On nie jest przyzwyczajony, żeby być sam. Zadbaj trochę o niego.

Nie powiedziałem jej, że spędził pierwsze noce pod szafą i że psiaczyna nawet ze mną nie walczy. Tym, jak sądzę, zmartwiłaby się najbardziej.

— Dogadaliście się?

Oczywiście. Rano opowiadamy sobie, co nam się śniło, wieczorem dyskutujemy trochę o sztuce, z tym że nie możemy uzgodnić poglądów co do *Imperium zmysłów* Oshimy, bo on uważa, że to nie jest film o miłości, tylko raczej o zagładzie, i nie zauważa wytwornej jak na tamte czasy pracy kamery, a ja, choć zgadzam się z nim, że miłość nie jest tu symbolem życia, tylko ostatecznej zagłady, to jednak nie odmawiam temu filmowi artyzmu.

Ale to tylko drobne różnice zdań, jakie pomiędzy psem a człowiekiem nie są przecież czymś niezwykłym, tylko zdarzają się nagminnie.

— Mamo, proszę... — ściszam głos, bo dołączają do nas jacyś ludzie.

— Pani Wiesiu, to mój syn — cieszy się na widok kobiety w szlafroczku w róże matka. — A to moja koleżanka z sali.

— Ach, syn! Jak to dobrze mieć dzieci! Ach, to pan! Słyszałam o panu tak wiele! Och, jak to miło!

Chwilę się wiercę jak na rozżarzonych węglach, bo te wszystkie ochy i achy są mi zupełnie nie po drodze, ale matkę życie szpitalne wessało i nie wydaje się nieszczęśliwa.

— Kochanie, dzwoń, jak będziesz przychodził, żeby się nie dublować. Jutro będzie Julia, to nie przychodź, po co. Zajmij się Heraklesem i powiedz mu, że za nim tęsknię, dobrze? — Matka mnie nie zatrzymuje. Docieram do domu wcześniej, niż myślałem.

W drodze powrotnej łapie mnie Jarek. Czy dzwoniłem już do Aktorki? A adres mejlowy został założony na chwilę i od razu zlikwidowany. Serwer był telewizyjny. Czy to mi coś daje?

Bardzo mu dziękuję.

Nic nie daje.

Co ja myślałem, że gram w amerykańskim filmie?

Co mi da wiadomość o jakimś serwerze?

Ktoś chciał mi zrobić krzywdę i udało się, dzięki mojej głupocie.

Może nawet sama Marta zrobiła taki wygłup?

Co ja chrzanię, chyba mi rzeczywiście rozum odebrało. To zupełnie nie w jej stylu.

Nic nie mogę zrobić, muszę się zastanowić, co dalej, nie mogę tym razem działać jak w amoku.

Muszę wszystko sprawdzić, zebrać informacje, pomyśleć...

*

— Ty nic nie rozumiesz. — Ania leżała przy tapczanie i próbowała wabić Heraklesa kawałkiem kiełbasy. Dzielny gnój nie dawał się. — No i byłam znowu najgorsza z całej klasy. Chodź tu, Herakles.

Poprosiłem Ingę, żeby przyjechała. Z facetem o Marcie nie pogadam. Ale jak tylko Inga zadzwoniła do drzwi, pojawiła się mała i też się zaprosiła.

Musiałem być cierpliwy.

432

— Dlaczego najgorsza? — Inga była dociekliwa, choć dawała mi znaki, że mała zaraz pójdzie, jak się tylko nagada.

— A bo byłam na zielonej szkole i tam było fajnie, i wszystkie, ale to wszystkie dziewczyny mają matki, które je wyzywają. Od najgorszych. Że idiotki, że kretynki, że głupie, że... No i w ogóle. I o tym tylko gadały, przez cały czas! To znaczy nie przez cały czas, tylko jak wychowawcy nas już położyli i sprawdzili, czy wszyscy są w łóżkach, to się wtedy najfajniej gadało.

— Dlaczego najgorsza? — Inga nie dawała za wygraną.

— No bo każda coś miała do powiedzenia, tylko ja jedna nie! Nic! Zupełnie nic!

Nie mieściło mi się w głowie, że można być nieszczęśliwym tylko dlatego, że własna matka cię nie wyzywa. Ale się nie wtrącałem, nauczony doświadczeniem, że gdzie dwie kobiety rozmawiają, tam krew się poleje, jak im przerwiesz.

— To niedobrze, jak mama nie mówi brzydkich rzeczy? — Inga ze zrozumieniem traktowała młodszą koleżankę, ja nie.

— W ogóle to dobrze... Ale nie wtedy, jak się nie masz nawet czym pochwalić! Do jednej koleżanki matka powiedziała nawet „ty dziwko"!

— *Bitch?* Do dziecka?

— No właśnie — z zazdrością powiedziała Ania — a do mnie nigdy... Heraklunio, chodź do mnie, dobry piesek...

Dobry piesek udawał, że go nie ma.

— Jaki z ciebie mężczyzna, jak nawet psa nie możesz przekonać, żeby do mnie wyszedł. — Małolata strzeliła z kałasznikowa.

— Chcę, żeby tam siedział, proste i nieskomplikowane — odciąłem się nieprzyjemnie.

— Gdzie problem, Ania? — Inga położyła się przy Ani i również zaglądała pod kanapę. Wyglądała apetycznie. Odwróciłem się.

— Moja mama mówi, owszem, że coś zrobiłam, jakbym, rozumiesz, j a k b y m była kretynką. Albo że idiotycznie się zachowałam. Ale nawet tego „kretynko" albo „idiotko" nie potrafi powiedzieć.

Parsknąłem śmiechem.

Mimo swojego stanu ducha.

Obie wstały z podłogi, Ania spojrzała na mnie wyniośle i powiedziała do Ingi:

— Pójdziesz ze mną wymienić te spodenki? Bo są za długie. Nawet krótkie spodenki mam za długie. To ja już pójdę.

I wyszła.

*

— To nie jest Marta.

Siedziałem naprzeciwko Ingi jak idiota. Nie wiem, czego się spodziewałem. Że poleci od razu do Marty i mnie wytłumaczy? Że będzie, jak było? Że cofnie czas? Że te parę ostatnich miesięcy przestanie istnieć?

— Na pewno? Ładna jest…

— To jest Marta. Ale reszta…

I opowiedziałem jej, jak kiedyś, miliony świetlnych lat temu, byliśmy razem z Martą na Mazurach. Opowiadałem o żurawiach i namiocie. O puszce mielonki, którą otwierała. O bliźnie na prawej ręce, tuż pod kłykciem. A potem otworzyłem komputer i pokazałem owo zdjęcie.

434

Prawa ręka nie miała żadnego śladu, draśnięcia, blizny, cienia blizny.

— I co teraz? — Spojrzała na mnie bardzo uważnie.

— Znajdę tego skurwysyna, co mi to zrobił — powiedziałem twardo.

— Ja cię nie pytam, co ty znajdziesz, ja cię pytam, co zrobisz z tym! — Puknęła w ekran.

— Mówię przecież! — Wkurzyłem się.

— Tak właśnie robi dziecko. Złości się. Ty się złościsz, cały czas. Ty ją przeprosisz? Ja ciebie o to pytam. Ty ją kochasz?

Czy ja ją kocham?

Houston, mamy problem!

Przecież nie będę się zwierzał lesbijce. Co mam powiedzieć?

Że lubiłem na nią patrzeć, jak spała?

Że pociągała mnie w każdym momencie, nawet jak przyniosła plastikową muchę i nakleiła w kiblu? A potem powiedziała bardzo poważnym tonem: — Czytałam w „Polityce", że, cytuję: „Panowie są zadaniowi i skupiają się na liniowym osikiwaniu muchy, w celu utopienia jej, i nie tworzą rozbryzgu. Chciałam to na tobie wypróbować".

Że od momentu kiedy się wprowadziła, świat był lepszy?

Że czułem się silniejszy?

Że wzruszało mnie, jak płakała na głupich wyciskaczach łez i śmiała się przy czytaniu książki?

Że nagle przerywała pracę, żeby mi coś zacytować i podzielić się czymś, o czym musiałem wiedzieć bezwzględnie i natychmiast?

Że budziła się w nocy, bo „coś tak strasznego mi się śniło i dobrze, że jesteś", a ja przytulałem ją do siebie i wiedziałem, że obronię ją przed wszystkim, nawet przed jej własnym snem?

Że zasypiała przytulona do moich pleców, a ja rozkoszowałem się tym, że jest blisko?

Że seks z nią był zajebisty?

Że była zadziwiona światem i nie wierzyła w podłość? Zawsze to musiało być nieporozumienie, pomyłka, na pewno ktoś miał dobre chęci, tylko nie wyszło.

Że czekała na mnie wieczorem, zarzucała mi ręce na szyję i mówiła: Tęskniłam za tobą?

Powiedziałem.

Chyba po raz pierwszy w życiu powiedziałem to wszystko na głos.

— Jeremi — Inga patrzyła na mnie z zainteresowaniem — ale ja cię pytam, czy ty ją kochałeś. Bo z tego wszystkiego to ja widzę, że ona ciebie kochała…

Kobiety są jednak idiotkami. Przecież jej to wytłumaczyłem jak nigdy nikomu…

— Ty czułeś się dobrze, bo ona cię bawiła. Ona ci mówiła, że tęskni. Ona ci czytała.

Tu się oburzyłem, bo na miłość boską nie chodzi o to, że ona mi czytała! Czytać to ja jeszcze potrafię.

Inga naprawdę jest z innej planety.

— Ja cię pytam, co ty dla niej robiłeś. Nie co ona dla ciebie. Bo ja myślę, że jedno głupie zdjęcie nic nie niszczy. Musiałeś mieć do niej problem. Się bałeś, że cię zostawi?

Czarno na białym wyłuszczyłem jej całą historię, a ona się czepia.

Jedno zdjęcie i wszystko straciłem.

Czy ja to zdjęcie zrobiłem?

Czy ja je sobie wysłałem?

Czy ja maczałem w tym palce?

Co ja dla niej zrobiłem?

Oto typowy przykład odwracania kota ogonem.

— Ty sobie pomyśl, jak chcesz to rozwiązać.

Nie pomogła mi tym razem.

*

Jak to jest możliwe, że ja, specjalista od szczegółów, nie zauważyłem takiej istotnej rzeczy? Nie mogłem tego zrozumieć. Krew mnie zalała, to prawda, i zareagowałem szybciej, niż pomyślałem. Ale czy to wystarczy? Czyżby Inga miała rację? Że mi to było na rękę? Przecież to jakaś totalna bzdura.

Właśnie dlatego że byłem jej tak pewny, to się we mnie tak zagotowało.

I tak mnie zamroziło.

Tylko dlatego że to była kobieta mojego życia. Jeślibym jej nie kochał, zwisałoby mi to nadpsutym kalafiorem.

Jeśli najbliższa osoba na świecie robi cię w konia, to jesteś zdradzony przez cały świat.

Dlatego tak zareagowałem i tylko dlatego. Że była dla mnie wszystkim.

Jak znajdę skurwysyna, który mi to zrobił, to go zniszczę. Ten psychopata norweski to będzie przy mnie małe miki.

Tego byłem pewien. A na dodatek Inga insynuuje, że taka koincydencja przypadków nie może nastąpić, i wciąż mówi o serialu rozpoczynającym się od takiej właśnie sceny.

Kobiety chciałyby zawsze, żeby im się układanka poukładała! Jak puzzle!

437

A ja ze scenarzystą tego serialu nie rozmawiałem! Nie znam faceta! W życiu nie widziałem go na oczy! Spojrzałem w Internet, żeby sprawdzić nazwisko, nic mi ono nie mówi. To nie jest dobry trop.

Zresztą zdjęcie dostałem na początku stycznia, serial już szedł do produkcji, musiał być napisany sporo wcześniej.

Wanted!

Herakles piszczy, mimo że o siódmej go wyprowadzałem.

Nakładam mu uprząż i wychodzę raz jeszcze. Grzecznie drepcze koło mnie, ale nawet nie wącha kwiatków. To idiotyczne maszerować ze smyczą zakończoną takim małym szczurem. Patrzy na mnie prosząco — obiektywnie rzecz biorąc, ja bym się też nie odlał, jakby mnie ktoś na smyczy prowadził.

Rozglądam się, psów innych nie ma, w końcu spuszczam go z tej uprzęży, odchodzi może z metr, patrzy na mnie łaskawie, podnosi nogę. Niech sobie pochodzi, też nie ma lekko.

Komputer.

Zdjęcie.

Co ja zrobiłem?

— Jeremiasz, Jeremiasz! — słyszę głos Krysi. Stoi na rogu, macha na mnie. — Pani Ostrowiecka ma się dobrze! Widziałam się z nią dzisiaj. Nie masz pojęcia, jaka ci jest wdzięczna. Opowiedziałam jej, jak się do niej włamaliśmy. Jak ty zauważyłeś, że coś jest nie tak. Ona cię kocha miłością pierwszą. Żebyś słyszał, co mówiła...

— E, daj spokój — przerywam, choć nie powiem, robi mi się przyjemnie. Chociaż trochę żal takiego znajomego wroga. — Wspomniałaś, że zalałem mieszkanie?

— Nooo... — trochę się peszy — przepraszam, ale od czegoś musiałam zacząć... No i powiedziałam, że

439

poszedłeś przeprosić i że się zaniepokoiłeś... Ale to nie szkodzi, ona jest taka szczęśliwa, że ma kogoś bliskiego, żebyś ty ją widział! Inny człowiek!

Mam nadzieję, że nie myślała o mnie, bo aż się wzdrygnąłem na samą myśl, że mam być jej bliskim. Zdecydowanie wolę być dalszym. Kimkolwiek.

— Może byś wpadł do niej? I sam jej wszystko opowiedział? Ucieszy się. — Krystyna naprawdę jest podekscytowana, jakby jej własną matkę wyciągnęli z objęć Tanatosa.

— Kryśka, ja mam swoją matkę w szpitalu — mówię — i tego tu na głowie — wskazuję ręką na trawnik.

Ale na trawniku nie ma psa.

Nie wpadam w panikę, pewno gdzieś odszedł na moment.

— W każdym razie pozdrowię ją od ciebie, to niesamowite, co zrobiłeś. Do zobaczenia!

Krysia wchodzi do domu, ja zaczynam rozglądać się za Heraklesem.

Przecież musi tu gdzieś być. Był przed sekundą, daleko nie poszedł. Ma takie krótkie nogi. Idę wzdłuż trawnika, obchodzę blok dookoła, psa nie ma. Spokojnie, spokojnie, raz jeszcze. Może mu się pomyliło, może poszedł pod drugi blok. Zaczynam krążyć po osiedlu, nawołując wstydliwie:

— Herakles, Herakles!

Nikt mi się nie przygląda, owszem, inne psy biegają, Heraklesa nie ma.

Nie ma!!!

Kurdupel cholerny polazł gdzieś i weź go szukaj całymi dniami i nocami! Nienawidzę gnoja cholernego!

— Herakles! — Naprawdę staram się brzmieć zachęcająco.

Bez efektu.

Do jedenastej chodziłem między blokami. Zaczepiałem wszystkich i pytałem, czy widzieli małego czarniawego psa chihuahua. Daremnie, wpadł jak kamień w wodę.

Wróciłem do mieszkania i zrobiłem sobie kawę.

Muszę go znaleźć, zanim go ktoś rozdepcze na śmierć. Ta wredna imitacja psa postanowiła się odegrać na mnie za to, że się nią opiekuję.

Może uciekł do matki? Na Żoliborz? Taka Lassie zrobiła ze dwa tysiące kilometrów, żeby odnaleźć właściciela. Ja chrzanię.

Ostatni raz się ulitowałem nad bydlakiem. Będzie siedział w mieszkaniu przykuty do kaloryfera. Nie spuszczę go z oczu na sekundę. Pożałuje, że mnie poznał.

Byłem tak zagotowany, że miałem mroczki przed oczami. Wziąłem kluczyki i zszedłem na dół.

— Herakles, Herakles! — Obszedłem raz jeszcze blok dookoła, zaglądając pod jakieś rachityczne krzaczki.

Mógł być wszędzie, mógł obserwować mnie z ukrycia i naśmiewać się do rozpuku z moich poszukiwań.

Wybaczyłbym mu, gdyby się teraz znalazł.

Ale go nie było.

Nie było go w piwnicy, nie było go na klatce schodowej, choć miałem nadzieję, że może komuś się przemknął między nogami. Nie było go wokół sąsiednich bloków, nie było go pod sklepami ani na trawnikach okolicznych.

Nie było go nigdzie.

*

Wsiadłem w samochód i podjechałem pod dom matki, sam sobie wymyślając, przecież to idiotyzm! Prze-

441

mierzyłem całą uliczkę i park, do którego chodzili na spacery.

Po psie nie było śladu.

Załatwił mnie, sukinsyn.

Wróciłem do siebie.

W życiu tak się nie naspacerowałem jak tej nocy.

Psa nie było i musiałem to przyjąć do wiadomości.

Nawet nie zdejmowałem ciuchów, tak byłem wykończony, zległem na łóżko i natychmiast zasnąłem.

*

Obudziłem się o siódmej i od razu byłem na baczność. Łazienka, krótki prysznic i bez kawy pognałem na dół. Bezskutecznie nawoływałem pod wszystkimi blokami:

— Herakles, Herakles!

Pies przepadł.

*

Inga przyszła z pięćdziesięcioma wydrukowanymi kartkami, na których dużymi literami najpierw było napisane „WANTED", potem „UWAGA", pod spodem zdjęcie Heraklesa, które sobie zrobiła telefonem, jak tylko u mnie zamieszkał, a jeszcze niżej: 1000 złotych nagrody za znalezienie. Brakowało doprawdy tylko dopisku — żywy lub martwy. Jak zobaczyłem ten tysiąc, to trochę przysiadłem.

— To konieczne. Bez pieniędzy nie będzie psa. Zrobiłam research — oznajmiła Inga.

Ania przyniosła kartki z rysunkami — widniało na nich coś, co pewno było jeszcze bardziej podobne do Heraklesa, bo przypominało skrzyżowanie myszy polnej ze smyczą i miało uszy nietoperza.

Wzruszyłem się jednym i drugim ogłoszeniem, wrzuciłem do komputera zdjęcie matki z gnojem na kolanach, wyciąłem kolana matki, szybko wydrukowałem następne pięćdziesiąt kartek, z psem i swoim numerem telefonu. Może się znajdzie.

— Ktoś go na pewno porwał dla okupu — powiedziała Ania i spojrzała na swoje ogłoszenia. — Ze zdjęciem lepsze, ale nie miałam zdjęcia i tata nie pozwolił mi siedzieć przy komputerze. On mówi, że komputery zabijają mózg. Ja tu wpiszę twój telefon ręcznie.

— Twoje ogłoszenie zostawię sobie na pamiątkę, tyle pracy w to włożyłaś, a to się liczy najbardziej — powiedziałem zupełnie szczerze. — Ania, możesz dla mnie zrobić coś dużo ważniejszego. Rozklej to wszystko, gdziekolwiek, w sklepie, na przystankach, na klatkach. To będzie prawdziwa pomoc, bo ja się nie wyrabiam. Mam dwa zlecenia i muszę być u matki w szpitalu.

— Można to było zrobić wczoraj. — Inga przyglądała się swojemu dziełu z pewną satysfakcją. — Tysiąc złotych musisz dać, zrobiłam wywiad, tysiąc jest OK. Ludzie są polubowni do pieniędzy.

— Lubią pieniądze — poprawiłem ją. — I miałem nadzieję, że się znajdzie. — Pakowałem szybko torbę, bo już byłem spóźniony.

— Moje bardziej zwraca uwagę. *Wanted!* Dobrze brzmi. — Inga trzymała w ręku swoje kartki.

Wczoraj w nocy im powiedziałem, że psa drugi dzień nie ma, i już dzielne kobiety niosą pomoc.

Ale *Wanted*?

— Weź od Ingi i weź moje, i powieś, Ania.

Sprawa psa mnie wykańczała, cały wczorajszy dzień szukałem gówniarza.

— To prawda, że uratowałeś panią Ostrowiecką? — pyta Ania, a przecież na pewno o wszystkim wie od rodziców.

— Nie ja. Twoja mama.

— Jaką uratowałeś? — Inga nie była zadowolona, że się nie zachwycam jej pracą.

— Tę Raszplę z dołu.

— Jeremiasz zalał jej kuchnię, a potem zadzwonił do mamy, tata się spuścił na jej balkon, bo mój tata jest taternikiem, i ją uratowali.

No właśnie. I niech mi ktoś wytłumaczy, po co pyta, jak wie wszystko? Odpowiedź — bo jest kobietą. Co prawda przyszłą, ale zawsze…

— Noris, ty nic nie mówiłeś! — Inga łapie mnie za ramię. — Przecież ty masz niewłaściwy stosunek do kobiet!

Co to znaczy niewłaściwy stosunek do kobiet? To już sam stosunek nie wystarczy?

— Inga, nie prowokuj. — Wyjmuję jej z ręki ogłoszenia, dołączam swoje i wręczam Ani stos kartek. — Weź taśmę, tam leży.

— Daj mój telefon też, bo jak ciebie nie będzie, to ja odbiorę — mówi mała bystrzacha.

— Daj mi swój telefon, jak będę daleko, to zadzwonię do ciebie po pomoc. — Wyjmuję komórkę, jestem gotów, żeby zapisać.

Dyktuje mi, lekko niezadowolona.

— Nie mogę na ciebie zrzucać takiej odpowiedzialności — tłumaczę. — I poza tym to są pieniądze. Musi się rozliczyć dorosły. Ale wielkie dzięki, że o tym pomyślałaś. — Zapisuję jej numer w swoim telefonie.

— Co on zrobił? — Inga pyta Anię, która starannie składa kartki i pakuje skocz do plastikowej torby.

444

— Noris robił jej oddychanie usta-usta, obrzydliwe... — mruczy Ania. — Mama mówi, że on jej życie uratował.

— Tej cholerze, co jej nie znosisz? Co stuka? — Inga jest wyraźnie zafascynowana.

Syczę na nią, bo co mi będzie przy dziecku takie uwagi robić. I ten język! Trzeba mieć trochę wyczucia jednak.

— No. Tej cholerze — potwierdza mała i wychodzi.

To musi być pomyłka

Nie powiem matce, że kurdupel wybrał wolność.

W ogóle nie wiem, co powiem matce.

Chciała, żebym przyjechał i porozmawiał z lekarzem prowadzącym — dzisiaj ma dyżur, będzie po południu — bo to jedyna taka okazja, zwykle wychodzi o drugiej. O czym się rozmawia z lekarzem? Nie mam pojęcia, może on ma mi coś do powiedzenia.

Nie chcę teraz myśleć o Marcie.

Jadę na Ursynów w dwa miejsca, na Puławskiej korki jak diabli, trzeba było jechać Żwirkami, a potem skręcać w Marynarską, ale za późno sobie przypomniałem, że znowu przebudowują plac Zbawiciela.

Powinienem zadzwonić do Marty, wytłumaczyć jej, że to nie moja wina. Zmusić ją, żeby się ze mną spotkała. Nie wiem, czy w ogóle odbierze telefon. Pomyślę, jak to zrobić, ale później. Nie będzie chciała ze mną rozmawiać, znam ją.

Zresztą to już nie ma znaczenia.

Wszystko spieprzyłem.

Jak ten od Ofelii. Powiedział: idź do klasztoru, a ona się utopiła. Marta uważała, że to błąd tłumaczenia — *nunnery* za czasów Szekspira to nie był zakon ani klasztor, ale dom uciech publicznych. Gorzej ją potraktował, niż wiemy to z literatury.

A ja Martę jeszcze gorzej.

Niech ten gnój się znajdzie, i to szybko.

Matka mi nie wybaczy, jeśli on się nie znajdzie. Nie przeżyje, jestem tego pewien.

Oraz być może przestanie się do mnie odzywać, więc miałoby to swoje plusy.

Pierniczę.

Za dużo spraw naraz. Gruby nie oddzwonił, zostawiłem mu jeszcze dzisiaj wiadomość, ale milczy.

Dojeżdżam do szpitala późnym popołudniem. Nikt w sprawie ogłoszenia nie zadzwonił, a przecież mała na pewno rozwiesiła. Co się dzieje z tym psem? Może go co rozszarpało?

Bartek opowiadał, że jego kolega miał rottweilera, w Wesołej, i ten rottweiler siedział sobie na tarasie spokojnie, a do ogrodu wpadła wiewiórka. I się rozochociła tak, że biegała wte i wewte, aż psu powiedział: bierz. Bo pies ćwiczony, bez komendy nic nie ruszył.

Pies wystartował, chwila moment, wiewiórkę przyniósł w pysku.

I wtedy się okazało, że to nie wiewiórka, tylko suczka sąsiadów, też jakiś taki mały wypierdek rasowy chiński, tylko z ogonem puszystym. Nie było co zbierać. Zakopał sukę pod jakimś kwiatkiem i sąsiadom się nie przyznał. Może ten kundel już też gdzieś zakopany?

Muszę go znaleźć, muszę.

*

W szpitalu jestem po siedemnastej. Mam kłopoty z parkowaniem, jak zwykle. Fatalna pora na kręcenie się po mieście. Jestem głodny jak pies, minąłem jakiegoś McDonalda, ale na myśl o czyszczonym oleju i odświeżanej bułce robi mi się mdło.

Krążę w okolicach szpitala, może ktoś będzie wyjeżdżał, muszę znaleźć miejsce, przecież milion warszawiaków znajduje jednak miejsca do parkowania. To taki współczesny polski cud nad Wisłą.

I udaje mi się za trzecim okrążeniem.

Wchodzę na oddział.

Jak tylko czuję ten szpitalny zapach, to chcę spieprzać gdzie pieprz rośnie, mam taki odruch. Uśmiecham się jednak miło do pielęgniarek, niektóre, jak mawia Gruby, ładne dupy z twarzy, ale jakoś mnie to wyjątkowo nie bierze.

Uchylam drzwi do sali numer pięć, gdzie leży matka.

I kogo widzę przy jej łóżeczku?

Profesora Zygmunta.

A matka, mimo że ma zapuchnięte oczy, jakby płakała, pocieszająco głaszcze go po dłoni.

Co on taki przybity? Czwartego do brydża nie mogą znaleźć?

Wchodzę i dopiero teraz matka mnie zauważa. Profesor staje na baczność, witam się z matką, podaję mu rękę, on robi gest, który ma prawdopodobnie znaczyć, że wychodzi, ale matka mówi:

— Poczekaj na korytarzu, Jeremiasz musi jeszcze porozmawiać z lekarzem.

Widać to jakaś zaszyfrowana wiadomość, bo nie wiem, co ma jedno do drugiego. On wychodzi, ja siadam na jego krzesełku, jeszcze, za przeproszeniem, ciepłym, ale lekarza żadnego w zasięgu wzroku przecież nie ma.

— Co profesor taki wzruszony? — pytam wobec tego niedbale, bo jakoś trzeba zagaić.

— Przejął się, bo to taki porządny człowiek.

Nie wiem, co to znaczy „porządny człowiek".

To synonim niczego. Jak już nie da się powiedzieć o człowieku, że mądry, zabawny, gnój, wesoły, przystojny lub bogaty na przykład — to można przywołać

448

właśnie to słowo — porządny. Nie zabija, nie gwałci, nie kradnie. Taki porządny człowiek. I się przejął.

Ale aż tak porządny? Porządny do tego stopnia? Ona mi zawsze włoży jakąś szpilę, bo wiem, co miała na myśli, ja nie jestem porządny, ja się nie przejąłem. Gdyby wiedziała o Heraklesie…

— Kochanie, chyba powinieneś porozmawiać z lekarzem… On tu był przed chwilą…

— Nie pali się, zdążę — mówię i rozglądam się po sali.

Cztery baby leżą, teraz pora odwiedzin, przy każdej ktoś. To miłe. Czy ja bym chciał, żeby ktoś przy mnie siedział, jak leżę rozbabrany w łóżku? Nie sądzę. Na szafce matki soczek pomarańczowy, dwa banany. Znowu nie pomyślałem, żeby coś przynieść.

— To od Zygmunta. A wczoraj była u mnie Julia. Mam wszystko, czego mi potrzeba. — Chwyta moją dłoń i nie wiem, co robić. Klepię ją po ręce.

— Nie martw się, niedługo wyjdziesz. — Matce oczy nabrzmiewają łzami, Martę bym przytulił, a z matką płaczącą nie wiadomo, co robić.

— Chciałabym zobaczyć Heraklesa — moja matka wreszcie dobywa z siebie głos.

No przecież!

— Tu, w szpitalu? Wiesz, że to niemożliwe — mówię cicho. Skąd jej wezmę gnoja?

— Pojutrze mam operację… Przynieś go jutro, proszę… Idź, porozmawiaj z lekarzem, potem wróć tutaj, dobrze? — Stara się trzymać, a ja z ulgą wstaję z krzesła. To już wolę rozmawiać z lekarzem, bo nie wiem, jak jej pomóc. — Poproś Zygmunta, niech wejdzie, niech się nie obawia…

Nie obawiał się przed chwilą, to teraz nagle nabrał strachu?

— Zaraz przyjdę, mamo. — Wychodzę z sali i rozglądam się po korytarzu. Profesor stoi oparty o ścianę.

— Niech pan wejdzie, ja idę porozmawiać z lekarzem — mówię i kieruję się do dyżurki.

Siedzą tam trzy laseczki i piją kawkę. Zapach przyjemny, dziewczyny ładne, żyć nie umierać.

— Przepraszam, szukam lekarza prowadzącego mojej matki, Justyny Chuckiewicz, nie znam nazwiska, gdyby któraś z pań mogła mi pomóc? — zawieszam głos, uśmiecham się naprawdę uroczo, nic tak nie robi kobietom jak bezbronny mężczyzna, który potrzebuje pomocy, i jedna z pielęgniarek rusza do mnie, ładna blondyneczka.

— Proszę za mną, sprawdzę, czy jest w pokoju lekarskim. Za chwilę będzie obchód.

Puka do drzwi delikatnie, zza drzwi tubalne „proszę!" upoważnia ją do wsadzenia głowy.

— Panie doktorze, jest syn pani Chuckiewicz...

Przepuszcza mnie w drzwiach, wchodzę.

Starszy, siwy pan w białym kitelku siedzi przed komputerem. Podnosi się, wyciąga rękę.

— Kołacz. Proszę, niech pan siada.

Siadam na krześle naprzeciwko.

Zdejmuje okulary, przeciera je, wkłada. Kadr jak z kiczowatej telenoweli.

— Co z matką? — pytam więc, żeby mu jakoś ułatwić.

— Sytuacja jest o tyle poważna, że dość późno został wykryty nowotwór. Oczywiście będziemy operować. Musimy odjąć pierś, wyłuskać węzły chłonne, ale właściwie sam proces leczenia dopiero się zacznie.

450

— Jaki nowotwór? — pytam z głupia frant, bo przecież coś bym wiedział, to musi być jakaś pomyłka. — Moja matka przyszła na badania... Justyna Chuckiewicz — powtarzam.

— Pańska matka już do nas trafiła z rozpoznaniem raka piersi. Niestety, guz jest duży. Stan jest poważny, musi pan o tym wiedzieć. Zresztą rozmawiałem z ojcem i tłumaczyłem mu, w czym rzecz.

— To jest jakaś pomyłka — oddycham z ulgą.

Pomylił pacjentów, zdarza się.

Podobno gdzieś w Olsztynie obcięli człowiekowi zdrową nogę, bo niewłaściwie go położyli na stole. Powinni — na brzuchu, i wtedy to była prawa noga, a oni go położyli na plecach i prawa noga była po lewej stronie. Czy odwrotnie. Może to bzdura. Ale pomyłki się zdarzają.

— Matka ma tylko mnie. — Nagle zdaję sobie sprawę, że to prawda.

Tylko mnie i tego cholernego psa, który zginął i którego muszę odnaleźć. Lekarz wzdycha, sięga po papiery, które leżą przed nim na biurku.

— Justyna Chuckiewicz, lat pięćdziesiąt osiem, rak piersi. Matka wie, co ją czeka, pan też się musi na to przygotować. Operacja jest zaplanowana na piątek, potem ustalimy dalsze leczenie. Prawdopodobnie chemia... Ale to potem.

Matka wie, co ją czeka?

Matka wie, że ma raka?

Matka nie przyszła tu na badania?

Matka mnie okłamywała?

— Dziękuję panu — mówię tylko, bo nie chcę, żeby był świadkiem mojego upokorzenia.

Pierś z buraczkami

Staję na korytarzu i opieram się o ścianę. Po zielonej podłodze wędrują wolno domowe kapcie, nogi się prawie nie podnoszą, taki człapiący krok i towarzyszące im buty, męskie, dostosowują swój krok do rytmu suwanych kapci. Minęły mnie. Biorę głęboki oddech.

Jak matka mogła mi nie powiedzieć?

Czuję, że zalewa mnie fala wściekłości. I że nie mogę teraz do niej wejść, muszę się uspokoić. To dlatego chciała, żebym porozmawiał z lekarzem, żebym nie od niej się dowiedział. Ma mnie cały czas za zasmarkanego gówniarza.

Podnoszę głowę, korytarz znowu jest pusty, na szarym końcu ktoś idzie do łazienki, to salowa z basenem.

Matka jest ciężko chora.

A ja zgubiłem jej psa.

Słońce wpada przez okna na końcu korytarza, tam gdzie jest ten minisalon ze stolikami, układa się w jasne podłużne plamy, które zmieniają zielonkawą podłogę na świetlistożółtą.

Muszę wrócić do matki. Zbagatelizować całą sprawę. Operacja to operacja, potem będzie czas się martwić.

Dlaczego nikt nie dzwoni, że znalazł tego parszywca? Psy nie przepadają jak kamień w wodę. Psy się gubią i znajdują.

Psa znaleźć.

Zakupy zrobić.

Przegląd samochodu mam w tym tygodniu, z ważniejszych rzeczy.

Do Grubego jeszcze raz zadzwonić.

Coś zrobić z Martą.

Robię krok w stronę sali numer pięć. Nogi mam jak z waty. Przed salą stoi profesor Zygmunt, nie zauważyłem go dotąd, wyraźnie czeka na mnie.

— Nie chcieliśmy, żebyś się dowiedział w taki sposób — mówi.

Milczę. Trzeba było mi wiadomość mejlem przesłać. Albo SMS-em. Matka, rak, nara.

— Sytuacja jest dość poważna, w związku z tym muszę cię poprosić o rozmowę — kontynuuje profesor, a ja, jak osioł, potulnie potakuję głową.

— Tu jest barek na dole, czy moglibyśmy zejść na kawę?

Znowu potakująco kiwam głową.

Co ja zrobię, jak nie znajdę tego cholernego psa, co ja jej powiem?

Co ja powiem Marcie?

Idę za nim w milczeniu, jak owca skazana na rzeź. Jestem głodny, nie chcę kawy, jestem śmiertelnie głodny.

Mamy problem, Houston. A nawet parę!

— Zje pan coś, Jeremiaszu?

Nie znoszę tej formy. Albo jesteśmy na pan, albo na ty. A on miesza umiejętnie obie formy.

— Ależ oczywiście, panie profesorze, chętnie.

— Tu są tańsze obiady dla personelu po osiem dziewięćdziesiąt, ale można coś wybrać ze spisu. — Wskazuje na tablicę nad głową szpitalnej barmanki.

— Kotlety proszę! — krzyczy pani za ladą. — I ziemniaczki zapiekane raz!

Mogę zjeść schabowego.

Jak zjem, to pomyślę, co robić.

Ustawiam się w kolejce, kolejka jest demokratyczna, i lekarze, i pacjenci, i tacy jak my, przynależni ni to do chorych, ni do lekarzy. Może jednak bardziej do lekarzy, bo od nich więcej zależy. Zależy los naszych chorych. Nie wiem, do kogo mi bliżej.

— Drożdżówka i herbata dwa razy, proszę odebrać! — krzyczy pani, a potem zupełnie innym, aksamitnym głosem zwraca się do stojącego przed nami mężczyzny: — Panie ordynatorze, proponuję pierś kurzęcą i buraczki, świeżutkie i dobre dzisiaj.

Mężczyzna przed nami macha ręką, co prawdopodobnie znaczy, że się zgadza, bo pani bufetowa woła do tyłu:

— Dewolaj raz z burakami! — I znowu głos jej opada przymilnie: — Panie ordynatorze, może kompocik do tego? Sezon na owocki. — Leje mu z dzbanka od serca, prawie menisk wypukły, a facet i tak połowę wylewa w drodze do stolika.

— Basiuniu, ściereczkę weź i wytrzyj! — zarządza pani bufetowa — i kompociku dolej, bo mało zostało, słucham pana!

— Panie Jeremiaszu? — Profesor dotyka mojej ręki.

— Schabowy z surówką — odczytuję napis nad jej głową.

— Ziemniaczki do tego opiekane, talarki, frytki?

— Frytki i wodę niegazowaną — mówię szybko i sięgam do kieszeni.

— Pozwoli pan, ja zapraszam. — Profesor leciutko, prawie niezauważalnie, ale stanowczo odsuwa mnie. — Dla mnie kawa i drożdżówka. Ile płacę?

Biorę wodę od pani, wzrokiem szukam wolnego miejsca, jest pod oknem, przechodzę między stolikami, siadam. Wpatruję się w profesora, który zręcznie manewruje między ludźmi ze swoją kawą i drożdżówką.

Dzwoni komórka, odbieram.

— Czy to pan dał ogłoszenie? Dobrze dzwonię? — głos damski, dociekliwy.

Zamieniam się w słuch. Nareszcie!

— Tak. Słucham.

— Bo ja w sprawie ogłoszenia.

— Tak?

Profesor usiadł koło mnie, kiwam przepraszająco głową.

— O jakiego psa chodzi?

— Małego — mówię prosto do głośnika, ściszając głos.

— Aha. A jaka rasa?

— Ciułała.

— A nie, bo tu chodzi taki wilczur bardziej… No trudno… To do widzenia.

We wzroku pana Zygmunta widzę pytanie, więc czuję się w obowiązku wyjaśnić:

— Koleżanka pyta, czy Herakles to ciułała. Podoba się jej.

Sam się sobie dziwię. Doprawdy, jestem zagadką dla samego siebie. Takiego idioty dawno z siebie nie robiłem.

— Sznycel podwójny i dwie kawy! — krzyczy bufetowa.

— O czym pan chciał porozmawiać?

Profesor słodzi kawę i miesza w lewą stronę, dość długo, Marta mówiła, że tylko w prawo się miesza, bo inaczej odbierasz energię napojom. Ale on o tym nie wie.

455

— Drogi Jeremiaszu. — Podnosi głowę i patrzy mi prosto w oczy. — Musimy się jakoś podzielić, nie obowiązkami, bo to nieprzyjemnie brzmi, ale sytuacja tego wymaga…

Obowiązkami? Z nim? Jakimi? Szukaniem psa?

Czekam, bo coś mi chce zakomunikować, starszym się nie przerywa, a jemu idzie zdecydowanie gorzej niż komukolwiek, kogo znam. Zawsze to były ciepłe, rozciągnięte, niedogotowane kluchy. Czyli tak zwany porządny człowiek.

— Nie wiem, czy wiesz, ale twoja matka… to jest szczególnie agresywny rodzaj nowotworu, a co więcej, drogi Jeremiaszu, leczenie się dopiero zaczyna. — Głos mu drży lekko. — Operacja to tylko wstęp. A leczenie również będzie miało charakter dość agresywny. Co tydzień chemia, jeśli twoja matka dobrze zniesie pierwszy kurs. Bo jeśli nie…

— Schabowy, surówka, frytki proszę! — krzyczy pani zza bufetu.

To moje koryto. Na szczęście.

Podnoszę się i zmierzam w kierunku swojego jedzenia. Dobrze, bo ochłonę.

Jakim prawem obcy człowiek miesza się w sprawy mojej matki? Obcy to dużo powiedziane, wiem, że grają w tego brydża od lat, ale co to ma do rzeczy? Matka go prosiła?

Biorę swojego, pożal się Boże, schabowego, stłuczony na miazgę, ma z trzy milimetry grubości, nie więcej, ale pachnie jak domowy, czuję, jak mi ślinka napływa do ust.

— Przepraszam. — Siadam z powrotem i biorę do ręki sztućce. — Bo jeśli nie…

— Jedz, jedz, nie krępuj się... Jeśli jest za duża przerwa w tych kursach chemii, szanse maleją. Niedobrze, jeśli będą za duże odstępy. Ale nawet w najkorzystniejszej sytuacji to leczenie będzie trwało przynajmniej parę miesięcy i musimy być na to przygotowani.

Musimy. Kto musimy? Moja matka będzie leczona.

Ona musi być przygotowana.

Ja muszę być przygotowany.

Ja muszę znaleźć Heraklesa.

— Wiem — skłamałem.

To sprawa lekarzy, nie jego.

— Cieszę się. Organizm stanie się zupełnie bezbronny, chemia to przecież trucizna, miejmy nadzieję, ratująca życie, ale jednak trucizna. Profesor Kołacz wszystko mi wyjaśnił.

Jemu? Z kim ja rozmawiam? Zauważył mój wzrok, bo od razu wyjaśnił:

— Twoja matka mnie upoważniła...

Koniec świata. Brydżyści klan tworzą? Zawsze podejrzewałem, że to sekta, nie lubię brydża. Słyszałem, że Żydzi się wspierają na całym świecie, w przeciwieństwie do nas, Polaków, ale brydżyści?

Kiwałem potakująco głową.

Muszę jeszcze szukać Heraklesa.

Muszę zadzwonić do Grubego.

Muszę znaleźć tego skurwysyna, co mi zniszczył życie.

Kto mi wysłał to zdjęcie?

— Jestem upoważniony do rozmów z lekarzem, chcę, żebyś o tym wiedział. Bardzo dużo zależy od nas. Bardzo dużo zależy od wsparcia rodziny. No i gdybyś mógł przynieść Heraklesa do szpitala... twoja matka wyartykułowała taką prośbę... Oczywiście personel się nie zgodzi, trzeba by to zrobić wbrew prawu, a ja, wiesz, jestem dość pryncypialny w tych sprawach, liczę tu na ciebie. Zrób jej, proszę, tę przyjemność przed operacją.

Skąd ja mu wezmę psa?

— Oczywiście, matka go bardzo kocha — powiedziałem i usłyszałem dzwonek mojej komórki.

Spojrzałem. Numer nieznany, muszę odebrać.

— Przepraszam. — Podniosłem się, odszedłem w kąt salki.

— Dzień dobry, ja w sprawie ogłoszenia — dźwięczny głos informuje mnie, w jakiej sprawie dzwoni.

— Tak? Znalazł go pan?

— To zależy — rozmówca zawiesza głos.

— Od czego?

— Czy te tysiąc złotych jest aktualne.

— Oczywiście — potwierdzam. — Ma go pan?

— Nie mam, ale mogę mieć. Tylko muszę mieć pewność, że pan zapłaci.

— Proszę pana, oczywiście, że zapłacę!

Nie wiem, co chce mi powiedzieć, ale czuję jakieś wahanie w jego głosie. Przetrzymuje mi psa dla okupu?

— Zaliczkę niech pan da...

— Zaliczkę???

— Ja panu skombinuję psa, a potem pan nie zapłaci...

— Proszę pana, skąd pan dzwoni?

— Z Lublina — mówi facet, a mnie się robi gorąco.

— Pies zginął w Warszawie, na Woli!

— Wiem, szwagier do mnie zadzwonił, a tutaj niedaleko takie mają. Tylko że drożej biorą, muszę mieć zaliczkę.

— Nie chcę mieć takiego samego psa, tylko tego co zginął, rozumie pan?

Wyłączam się.

Pierniczę. Co za świat?!

Siadam naprzeciwko profesora.

— Pobyt w szpitalu to kwestia jeszcze dwóch tygodni, ale potem... — Zwiesił smutno głowę. — Zresztą będzie czas, żeby potem o tym porozmawiać i uzgodnić... Ale teraz może jeszcze za wcześnie.

Czego on ode mnie chce i dlaczego go to wszystko tak interesuje? Chyba nie mamy wspólnej matki, prawda?

Z drugiej strony, pomyślałem, jak jest ciężko, to pomoc jej przyjaciół będzie potrzebna. Ja sam ze wszystkim nie dam rady. Marta wiedziałaby, co robić.

A on dzisiaj, pani Julia wczoraj... a Dzióbek być może pojutrze.

Gdybym ja zachorował, to kto by do mnie przyszedł?

— Wszystkim nam los twojej matki leży na sercu — potwierdził moją hipotezę.

— Wiem — powiedziałem, tym razem szczerze. — Bardzo jestem wdzięczny.

— Widzę, że jesteś tą sytuacją zakłopotany...

Zakłopotany?

Kurwa, walec po mnie przejechał, matka mnie okłamała, może się z tego interesu nie wywinąć, pies mi zginął, mogę zostać sierotą, spierdoliłem sam sobie jedyny ważny związek w moim życiu, a on mi mówi o zakłopotaniu? Od zakłopotania dzielą mnie miliony mil morskich.

— Nie, nie jestem zakłopotany — mówię, bo rzeczy wymagają, żeby nazywać je po imieniu.

— Całe szczęście, to będzie wielka ulga dla twojej matki. Zawsze była, wbrew moim sugestiom, bardzo dyskretna w tej sprawie.

W jakiej sprawie?

Miała latać do syna i cycki pokazywać, w tym wieku?

Dziwny staruszek. Tyle lat go znam, robił wrażenie powściągliwego i kulturalnego pana, a teraz nagle z butami wchodzi w nasze sprawy rodzinne?

To zupełnie inny człowiek, niż myślałem.

— Jeremiaszu, cieszę się, że się rozumiemy. Pamiętam ciebie po śmierci ojca, bardzo się z nim lubiliśmy, to dla mnie był również cios, ale już wtedy wiedziałem, że wyrośniesz na ludzi. Proszę, weź jutro pieska ze sobą…

*

Wracam do domu zatłoczonymi ulicami. Warszawa jest senna, dzisiaj był upał, przydałby się deszcz. Przede mną autobus 175 wlecze się jak żółw. Nawet nie chce mi się kombinować, jak go wyminąć. Obojętne mi to raczej.

Tym bardziej że podczas jazdy odbieram parę telefonów.

Jedna pani zamieni się, bo jej pies brudzi…

Druga właśnie przeczytała ogłoszenie i sobie pomyślała, że może ja bym wolał jamnika, skoro mi mały pies zginął. Bo jamnik to tutaj chodzi.

Nie pytam gdzie, dziękuję uprzejmie.

Trzeci jest facet, który informuje mnie, że znalazł psa, choć on bardziej w podobie do kota, ale też jest nieduży.

— Szukam psa! — warczę w telefon.

— Królika mogę panu oddać niedrogo, to pan tysiąc nie będziesz musiał płacić, za stówkę oddam — prosi mnie usilnie, widać też w potrzebie.

Rzucam telefonem.

— Moje nazwisko Mazurek Wioletta, mam telefon do pana od koleżanki, u której pan zakładał takie coś, co można... Ja to panu wytłumaczę, może pan zaraz przyjechać?

— W przyszłym tygodniu najwcześniej — mówię.

— A to dziękuję — wyłącza się kobieta.

One zawsze chcą mieć wszystko na teraz, na już, w tej chwili. One gdyby mogły, toby w ciąży były dopiero po urodzeniu dziecka.

Cały dzień nic, a teraz oczywiście, jak jadę samochodem, wysyp, informacje dopadają mnie co pięć minut.

— Ja w sprawie ogłoszenia — oświadcza silny męski głos.

— Znalazł pan mojego psa?

— Mam boksera do oddania.

— Nie chcę boksera!

— Dzieci mi gryzie, oddam w dobre ręce.

— Szukam małego psa! Jest zdjęcie!

— A to takiego nie mam na stanie. Szkoda, że pan nie chce mojego, dobry pies, jak pan dzieci nie...

Wyłączam się.

Ryngraf nie działa

Mam ucho rozgrzane do czerwoności. Na telefon patrzeć nie mogę. A on znowu dzwoni.

— Pan przyjedzie do mnie, Internet nie działa. Router dzieci rozłożyły na kawałki.

— Trzeba kupić nowy, mogę w przyszłym tygodniu.

— W przyszłym tygodniu???

— Najwcześniej — potwierdzam, bo teraz muszę się zająć innymi sprawami niż kupowanie routera i jeżdżenie po domach.

— A to chyba kpi pan ze mnie! — I połączenie zerwane.

Kiedy wjeżdżam na rondo, odbieram kolejny miły telefon.

— Proszę pana, przeczytałam ogłoszenie i dzwonię — uprzejmy damski głos informuje mnie rzeczowo, w jakiej sprawie.

Boże, spraw, żeby miała tego sukinsyna.

— Tak, słucham. — Staram się, żeby nie dało się wyczuć napięcia w moim głosie, bo podwyższy znaleźne do niemożliwości.

— Ale skąd ja mam pewność, że to na pewno pana pies? — zawiesza głos kobieta.

— Słucham?

— Bo to może być w ogóle nie pana pies.

Na gwałt szukam miejsca, żeby się zatrzymać, bo wygląda na to, że gnój się objawił.

— Proszę pani, czy pisałbym i rozwieszał ogłoszenia w sprawie jakiegoś obcego psa? To mój pies...

Niech to będzie on. Muszę go pokazać matce. Wtedy wszystko się uda.

— No, nie wiem... Może pan jest zboczeńcem...

Nie wierzę własnym uszom.

— Dlaczego mam być zboczeńcem? — pytam bardzo spokojnie.

— A bo teraz to nie wiadomo, z kim się ma do czynienia...

— Proszę pani, jeśli pies reaguje na imię He... — mówię do martwej już słuchawki, bo kobieta się rozłączyła.

Otwieram „ostatnie numery", dzwonię teraz ja.

— Przepraszam, coś nas rozłączyło...

— Pan w jakiej sprawie? — głos ten sam, na jakim ja świecie żyję? Chce sobie zatrzymać tę imitację psa, nie wierzę.

— Rozmawiałem z panią przed chwilą...

— A skąd pan ma mój numer?

— Dzwoniła pani do mnie w sprawie ogłoszenia... pies zginął...

— Nic mi nie zginęło, proszę się rozłączyć! — krzyczy.

Rozłączam się.

Zanim dojeżdżam pod dom, jakiś przyciszony głos męski informuje mnie, że ma talenty śledcze i że obserwuje bardzo podobnego psa na rogu Marszałkowskiej i Grzybowskiej, ostatnio nawet pojawił się on przy klatce numer cztery, po czym się oddalił. Może by tego psa zwabić na mielonkę, on wskaże miejsce, jak zapłacę z góry. Pies jest co prawda biały, ale on ma uzasadnione podejrzenia, że...

463

Oraz dzwoni miła pani, która oferuje mi w promocji przez pierwszy miesiąc za sześćdziesiąt dziewięć dziewięćdziesiąt uaktualnioną książkę telefoniczną — rozłączam się.

Kiedy parkuję, dzwoni Dżery i pyta, co słychać. Mówię, że pies mi zginął, Dżery mówi, żebym mu dupy nie zawracał jakimiś zwierzętami, bo u niego w pracy ludzie jak zwierzęta, a nawet jeszcze gorsi, i on by dużo dał, żeby poginęli i żeby nikt ich nie chciał z powrotem.

Więc pytam, czy dostał robotę w tym nowym projekcie, mówi, że nie wiadomo, może przy drugiej serii serialu, i pyta, czy widziałem się z Maurycym, bo przecież mnie szukał. Mówię, że się widziałem, ale nic nie proponował, tylko ściemę robił.

Dżery ostatnio pracuje w jakiejś korporacji, która robi badania rynku. Ma wyjątkowo odpowiedzialne zadanie: nastawić kamerę i filmować ludzi przy tych badaniach. A i tak potem kto inny analizuje ich zachowania, mowę ciała i tym podobne bzdury. Ludzie niby wiedzą, że jest lustro weneckie, ale i tak szybko o tym zapominają, ale Dżery mówi, że rzyga tym, co się tam dzieje. Dla niego serial też byłby zbawieniem.

Z naszej czwórki właściwie Bartek jest najlepiej ustawiony. Przestał sobie zawracać głowę filmem, otworzył galerię sztuki i jakoś mu idzie, mimo że czasy beznadziejne. Co prawda Aśka przy tej galerii prowadzi bistro, więc w sumie wychodzą na swoje. Dobre miejsce, bo przy placu Trzech Krzyży. Całe Ministerstwo Pracy się u nich stołuje. Dobra i niedroga kuchnia, a galeria służy ku ozdobie. A najlepsze jest to, że Bartek w ogóle, nigdy, ani przez sekundę, nie narzekał. Ale teraz zwariował, bo niedługo będzie ojcem oseska płci żeńskiej. Powinienem się do nich odezwać, Aśka ze trzy razy dzwoniła, ale przez tego cholernego psa zupełnie zapomniałem.

*

Parkuję samochód pod samym wejściem i udaję się na obchód dzielnicy, mimo że jestem padnięty. A nuż gdzieś się wałęsa? Nawołuję głośno, mam gdzieś, co sobie o mnie ludzie pomyślą, ale ani śladu po moim psie.

Nie przyniosę go matce do szpitala.

Wracam do domu i nie wiem, co robić. Idiotycznie te książki ustawione, nie będzie tu jak w domu jakiejś kobiety! Zwalam wszystko z półek, ułożę sobie tak, jak chcę, muszę się czymś zająć, bo zwariuję.

Na pukanie do drzwi nie chce mi się reagować. I słusznie, bo przed drzwiami stoi Ania. Z talerzem czegoś w ręku.

— Mama ci przesyła kawałek lazanii. Brrr, nienawidzę tego — mówi mała i wchodzi jak do siebie. Zrezygnowany, zamykam za nią drzwi, ale talerz przynajmniej nieźle pachnie.

— Remont robisz? — Zagląda do pokoju, nieodrodna córka tatusia, książki leżą wszędzie, to znaczy głównie na podłodze, biurku i tapczanie. Częściowo również na parapecie.

— Pomóc ci? Czerwone damy tutaj…

— Nie! — krzyczę, aż mała podskakuje. — Nie, muszę najpierw wymyć półki i tak dalej — tłumaczę, bo co dziecko winne, że mi Marta tak idiotycznie poukładała książki.

I że pies zaginął.

Że Marta odeszła.

Że matka chora.

465

— Bo ja właściwie mam dla ciebie taką wiadomość... — Usuwa książki z końca tapczanu i przysiada,
ludzie, ratujcie, chcę być sam. — Bo moja koleżanka ma
psa... To znaczy sukę... I ta suka urodziła takie piękne
szczeniaczki... Takie, mówię ci, puchatki, słodkie są, ja
byłam dzisiaj u niej i...

— Ania, ja muszę znaleźć Heraklesa, muszę go zanieść matce do szpitala. Ja nie chcę żadnego szczeniaczka. Nie lubię psów!

— To w ogóle nie chodzi o ciebie. Dlaczego ty nigdy
nie posłuchasz do końca?

Nieodrodna córka swojej matki.

— Chodzi o mnie... Ja bym takiego szczeniaczka wy-
chowała. Jakbyś porozmawiał z mamą i powiedział, że
taki pies wpływa lepiej na charakter, i się wstawił za
mną... Bo ona mnie nie chce słuchać. Kobiety nigdy nie
słuchają, tylko ci przerywają w połowie... — powiedziała filozoficzną, znaną wszystkim mężczyznom na świecie, prawdę.

— Ja? — zdumiałem się.

— No. Bo wiesz, moja mama uważa, że ty jesteś bo-
haterski. I że masz horyzonty. I wrażliwość, chociaż tego
w ogóle po tobie nie widać. Więc chyba masz jakąś siłę
przebicia w tej rodzinie?

Gdyby nie to, że byłem naprawdę zgnębiony i nie
wiedziałem, co robić, co mi się raczej nie zdarza, pewno
bym parsknął śmiechem.

Ale nie było mi do śmiechu.

Muszę mieć Heraklesa najdalej na pojutrze.

Dlaczego nie mógł zginąć za trzy dni?

Nie mogę tego zrobić matce. Mojej chorej matce.

— Ania — zacząłem, a ona wstała i westchnęła...

— Widzę, że nie mogę na ciebie liczyć w tej sprawie. To jest trochę jednostronne, bo ty na mnie zawsze, zawsze i w każdej sprawie możesz liczyć.

O mało nie zwaliło mnie z nóg.

— Anka!

— Nawet ci ułożyłam wiersz, gdyby jednak pies się nie odnalazł. W sensie coś na kształt nekrologu. — Stanęła w drzwiach i wyrecytowała: — Tu leży piesek Heraklesek, w pogrążonym smutku leży, a wszyscy, co go kochali, wiedzą, że mu to się należy. Dzwoniłeś do schroniska? — I wyszła.

Rzuciłem się do Internetu. Czy mnie odmóżdżyło? Od razu powinienem to zrobić.

Żywiłem się nadzieją niedługo, tyle, ile trwało odebranie ode mnie czwartego telefonu — żadnego ciułały w tym tygodniu nie mieli. Ale mają mnóstwo innych wspaniałych psów, które czekają na miłość.

Ja też czekam na miłość.

Pieprzę inne psy. Nieposiadanie psa jest społecznie humanitarne.

Herakles, wróć!!!

I co?

Patrzę na różową torbę z okienkiem, a tam nawet mordy zakapiorowatej nie ma.

Guz to jeszcze nic strasznego, nie muszę się przejmować.

Sam lekarz powiedział, że to tylko guz.

I będą leczyć.

Co innego, jakby nie mogli leczyć.

A operacja to operacja, wytną i po krzyku.

Marta mi kiedyś opowiadała, że jakiejś jej koleżance z pracy zrobiła się na przedramieniu ciemna plamka.

Wpadła w histerię, natychmiast zadzwoniła do swojego lekarza rodzinnego, który powiedział, żeby przyszła jutro, ona w panice siadła do komputera, wszystkich dermatologów wyczaiła, zapisała się do specjalistycznej poradni profesorskiej do dermatologa, czekała cztery godziny, zapłaciła sto pięćdziesiąt złotych — za informację, że ta czarna plamka jest od czekolady i należy ją zmyć.

Ale pies musi się znaleźć.

Muszę mieć psa na piątek.

Jakiegokolwiek, byleby był podobny.

To nie oszustwo, to działanie w dobrej wierze.

A potem będę się martwił.

Matka musi wiedzieć, że wszystko jest w porządku.

*

Wchodzę do kuchni, zapalam światło, przesuwam dłonią po lodówce. Gdzieś tu musi być ten cholerny ryngraf, tu go położyłem przecież, nie zdematerializował się, macam ręką, znajduję torbę z zapleśniałym chlebem, odłożyłem, nie pamiętam kiedy, a potem szukałem i nie znalazłem, teraz się znalazł, psiakrew, jak już sam sobie może wleźć do śmietnika.

A ryngrafu nie ma.

Jeśli go zgubiłem, wszystko na nic.

Wszystko przepadło.

Muszę go zanieść matce, ona w to wierzy, a oddała mnie tę swoją wiarę, która mi się na nic przydała.

Może chociaż znajdzie się pies?

Jak pies się znajdzie, to wszystko będzie OK.

Włażę na krzesło, może jest z tyłu? Inga go oglądała, może gdzieś przełożyła? Na pewno nie, ja od niej to wziąłem i na sto procent odłożyłem na miejsce. Czyli na lodówkę.

Potem zalałem kuchnię. Odsuwałem wszystko. Mógł spaść. Na pewno spadł. Odsuwam lodówkę, nie ma. Przeszukuję metr po metrze, nie ma. Diabli go wzięli. Jeszcze mi tego brakuje.

Musi tu być, źle patrzę, muszę się skupić i porządnie wszystko przejrzeć. Cudów nie ma. Wysuwam lodówkę na środek kuchni, włażę za nią, schylam się, pomiędzy szafkami a ścianą jest trochę miejsca, ryngrafu nie ma.

Czy to jakieś przekleństwo ciąży nade mną?

Odwracam się i nagle widzę, jak kiwa mi się przed nosem, łańcuszek zaczepił się o żebra chłodzenia z tyłu, panna patrzy na mnie i kpi w żywe oczy, lekko przykurzona.

Myję blachę pod ciepłą wodą płynem do naczyń i wycieram do sucha. Zaniosę matce do szpitala, pożyczę jej, nie wierzę w takie rzeczy, ale skoro ona wierzy, to na pewno jej pomoże. Placebo pomaga.

— Sytuacja nie jest sprzyjająca, nie wiemy, jak pańska matka zareaguje na leczenie, musi pan być przygotowany.

Przygotowany na co?

Wiem jedno: jak pies się znajdzie, to matka też wyzdrowieje. To nieszczęścia chodzą parami, szczęście jest jedno, nieszczęść tysiące, zdrowie jest jedno, chorób miliony, miłość jest jedna, nienawiści jest mnóstwo. Wszystko się zmieni, trzeba tylko jednej małej rzeczy, która by tę zmianę zapoczątkowała.

*

Ruszam spod domu i jadę jak na skazanie. Mijam szpital budowlańców, mijam skrzyżowanie z Trasą Toruńską i skręcam w Sokołowską. Parkuję przed Wolską. Tuż obok dużego kościoła. Nie wiem dlaczego.

Kościół jest pusty, piękny gotycki kościół, który mijam prawie codziennie, jadąc do Śródmieścia i wracając do domu.

Siadam z tyłu i pochylam głowę.

Nie wiem, co mam robić. Nie wiem, o co i kogo prosić. Jestem sam. Z ryngrafem.

Jeśli jesteś, Boże, myślę, to zrób coś.

Moja matka na własne życzenie pozbawiła się opieki, trzymam w ręku ryngraf, czysty i tak samo obcy jak zwykle, więc zrób coś, bo ona chciała dla mnie dobrze.

Niech ten pies się znajdzie, to wszystko będzie dobrze.

Wszystko będzie dobrze — to tytuł filmu, tam chłopiec też negocjuje z Bogiem i też ma chorą matkę. Która umiera, mimo że on idzie do Częstochowy.

Nie mam pojęcia, co tu robię.

Zaciskam dłonie z całej siły, ryngraf wbija mi się w palce.

Przedostatni raz byłem w kościele na pogrzebie ojca, ostatni raz na pogrzebie babci Marty. Potem już nigdy.

Rozglądam się wokół, chłodno i pusto. Z nawy bocznej wychodzi ksiądz, patrzę na niego, zatrzymuje się, robi niepewnie krok w moją stronę, podnoszę się, jak wywołany do odpowiedzi uczniak.

— Czy pan potrzebuje… rozmowy?

— Nie. Ja nie chodzę do kościoła — odpowiadam szybko.

— Ale to kościół.

— No właśnie. — Słyszę w swoim głosie rozpacz i to mnie przeraża.

Siada obok mnie, ja się przesuwam, jesteśmy tylko my dwaj.

— Może nie miałeś dokąd iść.... Nie szkodzi, Pan Bóg czeka na wszystkich.

Tak właśnie z nimi jest. Pan potrzebuje rozmowy, ale może nie miałeś dokąd iść. Czy to znaczy, że ja z nim też jestem na ty, czy tylko on ze mną?

— Ja raczej nie wierzę... — szepczę.

— Nie szkodzi... On w ciebie wierzy...

Poczułem się zmęczony, potwornie zmęczony. Chciałem spać i zapomnieć o wszystkim.

I nie myśleć.

Obudzić się, jak będzie po wszystkim.

— Jestem zmęczony — powiedziałem. — Wszystko mi się wali...

— Coś ci się przydarzyło?

— Nie. Chodzi o psa. Zasadniczo.

Byłem idiotą.

— Twojego?

— Nie, matki... Matka jest chora, ale zaginął jej pies. Jeśli się znajdzie...

Zanim się zorientowałem, opowiedziałem mu o wszystkim, o znienawidzonym Heraklesie, o chorobie matki, o tych dwóch rzeczach, które się splatają, i o mojej bezsilności.

— A dlaczego tak myślisz? Tu się nie uprawia magii... Twoja matka jest ciężko chora, więc łatwiej ci myśleć o psie? Mniej boli, prawda?

Obruszyłem się.

— Nie chodzi o żadną magię... Ale matka dała mi ryngraf... — Wyciągnąłem pannę z pazurami i podałem księdzu. — Jest w naszej rodzinie od lat. Widzi ksiądz to wgłębienie? Matka mówi, że kula się zatrzymała, o, tutaj... On ratował naszą rodzinę... I matka mi go dała na urodziny... Żeby mnie chronił... I jak mi go oddała, to od razu rak...

— Najświętsza Panienka — potwierdził ksiądz. — Piękna pamiątka, piękny prezent.

— Ale nie działa — powiedziałem, zanim zdążyłem pomyśleć.

— Chcesz się ze mną pomodlić? Modlitwa działa...

— Nie umiem — powiedziałem, a w gardle poczułem ucisk.

— Po prostu powtarzaj za mną...

Uklękliśmy.

— Pod Twoją obronę uciekamy się, Święta Boża Rodzicielko — zaczął się modlić ksiądz, a ja za nim powtarzałem.

— ...naszymi prośbami racz nie gardzić w potrzebach naszych...

— ...ale od wszelakich złych przygód racz nas zawsze wybawiać, Panno chwalebna i błogosławiona — czekał na mnie, nie spieszył się.

— ...o Pani nasza...

— ...o Pani nasza — powtarzałem.

— ...orędowniczko nasza, pośredniczko nasza...

— ...orędowniczko nasza, pośredniczko nasza.

— ...pocieszycielko nasza...

— ...pocieszycielko nasza — mówiłem coraz ciszej.

— ...z Synem swoim nas pojednaj, Synowi swemu nas polecaj... — Głos miał spokojny i silny.

— ...z Synem swoim nas pojednaj, synowi swemu nas polecaj.

— ...swojemu Synowi nas oddawaj.

472

— ...swojemu Synowi nas oddawaj.

W spoconej dłoni ściskałem pokaleczony ryngraf.

— Zaufaj Panu — powiedział ksiądz i wstał.

I zrobił nad moją głową znak krzyża.

Wielka mistyfikacja

O ósmej dwadzieścia trzy w drzwiach stanęła Inga. W ręku miała brązową podłużną torbę, z okienkiem, a jakże. W okienku widniała morda psa, a jakże, wypisz, wymaluj, heraklesopodobny, tylko inaczej umaszczony. I ogon inny, nie wiedzieć czemu. Pies zachował się fantastycznie, bo od razu rzucił się na moje spodnie i zapiszczał jak gnieciona mysz połączona z elektryczną szczotką do zębów.

Matka na pierwszy rzut oka będzie widziała, że to coś z Heraklesem ma, owszem, wspólną rasę i nic poza tym.

— Nie bój żaby — powiedziała Inga; nie miałem pojęcia, kto ją tego nauczył — po prostu pokażesz mamie z okna. Tak to załatwisz.

— Mama z okna — sprostowałem — zobaczy.

Tak mogłoby się udać. Profesora nie muszę wprowadzać w oszustwo, bo to porządny człowiek i może nie zrozumieć, ale zadzwonić do matki mogę, żeby wyjrzała przez okno, ja psa podniosę, ona się ucieszy, potem psa schowam do torby, torbę do samochodu i wejdę do niej z poczuciem dobrze spełnionego obowiązku.

Pies, o wdzięcznym i nietuzinkowym imieniu Szwarcu (od Schwarzeneggera oczywiście), ułożył się na wycieraczce przy drzwiach i łypał oczkami.

— Ani na sekundę go nie popuszczaj z tego. — Inga podała mi uprząż. — Od razu jutro po zajęciach po jego przyjadę, bo mam jego pożyczonego do wieczora.

Powiedziałam, że zagra w filmie. Nakręcisz jego? Potem powiemy, że odpadła ta scena. Zawsze nie kłamałam, bo przecież jesteś operator, prawda? — Zasmuciła się nieco, a mnie rozbawiła ta kombinacja kłamstwa z poczuciem winy. Nie wspominając o polszczyźnie.

Kobieta musi znaleźć na wszystko usprawiedliwienie. Nie może się pogodzić z tym, że jest jak jest. I czasem skłamać trzeba. Ona musi wiedzieć, że nie było innego wyjścia, i dorobić do tego ideologię. A brak innych wariantów sprawia, że nagle wszystko staje się proste. Nie ma winy, bo nie było wyboru. Jak nie było wyboru, to kłamstwo przestaje być kłamstwem, staje się koniecznością. A konieczność likwiduje wszelkie opory. Winna jest rzeczywistość, winny jest Herakles, że zaginął, winny jestem ja, że do tego dopuściłem.

Choć trzeba im uczciwie przyznać, że kiedy kochają, to bronią z pazurami.

On się nie upił, tylko nic nie jadł od rana, on się porzygał, bo sałatka była nieświeża, ona też to czuła, tylko nic nie mówiła, dziecko nie jest leń patentowany, tylko nauczyciele się na nie uwzięli, pojemnika ze śmieciami nigdy w tym miejscu nie było, gdzie właśnie ukochany przywalił, nie patrząc w tył przy parkowaniu, tylko ktoś w tym właśnie momencie go podstawił, nawet skutkom burzy nie wystarczą przyczyny naturalne — bo była i zniszczyła, tylko — ktoś o tym nie uprzedził.

Ich logika jest zadziwiająca — jakby pan pogodynka zapowiedział burzę, toby nic nie zniszczyła.

I zrobią wszystko, żeby ci pomóc. To prawda.

— Inga, jesteś moim aniołem — powiedziałem — nigdy ci tego nie zapomnę. Nawet nie wiesz, co dla mnie zrobiłaś.

— Muszę iść, Jeremiasz — westchnęła. — Do jutra.

*

Odprowadziłem Ingę na przystanek, a nuż gdzieś mojego gnoja zobaczę? Przeszedłem się po osiedlu. Były różne psy, upakowane mastify, wilczury, które rozpoznaję, jeden z mojego bloku, drugi spod trzynastki, ale lubią się, jamnik mojego sąsiada z dołu, ledwo się rusza, dwa wesołe yorki, ale mojego Heraklesa nie było.

Wróciłem do mieszkania. I ponieważ kocham swoją matkę, zostałem sam z obcym psem rasy, której nienawidzę. A matka i tak o moim poświęceniu się nie dowie. Życie nie jest sprawiedliwe. Obcy psiak siedział pod kaloryferem i czujnie obserwował każdy mój ruch. Powinienem w końcu ustawić książki na półkach, ale nie miałem czasu. Nic im nie będzie. Włączyłem dziennik, ekran zamigotał, ale pojawił się mój nieulubiony polityk. Przełączyłem na CNN. To zabawne, że ten sam świat w dwóch różnych dziennikach, dwóch różnych państw, wygląda zupełnie inaczej. Jakby o innej ziemi mówili. To co ja się Indze dziwię.

Pies pod kaloryferem zamarł. Położył głowę na przednich łapach, co wygląda u ratlerkowatych wręcz kuriozalnie. Miał ciemną plamę między uszami i bystre ciemne oczy. Nie spuszczał ze mnie wzroku. Głupi malec bał się, ale udawał chojraka.

Poszedłem do kuchni i wyjąłem miskę, w której miałem dla Heraklesa polędwicę.

Nie śmierdziała jeszcze, choć na wszelki wypadek wyjąłem ją wczoraj, jakby się gnój znalazł. Umyłem zimną wodą i pokroiłem na drobne kawałki. Przełożyłem z powrotem do miski, umyłem deskę i odstawiłem na miejsce. Wystarczy mi burdel w pokoju, w kuchni staram się nie utrzymywać bałaganu, choć to niełatwe.

476

Pies podniósł głowę, kiedy do niego podszedłem, i postawił uszy jeszcze bardziej pionowo. Próbował zawarczeć, ale z jego drobnej gęby wyszedł cichy pisk. Postawiłem miskę i siadłem na tapczanie. Kątem oka patrzyłem, co zrobi. Na sztywnych łapach podszedł do miski, podnosił zabawnie przednią łapkę i czekał, jakby miał we krwi jakiegoś gończego. Drżał. Taka uroda tych myszopodobnych. A potem pochylił łebek i zaczął wcinać, aż mu się uszy trzęsły. W dziesięć sekund miska była pusta. Spojrzał na mnie i wycofał się pod kaloryfer. Bez dziękuję, bez żadnych oznak wdzięczności. Jakby mu się należało.

A potem wyszliśmy na spacer szukać Heraklesa.

*

Matka nie odbiera telefonu, a pies siedzi wystraszony w torbie obcej, czyli Heraklesowej, i popiskuje.

Zaparkowałem tuż przed jej oknami, dwie dychy dałem w łapę cieciowi, żeby nie marudził. Uchyliłem lekko okno, zamknąłem samochód i pobiegłem na drugie piętro. Matka siedziała w świetlicy na końcu korytarza razem z dwiema paniami. Jedną poznałem wcześniej, druga była osobą towarzyszącą, o czym według mnie świadczy brak szlafroka. Kłaniam się grzecznie, matkę całuję w policzek.

— Gdzie Herakles?

— Na dole. Nie mogłem go wnieść, zatrzymali mnie przy szatni — kłamię, ale w dobrej wierze to prawie jak prawda.

— Ja rozmawiałam z taką miłą pielęgniarką i ona powiedziała, że mogę zejść…

— Mamo — wystraszyłem się nie na żarty — mowy nie ma, ty przed szpital nie wyjdziesz, a Herakles…

— Ten piesek jest taki czysty, że nikogo nie zarazi... — dokończyła matka.

— On może się czymś zarazić — powiedziałem twardo — a teraz jest pod moją opieką!

— Syn ma rację — mruknęła towarzyszka matki. — A pani ma jutro operację, lepiej nie.

— Pokażę ci go z dołu, wyjrzyj przez okno ze swojej sali. Specjalnie tam zaparkowałem. — Podaję matce siateczkę z ananasami w puszce, wiem, że lubi, i sokami.

— Niepotrzebnie, kochanie, kupowałeś, tu jest sklepik, wszystko można dostać. — Matka podnosi się i obejmuje mnie, nienawidzę takich czułości przy obcych. Pani obca się również podnosi. Matka kieruje się do sali, pani obca mnie odprowadza do drzwi oddziału.

— Pan niech się nie denerwuje — mówi pocieszająco, a przecież ja ani się nie denerwuję, ani nie potrzebuję pocieszenia — oni zawsze mówią, że rak, na każdego guza, a rak może być niezłośliwy.

Rak jest zawsze złośliwy, chcę sprostować, to nowotwór może być niezłośliwy, ale właściwie nie robi mi to różnicy. To nie operacja, tylko zabieg, po pierwsze, a po drugie, nie ma się czym przejmować. Matce guzka wytną, za trzy dni będzie w domu i wtedy się okaże, że nie ma psa, i to dopiero będzie rozpacz.

To jest prawdziwy problem.

— Dziękuję — mówię wobec tego do pani obcej, jakby mi światło stadionowe w tunelu zapaliła.

Zbiegam schodami przeciwpożarowymi w dół, na półpiętrze stoi grupka chorych, oczywiście jarają pod dużą tabliczką: „Na terenie całego szpitala obowiązuje zakaz palenia". Na odgłos kroków chowają nieudolnie papierosy w dłoń, wyraz ulgi na ich twarzach, gdy przebiegam obok, nie zwracając uwagi, jest naprawdę budujący. Śmierdzi tutaj jak w kiblu w mojej szkole na dużej przerwie, ale nic to.

Szoruję do psa.

Matka macha z okna, odmachuję jej z szerokim uśmiechem. Wyjmuję torbę, stawiam na ziemi, żeby widziała, że to Herakles. Torbę widać lepiej niż psa. Sięgam po zwierzaka, warczy i zaczyna się coraz głębiej chować, ale nie mam wyjścia. Podnoszę go, sztywnego, wysoko, matka się uśmiecha, przytulam Szwarca, on rzuca się desperacko ku mojej twarzy, odsuwam go natychmiast, matka się śmieje, przedstawienie trwa.

— Herakles, moje pieski! — krzyczy z okna, więc szczypię psa, żeby przynajmniej zmienił układ machających łap.

Pies jest w stresie, ja w jeszcze większym.

— Tu! Tu! — krzyczy matka, więc podnoszę go do góry, przestał się wyrywać, udaje plastik. Udaje chwilę, po czym znowu próbuje mnie pogryźć.

Opuszczam go na ziemię, podkula ogon i stoi na trawniku, nie chce się ruszyć. Wpycham go na siłę do torby, on wie, że nie jego, ja wiem, że nie jego, ale matka nie wie. Zamykam zamek, kładę torbę z powrotem na siedzeniu, macham do matki, zamykam drzwiczki, idę z powrotem na górę, spocony jak mysz kościelna.

— On się chyba zmienił — mówi matka — jakoś tak inaczej szczeka.

O szczekaniu mowy być nie mogło, bo te krótkie popiskiwania i rzężenie nie miały nic wspólnego ze szczekaniem, ale co tam.

— Gdyby nie to — matka zaczyna się śmiać — że znowu się maleństwo na ciebie rzuciło, pomyślałabym, że to nie Herakles. Ale po tym poznałam mojego syneczka, po duchu walki!

Kochana mama, nie ma co.

Dobrze, że się ze mną nie zaprzyjaźnił po tej polędwicy.

Duch walki.

Psy lubią ten zapach napalmu o świcie.

— Posiedź ze mną, kochanie, nie spieszysz się, prawda?

Nie wiem, co powiedzieć, bo owszem, spieszę się. Powinienem pojechać do Śródmieścia, i to z psem, bo jakaś plazma świeci się w nocy bez powodu, sprawdzić, co tam się narobiło, poza tym z kasą krucho. A potem muszę oddać psa.

— Trochę się obawiam jutrzejszego dnia — mówi matka, ale ja nie jestem dobrym adresatem podobnych trosk.

— Nie ma czego, mamo — uspokajam ją. — To naprawdę drobny zabieg.

— Nie jestem pewna, kochanie — mówi ona i głaszcze mnie po dłoni. — Poradzisz sobie z wszystkim?

Z jakim wszystkim?

Psa muszę znaleźć.

Marty nie odzyskam.

A reszta jakoś się ułoży.

— Tak sobie myślę, kochanie, że gdyby mi się coś stało...

— Nic ci się nie stanie — przerywam, bo najbardziej nie lubię czarnowidztwa. Kobieta jak nie ma jakiegoś zmartwienia, to znaczy że umarła. Moja matka, z tego wynika, ma się dobrze.

— Ja też tak myślę — wzdycha, jak słowo daję, z przykrością jakąś w głosie.

Do sali wchodzi pielęgniarka, rozdaje termometry.

— Pani Justyno, pani miała termin na jutro?

— Tak — potwierdza matka i wkłada termometr pod pachę. — Jak to miałam? — orientuje się szybciej niż ja.

— Spadła pani operacja.

— Jak to spadła? — Matka blednie, ja się nie odzywam.

— Zadzwonił doktor Kołacz, że dopiero we wtorek wróci z Brukseli.

— Jak to we wtorek?

— We wtorek — wzrusza ramionami pielęgniarka. — Ale i tak pani nie wypiszemy, żeby nam się pani czymś nie zaraziła. Ale na spacerek może pani wyjść do parku.

Za oknem całkiem przyjemny widok. Stare drzewa, słońce, które chyli się ku zachodowi, ładnie kładzie się między liście. Niebo poróżowiało, żółte ściany pokoju ciepło odbijają ostatnie promienie. Nawet miła ta salka, gdyby tapczany wstawić i jakieś stoliki, toby tak bardziej wczasowo było. Pod oknem jedno łóżko wolne. Spoglądam pytająco na matkę.

— Nie wolałabyś tam leżeć?

— Nie, i tak mnie potem przeniosą.

— Gdzie?

— Na pooperacyjną, jeśli wszystko pójdzie dobrze. Jak rany, nie wytrzymam tego.

— Przyjdzie jeszcze ktoś dzisiaj do ciebie?

— A kto miałby przyjść?

— Nie wiem, profesor albo pani Julia...

— Nie, widziałam się już z nim dzisiaj. Chciałam wieczór spędzić z tobą...

Jaki wieczór? Przecież tu chyba wyrzucają odwiedzających o określonej porze? Czy nie? Kręcę się niespokojnie na stołku.

481

— Może wyjdziemy na jakąś kawę?

— A głodny jesteś?

— Nie, tylko pomyślałem, że może byśmy poszli do bufetu… jakbyś chciała. Ja nie jestem głodny. Jadłem — kłamię. — Ale myślę, że powinienem już iść do… — na końcu języka mam Szwarca, w ostatniej chwili się poprawiam — do Heraklesa. I jeszcze mam w Śródmieściu robotę.

— To czemu, kochanie, nie mówisz, nie zatrzymywałabym cię. — Matka rozkłada ręce, podnosi się. — Odprowadzę cię do windy.

Nie chcę jechać windą, chcę zbiec po schodach i jak najszybciej wydostać się z tego przybytku.

Korytarz jest prawie pusty, pielęgniarka tylko wchodzi do kolejnych sal, zbiera termometry.

Dwie inne siedzą w otwartej dyżurce i rozkładają do plastikowych pojemników leki.

Plastik to nieszczęście naszych czasów. W brzuchu jednego albatrosa znaleziono dwieście siedemdziesiąt trzy plastikowe części. Umarł z głodu. Ptaki myślą, że to coś na powierzchni wody, co lekko się unosi, jest jadalne, że to glony albo plankton. A na Pacyfiku miliardy ton plastiku utworzyły wyspę sześciokrotnie większą od Polski. Na kilogram planktonu przypada czterdzieści sześć kilogramów tworzyw sztucznych. Które nigdy się nie rozpadną, nie ulegną biodegradacji. Są po prostu coraz mniejsze, rozpadają się na milimetrowe kawałeczki, i coraz bardziej zagrażające. North Pacific Gyre, gigantyczny wir na oceanie, zbiera te wszystkie gówna w jeden olbrzymi śmieć.

Co godzina ląduje w wodach siedemset ton odpadków. Dlatego nie kupuję wody w plastikowych butelkach.

— Chciałabym to już mieć za sobą. No, trudno.

— Nie martw się — mówię twardo, choć teraz czuję się zmęczony i już nie tak bardzo optymistycznie nastawiony do życia.

A przecież ze Szwarcem się udało.

Wychodzi ze mną na korytarz, w połowie drogi do windy przypominam sobie o ryngrafie, noszę go przy sobie od wczoraj.

— Komórkę zostawiłem — mówię wyjaśniająco, wracam szybko do sali, wkładam ryngraf do jej kosmetyczki. Zaszkodzić nie zaszkodzi, choć przesądny nie jestem.

Doganiam matkę przy windzie.

Kątem oka patrzę na nią, w niebieskim długim szlafroku wygląda ładnie, trochę sztucznie się uśmiecha, znam to wygięcie ust, rozumiem, że może być trochę przestraszona.

— O nic się nie martw.

— Kochanie, bądź dobry dla Heraklesa... On nie ma nikogo oprócz mnie.

— Jestem, mamo. — Otwieram drzwi windy, matka stoi nieporuszenie, scena jak z filmu.

— Zobaczymy się jeszcze?

Nachylam się i całuję ją.

— Jasne, ja wiem, że będzie dobrze — mówię i zatrzaskuję za sobą drzwi.

Psinka, wołowinka i kujciak

Inga czeka na mnie na schodach. Otwieram drzwi, oddaję jej torbę z obcym psem. Nikt nie dzwonił dzisiaj w sprawie psa. Żadnej wiadomości.

— Nic nie masz do jedzenia, znowu, Noris — mówi Inga, zaglądając do lodówki. Nie jest zła, że się spóźniłem, dzwoniłem, żeby uprzedzić, ale jej komórka siadła.

— Chodźmy do Chińczyka — mówi — ja ci postawię.

Nie chcę jeść, nie chcę, żeby mi cokolwiek postawiła. Mam co innego na głowie.

Dobrze, pójdźmy, zjedzmy, wrócę do pustego domu i będę się zastanawiał, co zrobić z tak pięknie rozpoczętym życiem.

Gruby oddzwonił.

Że nie ma pojęcia, o jakie zdjęcia chodzi, on żadnych zdjęć nie brał, pornoli nie oglądaliśmy, bośmy byli skupieni na chlaniu, co może potwierdzić Maurycy, a ja byłem w stresie. Alinie się nagrałeś, stary, Alinko, Alinko, ze dwa słowa, a potem padłeś, tylko Alinko i Alinko, i na pewno nic więcej. I, stary, o co chodzi, nie mówiłeś o niczym, a najbardziej nie mówiłeś o niczym istotnym, a przedtem owszem, myśmy rozmawiali o zdjęciach do *Motyl i skafander*, ale ty ich nie robiłeś, niestety. I, stary, ja musiałem zjechać kolejką, żeby z tobą pogadać, bo w górze zasięgu nie ma! Myślałem, że to jakaś poważna sprawa. O rany, twoja matka ma raka? Przepraszam, stary... A potrzebujesz lekarza? Forsy? Masz opiekę?

Ojciec się przyjaźni z tym profesorem z Centrum Onkologii, czemu od razu nie mówisz, tylko opłotkami, co to, znamy się od wczoraj, stary, nie martw się, będzie dobrze, nie wymiękaj, sorki za opieprz, ale trzeba było tak od razu, a ty zaczynasz od Aliny... No i cieszę się, że dostałeś robotę! Jaką robotę? No, ktoś chciał cię wziąć do *Szeptu o świcie*. Ktoś się z tobą kontaktował?

Za dużo jak na jeden telefon.

Za dużo.

Nie przetworzę tych informacji, dopóki czegoś nie zjem, bo czuję, że padam z głodu.

Muszę sobie dać radę z tym wszystkim. Sam. Muszę znaleźć Heraklesa.

— Idziemy?

— Tak — mówię do Ingi i zamykam mieszkanie.

Z sąsiednich drzwi wychyla się Krysia.

— Jeremiasz, w przyszłym tygodniu wraca twoja ulubiona sąsiadka. Cześć, Inga, Zbyszek powiedział, że ci pomoże...

— Pomoże?

W czym mi może teraz Zbyszek pomóc, jak spierniczyłem wszystko?

— No, z malowaniem kuchni... Będziesz musiał z nią porozmawiać...

Kiwam głową bez przekonania, Inga trzyma torbę z nie moim psem.

Ulica tętni życiem.

Wystarczyło parę dni pogody, żeby ludzie wyleźli z domów.

Spacerują. Niektórzy z psami. Niektórzy przytuleni, niektórzy idą, jakby szli osobno. Idą i cieszą się nie wiedzieć z czego.

Wchodzimy do mojego Wietnamczyka, czy też Chińczyka, nie odróżniam ich. Pewno dla nich my też wszyscy jesteśmy jednakowi.

Inga bierze psa na ręce, wręcza mi torbę.

Chińczyk cieszy się na nasz widok, a jeszcze bardziej na widok Szwarca:

— O, piesiek, piesiek.

— Nie piesiek, tylko kujciak — mówię odruchowo, bo nie wiem, czy proponuje menu, czy lubi psy, choć u nich to zawsze brzmi dwuznacznie.

— Kujciak i ryś z wazywami! — powtarza nasze zamówienie, a potem patrzy w ramiona Ingi. — Piesiek jeś?

— Piesiek nie jeść! — odpowiada Inga. — Piesiek fe do jeść!

— Jeś, jeś. — Chinol się uśmiecha.

— Tu piesiek nie jeść. Jeść kujciak, wieprzowinka, piesiek nie.

— Jeś, jeś. Był i jeś. Wczoraj był, dzisiaj jeś! Jutro być!

— *Yesterday?* — pyta inteligentnie Inga.

— *Yesterday evening, the same dog was here! Small pet!*

— *The same one?*

— *Looks like the same one.*

Stoję ogłupiały. Niby wszystko rozumiem, ale nic nie rozumiem.

— *He looks hungry, I gave him kujciak! Good boy!* — Wyciągnął rękę i wtedy Szwarcu wystartował, zanim Inga zdążyła go powstrzymać.

— Nie ten piesiek, tamten dobji, ten niedobji. — Chinol cofnął szybko rękę i przestał się uśmiechać.

— Gdzie piesiek? — Złapałem go za rękę.

— Tiu, tiu — pokazał na tył budy.

Jak na komendę rzuciliśmy się z Ingą do wyjścia.

Okrążyliśmy budę, ona z jednej, ja z drugiej strony.

Spod sterty desek, z tyłu otaczających budkę, mimo huczącej Górczewskiej dobiegło mnie słabe kwilenie.

— Herakles? — zapytałem i ukłęknąłem.

Oddam dużo, żeby to był Herakles.

Nigdy nie krzyknę.

Nie nazwę go sukinsynem.

Przysięgam.

Coś się między deskami poruszyło, a potem zaczęło się wyczołgiwać w moją stronę.

To był Herakles.

Zamarłem, a potem powoli wyciągnąłem rękę. Inga wyłoniła się zza węgła i stanęła. Herakles nie zwracał na nic uwagi, podczołgał się do mnie i polizał mnie w dłoń. Chwyciłem go na ręce. To było najlepsze, co mogło mi się przydarzyć. Przytuliłem skurwysyna do siebie, drżał i wydawał się wychudzony, leżał na moich rękach, jakby się tam urodził. Głaskałem go po głowie, chciał zamerdać ogonem, ale nie miał siły.

— Ty głupi sukinsynu — powiedziałem.

— Pójdę po jedzenie. — Rozradowana Inga odwróciła się na pięcie, a ja stałem z kundlem na rękach i byłem po raz pierwszy od wielu, wielu tygodni naprawdę szczęśliwy.

— To twoja, to moja, idźcie do domu, ja mam taksi. — Inga wkłada mi w dłoń torbę foliową. Jestem jej niewyobrażalnie wdzięczny.

Jest naprawdę jak facet.

*

Wykąpałem Heraklesa, nie walczył ze mną. Wytarłem go swoim ręcznikiem i owinąłem w drugi suchy ręcznik.

Drżał, ale leżał spokojnie. Napił się trochę wody, w stronę polędwicy nie spojrzał. Położyłem drania na moim łóżku.

Zasnął.

Szelki suszyły się w łazience.

Zjadłem prawie zimną potrawkę z kujciaka, przeniosłem miski do mojego pokoju, będzie głodny, to wstanie, i delikatnie położyłem się obok Heraklesa.

Zasnąłem jak kamień.

*

Budzę się rano, niewygodnie mi, nie wiem dlaczego. Coś mnie przydusza, podnoszę rękę, na szyi mam coś, co utrudnia oddychanie. Przytomnieję natychmiast. Na szyi mam żywe zwierzę. Podnoszę się, Herakles stacza się ze mnie. Nie znam się na psach, ale widzę, że kiepsko z nim.

Podsuwam miskę, nie chce jeść, ubieram się, zakładam mu uprząż, już nigdy w życiu go nie spuszczę, o nie, i wychodzę z nim na spacer. Sika, ale szczyny w kolorze ciemnego piwa, a pies się słania. Nie ma siły chodzić. Biorę go na ręce.

Jeszcze mi tego brakowało.

Choroba

Może go Chińczyk czymś struł.

Chwilę się zastanawiam, co robić. Wracam do mieszkania, otwieram komputer, mam lecznicę dla zwierząt dwa kroki stąd. Wypijam kawę, pakuję psa do torby, nie protestuje.

W lecznicy jest spokojnie. Trzy krzesełka, na jednym świnka morska z opiekunką, na drugim Herakles ze mną, na trzecim jamnik z porządnie ubranym, mocno starszym panem.

— Pies chory? — Zagląda do torby.

— Mam nadzieję, że nie.

— To po coś pan przyszedł?

— Słaby jest.

— Każden jeden słaby, panie. Ja też za silny nie jestem. I też przyszłem ze swoim. Pan wchodzi przede mną. Nam to się nie spieszy. Mogę posiedzieć.

— Dziękuję — mówię grzecznie, nie mam czasu na wysiadywanie godzinami z jakimiś świnkami lub psami, lub innym elementem zwierzęcym. Najważniejsze, że się znalazł.

Weterynarz jest miły, pyta, od kiedy pies się źle czuje, tłumaczę, że gnoja nie widziałem przez ostatnie dni, bo wybrał się na samowolkę. Ale coś od wczoraj mu się charakter zmienił. I sika piwem.

Słucha uważnie, każe wyjąć psa, wiem, że Herakles się będzie awanturował, ale Herakles chyba się sam

489

podmienił na swojego spokojniejszego brata bliźniaka. Ani drgnie.

— Krew trzeba pobrać, coś mi się nie podoba...

— To niech pan pobiera.

Odwracam oczy, kiedy goli mu nogę i wbija igłę. Nienawidzę widoku krwi, nawet psia krew mnie zaburza.

— Kiedy wyniki?

— Niech pan zostawi telefon, przedzwonię, damy na cito, pies jest słaby...

Podaję numer komórki, płacę jak za zboże i wychodzę z gabinetu.

Do poczekalni przybył jeden wilczur, jeden duży rudy kot, oba na kolanach właścicieli. Oba zwierzaki spokojne. Starszy pan z jamnikiem podnosi się.

— Ja tu przyjdę trochę później, to pan mi zajmie kolejkę, się przejdę z nim. Nie spieszy nam się.

Jamnik ma zsiwiałą mordę i porusza się, jakby był na kacu. Niezgrabnie, wolno.

— Pan będziesz pamiętał? A co pieskowi jest?

— Nie wiem. — Wzruszam ramionami. — Krew pobrali.

— Tera to, panie, każden jeden ma lepszą opiekę niż człowiek — wzdycha starszy pan i zmierza do wyjścia. — A stary to pies?

— Cztery lata.

— Pan to masz szczęście, jeszcze może pożyć.

No tak, pies ma tyle lat, ile mój związek z Martą, mniej więcej. Z tym że mój związek się skończył.

Otwiera przede mną drzwi, wychodzę razem z nim przed budynek.

— Mojego wyprowadzę jeszcze. — Chciałby pogadać, ale ja nie mogę gadać o psach, ja mam matkę w szpitalu i muszę się zająć swoim życiem.

490

Wracam do domu, Herakles nawet nie chce wyjść z torby.

Wyjmuję go, kładę na tapczanie. Opiera głowę na przednich łapach, zamyka oczy.

Nawet nie jestem już jego wrogiem.

To mnie najbardziej niepokoi.

Jadę na Bielany, mam jeszcze z zeszłego tygodnia dwa szybkie zlecenia, rozprowadzenie sygnału od Wi-Fi po całym domu i rozprowadzenie sygnału z satelity na dwa telewizory.

Po drodze odbieram telefon, donośny męski głos zawiadamia:

— Mam pańskiego psa.

— Ja też — mówię i rozłączam się.

Powinienem sobie wypłacić nagrodę za znalezienie psa, trochę by to mnie podratowało finansowo.

Na Bielanach spędzam dobre trzy godziny. Dzwonię do matki, ale jest ktoś u niej, mówi, żebym przyszedł jutro, chciałaby porozmawiać. Bez przerwy rozmawiać. Ile można?

Jest wpół do trzeciej, kiedy odbieram telefon z lecznicy.

— Proszę pana, proszę przyjechać z psem, pilnie. Ma babeszjozę.

Nic mi to nie mówi.

— Odkleszczowa choroba, niezwykle groźna, szczególnie dla psów. Jeśli chce pan uśpić...

Uśpić? Heraklesa?

Za dwadzieścia minut jestem w domu, porywam psa i biegnę do białego domku. W poczekalni siedzi starszy pan, znany mi sprzed trzech godzin, i jakaś kobieta z persem.

— Czy może mnie pani... — zaczynam, ale starszy pan przerywa mi w pół słowa.

— Ten pan tu był przed chwilą, ja dla niego miejsce trzymam. — I mruga do mnie tak ostentacyjnie, że ślepy by zauważył.

Wchodzę ponownie do gabinetu, kładę Heraklesa na stole, nie wyrywa się, co mnie trochę martwi.

Weterynarz tym razem kiwa głową jakoś tak nie bardzo przyjaźnie, trochę przecząco, babeszjoza, mały pies, nie wiadomo, jak dawno złapał, szkoda, że nie podawałem kropel przeciwko zakażeniu, szanse małe, bardzo małe, spróbować można, teraz kroplówka potrwa około półtorej godziny, będzie leżał spokojnie, nie muszę przy nim stać, tak, jest zabezpieczony przed upadkiem, będzie w torbie, trzeba mu założyć wenflon, no, spróbować można, ale... Babeszjoza nieleczona jest śmiertelna, atakuje wątrobę, nerki, to pierwotniak we krwi, rozwala czerwone ciałka, silna anemia.

Wychodzę do poczekalni, już jest sporo ludzi. Pan z jamnikiem siedzi na końcu.

— No i?... — Patrzy na mnie pytająco.

— Babeszjoza — odpowiadam.

— O, to niedobrze. Brat mojego miał. Ale wyszedł z tego. Ile to kosztowało, to nawet nie powiem panu. I zgolili nogę, potem sierść mu odrosła jaśniejsza, bo jamnik to się odbarwi, zanim się pan obejrzysz. Piesek ciemny, a plamka jasna.

Kiwam głową, ni to potakująco, ni ze zrozumieniem.

— Idę po gazetę.

— Idź pan, idź, ja panu miejsce potrzymam.

— Nie trzeba, dziękuję.

Wymykam się przez uchylone drzwi, w lecznicy roi się od ludzi ze zwierzakami, głównie koty i psy, ale

492

w rogu widzę dziewczynkę z białym dużym szczurem na ramieniu.

Kupuję „Politykę" i chwilę się zastanawiam, czy nie kupić również papierosów, na wszelki wypadek. Ale szkoda byłoby tych trzech lat prohibicji.

Wracam do lecznicy, nie opłaca mi się jechać do domu. A nuż wezwą mnie wcześniej?

Może to wcale nie będzie tak długo trwało?

Ktoś tam na górze się na mnie uparł?

Czy to kara za Martę?

Operacja matki przełożona o trzy dni. Ale przecież niejeden lekarz na świecie. Może zdecydowali się nie operować, tylko matce o tym nie chcą powiedzieć?

*

Telefon dzwoni uparcie, odbieram i poraża mnie, bo od razu rozpoznaję głos.

Agata Kulebiak.

— Czy rozmawiam z Jeremiaszem Chuckiewiczem?

— Tak, to ja. Ja chciałem wytłumaczyć, że... — Przeciskam się między ludźmi, wychodzę na zewnątrz i nerwowo łapię powietrze, bo teraz mi się robi cholernie głupio, trzeba było od razu zadzwonić.

— Nareszcie — mówi największa aktorka w tym kraju. — Trudno pana namierzyć. Czy pan się ukrywa? — W jej głosie brzmi niekłamane rozbawienie.

— Nie, skąd, ja po prostu...

— Widziałam *Lipę*, widziałam *Niepotrzebne rozstanie*, pan jest przecież operatorem.

— Tak — potwierdzam, choć co to ma do rzeczy, kto zakładał u niej antenę.

— Telewizory działały, jak wychodziłem — plączę się i znowu słyszę jej śmiech.

— Chciałabym, żeby pan zrobił ze mną następny film. Zależy mi na tym. Jest pan wolny? Czy może ma pan inne propozycje?

Milczę. Nie mogę wydusić słowa. Teraz? Kiedy mam chorego psa? I matkę? I kiedy wszystko mi się wali?

— Halo? Jest pan tam?

— Tak — wykrztuszam z siebie po dłuższej chwili.

— Myślę, że dobrze by się nam współpracowało. Mimo że trudno było ustalić, kto jest kim… — Śmieje się znowu. — Pana kolega tak zażarcie bronił pana… Wiem, że telewizory działały, mąż mi powiedział.

— To dobrze — oddycham z ulgą, jakby sprawa kabla była najważniejsza na świecie.

— Chciałabym, żeby pan się pilnie skontaktował z Ksawerym Niedźwiadkiem, on jest producentem, co prawda mi powiedział, że nie jest pan zainteresowany, ale nie bardzo uwierzyłam. Zna go pan, prawda? Reżyseruje Jakub Grabarczyk. On będzie robił *Spotkajmy się o świcie*. On pana zna.

— Tak — powtarzam bezmyślnie. I po chwili dodaję: — Ale…

— Ale? — zawiesza głos.

— Nie wiem, czy pani wie, ale miałem kłopoty z panem Kolasińskim…

— Ja też — usłyszałem, jak śmieje się przez telefon — miałam. W naszym środowisku wie się takie rzeczy. Proponuję panu pracę, bo wierzę, że pan będzie tak samo dobry jak… w tamtych filmach. I mam do pana zaufanie. Poparte kablem. — Jawnie sobie ze mnie drwi, ale brzmi to uroczo.

— Nie wierzę — mówię wreszcie.

— To nie kwestia wiary, tylko podpisania umowy. Mogę na pana liczyć i nie zawracać już sobie tym głowy?

494

A kablem niepotrzebnie się pan przejął. Narobił pan sobie wrogów u mnie w ogródku. A właściwie jednego, to czego się pan spodziewał? Pan mu robotę spieprzył, to on się pewno zrewanżował…

*

Byłem jak ogłuszony.

Cała ta rozmowa wydała mi się jakimś snem.

Takie rzeczy się nie zdarzają.

Nie w naszej rzeczywistości.

Chwytam za telefon i dzwonię do Ksawerego.

— Jeremiasz? — dziwi się, jakbym zmartwychwstał, ale tak też się czuję.

— Rozmawiałem z Agatą Kulebiak, czy…

— Wiedziałem, że gdzie diabeł nie może, tam babę pośle. Mnie to odmówiłeś.

— Ja ci odmówiłem? — Tu naprawdę się zdumiałem.

— Pytałem, czy coś robisz, mówiłeś, że film cię nie interesuje. Zresztą to samo mówiła Konarska. Człowieku, co ty, pamięć tracisz? Wujek Alzhaimer przyjechał tak wcześnie? Czy prochy bierzesz?

Przypominam sobie rozmowę w Zero Osiem Dziesiątych Promila.

Czy to możliwe, żebym tak bardzo nie rozumiał, co ludzie do mnie mówią?

Alina?

Alina mówiła, że ja jestem niezainteresowany? Alina, która wie, jak wyję po nocach do filmu?

Niemożliwe.

Nie Alina.

Muszę to wyjaśnić.

Ale potem, bo teraz w drzwiach lecznicy staje stary człowiek i macha na mnie.

— Pan go odbierz, pytali, gdzie właściciel.

Wchodzę z powrotem do środka, uśmiecham się przepraszająco, dostaję psa i przykazanie, żeby go obserwować.

— Nic nie mogę powiedzieć — oznajmia weterynarz. — Będzie wiadomo za parę dni, czy z tego wyjdzie. Przez najbliższy tydzień musi pan go przynosić na kroplówki, jeśli dożyje. Niech pan pilnuje, żeby pił. Dużo.

Wychodzę z różową torbą przed lecznicę. Zaglądam w okienko, pies ma wenflon w żyle, łapę obwiązaną, leży na boku i oddycha. Chyba.

*

Całą sobotę, z przerwą na kroplówkę, spędzam przy psie. Mało się rusza, prawie wcale. Oddycha płytko, nie wiem, czy coś z niego będzie.

Muszę jechać do szpitala, do matki, trzeci raz dzwoniła, żebym był koło trzeciej.

Pukam do Krysi, pytam, czy mogę przynieść Heraklesa, nie powinien być teraz sam.

— Jasne, Jeremiasz, masz ważniejsze sprawy na głowie, nie martw się, zajmiemy się nim.

Ani nie ma, wyjechała na kolonie, wczoraj wpadła się pożegnać, pożyczyłem jej aparat, stary, ale jary, półautomat, w trzy minuty pojęła, jak się nim posługiwać, była wniebowzięta.

Krysia bierze ode mnie psa, czule i zdecydowanie, łapa z potężnym wenflonem wisi jak ciężki flak, Herakles nie protestuje, patrzy na mnie tymi swoimi czarnymi ślepkami mało przytomnie, poddaje się dłoniom kobiety, a potem łebek mu opada.

Kiepski jest.

— Musi pić — mówię i nie chcę go zostawiać.

Lepiej, jakby był ze mną, gdyby się cokolwiek miało stać.

— Idź już, Jeremiasz. — Krysia zamyka drzwi.

Zdradzony

W szpitalu, wychodząc z windy, natykam się na profesora. Wyraźnie cieszy go mój widok, zupełnie bez wzajemności.

— Jeremiasz, dobrze, że cię widzę, idę po lody, matka ma ochotę na lody — wyjaśnia. — Będziesz łaskaw ze mną na chwilę? — Wskazuje mi windę, z której właśnie wyszedłem.

Jestem łaskaw. Stajemy przed szpitalem. Pogoda jak drut. Przepiękne lato.

— To dobrze, że cię złapałem, bo już nie ma miejsca na przesadne dyskrecje i powściągliwość, nie wiadomo, czy twoja matka z tego wyjdzie, musimy być przygotowani na wszystko, ale teraz głównie na to, żeby jej pomóc.

Jak to na wszystko? Co to za głupi prawniczy język?

— Tak, wiem — mówię.

— A operacja to nie tylko uraz fizyczny, to tworzy zupełnie nową sytuację psychiczną. Ponieważ kobiety są tak skonstruowane, że... one myślą, że wraz z odjęciem piersi... — plącze się — myślą, że przestają być kobietami. A to nieprawda. Kobiety po mastektomii ciężko to przeżywają. Ale tym się zajmę.

Ciekawe jak. Odda jej swoją? I dlaczego on się tym zajmie?

Ja pierniczę, pierniczę, pierniczę.

498

Co mam robić, jak się zachować, dlaczego sobie ze mnie powiernika robi? I skąd nagle to zdecydowanie? W ogóle nie jest podobny do ciepłych, rozgotowanych kluch. Wyprostowany, męski, siwą czuprynę przeczesuje palcami, wzrok ma przenikliwy, uważny.

— Dobrze — odpowiadam.

Nie wiem, jak się zajmie, ale jak chce się zająć, proszę bardzo.

— Czy mogę na ciebie liczyć?

— Przecież to moja matka — obruszam się. To raczej ja mogę się zdziwić, dlaczego on proponuje, żebym ja liczył na niego.

— Twoja matka może nie przeżyć, czy ty zdajesz sobie sprawę z powagi sytuacji?

A to akurat niemożliwe.

To w ogóle nie wchodzi w grę.

Co on pieprzy? Muszę porozmawiać z lekarzem, coś przeoczyłem, z czego ten piernik robi aferę jak na sali sądowej! Z igły widły, specjaliści pieprzeni! Prawnicy mają taką skłonność, chwila moment, stary, nie daj się wykończyć jakiemuś zgredowi, tylko rób swoje.

— Chciałbym, żebyś miał mój numer telefonu. — Głos profesora brzmiał smutno, kiedy dyktował mi cyfry, które posłusznie wpisywałem do komórki.

— Tak, tak — powtórzył jakby do siebie, a potem znowu spojrzał mi prosto w oczy — to bardzo ważne, ale to jest moja rola, kobiety po operacji czują się odrzucone, twoja matka musi zrozumieć, że dla mężczyzny, który ją kocha, to nie ma znaczenia.

Dla mnie nie ma, to jasne, co on mnie będzie pouczał!

— No i w tej sytuacji właśnie musimy się jakoś podzielić obowiązkami, ona musi mieć przy sobie ludzi, którzy ją kochają.

Mam nadzieję, że nie będę musiał z nią mieszkać. Chyba że chciałaby zamieszkać u mnie. U mnie przynajmniej jest winda. Ale jak znam swoją matkę, to w ogóle w grę nie wchodzi.

— Twoja matka od paru tygodni wie, że sytuacja jest bardzo, ale to bardzo poważna. Nie chciała ci o tym mówić, dopóki nie będzie miała pewności. No, ale teraz cieszę się...

Houston, mamy problem!

— Cieszę się, że wszystko się wyjaśniło — podaje mi rękę.

Co wyjaśniło? A co się miało wyjaśniać?

Patrzę za nim, jak odchodzi sprężystym krokiem, jakby udawał się na zbiórkę poborowych, a nie po lody. Wyjmuje telefon, rozmawia. Ciekawe, że matka ode mnie niczego nie chce, a profesora prawa, wykładowcę, swojego partnera od brydża goni po lody, jakby co najmniej była w ciąży.

Wbiegam na drugie piętro, bo przy windzie czeka sporo ludzi i jeden wózek inwalidzki.

Matka siedzi na łóżku, elegancka w szlafroczku, podsuwa mi policzek do pocałowania, trzy baby obok się na mnie gapią, taka rozrywka — popatrzmy sobie na synka pani od raka.

Matka wstaje z łóżka, bierze mnie pod rękę, czego nie lubię, bo to niefajne, dość staromodne, a poza tym trochę niewłaściwe, jakbym do niej należał.

Nigdy tak z nią nie lubiłem chodzić, a miała czasem na ulicy takie zapędy.

— Chodźmy do świetlicy, powiedziałam Zygmuntowi, że tam będziemy.

Siadamy pod oknem, matka patrzy na drzewa, jakby zapomniała, że ja też tu jestem.

— Zygmunt mi o wszystkim powiedział — zaczyna.

— O jakim wszystkim? — pytam z głupia frant, bo naprawdę nie wiem, o co jej chodzi.

— Wiesz, miałam wrażenie, że nie bardzo do ciebie to wszystko dociera. Ale cieszę się, no... że nie czułeś się zakłopotany.

Nie wiedziałem, że mam się czuć. Jakbym wiedział, tobym się może zakłopotał.

— Tak się bałam. Niesłusznie. Zawsze wierzyłam w ciebie, synku. Tak dorośle podszedłeś do sprawy.

Jezu, będzie umierać, to pożegnanie. Nigdy w życiu tak do mnie nie mówiła.

— Nie wiem, czy zauważyłaś, ale od jakiegoś czasu jestem dorosły.

— Wiesz, chodzi mi o to, że zaakceptowałeś...

Matka ma cyc albo nie ma, wszystko jedno, byleby żyła. Ale ona ma o mnie zdanie! Zawsze jakaś szpila.

— Oczywiście, mamo, że zaakceptowałem. Najważniejsze, żebyś żyła. Nie ma się czym przejmować.

— O, Zygmunt, jak szybko! — Matka się rozjaśnia na widok profesora, który kroczy ku niej z lodami waniliowymi, jakie matka lubi najbardziej. — Siadaj, siadaj...

— Widzisz, kochanie, niepotrzebnie się martwiłaś... Myśmy z Jeremiaszem odbyli poważną rozmowę i wyjaśniliśmy sobie wszystko.

Kochanie?

Co to znaczy — kochanie?

Tacy są prawnicy, nie rozmawiają, ale przemawiają. Ale kochanie? Przesada!

— Może zastanowimy się, nie będziesz mogła sama mieszkać. — Profesor bierze matkę za rękę, ale patrzy na mnie. — Twojej matce potrzebny jest ktoś bliski.

Ja pieprzę, że też o tym nie pomyślałem.

Matce na gwałt trzeba znaleźć jakąś pomoc.

— Prawdę powiedziawszy, już od wielu lat myśleliśmy o tym, ale twoja matka tak szanowała twoją wrażliwość...

— O co chodzi, przepraszam? — Nie mam pojęcia, o czym on gada.

— Przecież mówiłem ci, że ja i twoja matka darzymy się uczuciem nie od dzisiaj.

— Uczuciem?

— Jeremiasz, no nie bądź dzieckiem, twoja matka jest piękną dojrzałą kobietą, a ja dojrzałym mężczyzną.

Ja chrzanię! Moja matka uprawia seks!? Co z tym zrobić?

Wyjmuję z kieszeni komórkę i przykładam do ucha.

— Nie, oddzwonię za sekundę, bo jestem w szpitalu — mówię do głuchego telefonu.

Muszę się oddalić, muszę natychmiast ich zostawić, bo krew nagła mnie zaleje.

— Przepraszam, pilnie muszę oddzwonić. — Uśmiecham się przepraszająco, matka uśmiecha się również, profesor się nie uśmiecha — on wie, że to kicha, jest bardziej spostrzegawczy.

Wychodzę ze świetliczki z komórką w ręku. Markuję rozmowę, a oddycham, jakbym przebiegł maraton. Przeponą oddychaj, przeponą. Ja chrzanię.

Ja chrzanię!

Jaki ja durny jestem.

Ślepy.

Głupi.

Oczywiście, to dlatego miałem dzwonić i uprzedzać, kiedy przyjdę.

Nie wpadać znienacka, informować.

Ja pieprzę, całe życie mnie oszukuje i teraz też mnie oszukuje.

Wrócić tam jak gdyby nigdy nic.

Wracam, ale czuję się niepotrzebny. Oni gadają o jakichś głupotach, że może by wieczorem roberka tutaj zrobić, że może Julia z mężem wpadnie, byłoby miło, on z pielęgniarkami załatwi, kawę przyniesie w termosie, jakbym chciał, to może też bym został, jak Herakles, jak praca, nawet nie chce mi się mówić matce, że za miesiąc rozpoczynam zdjęcia do filmu, w poniedziałek dostaję scenariusz, mogłoby ją to urazić. Jak to, ja chora, a ty akurat będziesz zajęty? Już to słyszę. Ty wiesz, że ja nigdy... ale nie myślałam, że akurat wtedy, kiedy ja będę potrzebować pomocy...

Jakoś to będzie.

Myślałem, że chce ze mną porozmawiać, coś powiedzieć istotnego, a chodzi o to, że ja mam po prostu towarzyszyć jej gruchaniu z profesorem. To jest jakieś nieporozumienie.

— Jeremiasz, czy coś się stało? — Mamusia raczyła na mnie zwrócić uwagę.

— A co się miało stać? Poza tym oczywiście, że masz raka — wyrywa mi się, a matka nagle tężeje. Profesor chwyta ją za dłoń.

— On po prostu musi się oswoić z tą myślą — mówi do niej łagodnie jak do dziecka.

Jeszcze będzie mnie tłumaczył, no nie!

Psem się przejmuję, a nie matką, chcę mu rzucić prosto w twarz, matka i tak wyzdrowieje, a ten gnój mi chce zdechnąć, tylko dlatego że z dobrego serca raz, jeden jedyny raz, spuściłem go ze smyczy!

Mam swoje problemy!

Muszę porozmawiać z Aliną, muszę załatwić malowanie kuchni sąsiadki, którą zalałem, muszę pogodzić się z tym, że spieprzyłem sobie życie, a on mnie będzie usprawiedliwiał!

Tłumaczył!

To nie ja kłamałem, że mam tylko głupie badania, to nie ja kłamałem, że jestem biedny, samotny i że muszę widzieć synka bez przerwy, bo jest on moją jedyną ostoją i najważniejszą osobą w życiu!

Umywam ręce!

— Mamo, wpadnę do ciebie jutro, mam parę spraw do załatwienia, OK?

— Idź, kochanie, jeśli musisz. — Matka znowu jest rozpogodzona, prawie nie zwraca na mnie uwagi. — Cieszę się, że jesteśmy razem.

Pierniczę!

Razem!

Ja, on i ona!

Pełnia szczęścia!

*

Nie mogę dojść do siebie, chociaż samochodem o tej porze to niedaleko. Rozerwie mnie zaraz na strzępy albo szlag mnie na miejscu trafi.

Co oni wszyscy ze mną robią?

Wracam ze szpitala tak wściekły, że mało co widzę. Nie urżnę się, bo nie będę jasno myślał. W windzie wyciskam na telefonie: Inga.

— Jeremiasz, jak z mamą?

— Możesz wpaść?

— Z mamą niedobrze?

— Ze mną niedobrze — mówię przez zaciśnięte zęby.

— Będę zaraz.

Na trzecim winda się zatrzymuje, nie wiedzieć czemu, i wchodzą dwie osoby.

Zjeżdżam z nimi ponownie na parter. I znowu jadę na moje siódme. Zaciskam zęby.

Biedny pies. Żeby tylko przeżył.

*

— Więc opowiedz od początku, co się stało.

— Właściwie nic. — Jestem tak zagotowany, że nawet nie chce mi się mówić. — Co ci mam powiedzieć, że moja matka jak zawsze, jak od trzydziestu lat, mnie oszukiwała?

— Oszukiwała z czym?

— Wiedziała, że ma raka, już miesiąc temu. A teraz na przykład z Zygmuntem.

— Nie rozumiem. Z tym panem, co ona jest?

O mało mi czajnik nie wypada z ręki.

— Ty wiesz o tym?

— No przecież! Piesek się cieszy na jego widok zawsze. Oni są razem. Tylko mieszkają osobno. Widać przecież. Poznałam go, jak byłam z rodzicami u niej.

— To ciekawe, bo ja ślepy nie jestem, a nie widziałem!

— Jeremiasz, no co ty, o mamę jesteś zazdrosny?

Grubo przesadziła.

— Nie chodzi o żadną zazdrość, ale dlaczego ja się dowiaduję ostatni? Ty wiesz, jak ja się czuję?

— Jak? — zapytała słodko. — Jak głąb?

— Gorzej — warknąłem.

— Z czego robisz problem?

— Z kłamstwa! Z oszustwa! Z nieuczciwości!

— Bo ty byś chciał, żeby mama co? Przyszła i powiedziała, że sypia z panem, i poprosiła o zgodę?

Na myśl, że matka mogłaby z kimś sypiać, znowu mi się zrobiło nieswojo. Nie, Inga tak wcale nie myśli!

Przecież, na rany, chyba ze sobą nie sypiają?

— Powiedzieć ci prawdę, Jeremiasz?

— Prawdę o matce? Wiesz coś?

— Prawdę o tobie.

— No to słucham — powiedziałem i siadłem przy stole w kuchni.

Nagle zaczęło padać, od strony otwartego okna powiało świeżością. Krople rozstukotały się o parapet, przymknąłem lekko okno i popatrzyłem na Ingę.

— Ty to już wiesz, dlaczego musisz przywalić, uderzyć, bo ty nie rozmawiasz. Ty nie zadzwonisz do Aliny, ty nie...

Z czym mi ona znowu wyjeżdża? Nie o Alinie mówimy!

— Mam w tej chwili ważniejsze rzeczy na głowie — przerwałem jej w pół zdania.

— Powiedziałeś, że słuchasz, to słuchasz. — Inga nachyliła się nad stołem i zamilkła. — Ty ciągle jak dziecko wierzysz, że jak czego chcesz, to tak jest. Ty robisz filmy, bo ty lubisz iluzje. Ty nie widzisz rzeczywiście.

— Rzeczywiście?

— Rzeczywistoście.

— Rzeczywistości.

— Rzeczywistości. *Life is life*. Ty nie masz czasu na rozmowę z Martą, ty nie masz czasu na rozmowę z Aliną, ty możesz nie mieć czasu na rozmowę z matką, a ona ci może umrzeć! Prawdziwą rozmowę. Żeby się porozumiewać, a nie wymienić słowa. To może być ostatni czas dla twoich relacji, ty to pojmiesz, *don't you*? Ty nie chowaj głowy w piasek, bo twoja dupa wystaje na wierzchu... jak strusiowi twojemu! Ty jesteś zazdrosny, ty się teraz boisz, bo twój tata też jest *dead*!

Mój ojciec leży od dwudziestu lat w grobie i nikomu nie przeszkadza, a ona mi teraz z ojcem wyjeżdża? Co ma jedno do drugiego?

— Ty się złościsz. Ciągle złościsz. Jak Marta z tobą wytrzymywała?

Jak?

— Nie wkurwiaj mnie, Inga — powiedziałem i szczerze pożałowałem, że tu jest. Na rozum mi padło. Trzeba było się nachlać i samemu dać sobie radę.

— Jestem z tobą i dlatego ci mówię prawdę. Po co ci nieprawda? Tak nie robi przyjaciel. Ja jestem twój przyjaciel. I ja ci mówię, ty z nią rozmawiaj, ty przestań się złościć, ty nie jesteś dziecko!

Nie jestem dziecko? Gdzieś to już słyszałem.

Czy kobiety na całym świecie są wyposażone w jeden wspólny dysk z pamięcią globalną i wgranym programem? Ty nie jesteś dzieckiem, ty się zastanów, ty rób to czy tamto? Ty wkładasz krótkie spodnie, a zdejmujesz długie?

Dlaczego moja matka ma nie żyć?

— Ty mnie nie rozumiesz, Inga — mówię w końcu, a deszcz leje i leje, nareszcie, był taki upał, że nie dało się wytrzymać. — To nie chodzi o to, że ja się czegokolwiek boję...

— A najźlej jest to, że się wypierasz... Każdy się boi, że straci rodziców. Ty jednego sobie straciłeś.

— Sobie? Od dwunastego roku życia bujam się sam z matką, bo ojciec był uprzejmy zejść w nieprzewidzianym terminie, i to też jest moja wina?

507

Usłyszałem, co mówię, i zamilkłem.

Inga też to usłyszała, bo delikatnie dotknęła mojej ręki.

— Twoja mama czeka na operację. Nie ty jesteś najważniejszy.

Czekając na Godota

Pies leżał ze mną przez całą noc i prawie się nie ruszał.

Muszę coś zrobić, muszę zadzwonić do Aliny, umówić się z nią.

Muszę pojechać na Rakowiec, pani, u której montowałem sprzęt, błaga, żebym mimo niedzieli przyjechał, bo ona nie może pracować, jest tłumaczką, jak Marta, ma tylko listę dialogową, bez obejrzenia filmu nie może oddać tłumaczenia, a jutro ma termin. Na komputerze film jej się nie chce odpalić.

Muszę jakoś skontaktować się z Martą. Ale co jej powiem? Za późno. Sam sobie bym nie wybaczył, to dlaczego ona miałaby mi paść w ramiona? Chciałbym podjechać do Bartka i Aśki, muszę się z kimś spotkać, nie mogę cały czas kręcić się wokół psa i szpitala. Wieczorem posiedzę nad scenariuszem. Muszę poukładać te książki, niepotrzebnie zdejmowałem, leżą wszędzie, tylko nie na półkach, ale teraz mi się nie chce.

Zwlokłem się z łóżka, Heraklesa zniosłem na trawę, bez smyczy, ledwo trzymał się na nogach, siknął tam, gdzie stał, i patrzył na mnie błagalnie.

Zjadłem przeterminowany kefir z orzeszkami i migdałami, które jeszcze zostały z czasów Marty. Wypiłem dwie kawy i zabrałem Heraklesa do lecznicy.

Kolejna kroplówka. Posiedzę z nim, potem zostawię go u Krysi i pojadę pozałatwiać swoje sprawy.

Siedzę w lecznicy i czekam, aż kroplówka zejdzie. Niechby już wyzdrowiał. Leży tam bidny z igłą w żyle.

Siedzę w kącie, mam zamknięte oczy, nie muszę się kontaktować z ludźmi, niech myślą, że śpię. To tylko godzina, wytrzymam.

Dochodzi mnie monotonny głos pana od jamnika.

Był wczoraj i przedwczoraj, jest również dzisiaj. Wita mnie jak starego znajomego, jego pies leży w koszu, który mężczyzna przytrzymuje na brzuchu obiema rękami, jakby mu kto chciał wyrwać ten bezcenny skarb.

— Rząd jest głupi, tylko się pchają do żłobu i pchają, ciągle im mało i mało. Ja to swoje wiem, nikomu nie wierzę. Pan teraz? Nie? A przecież już pan tu siedzi i siedzi.

Mężczyzna obok mnie kiwa głową, też nie ma ochoty na rozmowę.

Zamykam oczy. Powinienem zadzwonić do Aliny, umówić się, porozmawiać. To przecież niemożliwe, żeby ona powiedziała, że ja nie jestem zainteresowany pracą w zawodzie. To jakaś pomyłka. Wczoraj dostałem scenariusz, jest znakomity, muszę mieć spokojny łeb, żeby wyszło jak trzeba, w przyszłym tygodniu bierzemy się do scenopisu.

— Pani tu nie siada, bo brudne, mówiłem, żeby sprzątnęli, ale jeszcze nie sprzątnęli, nie pali im się, oni we środku siedzą, czysto mają, tylko pieniądze biorą, a ty, człowieku, weź się i marnuj. Pani tu oprze. A jemu co? Zaćma? Patrz pan, z zaćmą ta pani przyszła. Człowiekowi to nikt nie pomoże. A co, z zaćmą żyć nie może? Warto to leczyć? Ja tylko pytam, ja się nie wtrącam, to nie moja sprawa. Jak się tak siedzi i siedzi, i czeka nie wiadomo na co, człowiek czas marnuje, ja tu już półtorej godziny siedzę.

Matka wyzdrowieje, nie zrobi mi tego.

Psa muszę wyleczyć.

A potem normalne życie. Nic nie może się za mną ciągnąć.

— Tu jest kolejka! Każden jeden mówi, że tylko zapyta, a potem siedź człowieku i siedź, a każden jeden wchodzi, niby że zapyta, załatwia sprawę, a ty, durny, wierzysz każdemu. To pan pyta przez drzwi, pan nie wchodzi. Ten pan to już czeka od rana. Śpi? Ładnie śpi. One to tera dobrze mają, nie to, co człowiek. Człowiek się nachodzi, zamartwi, a potem i tak ostatnie pieniądze odda, takie życie, co robić. Ja tu trochę przyoszczędzę, jak choroby nie ma, to jeszcze jakoś idzie wyżyć, ale nie daj Boże, jak coś się trafi, to, panie, nie da rady. Córka mi trochę pomaga, ale z czego ona ma pomóc, jak dzieciaków trzech ma jeszcze w szkole. To pytam się, z czego?

Staruszek kręci się na swoim krześle. Jest nas sześcioro, a tylko on mówi. Do nas mówi?

Do siebie?

Do swojego psa?

Nie jestem zazdrosny o matkę. Nigdy nie byłem. Ale to przykre, kiedy własna matka traktuje cię jak przygłupa. Co ona myślała, że temu jej absztyfikantowi do gardła się rzucę?

— Ale kogo tam normalny człowiek obchodzi. Chcieliby, żeby wszyscy wymarli, o, to marzenie dobre jest dla nich. Każden jeden emeryt, jutro na emeryturę, pojutrze pogrzeb. Pani siada, ja się przesunę. Oj, ale bieda. Noga złamana? A tak wygląda. A co on taki cichy? Jak cicho, to niedobrze.

Cichy terkot dzwonka telefonu sprawia, że wszystkie oczy kierują się na mnie.

— Halo? — mówię najciszej, jak potrafię. Nie chce mi się nigdzie wychodzić. Po wczorajszym deszczu powietrze wilgotne i potwornie gorąco. Parówa. O siódmej było dwadzieścia sześć stopni, nie pamiętam tak gorącego lata. Tu przynajmniej jest trochę chłodniej.

— Pan Jeremiasz Chuckiewicz? Moje nazwisko Henryk Arkadowski i dzwonię do pana z zawiadomieniem o nagrodzie. Otóż został pan wylosowany i czeka na pana upominek, czy mogę prosić o adres, na który wyślemy zaproszenie?

— Zaproszenie czy upominek? — uściślam.

— Zaproszenie na promocję kołder, ale na tym spotkaniu czeka na pana upominek, srebrny…

— Dziękuję bardzo — mówię spokojnie — niech pan sobie weźmie w moim imieniu ten drobiazg.

— Dziękuję panu za rozmowę. — Facet się rozłącza.

Ten to ma robotę, nie daj Boże. Każda rozmowa nagrywana, a on za każdym razem musi kogoś wkurwić, nie ma wyjścia. I dostaje pewno za godzinę osiem złotych. Salowa w szpitalu ma tysiąc sto pięćdziesiąt. To co się dziwić, że te babki czekają na każde pięć złotych za podanie basenu?

— Pan teraz? A mnie się wydawało, że tamten pan. — Staruszek rządzi przychodnią. — Nie, nie pan, do pana mówię! Pan teraz! Nie, a to przepraszam. Ja tu od dziesiątej siedzę. Cały dzień na zmarnowanie pójdzie. Każdemu się spieszy, a co, myśli pan, że ja dla przyjemności tu siedzę? Nie, pani wchodzi, jak pani chce, bo widać, że cierpi. Wchodzi pani, wchodzi. Ja poczekam. Mnie to już nic nie jest. Znaczy w takim innym sensie. Pan wejdzie, jak przyjdzie pana kolej.

Jeśli zdjęcia zaczynają się za miesiąc, to znaczy, że od rana do wieczora będę wyjęty z życia. Matkę trzeba będzie wozić na chemię. Muszę kogoś załatwić. Albo zrezygnować z filmu. Ale z filmu nie mogę zrezygnować, nie teraz!

Muszę to jakoś zorganizować.

Szkoda, że przepuściłem tyle forsy na te Kanary. Komu chciałem zrobić na złość?

Kanary z Martą byłyby inne. Ale Marty nie ma i nie będzie.

Jeśli teraz zrezygnuję ze zdjęć, nigdy mnie już nikt nie weźmie. Taka okazja się nie powtórzy. I tak to niezwykle rzadkie, że aktorka może sobie wybrać operatora. Na to mogą sobie pozwolić tylko wielkie gwiazdy.

Co mam robić?

*

— Jak ma na imię? Jacenty? — Staruszek pochyla się nad dużym wyżłem. Pies nie zwraca na niego uwagi. — Długo. Ja to raczej wolę takie krótsze imiona. Zgrabniejsze są. Ale każden jeden ma gust, a o tym się nie dyspunduje. Krótsze imię takie poręczniejsze, Dżak na przykład.

*

A może Inga ma rację?

Gdybym nie był jak pistolet, miałbym lepsze życie, nie ma dwóch zdań. Zadzwonię do Aliny, może się dzisiaj ze mną spotka. Wykręcam jej numer, czekam dziesięć sygnałów, sekretarka wyłączona. Piszę SMS: Może coś wieczorem zjemy? Chciałbym się z tobą zobaczyć, J.

*

— Pani wchodzi, ja mogę poczekać. Tyle czekam, to jeszcze i pięć minut poczekam.

Starszy pan rozgląda się po poczekalni i każdego zaczepia. Teraz łapie za rękę młodzieńca z dużym plastikowym pojemnikiem.

— A pan też z pieskiem?

Młody człowiek nie odpowiada, siada obok mnie.

— Takie czasy, kto by pomyślał. Dawniej to jakoś bardziej po bożemu było. Zwierzęta się chowały, a teraz wymyślają różne rzeczy, żeby tylko z człowieka pieniądze wyciągnąć.

Niech gada, mnie to nie przeszkadza.

Czy starość właśnie tak wygląda? Przepuścił już ze cztery osoby, wcale mu się nie spieszy. Gdzie indziej znalazłby tylu słuchaczy? Tak właśnie wygląda samotność? Czy moja matka dożyje starości? Przecież ma dopiero pięćdziesiąt osiem lat. I od dwudziestu jest wdową. Czyli była niewiele starsza ode mnie, kiedy została sama. Jak rany! Tylko o sześć lat starsza!

— Jak swędzi, to się człowiek męczy, że pomóc nie może. Ja tutaj mam swojego, w koszyku. Wiem, że nieładnie wygląda, bo chory jest. Siedemnasty rok skończył w lutym. No i co z tego, że stary? Ja też młody nie jestem. Lekarz blondasek mówił, że jak się nie poprawi, to do uśpienia będzie. Nie poprawiło się. Może jeszcze co wymyśli. Tylko żal tak stworzenie męczyć. Bo oni toby tak leczyć chcieli, żeby człowiekowi pustą kieszeń zostawić. No i tak się tu człowiek z tym zwierzęciem męczy i sam nie wie, co robić. A lekarz mówi, jak pan uważa, a co ja, Pan Bóg jestem? Pan wchodzi z tym psem, ja jeszcze poczekam. My możemy poczekać. Nie spieszy

514

się nam, prawda, Szarik? A skąd ja mogłem wiedzieć, że na takiego jamnika trafię?

Cicho tutaj, spodziewałem się zawsze, że w takiej przychodni, gdzie psy, koty, tchórzofretki i chomiki, to te wszystkie zwierzęta drą się na siebie albo piszczą, a tu zupełna cisza. W przychodniach dla ludzi aż się kotłuje, a tu spokój. Tylko ten biedny stary człowiek, który cały czas mówi.

— Oddycha, rusza mu się tutaj, widzi pani? Tylko męczy się już nieborzę. W zeszłym tygodniu kroplówki dostał. Od początku miesiąca trzysta dwadzieścia złotych wydałem. Ale nie pomogło.

Kobieta z małym kundlem w objęciach wchodzi do poczekalni, od drzwi bucha gorące powietrze jak z pieca, rozgląda się wokół. Wstaję, niech siada. Staruszek się ożywia.

— Jak się pani spieszy, to ja mogę panią przepuścić, ale to trzeba grzecznie zapytać, a nie tak na chama iść. Nie mówię, że pani jest cham, tylko w ogóle. W ogóle dobrze to już było, ale co poradzisz, człowieku, nic. Nic. A ja mogę jeszcze chwilkę posiedzieć. — Nachyla się nad koszem, głos mu łagodnieje. — No co, maleńki, posiedzimy jeszcze troszkę? — Ten jego pies ledwie oddycha.

A potem podnosi wzrok na mnie, ma bardzo niebieskie oczy, wyblakłe od patrzenia na świat, smutne.

— Może ja wyjdę jeszcze, pan mi zajmie miejsce, dobrze? Przejdę się kawałek. I wrócę. Zaraz wrócę. Wyniosę go na ulicę, niech jeszcze spojrzy na świat boży. No, to dziękuję bardzo. Pani puści tego pana, bo krew leci. Zszyją raz-dwa, nawet nie poczuje, zobaczy pan. Przepraszam, przepraszam, ja zaraz wracam.

Biorę swojego Heraklesa na ręce, weterynarz uśmiecha się do mnie, może wyzdrowieje?

— Ja już pójdę, niech ten pan trzyma panu miejsce, dziękuję.

Pakuję psa do różowej torby, co z tego, że różowa? A jaką matka miała kupić, czarną? Żałobną? Wiadomo, że pies nie mój.

— Ja to mówiłem, będzie lepiej. Ten pan to tu od tygodnia przychodzi — oświadcza nagle starszy pan, jakby to wszystkich interesowało.

I podnosi swój koszyk. Jamnik leży na kawałku starego koca. Przepuszczam go w drzwiach.

— No to dziękuję panu, dobrze, że lepiej.

— Bardzo dobrze. Matka jest chora, a ten pies to jej jedyna radość — tłumaczę i widzę w oczach starego człowieka łzy.

— On też dobrze ma u pana, piękne życie, długie — mówię do staruszka, bo widzę, że będzie się rozstawał z tym jamnikiem.

— No właśnie. A teraz to trzeba decyzję za niego podejmować — mówi starszy pan i odchodzi.

Taki film zrobić, o tym facecie i jego Szariku, o nich obu. Już go nie spotkam tutaj, to pewne. Patrzę na pochylone plecy i zgrubiałe, powykręcane palce trzymające koszyk z psem.

Stawia koszyk na trawniku, pies nawet nie podnosi głowy.

A potem zostawiam ich samych, odwracam się i niosę Heraklesa do domu. Położę go w łazience, tam przynajmniej będzie miał chłód.

Czułe słówka

W szpitalu jestem przed piątą. Wyszliśmy z matką na dwór, siedzimy jak para emerytów na ławeczce pod kasztanem. W środku jest tak potwornie gorąco, że nie wiem, jak tam w ogóle można wytrzymać. Wszystkie sale pootwierane, okna pootwierane, ale jak w łaźni. Nigdzie nie da się wytrzymać, tutaj, pod tym drzewem, też nie, choć jest trochę cienia. Jestem mokry, bo oczywiście w samochodzie wysiadła klimatyzacja, którą założyłem niedawno.

— Mogłeś wziąć psa — mówi moja matka, a mnie zaczyna trzepać.

— Jakbym mógł, tobym wziął.

— Nie pomyślałeś, prawda?

Owszem, nie pomyślałem, żeby zdychającego biedaka ciągnąć do szpitala, żeby mamusia mu się przyjrzała.

— Nie pomyślałem. Gorąco jest — mówię więc i patrzę w niebo. Będzie lało? Wczoraj wieczorem padało, przedwczoraj padało. W jakimś normalnym klimacie ochłodziłoby się, przeczyściło, a tu nie, parówa jak w tropikach.

— I jak ty sobie poradzisz teraz? — pyta matka.

— Jak zwykle — odpowiadam krótko.

— A jesz chociaż raz dziennie jakiś gorący posiłek?

No nie mogę. Wiem, że będzie miała jutro operację, ale to już przesada.

— Tak, jem, piję, oddaję mocz, myję ząbki — wyrywa mi się.

Ale matka tym razem nie karci mnie za chamstwo, tylko patrzy na mnie jakoś bardziej uważnie i dotyka mojego ramienia.

Nie wiem, czy lubię, jak mnie dotyka. Zawsze to jest jakieś takie protekcjonalne.

— Czy ty mi nigdy nie wybaczysz? — pyta znienacka, a ja na takie pytanie w ogóle nie jestem przygotowany.

— Tego, że mnie kontrolujesz? Spoko — mówię zdawkowo — przyzwyczaiłem się.

— Akurat tego nie możesz mi zarzucić. Nie musiałabym się o ciebie martwić, gdybym wiedziała, że sobie dajesz radę, ale ty…

— Chciałaś mi powiedzieć, że nie spełniam twoich oczekiwań? — nie wytrzymuję, choć w tym samym momencie, kiedy to mówię, już żałuję.

Nawet się zastanawiałem, czy powiedzieć jej, że za cztery tygodnie kręcę. Żebyśmy się wspólnie zastanowili, co robić, że jeszcze mogę zrezygnować, ale mam nadzieję, że mnie zrozumie, że będę przyjeżdżał wieczorem, dostanę sporą zaliczkę, możemy kogoś wynająć i tak dalej, ale teraz ochota do dzielenia się z nią moimi planami przechodzi mi jak ręką odjął.

Po co?

Wiadomo, że sobie nie radzę.

Wiadomo, że sobie zmarnowałem życie.

A tym samym jej.

— Jak możesz tak do mnie mówić? Wiesz, że ja tego nie wytrzymam… — Głos matki drży. — Jak ty możesz mi to robić?

— Nie — mówię, zanim pomyślę — to ty mi to zawsze robisz. Całe życie jestem czemuś winny.

I nagle zdaję sobie sprawę, że właśnie tak to wygląda. Właśnie tak, całe życie. Tak jej to robię. A ona jest zawsze biedna i nieszczęśliwa. Najpierw, bo mąż jej umarł, i ja się muszę nią zająć i być dla niej wszystkim, potem jest nieszczęśliwa, bo jest samotna, i ja muszę dbać o jej dobre samopoczucie, potem jest chora i też jest biedna. A ja to zawsze ten, który ją wykańcza, do grobu wpędza, któremu się nie udało, w życiu nie powiodło, i całe szczęście, że mój ojciec tego nie widzi.

— Synku, czy ty mi nigdy nie wybaczysz? Nigdy nie zrozumiesz?

— Czego, mamo? — Jestem zirytowany. — Że nie mogłaś mi powiedzieć, że jesteś chora? Przecież bym na te cholerne Kanary nie jechał.

— Ja cię nie chciałam przedwcześnie martwić…

— Co ty powiesz? Lepiej za późno?

— Ty zawsze mnie obciążałeś winą za to, że twój ojciec nie żyje, ale ludzie umierają, mnie było z tym dużo ciężej, zostałam sama z dzieckiem, zrozum to w końcu!

Matka ma podniesiony głos, czego wieki całe u niej nie słyszałem.

Znowu to samo.

— Ja ciebie obciążałem? Ja miałem dwanaście lat!

— Nigdy nie chciałeś mi wybaczyć, że od razu cię nie zabrałam z tego obozu. A cóż by to dało? Nic, rozumiesz? — Matka przechyla się w moją stronę, ma twarz inną niż zwykle, zmęczoną i smutną. — Nie mogłeś się z nim pożegnać ani w niczym pomóc, ja musiałam załatwiać wszystkie formalności, przecież ja nie byłam przygotowana na śmierć męża…

— A ja? Myślisz, że się zdążyłem przygotować na śmierć ojca?

Jak żywo stanęła mi przed oczami powrotna podróż z Wisły. Byłem po raz pierwszy na zimowisku. Autokar pełen dzieciaków, wszyscy szczęśliwi, po dwóch wspaniałych tygodniach na stoku. Zima dopisała, śniegu było co niemiara, cały dzień szaleliśmy na nartach i deskach, fajne towarzystwo i kapitalni instruktorzy, którzy nas traktowali jak partnerów i byli z nami, dzieciakami, na ty.

Pierwszy raz w życiu byłem w górach. Byłem wolny, bez opieki rodziców, byłem swobodny jak ptak i byłem radosny jak szczeniak. Ja, neptek, po dwóch tygodniach nauki szusowałem jak stary, instruktor powiedział, że jestem samorodnym talentem. Byłem dumny jak paw. Przestałem się wywracać przy wyciągu, a na dwa dni przed wyjazdem instruktor wziął najlepszych, w tym mnie, na prawdziwy wyciąg krzesełkowy i prawdziwy stok dla dorosłych. Niewielu przeszło z oślej łączki na prawdziwą trasę, w tym ja jedyny, który nigdy przedtem nie miał nart na nogach!

Zjeżdżałem i świat był mój. Wtedy zostałem pasowany na mężczyznę.

Ojciec miał być ze mnie dumny.

A on już nie żył i ja o tym nie wiedziałem.

Zieloną noc spędziliśmy na zakradaniu się do sąsiednich pokoi i smarowaniu czym popadło swoich koleżanek — pastą do zębów, wyniesionym ze stołówki dżemem jagodowym, miodem, oraz na ukrywaniu się przed opiekunami po kiblach, łazienkach, korytarzach.

Bawiliśmy się znakomicie, a mój ojciec już nie żył.

Cztery dni wcześniej odbyły się zawody — zająłem drugie miejsce po jakimś piętnastolatku ze starszej grupy, dostałem dyplom, na którym było napisane: „Za zajęcie drugiego miejsca…". Byłem drugi i znakomity i cieszyłem się jak głupi, zrolowałem dyplom i położyłem na dnie torby, żeby się nie zmiął, żeby pokazać tacie.

A on już nie żył i ja o tym nie wiedziałem.

Poznałem dziewczynę, Kasię, była starsza o rok, jeździła świetnie na desce, pocałowała mnie w policzek i powiedziała, że jestem fajny, i to była tajemnica przed chłopakami, boby się ze mnie śmiali. A ojciec już nie żył i ja o tym nie wiedziałem.

Te całe sześć dni, ostatnie dni obozu, byłem półsierotą i o tym nie wiedziałem. Życie toczyło się radośnie, byłem na tym obozie taki szczęśliwy!

A ojciec już nie żył i ja o tym nie wiedziałem.

Nie wiedziałem o tym, nawet jadąc z matką do domu, przyjechała po mnie na miejsce zbiórki, autokar nas przywiózł pod Pałac Kultury, był już wieczór, a całą drogę wygłupialiśmy się i graliśmy w różne gry.

W drodze do domu opowiadałem matce, jak było i jak tęskniłem za tatą, a on już nie żył i ja o tym nie wiedziałem.

Kiedy przyjechaliśmy do domu, matka położyła mnie spać i powiedziała, że tata wróci jutro, musiał pilnie wyjechać, a ja byłem potwornie rozczarowany, bo chciałem pokazać mu dyplom i pochwalić się, że jestem najlepszy, bo ten piętnastolatek z innej grupy w ogóle się nie liczył — a ojciec już nie żył i matka mi o tym nie powiedziała.

Była zmieniona, owszem, miała podsiniaczone oczy, ale tłumaczyła, że to potworna migrena, że wzięła jakieś tabletki i że jutro porozmawiamy.

— Zrobiłam to, żeby cię chronić, nie rozumiesz tego? Jak miałam małemu chłopcu przerwać obóz i powiedzieć: wracaj, bo ty, dziecko, ojca już nie masz? Miałeś go tydzień dłużej!

— Jak mogłaś mi to zrobić, mamo? — zapytałem po raz pierwszy w życiu i aż się przestraszyłem bólu, jaki usłyszałem w swoim głosie.

— Wiedziałam, że to będzie dla ciebie cios, musisz mnie zrozumieć.

Wcale nie musiałem.

— Cios? Ciosem dla mnie była wiadomość, że wtedy kiedy ja byłem szczęśliwy jak szczeniak, dumny z siebie i radosny — nie miałem ojca, bo ty raczyłaś mnie okłamać!

— Ja nie kłamałam, synku, ja po prostu chciałam ci tego oszczędzić. Ja nie wiedziałam, jak sobie z tym poradzić, ale wiedziałam, że dla ciebie to będzie tragedia. I miałam rację, bo jak rano przyszłam i powiedziałam, że twój ojciec zmarł, to tylko stanąłeś przy oknie...

Nie pamiętałem, żeby mi powiedziała, że ojciec zmarł. Dowiedziałem się, że nie żyje, ale że ona mi to powiedziała, tego nie pamiętałem.

— I miałam rację, bo stanąłeś w oknie i stałeś tam ze dwie godziny, i w ogóle nie chciałeś ze mną rozmawiać. Tak się bałam o ciebie! A ty stałeś i patrzyłeś na lipę. Wiem dlaczego, pewno sobie przypominałeś, jak wieszaliście z ojcem tę budkę, ale ty byłeś wtedy taki malutki... Miałeś ze trzy latka, nie więcej... A ty stałeś i patrzyłeś przez okno. Może sobie to przypominałeś, nie wiem, nie chciałeś ze mną rozmawiać. A to był taki piękny dzień... Nigdy go nie zapomnę. Wszystko było białe, jakby Pan Bóg świat zamroził. Na wszystkim szadź... I stałeś, stałeś tam i tylko patrzyłeś, a jak do ciebie zaglądałam, to prosiłeś, żebym wyszła... Czuwałam pod drzwiami, żebyś jakiegoś głupstwa nie zrobił, a ty tylko stałeś i patrzyłeś, a mnie pękało z żalu serce... I na pogrzebie nie zapłakałeś ani razu... Nie możesz mnie przez całe życie za to winić... Szczególnie teraz...

Wtedy kiedy lipa była taka piękna, mój ojciec umarł? Wtedy się dowiedziałem? Nie pamiętam. Tego właśnie ranka mi o tym powiedziała? Pogrzeb był właśnie tego dnia? Wróciłem poprzedniego wieczoru z obozu? Nie pamiętam.

Pamiętam to drzewo, którego nie ma. Pamiętam każdą gałąź i ptaki, które tam były. Pamiętam swoje oczarowanie tą niezwykłością. Nie pamiętam nic innego.

Tylko te dwa ciemne ptaki na białych gałęziach.

I blask od lipy. Kryształki świecące w słońcu. Posypany diamentowym pyłem świat.

Nie pamiętam, żeby to był dzień pogrzebu mojego ojca.

— Byłeś dla mnie wszystkim, kochanie... Wiedziałam, że mogę na ciebie liczyć...

Liczyć na dwunastoletniego chłopca? Miałem zastąpić sobie ojca? Jej męża? To tak jakbym liczył na córkę Krysi.

— Ja wiem, że źle zrobiłam, ale przecież to wynikało z mojej miłości do ciebie. Tak bym chciała, żebyś był szczęśliwy. Byłabym wtedy spokojniejsza.

A więc szczęście mojej matki nie zależało od Heraklesa, tylko ode mnie. Ja pierniczę. Jest jeszcze gorzej. Nie udźwignę tego.

Coś zaczynało do mnie docierać.

— A nie przyszło ci do głowy, że ja będę szczęśliwy, mając, mimo wszystko i mimo tragedii, która nas dotknęła, szczęśliwą matkę? Dlaczego nałożyłaś na mnie tak ciężki obowiązek?

Przypomniałem sobie, jak płakała wieczorami, a ja udawałem dzielnego zucha, który rozśmieszy i rozbawi swoją nieszczęśliwą mamę, i zrobiło mi się niedobrze.

— Ja to teraz wiem, kochanie. Tak mi przykro. Naprawdę.

Byłem spocony jak mysz. Było mi niedobrze. Nie chciałem rozmawiać z matką, przypomniałem sobie wszystko, czego nie chciałem pamiętać.

— Teraz zrobiłaś dokładnie to samo, co wtedy.

— Nie, kochanie, nieprawda.

— Też dowiaduję się ostatni.

Byłem wściekły i nie byłem w stanie wykrzesać z siebie ani krzty współczucia. Wiedziałem, że ma jutro operację, ale byłem tylko wściekły.

— Przepraszam cię, kochanie, naprawdę.

Na dodatek uważała, że słowo „przepraszam" coś załatwi. Cofnie czas. Przekreśli wszystko, co było fałszywe i niedobre.

Jak każda kobieta.

Nie chciałem jej przeprosin, poczułem, jak mi strasznie brakuje ojca, jak bardzo matka zagłuszyła mi jego nieobecność.

— Jesteś, kochanie, takim zdolnym chłopcem…

Nie byłem chłopcem. Poczułem, że zacznę wyć, jeśli natychmiast nie pojadę do domu, że jeśli stąd nie odejdę, to stanie się coś złego.

Matka wyglądała jak kupka nieszczęścia. Miała oczy pełne łez, ale musiałem wyjść.

— Przyjdę jutro, odpocznij.

— Bardzo cię kocham — wyszeptała.

Kochałem ją również.

I nienawidziłem jej.

Jednocześnie.

Jestem żebrakiem

Co mam ze sobą zrobić?

Pot leje się ze mnie strumieniami, otwieram w aucie wszystkie okna, muszę się przewietrzyć, muszę pojeździć, muszę się z kimś spotkać.

Ruszam wolno przez miasto, wyjadę na Gdańską, przejadę się, zanim wrócę do domu, wciskam gaz do dechy, mam w dupie, czy mnie gliny złapią, czy nie, upał trzyma w dalszym ciągu, ponad trzydzieści stopni, a przecież za chwilę zachód.

Jechałem z piętnaście minut, ile mogłem wcisnąć, policji nie było. Za Łomiankami zawróciłem i wolno przejechałem przez Warszawę.

Nie chcę być sam. Ludzie siedzą w ulicznych ogródkach, cała Warszawa wyległa na ulicę, kawiarnie wystawiły stoliki nawet przy Alejach Jerozolimskich. Ludzie siedzą na zewnątrz, gadają, nie są sami.

Grupami siedzą przy Cepelii, z piwem albo wodą w ręku. Śmieją się, bawią, zbliżający się wieczór podrywa ich do życia, a mnie się żyć nie chce.

Może zaparkować i się przejść? Ale co będę sam chodził? Co mam ze sobą zrobić?

Czy ja całe życie muszę być okłamywany?

Grubego nie ma, Maurycy owszem, może się spotkać, ale przyjdzie z Ewką, bo jej samej nie zostawi, chrzanię to, Bartek mówi, żebym do nich wpadł, ale z dzieckiem nie będę rozmawiał, w dodatku przez powłoki brzuszne i wody płodowe, do klubu nie pójdę jak ten idiota, bo i tak jestem samochodem.

Może zrobić zakupy? Ale po co mi zakupy? Herakles ma co żreć, zresztą i tak nie żre.

Moja matka ma jutro operację, która być może uratuje lub przedłuży trochę jej życie, a ja jestem wściekły.

I na dodatek ta klima. Niech nie działa, chrzanię to. Moja wina, trzeba było nie robić.

Wszystko to moja wina, jak się okazuje.

Skręcam w stronę sądów, tam jest całodobowy, kupię ser żółty i jakiś chleb. Może jeszcze mleko.

Po co mi mleko?

Nie ma miejsc do parkowania, no tak, ci co przyszli do kina, parkują tutaj przed sądami, po drugiej stronie też nie ma miejsc, zwalniam i szukam jakiejś luki, ale nic. Przyspieszam, przy Płockiej też jest sklep. Nie muszę tutaj koniecznie stawać.

Jezu, jak gorąco, upał nie do zniesienia.

Wody nie mam, czyli wodę kupić, ser żółty, chleb, może jakiś browar.

Zatrzymuję się przy kościele, tu jest miejsce.

Wchodzę do sklepu i oczom własnym nie wierzę. Jest kolejka! Nie do uwierzenia. W tym kryzysie ktoś chce coś kupować? Sklep pełen radosnych dzieciaków, autokar zaparkowany niedaleko, jakaś cholerna wycieczka akurat tutaj musiała się rozpanoszyć, dzieciaki wrzeszczą i cieszą się jak głupie, stania na pół godziny.

Wychodzę, przeczekam na ulicy.

Na Wolskiej tramwaje, huk i dzwonienie, ludzie przelewają się przez chodniki, samochody smrodzą.

Jazgot, jakby w dzień targowy.

Przeczekam.

Przysiadłem na murku kościelnego ogrodzenia.

Zapaliłbym, gdybym miał fajki. Szkoda, że nie kupiłem.

Chodnik popękany, kurna, nie mogliby raz a dobrze zrobić tych cholernych płyt, przecież człowiek się może zabić.

Zmęczony jestem.

Kosz obok, a papiery po lodach na ziemi. Kosz pełny, pewno od zeszłego roku, komu zależy, żeby w tym kraju czysto było. I jeszcze puszka po piwie, śmietnik, supermiejsce.

Przesuwam nogą kartkę, która leży najbliżej. Reklama pizzy czy szkoły języków? A może tańca?

OK, jeśli reklama jedzenia, jeden dla mnie, jeśli reklama szkoły jakiejkolwiek albo prawników, na przykład kancelarii Woltar and Wlotar, przegrałem.

Nie podniosę, brzydzę się. Końcem buta odginam kartkę i odczytuję... OBIE.

Może to reklama całodobowych dostaw dziewcząt do domu. W dowolnej ilości, trzecia godzina gratis. Obie — czyli dobie.

Jeśli to agencja towarzyska, punkt dla mnie, jeśli nie — przegrałem.

Jeśli ogłoszenie kościelne — obie, czyli żłobie, to punkt dla mnie, jeśli lek pomagający wątrobie — przegrałem.

Odchylam trochę bardziej... CZEGO.

Czego? Niczego. Kogo czego? Komu czemu? Niczemu. Czego? Spawalniczego. Albo wilczego, na przykład łyka.

Jeśli to ma związek z techniką, zarabiam punkt, jeśli z farmacją, tracę punkt.

Następne słowo, trochę przybrudzone. UCHU.

Uchu, słuchu, duchu.

OK, farmacja — jeden punkt dla mnie, laryngolog — przegrywam.

Co jeszcze? RAK — dużymi.

O, reklama onkologii, chcesz mieć raka, zadzwoń do nas.

Może skrót — Reklama Agencji Kryminalnej. Może Trak. Może Krak. Co mamy?

OBIE, CZEGO, UCHU, RAK. RAK UCHU OBIE CZE-GO. Czego masz raka w uchu? Bo lubię. Co to może być? Jeszcze jedno małe słówko, kartka przygięta — CIEC.

Uciec. Uciec od raka. Może od cieku? Czyli jednak hydraulika? To byłby punkt dla mnie czy strata? Nie pamiętam.

Ciec, czego, rak, uchu, obie.

OK, decyduj się, stary, odliczamy, dziesięć, dziewięć, co obstawiasz?

Jesteś sam jak palec, decyzja należy do ciebie. Wygrasz albo przegrasz. Hydraulika czy farmacja? Może poszerzyć pole? Rozrywka czy wiedza? Rozrywka to dziwka, a farmacja na przykład ze szkołami i prawnikami podchodzi pod kulturę i naukę.

Poszerzamy. Kultura i sztuka kontra pragmatyzm życiowy.

Całodobowo dwie panny to sztuka czy pragmatyzm?

Zawęzić.

Jednak rozrywka i wiedza.

OK.

Czyli mamy dwie opcje. Z tym że prawnicy podchodzą pod rozrywkę. Z punktu widzenia oskarżonego, rzecz jasna.

Muszę podnieść ten rozerwany papier.

Muszę zwyciężyć.

Na razie wygrywam z obrzydzeniem.

Papier jest zmięty i brudny. Pomagam sobie lewą nogą i wtedy jak manna z nieba spada na mnie pięć złotych, dźwięcząca, okrągła, nowiutka pięciozłotówka.

Podnoszę głowę i widzę starszą panią, która patrzy na mnie ze współczuciem.

Ja pierdolę!

Kiwa smutno głową i pokazuje mi, że to dla mnie, że nie upadło przypadkiem.

Ja pierdolę.

Patrzę na nią osłupiały. Pani odwraca się i odchodzi. Wzięła mnie za biednego? W tych ekstrabojówkach?

Podnoszę pięć złotych razem z moim papierem. Rozprostowuję.

Z ogromnym bólem zawiadamiamy, że dnia … zmarł Eugeniusz Piet**rak**,

ukochany dziadek, mąż i oj**ciec**,

inżynier kolejnictwa i nestor r**uchu**

samorządowego i robotnicz**ego**.

Pogrążeni w nieutulonej żał**obie**…

Rak, Pietrak; ciec, ojciec; uchu, ruchu; czego, robotniczego; obie, żałobie.

No i co?

Rozrywka czy wiedza?

Przegrałem.

A co mam zrobić z tą piątką?

Obracam monetę w dłoni.

Houston, mamy problem!

Po raz pierwszy w życiu ktoś nas potraktował jak żebraka.

A nie wyglądała na taką, co ma za dużo.

Pięć złotych — półtora browara.

Ale przecież nie kupię za cudze pieniądze browara.

Biednemu dała.

Trzeba oddać.

Wchodzę do kościoła.

To ten sam kościół, byłem tu przecież.

Tramwaje nagle znikają, tłum przed sklepem również.

Cisza.

Absolutna, bezwzględna cisza.

I chłód.

Po co nam klimatyzacja, jak mamy tyle kościołów?

Rozglądam się. Raj, chłodno, cicho i pusto. Przyjemnie. Można się tu schronić. Mogę odpocząć.

Wrzucam piątkę do drewnianej puszki przed świętym Antonim i siadam w ławce.

Odpocząć.

Zamykam oczy.

Uciec jak najbliżej

— Wróciłeś?

Unoszę głowę.

Przede mną znajomy pogodny uśmiech.

— Dzień dobry — mówię. — Nie, tak tylko wpadłem. Bo chłodno — tłumaczę księdzu, z którym rozmawiałem o psie.

— Mogę? — Patrzy na mnie pytająco.

Déjà vu.

Przesuwam się, robiąc mu miejsce.

Siada obok.

Nie wiem, co robić, więc patrzę przed siebie.

Chrystus wisi na krzyżu.

Krzyż.

Znak tego, co przyziemne, płaskie, pełzające po ziemi, ludzkie, zwykłe, codzienne, i ta druga, pionowa linia, strzelista, ku niebu.

Patrzę twardo przed siebie.

— Przyszedłeś jednak?… — pyta ksiądz.

— Bo wzięto mnie za żebraka, dostałem pięć złotych. Musiałem oddać — mówię cicho, bo w kościele też jest cicho.

— Nic się nie dzieje bez przyczyny — mówi ksiądz i uśmiecha się.

— Nie wszedłbym, chciałem zrobić zakupy.

— Tutaj? Tu możesz dostać ziarno, nie owoc.

Milczę.

On też.

Dobrze tak siedzieć z kimś, kto nic od ciebie nie chce.

I komu nie jesteś nic winien.

I komu nic złego nie zrobiłeś.

Tak jak zrobiłeś matce. Czy Marcie. I tak dalej.

— Pies wyzdrowiał?

Patrzę na niego i nie wiem, czy mówi serio, czy żartuje. Pamięta.

— Jak mama?

— Beznadziejnie — nie wytrzymuję. — Ma przełożoną operację, ale jak będzie, nikt nie wie, a na dodatek… — Milknę, bo co mam powiedzieć?

— Na dodatek? Jeśli nie chcesz, to nie mów…

— Dzisiaj mi powiedziała, że zawsze ją obciążałem winą, a to ona mnie cały czas okłamywała!

Jemu mogę powiedzieć, nie rozniesie po świecie.

— W ważnej dla ciebie sprawie… — powiedział poważnie.

— Ona mi nie powiedziała, że mój ojciec umarł. Nic nie wiedziałem! A teraz mi mówi, że to dla mojego dobra! Nie powiedziała mi, że ma raka, nie powiedziała mi, że od lat jest związana z facetem, cały czas kłamała!

— Dzisiaj się dowiedziałeś, że ojciec umarł?

— Skąd — nic nie rozumiał — miałem dwanaście lat, byłem na obozie, a ona mi powiedziała dopiero, jak wróciłem. Przecież tak się nie robi!

— Ile masz lat, synu?

— Trzydzieści dwa.

— To minęło dwadzieścia lat. — W jego głosie nie było upominania, tylko stwierdzenie faktu.

— No i co z tego? — Znowu byłem wściekły.

— Złościsz się. To zawsze jest obrona.

532

— Obrona? — Byłem naprawdę zły, ale w tej chwili również zdumiony. Jaka obrona? Matka mnie robi w konia i to też jest moja wina?

— Boisz się, że ją również możesz stracić, tak jak straciłeś ojca? To wielki cios dla dziecka.

Poczułem nagle ucisk w gardle.

Mocny.

Chciałem coś powiedzieć, ale nie dałem rady.

Zrobiło mi się duszno i nie mogłem przełknąć śliny.

Nagle przygięło mnie do ławki, jakby ktoś mi na plecy włożył worek cementu.

Coś mnie trzymało za gardło i musiałem to coś wywalić z siebie, boby mnie udusiło.

Wstrzymałem oddech, to zaraz minie. Ale nie mijało.

Nagle poczułem ciepło na plecach, lekkie dotknięcie i wstrząsnął mną dreszcz.

Usłyszałem swój własny jęk.

Z nosa zaczęło mi lecieć, zacisnąłem oczy z całej siły, ale moje ciało drżało i nie chciało się uspokoić.

Jego ręka na moich plecach wyzwoliła ze mnie całe pokłady żalu. Ojciec mi tak trzymał rękę, jak razem szliśmy przez las. Miliony lat temu.

Ramiona mi drżały, wiedziałem, że on wie, że trzymam się ostatkiem sił, ale chromoliłem to.

Nie mam pojęcia, ile czasu tak siedzieliśmy. W końcu głęboko odetchnąłem.

— Kiedy ostatni raz płakałeś, synu?

— Ja nawet na pogrzebie ojca nie płakałem — wydusiłem z siebie i poczułem, jak wszystko mi puszcza. — Matka mnie obwinia o wszystko, a ona kłamała, nie powiedziała mi, że ojciec nie żyje, teraz ma pretensje, że musiała mnie sama wychowywać, że nigdy jej nie rozumiałem, że mi się życie nie udało, a ja się czuję, jakbym w ogóle nie miał ojca, jakbym nie miał też matki. Bo ona kłamała, i to dla mojego dobra! Nigdy nie była szczera! Wszystko to było iluzją!

— Chwileczkę. Żyjesz dzięki nim — mówił ciepłym, spokojnym głosem. — Ktoś się nad tobą pochylał, ktoś się tobą opiekował, ktoś cię karmił, ktoś ci pokazywał gwiazdy, księżyc, trawę, drzewa...

— I ptaki — wymknęło mi się.

— I ptaki — powtórzył za mną.— Miałeś ojca przez dwanaście lat, nie wszyscy mają to szczęście.

— Szczęście? — Byłem zdruzgotany. Ksiądz dalej nic nie rozumiał. Przecież on mnie zostawił wtedy, kiedy był mi najbardziej potrzebny!

— Łatwiej ci o złość i o gniew, widzisz? Nie dopuszczasz do siebie smutku i żalu, i tęsknoty. Dzisiejszy świat tego nie lubi, to oznaka słabości. Uciekasz przed smutkiem w gniew, a przecież masz za czym tęsknić, to jest bogactwo.

— Bogactwo? — Byłem zdumiony. Wszystko, ale nie bogactwo przecież!

— Dotknąłeś czegoś cennego, to znak, że zostałeś obdarowany, to znak łaski, nie bój się tego.

— Czego? Że tyle straciłem? — Głos mi się załamał, bo pierwszy raz poczułem, że tęsknię za swoim ojcem.

I że nigdy nie mogłem tego nawet powiedzieć, bo matka i tak płakała po nocach, ja musiałem być silny.

Tęskniłem za nim, strasznie za nim tęskniłem.

Ile bym dał, żeby jeszcze choć raz pokazał mi palcem niebo i powiedział: Widzisz, będzie polował, tam, ten mały czarny punkcik to jastrząb.

534

— Nie. Tego, że tyle dostałeś, że masz za czym tęsknić… Nie tęskni się za tym, czego się nie doświadczyło. To jest ten dar.

Znowu ścisnęło mnie w gardle.

— A teraz boisz się o matkę, że może umrzeć. I gniewasz się na nią. Że ci to też może zrobić.

Poczułem, jakby mnie ktoś kopnął w brzuch, nagły skurcz trzewi szarpnął mną i coś się stało z całym moim ciałem. Coś podnosiło się coraz wyżej, do gardła, poczułem, jak spazmatyczny strach zaciska mi krtań. Podniosłem ręce do twarzy, chciałem to zatrzymać, ale było za późno.

— Nie bój się, to jest dobre — powiedział ksiądz, a ja szlochałem jak dziecko.

Leciało mi z oczu, nosa, ust, z każdym oddechem stawałem się coraz bardziej bezbronny i coraz lżejszy. Już się nie wstydziłem tego człowieka. Nie wiedziałem, co się ze mną dzieje, to było nieważne.

Nie chciałem, żeby moja matka też umarła.

Siedział przy mnie nieporuszenie, nie byłem sam.

Nad nami wisiał Chrystus.

Po raz pierwszy od miesięcy nie byłem sam.

Mogłem oddychać coraz głębiej. Wytarłem nos wierzchem dłoni, ręka była mokra. Wziąłem głęboki oddech. Powietrze było inne, lekko mi się oddychało, jakby w tym kościele było teraz więcej tlenu. Teraz już mogłem spojrzeć mu prosto w oczy. Nie wstydziłem się.

— Dzię… kuję — powiedziałem cicho.

— Pamiętaj, że dzisiejszy smutek jest częścią tamtego szczęścia.

Gdzieś to już słyszałem, w jakimś filmie, ale nie pamiętałem jakim.

— I nic nie mogę zrobić dla matki?

— Człowiek chce kontrolować świat, urządzać go po swojemu, decydować, a to sprawa Boga, a nie człowieka. Dlatego modlimy się — bądź wola Twoja. Losem człowieka jest umieć się poddać, zawierzyć, zaufać, zostawić Bogu rzeczy, na które nie mamy wpływu. Ty możesz dużo zrobić dla matki — kochać ją, dopóki ją masz. Dopuść do siebie miłość, przed którą się tak bronisz. Ona jest towarzyszką żalu i tęsknoty... za czym byś tęsknił, gdybyś nikogo nie kochał?

Za tyloma ludźmi tęsknię.

Tęsknię za ojcem i tęsknię za Martą.

Nie chcę tęsknić za matką.

Chcę, żeby żyła.

Dla księży wszystko jest proste, tak ma być, bo taka jest wola Boga. Gdyby był Bóg, to nie dopuszczałby do tysiąca złych rzeczy, które dzieją się na świecie.

— Bóg jest miłosierny — powiedział, jakby słyszał moje myśli.

— Jeśli jest Bóg i jeśli jest taki miłosierny i wszechmocny, to dlaczego pozwala, żeby ludzie cierpieli? Gdzie On był, jak ginęli w komorach gazowych? — Slogan sam mi się powiedział.

Po co zaczepiam tego człowieka, który już drugi raz był mi przez chwilę najbliższy na świecie?

— Gdzie był Bóg? — Ksiądz pochylił głowę, a potem podniósł na mnie wzrok. W jego głosie była pewność. — W tych komorach gazowych. To człowiek człowiekowi zadawał to cierpienie. A dlaczego tak się dzieje, to jest część tajemnicy wiary. Nie odpowiem ci na to pytanie.

Milczałem.

A potem pokornie spytałem:

— To co jest ważne?

— Wiara, nadzieja i miłość. Nie bój się, że ktoś cię odepchnie, coś ci się nie uda, podejmij ryzyko. Proście, a będzie wam dane, pukajcie, a otworzą wam.

— Jeśli się pomodlę, to ona wyzdrowieje?

A Marta mi wybaczy?

Wiem, że to niemożliwe.

— Tak albo nie. Bądź wola Twoja. Poddaj się temu, ale nie jak bezradne dziecko, tylko jak świadomy mężczyzna. Ty jesteś odpowiedzialny za siebie i za swoje wybory.

— Nie dostaję tego, co chcę.

— Każdy dostaje to, czego potrzebuje, nie to, czego chce. Co ty robisz, czym się zajmujesz?

Zdziwiłem się.

— Jestem operatorem filmowym.

— To masz ułatwione zadanie. Już zostałeś wybrany. Już masz dar. Szerzysz dobro i piękno. Idź i rób to, zamiast tu ze mną siedzieć. — Podniósł się i uśmiechnął, słowo daję, żartobliwie.

Milczałem.

Teraz już chciałem do domu, położyć się i zasnąć.

— To już pójdę — zaryzykowałem.

Podnieśliśmy się i jak głupek wyciągnąłem do niego rękę. Podał mi swoją, uśmiechnął się i trzymając moją dłoń w normalnym pożegnalnym uścisku, powiedział:

— Co ci może dać Bóg, co weźmiesz, jeśli masz wciąż zajęte ręce?

Jeszcze nie rozumiałem, co miał na myśli.

Ale kiedy wyszedłem z kościoła, poczułem się, jakbym wkroczył w inny świat.

Wracam do domu prawie pustymi ulicami. Lało przez ostatnie trzy godziny, ci, co mogli, schronili się w domach. Piękny wieczór, Warszawa ucichła, umyta wygląda ładnie.

Herakles ma się lepiej. Nie powiedziałem matce, że był chory, nie chciałem jej martwić. Ergo robię to samo co ona. Powtarzam to, co ona mówi, i robię to kompletnie bezwiednie, mechanicznie, nieświadomie.

Wcale się nie uwalniam — Inga weszła w rolę mojej matki, w jakimś sensie. Przecież ja sam powinienem wszystko porozwiązywać. Nie metodą walenia w mordę.

A kiedy pojawiła się dziewczyna, która zaakceptowała mnie takim, jakim byłem, i dla której chciałem stać się lepszy, zniszczyłem wszystko jednym telefonem, własną złością i głupotą.

Brakiem zaufania.

*

Trzeba z tym wszystkim zrobić porządek.

Najpierw porozmawiać z Aliną, bo rzeczywiście plotkowało się o tym, że ja na pewno już nie kręcę. Maurycy potwierdził, że z nią rozmawiał, trzeba to wyjaśnić, i to jak najszybciej, bo nie chcę, żeby się smród za nami ciągnął.

Z Martą też trzeba było najpierw porozmawiać.

Szkoda, że za późno doszedłem do takich światłych wniosków.

Herakles powitał mnie radosnym rzężeniem. Wziąłem go na smycz i zjechałem na dół windą.

538

Światła pode mną się paliły, Raszpla wróciła do domu. Ciekawe, dlaczego nie śpi o tej porze?

Krysia z nią wczoraj rozmawiała. Raszpla mówi, że w przyszłym tygodniu możemy ze Zbyszkiem pomalować kuchnię.

Zbyszek obiecał, że weźmie w środę urlop i opieprzymy to wszystko jednego dnia. Ale ona ma tam mnóstwo klamotów, to tak łatwo nie pójdzie. Nie byłem u niej, choć powinienem zajrzeć i przeprosić jednak za to zalanie.

*

Heraklesa uwalniam z uprzęży, jest słaby, ale wącha ślady po kolegach, nie oddala się ode mnie na krok, jednak ja już gnoma nie spuszczam z oczu. Niech połazi, skoro może łazić.

Wystukałem numer Dżerego.

Chciałbym, żeby przeczytał scenariusz, chciałbym podzielić się z nim pomysłami na sceny, zanim zrobię to z reżyserem. Ciągle się boję, że jestem spalony w środowisku.

Dżery szybko stawia mnie do pionu.

— Co ty pieprzysz, stary, miałeś się za spalonego, to byłeś spalony, a teraz wracasz. Kolasiński, mówiłem ci, naraził się paru ludziom… Jego ostatni film kosztował czternaście milionów, scenografia z tego pięć i spaliła się nieszczęśliwie, do cna… Masz paru przyjaciół w branży, Gruby cię protegował nie od dzisiaj… Zagotowany na ciebie jest Odargowski…

— Odargowski?

— Wiesz, ten, któremu miałeś podobno robić zdjęcia w więzieniu…

— Aaa — przypominam sobie i wydaje mi się, że to było w zeszłym wieku.

— Wiesz, jakie ploty chodzą?

— No? — Patrzę na Heraklesa, grzeczny psiak trzyma się blisko mnie, mimo że mógłby sobie trochę odbiec, właściwie oddreptać, bo na biegi to jeszcze za wcześnie.

— Że przyjechałeś naprany na zdjęcia…

— Co? — oburzam się.

— Takie ploty chodzą. Ale w końcu nie ty pierwszy i nie ty ostatni…

— Dżery, byłem trzeźwy jak świnia, nie pamiętasz? Były moje urodziny! — prostuję zdecydowanie. — Dopiero potem się skuliśmy!

— Stary, plotka jest jedyną zabawną rzeczą w całej tej historii. Ty nie pamiętasz, że nie wziąłeś kamery? To już lepiej, żeby mówili, że naprany przyjechałeś… W sobotę mogę wpaść, to przewalimy scenariusz, chętnie rzucę okiem. A jak matka?

— Trzyma się jakoś.

— No widzisz, stary?

No widzę, stary.

Tato

Leżałem w łóżku, światło pojedynczą smugą padało z przedpokoju, ojciec siedział obok. Widziałem tylko zarys jego sylwetki, potężny, zasłaniający cały świat.

— Opowiedz mi jakąś historię o ptakach, ale prawdziwą.

— Zawsze mi się marzyło, żeby pojechać na jakieś rozległe wody i złapać jakąś rybę, taką, żebym się jej przestraszył. Miałem przyjaciela w Gdańsku, a on miał zaprzyjaźniony kuterek. I pewnego dnia wybrałem się z nim na morze, prawie pod Bornholm. — Nazwy mi nic nie mówiły, ale głos ojca był spokojny, lekko ściszony, przyjemnie usenniał. — Było bardzo daleko do brzegu i zupełnie inne chmury; są takie chmury, które stoją na wodzie, wpływa się w taką chmurę, jest mokro, ciemno, strasznie, a kiedy wypływa się z niej, znów jest słońce i niebieskie niebo, coś niesamowitego.

— Pokażesz mi kiedyś?

— Pokażę ci. I tak sobie płynęliśmy, i nagle widzimy — leci stado ptaszków, mysikrólików. Jeszcze wtedy nie wiedzieliśmy, co to są za ptaki. Coś im wpadło w główki, że gdzieś sobie dolecą, i te ptaszyny przeliczyły się z siłami. Małe paprochy na środku Bałtyku. Były tak wyczerpane, że widzieliśmy z kutra, jak część stadka wpadła do wody, a niektóre wylądowały u nas na kutrze. Z tym że to lądowanie wyglądało tak, że one spadały jak ulęgałki — upadł taki ptaszek, potoczył się kawałek i leżał, bez życia zupełnie. Były tak potwornie zmęczone. No i zrobiliśmy sobie przerwę w łowieniu ryb, wrzasku narobiłem, żeby załoga nie podeptała tych maleństw, bo leżały wszędzie, i pozbieraliśmy je, tak jak się zbiera owoce, które spadną z drzewa.

— One żyły?

— Wszystkie żyły, ale nie protestowały, nie reagowały na nas ani nie chciały uciekać, nic. Troszkę poleżały i jak nabrały więcej sił, to podfrunęły na daszek mostka kapitańskiego i już się w rękę wziąć nie pozwoliły. Podskoczyły, podleciały i tam usiadły. Odpoczęły z godzinkę, a potem poleciały dalej, nad tymi falami. Całkiem wtedy zapomniałem o tych dorszach, na które popłynęliśmy, zapamiętałem tylko te dzielne ptaszki. Jak będziesz trochę większy, popłyniemy razem. Pokażę ci to miejsce.

— Niech on już śpi, co wy robicie, prawie dziewiąta! — Mama wchodziła do pokoju, ojciec podnosił się, całowali mnie na dobranoc, a ja zasypiałem z wizją tysięcy małych ptaków, które mój ojciec uratował.

*

Leżałem na tapczanie i gapiłem się w sufit.

No jasne, że tę budkę musiałem pamiętać, dlatego że on ją dla mnie przybił do tej lipy. To on uczył mnie rozróżniać ptaki.

To on kupował mi w sklepie zoologicznym pokarm dla mojego kosa. Teraz sobie uświadomiłem, że przecież nie ja łapałem dla mojego ptaka muchy. Ojciec mi codziennie dawał trzy pudełka, w jednym były muchówki, w drugim żywe mączniaki, w trzecim jajko na twardo, matka gotowała mi codziennie.

— Pamiętaj, muchówki musisz zabić, zanim podasz, schowaj do lodówki, one umrą w lodówce, szybka eutanazja. — Wtedy po raz pierwszy usłyszałem to słowo. — Są niezwykle agresywne, mogłyby przeżreć wnętrzności takiemu maleństwu. Mączniaki mogą być żywe. I dodaj troszkę białka, samego białka, bez żółtka. Pokażę ci, jak to się robi.

Ojciec potrząsał pudełkiem wyłożonym ligniną, gdzie siedział mój kos i leciutko gwizdał.

— Potrząśnij pudełkiem, on jest jeszcze ślepy, poznaje rodzica, bo ten ląduje w gnieździe i gniazdo się rusza — ojciec podawał mi małe kombinerki i uczył, jak w nie ująć robaka. — Zanim przejrzy na oczy, tylko czuje, po ruchu poznaje, że to jego rodzic z posiłkiem. — Ojciec brał mnie za ramiona i potrząsał, a ja się śmiałem.

Kos otwierał szeroko dziób, właściwie składał się z samego dzioba, wyprężał się i jednocześnie spod ogona wypadał mu malutki woreczek.

— Widzisz, tak właśnie te maleństwa robią, matka od razu sprząta to gówienko, w gnieździe musi być czysto, ona ma ułatwione zadanie, tu karmi, a tu od razu wyrzuca. Ptaki jak są małe, to wydalają w takiej osłonce.

Ptak otwierał dziób, a ja małymi kombinerkami podawałem mu na zmianę mączniaki, jajko i grube muchówki. Kos był karmiony co dwadzieścia minut, szczęśliwie w nocy spał.

Przecież nie ja go cały czas karmiłem, musieli mi oboje pomagać, choć tego nie pamiętam.

Kiedy rozłożyłem na czynniki pierwsze radio Szarotka, matka rozłożyła ręce:

— Boże, jaki tu bałagan. Zobacz, co on ci zrobił!

Aż się skuliłem, kiedy ojciec wszedł do kuchni.

— Rozłożyłeś, to musisz złożyć. — Usiadł koło mnie i cierpliwie pokazywał mi każdą diodę, i objaśniał, co do czego służy i co zrobić, żeby znowu działało.

Szarotka, pamiętam nazwę, pierwsze radio, które samodzielnie, choć pod okiem ojca, złożyłem do kupy.

Mój ojciec słuchał starego beethovena, popatrz, mówił, ma wszystkie zakresy fal, pięknie ta skrzynia rezonuje.

Miał kolibra, elizabeth, radmora, kleopatrę. Mój ojciec, pasjonat techniki, zbierał czarne analogowe płyty i nigdy nie przerzucił się nawet na kasety.

Kiedy miałem dziesięć albo jedenaście lat, zabrał mnie na Błota Biebrzańskie, to dlatego tak mnie tam ciągnie.

Jest w Polsce parę dzikich rzek, dzikich jezior, gdzie człowiek się nie wałęsa. Przyroda jak nie zna człowieka, to nie ucieka przed nim. Łoś nie wie, że od nas się spierdziela, zwierzaki są ciekawe, bo nienawykłe, że człowiek może krzywdę zrobić.

Łoś się gapi zdumionymi oczami, bo pierwszy raz w życiu widzi namiot. Lisek kombinuje, jak tu zaiwanić ryby z siatki. Albo jakiś pasztet, co leży obok tropiku.

Fajnie jest, bo w sumie człowiek siedzi na takim zadupiu kompletnym i nagle czuje, że jest częścią tego zadupia.

— Zobaczysz tokowanie batalionów! Nawet z National Geografic przyjeżdżają filmować!

Przygotowywał nas do wyprawy, był podniecony, lornetki, plecaki, śpiwory. Że też mu się chciało z takim gówniarzem jak ja włóczyć po mokradłach.

Bataliony to średnie ptaszki, mniejsze od kuropatwy, ale ciekawe jest to, że samczyki mają różne wzorki, różne konfiguracje kolorów, i każdy jest inny. Strasznie się naparzają, żeby zyskać uznanie samic. Mają dużo piór, a naprawdę pióra gęsto się sypią w czasie godów. To nie jest walka arystokracji, jak czasami bywa w przyrodzie, że samiec staje naprzeciwko rywala, puszy się, pokazuje, jaki to ja jestem dzielny, tu się dotkną, tam się pukną i natychmiast któryś uznaje wyższość kolegi, nie, u batalionów naprawdę odchodzi ostra szamotanina.

— Widzisz, synek, one walczą, ale pewien kanon też jest przestrzegany. — Ojciec podawał mi lornetkę, siedzieliśmy gdzieś wysoko, nie odnalazłbym tego miejsca. — Jak się któryś odwróci, to już nie może wrócić do walki, ale też nie jest atakowany. Jak się odwrócił, to przegrał, a tamten mu odpuszcza. Zwycięstwo już jest faktem, to po co ma jeszcze próbować. I ptaki tego przestrzegają. To nie ludzie, mają swój kodeks honorowy.

Patrzyłem w zachwycie na to, co się dzieje. Tylko ja wyjeżdżałem na dzikie wyprawy z ojcem. Tylko ja dostałem nóż, jakbym był dorosły, i ojciec uczył mnie, jak się nim posługiwać. Kroiłem chleb, zaostrzałem patyki do kiełbasek przygotowanych na wieczorne ognisko, ojciec się nie bał, że zrobię sobie krzywdę, traktował mnie jak partnera, a przecież byłem smarkaty, jak teraz Ania.

— Popatrz, tam są samiczki. One tylko patrzą, tylko oceniają. Potem wybiorą sobie samca.

A bataliony naparzały się, i to nie w walce jeden na jednego, tylko jak w knajpie na westernie, gdzie czterdziestu chłopa nagle zaczyna się nawalać, każdy z każdym.

Dlatego lubię ptaki.

Że on je kochał.

To on przekonał matkę, że mój kos odleci kiedyś, żeby się nie martwiła, że już zawsze będzie sprzątać te cholerne kupy, które wszędzie zostawiał, że ja się nauczę cierpliwości i odpowiedzialności.

I oboje się śmiali, że tak zabawnie wyglądam z ptakiem na głowie.

— A samoloty, spitfire'y jakie mają silniki, zgadnij?

Nie znałem żadnych silników ani obcych nazw, ale wiedziałem, jak każdy, że rolls-royce jest najelegantszym samochodem na świecie.

— Rolls-royce — powiedziałem więc, bo to była jedyna obca nazwa, która wbiła mi się w pamięć. Samochody lubiłem.

Ojciec był wniebowzięty.

— To niemożliwe, zgadłeś, to one mają silnik RR, który nazywał się Merlin! Czy wiesz, że mały zgadł, jaki silnik miały spitfire'y?

— Pamiętaj, najlepsze samoloty myśliwskie to messerszmity i spitfire'y, jedne niemieckie, drugie angielskie. Angielskie miały silnik od rolls-royce'ów, a niemieckie? — zawieszał głos, a ja wpatrywałem się w niego jak w obraz.

Czekał, a ja wymyśliłem z miejsca odpowiedź, o której wiedziałem, że go rozbawi. Skoro rolls-royce'y są angielskie, to jasne, że mercedes jest niemiecki!

— Mercedes! — krzyknąłem.

— Brawo! Brawo! — Ojciec podniósł mnie do góry, to co dla mnie miało być dowcipem, okazało się trafieniem w dziesiątkę. — Daimler-Benz! Tak właśnie! A najlepszym konstruktorem silników w tych zakładach Gottlieba Daimlera był Maybach...

— Ten samochód?

— Nie, ale dobrze myślisz. Maybach to dzisiaj samochód, właśnie od jego nazwiska nazwany. Maybach stracił rodziców, jak był bardzo mały... I został geniuszem... I stało się tak, że człowiek, który wyszedł z największej biedy, robił najdroższe samochody świata, dla najbogatszych — mówił ojciec. — Jeremiasz, jesteś geniuszem!

I umarł.

*

Zrzuciłem z siebie Heraklesa, gnój musi być jeszcze ciężko chory, bo jestem jego jedyną miłością. Ciekawe, kiedy dojdzie do siebie?

Matka jest po operacji.

Widziałem się z nią przez moment, zdążyłem tylko powiedzieć, że dostałem film i że pies trochę chorował.

— Ale już jest dobrze, prawda? Poradziłeś sobie? — powiedziała tylko, co mnie wprawiło w zdumienie. — Tak się cieszę, że wracasz do tego, co kochasz.

Inga mówi, że to będzie świetny film.

Robię scenopis, pojutrze jadę na lokalizacje, umówiłem się już z Zygmuntem, żeby wtedy on był u matki. Patrzyłem na nich wczoraj, ładnie wyglądają, matka jest dobrej myśli, ja staram się nie myśleć, co będzie.

Będzie, co ma być.

Zawsze tak jest.

Chciałem pogadać z matką i ją przeprosić, ale jeszcze była za słaba. Może rzeczywiście byłem trochę zazdrosny?

Trzy razy pisałem SMS-y do Aliny, nie odezwała się. Muszę jechać do telewizji i ją namierzyć, muszę z nią pogadać i wyjaśnić to wszystko, co się działo.

Do Marty nie mam po co dzwonić, wiem, że nie będzie ze mną rozmawiać.

Szkoda.

Dzisiaj już bym nie zrobił takiego idiotyzmu.

Ciekawe, dlaczego Alina, pierwszy raz, od kiedy się znamy, kompletnie mnie olewa.

Jutro rano zakupy i muszę sprzątnąć ten syf, który mam w domu. Kupiłem pralkę z suszarką, pod koniec tygodnia dostanę zaliczkę, na razie nie muszę się martwić o forsę.

Dzwonią do mnie moi stali klienci, przekierowuję ich do Jarka, niektórzy mówią, że wolą, żebym przyjechał ja, to miłe. Jarek zadowolony, zadzwonił, podziękował, spytał, czy u mnie wszystko OK.

Jest kurewsko daleko do OK.

Ale nie jest źle.

Jestem zły na matkę, bo myśli, że jedno „przepraszam" załatwia sprawę. Tak jakby można tym „przepraszam" zlikwidować cały ten bałagan. A teraz nawet nie mogę jej tego okazać, bo jest chora, więc tym bardziej się złoszczę.

*

Herakles miał dzisiaj ostatnią kroplówkę, jak mu wyjęli wenflon, to słowo daję, spojrzał na mnie, jakbym był suką ciułała. Wypił mi wczoraj kawę, bo sobie postawiłem filiżankę na dywanie koło tapczanu, dobrze, że w porę zauważyłem. Nie wiem, czy u matki też pijał kawę. Muszę mieć oczy dookoła głowy, bo chce pożreć wszystko, co widzi.

*

Dobrze się ten film zaczyna, to musi być dobre ujęcie, ona zostaje wyrzucona z samochodu, nie wiemy, czy spada z mostu, ginie w kadrze, samochód pędzi na niego, on wskakuje na barierkę i nie utrzymuje równowagi, leci w dół, do rzeki, z dość wysoka.

Trzeba będzie z kranu, z platformy z ramieniem, żeby było widać perspektywę nieba, kamera podjeżdża do góry, wyjeżdża za krawędź mostu, trzeba utrzymać go w kadrze, zrobić dobrze relacje pierwszego planu do tego, co pod spodem, w dół polecieć za nim, albo lepiej w ruchu kontrowym.

Reszta, wiadomo, z green boxu, zrobią atrapę mostu, dadzą propeller, żeby wiało, aktor wykona strach w oczach, będzie dużo roboty postprodukcyjnej.

Ale na moście muszę mieć ujęcie z trzech kamer, z trzech kątów, i z podwodnej. Trudne ujęcie w prewizualizacji, ale zrobimy to na animatic, w 3D, zobaczę, jak te ujęcia będą wyglądały nakręcone.

Weźmiemy kaskadera, skoczy na próbę, bułka z masłem, jak cała reszta będzie zorganizowana.

Zaproponowałem współpracę swoim oświetleniowcom, z którymi robiłem *Niepotrzebne rozstanie*. Są świetni, rozumiemy się w pół słowa. Być znowu na planie — adrenalina mi skacze, jak o tym myślę.

Co jest potrzebne? Ostrość, dobra ekspozycja, pewność, że on się znajdzie w tym kadrze, jedną kamerę będę miał na kranie, dwie na sztywno, jedną pod wodą, dobrze będzie.

*

W czwartek jadę do matki, i to w dodatku z Ingą, która uparła się, że ze mną pojedzie, bo jest kobietą, a na pewno mamie trzeba coś pomóc, ja zaś jestem facet i tego nie rozumiem.

No właśnie, nie rozumiem. To przecież moja matka. Jest już z powrotem w swojej sali numer pięć, są dwie nowe panie i znajoma matki, pani Wiesia. Nie wiem, co jej jest, bo nie widać, żeby się do domu wybierała.

— Ty cały czas oczekujesz iluzji — powiedziała mi w drodze Inga — a życie ucieka w jedną stronę, a nie biega w obie. Porozmawiaj sobie z nią.

Nie może zrozumieć, że to jest teraz chora kobieta, która nie nadaje się do wyjaśniania różnych rzeczy z przeszłości.

— Mamo? — Wsuwamy się do pokoju.

Matka uśmiecha się na widok Ingi.

— Jak się cieszę, że cię widzę, kochanie.

— Ja też, dzień dobry — mówi grzecznie Inga, jak uczennica.

— Siadajcie, siadajcie, tak się cieszę, że jesteście razem.

Nie komentuję, bo co tu komentować.

— Ja jestem lesbijka — za to mówi Inga — ale lubię Jeremiasza.

— Jak to le... — Matce to nie chce przejść przez gardło i odwraca się do współtowarzyszek, sprawdzając, czy usłyszały.

Ale one udają, że nie.

Matka ścisza głos:

— A rodzice wiedzą?

— Oni się godzą z tym.

Szturcha mnie. Nie chcę być nigdy więcej szturchany.

— O, *shit* — przypomina sobie — daj, Jeremiasz, klucze, w samochodzie zostawiłam torbę, tam mam poduszkę, tu musi być poduszka, taka inna, ja mam w samochodzie do jogi, ona jest z kaszą, to można ustawić dobrze pod głowę.

Matka patrzy na nią niepewnie, ja daję kluczyki, Inga wychodzi. Cwana gapa, wiem, że specjalnie torbę zostawiła.

A zapytam, co mi szkodzi.

— Mamo, dlaczego mi nie powiedziałaś o Zygmuncie?

— Tak się cieszę, że dobrze to przyjąłeś.

— Nie sądzisz, że powinienem się dowiedzieć od ciebie?

— Kochanie, czy ty oczu nie miałeś? Przecież od lat się spotykamy. Widujesz go u mnie w każde święta. Prosiłam, żebyś dzwonił, bo mam własne życie… Nie mogę być cały czas do twojej dyspozycji.

Nie powiem, ale trochę mnie zatyka.

— Byłam pewna, że wiesz, że się domyślasz przynajmniej… Ty wiesz, że ja nigdy nie eksponowałabym tego, ze względu na twoją wrażliwość. Ale nie udawaj, że nie wiedziałeś.

— Mamo, no właśnie nie wiedziałem! — Trudno jest krzyknąć szeptem, a to właśnie robię.

— Ty mnie od lat traktujesz wyłącznie jak matkę. A ja jestem również pracownikiem, kobietą, przyjaciółką swoich przyjaciół, co ty myślisz, że cały świat się kręci wokół ciebie?

Nie, nie myślę. Niestety.

— Ja też mam prawo do życia. — Zezłościła się nagle, na tym łóżku, z obandażowanymi piersiami, co zabrzmiało dwuznacznie.

Nie byłem na to przygotowany. Czy to znaczy, że ja się jej wchrzaniam w życie? Przecież jest odwrotnie?

— Mamo, przecież ty kazałaś mi przychodzić w niedzielę na obiad, to cholerne pranie przynosiłem…

Przerywa mi w pół słowa.

— ...żeby mi zrobić przyjemność? Widziałam, w jakim jesteś stanie po rozstaniu z Martą! To był mój obowiązek. Dopóki byliście razem, ja się nie mieszałam.

Dziwnie tak rozmawiać z matką, która leży obok ciebie bezwładnie, cała jest bezsilna, a głos ma mocny i zdecydowany.

— Zawsze się mieszałaś. Marta też była be. Jak cała reszta dziewczyn, które poznałaś.

— Kochanie, po wszystkim zawsze byłam po twojej stronie. Skoro wy już nie byliście razem, musiałam cię wspierać. Co ci miałam powiedzieć, że jesteś idiotą, że nie umiałeś utrzymać przy sobie takiej kobiety? Skoro mówiłeś, że jest beznadziejna, przytakiwałam ci. Ktoś musiał być po twojej stronie.

Czy ja śnię?

Matka patrzy na mnie z tego łóżka z wyraźnym rozbawieniem. Przytkało mnie, jak Boga kocham. Ale akurat teraz w ogóle nie jest mi do śmiechu.

— Baśka też nie była twoją ulubienicą — przypominam jej.

— Kogo ty porównujesz z Martą! — matka prycha lekceważąco i pokazuje mi na kubek. Podaję. Pomagam jej podnieść głowę, w kubku słomka, matka krzywi się, jakikolwiek ruch sprawia jej ból. Ręce leżą nieruchomo.

Nigdy się z moją matką nie dogadam. Nigdy. Zawsze wszystko przekabaci po swojemu.

— Odpuśćmy sobie, synku, jestem zmęczona. Moje życie też nie było łatwe. Jakie znaczenie mają te twoje dziewczyny... To nie o to chodzi... Ty zawsze działałeś impulsywnie. I tak jest do dzisiaj. Ale ja naprawdę nie mam siły. Przeprosiłam cię, może nie wszystko robiłam dobrze, ale czasu nie cofniemy. Mamy tylko teraźniej-szość. I nie wiadomo, co ze mną będzie. Miałam dobre życie.

Miałam?

— Mamo — przerwałem jej, ale nie pozwoliła mi skończyć.

— Otwórz kosmetyczkę i wyjmij ryngraf. Wiem, że go tam zostawiłeś... Wiem, że się martwisz, ale będzie, jak Bóg zechce. Weź go, jest twój. Ty bardziej potrzebu-jesz bożej opieki.

— Niż ty? — Wziąłem do ręki Matkę Boską. Z orłem w tle.

— Ty się mną opiekujesz. Nie martw się, synku, na zapas. Damy sobie jakoś radę. Kiedy rozpoczynasz zdjęcia?

Trzymałem ryngraf w dłoni, był znajomy, chłodny, mój. Czegoś musiałem się chwycić.

— Marian? — głos mojej matki zabrzmiał nagle jak dzwon.

Podniosłem głowę i w drzwiach zobaczyłem mojego ojca chrzestnego. Miał ściągniętą twarz, nie udawał, że się nie martwi. Zrobił krok w stronę łóżka mojej matki i stanął. Ramiona mu opadły, matka wyciągnęła dłonie. Zrobił jeszcze krok i ukląkł na szarej podłodze. Wstałem z krzesła.

— Przyjechałeś? Niepotrzebnie... Ja się nigdzie nie wybieram. — Zobaczyłem, jak moja matka głaszcze swojego brata po łysej głowie, a jego ramionami wstrzą-sa tłumiony płacz.

Stałem przy nich i bałem się poruszyć. Wujek pod-niósł się z kolan, otarł wierzchem dłoni oczy i dopiero teraz spojrzał na mnie, kiwnął głową, więc podszedłem do niego, przytulił mnie mocno, jak kiedyś, w dzieciństwie. I znowu poczułem, jak mnie coś ściska za gardło.

Klepnął mnie po plecach i odchrząknął.

— Cześć, Jeremi...

I nagle zdałem sobie sprawę, że ani mi nie wpadło do głowy zadzwonić do niego, nie zapytałem nawet matki, czy go zawiadomiła, nie przeszło mi przez myśl, że przecież oprócz mnie miała jeszcze brata, co prawda od trzech lat w Londynie, ale przecież nie przestał być jej bratem.

— Musimy się teraz razem trzymać — stwierdził stanowczo — nie pozwolimy jej nigdzie pójść, prawda?

Kiwnąłem głową.

— Zygmunt ci da klucze. — Matka uśmiechnęła się. — Kochany, specjalnie przyjechałeś?

— Od razu jak zadzwonił, zabukowałem bilet — powiedział mój wujek, ojciec mój chrzestny, przez którego tak mam na imię, jak mam. — Nic się nie martw, wszystko będzie dobrze.

Nienawidzę tego zdania. To najbardziej nieprawdziwe zdanie na świecie. Nigdy wszystko nie będzie dobrze.

Nigdy.

Może cokolwiek, może coś małego, może nawet ważnego, ale nie wszystko.

— Idź, kochanie, Marian ze mną posiedzi. — Matka przywołała mnie gestem dłoni, nachyliłem się i pocałowałem ją w policzek.

W tej samej chwili stanęła przy nas Inga, w rękach trzymała nową zmianę pościeli i poduszkę.

— Mam! — krzyknęła triumfalnie. — Załatwiłam!

— Mój wujek — przedstawiłem Mariana.

— To musicie mi pomóc. — Położyła pościel na krześle i nachyliła się nad matką. — Jeremiasz, podnieś delikatnie mamę, ja tu podwinę, o tak, i od razu nowe, teraz przesuń, bardzo dobrze — dyktuje Inga, a ja trzymam swoją matkę w ramionach, po raz pierwszy od lat, albo w ogóle po raz pierwszy, wydaje mi się krucha i drobna, a potem bardzo ostrożnie układam ją z powrotem na łóżku.

Inga podnosi jej nogi, zgrabnie zdejmuje stare prześcieradło, sprawnie nawleka nową poszwę na kołdrę, wyjmuję poduszkę spod pleców, matka krzywi się z bólu, mimo że robię to naprawdę bardzo ostrożnie. Za chwilę leży w czystej pościeli.

— Idźcie, idźcie, dziękuję ci, dziecko. — Matka głaszcze Ingę po twarzy, ja nachylam się nad nią i całuję ją w czoło. Jest wilgotne.

Matka przytrzymuje mnie.

— Dziękuję, kochanie. Marian zostanie ze mną, a ty się zajmij swoimi sprawami. Nie zaniedbaj niczego, dobrze? Herakles grzeczny?

— Nie poznasz go — mówię i dodaję: — wypoczywaj.

— Spoczywaj w pokoju — mówi Inga.

Zamieramy we dwójkę z Marianem, nawet pani spod okna, która udaje, że robi na drutach, jest jak ze stop-klatki, a matka wybucha śmiechem.

— Jeszcze nie. — Macha nam zdrową ręką na pożegnanie.

Wypycham Ingę za drzwi.

— Co powiedziałam nie tak?

— „Spoczywaj w pokoju" mówi się na pogrzebach. I w kościele.

— To co mam powiedzieć? Przecież twoja matka jest w pokoju? Spoczywaj w sali? Przecież mówiłeś…

Ale to nieważne, co mówiłem. Nie mam siły rozmawiać z kobietami. Chowam ryngraf do tylnej kieszeni spodni i odwożę Ingę do domu.

Drobiowe z jelenia

Dobrze byłoby mieć koło siebie Martę.

Inga jest wyjątkowa, myśli jak kobieta, ja bym nie wpadł ani na poduszkę wypchaną łuskami od kaszy, ani na to, żeby zmienić pościel w tym szpitalu. Ale tęsknię za Martą jak nigdy.

Rodzice Marty zginęli w wypadku, babcia, którą zdążyłem poznać, wychowywała ją sama. Umarła ponad rok temu.

Marta wróciła wtedy do domu i nic nie mówiła, miała martwą, ściągniętą twarz. Zrobiłem jej kąpiel, usiadła w wannie, wtuliła kolana pod brodę i znieruchomiała jak posąg.

Wszedłem do tej wanny, usiadłem za nią, oparłem ją sobie o brzuch, dopiero wtedy zaczęła płakać. Szloch wstrząsał jej drobnymi ramionami, widziałem tylko tył jej głowy, cała drżała, a mnie się kroiło serce.

Głaskałem ją po włosach, mówiłem tylko: Marta, Marta, jestem z tobą, a ona coraz bardziej miękła, coraz silniej opierała się o moje piersi i coraz mocniej płakała.

Wytarłem ją jak dziecko i zaniosłem do łóżka.

Odwróciła się do ściany, położyłem się za nią, głaskałem ją po włosach, nie wiedziałem, co się robi z cierpiącymi kobietami, nie mogłem jej pomóc i to było najgorsze.

A potem usłyszałem, jak cichutko mówi: dziękuję, że jesteś.

Rodzice Marty zginęli w jakimś ohydnym, bezsensownym wypadku w Niemczech. Był korek, zatrzymali się, a cysterna z benzyną nie wyhamowała, wjechała w nich całym rozpędem, nie było co zbierać, zginęli na miejscu. Na autostradzie zrobił się wtedy kilkunastokilometrowy korek, podobno pokazywali to nawet u nas w dzienniku.

Babcia była dla niej wszystkim. A Marta nigdy nie poskarżyła się na Pana Boga, że jej taką krzywdę zrobił. Mówiła, że miała szczęście, mając taką babcię.

Przed pogrzebem rozmawiałem z księdzem, który miał odprawiać mszę. Uprosiłem go, żeby zamiast marsza pogrzebowego pozwolił puścić z taśmy piosenkę z Funny Girl — babcia uwielbiała Barbrę Streisand i ten film, jeden z niewielu amerykańskich, za którymi przepadała.

Ksiądz był zdziwiony, ale się zgodził, byłem dumny z siebie jak paw. I pogrzeb był piękny dzięki tej piosence.

Wtedy wiedziałem, co robić. I teraz muszę to sobie przypomnieć.

Dałbym się pokroić, żeby tylko ona nie cierpiała.

Nie zamroziłem się zupełnie.

Na pewno nie.

Nie robiłbym tak dobrych zdjęć.

*

Stoję w sklepie przed lodówką z mięsami i oczom własnym nie wierzę.

Przyglądam się kartkom zapisanym porządnie dużymi drukowanymi literami. Na jednej stoi jak wół: „PROSZĘ WOŁAĆ DO WĘDLIN", druga jest wpięta w jakąś miskę z napisem: „MIĘSO DROBIOWE Z JELENIA".

A może mam zawołać: szynko, szynko? Sama się pokroi?

Naciskam dzwonek, z zaplecza wychodzi gruba pani.

— Słucham — mówi i tak ciepło się uśmiecha, że aż dziw. Ja bym się tak nie uśmiechał, jakbym tu pracował.

— Czy to drobiowe z jelenia jest dobre? — pytam niewinnie, jakbym nie rozumiał, o co chodzi.

— Wie pan, ja to nie jem takich wynalazków — zwierza się sprzedawczyni — pan weźnie normalnego schabowego, czy coś.

Biorę więc „czy coś" — czyli pierś kurczaka dla Heraklesa i kiełbasę myśliwską dla siebie. Ma ona taką zaletę, że nie wyjdzie sama z lodówki za trzy dni.

Upały minęły jak ręką odjął, znowu jest osiemnaście stopni, dla matki to lepiej, w ogóle lipiec i sierpień to nie najlepsze miesiące dla operowanych. Bo jak taki upał, to o zakażenie jakieś francowate nietrudno.

*

Dzisiaj rano podejmuję męską decyzję. Jadę do telewizji i poczekam na Alinę. Nie odpowiedziała na żadnego SMS-a, może uda mi się ją złapać w pracy.

Załatwiam wejście bez przepustki, bo poznaje mnie recepcjonistka, biegnę na górę do sekretarki.

Pani Alina jest, ale przebywa właśnie na cotygodniowym kolegium redakcyjnym. Wraz z innymi możnymi tej telewizji. Podobno prezes jest dzisiaj. Więc nie wiadomo, kiedy skończą.

Poczekam. Załatwiam z sekretarką, że da mi znać, jak Alina wyjdzie.

Warszawa wyludniona i gmach telewizyjny wyludniony. Jakie kolegium, jak tylko powtórki serwują?

Na korytarzu pojawia się zażywny pan, za nim drobi drobna kobieta, na bardzo wysokich obcasach, nalatuje na niego prawie, dobiegają mnie słowa nerwowe, szybkie:

— Panie Władysławie, to jest świetny pomysł, jakby dzisiaj klepnąć, może iść w jesiennej ramówce... Pieniądze... prodakt plejsment... to lepsze od angielskiego formatu... rewelacja... no ja nie wiem... gdyby pan porozmawiał z Graczykiem... Ależ naprawdę...

Przemijają.

Słów już nie mogę odróżnić, tylko jednostajny świergot oddala się ode mnie.

Czekam.

W kawiarence zamawiam kanapkę, monitory z podglądu telewizyjnego ustawione na program szósty. Wszędzie. Nie ma głosu, przyglądam się niemym, a poruszającym się ustom.

Obok mnie mężczyzna mówi dość głośno do telefonu:

— Można spróbować, producent wyłoży pieniądze, zaryzykujmy.

Wreszcie dzwoni moja komórka.

— Pani Koniarska właśnie wychodzi przez blok W.

Wpadam na korytarz prowadzący do bloku W.

Widzę ją z daleka. Szczupła, efektowna, znakomicie ubrana, prawdziwa ikona nowoczesnych mediów, w otoczeniu paru osób, szarych, garniturowych członków zarządu. Same szychy, rozpoznaję prezesa Kruskiego.

Myślałem, że go dawno zdjęli.

Alina wygląda wśród nich jak kolorowy ptak.

Zmieniła fryzurę, ma dużo jaśniejsze włosy, chyba jest jej lepiej, ale ledwo ją poznaję. Buty na wysokich obcasach, których nigdy nie nosiła, sprawiają, że inaczej chodzi, krok sprężysty, z całej sylwetki bije pewność siebie.

Przecież widziałem ją w maju, nie zarejestrowałem tego?

Zauważa mnie, zatrzymuje się, zamienia parę słów z najbliższym mężczyzną, oddaje mu jakieś papiery, potem idzie w moim kierunku, szeroko się uśmiecha.

— Jeremiasz, a co ty tu robisz?

— Czekam na ciebie.

— No wiesz, nie bardzo mogę w tej chwili...

— Alina, musimy pogadać.

— Stało się coś?

— Tak.

— To wiesz co? Ja tutaj jeszcze potrzebuję ze czterdzieści pięć minut. — Patrzy na zegarek, dobry zegarek, drogi na pewno. — Idź do Złocistej i poczekaj na mnie, to zjemy razem lancz, OK? Może mi się uda wcześniej, OK?

— Będę czekał.

Czekam ponad godzinę przy mineralnej.

Muszę w końcu wyjaśnić parę spraw, trudno. W życiu tak jest, że czasem trzeba czekać.

Wbiega do knajpy, nachyla się nade mną, całuje mnie w policzek:

— Przepraszam, ale niełatwo się wyrwać, straszny młyn. Zamówiłeś coś?

Uśmiecha się do mnie i pierwszy raz porównuję ją do ptaka *Aesplo milca*. Jak mogłem tego nie zauważyć.

— Nie, jeszcze nie.

— Ja proponuję mule, są świetne tutaj. Zaraz, zaraz, co dzisiaj jest? Środa? Nie, w czwartki można jeść mule, wtedy przylatują do Polski świeże dostawy. Ale królik w sosie musztardowym? Może królika? Jak strasznie dawno cię nie widziałam. Cieszę się, że możemy razem zjeść obiad. — Alina jest radośnie podniecona. — Ty wiesz, że nigdy właściwie nie byliśmy razem w knajpie? Czy to nie zabawne? Panie Stasiu, królik dla mnie, a dla kolegi...

— Mineralna — mówię.

— Nie wygłupiaj się, panie Stasiu, dwa króliki i kieliszek, ty jesteś samochodem? — Nie czeka na odpowiedź. — I kieliszek czerwonego wina, francuskie jakieś, niech pan dobierze... Mów, stęskniłeś się?

— Alina — mówię — chyba musisz mi coś wyjaśnić.

Jej twarz nagle gaśnie, jakby ktoś zdjął z niej lampę.

— Wyjaśnić co? Wszystko przecież sobie wyjaśniliśmy, już dawno. A ja właśnie miałam do ciebie dzwonić, bo mam dla ciebie niezwykłą wiadomość — zawiesza głos, a ja nagle dostrzegam, że jej podniecenie i energia, którą brałem za żywiołowość i spontaniczność, są sztuczne.

Ona zachowuje się jak galwanizowana żaba.

Milczę.

— Nie jesteś ciekaw? Ach, ty! Podskoczysz do góry, jak usłyszysz! — Gdybym nie wiedział tego, co wiem, widziałbym radość, teraz widzę element gry.

— Masz dla mnie robotę?

— Słuchaj, to nic pewnego, ale reżyser szuka... podpowiedziałam mu ciebie... Jest prawie przekonany, to kwestia czasu... Kosztowało to trochę zachodu... — Pojawia się powtórnie kelner, Alina obdziela go najpiękniejszym uśmiechem. — Dziękuję, panie Stasiu. — Bierze do ust kieliszek i upija trochę wina. — Dobre... Może trochę kwaskowate... Nie, dobre, dziękuję...

— Przy czym?

— Przy nowym filmie z Agatą Kulebiak!

I czeka na moją reakcję.

Nie reagować od razu.

Milczę chwilę.

— Alina, to ciekawe, bo chciałem się z tobą podzielić
tą wiadomością. Będę głównym operatorem przy tym
filmie.

— Ach, więc już do ciebie zadzwonili? To wspaniale,
opijmy to!

Nie chciałem dłużej udawać, że spotkałem się z nią
towarzysko.

— Alina, powiedz mi, dlaczego to zrobiłaś? — zapytałem najbardziej serio i najbardziej spokojnie, jak tylko
mogłem.

Nie chciałem wchodzić w jej gierki.

Patrzyła na mnie przez moment, a potem jej twarz
wykrzywił brzydki grymas. Zrozumiała mnie w pół słowa. Przecież przyjaźniliśmy się przez lata. Wiedziała,
o co pytam.

Byłem ciekaw, co powie na swoje usprawiedliwienie,
jak wytłumaczy to, że okłamywała wszystkich, którzy
mnie chcieli zatrudnić — albo mówiła, że mam inne zlecenia, albo że już nie pracuję w zawodzie.

— Dlaczego? Ty mnie pytasz dlaczego? A dlaczego
nie? — W jej głosie brzmiała zuchwałość, jak u dziecka
przyłapanego na drobnym grzeszku.

— Alina, przecież przyjaźniliśmy się tyle lat…

— Przyjaźniliśmy się? To była przyjaźń? Nigdy nie
pomyślałeś, że wykorzystujesz mnie tak samo przez te
lata jak wtedy, przy kręceniu *Imadła*? Ty egoisto, byłam

na każde twoje skinienie, pilnowałam twoich interesów, a ty byłeś głuchy i ślepy. Alina kumpel, Alina mój przyjaciel, nawet nie przyjaciółka. Alina, której się mogę zwierzyć ze swoich podbojów, która zawsze zrozumie, zawsze doradzi.

Już nie była ładna, nachylała się nad stolikiem w moją stronę z brzydkim grymasem.

— Zabolało cię to zdjęcie? Taki niewinny dowcip? Koleżeński? Jak między nami, facetami? Przecież wy to lubicie? A że się romansik rozpadł, to mnie chcesz winić? I tak to nie był mój pomysł, tylko żywcem zerżnęłam ze scenariusza. No i co?

Nie mogłem wykrztusić słowa.

Po raz pierwszy w życiu myślałem, że odpłynę.

Zamknąłem oczy, żeby na nią nie patrzeć.

Muszę oprzytomnieć. Muszę oprzytomnieć.

— A umówmy się, Jeremiasz, jaki to związek był? Kruchutki musiał być. Marta! — Nie wyobrażałem sobie, że można tyle pogardy zmieścić w tym jednym słowie. — Marta! Panna znikąd! I poszłam w odstawkę! A przecież byliśmy na dobrej drodze... Jak rozstałeś się z tą głupią Baśką, tyle serca ci okazałam... Zawsze byłam przy tobie...

Patrzyłem na nią i widziałem, jak twarz jej się zmienia, złość wykrzywia jej ładne usta, oczy zwężają się.

— Kto to w ogóle jest Marta? Co ona sobą reprezentuje? W czym ci ona pomogła? Ja bym dla ciebie zrobiła wszystko! Wszystko, rozumiesz? A ty nie chciałeś tego widzieć... Traktowałeś mnie jak wygodną siostrę miłosierdzia. Co ty myślisz, że ja marzyłam o tym, żeby wybierać durne prezenty dla twojej matki? Ale Jeremiasz nie wie, co robić, to Alinka pomoże. Jeremiasz pijany dzwoni, Alinka słucha. I teraz masz do mnie pretensje?

Milczałem.

Byłem jak ogłuszony.

Alina wysłała mi zdjęcie.

Tylko to do mnie dotarło.

Zniszczyła całe moje życie.

Sabotowała moje wysiłki, żeby wrócić do zawodu.

Alina, moja przyjaciółka Alina.

Czy coś czuję?

— Zniszczyłaś mi życie — powiedziałem.

— A ty? Co ty zrobiłeś z moim? Popatrz na mnie! Byłeś moim pierwszym facetem... Byłam... — Głos jej się załamał, a ja patrzyłem, jak spoza tej wstrętnej maski wyłania się tamta Alina.

Młodsza, pełna nadziei, radosna, zadziwiona wszystkim, co nas wtedy otaczało. Widziałem, jak wbiega na plan, żeby poprawić makijaż, zwinna, podniecona rozpoczęciem zdjęć, pełna pasji i entuzjazmu.

Widziałem jej zachwyt, kiedy wszyscy klaskali po nakręceniu sceny, przypomniałem sobie, jak płakała, kiedy kręciliśmy scenę rozstania bohaterów.

Przypomniałem sobie połowinki i to nasze nieszczęsne spotkanie, ale przecież podobała mi się. I jej „nie ma sprawy, ja to rozumiem", i moją ulgę, że możemy się dalej przyjaźnić, mimo że się przespaliśmy.

— Przecież sama powiedziałaś, że to nic nie znaczy, mimo tego incydentu — powiedziałem cicho, bo naprawdę jej nie rozumiałem.

— Ty siebie posłuchaj! — Była czerwona ze złości i naprawdę patrzyła na mnie z nienawiścią. — Incydent!

To było jedyne, co mogłam powiedzieć, żeby być blisko!
Przecież nawet pojechałeś ze mną do moich rodziców…

*

Przypomniałem sobie tę podróż, moim starym fordem, przez całą Polskę, jechaliśmy chyba z dziesięć godzin, zatrzymaliśmy się w TIR de Luxe, za cztery pięćdziesiąt zjedliśmy znakomitą golonkę, potem szukałem warsztatu, bo złapaliśmy gumę. Alina spała na tylnym siedzeniu.

Jej rodzice?

Koścista, wysuszona, drobna kobieta, która cały czas się krzątała, wmusiła w nas kolację, na stole leżały pęta kiełbasy, smalec, specjalnie zrobiony na nasz przyjazd, wspaniałe pierogi suto okraszone skwarkami, nie byliśmy głodni, a ona przysmażała cebulę i nawet na moment nie przysiadła.

Ojciec Aliny otworzył pół litra, dla niej nie było kieliszka, pił ze mną, choć nie miałem ochoty, ale nie wypadało odmówić.

Potem oprowadził mnie po gospodarstwie, ocieliła się właśnie krowa, mały cielak stał na cienkich nóżkach, a on klepał matkę w zad, nastąp się, nastąp się, krasula. W oborze było wilgotno i parno, Alina była lekko spięta, ja zachwycony, myślałem, że takie gospodarstwo można stworzyć tylko dla filmu, scenografia jak z *Chłopów*.

Jej ojciec pokrzykiwał, dyrygował i matką, i córką, ale wtedy nawet w jakimś sensie podobało mi się to. Taki Boryna.

Wyprowadził mnie w pole, zachodziło słońce, kukurydza dojrzewała, wysoka i bujna.

— To moje — wskazywał ręką — to ojcowizna. Chcieli wziąć za rentę, ale co by człowiek robił? Ziemniaki to mam takie. — Stulał obie potężne spracowane dłonie w pięści. — Matka, chodź tutaj!

I matka Aliny podbiegała, wycierając dłonie o fartuch.

— Pokaż Jeremiaszowi świniaki! Będziemy bić przed świętami! Będzie dobra szynka, a kaszanki to weźmiecie do stolicy! Pan to artysta, to wiadomo — w jego głosie pobrzmiewała nuta lekceważenia — ale Alinka się wykształci i będzie miała lżej w życiu. To wszystko dla niej, studia kosztują. Pan też by sobie znalazł jakąś porządną robotę. Córka będzie dyrektorem, przecież studiuje zarządzanie, to ma przyszłość.

Alina dawała mi znaki, ale pamiętałem, co mam udawać przed jej rodzicami.

— Ojciec mnie zabije, jak się dowie, że robię przy filmie, ty ich nie znasz, to jest inna mentalność — mówiła przed wyjazdem.

Alina rzeczywiście studiowała zarządzanie, ale całymi dniami kręciła się wokół produkcji, kochała kino. Wiedziała, kim będzie.

I zrealizowała swoje marzenia.

*

— No tak, byłem, ale przecież…

— A co myślisz, że to takie nic, że trochę folkloru zobaczyłeś i to wszystko? A to moje życie. Ojciec miał ciężką rękę i dla mnie, i dla matki. Ja cię wpuściłam do mojego życia, myślałam, że coś zrozumiesz, a ty to potraktowałeś jako wycieczkę krajoznawczą?

— A jak miałem to potraktować, prosiłaś mnie, żebym zawiózł telewizor, nie pamiętasz?

Wcale nie to chciałem powiedzieć. Nagle zrozumiałem, że ona nie może inaczej. Nigdy nie mogła i dlatego jest tam, gdzie jest, i osiągnęła to, co chciała.

— To był pretekst, nie zrozumiałeś tego? Przecież nie byłeś idiotą. Ludzie na wsi traktują życie serio. Matka mi powtarzała, że jak będę cierpliwa, to dostanę swoje. I ja jej uwierzyłam.

— Swoje?

— Nikt nie był dla ciebie taki jak ja. — Głos jej się zmienił. — A ty byłeś dla mnie wszystkim. Pamiętam, jak mnie przytulałeś po zakończeniu zdjęć, jak staliśmy na pomoście, miałeś tyle radości w oczach...

Owszem, pamiętałem również. Tysiące lat temu. Pamiętałem i jezioro, i drewniany, rozpadający się pomost. Po ostatnim klapsie wszystkich ogarnia euforia. Wszyscy się ściskaliśmy, dziękowaliśmy sobie, przepraszaliśmy się za wszystko, jak zwykle, jak po każdym zakończeniu zdjęć.

Alina potraktowała to jakoś specjalnie? Inaczej? Dlatego wylądowaliśmy w łóżku?

— Nikt na mnie nigdy tak nie patrzył. Wiedziałam, że mamy wspólne plany, wspólne zainteresowania, że to będzie inne życie, a nie tylko robota i robota, i krzyk, i poganianie... — skarżyła się teraz jak małe dziecko.

Patrzyłem na Alinę i widziałem biedną małą dziewczynkę, która we mnie umieściła wszystkie swoje pragnienia i oczekiwania. Miałem być częścią jej wymyślonego świata, jej marzenia.

Ale teraz jest dorosłą kobietą, która w pogoni za jakąś iluzją będzie biec po trupach.

Owszem, ja czegoś nie widziałem, ale ona również była ślepa i głucha na innych.

Nie czułem się winny.

W jakimś sensie ją rozumiałem.

Było mi jej wyłącznie żal. I nie chciałem mieć z nią do czynienia. Nigdy więcej.

Odsunąłem talerz z nietkniętym królikiem. Alina miała oczy pełne łez. Naprawdę było mi jej żal.

— Co Marta miała takiego, czego nie miałam ja?

— Mnie — powiedziałem i wstałem od stolika. — Myślałem, że się przyjaźnimy, Alina. Ale my się nie przyjaźniliśmy nigdy. Szkoda.

— Nie odchodź, Jeremiasz — wyszeptała i w jej głosie było tyle błagania, że aż poczułem się nieswojo.

Nie nienawidziłem jej. Była biedną, skrzywdzoną dziewczyną.

Ale nie ja byłem temu winien.

Czułem niechęć do niej, do czegokolwiek, co ma z nią cokolwiek wspólnego. Nigdy jej nie odrzuciłem, bo nigdy razem nie byliśmy.

— Przykro mi — powiedziałem, wyjąłem stówę i położyłem na stoliku. Pewno tyle kosztuje tu królik, którego nie będę jeść.

Przeszedłem obok niej, schwyciła mnie za łokieć, mocno szarpnęła, nie jak kobieta, jak facet.

— Nie odejdziesz tak, ja cię załatwię, ja mam możliwości, nie masz pojęcia, co mogę…

— To już twoja sprawa.

— Jesteś durniem! Durniem! I to ty sam tak potraktowałeś swoją dziewczynę, nie ja, ty sam!

Wyszarpnąłem się.

— Ja cię załatwię, ty mnie jeszcze nie znasz, raz ci się udało, ale nie myśl, ja się liczę tutaj, nie ty, ja mogę wiele, wszystko byś miał…

Odwróciłem się w drzwiach, siedziała wyprostowana przy stole, kolorowa, i wiem już, jakiego ptaka mi przypominała. *Pitohui dichrous.*

Na świecie są tylko dwa gatunki jadowitych ptaków. Ten jest jednym z nich. Oba, i *Pitohui dichrous,* i *Ifrita kowaldi*, żyją w Papui Nowej Gwinei. O śmiertelnym niebezpieczeństwie ostrzegają swoim jaskrawym upierzeniem. Trucizna znajduje się w całym ciele, lecz największe jej stężenie jest w skórze i piórach. Ta ptasia trucizna to batrachotoksyna, ta sama, która występuje w japońskim zabójczym przysmaku, rybie fugu.

Toksyna zaburza przekazywanie bodźców nerwowych, niemal powodując paraliż i natychmiastową śmierć.

Alina była zabójczym ptakiem. Tylko że one ostrzegają o niebezpieczeństwie swoim niezwykle kolorowym upierzeniem, Alina nie ostrzegała niczym.

Nie wiadomo, skąd u ptaków wzięła się ta trucizna. Analiza DNA dowodzi, że gatunki *Pitohui* i *Ifrita* nie są ze sobą spokrewnione. Ale musiały być spokrewnione z Aliną.

Alina to przeszłość.

Keep yours friends close, but yours enemies closer.

Ale to już mnie nie dotyczyło.

Byłem potwornie zmęczony.

Nie widzę, co robię?

To niemożliwe. Przecież znam szczegóły, widzę obrazy, potrafię rozpoznać brudy, wiem, który szczegół jest ważny, a który tylko wprowadza zamęt. Wiem, co jest ważne.

Alina?

Ostatnia osoba, którą bym podejrzewał o coś takiego.

Ale Alina, niestety, w jednym miała rację.

Jaka to miłość, skoro przekreśliłem cztery lata jednym telefonem?

Jaki to związek, który tak łatwo ktoś trzeci mógł zniszczyć?

Laska nebeska

Lipa skończyła się.

Wziąłem pilota i wyłączyłem sprzęt.

Inga leżała zwinięta w rogu tapczanu. Trzymała na brzuchu zwiniętego Heraklesa. Spał. Głaskała go od czasu do czasu i przez drobne ciałko przebiegało drżenie.

— To jest smutne — powiedziała.

Pokiwałem głową. To było smutne.

— Ładny film. Nie używasz swojej strony drugiej.

— Swojej drugiej strony?

— Swojej drugiej strony. Rozumiesz? Tak jak Alina.

— Daruj sobie takie porównania. Nie masz większego gniewu niż odrzucona kobieta.

— W tym akurat jest podobna do ciebie… Widzisz, do czego to poprowadzi.

— Doprowadzi. Ło. Czas przeszły dokonany.

— Ło. Ło. Co teraz?

— Za dwa tygodnie zaczynamy kręcić. Jutro jadę robić lokalizacje. Inga, codziennie jestem u matki, muszę wszystko ogarnąć, niedługo wychodzi ze szpitala, kończymy scenopis, ja naprawdę miałem sporą przerwę.

Muszę być dobry, bardzo dobry.

To jest moja ostatnia szansa.

— To jest twoja szansa na wszystko. — Stuknęła mnie palcem w pierś.

*

Muszę gnoja odwieźć do matki. Spakowałem miski, żarcie, Herakles nie odstępuje mnie na krok.

— Wracasz do domu — powiedziałem i popatrzyłem na wyrwany śmierci pomiot szczurzy.

Był śliczny.

Podniósł głowę, spojrzał na mnie.

— Chodź. — Klepnąłem się w kolano.

Wystartował jak meserszmit.

Nauczyłem go odbijać się od kolan i lądować na piersiach, z tym że muszę mieć przygięte kolana. Matka się zdziwi. Zdolny pies, jak ma dobre towarzystwo.

Włączyłem Morricone.

Książki poukładane, nawet okna umyłem, ostatni raz myła Marta. Jakoś się w domu jaśniej zrobiło, nie wiedzieć czemu. Włożyłem psa do torby, nie protestował.

Po czym usłyszałem stukanie. Więc odstukałem.

Nic się nie zmieniło.

Wczoraj w końcu Raszpla pozwoliła nam, czyli mnie i Zbychowi, odmalować kuchnię. Stała nad nami, a właściwie pod nami, bośmy musieli drabinę skombinować, całe trzy godziny. I komenderowała, czy bardziej w prawo, czy w lewo. I jeszcze raz, bo widać przeciek. I żeby nie nachlapać, bo się nie zmyje. W międzyczasie gotowała jakieś kluchy, bo na pewno „głodni ode mnie nie wyjdziecie". Zjedliśmy grzecznie, bo teraz to nawet nie ma się jak jej sprzeciwić.

Ale szafki zdjęliśmy, bo jak już sufit zarzuciliśmy, to szkoda było ścian nie przelecieć. Próbowała protestować, że to zupełnie niepotrzebne, ale ją spacyfikowaliśmy i poszła grzecznie do drugiego pokoju włączyć sobie telewizję.

Rzeczywiście było słychać, jak Herakles śmiga po parkiecie. Zastukałem do siebie, żeby tradycji stało się zadość. Przybiegła z pokoju i zastała mnie ze szczotą w ręce. Głupio mi się zrobiło, stałem z tą szczotą jak idiota.

— To wcale tak bardzo nie przeszkadza — powiedziała.

— Przywykłem. — Uśmiechnąłem się i ona też się uśmiechnęła.

Uśmiechnięta Raszpla!

Koniec świata!

Z piętnaście razy pytała, jak się może odwdzięczyć.

To proste.

Nie oblewać mnie wodą.

Nie krzyczeć.

Nie grozić policją.

Jest sporo sposobów.

Więc i teraz, przed wyjściem do matki, odstukałem uprzejmie.

Przynajmniej wiem, że gdybym miał zawał, to ktoś zajrzy, co się dzieje.

*

Ania wróciła z kolonii opalona i jak słowo daję, wyższa o pół głowy, co chyba nie jest możliwe. Rzuciła mi się na szyję, wychodzili akurat z windy, aż mi się głupio zrobiło.

— Jeremiasz, jakie ja mam zdjęcia, jak ja ci dziękuję! Muszę do ciebie przyjść, to ci wszystko opowiem!

Chrzanię taką znajomość.

Muszę znaleźć tego cholernego słonika i wystawić na widok publiczny, bo mała już ze trzy razy pytała o niego. Trudno, takie są kobiety.

*

Dzisiaj wpadło do mnie całe Bractwo Kurwkowe, opić mój powrót do filmu. Bartek zostawił ciężarną, dzielny chłopak, na trzy godziny, i dzwonił do Aśki tylko siedem razy. Może dlatego, że jest w siódmym miesiącu.

Gruby wrócił ze Słowacji, Maurycy zdołał oderwać się od Ewy, Dżery nie odrywał się od nikogo.

— Mamy mózgojeba. — Gruby triumfalnie wzniósł flachę absyntu. — Zakazany. Kaca nie ma. Uzależnia. Kto chce?

Chcieliśmy wszyscy.

— Dawaj cukier, absynt się pije przez cukier! — krzyczał Gruby, a ja tylko czekałem, kiedy się szczota włączy.

Houston, mamy problem!

Bartek zajrzał do lodówki.

W lodówce było tylko żarcie dla psa, o którym zapomniałem. I sporo jogurtów.

— Zamówimy pizzę — powiedziałem — ja stawiam. Nie miałem czasu nic zrobić... ani kupić...

— SOS odwołane. — Bartek wyciągnął cukier. — Absynt się pije przez cukier, co wiem z literatury. — Nałożył sobie do gęby łyżkę cukru i wolno wlał kieliszek. Cmokał przez chwilę, udając orgiastyczną przyjemność. A potem nim zatrzepało.

— Lej, przyjacielu, normalnie.

— Ty wiesz, że SOS to znaczy *save our souls*? Ratujcie nasze dusze... Człowiek żyje na tym świecie, nic nie wie, włącza telewizor, w jakichś „Milionerach" czy podobnym szajsie było takie pytanie... Nie miałem pojęcia... — przyznaje się Dżery.

— Widziałem jakiś program „Wygraj wszystko" czy jakiś inny... I chłopaki nie wiedziały, kto napisał *Cesarza*.

575

— A ja uczestniczyłem w przyjmowaniu ludzi na kierownicze stanowisko, ale nie powiem wam, w jakiej firmie. Miałem tylko kamerować, ale pięć tysięcy płacili. Bardzo pouczające. Pierdy, pierdy, a to CV, a to dokonania, a to plany, takie tam. Aż wszedł facet, prężny, stanowczy, wiecie, taki — mam świat u stóp.

— Jak Gruby?

— Zejdź ze mnie, stary.

— Może to on? Byłeś na castingu kierowników sprzedaży?

— Zejdź, bo mi duszno — powtórzył Gruby i nalał sobie absyntu.

— I pytają go, kto on jest, a on — uwaga, panowie — mówi: sułtan ekstazy posprzedażowej!

Ryknęliśmy śmiechem. Tak to zabawnie zagrał, że jakbyśmy przy tym byli.

— Ludzie, trzeba było widzieć ich miny! Kurna, filmowa scena, mówię ci!

— Jak król sprzedaży, to sułtan posprzedażny, logiczne — orzekł Bartek. — Jaka pizza?

— Z podwójną szynką weź, na ostro. Cokolwiek.

Bartek zamawia pizzę, a ja siedzę i grzebię w płytach, żeby coś fajnego puścić. Druty mam miedziane, dźwięk fantastyczny, muszą to docenić. Cieszę się, że przyszli.

— Nalej, Gruby, no, nie tylko sobie!

— Będziesz tłusty, jak tyle będziesz pił.

— Widziałeś grubego alkoholika?

Maurycy chwilę się zastanawia.

— Bez zębów — mówi wreszcie.

— Bez zębów był też lżejszy. — Dżery się szczerzy.

— Jechałem ostatnio Alejami i taksówkarz mnie uraczył opowieścią, że pod Makro ziemia kosztowała dwadzieścia dolarów za metr, a już pod Leclerka osiemdziesiąt dolarów. Ta sama ulica i patrz. Jakby człowiek wtedy kupił po dwadzieścia i sprzedał...

— A niby skąd taksówkarz tak dobrze jest poinformowany?

— Bo robi zęby u tego samego dentysty, u którego robią zęby ci, co z tej ziemi mają teraz na to szmal.

— Z głowy ci powiedział, a ty uwierzyłeś.

— Chyba ze szczęki — śmieje się Bartek.

Przysłuchuję się moim przyjaciołom z przyjemnością.

Dżery opowiada, jak go zrobiłem w konia na Kanarach, cieszą się wszyscy jak dzieci.

Wychodzę do kuchni i dzwonię do matki.

— Dobrze się czuję, kochanie, a co u ciebie tak głośno?

— Jest całe Bractwo — mówię — trochę pijemy.

— Ty wiesz, że ja nigdy... — zaczyna moja matka, a ja zaczynam cierpnąć. Po czym niespodziewanie kończy: — To uściskaj chłopców ode mnie. Do jutra, kochanie, nie przeszkadzaj sobie. Dzięki za telefon.

— Matka was pozdrawia — wracam do pokoju — mimo że powiedziałem jej, że pijemy. To dziwne. To znaczy, że jeszcze nie doszła do siebie.

— Pamiętasz, jak nam kiedyś wydała swój koniak, pamiętasz?

Nie pamiętałem.

— Opijaliśmy dyplom, zwaliliśmy się do ciebie, człowieku, negocjowałeś z matką jej barek. Chodziliśmy na czworakach w kółko, wydała nam koniak. Odkupiłeś? Bo przysięgałeś, że odkupisz.

Rzeczywiście, teraz sobie przypomniałem, tak było.

Wesolutko wkroczyłem po drugiej do pokoju matki i poprosiłem, żeby poczęstowała kolegów, bo cierpimy na niedobór alkoholu we krwi. Powiedziała, że ma tylko superkoniak, który oszczędza. I wstała, wyjęła z szafki i dała nam.

— Ludzie, jakie laski są na Słowacji — nagle obwieścił Gruby.

— Laski nebeskie.

— Tylko wtedy, jak ci dżinsy farbują.

— Dowcip świeży, rześki, powiedziałbym, na poziomie.

— Czy wiecie, że jest taki ptak, wodniczka, który potrafi kopulować prawie trzydzieści pięć minut? — postanowiłem zabrać głos.

— Daj mi spokój ze swoim ptakiem, Noris, bo będziemy mieli depresję. Nalej, Gruby.

Gruby otworzył trzy czwarte.

— To nie absynt — powiedział z obrzydzeniem.

— A ja, proszę ja was, stałem na przystanku, lało jak z cebra, a koło mnie kapitalna laska. I gada przez telefon, okiem na mnie zarzuca, a ja nic. I w pewnym momencie słyszę: słuchaj, muszę kończyć, bo mnie jakieś ciacho wyrywa. Ja się wyprężyłem, dziewczyna wyłącza komórkę i mówi: przepraszam pana za kłamstwo, ale już miałam powyżej uszu tej gadaniny.

Ucieszyliśmy się bardzo.

— U mnie po osiedlu chodzi facet, który sprząta zanieczystości — powiedział Maurycy ni z gruchy, ni z pietruchy. — Ty, Jeremiasz, palić u ciebie można?

— Na balkonie — mówię i otwieram drzwi.

Na balkonie obok Zbyszek, oczywiście z papierosem.

— Zbychu — wołam — wpadnij na kielonka, poznasz moich przyjaciół, dawaj, stary. — Widzę, że się ociąga. — Tu też będziesz mógł zapalić.

— Czytałem kiedyś protokoły z rozprawy sądowej. Mój faworyt to: uprawiał z elementem georgie.

— No to za naszą georgietkę!

Wznosimy kieliszki, ja otwieram Zbyszkowi.

— Karniak!! Karniak dla sąsiada — krzyczy Maurycy.

Trzy czwarte na sześciu po prostu nas rozdrażniło.

— Nie masz więcej?

— Myślałem, że przyniesiecie.

— Zaprosiłeś na oblewanie, to cię nie chcieliśmy obrażać.

— Ja mam — mówi Zbyszek, ale unoszę się honorem.

— Zaraz skoczę na Górczewską i doniosę.

Zbiegam po dwa schody w dół, winda zajęta, nie będę tracił czasu. I co się dzieje? Na szóstym otwierają się drzwi i staje w nich Zmora. Odruchowo się uchylam.

— Panie Jeremiaszu, co się stało?

— Koledzy wpadli, sprzętu zabrakło — mówię prawdę również odruchowo.

— Gdzie pan będzie po nocy chodził, niebezpiecznie, ja panu pożyczę, mam jeszcze od Bożego Narodzenia, na prezent dostałam — łapie w lot, ku mojemu zdumieniu. — Dobra, czysta.

Zmora wprowadziła mnie w stan osłupienia.

Zanim zdążyłem odpowiedzieć, że chętnie skorzystam, zniknęła z pola widzenia i pojawiła się w towarzystwie pięknej, smukłej litrowej butelki.

Ukłoniłem się szarmancko, cmoknąłem Zmorę w łapę i pobiegłem na górę.

— Miałeś pod wycieraczką? — zdziwił się Maurycy.

— Tylko jedną? — zdziwił się Gruby.

— Ja takiej nie miałem, Krysia ci dała? — zdziwił się Zbyszek.

— Ja nie piję — powiedział Bartek. — Aśka jest w ciąży.

— O, co ty powiesz? — zdziwiłem się ja.

— A z kim? — zapytał Gruby i dopiero wtedy Bartek się obruszył.

— Żaaaal — powiedział przeciągle.

— Przesuń się, zabierasz mi powietrze. — Gruby otworzył butelkę.

Wystarczyła na następne pół godziny.

Na deser przynieśli pizzę.

Podzieliliśmy dwa piwa, które odkryłem za kefirem, sprawiedliwie, na sześciu, a potem odprowadziłem przyjaciół do taksówek. Zbyszek razem ze mną.

— Jaki teren jest najwyższy? — bełkotał Dżery, w każdym towarzystwie może znaleźć się taki, który ma słabszy łeb. — Najwyższy teren to teren wojskowy!

— Stary, pamiętaj. — Bartek odwrócił się, wsiadając do taksówki. — Możesz na nas liczyć. Jak zaczniesz robotę, nie będziesz miał czasu podrapać się w tyłek, ja ci mogę matkę na chemię zabrać, Maurycy też. Będzie, jak ma być.

To właśnie lubię w facetach — nie opowiadają, że będzie dobrze. Będzie, jak ma być.

A i tak kiedyś będę jeździł lepszą bryką niż oni wszyscy razem wzięci.

Maserati na przykład.

Cisza na planie!

Wróciłem do domu i od razu sprzątnąłem syf, wyrzuciłem pety z balkonu, kiepowali w doniczce, w zeszłym roku Marta tam posadziła pelargonie, w tym roku kwitły tam pety, od lutego.

Brakowało mi Heraklesa, wziąłem prysznic i nie mogłem zasnąć.

*

Te Kanary z Dżerym były właściwie zabawne, szkoda tylko, żeśmy się nastawili na laski, mogliśmy dużo więcej zobaczyć.

Sycylia z Martą była piękna.

Pierwszej nocy wyszliśmy z hotelu, położyliśmy materace na plaży, szumiało morze, leżeliśmy i gapiliśmy się w niebo. Bez zbędnych słów. Nie pamiętam, kiedy zasnęliśmy. Obudził mnie ruch obok.

Wstawało słońce, woda lekko się zazłociła.

Marta stała naga nad brzegiem morza.

Nie wiedziała, że nie śpię. To był widok nie z tego świata. Człowiek by ustawiał światło w nieskończoność i nie trafił na taką łagodność, miękkie światło kładło się na wodzie, potężne białe chmury odbijały się w wilgotnym piasku, żeby zniknąć i pojawić się za moment, jak fala znowu przyda mu lustrzaności.

Marta stała na brzegu, woda obmywała jej stopy, podnosiła nogę jak ptak, absolutnie wolna, nie zdając sobie sprawy, że jest obserwowana.

Potem powoli weszła w morze, uniosła ramiona i rzuciła się w wodę. Zerwałem się, zrzuciłem dres i pobiegłem za nią.

Kochaliśmy się w tej wodzie, spokojnie i niespiesznie, nawet nie miałem pojęcia, że tak można.

*

Kukułka podrzuca jaja innym ptakom, one nie mają pojęcia, co będą wychowywać, wiedzą, że jajo jest jajo, pisklak jest pisklak, i karmią takiego potwora, który nierzadko jest trzy razy większy od nich. Nie dziwi ich niepodobieństwo do ojca. Nie zastanawia ich fakt, że były trzy pisklaki, a jest jeden.

Kukułka zresztą potrafi wygląd swojego jaja dopasować do wyglądu jaj w gnieździe, które sobie upatrzyła. Leci, skubana, widzi, że nakrapiane, składa nakrapiane, widzi, że białe jest w gnieździe, składa białe.

Wredny pasożyt lęgowy.

Ale ładnie kuka.

Ile lat będziemy szczęśliwi? — pytają zakochani, jak słyszą kuku, kuku.

Ile lat będziemy żyli?

Ja też się nie zorientowałem, że mam przy sobie kukułcze jajo.

Przecież wiedziałem, że mi Marta żadnego numeru nie wywinie.

Wiedziałem, a nie uwierzyłem.

Niektórzy nie wiedzieli, a uwierzyli.

*

Ryngraf noszę ze sobą w portfelu.

Od czasu kiedy matka mi go w szpitalu zwróciła.

Na wszelki wypadek.

Zaszkodzić nie zaszkodzi.

*

Urlop już wykorzystałem.

Może we wrześniu gdzieś pojadę, jak skończę zdjęcia, ale nie wiadomo, jak matka się będzie czuła.

Cieszę się, że zobaczę wkrótce znajome mordy. Operatorzy, kostiumografowie, reżyser, kierownik produkcji, aktorzy, wózkarze, ekipa techniczna, główny pion oświetlaczy, tak zwanych świetlików, gafera, to główny oświetlacz, Janek Klima, znakomity jest, mrugnięcie okiem wystarczy, żeby załapał, że są potrzebne asekuracyjnie lampy.

Lubię długie ujęcia, kombinuję, a jakby tak zrobić na mastershota scenę, kiedy się spotkają powtórnie, nie wiem, czy da radę, zobaczę lokalizację, to się zdecyduję. Pamiętam takie długie ujęcie w *Ludzkich dzieciach*, Emmanuel Lubezki to kręcił, ale oni ze dwa tygodnie do jednego ujęcia się przygotowywali, u nas nikt na to nie pozwoli.

Znowu się zacznie przygoda.

Znowu będziemy się kłócić, czy można wyburzyć ścianę, czy zrobić podesty, czy po prostu wysięgnik na światło.

I do końca nie będzie wiadomo, co z tego wyjdzie.

Idziak podobno powiedział kiedyś, że jak obejrzeli *Podwójne życie Weroniki*, byli załamani, nie wiedzieli, co robić, i ta niewiedza trwała miesiącami. Aż Kieślowski pewnego dnia wszedł do montażowni i wyrzucił wszystkie najważniejsze sceny. Wtedy się okazało, że film zyskał.

Jesteśmy zafiksowani na scenariuszu, a życie i film toczą się poza kartką.

Gruby opowiadał kiedyś, że nigdy nie wyłącza kamery po komendzie: kamera stop.

Tego mnie nauczył, że najcenniejsze fragmenty są na ogół po „stop" reżysera i wyłączeniu kamery.

W którym momencie ja jestem?

Po „stop"?

Czy po wyłączeniu kamery?

Tęsknię do krzyku:

— Cisza na planie!

— Kamera poszła!

— Akcja!

Tęsknię za wszystkimi niedogodnościami, kiedy w ostatniej chwili się okazuje, że nie mam odejścia dla kamery, bo nie ma powietrza, ciasno się robi, tęsknię do słów: „kurwa, weź mi ten mikrofon z planu", i tęsknię do powtarzanych znienawidzonych ujęć, powtarzanych ze względów technicznych.

Tęsknię do krótkich, zrozumiałych komend:

— Daj mi w prawo na statywie.

— Obróć w lewo na głowicy.

— Wymień mi na czwórkę.

— Walimy na żarowo.

— Zdejmij mi rozproszenie z lamp.

Będę za to odpowiedzialny.

Gdybym się wtedy tak nie zachował, Marta cieszyłaby się razem ze mną. A tak jestem sam.

Teraz trochę lepiej rozumiem teorię gron Dżerego. Kiedyś, na jakimś wyjeździe, wyłuszczył mi wszystko. Otóż składnikiem systemu immunologicznego kobiet jest wymiana informacji. To jest ich system obronny. My posługujemy się prostym językiem, chcesz, nie chcesz, krótka piłka. A one muszą wiedzieć.

Mają system obrony przed rzeczywistością taką, jaka ona jest. Mężczyzna nie widzi potrzeby obrony, dlatego jest w tym układzie częstszym samobójcą. Mężczyźni są samobójcami, to mężczyźni giną jako dwudziestolatki na motocyklach, to mężczyźni chleją; mimo że mają organizm silniejszy, mają może lepsze stawy i krążenie lepsze, ale szybciej się degradują; mają chyba w sobie zakodowany taki samobójczy przekaz — oddać plemniki i zginąć, coś takiego. Natomiast kobiety — przekonywał Dżery — ponoszą wszystkie inne trudy, trud rodzenia, trud wychowania, i one nie chcą z tym zostać same. Więc co robią kobiety? One tworzą grona. Grono przyjaciółek gada między sobą, a co z tą, a co z tamtą, która z którym i dlaczego, kto kogo widział i gdzie.

Wiedza na temat związków to jest ich jedyna broń, bo one chcą ocalać rodzinę, więc muszą wiedzieć wcześniej, gdzie tkwi niebezpieczeństwo.

Facet weźmie giwerę i będzie napierdalał, one nie chcą napierdalać, tylko wiedzieć. One wyczuwają, kto w tym pokoju z kim sypia, komu lepiej się układa, a komu gorzej, kto z kim ma się ku sobie, a kto się nie znosi. One takie rzeczy rozpoznają. To jest właśnie system obronny.

Kobieta z kobietą musi rozmawiać, ona zbiera informacje, musi wiedzieć, co się dzieje, czy ją ktoś zdradza, a facet skoczy na bok, bo dupa mu się podoba, bo cycki fajne, następnego dnia nie pamięta, nie przywiązuje do tego wagi, ale ona musi wiedzieć, jak i gdzie lokować uczucia, bo walczy o trwałość i bezpieczeństwo.

Dlatego kobiety plotkują i ten przepływ informacji jest ciągły — co kogo spotkało, gdzie trzeba być czujnym, z kim się zadawać, a z kim nie, komu współczuć, kto może być przyjacielem i wsparciem, a kto wrogiem.

Bo one nie chcą zostać same z tym barachłem.

A ja wziąłem giwerę i wszystko spierniczyłem.

E.T. go home

Dzisiaj specjalnie poszedłem do tego kościoła na Woli. Też pod wieczór, jak wracałem od matki.

Nieźle sobie radzi, choć jest słabiutka. Wujek Marian zostanie do końca miesiąca.

Herakles oszalał na mój widok, piszczał jak zarzynana mewa i nie dawał się uspokoić. Trzeba było widzieć minę mojej matki!

Wskoczył mi na kolana, schował mordę pod łokieć i udawał, że go nie ma. A kiedy wychodziłem, próbował się zabrać ze mną, myślałem, że matka będzie zazdrosna, ale powiedziała tylko:

— Widzisz? Mówiłam ci, że wystarczy mu okazać odrobinę serca. Wiedziałam, że się w końcu dogadacie.

Wie, że pies był chory, bo natychmiast zapytała, dlaczego miał ogoloną łapę. Nie usłyszałem, że to przeze mnie. Miłe. Bo trochę się obawiałem, że pomyśli, że to jednak ja go pogryzłem, nie kleszcz.

Zaparkowałem na Sokołowskiej, wszedłem do kościoła, siadłem.

Czekałem.

Miałem nadzieję, że znowu się pojawi.

Ale nie przyszedł.

Siedziałem sam w pustce, właściwie nie sam, bo za mną w tylnej ławce siedziały dwie kobiety, jedna starsza, modliły się wytrwale.

Siedziałem i gapiłem się przed siebie.

Taki Armstrong uwierzył w Boga dopiero, jak wylądował na Księżycu. Ciekawe dlaczego. Co takiego się tam stało? Co zobaczył? Czy wiedza poszerza wiarę, czy ją ogranicza? A może jak się przekroczy pewien próg, to wtedy wszystko staje się oczywiste?

Dla mnie nic nie było oczywiste.

Jeszcze nie.

Ale chciałem mieć wolne ręce, żeby móc coś otrzymać.

Tylko nie bardzo wiedziałem, co w nich miałem dotychczas i co mam puścić. Wszystko?

Wyjąłem ryngraf, sprytnie go noszę pod kartą płatniczą, w osobnej przegródce. Nie jest już taki brzydki, jak za pierwszym razem, kiedy go zobaczyłem. Trochę mam od tego sztywny portfel i nie wiem, czy to nie obraza, bo noszę go w tylnej kieszeni spodni, ale za to mam ciągle przy sobie.

Jeśli człowiek jest zaopiekowany, to jaka jest jego rola w tym świecie? Że on się teraz ma kimś opiekować?

— Zamykamy. — Koło mnie pojawiła się znikąd zakonnica, szybko schowałem ryngraf byle jak do portfela, żeby nie wzięła mnie za jakiegoś idiotę.

— Przepraszam, zamykamy o tej porze.

— Zwykle był otwarty — ośmieliłem się powiedzieć. — Proszę siostry, a gdzie ten ksiądz, który tu zawsze był?

— O tej porze nie ma księdza.

— Ja go tu spotkałem, wysoki, blondyn, w okularach...

— W naszej parafii nie ma żadnego księdza w okularach — powiedziała cicho.

Śniło mi się?

— Spotkałem go tutaj...

— Ooo, proszę pana, tu wiele osób bywa. Mieliśmy nocne czuwanie w zeszłym miesiącu. Teraz już na noc zamykamy — powiedziała zakonnica. — Proszę się pospieszyć.

Uklęknąłem.

Dziwnie jest uklęknąć z własnej woli.

Teraz mnie nie wyrzuci.

Szkoda, że nie ma tamtego księdza, podziękowałbym mu.

Coś się zmieniło, choć nie wiem co.

André Frossard wszedł do kościoła na piętnaście minut, bo padało, nie miał się gdzie podziać, i tam, jak powiedział, spotkał Boga.

Czy ja Go kiedyś spotkam?

Komu mam podziękować?

Temu przypadkowemu księdzu, który rozmawiał ze mną, czy Temu, który go przysłał?

I za co?

Miałem fajnego ojca. Mam dobrą matkę, której kompletnie nie rozumiałem. Pies został wyleczony, matka ma szansę. Być może nawet jest szczęśliwa, mimo tej choroby. Mam zawód, który kocham.

I miałem najlepszą dziewczynę na świecie.

Wiem, za czym tęsknić.

— Dziękuję — wyszeptałem i podniosłem się z klęczek.

Zakonnica stała niedaleko, byliśmy w kościele tylko ona i ja, dwie panie zniknęły.

— Dziękuję — powiedziałem do niej.

— Idź z Bogiem — odpowiedziała.

Więc poszedłem.

*

Próbowałem dodzwonić się do Marty, nie odpowiadała.

Wcale się jej nie dziwię, sam bym sobie nie odpowiedział na telefon. Bardzo chciałbym móc jej wszystko wyjaśnić, przeprosić ją i usprawiedliwić się, choć nie mam już złudzeń, sam sobie bym też nie wybaczył.

Pojechałem dzisiaj do Aśki, jest rozkosznie gruba i radosna. Kupiłem po drodze kapitalną zabawkę dla niemowlaków — na sznurkach wiszą kolorowe motyle, sznurki są przyczepione do drążków, wszystko to łagodnie faluje.

Aśka była wniebowzięta.

Poprosiłem, żeby zadzwoniła do Marty. Od niej na pewno odbierze telefon. Niech mi da godzinę, o nic więcej nie proszę.

Aśka siedziała na fotelu i była bardzo poważna.

— Nie wiem, co między wami zaszło, ale ja naprawdę nie chcę się wtrącać. Jeśli ona nie ma ochoty, Jeremiasz, nie zmuszaj jej.

— Aśka, tylko poproś, w moim imieniu, dowolna pora i miejsce, dostosuję się, niech mi da jedną godzinę, jesteś kobietą, wiesz, jak przekonać inną kobietę.

Pierwszy raz w życiu tak bardzo mi na czymś zależało. Nie licząc cholernego szczuropodobnego psa, no i matki.

— Jesteś jakiś inny, Jeremiasz — powiedziała Aśka.

Nie byłem inny.

— Jesteś smutny. Pierwszy raz widzę cię smutnego.

— Po prostu spróbuj, jak się nie uda, to trudno, będę się musiał z tym pogodzić. Zadzwoń, proszę.

Dwa dni siedziałem jak na rozżarzonych węglach, milion razy sprawdzałem, czy jest sieć, czy komórka nie padła, czy jest jakaś wiadomość.

Matka poprosiła, żebym wziął na weekend Heraklesa, czy mogę, ponieważ oni by chcieli wybrać się do Krakowa, Zygmunt, wujek i ona, bo jak zacznie chemię, to nie wiadomo, kiedy będzie mogła, a chce być na grobach rodziców ojca. Wie, że jestem zajęty, więc zdaje sobie sprawę, że to obciążenie...

Pojechałem po skurczybyka.

Nie przypuszczałem, że dożyję takiego momentu, kiedy ucieszę się, że będzie ze mną przynajmniej dwa dni. Kręcił się w kółko, a ogon, podobny do glizdy, wprawił w taki dygot, że nie byłem pewien, czy mu nie odpadnie. Mamy dla siebie cały piątek, sobotę i niedzielę.

I Ania zamówiła się na jutro po południu, pierwszy wolny dzień od tygodni, bo koniecznie musi mi pokazać zdjęcia.

Skończyłem lokalizacje, mam nadzieję, że są znakomite. Nad szczegółami jeszcze trochę posiedzimy, od środy będę miał zapieprz, teraz moje ostatnie dni wolności.

Dobrze, że mam pracę, nie będę musiał za dużo myśleć o innych rzeczach. Jak człowiek jest zajęty, to nabiera dystansu. Może nabiorę, a może nie.

*

Przed chwilą dostałem SMS od Marty, że jeśli chcę, może się zobaczyć ze mną jutro albo pojutrze, koło drugiej.

Odpisałem, że może jutro, że dziękuję, i gdzie.

Napisała, że Tobruk Café wydaje jej się dobrym miejscem.

Podziękowałem po raz kolejny i potwierdziłem, że będę.

Czas i miejsce nijakie, pora obiadowa, czyli służbowa, a miejsce spotkania — kawiarnia, czyli załatwmy sprawę i rozstańmy się szybko i ostatecznie.

Trudno.

Muszę z nią porozmawiać, jeśli będzie gotowa mnie wysłuchać.

Myślałem, że się ucieszę.

Ale jestem daleki od radości.

Czuję się jak szlamnik.

Szlamnik jest największym długodystansowcem wśród ptaków, w osiem dni zrobi ponad jedenaście tysięcy kilometrów. Leci taka drobinka przez ocean, bez przystanku, bez jedzenia i picia, redukuje mu się układ pokarmowy, zmniejsza żołądek, a serce powiększa prawie o jedną trzecią. Samiczkę szlamnika zaobrączkowano i puszczono z Alaski. Leciała do Nowej Gwinei osiem dni. Przyleciała szczuplutka, wycieńczona, lżejsza o połowę.

Z tym że moje serce pomniejszyło się o jedną trzecią, mimo że odbyłem daleką drogę.

Ostatni klaps

Siedziałem naprzeciwko swojej wymarzonej kobiety. Schudła, niepotrzebnie, wyglądała, jakby była moja, ale moja nie była.

Nawet nie podała mi ręki na powitanie.

— Aśka mówiła, że twoja matka jest ciężko chora. Przykro mi.

Aż tak to musiała załatwiać? Nie było innego sposobu? A czego się spodziewałem, że rzuci mi się w ramiona? Nie.

— Marta — zacząłem — chciałbym ci powiedzieć, co się stało.

— Nie wiem, czy mnie to interesuje. Już raczej nie.

Każde jej słowo ociekało odpychającą obojętnością.

Aliny nie odrzucałem, ją odrzuciłem. Ona była zraniona, nie obojętna.

— Bardzo chciałbym, żebyś mnie wysłuchała...

— A dlaczego, Jeremiasz, ja mam ciebie słuchać? Dlaczego ty masz znowu być ważniejszy niż wszystko inne?

Zamilkłem. Chyba miała rację.

— Nie wiem — powiedziałem zgodnie z prawdą.

— Jestem na innym etapie życia niż w styczniu — powiedziała.

No tak, nawet nie wiedziałem, czy jest z kimś.

Ale to przecież nie miało znaczenia.

— Chciałem cię przeprosić za wszystko i tylko...

— Uświadomić mi, że to nie twoja wina? Że to nie ty kazałeś mi się wynosić bez słowa wyjaśnienia? — Głos jej zadrżał.

— To była moja i tylko moja wina. Ale chcę, żebyś wiedziała dlaczego. Być może jest to nasza ostatnia rozmowa, proszę, pozwól mi powiedzieć, jak było. Chciałbym ci coś pokazać…

Nie byłem zły, nie byłem wściekły, że nie chce mnie słuchać, sam siebie bym nie słuchał, ale wiedziałem, że skoro się spotkała, to mam jedyną szansę, może jednak nie wyjdzie.

Chociaż i na to byłem przygotowany.

Komputer leżał przede mną na stoliku. Nie otworzyłem go, nie mogłem bez jej pozwolenia.

— To pokaż i skończmy z tym.

— Dziękuję. — Naprawdę czułem wdzięczność.

Otworzyłem komputer i wszedłem na pocztę.

Pokazałem zdjęcie. Jej oczy się zaokrągliły, milczała, a ja zacząłem mówić.

Opowiedziałem wszystko, tak jak było. Zataiłem tylko, że wiem, kto mi wysłał to zdjęcie, ta informacja nie była potrzebna. Mówiłem o tym, co się ze mną działo, o swojej wściekłości, o żalu, o pomyłce. Powiedziałem jej o ojcu, że prawdopodobnie dlatego tak zareagowałem na to, co mi ktoś podsunął, mówiłem, jak bardzo żałuję każdego dnia i tego, że ją skrzywdziłem, i jak bardzo mi jej brakuje.

Nie liczyłem na nic. Jej twarz zmieniała się jak w kalejdoskopie, ale słuchała, przynajmniej słuchała.

— Przepraszam cię za wszystko, Marta.

Umilkłem i ona również milczała.

Wykasowałem wiadomość i zdjęcie. Zamknąłem pokrywę laptopa.

Odważyłem się znowu na nią spojrzeć.

Była poruszona, to wiedziałem, znałem ją przecież, ale było też coś, czego nie potrafiłem rozpoznać. Coś obcego.

— Dziękuję, że mi o tym powiedziałeś — odezwała się w końcu — ale, Jeremiasz...

Słońce nagle wydało mi się bardziej wyblakłe niż przed chwilą, stoliki mniej ciemne, krzesła nie tak drewniane, a ona kwitła w tym wszystkim kolorową plamą bez konturów.

— Nie wiem, na co liczyłeś, że „przepraszam" wszystko załatwi? To nie chodzi o to zdjęcie, to nie chodzi o to, co któreś z nas — powiedziała „nas", jakbyśmy dalej byli parą — o drugim usłyszy, czy co w jakiej sytuacji zobaczy. Ja myślałam, że łączy nas coś specjalnego. — W jej głosie pobrzmiewała dawna Marta, ale ta nowa była obca, inna. — Ty oczywiście zareagowałeś po swojemu, to znaczy, że nigdy nie miałeś do mnie zaufania, że zabrakło ci wiary. A związek bez zaufania nie istnieje. Rozumiem, co się mogło z tobą dziać, ale wybacz — nawet lekko pochyliła się do mnie — to twoja sprawa, jesteś dorosły i teraz ty wybierasz to, co robisz. Nie wystarczy powiedzieć „przepraszam" i liczyć na to, że nagle, jak za dotknięciem czarodziejskiej różdżki, wszystko się zmieni. Nic się nie zmieni. Czasu nie cofniesz. To nie jest sprawa przeprosin. Rozumiem cię i dziękuję, że mimo wszystko wyjaśniłeś mi, o co ci wtedy poszło. Ale to nie zmienia faktów. Stało się to, co się stało.

— Tak myślałem — powiedziałem cicho. — Tak myślałem.

Nie mogłem już dłużej z nią być.

Musiałem wyjść, musiałem jechać do Heraklesa, musiałem zrobić cokolwiek innego, choć wszystko przestało mieć znaczenie.

Jednak miałem nadzieję.

Bo nie czułbym się tak, jakby nagle ziemia usunęła mi się spod nóg.

— Przepraszam, muszę już iść — wyrzekłem z trudem — muszę już iść.

— To idź. Nic się nie zmieniłeś — sięgnęła po swoją kawę.

Nie zmieniłem się.

Kochałem ją tak samo mocno jak wtedy, może mocniej, jeśli to jest możliwe.

— Mam u siebie Heraklesa — wyjaśniłem idiotycznie, bo co ją to obchodziło, ale musiałem się jakoś usprawiedliwić. — Zapłacę, dziękuję ci, do widzenia. — Podniosłem się i ruszyłem w stronę baru.

— Przecież go nie znosisz — stwierdziła Marta i rozłożyła przed sobą gazetę, która cały czas leżała między nami na stoliku. — Cześć.

Podszedłem do lady i sięgnąłem do kieszeni.

Nie miałem w tych portkach żadnej kasy, wyjąłem więc z portfela kartę.

Kelner skrzywił się, rachunek nie był duży.

— Przyjmujemy płatność kartą powyżej tej kwoty. — Wskazał na tabliczkę.

— Wobec tego poproszę o wino — pokazałem palcem butelkę — niech pan najpierw skasuje. — Było mi wszystko jedno, nie chciałem już niczego pogarszać.

Ręce mi się trzęsły, portfel wyleciał mi z rąk.

Uśmiechnął się, wystukał sumę, ja wstukałem PIN, schowałem portfel.

Schylił się po butelkę, ale nie chciałem czekać, wino nie było mi potrzebne, musiałem stąd wyjść jak najprędzej.

Musiałem jechać do domu.

Pospiesznie skierowałem się do wyjścia.

— Proszę pana! Proszę zaczekać! — krzyknął za mną, ale machnąłem ręką, nie trzeba mi żadnego wina.

Niczego mi nie potrzeba.

Biegłem do samochodu, zaparkowanego niedaleko, za rogiem.

Nawet nie podziękowałem Aśce za to, że przekonała Martę.

Wyjąłem telefon, jednocześnie szukałem kluczyków do samochodu.

Uciec stąd jak najdalej.

Otworzyłem drzwi i wtedy telefon wysunął się z mojej ręki i upadł na chodnik. Schyliłem się i podniosłem, był martwy.

Nie szkodzi, na pewno da się naprawić, wszystkie kontakty, zdjęcia i wiadomości miałem przegrane. Rzuciłem komputer na siedzenie obok i nie zapinając pasów, ruszyłem przed siebie.

Przepraszam nie wystarczy — gdzieś to już słyszałem. Albo sam mówiłem.

Wszystko jedno.

Nic już nie miało znaczenia.

Nie może być dobrze, nie może być „wszystko będzie dobrze".

Ale dobrze, że się z nią spotkałem, że wyjaśniłem co i jak.

Jechałem wolno, okrężną drogą, prowadzenie samochodu zawsze mnie uspokajało.

Świat nie przestał być światem, ulice nie zmieniły się, niebo było w dalszym ciągu bezchmurne, a drzewa zielone.

Wracałem do domu przez Żwirki i Wigury, lubię ten pas drzew w środku, skręcę sobie w Banacha.

Było ciepłe lipcowe popołudnie. Wyjdę z Heraklesem na spacer, mała przyniesie aparat, pokażę jej, jak się przegrywa zdjęcia.

Jutro też jest dzień.

Następny dzień bez Marty, a potem następny i następny.

I tak do końca świata.

*

Podjechałem spokojnie na parking. O tej porze roku mogę sobie parkować, gdzie chcę, połowa ludzi na urlopach. Szkoda komórki, sprawdzę w domu, co się stało, może tylko bateria się obluzowała, ekran był pęknięty, ale z pękniętym ekranem można żyć.

Tak jak z pękniętym sercem.

Zaparkowałem, wziąłem komputer pod pachę i wtedy zobaczyłem Martę.

Stała przy drzwiach otwartej taksówki.

Serce mi załomotało.

Zrobiłem parę kroków w jej stronę, stała przed klatką, nachyliła się do taksówkarza, coś powiedziała, w piersiach mi dudniło.

— Jeremiasz — podeszła do mnie, drzwi taksówki cały czas były otwarte — zostawiłeś to w kawiarni, dzwoniłam, ale… powiedziałeś, że wracasz do domu, więc tylko przyjechałam ci oddać…

W ręce trzymała moją kartę płatniczą.

Aha.

Wyciągnąłem rękę, wziąłem kartę, pokazałem telefon, potłuczony ekran, jakby to wszystko tłumaczyło.

— To też twoje? — Marta rozchyliła dłoń, na której spoczywał ryngraf. — Kelner się upierał, że to tobie wypadło...

— Moje, dziękuję. — Nawet bym nie wiedział, gdzie mi się zgubiła moja Panna. — Moje — powtórzyłem.

Nasze dłonie zetknęły się na moment.

— Panie Jeremiaszu, panie Jeremiaszu! — usłyszałem starczy głos za sobą.

Przy balkoniku raźnie maszerowała ku nam Raszpla.

— No to cześć — powiedziała Marta, a ja odwróciłem się w stronę klatki.

— Niech pan poczeka!

Udawałem, że nie słyszę Raszpli, nie chciałem z nikim rozmawiać.

— No jasne, jak zwykle — usłyszałem za sobą słowa Marty, już prawie w drzwiach na klatkę.

Pobiegłem schodami na swoje siódme piętro. Po dwa stopnie. W ręku ściskałem ryngraf i telefon. Otworzyłem drzwi, Herakles rzucił się ku mnie z radosnym świszczeniem. Schyliłem się i przytuliłem go do siebie. Lizał mi twarz, czego nienawidzę i czego w ogóle nie mogę go oduczyć.

Siadłem ciężko na tapczanie. Fajne mam mieszkanie, lubię je ostatnio. Zamontowałem sprzęt i w końcu ułożyłem porządnie książki, tematycznie. Kijowo to wygląda. Nie pasują do siebie. Jedna większa, druga mniejsza, kolorystycznie też nie bardzo.

Ale za to płyty wyglądają ekstra, zrobiłem dodatkowe półki, na górze filmy, na dole muza.

Pies zachowuje się tak, jakbym był martwy, i uznał za swoje zadanie przywrócić mnie do żywych. Skacze po mnie, próbuje mnie lizać, włazi mi pod dłoń.

Nic mi nie jest.

Dlaczego czuję się tak, jakby ktoś spuścił ze mnie powietrze?

Świat się zrobił taki ciasny.

Cały czas trzymam ryngraf w dłoni.

— Miałaś się mną opiekować — szepczę, a Herakles podskakuje ucieszony.

Trzeba będzie znaleźć jakieś miejsce dla blachy.

Bo okazuje się, że mogłem Ją zgubić.

Może powiesić?

Ale gdzie?

Nie w kuchni przecież.

Głaszczę Heraklesa, choć to średnia przyjemność, bo czuję się naprawdę, jakbym głaskał szczura. Wychudzonego, kościstego szczura.

Ciułałę. A naprawdę chihuahua to potomek starożytnych psów żyjących na dworze azteckich władców. Herakles krowie spod ogona nie wypadł. Może i brzydki, ale szlachetny.

Dobrze, że *Spotkajmy się o świcie* jest mądrym filmem.

Na premierze *Batmana* jakiś psychopata strzelał do ludzi. Nie będę przykładał ręki do filmów, w których promuje się zło.

Herakles uwija się wte i wewte po moim brzuchu, piersiach, podskakuje mi do twarzy, zbiega i znowu próbuje mnie lizać.

Ta rasa ma genetyczne skłonności do anomalii neurologicznych, wyczytałem to gdzieś, i to się, niestety, potwierdza.

Chyba zrobiłem wszystko, co mogłem.

Nic nie zależy ode mnie.

*

Na dzwonek do drzwi Herakles się podrywa i szczeka szaleńczo. A przecież Anię zna, miała być później, to ona, bo domofon nie dzwonił.

Otwieram.

W drzwiach stoi Marta.

W zamykającej się windzie widzę Raszplę. Uśmiecha się.

Stoję nieporuszony.

— Mogę wejść?

Herakles szaleje.

Marta niepewnie się uśmiecha.

— Halo, Houston, słyszycie nas? — Macha swoją piękną skaleczoną dłonią, a świat zaczyna się poszerzać.

Podziękowania oraz list

Mężczyzn — którzy mi pomogli i służyli konsultacją, dzielili się ze mną swoimi opowieściami, poprawiali, mówili: „tak w życiu facet nie powie!" albo „a moja matka to..." — było bardzo wielu.

I tych, którzy tłumaczyli na przykład, że „zarwać laskę" — znaczy poderwać dziewczynę, a „wyrwać" — to odłączyć ją od macierzystego towarzystwa z większą nadzieją na seks. I tych, którzy z życzliwością przyglądali się powstawaniu tej książki i pytali mnie, kiedy się wreszcie ukaże.

Serdecznie Im dziękuję.

Również tym, którzy pracują w miejscu, którego nie mogę wymienić.

Również tym, których imion nie mogę wymienić ze względów oczywistych dla nich.

Również Temu, który czytał pierwsze nieśmiałe próby i który mnie wspierał.

Również Temu, z którym kłótnia przyczyniła się do przewrócenia powieści do góry nogami, z pożytkiem, jak sądzę, dla Boga, Ojczyzny i Honoru.

Szczególne podziękowania należą się Andrzejowi Piotrowskiemu i pozostałym, wymienionym w porządku alfabetycznym:

Jurkowi Markowi Adamczykowi

Tadeuszowi Bujnowskiemu

Michałowi Gruszczyńskiemu

Wojtkowi Jastrzębowskiemu

Adamowi Kozakiewiczowi

Jerzemu Słoneckiemu

Drogi księże Rafale!
Kiedy spotkaliśmy się i powiedziałam, że piszę o mężczyźnie, stwierdziłeś:
— Mężczyźni różnią się tym od kobiet, że myślą.
Chyba było po mnie widać, że jestem wściekła, te cholerne stereotypy, a jak tu się przeciwstawić sutannie i św.
Pawłowi?
Wziąłeś mnie za rękę i powiedziałeś:
— Nie obrażam kobiet. Pracuję w więzieniu. Powiem ci,
że w Wielki Czwartek idę na oddział męski i mówię: Panowie, jutro jest Droga Krzyżowa, kto idzie? A na oddział damski przychodzi siostra i oznajmia: Jutro jest Droga Krzyżowa. Która z pań czuje potrzebę, by w niej uczestniczyć? To
właśnie chciałem powiedzieć, nic nowego, my myślimy, wy
czujecie.
Zapytałam Cię wobec tego, czy mamy przestać liczyć na
uczucia mężczyzn
Nachyliłeś się do mnie.
— Słuchałem w życiu wielu spowiedzi. I powiem ci, że
jak facet mówi, że kocha, albo kochał, to te słowa są prosto z jego trzewi, jeszcze żywe i okrwawione. I wiesz, że to
prawda.
Dziękuję, że mi to powiedziałeś.

Katarzyna Grochola

Spis rozdziałów

© Copyright by Katarzyna Grochola, 2012
© Copyright for this edition by Wydawnictwo Literackie,
Kraków 2012

Wydanie pierwsze

Opieka redakcyjna serii, redakcja
Anita Kasperek

Adjustacja i korekta
Henryka Salawa, Ewa Kochanowicz,
Małgorzata Wójcik, Weronika Kosińska

Projekt typograficzny serii
Marek Wajda

Zdjęcia na okładce
© Amy Eckert/Corbis/FotoChannels
Celestyna Król — zdjęcie autorki

Opracowanie okładki
Filip Kuźniarz

Redaktor techniczny
Bożena Korbut

Książkę wydrukowano na papierze
Ecco Book Cream 70 g vol. 2,0

Printed in Poland
Wydawnictwo Literackie Sp. z o.o., 2012
ul. Długa 1, 31-147 Kraków
bezpłatna linia telefoniczna: 800 42 10 40
księgarnia internetowa: www.wydawnictwoliterackie.pl
e-mail: ksiegarnia@wydawnictwoliterackie.pl
fax: (+48-12) 430 00 96
tel.: (+48-12) 619 27 70
Skład i łamanie: Scriptorium „TEXTURA"
Druk i oprawa: Drukarnia POZKAL

ISBN 978-83-08-05000-2 — oprawa broszurowa
ISBN 978-83-08-05001-9 — oprawa twarda